Originaltitel: *Ond musik* © Frederik Österling, 2018

SEPTIME
suspense

Lektorat: Teresa Profanter
Umschlag und Satz: Jürgen Schütz
Umschlagbild: © i-stock
Druck und Bindung: Florjančič tisk d.o.o.
Printed in the EU

ISBN: 978-3-99120-012-3
www.septime-verlag.at
www.facebook.com/septimeverlag | www.instagram.com/septimeverlag

Fredrik Österling

MAESTRO

Roman

Aus dem Schwedischen von Charlotte Karlsson-Hager

Meiner Frau Kate Hearne

Prolog

Der Junge war fast drei Jahre alt. Er stand unten am Strand und warf Steine auf das Eis. Die dunklen, dünnen Locken flatterten und ringelten sich im Wind unter der Spiderman-Mütze. Die Fahrrinne lag ein Stück weiter draußen, sodass keine Gefahr bestand, er könnte ins Wasser fallen. Die Mutter saß einige Meter hinter ihrem Sohn auf einer Decke, trank Kaffee aus einem Thermobecher und war daher völlig entspannt. Und außerdem *sang* er. Ein sicheres Zeichen, dass sich der Kleine wohlfühlte und keinen Unsinn treiben würde. Unermüdlich warf er seine Steine aufs Eis und *sang*. Die Mutter verstand nicht viel von Musik. Aber sie wurde immer davon berührt. Sie war sich darüber bewusst, dass sie, was den Gesang ihres Sohnes betraf, wahrscheinlich voreingenommen war. Aber dennoch, ihr Sohn sang wirklich fantastisch. Das würde man rein objektiv und wissenschaftlich feststellen können, dachte sie und lächelte.

Sie hatte herausgefunden, dass es sie auf unterschiedlichste Art und Weise berührte, wenn er seine glockenreinen Töne und die dazu erfundenen Worte erklingen ließ. Eine Seite davon betraf die des stolzen *Elternteils*. Es rührte sie, dass es ihr eigener Sohn war, der so etwas Schönes zustande brachte. Eine andere Seite war die des *Publikums*. Als ein generell musikliebender Mensch hatte sie natürlich bestimmte Referenzrahmen. Sie konnte hören, dass ihr Sohn die Gabe hatte, wie einige ihrer Lieblingssänger zu klingen, inspiriert von der Musik, die oft aus den Lautsprechern oben im Haus ertönte. Es klang wie eine Kombination aus Soul und Oper, jedoch auf eine Art, wie sie es nie zuvor gehört hatte. Eine weitere Auswirkung seines Gesanges war, dass sie dabei völlig die Fassung verlieren konnte.

Wenn sie ihm zuhörte, verfiel sie manchmal in einen Zustand, bei dem alle ihre Gedanken und Gefühle den Körper verließen und sich ihr eine neue Welt eröffnete. Ein Platz, an dem ihre alltäglichen Sorgen sie nicht erreichten. Zumindest solange er nicht aufgehört hatte zu singen. Diese Art, die Musik zu erleben, war für sie ganz losgelöst von den anderen Arten. Von seiner Musik wurde sie auf eine Art überwältigt, wie keine andere Musik es vermochte. Sie hoffte, dass er diese Gabe, sie dermaßen berühren zu können, niemals verlieren würde. Dass er niemals in eine Form gepresst werden würde.

Der Maestro, Berwaldsaal, Donnerstag, 5. September

Der Berwaldsaal, die Heimstätte des Symphonieorchesters des Schwedischen Rundfunks, war leer. Das Publikum hatte schon vor längerer Zeit den Saal verlassen. Es war bereits ein paar Stunden her, dass die Solisten, der Konzertmeister und der Dirigent im Künstlerzimmer als Zeichen ihres Erfolges Champagner zu sich genommen hatten – inklusive einer wohldurchdachten Anzahl an Nachfüllungen. Küsse auf die Wange. Eine Mischung aus ehrlich gemeinten Lobesworten und strategisch platzierten und speichelleckerischen Kommentaren.

Der Anlass für den Alkoholgenuss war eine triumphartig erfolgreiche Aufführung von Berlioz' Meisterwerk, der *Symphonie fantastique*. Die Symphonie in fünf Sätzen war im Anschluss an Ravels wunderschönen Liederzyklus *Shéhérazade* gespielt worden. Der begeisterte Applaus eines überwiegend grauhaarigen und weißhaarigen Publikums hatte kein Ende nehmen wollen. Jetzt lag der Saal im Halbdunkel und die rotgepolsterten Stühle in dem modernistischen Betontempel aus dem Jahr 1979 waren leer.

Die Bühnenarbeiter hatten die Bühne geräumt. Die Notenständer und Stühle hatte man für die morgigen Proben umgestellt. Ein paar vergessene Stimmen, die unordentlich auf den Notenständern einiger Substituten herumgelegen waren, waren widerwillig von den gutfrisierten jüngeren Hilfskräften des schwer geprüften Orchesterinspizienten eingesammelt worden.

Es war der erste Abend des Festivals gewesen, mit Berlioz als zentralem Komponisten. Auf einer provisorischen Wand im Hintergrund leuchtete daher noch immer ein in Blautönen gehaltenes Porträt des Meisters. Mit strengem Blick und einer

Nase, die jeder stolzen königlichen Abstammungslinie zur Ehre gereicht hätte. Im Aufnahmestudio brannte noch eine Lampe, die einer der Rundfunkproduzenten vermutlich abzudrehen vergessen hatte.

Der Maestro fuhr sich mit den Händen durch seinen weltberühmten Haarschopf und seufzte tief.

Alone at last. Er saß allein in seiner Loge im Erdgeschoß, mit den Blumen und Geschenkflaschen als einziger Begleitung. Unter den Flaschen – bei den meisten handelte es sich um Rotweine aus Kalifornien, worüber der Maestro die Nase rümpfte – hatte er eine äußerst vielversprechende Flasche Calvados entdeckt, die sein Interesse geweckt hatte. Er schickte einen dankbaren Gedanken an den sonst nicht besonders umsichtigen oder mitdenkenden Vorstandsvorsitzenden Ragnar Gyllén.

Gyllén hatte sogar ein signiertes Foto, das am Hals der Flasche hing, hinterlassen. Es stellte aus rätselhaftem Grund den Chef persönlich dar, in herzlicher Umarmung mit Valerij Schaljapin, dem russischen Stardirigenten. Der Maestro fragte sich, ob er die Flasche versehentlich bekommen hatte, da Valerij das zweite Konzert des Festivals am folgenden Tag dirigieren sollte. Das würde ihn jedoch nicht davon abhalten, den Calvados zu probieren. Auf keinen Fall. Er nahm einen Stift und kritzelte einen langen, struppigen Bart auf Schaljapins Gesicht auf dem Foto. Außerdem bekam der Kollege auch noch ein Paar Hörner verpasst. Mit seiner anderen Hand führte er zielgenau das Glas mit der goldenen Flüssigkeit zum Mund.

Während der achtundvierzig Jahre seines Lebens hatte der Maestro im Berwaldsaal und bei den Radiosymphonikern mehrmals gastiert. Ein durchwegs ausgezeichnetes Orchester, wenn man ihn fragte. Aber so wie alle ausgezeichneten Orchester waren die Musiker auf Gegenwind angewiesen, um abzuheben. Man musste wissen, wie weit man die Zügel anziehen musste und wann es notwendig war, das hundertköpfige Orchester zusammenzuhalten.

Der Maestro räusperte sich, stellte das Glas auf dem Tischchen vor sich ab und langte nach den Noten für das Konzert des Abends, die schlampig hingeworfen auf der anderen Seite des Tischchens lagen.

Das dritte Glas Calvados, das er soeben auf die Champagnerunterlage gegossen hatte und das bereits ruhig in seinem Inneren hin und her schwappte, hatte eine Welle von Wohlbehagen sowie ein intensives Wärmegefühl ausgelöst. Er öffnete die Partitur der *Symphonie fantastique*. Die Ausgabe des Leipziger Breitkopf & Härtel Verlags. Jetzt war es Zeit für das Ritual des Maestros.

Nach jedem Konzert dasselbe Ritual: Die Partitur durchblättern. Aktive Beschuldigung, würden manche sagen. Er war nicht dieser Ansicht. Jetzt sollten seine eigenen Fehler und die des Orchesters kritisch überprüft werden.

Nun würde er der Musik Respekt zollen. Die Urteile würden verkündet werden. Morgen würde er seine Aufzeichnungen an Gyllén weiterreichen. Zur Kenntnisnahme.

*

Verdammt.

Er war eingeschlafen. Wieder einmal. Die Zunge fühlte sich wie geschwollen an, sie drückte und klebte am Gaumen. Ein Druck auch am Kopf und auf der Brust. Das war ein unverhältnismäßig starker Kater. Unverdientermaßen, fand der Maestro. *Verdammter Gyllén. Mich mit einem billigen Fusel so reinzulegen.*

Alles fühlte sich zäh und beengt an. Er blinzelte mit sandigen Augen in den Raum. Die Tür. Er war sich sicher, dass er sie hinter sich geschlossen hatte, er wollte nicht durch eine Reinigungskraft oder durch einen ehrgeizigen Pianisten, der in der Nacht übte, gestört werden in seiner geheiligten einsamen Stunde. Aber jetzt war die Tür weit geöffnet. Schließlich hörte er das, was ihn vermutlich geweckt hatte. Ein Klang wie bei einem merkwürdigen Luciaumzug. Langsam voranschreitend und noch nicht sichtbar. Unwillkürlich entstand ein Bild vor seinem inneren Auge. Der Luciaumzug in Bromma, zu Weihnachten 1975, bevor seine Eltern ihn endgültig aus dem allgemeinen Schulsystem genommen hatten. Der Turnsaal. Gespannte Erwartung. Nervosität vor dem Solo im Staffanslied. Der Druck im Magen hatte ihn daran erinnert. Das wachsende Unbehagen.

Langsam begriff er, was ausgerechnet dieses Lied bedeuten sollte.

Er wollte es nicht hören.

Nicht jetzt.

Es war zu früh.

Viel zu früh.

Er wollte sich aus dem Fauteuil erheben, musste aber voll Schrecken feststellen, dass seine Füße an den Beinen des Möbels festgeklebt waren und die Arme an den Armstützen. Mit dem gleichen silbernen Klebeband, das bewirkte, dass seine Rufe nicht weiter als bis zur Schwelle des Künstlerzimmers gehört wurden.

O antiqui sancti, quid admiramini in nobis?
Verbum del clarescit in forma hominis
Et idea fulgemus cum illo,
Edificantes membra sui pulchri corporis

Kerstin, Ploggatan, 2. Dezember

Vor der Sofia-Schule, die abends als lokales Kulturhaus für die bildungshungrige Mittelklasse aus Södermalm fungierte, stand eine ältere Dame mit einem größeren Modell einer Djembe-Trommel unter dem einen Arm, unter dem anderen hatte sie eine Krücke festgeklemmt. Die Trommel war durch einen braunen Stoffbeutel, der mit einer grünen Schnur befestigt war, einigermaßen vor den Schneeflocken geschützt.

Die Dezemberdunkelheit wurde durch schneebedeckte Straßenlaternen erhellt, deren Lichtkegel durch den dicht fallenden Schnee durchbrochen wurden. Sogar die Hartgesottensten schmolzen bei solch einem Winteranblick dahin, hörten Schellengeläute, rochen den Duft von Glögg und Lebkuchen und beschlossen mit Tränen in den Augen, Geld an das nächste Kinderdorf zu spenden. Schließlich war bald Weihnachten. Das Fest der Freude und des Friedens. Nicht einmal die vorbeifahrenden Autofahrer, die sonst stets über die Langsamkeit der öffentlich finanzierten Schneeräumung fluchten, konnten dem Übermaß an schwedischer Winterfreude widerstehen, in dem Stockholm gerade badete. Die ältere Dame im Schein der Straßenlampen vor der Sofia-Schule ergänzte in ihrer Einsamkeit das Bild auf bezaubernde Weise, sodass sie einigen der Passanten ein Lächeln auf die Lippen zauberte. Wo sonst als in dem freisinnigen Södermalm konnte man an einem so späten Dezemberabend eine rüstige Alte mit einer afrikanischen Trommel unterm Arm sehen?

Diese »rüstige Alte« hieß Kerstin Armfeldt und war alles andere als guter Laune. Im Gegenteil, sie war sauer und starrte wütend zu einem der Eingänge des Vitabergsparks mit seinen rot bemalten Holzpfosten. Die Weihnachtskartenidylle mit den angrenzenden pittoresken Holzhäusern schien sie noch mehr in Rage zu versetzen. *Verdammte Scheiße*, dachte Kerstin und schnaubte vor Wut. Ihr Zorn bezog sich nicht nur auf den ihrer Ansicht nach kitschigen Anblick, der ihr ziemlich dystopisches Weltbild störte, und weil idiotisch große Schneeflocken auf ihren unbedeckten Kopf und in den Kragen ihrer kornblauen Fjällräven-Jacke fielen. Nein, diese Begebenheiten trugen nur teilweise zu ihrem Zorn bei, der seit jenem grauenhaften Tag im August immer größer geworden war. Nämlich seit dem Tag, als Kerstin Armfeldt, *Kriminalkommissarin mit besonderem Dienstauftrag*, gezwungen worden war, in Pension zu gehen.

Bis zu ihrem siebenundsechzigsten Lebensjahr hatte sie die Stellung gehalten. Einige Monate vor ihrem Geburtstag hatte sich sowohl die Personalabteilung als auch der Bundespolizeipräsident an sie gewandt, um mit ihr die Frage ihres bevorstehenden Übergangs zur Schar der von der Arbeit Befreiten zu besprechen. Zuerst behutsam und respektvoll – ihr hitziges Temperament war allgemein bekannt –, dann immer nachdrücklicher und geradezu verbissen. Kerstins hartnäckige Weigerung, die Anfragen nicht einmal bei Sitzungen zu beantworten, hatte bei den vorsprechenden Parteien für erhebliche Unruhe gesorgt. Schließlich hatte der Bundespolizeipräsident sie auf Salbyvägen in Bandhagen aufgesucht, wo Kerstin seit dreißig Jahren eine Zweizimmerwohnung mietete.

Dass der Bundespolizeipräsident sie persönlich anlässlich einer für die Behörde mehr oder weniger routinemäßigen Angelegenheit besuchte, hatte einen triftigen Grund. Kerstin Armfeldts Position als Mordermittlerin und langjährige Chefin der staatlichen Mordkommission war in der modernen schwedischen Polizeigeschichte einzigartig. Nicht nur, weil sie ein

Segen für die magere Aufklärungsrate des Polizeikorps gewesen war. Ihre Persönlichkeit hatte zudem etwas entstehen lassen, was man am ehesten als Medienhype bezeichnen konnte. Ziemlich schlank, mit kurz geschnittenem Haar, hartem Blick, hohen Backenknochen und einer eigensinnigen Stupsnase entsprach sie dem Bild einer Autoritätsperson mit überbordender Energie. Sie sah aus wie eine gealterte, aber keineswegs besiegte Lilla My aus dem Kinderbuch *Mumintrollet*.

Es war diese Kombination aus Aussehen und staubtrockenen Einzeilern, die ihr in kürzester Zeit einen besonderen Platz im schwedischen Verbrechensjournalismus verschafft hatten. Zu ihrer Spezialität gehörten hartnäckige Journalisten, die sie mit grausamer Lust verbal einseifte. Je übellauniger Kerstin auf ihre Fragen antwortete, desto beliebter wurde sie. Diese Tatsache konnte der politisch weitaus versiertere Bundespolizeipräsident nie verstehen. Jetzt war es ihm jedoch mit überraschendem Mut gelungen, zu verhindern, dass Kerstin ihm die Tür vor der Nase zuschlug, indem er mit einer erstaunlich raschen Bewegung seinen Fuß in die Türöffnung geschoben hatte. Nachdem er seinen beleibten Körper durch den Türspalt hinein in den langen, schmalen Flur gequetscht hatte, hielt er eine schlecht vorbereitete, nervöse Ansprache über Kerstins Verdienste, während er sich mit kurzen, zuckenden Bewegungen über den Schnurrbart strich:

»… aber wir kommen alle an den Punkt in unserem Berufsleben, an dem es an der Zeit ist, loszulassen. Den Spaten aus der Hand zu legen. Sich um den Garten zu kümmern und all das. Verstehst du?«

Der Bundespolizeipräsident mit dem Beinamen Sheriff hatte vergeblich Augenkontakt mit Kerstin gesucht. Sie hatte ihren berüchtigt stahlharten Blick oberhalb seines mit dünnem Haar bewachsenen Kopfes fixiert, ungefähr dort, wo die Glocke aus rostfreiem Stahl im Flur befestigt war. Genau wie bei den vielen Verhören, die sie während der vergangenen dreißig Jahre mit verdächtigten Dieben und Mördern geführt hatte, hatte ihre Erscheinung auch beim Bundespolizeipräsidenten den gewünschten Effekt. Kerstin beobachtete aus dem Augenwinkel, dass die Hand, in der er ein braunes Kuvert hielt, leicht zu zittern begann. »Okay, Kerstin. Würde mir ein ausreichendes Budget zur Verfügung stehen, würde ich dich als Seniorratgeber oder Ähnliches behalten können. Deine Kompetenz. Selbstverständlich. Unvergleichlich. Aber du weißt ja, wie es aussieht. Die Situation und so weiter.«

Kerstin wusste, wie es aussah. Aber sie weigerte sich, die Tatsache zu akzeptieren, dass sie trotz ihrer nach wie vor vorhandenen Professionalität und Kompetenz ihren Job nur aufgrund einer willkürlich aufgestellten Altersgrenze aufgeben sollte. Schließlich – aber nicht ohne davor in den Genuss eines verhörartigen Gesprächs zu kommen, das den Bundespolizeipräsidenten aufgrund seiner beruflichen Unfähigkeit fast an den Rand eines Tränenausbruchs brachte – hatte sie resigniert. Sie hatte die offiziellen Papiere entgegengenommen und das Formular, das ihren letzten Arbeitstag auswies, unterschrieben.

Erst nach der Abschiedsfeier, die mit Blumen und Ansprachen im Speisesaal des Polizeigebäudes stattfand, hatte die eigentliche Hölle begonnen. Kerstin fand, dass sie allem, was ihr Leben lebenswert gemacht hatte, beraubt worden war. Die Wohnung, die ihr während ihres gesamten Berufslebens – auch als ihre Tochter noch zu Hause wohnte – wie eine warme und sichere Oase erschienen war, erlebte sie bald wie eine Gefängniszelle. Eine enge und muffige Garderobe, die sie, soweit es möglich war, mied.

Karate wurde ihre Rettung. Sie hatte ihr ganzes Leben lang viel trainiert. Trotz ihres zunehmenden Alters hatte sie auch in den vergangenen Jahren keine Ausnahme gemacht. Kerstin war im wahrsten Sinne des Wortes äußerst gut trainiert. Dreimal die Woche zog sie ihr *Gi*, den Karateanzug, an, und fuhr mit dem Auto zum *Dojo* in Tumba, dem Trainingszentrum südlich von Stockholm. Botkyrka Shukokai Karate war ihr ab den 1980er-Jahren, als der Klub öffnete, zu einem zweiten Zuhause und einer zweiten Familie geworden – gleich nach ihrer Tochter. Nach dem Schicksalstag, als sie ihre Schlüsselkarte und ihre Dienstwaffe abgegeben hatte, war ihr das Training zu einer beinahe manischen Gewohnheit geworden.

Wenn sie nicht selbst trainierte, arbeitete sie als Trainerin, leitete Gruppen und verkaufte Würstchen in der Cafeteria an wartende Eltern. Gegen zehn Uhr, wenn die letzte Gruppe sich verbeugend hinein ins *Dojo* verzogen hatte, saugte sie den Boden und kontrollierte den Lagerbestand in der Cafeteria sowie das Angebot an Overalls, Kampfhandschuhen, Zahn- und Beinschutz, die im Wartezimmer zum Verkauf angeboten wurden. Der Gründer des Klubs, Sensei Micke, hatte diese Entwicklung bei Kerstin mit einer gewissen Skepsis mitverfolgt. Freilich war sie schon immer starrköpfig, konzentriert und zielstrebig gewesen – Eigenschaften, die Micke sehr schätzte und als bedeutende Bestandteile der Karate-Philosophie ansah. Aber diese Philosophie hatte es sich gleichermaßen zum Ziel gesetzt, ein Zentrum der physischen und psychischen Ruhe zu errichten, eine grundlegende Ausgeglichenheit zu finden. Dieses Zentrum sollte man durch die ständige Wiederholung und Optimierung von Elementen erreichen, mittels der *kata*, die dazu dienten, dass man detailliert choreografierte und stilisierte Varianten der Selbstverteidigungstechniken trainierte.

Sensei Micke war stets auf der Hut vor Zeichen von mangelnder Selbstkontrolle bei seinen Adepten und glaubte, etwas Neues und Beunruhigendes in Kerstins Augen entdeckt zu haben. Kerstins schwarzer Gürtel setzte auch bestimmte Erwartungen voraus – nicht nur auf technischem Niveau, sondern auch in Bezug auf Verantwortung und einer Form mentaler Präsenz. Vielleicht war da etwas in der Präzision, mit der sie die verschiedenen Bewegungen ausführte. Vielleicht war es nur die Geschwindigkeit, mit der sie sprach – eine kaum merkliche Härte, die sich in den Klang ihrer Stimme eingeschlichen hatte. Sensei Micke selbst hatte als Verantwortlicher für den Klub auf die harte Tour lernen müssen, ein äußerst feines Gespür für solche kleinsten Veränderungen zu entwickeln. Die Konsequenzen konnten sonst unerfreulich sein. Der minimalste Kontrollverlust bei den zeitweilig ziemlich brutalen Kampfübungen konnte zu ernsthaften Verletzungen führen. Ein junger Mann, der seine Frustration über den Jobverlust mit ins *Dojo* brachte, konnte lebensgefährlich werden.

An einem Samstag im Herbst bewahrheiteten sich Sensei Mickes vage Befürchtungen. Während des Vormittagstrainings kämpfte Kerstin gegen einen Mann, der vor Kurzem den braunen Gürtel erworben hatte. Stolz über seinen neuen Rang stellte sich Johan, ein groß gewachsenes, bärtiges Mitglied einer friedlichen Motorradbande aus Norra Botkyrka, vor Kerstin in Position. Sie begrüßten sich mit einer Verbeugung und fingen an, einander zu umkreisen. Johan begann mit einigen wohlgemeinten, aber technisch schlecht ausgeführten Versuchen, einen Treffer bei Kerstin zu landen. Sie tänzelte frei und kontrolliert weg und brauchte die Schläge nicht einmal abzuwehren, die sie bereits durch die Art, wie Johan seinen rechten Fuß bewegt hatte, kommen gesehen hatte. Im Nachhinein konnte

Kerstin nicht nachvollziehen, was sie dazu bewogen hatte, plötzlich blitzschnell eine Serie von Schlägen auszuführen, die sie mit einem *mae-geri* – einem hohen Fußtritt – beendete, der mit voller Wucht Johans Schulter traf, die kurz danach in einem unnatürlichen Winkel schlaff herunterhing.

So weit bewegte sich das alles innerhalb des Rahmens dessen, was jedem mit ein wenig Pech während des *kumite,* des Kampftrainings, passieren konnte. Aber es war doch bemerkenswert, dass ausgerechnet Kerstin, mit zwei Streifen auf ihrem schwarzen Gürtel, einen derartigen Mangel an Kontrolle zeigte. Erst danach geschah allerdings etwas, das Sensei Micke veranlasste, schnell quer über das *Dojo* zu laufen, in die Ecke, wo Kerstin und Johan standen. Nach ihrer Attacke war Kerstin geschmeidig und schnell auf ihre Position zurückgekehrt, ganz nach dem Prinzip »ran an den Gegner und gleich wieder zurück«. Aber in dieser Stellung zeigte sie keine Ruhe. Für jemanden wie Sensei Micke, der gelernt hatte, solche Situationen intuitiv zu erfassen, gab es keinen Zweifel, dass Kerstin sich für die nächste Attacke bereit machte. Sie war im Begriff, einen weiteren Fußtritt gegen Johan zu platzieren, der sich jetzt in der Hocke auf seinen gesunden Arm stützte. Johan war bereits aus dem Rennen.

Als Kerstin mit voller Kraft einen Fußtritt ausführte, der höchstwahrscheinlich auch die zweite Schulter Johans demoliert hätte, war Sensei Micke bereits zur Stelle. Der Einfallswinkel war zwar nicht optimal, doch mit einer eleganten Drehung seines Körpers warf er sich dazwischen, gerade als Kerstins Bein seine volle Streckung erlangte. Seine Blockade kam etwas zu schnell und zu heftig, was Sensei Micke später bereute. Man hörte ein lautes, knackendes Geräusch von Kerstins Knie, bevor sie wimmernd vor Schmerz auf die Matte des *Dojos* fiel.

Das bedeutete das Ende von Kerstins Karatetraining. Zumindest für einige Monate, die das Knie nach der Operation für die Heilung benötigte.

Sensei Micke hatte, als er Kerstin im Karolina-Krankenhaus besuchte, angeordnet, dass sie während des Heilungsprozesses zu Hause bleiben sollte. »Denk darüber nach, was du mit Karate erreichen willst, Kerstin. Wenn du zurückkommen willst, musst du an deiner Glaubwürdigkeit als Vorbild arbeiten. Gibt es jemanden, mit dem du darüber sprechen kannst?«

Kerstin hatte gelogen und die Frage bejaht – vor allem, weil sie ihr Schuldgefühl selbst in den Griff bekommen wollte, ohne wohlgemeintem, aber nicht willkommenem Mitgefühl. Abgesehen von ihrer Tochter, deren Leben zur Gänze mit Kindern und Familie ausgefüllt war, hatte Kerstin nur wenige Menschen, mit denen sie »sprach«. Und nicht einmal mit der Tochter sprach sie besonders oft – sondern fand ihre ständige Fürsorge ihrem Mann und den Kindern gegenüber etwas übertrieben und sogar anstrengend.

Kerstin hatte eigentlich nie einen Vorteil darin gesehen, ihre innersten Gedanken mit anderen Menschen zu teilen. Ihrer Meinung nach barg jedes geschenkte Vertrauen eine mögliche Enttäuschung in sich. Der Vater ihrer Tochter, dem sie sich Anfang der 1980er-Jahre während einer kurzen Zeit *fast* nahe gefühlt hatte, war dafür ein Paradebeispiel.

Die Enttäuschung wartet immer hinter der nächsten Ecke.

Aber das nun fehlende Karate, durch das sie immer ein gewisses Gefühl der Zugehörigkeit verspürt hatte, hinterließ einen gigantischen Leerraum, der das Loch, das die Pensionierung in ihr verursacht hatte, noch vergrößerte. Sie fühlte sich doppelt im Stich gelassen: alt und nicht mehr gebraucht.

Der Winter und die Dunkelheit taten das Ihre, die Wohnung,

die alle fünf Minuten durch die vorbeibrausende U-Bahn erschüttert wurde, schien immer kleiner zu werden, während ihre innere Leere größer und größer wurde. Auch die Meditation, die sie während ihres Erwachsenenlebens eingesetzt hatte, um in Balance zu bleiben, funktionierte nicht mehr, sondern machte sie noch rastloser und unglücklicher. Dennoch zwang sie sich jeden Tag dazu, sich mit der Krücke die Treppe hinunter in das freudlos farblose Zentrum von Bandhagen zu quälen, um dort die Zeitung und Lebensmittel, die in eine Tasche passten, einzukaufen.

Eines Abends, als sie die Einsamkeit beinahe erdrückte und ihre Frustration ein Niveau erreichte, das keine Meditationstechnik heilen konnte, rief Barbro an. Die pensionierte Polizeipsychologin Barbro Larsson war lange Zeit ein Quälgeist für Kerstin gewesen. Sie hatten ungefähr gleichzeitig ihren Dienst angetreten. Trotz ihrer unterschiedlichen Berufe hatten sie ziemlich viel miteinander zu tun gehabt. Kerstin hatte nie verstanden, warum es notwendig sein sollte, Psychologen in polizeiliche Untersuchungen einzubeziehen. Insbesondere die Geschichte um den selbst ernannten Massenmörder Thomas Quick hatte gezeigt, wie unsinnig es war, diesen Quacksalbern zuzuhören, die behaupteten, die menschliche Psyche zu kennen.

»Menschen, die ferngesteuert sind von einer Bande syphilitischer, toter Psychogurus aus Österreich darf man nicht in professionelle Untersuchungen hineinpfuschen lassen«, lautete Kerstins strenges Urteil. Und Barbro verkörperte alle Vorurteile, die Kerstin über Psychologen hatte.

Hennagefärbtes Haar. Weite, bunte Röcke von Gudrun Sjödén. Eine Art, den Kopf schief zu halten und dabei mit gekünstelt weicher Stimme im Dalarnadialekt »Ich verstehe« oder »Was hast du dabei gefühlt?« zu sagen. Der starke Duft von Räucherstäbchen, der noch minutenlang in der Luft hing, nachdem sie einen Raum verlassen hatte. Barbro entsprach für Kerstin durch und durch der Definition von *wahnsinnig anstrengend*. Bis zu einem bestimmten Tag. Während einer besonders aufreibenden Ermittlung über einen Mord an zwei kleinen Kindern und deren Mutter hatten sich Barbros Kenntnisse als entscheidend für die Aufklärung des Falles erwiesen. Sie hatte außerdem auf überzeugende und feinfühlige Art deutlich gemacht, dass Kerstin blindlings eine Spur verfolgt hatte, die die Ermittlungen in eine völlig falsche Richtung geführt hatten. Die ganze Geschichte hätte für Kerstin ein peinliches Ende nehmen können, wenn sie nicht auf Barbro gehört hätte. Zudem hatte Barbro mit keinem Wort der Gruppe gegenüber erwähnt, was geschehen war.

Ab diesem Tag hatte Kerstin Barbro bewusst zur *richtigen Polizistin* aufgewertet. Zu jemandem, dem man zumindest teilweise vertrauen konnte, trotz ihrer weiterhin vorhandenen irritierenden Gepflogenheiten.

Es hatte sie wahnsinnig gefreut, dass Barbro anrief. Sie war noch immer die Alte – quasselte über Kräuter und Pflanzentinkturen, von denen sie behauptete, dass sie gut für Kerstins Knie wären. Kerstin in ihrem derzeitigen Zustand fand das Geschwätz von Barbro keineswegs irritierend – sie fand es im Gegenteil angenehm und vertraut.

Einige Telefongespräche später war Kerstin im Besitz einer mittelgroßen Djembe-Trommel, die sie im Musikgeschäft in der Folkungegatan gekauft hatte. Außerdem hatte sie sich gehorsam, wenn auch nicht besonders enthusiastisch, zur ersten Einheit des Kurses, den Barbro empfohlen hatte, eingefunden.

Das war der Grund, warum Kerstin nun mit einer westafrikanischen Trommel unterm Arm bei starkem Schneefall vor dem Vitabergspark stand. Das Ganze war natürlich ein Fiasko gewesen. Ein fürchterliches Fiasko. Sie brauchte zwar nicht am Boden zu sitzen. Das hätte weder Kerstins Knie noch ihr Selbstverständnis zugelassen. Nicht ohne Karateanzug. Aber die Leute. *Du lieber Himmel.* In dem Saal hatten sich fünfzehn Frauen versammelt – alle ungefähr im gleichen Alter. Einige waren jünger.

Aber alle haben mit Sicherheit ein Hormonpflaster.

Kerstin fühlte sich plötzlich unbehaglich. Barbro hingegen passte perfekt in dieses Milieu und lächelte mit den anderen Tanten um die Wette, die mit lüsternen Blicken den nur knapp über zwanzig Jahre alten Kursleiter verschlangen, der bei jedem Trommelschlag seine Dreadlocks fliegen ließ. Pablo, wie der Kursleiter hieß, hatte seiner andächtigen Versammlung die drei Grundschläge gezeigt. Sie sollten dem Rhythmus folgen. Schon nach kurzer Zeit dampfte der Raum vor Musikverständnis und umfassender schwesterlicher Liebe, sodass das Ding, das Kerstin ihr *Verrücktometer* nannte, voll anschlug. Inmitten des anstrengendsten Teils der Stunde, als die Damen eine nach der anderen zu einem Rhythmus improvisieren sollten, den Pablo genüsslich mit dem Feeling vorgab, das nur ein Kerl mit Dreadlocks vermitteln kann, richtete sich Kerstin mühevoll auf. Es wurde still im Saal. Barbro warf ihr einen strengen, vorwurfsvollen Blick zu. Kerstin hob ihre Krücke auf und klemmte sich die Djembe-Trommel unter den Arm.

»Vielen Dank. Ich muss gehen. Ich gehe heim und surfe durch Pornofilme.«

Die Erinnerung an die lächerlich bestürzten Gesichter der Gruppenmitglieder war das Einzige, das Kerstins grässliche Laune milderte. Wie hatte sie nur annehmen können, dass eine Beschäftigung wie diese die Leere in ihr ausfüllen könnte? Sie hatte ein Taxi gerufen. Kleine Tropfen eiskalten Schmelzwassers fielen ihr vom Haar in den Nacken. *Scheiß Taxi.* Wenn es nicht bald kam, würde Barbro rauskommen und Kerstin müsste ihr erklären, was passiert war. Sie sah schon, wie Barbro den Kopf zur Seite neigte und in ihrem falsch singenden Dalarnadialekt sagen würde: »Wie hast *du* diese Situation erlebt, Kerstin?« Das »d« im Wort »du« würde sie mit der Zunge weit hinter den Zähnen bilden, sodass dieser besonders klebrige Lokaldialekt entstand. Kerstin schauderte bei dem Gedanken. Ein Mann, der einen außergewöhnlich kleinen weißen Hund auf dem Arm trug, stapfte vorbei und grüßte freundlich. Als Antwort bekam er nur ein Schnauben von der Dame mit der Trommel. Kerstin glotzte den Hund an und identifizierte ihn als abstoßendes Ergebnis genetischer Experimente.

Verbietet diesen Scheiß. Ihr Erben von Mengele, alle miteinander.

Das Telefon in der Fjällräven-Jacke vibrierte.

»Armfeldt.«

»Ist dort Kerstin?«

»Ja?«

Sie hörte ein Räuspern im Hörer. Die Stimme am anderen Ende der Leitung hatte einen professionellen Klang. *Polizei*? Wie es ihrer Gewohnheit entsprach, entschloss sich Kerstin, dem Anrufer nicht mit irgendwelchen Höflichkeitsfloskeln entgegenzukommen. Stattdessen wartete sie, dass der Anrufer sein Anliegen verdeutlichte.

»Ja, ich sollte mich vielleicht vorstellen. Wir haben uns schon einmal getroffen.«

»Und wo bleibt die Vorstellung?«

»Ja, natürlich. Entschuldigung.« Ein kurzes Kichern war zu hören. Das Verrücktometer zeigte kleine, pulsierende Bewegungen an.

»Ich heiße Anna Flanke. Ich arbeite als politische Sachverständige beim Jumi. Verzeihung, Justizministerium.«

»Aha«, erwiderte Kerstin. *»Jumi« also.* Kerstin dachte nicht daran, ihr auch nur im Geringsten entgegenzukommen. Mit einer gewissen sadistischen Befriedigung ließ sie ihrem Ärger über die Trommeltanten und den Pädagogen Pablo freien Lauf. Ein Taxi fuhr vor und hielt auf der gegenüberliegenden Straßenseite. Kerstin, die nun in der einen Hand das Telefon hielt, in der anderen die Djembe-Trommel, musste die Krücke gegen ihren Körper stemmen. Mit der Hand, in der sie das Telefon hielt, winkte sie dem Chauffeur. Er winkte lächelnd zurück, machte aber keine Anstalten zu wenden und zu Kerstin zu fahren. *Das war doch zum aus der Haut fahren.* Aus dem Telefon, das nun einen Teil der signalmastartigen Arbeit des Armes erfüllte, waren fragende Laute zu hören.

Widerwillig hob Kerstin das Gerät ans Ohr.

»Was hast du gesagt?«

»Ich habe gerade gesagt, dass ich dich bei einem Seminar vor zwei Jahren gehört habe. Rosenbad. Festsaal. Es ging um die Arbeit des Morddezernats und was der Mord an Anna Lind für die Methode bei Verbrechen, die die Sicherheit des Landes bedrohen, bedeutete. Anna Flanke atmete tief und deutlich hörbar ein. »Wir begrüßten einander und ich stellte einige Fragen.«

»Aha«.

Himmel, was macht denn der Idiot? Das Taxi hatte zunächst mühselig im Tiefschnee gewendet, rollte jetzt aber zu Kerstins Bestürzung langsam an ihr vorbei, ohne zu bremsen. Im Schneckentempo fuhr es die Ploggatan entlang und bog dann lässig nach rechts in die Bondegatan ein.

»Was zum Teufel!«

»Wie bitte?«

»Ich meinte das Taxi. Das ich gerade wegen dir verpasst habe. Sprich ruhig weiter. Jetzt habe ich genug Zeit.« Kerstin war mit dem sarkastischen Ton, den sie angeschlagen hatte, zufrieden.

»Okay. Verzeihung. Ich wollte wirklich nicht … Ich meine, was für ein Pech.« Die Stimme klang plötzlich jämmerlich, was Kerstin jedoch nicht im Geringsten berührte.

»Ja.«

»Ja, genau, mein Anliegen. Du erinnerst dich vielleicht, dass während des Ostseefestivals im Herbst ein Mord geschah? Antoine Malå? Der Dirigent – brutal ermordet?«

»Ja, ich erinnere mich, natürlich. Das war am Tag, nachdem ich in *Pension* gegangen bin.« Kerstin ließ das Wort wie einen Vorwurf klingen, der an die ganze Welt gerichtet war, aber an das Justizministerium im Besonderen.

»Ja, doch, das kann stimmen, ich weiß ja nicht …«

»Außerdem: Ermordet? Der Körper wurde doch nicht gefunden?«, sagte Kerstin.

»Nein, aber man fand ja …«

Anna Flanke zögerte und Kerstin konnte mit sadistischer Präzision die in der Luft hängende Information einfügen.

Maestro, Berwaldhalle, September, 01.15 Uhr

Der Maestro war bei den ersten Nadelstichen zusammengezuckt. Er konnte sein ersticktes Wimmern im Kopf hören, aber auch die Laute, die seine Ohren von außen erreichten – dasselbe Wimmern, abgeschwächt durch das silberne Klebeband. Das Lied erklang noch immer im Zimmer, unterbrochen nur durch das Rascheln der Plastikplane, die auf dem Boden des Künstlerzimmers ausgebreitet wurde. Es hatte sich zuerst angefühlt, als würde jemand an den Füßen ziehen und zerren. Aber es tat nicht weh. Der Laut hatte einen ganz eigenartigen Klang, stellte er fest; eine Art feucht reibender Ton. Erst als das Zerren die Knie erreichte, begriff er, was mit ihm geschah. Bevor ihn Panik erfasste und die letzten Reste seines rationalen Denkens durch eine allumfassende Todesangst ausgelöscht wurden, fiel ihm erstaunt »Betäubung?« ein.

Danach wurde alles abwechselnd rot und schwarz vor seinen Augen. Der Kopf war der einzige noch nicht betäubte Teil seines Körpers. Er rollte nun anscheinend unkontrolliert hin und her, wurde in panikartigen Krämpfen nach vorne und hinten geworfen.

»Hört auf zu singen … rein … hässlich … ekelig … Verräter … Ekel … alle hier … Hört auf, hört auf … Warum tut es nicht weh … Verdammt noch mal, hört auf … hübsch … Quartsextakkord … gut … nicht jetzt …«

Der Maestro schrie jetzt, aber nur in seinem Inneren – kein Laut außer dem Lied und dem Geräusch von Haut, die vom Fleisch gezogen wurde, war im Raum außerhalb seines Körpers zu hören. Die inneren Schreie nahmen an Stärke zu, bis ihn ein weißes Rauschen umfing; Sinneseindrücke und Erinnerungen vermischten sich zu einem unerträglichen, sich verflüchtigenden Brei. Sein gesamtes Inneres bestand aus Ausrufen, Wünschen, Hilferufen und gleißenden Bildern von Treffen, die stattfinden sollten, aber wahrscheinlich nie Wirklichkeit werden würden.

Nos sumus radices
Et vos rami,
Fructus viventis oculi,
et nos umbra in illo fuimos.

Kerstin, Ploggatan – Bandhagen

»Die Haut. Er wurde gehäutet. Viel Blut, habe ich gelesen.«

Kerstin blickte über die Schulter zurück zum Eingang der Sofia-Schule. Noch bewegte sich nichts im Eingangsbereich. Sie musste sich beeilen, um wegzukommen und Barbros Psychogeschwätz nicht ertragen zu müssen. Sie würde mit Sicherheit einiges zu Kerstins Benehmen von vorhin anzumerken haben.

»Kann ich zurückrufen? Bist du noch eine Weile auf?«

»Ja, ruf diese Nummer an, du hast sie doch am Display?«

»Sicher.« Kerstin drückte das Gespräch weg und hielt auf der Straße Ausschau. *Was für ein Riesenglück*. Ein blauer Bus kam gerade die Ploggatan entlang und hielt an der wenige Meter entfernten Haltestelle. Kerstin hinkte zum Bus und war gerade eingestiegen, als sie eine durchdringende Stimme im Dalarnadialekt aus Richtung der Sofia-Schule hörte:

»KEEEEERSTIN, bleib doch STEHEN!«

Die Türen schlossen sich und der Bus fuhr mit einem Ruck los in Richtung Slussen, wo Kerstin aussteigen würde, um dann in die U-Bahn zu wechseln. Das Telefon läutete wieder, als der Bus in die Bondegatan schwenkte. Barbro. Kerstin blickte gleichmütig auf das Telefon, bevor sie es abschaltete. Erst als Kerstin wohlbehalten in der U-Bahn saß, die sie in ihre Wohnung in Bandhagen bringen würde, schaltete sie das Telefon wieder ein und rief Anna Flanke an.

»Na, wo waren wir stehen geblieben?«

»Tja, wir hatten festgestellt, dass …«

Flanke stockte wieder.

»Ihm wurde die Haut abgezogen.« Kerstin lächelte.

»Wenn ich richtig informiert bin, wurde so gut wie seine gesamte Haut mitsamt Kopfhaut und Haaren vom technischen

Personal gefunden. Alles lag fein säuberlich, wenn auch klebrig, auf einem der Lederfauteuils der Berwaldhalle. Nur die Haut von Händen und Füßen sowie rund um die Augen fehlte.«

»Genau. Exakt. Und der Mörder …«

»Oder *Verstümmler*, wie ich die Person oder die Personen nennen möchte, bis man die Leiche gefunden hat.« Kerstin hatte einen bewusst geschäftsmäßigen Ton angeschlagen, mit dem Anna Flanke offensichtlich schlecht zurechtkam.

»Ja, aber die Ärzte meinen, dass kein Mensch ohne Haut überleben kann.«

Die Stimme flatternd und nervös. Reiß dich zusammen, Flanke.

»Nein, das stimmt natürlich, wenn nichts unternommen wird, stirbt man schnell. Ohne Haut ergeben sich auch noch eine Menge anderer Probleme. Aber wir wissen ja nicht, was sie außer dem Hautabziehen noch getan haben. Vielleicht verfügen sie über lebenserhaltende Maschinen und …«

Kerstin unterbrach sich und änderte ihre Sitzposition, wobei sie beinahe die Djembe-Trommel umwarf, die zwischen den Sitzen am Boden stand. Die Trommel schwankte nur ein wenig bedrohlich hin und her. Schräg gegenüber saß ein Mann, der nervös durchs Fenster auf die U-Bahnstation Enskede Gård starrte und anscheinend unangenehm berührt war von der Konversation, die er teilweise aufgeschnappt hatte.

»Übrigens, was diese Sache anbelangt. Warum redet eine politisch Sachverständige vom *Jumi* mit einer pensionierten Polizistin über ein Gewaltverbrechen? Du hast ja meinem Wissen nach noch ganz andere Möglichkeiten für diese Art von Gesprächen, falls solche überhaupt stattfinden.«

»Eine sehr gute Frage.«

Anna Flankes Ton änderte sich blitzartig, wurde entschieden und forsch.

Gut, Flanke. Du rappelst dich wieder hoch.

»Wie du dich vielleicht erinnerst, hat der Mord – ich meine *das Verbrechen* – große Wellen geschlagen, auch international. Das Verbrechen bedeutete auch einen enormen finanziellen Verlust für das Festival – die Regierungskanzlei war gezwungen, dem Festival zusätzliche Mittel zuzuschießen. Durch die Vorsorge des Kulturamtes hatte die Regierung schon von früher eine Art Vertrag mit der Berwaldhalle, obwohl diese normalerweise aus den Erlösen der Radiolizenzen finanziert wird. Der Dirigent Valerij Schaljapin, der zweite Publikumsmagnet neben Antoine Malå, sagte ab und fuhr nach Hause nach Sankt Petersburg. Der russische Botschafter machte eine Reihe spitzer Bemerkungen über die Sicherheitslage in Schweden, aber auch über die schwedische Kulturpolitik. Die Zeitungen und das Fernsehen schwelgten geradezu in mehr oder weniger bewiesenen Geschichten aus dem Leben von Antoine Malå.«

»Mir ist noch immer nicht klar, inwiefern das alles ein Gespräch mit mir erfordert.«

»Entschuldige, ich glaube, dass ich dir eine Erklärung über die Hintergründe schulde.« *Gestresste Stimme.*

Kerstin runzelte bekümmert die Stirn. *Du wirst doch nicht so leicht die Fassung verlieren, Flanke?*

»Gib mir die *bottom line*, dann entscheide ich, wie viel Hintergrund ich benötige.«

»Okay. Die Ermittlungen sind zum Stillstand gekommen. Nach fast drei Monaten gibt es keine brauchbare Spur. Wir, beziehungsweise der Minister, möchten, dass du mit Parallelermittlungen beginnst. Im Geheimen.«

Die Lautsprecher im Zug riefen Stureby aus. Bandhagen war die nächste Station. Kerstin beugte sich vor, um die Trommel aufzuheben. »Anna, darf ich dich in ein paar Minuten noch einmal anrufen. Ich steige gleich aus der U-Bahn aus und habe etwas Gepäck zu tragen. Okay?«

Kerstin wartete nicht auf Flankes Antwort, sondern drückte das Gespräch einfach weg und steckte das Mobiltelefon in eine der vielen praktischen Taschen ihrer Fjällräven-Jacke. Sie klemmte die Trommel unter einen, die Krücke unter den anderen Arm, während der Zug sich in der schneebedeckten U-Bahnstation Bandhagen einbremste. Nachdem sie langsam – fürchterlich langsam für die sonst so schnellfüßige Kerstin Armfeldt – auf dem Bahnsteig zu den Ausgangstüren gestapft war, entschied sie, die Treppe mit der Krücke hinunterzugehen, anstatt den nach Pisse riechenden Lift zu nehmen. Aufgrund einer allgemeinen Abnützung, ihres Alters und des gut platzierten Treffers von Sensei Micke hatten die Ärzte ihr altes Knie gegen ein neues getauscht. Jetzt wollte Kerstin auf ihre Art gesund werden. Auf Karateart.

Jeder Schritt auf der Treppe war für Kerstin eine Übung, die sie langsam wieder zurück ins *Dojo* bringen würde. Unten angekommen ging sie durch die automatischen Türen hinaus auf den verlassenen und verschneiten Platz. Dort erwartete sie die nächste Herausforderung – die schneebedeckten Treppen, die hinauf nach Salbyvägen führten. *Wenn doch nur diese blöde Trommel nicht wäre.*

Das Gespräch mit Flanke hatte Kerstins Interesse geweckt. Während des ganzen Wegs zu ihrer Wohnung durchflutete sie ein wohlbekanntes, erregendes Gefühl der Neugierde, die nur durch eine professionell durchgeführte Ermittlung gestillt werden konnte. Gleichzeitig war ihr bewusst, dass sie auf der Hut sein musste. Flanke hatte durch ihr Gespräch zumindest ein paar normalerweise unverrückbare Grundsätze verletzt.

Wenn eine geheime Ermittlung auf direkte Anweisung vom Justizministerium ausgeführt werden sollte, handelte es sich dabei um eine grobe Umgehung der demokratischen Spielregeln. Das Polizeipräsidium – eigentlich alle Behörden – wurden durch Verordnungen und jährliche Instruktionen gelenkt. Minister und andere Politiker sollten sich von jedweder operativen Arbeit fernhalten. Und sollten Politiker dennoch an diesen Grundsätzen rütteln, wären sie normalerweise so klug, innerhalb des üblichen Rahmens schwedischer politischer Korruption zu agieren, dessen Grundsatz lautete: *Hinterlasset um Gottes willen keine Spuren.*

Bei einigen Gelegenheit hatte man Kerstin gemeinsam mit dem Bundespolizeipräsidenten zu einem der Minister, die sie während ihrer beruflichen Laufbahn kommen und gehen gesehen hatte, gerufen. Dabei wurden sie beide aufgefordert, keinerlei Aufzeichnungen zu machen. Ihr Besuch wurde nicht registriert, die Gespräche nicht protokolliert. Der Minister hatte sich ausnahmslos ungemein geschnörkelt ausgedrückt hinsichtlich seiner Ansichten über die Polizeiarbeit.

Man hatte sozusagen ein *Signal* gesendet. Aber keine ausdrücklichen Befehle gegeben. Es ging eher darum, dass die nationale politische Führung ihr wachsames Auge auf die Arbeit der Polizei gerichtet hatte und das auch unter Beweis stellen wollte.

Nach einem solchen Treffen im Justizministerium korrigierte der Bundespolizeipräsident sofort seine Haltung. Auf einen Schlag änderte er sein Verhalten und mischte sich in die kleinsten operativen Details ein. Kerstin erinnerte sich, welchen Ekel sie angesichts der politischen Speichelleckerei ihres Chefs empfunden hatte, die auch die Qualität der Polizeiarbeit beeinträchtigte.

Die »politisch Sachverständige« Anna Flanke war eindeutig

von dem Vorsichtsprinzip abgewichen, das Kerstin gelernt hatte mit der Welt der Politik zu verknüpfen. Das führte dazu, dass Kerstin Flankes Kompetenz und Eignung hinterfragte. Es gab Anzeichen. Anna Flanke hatte Kerstins Mobiltelefon mehrmals angerufen. Kerstin hatte zurückgerufen und sich so eine Art Versicherung verschafft; sie konnte nun bei Bedarf nachweisen, dass zwischen ihr und dem Ministerium zu einem bestimmten Zeitpunkt eine Kommunikation stattgefunden hatte. Sie konnte natürlich nicht belegen, worum es gegangen war, aber das war nicht immer entscheidend. Sollte herauskommen, dass Kerstin eigene Ermittlungen betrieb, würde das Ministerium in erster Instanz aufgrund zwingender konstitutioneller Gründe jegliche Kenntnis darüber bestreiten. Die Presse würde »Ministerregierung« brüllen und ein belastendes Bild des Justizministeriums entwerfen, das keinerlei Vertrauen in das Polizeipräsidium hatte. Außerdem war davon auszugehen, dass Kerstin in diesem Szenario als eine Art Privatdetektivin oder sogar als Rechtsbrecherin dargestellt werden würde.

Während sie ihre vom Schnee feuchte Kleidung aufhängte, beschloss Kerstin, noch mehr Sicherheitsmaßnahmen zu ihrem eigenen Schutz zu treffen. Ein schriftliches Dokument, ein Mail oder SMS, das ihre Position absicherte. *Schnell könnte es zu einem Verhör durch den Verfassungsschutz kommen.* Das Telefon piepste. SMS von Anna Flanke.

Hallo! Kannst du jetzt
sprechen? Ich soll den
Minister vor Mitternacht
zurückrufen, rufe mich so
schnell wie möglich an. / Anna

Ausgezeichnet. Vielen Dank, Anna Flanke. Bist du trotz allem nur ein Amateur?

Durch die Mitteilung war nun auch der Minister verraten. Kerstin goss sich in aller Ruhe ein Glas japanischen Whisky ein und setzte sich gemütlich aufs Sofa, das wunde Bein ausgestreckt auf einem Fußschemel. Sie schmunzelte, während sie Anna Flanke anrief.

»Flanke.«

»Armfeldt.«

»Ausgezeichnet, dass du gleich zurückrufen konntest«, sagte Anna Flanke. »Der Minister möchte wirklich, dass du diese Sache übernimmst.«

»Ich verstehe. Ich schlage vor, dass wir uns morgen um 13 Uhr im Restaurant des Kulturhauses treffen. Du nimmst alle Ermittlungsunterlagen, sowohl in Papierform als auch auf einem USB-Stick mit. Ich möchte auch, dass du dich ausweisen kannst. Bring deinen Personalausweis und deinen Passierschein für die Regierungskanzlei mit. Und ein Schreiben vom Minister oder vom Höchsten Richter. Das Schreiben soll unsere formellen Positionen darlegen – wofür ich eingestellt werde, ja, du weißt schon. Das Übliche.«

»Okay.« Flankes Stimme verlor an Sicherheit. »Was die Form der Einstellung anbelangt, haben wir einen etwas unorthodoxen Vorschlag und ein besonderes Anliegen. Darüber informiere ich dich morgen. Selbstverständlich bringe ich alles mit, was du verlangt hast. Gibt es noch etwas?«

Wieder schmunzelte Kerstin in sich hinein.

The plot thickens. Sie nahm einen kleinen Schluck Whisky, bevor sie weitersprach.

»Übrigens, Anna – bis morgen kannst du dir Antworten auf folgende Fragen überlegen: Warum um Himmels willen riskiert man die Glaubwürdigkeit der ganzen Regierung für eine parallele Ermittlung? Wollt ihr denn alle Selbstmord begehen? Wäre es nicht viel einfacher, die Schmach zu schlucken, die Angriffe der Presse wegzustecken und sich weiter abzumühen? Verhaltet ihr Politiker euch sonst nicht auch so in Krisen?«

Sie hörte, wie Anna Flanke tief seufzte.

»Okay, ich bin mit deiner Formulierung nicht ganz einverstanden, aber du stellst nachvollziehbare Fragen. Ich werde mich bemühen, sie morgen zu beantworten.«

»Gut, dann treffen wir uns. Das Restaurant ganz oben.«

»Verstanden.«

Kerstin Armfeldt fühlte sich so froh wie schon lange nicht mehr. Trotz der törichten Planung von Flanke schien es sich doch um eine *richtige Arbeit* zu handeln. Außerdem ohne die geringste Unterstützung der früheren Kollegen – eine Solosache.

Dennoch war Kerstin überzeugt, dass ihr der Auftrag gefallen würde. Die Kollegen in allen Ehren, aber oft waren diejenigen, die die Routinearbeit erledigten, bestenfalls Handlanger für den, der in Wirklichkeit die Arbeit machte. Im Normalfall hätten die bisherigen Ermittlungsergebnisse bereits alle Erfordernisse der polizeilichen Standardarbeit abdecken müssen. Wenn diese dürftig waren, musste vielleicht ergänzende Arbeit geleistet werden. Das konnte sie dann übernehmen – sie dachte jedoch nicht daran, selbst mit der Krücke durch Treppenhäuser zu humpeln. Sie dachte einen kurzen Moment darüber nach, wie ihr Nachfolger bei der Mordkommission reagieren würde, wenn er davon erführe. Wie hätte sie selbst reagiert? Mit Fassungslosigkeit klarerweise.

Jetzt war die Lage eine andere. Kerstin war bereit, die meisten Grundsätze über Bord zu werfen, die sie als Chefin gehabt hatte. Dieser Auftrag war ihre Eintrittskarte zurück ins Leben, wie sie es sich vorgestellt hatte. Weg von dem Gefühl der Nutzlosigkeit und der Verlassenheit. Mit einem zufriedenen Lächeln auf den Lippen schlief sie am Sofa ein, während in der Stereoanlage die CD mit westafrikanischer Musik, die sie von Barbro ausgeliehen hatte, lief.

Das Kulturhaus, eine Kreation des Architekten Celsing, war seit jeher als Platz gedacht gewesen, an dem sich Kunst und Kultur wechselseitig andauernd befruchten sollten. Künstler wie auch andere Menschen sollten hier mit Lust und Freude an dem Utopia bauen, an das man in den Sechziger- und Siebzigerjahren noch geglaubt hatte. Direkt auf dem Platz Sergels Torg thronte das Kulturhaus wie eine modernistisch kühle, grelle Kulisse für den Rauschgifthandel, der vor den Eingängen betrieben wurde, seit das Gebäude stand. Das Restaurant ganz oben bot eine ansprechende Aussicht über Sergels Torg und einen ebenso modernistischen Springbrunnen mit einer Glasskulptur in der Mitte, die Kerstins Meinung nach von *zweifelhaftem* ästhetischem Wert war.

Im Restaurant des Kulturhauses trieben sich nicht nur Kunstschaffende und kulturinteressierte Leute herum. Vielmehr dominierten Caffè Latte trinkende und auf Elternurlaub befindliche Mütter, die gerne ihre neuesten Kinderwagenmodelle im Café umherschoben. Da gab es auch keine so geringe Anzahl an Personen, die die Vorteile dieses erbärmlichen akustischen Milieus erkannt hatten; das Klirren von Glas und Besteck, das Quietschen der Stühle und schreiende Babys eigneten sich nämlich ausgezeichnet für eine bestimmte Art von Treffen. Die Hintergrundgeräusche des Kulturhauses machten es beinahe unmöglich zu verstehen, was an den Nebentischen gesprochen wurde. Deswegen war es der ideale Ort für bestimmte professionell-vertrauliche Gespräche. In Stockholm gab es eine Reihe ähnlicher Plätze in der Nähe der verschiedenen Gebäude des Kanzleramtes. Kerstin hatte an »vertraulichen Mittagessen« gemeinsam mit Beamten aller Art und aus verschiedenen Ministerien teilgenommen. Registratoren, Sekretäre von Ministern, Ministerräte und Gerichtsräte; alle geprägt durch eine Kultur, die Briefe, Mails, Aufzeichnungen und alles andere, was in Protokollen auftauchen konnte, scheuten, weil dadurch das Risiko bestand, auf wenig schmeichelhafte Art in den Medien des Landes zu landen.

Das Kulturhaus hatte aber einen grundlegenden Nachteil: die Sichtbarkeit. Hier bestand die Gefahr, von anderen gesehen zu werden, die sich dafür interessierten, wer mit wem zu Mittag aß. Stockholm war überfüllt mit Berufsmenschen des schwedischen Volksheimes, die machiavellistisch geprägt waren und eine nie versiegende Lust auf Intrigen in sich trugen. Um ein allzu hohes Risiko, gesehen zu werden, zu vermeiden, hätte Kerstin das Café der Stadtmission in der von Touristen strotzenden Gamla Stan aussuchen müssen, oder die Lobby eines kleinen feinen Hotels. Aber Kerstin wollte Anna Flanke testen. Sehen, wie sie sich bei der Übergabe von Papieren an eine ziemlich bekannte Person der Polizei in einem gut besuchten Restaurant von Stockholm verhielt.

Als Kerstin die Rolltreppe hinauffuhr, war sie selbst erstaunt, wie ausgeklügelt ihr kleiner diabolischer Plan eigentlich war. Bei der Geschichte handelte es sich natürlich um ein zweischneidiges Schwert. Vielleicht wäre es für sie selbst besser gewesen, sich nicht in Gesellschaft einer politisch Sachverständigen des Justizministeriums in der Öffentlichkeit zu zeigen. Sie redete sich jedoch ein, dass es Anna Flanke war, die das größere Risiko in Kauf nahm.

Kerstin musste nicht lange überlegen, um zu erraten, wer Anna Flanke war. Nur eine einzige Frau saß allein an einem Tisch. Sie trug ein eng anliegendes blaugrünes Kostüm von einer Art, wie man es nur selten außerhalb politischer Kreise sieht. Kerstin fiel auf, dass die Frau nervös an einer Aktentasche herumzupfte, die sie auf einem Stuhl neben sich abgestellt hatte. *Offensichtlich.* Die Frau, die Anna Flanke sein musste, hatte sich neben ein Panoramafenster gesetzt. Vor ihr stand ein Caffè Latte und sie blickte drein, als sei dies die natürlichste Sache der Welt für eine hohe Angestellte der Regierung. Dazusitzen und nervös an einer Aktentasche mit geheimen Dokumenten herumzuzupfen.

»Anna Flanke, nehme ich an.«

Die Frau zuckte zusammen und drehte sich um.

Graue Augen. Intelligenter Blick. Praktische Frisur. Keine Unmenge von Make-up im Gesicht.

Kerstin zog mit der Krücke einen Stuhl heran und setzte sich. »Ich wollte dich nicht erschrecken. Entschuldige, dass ich ein bisschen spät dran bin.«

Kerstin hob die Krücke hoch und wedelte damit in einem Versuch, um Entschuldigung zu bitten.

»Ich habe mich schon gewundert. Gut, dass du gekommen bist. Und dass du mich gleich erkannt hast! Aber du hast sicher auf Google nachgesehen, nehme ich an.«

Aufgeweckt. Kräftige Stimme. Nicht nervös.

Kerstin zog beleidigt eine Augenbraue hoch.

»Google? Ich habe meine Deduktionsgabe eingesetzt. Was in diesem Fall keine große Herausforderung war.«

Flanke blickte Kerstin ruhig an.

Einige lange Sekunden des Schweigens verflossen, bevor Anna fortfuhr: »Zuerst möchte ich deine Fragen beantworten.

Da meine Antworten absolute Verschwiegenheit verlangen, musst du dieses Formular ausfüllen.«

Sie schob ein Standardformular der Regierungskanzlei und einen Kugelschreiber über den Tisch. Kerstin überflog es und unterschrieb.

»Gut.« Anna nahm das Formular und legte es in eine Plastikmappe, verziert mit dem Staatswappen.

»Ich gehe davon aus, dass du einigermaßen vertraut bist mit der parlamentarischen Situation, in der wir uns befinden?«

»Selbstverständlich, ein verdammtes Chaos.«

Flanke lächelte angestrengt. »Genau. Kompliziert. Die Schwedendemokraten sind das Zünglein an der Waage im Parlament. Kein Vorschlag von uns geht durch das Parlament, ohne dass wir einen Kompromiss mit unserem politischen Gewissen schließen müssen.«

Kerstin kicherte, worauf Flanke ihre Augenbrauen hochzog.

»Ein Oxymoron«, sagte Kerstin.

»Wie bitte?«

»Politisches Gewissen. Ein Oxymoron.«

Anna starrte Kerstin an.

»Entschuldige, mach einfach weiter. Als Pensionistin kann ich es mir leisten, zynisch zu sein.«

»Okay, ich verstehe. Glaube ich jedenfalls.« Flanke richtete ihre Haarspange und trank einen Schluck Caffè Latte.

»Willst du eigentlich nichts bestellen?«

»Ich habe bereits gegessen und getrunken.«

»Ach so. Wie gesagt, die politische Lage ist so widersprüchlich, dass wir unsere Politik nicht deutlich kommunizieren können. Weit davon entfernt. Unsere Wähler müssen zusehen, wie wir uns zu Lösungen durchringen, die alle zu Verlierern machen. Noch ein paar strategische Fehler und mehr als das halbe

Parlament mit den Rechtspopulisten an der Spitze wird Neuwahlen fordern. Oder *zusätzliche Wahlen*, wie wir es nennen.«

»Ich weiß. Was werdet ihr dagegen unternehmen?«

»Eine ganze Menge. Aber das bedeutet vor allem, dass wir jede mögliche Quelle zur Beeinflussung der Wähler bis zur ordentlichen Wahl überwachen müssen. Skandale. Unregelmäßigkeiten. Zum Beispiel könnte der Mord an Antoine Malå derart aufgeblasen werden, dass er zu einem Politikum wird. Die Unfähigkeit der Polizei kann schnell zu einem schlechten Zeugnis für die politische Führung werden.«

Kerstin betrachtete nachdenklich die Menschen unten auf der Straße. Es war ein herrlicher Wintertag. Die Weihnachtseinkäufe waren im vollen Gange. Stockholm hatte sich wieder einmal selbst übertroffen, was den Weihnachtsschmuck und die Weihnachtsbäume betraf.

»Na ja. Ich bezweifle, dass ein solches Verbrechen zu einer so großen Sache werden kann, dass es eine Regierung stürzt.«

»Du hast recht. Nicht direkt. Obwohl der Mord, entschuldige: das Verbrechen, spektakulär war, braucht es auch andere Gründe.«

»Und die wären?«

»Du hast vielleicht schon vom Ostseevertrag gehört?«

»Ja, aber ich kenne die Details dazu nicht.«

»Grob skizziert geht es darum, dass es der schwedischen Regierung gelungen ist, sämtliche Staaten mit Interesse an und rund um die Ostsee zu vereinen, ein Abkommen zu schließen, das Emissionsausstoß, Fischerei, Verkehr und alle möglichen Angelegenheiten regelt, um eine dauerhafte Entwicklung der Ostsee zu garantieren. Dieses Abkommen beinhaltet aber auch militärische Aktivitäten in dieser Region. Damit handelt es sich um einen Vertrag, der im Fall von Schweden das Engagement und die Teilnahme von Landwirtschafts-, Umwelt- und Verteidigungsministerium erforderlich macht, und natürlich des Außenministerium und uns vom Justizministerium. Sogar das Kulturministerium, das durch ein multilaterales Austauschabkommen auf kulturellem Gebiet miteinbezogen werden muss. Hinzu kommt noch die übliche Anbindung schwedischer Wirtschaftsinteressen und Interessensorganisationen verschiedenster Art. Ohne mich allzu sehr in technische Details zu vertiefen, kann ich nur sagen, dass es sich um einen historischen Erfolg für die ganze Ostseeregion handelt. Und für Schweden«, meinte Anna Flanke.

»Aber?«, warf Kerstin ein.

»Da das Abkommen so umfassend ist, ist es natürlich nicht stärker als sein schwächstes Glied. Und dieses Glied ist Russland. Russland wurde erst zuletzt ins Boot geholt und ist auch das Land, das am meisten durch das Abkommen zu verlieren hat. Die Kosten für Umweltschutzmaßnahmen, die durchgeführt werden müssen, sind gigantisch. Die Anpassungen, die im Abkommen von mehreren russischen Industrien in den Zweigen Öl, Naturgas, Stahl und Fahrzeugfertigung verlangt werden, sind gewaltig.«

»Aber sie sind dabei und eigentlich nur wegen einer einzigen Person.«

»Putin?«

»Klarerweise Putin. Aber vielleicht vor allem wegen einer Person, der Putins Ohr gehört. Nämlich seinem alten Studienkollegen Valerij Schaljapin.«

»Der Dirigent also? Der Kollege von Malå?«

»Genau der. Und jetzt wird das Bild komplexer. Antoine Malå hatte sich in Umweltfragen engagiert. Hauptsächlich durch sein Mitwirken bei unterschiedlichen Galas zugunsten des einen oder anderen Umweltprojekts. Auch seine Teilnahme am Ostseefestival war Teil seines Eintretens für Fragen, die unser aller Verantwortung für diese Region betreffen. Außerdem war Antoine ein guter Freund von Schaljapin. Zumindest ein so guter Freund, dass er ihn von der Wichtigkeit eines russischen Engagements auf diesem Gebiet überzeugen konnte. Kurz zusammengefasst: Während einiger Jahre bedienten wir uns Malås als Werkzeug, um an Putins besten Freund, Schaljapin, heranzukommen. Der Schachzug gelang. Schaljapin war ein begeisterter Anhänger der Umweltbewegung.«

»Agierte Malå als Agent?«

»Das wäre zu viel gesagt. Natürlich versuchten wir, ihn in diese Richtung zu lotsen. Seinem weitläufigen internationalen Netzwerk und seinem Ansehen als Künstler verdankte er eine Freikarte zu allen beschlussfähigen Institutionen. Unter den Politikern und Industriellen der Welt gibt es viele Liebhaber von klassischer Musik. Malås Integrität war allgemein anerkannt und wurde gerühmt, niemand hätte ihm ein Doppelleben zugetraut. Doch er verweigerte eine Zusammenarbeit in anderen Fragen. Sein Engagement war echt, daher konnte er schnell eingesetzt werden. Das Ostseefestival stellte eine wiederkehrende Gelegenheit für Malå dar, Schaljapin und über ihn auch Putin für die Sache einzunehmen.«

»Und was klappte nicht?«

»Als Malå gehäutet vorgefunden wurde, bekam Schaljapin einen seiner berüchtigten russischen Wutanfälle. Er sagte seine Konzerte ab und begann hemmungslos Wodka zu trinken – finanziert durch das Ostseefestival im Hotel Diplomat. Seine Trauer kannte anscheinend keine Grenzen. Journalisten versammelten sich vor dem Hotel, um sein wolfartiges Geheul vom Balkon in der Nacht aufzunehmen. Schaljapins Reaktion verursachte eine ganze Reihe diplomatischer Verwickelungen, wobei die Äußerungen des Botschafters das geringste Problem waren. Anfangs waren wir noch nicht beunruhigt, dass die Abmachung platzen könnte. Aber als die Polizeiarbeit keine Fortschritte machte, häuften sich die Fragen von russischer Seite. Das Ganze fand seinen Höhepunkt vor ein paar Wochen, als Putin durch seinen Botschafter in Stockholm mitteilen ließ, dass sich Russland aus dem Abkommen zurückziehen würde, falls der Mörder von Malå nicht gefunden und zur Verantwortung gezogen werde.«

»Hm. Das klingt nach einer ziemlich unseriösen Haltung eines Staatschefs«, sagte Kerstin.

»Das stimmt. Aber wir, die wir mit Russland zusammengearbeitet haben, haben Schlimmeres gesehen. Und in diesem Fall ist es einfach für Putin. Er hat durch das Abkommen viel zu verlieren. Doch die Freundschaft mit Schaljapin zählt mehr als seine pragmatische Gesinnung und sein aggressiver Gewinnerinstinkt. Er ist zu einem großen, umfassenden Abkommen mit vorwiegend westlichen Staaten bereit und riskiert dadurch, dass Mütterchen Russland defensiv und schwach wirkt. Durch die militärischen Beteiligungen an dem Abkommen könnten wir auf einen Schlag einige bedrohliche Konflikte mit Russland lösen. Aber nur, wenn Schaljapin einverstanden ist. Schaljapin will, dass Gerechtigkeit geübt wird, bevor er seinem Kameraden Vladimir seine Zustimmung gibt.«

»Und was sagt die Polizei dazu?«

»Die Polizei meint, dass die Sache gegessen ist. Die Spurensicherung ist am Ende. Sie hat keinerlei Beweise. Die Leiter der Ermittlungen glaubten zuerst, dass es sich um eine Gruppe von Islamisten handelte, die dieses Jahr bereits ausgeklügelte, aber recht sinnlose Versionen von Hinrichtungen durch Köpfen von Journalisten in Syrien durchgeführt hatten«, erwiderte Anna Flanke.

»Sie liefen also blind einer Spur nach und verloren dadurch an Tempo. Das klingt meiner Meinung nach auch nicht sonderlich seriös«, meinte Kerstin.

»Es freut mich, dass du das auch so siehst. Wir hoffen natürlich, dass sie eine Spur finden, die zur Aufklärung des Falles führt. Wir haben ja ordentlich getrommelt für das Abkommen – auch im Parlament. Viele Millionen wurden in die Verhandlungen investiert, die im ganzen Ostseeraum stattgefunden haben. Und nicht zu vergessen: Das Problem, dass so gut wie alle Minister der schwedischen Regierung auf die eine oder andere Art involviert sind. Damit steht die Glaubwürdigkeit aller auf dem Spiel. In Wahrheit hegen wir allerdings keine größere Hoffnung, dass die Mordkommission des Landes die Ermittlungen erfolgreich abschließen wird. Die Nominierung deines Nachfolgers hat sich außerdem in die Länge gezogen.«

Kerstin hatte nach ihrer Pensionierung die Aktivitäten und Unterlassungen der Polizei völlig aus ihrem Leben verbannt. Die Polizeizeitung abbestellt.

Sie hatte sich geweigert, sich über die Veränderungen an ihrem Arbeitsplatz zu informieren. Das hatte ihr geholfen, nicht von dem Zorn über ihr Alter, die weniger qualifizierten Mitarbeiter und nicht zuletzt über ihren früheren Chef übermannt zu werden. Es hatte sich gut angefühlt, einfach lockerzulassen.

»Wen haben sie als Stellvertreter eingesetzt?«

»Den Bundespolizeipräsidenten. Arnesson.«

»Guter Gott.« Kerstin griff sich an die Stirn. »Wenn dieser Pechvogel Sheriff eingesetzt wird, um herumzuwühlen, kann das nur schiefgehen.«

»Das befürchte ich auch.«

»Ich glaube, jetzt brauche ich doch einen Kaffee.«

Kerstin stand auf und hinkte mithilfe der Krücke zur Theke.

Der Fall war weitaus komplizierter und gefährlicher, als sie angenommen hatte.

Wenn der Druck der Russen so stark war, wie Flanke ihn beschrieben hatte, konnte man sicher sein, dass der russische Geheimdienst schon zur Stelle war, um herauszufinden, welche Pläne die Polizei und die Schlüsselpersonen in der Regierung hatten. Vielleicht hatte Putin seinem Freund Schaljapin ein bedingtes Versprechen gegeben, das er nun bereute, und die Entwicklung, die sich daraus ergab, spielte der Strategie Putins in die Hände. Vielleicht lag es sogar in Putins Interesse, dass die Ermittlungen nicht vorankamen.

Pass auf, Kerstin. Halte dich an die Fakten. Und vermeide Spekulationen.

Während sie auf ihre Tasse Kaffee wartete, betrachtete sie angeekelt die zurzeit beliebten Kuchen. Tellergroße Schokoladenkuchen. Hefestücke so groß wie halbe Wecken. *Wo waren die kleinen Kuchen geblieben*? Sie bekam ihre Tasse und kehrte zu Anna Flanke zurück.

»Okay, Anna. Wie kann ich mir das alles vorstellen? Beginne mit dem Budget.«

»Budgetmäßig bekommst du im Wesentlichen alles, was du brauchst. Wir haben dank unserer Freunde in der Wirtschaft eine Gesellschaft mit dem Namen ›Nordic Security Holdings AB‹ gegründet. Die Führung besteht aus Personen, die nicht auf der Gehaltsliste der Regierungskanzlei stehen, aber an das Ostseeabkommen gebunden sind. Du bist die Vorstandsvorsitzende und kassierst das Gehalt, das du für angemessen hältst.«

»Wie steht es mit Zugriff auf das polizeiliche Register und einer Verbindung mit dem Nationalen Forensischen Zentrum?«

»Das polizeiliche Register dürfte kein Problem darstellen. Verantwortliche des Schwedischen Sicherheitsdienstes SÄPO waren uns beim Einloggen behilflich. Die öffentliche Polizei wird keine Ahnung davon haben, was vor sich geht. Was das Forensische Zentrum anbelangt, kann es bei der Geschwindigkeit Probleme geben. Es handelt sich dabei ja um eine selbstständige Behörde, die aber trotzdem dem Polizeipräsidium unterstellt ist. Die Gefahr von undichten Stellen ist jetzt schon groß. Aber wir arbeiten daran. Der Minister hat losen Kontakt mit dessen Chef.«

»Bin ich befugt, Leute anzustellen?«

Anne Flanke sah betreten aus.

»Ja, also du verstehst sicher, welche Vorbehalte wir hier haben. Wir verlangen, dass alle Personen, die du eventuell anstellen willst, der Schweigepflicht unterworfen sind. Wir unterziehen sie einer besonders strikten Überprüfung ihres Lebenswandels mithilfe der wenigen Eingeweihten bei der SÄPO. Genauso wichtig ist, dass du absolutes Vertrauen in diese Person hast. Je weniger Verbindungen mit deinem früheren Arbeitsplatz es gibt, desto besser, befürchte ich.«

»Wer von der SÄPO ist dabei?«, fragte Kerstin.

»Keine Ahnung. Nur der Minister selbst hat diese Kontakte.«

»Aha. Ungewöhnlich forsch für einen Minister. Gibt es noch andere Vorbehalte?«

»Ja, einen.«

»Raus damit.« Kerstin führte die Kaffeetasse zum Mund.

»Du wirst mit einer Person zusammenarbeiten, die wir ausgesucht haben.«

Kerstin stellte die Tasse ab.

»Mit wem?«

»Ein Mann, der als Ermittler für das Kulturministerium

gearbeitet hat. Unter anderem. Er komponiert auch. David Westerdahl.«

»Der Name klingt bekannt. Haben nicht die Zeitungen vor Kurzem über ihn berichtet?«

Wieder diese betretene Miene von Flanke.

»Mmh. Ja, doch. Er hatte eine Menge öffentlicher Auseinandersetzungen mit Kulturpolitikern und anderen, die er zu gut fand, um sie zu häuten, wenn du die Ausdrucksweise entschuldigst. Aber zuletzt wurde er im Zusammenhang mit der #Metoo-Bewegung gerügt. Daher musste er zurücktreten.«

»Ich bin mehr als skeptisch. Überzeuge mich.«

»Er hat auch gute Seiten.«

Kerstin blickte Flanke an.

Du bist selbst skeptisch. Du hast dich vermutlich gegen diesen Beschluss gewehrt.

»Welche?«

»Tja, er ist ohne Zweifel ein hervorragender Analytiker. Hat einen guten Blick für alles, um es mal so auszudrücken. Ein geschickter Schreiberling.«

»Na gut. Aber was zum Teufel hat er in einer polizeilichen Ermittlung zu suchen?«

Anna Flanke zog den langen Löffel aus dem Caffè-Latte-Glas heraus, leckte ihn ab, während sie erkennbar nach einer glaubwürdigen Antwort suchte.

»Technisch gesehen handelt es sich ja nicht um eine polizeiliche Ermittlung. Aber wie ich bereits erwähnt habe, betrifft das Ostseeprojekt mehrere Ministerien. Alle Minister hatten Gelegenheit, die Gestaltung unserer Operation zu beeinflussen.«

»Himmel. Das wird von den Medien zerrissen werden, bevor ihr noch *zusätzliche Wahlen* aussprechen könnt.«

»Ja, der Sicherheitsaspekt ist eine Herausforderung. Aber wir glauben, dass es uns gelungen ist, die Gefahr eines Durchsickerns zu begrenzen. Aber zurück zu Westerdahl. Da die ganze Geschichte eng mit der Musikwelt verknüpft ist – Malå war ja trotz allem ein Weltstar innerhalb der klassischen Musikszene –, fiel die Wahl der Kulturministerin eindeutig auf Westerdahl. Laut ihr verfügt er über ein ungeheur großes Netzwerk. Das kann uns die Arbeit erleichtern, der Kulturministerin zufolge. Das ist ihr ausdrücklicher Wille.«

Eine Frau mit einem Zwillingskinderwagen stampfte wie ein Eisbrecher an ihrem Tisch vorbei. Stühle quietschten am Boden auf ihrem Weg, der sie anscheinend zu Freundinnen führte, die ihr von der anderen Seite des Cafés winkten und zuriefen. Kerstin hielt ihre Tasse mit beiden Händen fest, damit der bereits kalte Kaffee beim Vorbeirauschen der Frau nicht verschüttet wurde.

»Wenn ich dich richtig verstehe, bist du selbst skeptisch. Warum?«

Anna starrte aus dem Fenster und biss sich auf die Lippe.

»Na ja, David und ich … Tja, eigentlich gehört das nicht hierher.«

Es soll mich der Teufel holen, wenn unsere politisch Sachverständige nicht gerade rot wird, dachte Kerstin.

»Aber wenn ich dir gegenüber ganz aufrichtig sein soll, glaube ich, dass er bei den Ermittlungen Probleme machen könnte. Darauf solltest du vorbereitet sein. Er leidet an etwas, was ich als ›Integritätsbezogenes Tourette-Syndrom‹ bezeichnen würde.«

Kerstin musste lachen.

»Wurde die Anzahl der neuropsychiatrischen Diagnosen erweitert, seit ich in Pension bin? Was in aller Welt ist ein *Integritätsbezogenes Tourette-Syndrom*?«

»David muss immer die Wahrheit sagen. Oder besser gesagt, das, was er für die Wahrheit hält. Besonders dann, wenn er ein paar hinter der Binde hat. Und glaube mir, seine Version der Wahrheit kann gehörig wehtun. Ich weiß das, denn ich kenne ihn gut. Er ist manchmal äußerst unterhaltsam, aber genauso oft ist er eine soziale Katastrophe. Und wenn er in den Dunstkreis der Medien gerät, kann man ihn überhaupt nicht einschätzen. Das Scheinwerferlicht macht ihn unberechenbar.«

»Lass mich zusammenfassen.« Kerstin lehnte sich im Stuhl zurück und zählte an den Fingern ab. »Erstens: Ihr wollt mich als Verantwortliche für eine polizeiliche Ermittlung, bei der die Polizei nicht weiterkommt. Ihr wollt außerdem, dass ich die Ermittlung erfolgreich zu Ende bringe, das heißt, den Verbrecher fasse. Zweitens: Die Ermittlung erfolgt im Geheimen. Drittens: Die halbe Regierungskanzlei weiß, dass diese konstitutionswidrige Aktion stattfindet, wodurch Punkt zwei sofort zu einem provokant schlechten Scherz wird und Punkt eins praktisch unmöglich ausgeführt werden kann. Viertens: Als Assistent und als einzige professionelle Quelle, die ihr mir zur Verfügung stellen wollt, ist ein sozial unberechenbarer Salonalkoholiker mit einem losen Mundwerk und Tendenzen zum Sexualwüstling vorgesehen. Die einzigen mildernden Umstände scheinen darin zu bestehen, dass er Kanzleischwedisch schreiben kann und Fürst Machiavelli gelesen hat. Habe ich das richtig verstanden?«

Anna Flanke blickte verschämt in ihr Caffè-Latte-Glas.

»Er kann auch ganz gut Französisch.«

Der Maestro

Der Körper gefühllos. Die Augen unmöglich zu öffnen. Mahlende, hämmernde und brennende Kopfschmerzen. Etwas war über Nase und Mund befestigt. Ahnte er Licht durch die geschlossenen Augenlider? Durst. Schrecklich durstig. Es fühlte sich an, als ob jede Sekunde ihn austrocknete. Tick-tack. Tick-tack. Eine Uhr? Wahrscheinlich so eine Wanduhr von IKEA. Im Herbst 1984 gab es wohl noch keinen IKEA in Örebro. Die Möbel seiner Studentenwohnung kaufte er jedenfalls bei Myorna, der Secondhand-Filiale der Heilsarmee. Die Wohnung lag auf der westlichen Seite. Auf der richtigen Seite der Hertig-Karls-Allee. Behaglich. Das Haus aus den Vierzigerjahren. Kochnische und Schlafzimmer. Bot ausreichend Platz für den Salonflügel, den er im Frühjahr bei einer alten Dame in Stockholm entdeckt hatte, als er den Aufnahmebescheid bekam. Er durfte mit nach Örebro. Es gebe nicht so viele Übungsräume in Vasagatan, hatte ihm jemand erzählt. Das stimmte nicht. Es war eher so, dass es zwar wenige Räume gab, aber kaum einer übte. An der Musikhochschule von Örebro wurde man zum Musiklehrer ausgebildet. Der Direktor hatte bereits bei der Anmeldung angekündigt: »Hier wird man kein besserer Musiker, aber ein guter Lehrer.« Dort würde er nicht lange bleiben. Er wusste, dass er Musiker werden wollte. Ein richtiger. Er würde sich an andere Schulen wenden. Bessere Schulen. Er übte. All diese Freikirchler an der Schule. Sie veranstalteten Andachten in den Übungsräumen. Er ärgerte sich andauernd darüber. Der beste Flügel besetzt, nur weil sie darauf poppige Kirchenlieder klimperten. Es zog und schmerzte auf ungewohnte Weise um den Mund herum, wenn er über diese Erinnerungen lächelte.

Sie hatten einander alle bei einem Schulfest getroffen. Sie hatten so viel Spaß miteinander gehabt. Landeten im Raucherzimmer im

Erdgeschoß. Ein magischer Abend, an dem sich alles zum Besten fügte, ohne dass man es hinterher beschreiben konnte. Freudig hatten sie festgestellt, dass sie alle sechs konfessionslose Atheisten waren. Sie wollten im Foyer einen Zettel anbringen, dass der Übungsraum E12 wegen Entenjagd belegt war. Keine Andacht mehr. Danach fuhren sie mit dem Fahrrad zu Hildegard und Clara nach Hause, die sich eine Wohnung in Markbacken teilten. Der Maestro war auf dem Rad eingeschlafen und geradewegs in eine Hecke gesaust, die neben dem Fahrradweg wuchs. Clara hatte ihn behutsam mit einem Kuss auf die Stirn geweckt und ihm Wasser zu trinken gegeben. Dann hatten sie alle das letzte Stück bis Markbacken auf wackeligen Beinen die Räder geschoben.

Und vierstimmig gesungen.

Bereits am ersten Abend bekannten sie sich zum einzig wahren Gott der Musik. Aber da hießen sie noch nicht Hildegard und Clara. Nein, keiner von ihnen hatte noch seinen richtigen Namen bekommen.

David, 10. Dezember, Kulturpalast, Warschau

Das Schlangestehen war für dieses Mal vorbei. David Westerdahl und die Pianistin Nadia Kowalska waren endlich im Lift, der sie zum Aussichtspunkt ganz oben im Kulturpalast in Warschau brachte. Diese erwähnenswerte imposante Schöpfung war ein Geschenk der Sowjetunion an das polnische Volk gewesen. Der Palast war eines der höchsten Gebäude des Landes und somit laut Nadia und dem Chef des Lutosławskisaales, dessen Name David nicht aussprechen konnte, ein *must see*. David hatte beim ersten Anblick gedacht, dass der Turm aus der Serie *Batman* stamme. Oder *Läderlappen*, wie er ihn noch immer starrköpfig nannte. Aber der Turm hatte auch einen Hauch von *Herr der Ringe* an sich. *Gotham City trifft Mordor.* David empfand die Architektur befremdlich und einschüchternd. So als wäre es einer bösen Macht erlaubt worden, Wurzeln zu schlagen und sich unkontrolliert und ohne Berücksichtigung der Geschichte oder Respekt vor gutem Geschmack auszubreiten.

Die Türen schlossen sich quietschend in dem übervollen Lift, der von einer blonden Frau bedient wurde, die auf einem Schemel bei den Schaltknöpfen saß. »Aha.« Die Stimme etwas zu kräftig, etwas zu nahe und aufdringlich für den Lift. »Man hätte ja geradezu darauf wetten können, dass jemand dasitzen und Platz wegnehmen würde.«

David sah sich verächtlich im Gedränge um, das zum größten Teil aus polnischen Jugendlichen vom Land bestand, die auf Besuch in der Hauptstadt waren. »Zuerst sich eine halbe Stunde anstellen, bis dieses verdammt ungehobelte Aknegesicht von Verkäufer bemerkte, dass die Leute Eintrittskarten kaufen wollten. Danach mussten wir an einem verdrießlichen Typ mit wasserstoffblondem Haar vorbei, dessen Aufgabe anscheinend darin bestand, die verfluchten Eintrittskarten zu prüfen, als wären sie ein Visum in das Nangijala-Land der Brüder Löwenherz. Als drittes Zeichen für polnische Effektivität und visionäre Kraft musste auch noch ein Weibsbild als Wache auf einem Schemel im Lift sitzen. Sitzt einfach da und nimmt zwei Plätze ein, nur um auf einen Knopf zu drücken. Und wie es hier riecht. Ich könnte schwören, dass sie aus Rache an den Schalthebeln, die sie auf den verdammten Schemel gesetzt haben, jedes Mal, wenn sie mit dem leeren Lift wieder hinunterfährt, heimlich einen feuchten Furz hinterlässt. Schau sie nur an. Siehst du das schiefe Lächeln? Sie genießt es, dass wir uns hier aneinanderdrängen und den Gestank ihres eben abgefeuerten Geknatters riechen müssen. Du kannst mir glauben, dass ich da oben mindestens ein Pilsner brauche.«

Nadia himmelte ihn mit ihren Augen an, in die er sich erst vor ein paar Tagen verliebt hatte. Da hatte er geglaubt, in ihnen die Geschichte seines restlichen Lebens gespiegelt zu sehen. Die Geschichte ihrer gemeinsamen Zukunft, mit Haus in einem Vorort und einem sozial und intellektuell reichen und herausfordernden Leben. Mittlerweile war er sich nicht mehr so sicher.

Die polnisch-schwedische Pianistin Nadia Kowalska war engagiert worden, Davids Konzert für Klavier und Orchester in Warschau uraufzuführen. David hatte diese Nachricht zu Hause in Schweden dankbar erhalten. Seine Dankbarkeit beruhte auf Nadia Kowalskas Aufnahmen französischer Klavierkonzerte, die ihn sehr beeindruckt hatten. Das war ein gutes Zeichen für sein Klavierkonzert. Das Foto auf der CD-Hülle hatte einen womöglich noch stärkeren Eindruck auf ihn gemacht. Mit ihrem blonden Haar, den braunen Augen, der geraden Nase und den fülligen Lippen hatte die dreißigjährige Nadia ein Aussehen, das mehrere Saiten des seit Kurzem geschiedenen, mehr oder weniger arbeitslosen und insgesamt verzweifelten David Westerdahl in Schwingung versetzte.

Als sie einander später im Direktionszimmer des Lutosławskisaales getroffen und begrüßt hatten, war er sich der drohenden Gefahr durchaus bewusst gewesen: Dass er höchstwahrscheinlich sein ganzes Gepäck an misslungenen Beziehungen und all seine aufgestauten Bedürfnisse auf Nadia übertragen würde. Und so war es auch. Schon nach der ersten Probe hatte er sie wie ferngesteuert gefragt, ob sie mit ihm essen gehen wolle, unter dem schlüssigen Vorwand, mit ihr über die Interpretation der Klavierstimme zu diskutieren.

David mit seinen achtundvierzig Jahren war geprägt durch den Schwung und die Intensität, mit der er diese gelebt hatte. Sein Gesicht sah nicht einen Tag jünger aus. Hoher, sehr hoher Haaransatz. Nach einer besonders niederschmetternden Begutachtung im Spiegel vor einigen Jahren hatte er ohne Umschweife auch den Rest seiner Haarpracht abrasiert.

Für David war es äußerst wichtig, wie er auf seine Umwelt wirkte. Weswegen, wusste er nicht und wollte auch keine weiteren Gedanken daran verschwenden. Aber wichtig war es ihm. Er verwendete viel Zeit auf sein Aussehen, eigentlich fast die ganze Zeit, die er nicht mit Komponieren oder »analytischen Studien der Hölle, die nur eine kabbalistisch-katholische Mutter schätzen konnte«, wie er es ausdrückte, verbrachte. Fragte man David, so fand er sich definitionsgemäß hässlich. Doch würde er auch behaupten, dass sein Äußeres durch einigermaßen ausgewogene Proportionen punktete, obwohl er niemals trainierte.

Davids Aussehen war durch klassische Zeitlosigkeit geprägt. Er fühlte sich wohl in italienischen Anzügen, französischen Hemden und handgefertigten englischen Schuhen. Ein *scarf*, kein verdammter gewöhnlicher Schal, lässig über die Schulter geworfen, war ebenfalls Teil seines Outfits. Durch all dieses Zubehör wollte er dem Begriff *distinguiert* entsprechen. Gleichzeitig gab sich David keinen Illusionen hin. Er wusste, dass er sich, was sein Aussehen betraf, in einer Zwischenwelt bewegte: zu jung, um wirklich besonders seriös zu wirken, und zu alt, um Anspruch auf das Deutungsvorrecht der Jugend zu haben, das in der Welt, in der er lebte, von großer Bedeutung war. Er war sich außerdem bewusst, dass sein zeitweiliger Charme auf seinen rhetorischen Fähigkeiten beruhte, der aber genauso oft durch Schwatzhaftigkeit wieder zerstört werden konnte.

Nadia hatte sich jedoch völlig resistent gegenüber allem gezeigt und sich von seinem Image nicht beeindrucken lassen. Sie war selbst eine brillante Persönlichkeit, die wie er über ein gutes Mundwerk verfügte, das dem seinen in nichts nachstand. Nadia nahm seine Eitelkeit, zumindest anfangs, mit Humor, sodass David nicht das Gefühl hatte, sein Gesicht zu verlieren, wie er insgeheim mit patriarchaler Dankbarkeit feststellte. Es gab so viele Dinge bei Nadia, die Davids Selbstvertrauen stärkten. Sie war genauso schön, genauso jung wie das Ideal, von dem David immer geträumt hatte. Sein Sarkasmus und sein oft brutaler Humor kamen bei ihr gut an. In ihrer Gegenwart konnte er sich klug und begabt fühlen. Und sie selbst war ein musikalisches Talent weit über dem Durchschnitt. Sie hatte einfach all seine Erwartungen übertroffen. Schritt für Schritt war seine Kontrolle aus seinen Händen in die ihren geglitten.

Die Tage waren in einem betörenden Glücksrausch vorbeigeflogen – wunderbare Proben, glückliche und begeisterte Musiker, verstohlene Küsse in Nadias braungebeiztem Künstlerzimmer. Finger, die sich insgeheim in der sonst trostlosen Kantine des Lutosławskisaales weich ineinanderschlangen. Fantastische Abende mit tiefschürfenden Gesprächen, begleitet von Kindziuka, Żurek, Hering mit Zwiebel, Salzgurken, Bigos mit Pilzen. Und Unmengen von Wodka. *Polish white wine*. Nadia lehrte ihn »Bitte, gib mir etwas Wodka« mit zitternder Unterlippe und hündisch treuherzigen Augen auf Polnisch zu sagen. David hatte bejubelte Auftritte mit diesem kurzen Monolog in verschiedenen Restaurants nahe der Paradestraße Marszałkowska. Die Uraufführung des Klavierkonzertes wurde ebenfalls ein Erfolg. Direktübertragung im Radio, Standing Ovations. Ein verwirrter, aber glücklicher David, der anstelle des Dirigenten einen erschrockenen Platzanweiser während des Applauses umarmte.

An einem euphorischen, wodkagetränkten Abend, während Nadia ihr Revier abgrenzte, indem sie hinter einem Schaltschrank des irischen Pubs in Staro Miasto, dem wieder errichteten alten Stadtteil, pinkelte, zelebrierte David sein eigenes kleines Ritual voll romantischer Mystik und leidenschaftlichem Pathos. »Nadia«, sagte er feierlich zu sich selbst, »berühre mich so, wie mich noch niemand berührt hat. *Nadia.*« Der Vollmond war sein Zeuge, als er heulte: »Nadia beginnt dort, wo alle anderen aufhören.«

Er hatte sein Flugticket und das Hotelzimmer umgebucht, um noch eine Zeit lang zu bleiben. Gemeinsam mit Nadia. Um in Nadia zu baden. Schöne Nadia.

In Wirklichkeit war es schon vorbei. Am Tag nach der Uraufführung des Klavierkonzerts hatte David begonnen, sich wie ein Teenager zu benehmen. Ganz nach dem Muster, das ihm bereits mehr als gut bekannt war. Er schimpfte über Kleinigkeiten, führte wortreiche, verschwörungsschwangere Reden und kaute immer wieder mit Bitterkeit durch, welch Dolchstöße er während seines abwechslungsreichen Berufslebens hatte entgegennehmen müssen. Rauchte Kette. Erzählte von seiner permanent schlechten privaten Finanzsituation und trank immer mehr während ihrer gemeinsamen Ausflüge. Seine Strategie – wenn auch zum Teil unbewusst – war eindeutig: Indem er sich selbst als kompletten Idioten darstellte, konnte er die Verantwortung von sich weisen für den Bruch, den er bereits kommen sah. Den er bei allen seinen Liebesbeziehungen hatte kommen sehen.

Oben am Warschauer Kulturhaus blies ein strenger und erbarmungslos kalter Dezemberwind. Schilder, ausnahmslos in polnischer Sprache, beschrieben die Aussicht. Wie es früher ausgesehen hatte. Geschichten, die sich hinter und unter den modernen Wolkenkratzern der stark veränderten Warschauer Skyline verbargen. Nadia übersetzte. David brummelte vor sich hin, dass das polnische Volk seine Geschichte viel effektiver erzählen könnte, wenn es eine andere Sprache als ausgerechnet Polnisch dafür verwenden würde. Schwedisch zum Beispiel.

Sie setzten sich in das verglaste Café. David bestellte ein Bier und ein Glas Wodka. Nadia bestellte ein Glas Wasser. David kommentierte sarkastisch ihre Wahl – halbherzig und ohne wie üblich zu murren. Nadia sah ihn mit einem klaren, aufrechten Blick an. Mit ruhiger und ernster Miene. *Sie ist ja doch unerhört schön.*

David ahnte, dass sein eigener Blick trübe war. Die Augen blutunterlaufene Schlitze. Sein Atem wahrscheinlich eine ekelige Mischung aus polnischen Papirossas und Kerosin, gemildert durch eine Überdosis von Acqua di Giò, das er nach einer stundenlangen Dusche in großen Mengen über seinen ganzen Körper gesprüht hatte.

»David, hör auf. Ich werde nicht mit dir Schluss machen. Und weißt du, warum?«

David hatte keine Ahnung.

»Weil wir gar keine richtige Beziehung haben. Man kann nicht etwas beenden, was noch gar nicht begonnen hat. Wir haben Augenblicke von Wirklichkeitsflucht erlebt. Das war fantastisch, das gebe ich zu. Außerdem mag ich deine Musik wirklich sehr. Aber du brauchst dich selbst nicht geringer darzustellen, als du bist, indem du dich so benimmst.«

»Was meinst du mit ›so‹?«

»Lass das.«

Nadia strich eine Haarsträhne, die ihr über die kurz vor Zorn aufblitzenden Augen gefallen war, aus dem Gesicht. Hinter ihnen wischte eine Kellnerin die Tische in dem sonst menschenleeren Café ab. Nadia erhob sich.

»Ich gehe.«

Sie lächelte müde. David brachte keinen Ton hervor.

»Kann es sein, dass das berühmte Mundwerk von David Westerdahl total eingetrocknet ist.«

David räusperte sich und wollte ungeschickt aufstehen, wobei er sein Bierglas umstieß. Die Kellnerin näherte sich bereits im Laufschritt mit dem Lappen in der Hand.

»Bleib sitzen, David. Ich analysiere die Situation für dich: Du hast dich verliebt. Du hast wahrscheinlich nicht zum ersten Mal geglaubt, dass du mir eine Menge Dinge versprechen müsstest. Habe ich recht?«

Nadia erwartete keine Antwort. David hatte auch keine Antwort parat. Er saß da und glotzte Nadia mit halbgeöffnetem Mund an. Während die Kellnerin brummend den Tisch abwischte, flossen kleine Bierrinnsale auf den Betonboden.

»Und mit deiner hoch entwickelten Fantasie hast du dir vermutlich eine richtige Beziehung und ein Leben mit mir vorgestellt. Aber das hast du dir allein zuzuschreiben. Eines Morgens bist du erwacht und warst völlig fertig. Du wusstest, wie alles laufen würde und wie alles letztlich enden müsse. Ich konnte es von deinen Augen ablesen. Schade, dachte ich. Aber nicht deswegen, weil ich kein Leben mit dir erleben durfte, sondern weil du armer Kerl dich von einem Luftschloss hast verführen lassen. Klar, dass dir da oben schwindelig wurde in der einsamen Zweisamkeit. Habe ich recht?«

Als Reaktion auf das darauffolgende lange Schweigen hielt die Kellnerin inne und betrachtete die beiden.

Nadia machte einen Schritt auf David zu, beugte sich hinunter und umarmte ihn zärtlich.

»Melde dich bei mir, wenn du kleine Legohäuser bauen möchtest statt Vorortvillen. Dann können wir uns dabei abwechseln, jeden zweiten Stein zu legen.«

Davids Telefon läutete. Er hatte als Klingelton seine Lieblingsaufnahme der Oper *Don Giovanni* eingestellt. Die Katalog-Arie. Die Stimme von Peter Matteis ertönte schmerzlich schön und wohlklingend im Café. David ergriff mit einem finsteren Blick voller Selbstmitleid auf Nadia das Telefon, wischte ein paar Bierspritzer vom Display und meldete sich.

»Westerdahl.«

Er sah Nadia um die Ecke zu den Liften verschwinden.

Eine halbe Stunde später war er selbst am Weg zu den Liften. Sein Leben hatte durch das Telefongespräch plötzlich eine neue Wendung bekommen. Er fühlte sich aufgekratzt. Nahezu überglücklich trotz seines Erstaunens und der sonderbaren Melancholie, die er über Nadias Abschied empfunden hatte. Es war Anna Flanke gewesen, die ihn angerufen hatte. Sie hatte das Gespräch geschickt um die Klippen ihrer gemeinsamen Geschichte vorbeimanövriert und es in einem professionellen Ton gehalten. Er war selbst noch immer sprachlos nach der Szene mit Nadia und brauchte sich nicht bemühen, seinen sonst so typischen Sarkasmus im Zaum zu halten. Annas Anliegen war bizarr. Er sollte an einer Mordermittlung teilnehmen. Noch dazu an einer geheimen.

Während Anna berichtete, worum es ging, erwachte nach und nach sein Interesse. Er war sich bewusst, dass Anna die Planung auf eine Art darlegte, die seinem Selbstbewusstsein schmeichelte und seine berufliche Eitelkeit aktivierte. David pfiff jedoch vollständig auf die dahinterliegenden und leicht durchschaubaren Motive von Annas Vortrag. Der Auftrag war nämlich *zu* bizarr, zu herausfordernd und unmöglich, als dass sich David ihm *nicht* sofort mit Haut und Haar ausgeliefert hätte. Und das lieber heute als morgen.

Der Auftrag bot ihm die Möglichkeit, sich direkt in die Mitte einer politischen Verschwörung zu begeben. Er würde sich genau in dem Milieu bewegen, in dem er sich seiner Meinung nach befand. Einerseits waren seine Erfahrung als Ermittler und andererseits seine Kenntnisse der Musikszene, der er sich sein ganzes Leben lang gewidmet hatte, gefragt. Und das Vertrauen in ihn kam direkt von der Kulturministerin.

Erst jetzt wurde ihm klar, wie sehr er das vermisst hatte. Schon seit er sein Amt als Geschäftsführer des ältesten Konzertsaals in Stockholm zurückgelegt hatte, hatte er sich vom Mittelpunkt des Geschehens isoliert gefühlt. Wie durch ein stilles Abkommen schien sich die feine Gesellschaft, der er früher selbstverständlich angehört hatte, von ihm abgewendet zu haben, ja, ihn sogar ausgeschlossen zu haben. Aber jetzt kam die Revanche.

Und nicht zuletzt würde ihm der Auftrag einen willkommenen Zuschuss in der Geldbörse bescheren. Seit einigen Jahren hatte er in einer finanziell unsicheren Lage gelebt, die seiner Lebenslust und seinem Bedürfnis nach materiellen Dingen nicht entsprach.

Sein erster Auftrag bei dieser neuen Arbeit bestand darin, so schnell wie möglich seine Sachen zu packen, vom Hotel auszuchecken und den erstbesten Flug nach Stockholm zu nehmen. Alles – sogar die Rechnung der Minibar – wurde von Nordic Security Holdings AB bezahlt. Schon am Flughafen in Arlanda sollte ein erstes Treffen mit Kerstin Armfeldt, der früheren Chefin der staatlichen Mordkommission, stattfinden. *Du liebe Zeit, Zusammenarbeit mit einer richtigen Kriminalbeamtin. Jetzt zeig, was du kannst, David.*

David war der einzige Passagier im Lift außer der Person, die den Lift bediente, der blonden Frau, die nach wie vor auf ihrem Schemel saß. David lehnte sich gegen die Wand der Kabine und trommelte fröhlich mit den Fingern gegen seine Oberschenkel. Als sich die Türen öffneten, winkte er der Frau ein aufmunterndes »Auf Wiedersehen« zu. Sie glotzte ihn verärgert vom Schemel an. »Einen schönen Tag, du Scheißkerl«, sagte die Frau ruhig in klingendem Schwedisch mit kaum hörbarem polnischem Akzent.

Der Maestro

Er konnte spüren, wie das Leben aus seinem Körper rann. Da war Todesangst, aber eher wie eine langsame auf- und abebbende Wellenbewegung in den Randbezirken seines Bewusstseins. Er wunderte sich stattdessen über den Ort. Der war wichtig.

Wo befand er sich?

Wo ist mein Körper?

Wahrscheinlich nicht in Örebro.

Örebro war eine Stadt ohne eigentlichen Körper. Dort gab es höchstens die Erinnerung an einen Körper.

Füße gab es jedenfalls genügend. Örebro, die frühere Schuh Stadt. Die Schuhindustrie existierte aber damals schon nicht mehr.

Die Erinnerung an Schuhe. Die Wasaburg stand dort. Seit Langem. Residenz des Ministerpräsidenten.

Mehr oder weniger korrupt.

Wann hatte das Spiel begonnen? Vielleicht schon im Frühjahr des ersten Jahres. Die wilden Assoziationen in der Konditorei Wasa. Neben der grauen Nicolaikirche mit den Vögeln, die um den Turm herumflatterten. Denk, wenn man könnte … Denk, wenn Musik in Wirklichkeit wäre … Wenn man eine bestimmte Tonleiter spielte, könnte man die Menschen beeinflussen zu …

Sie spielten Brennball und tranken Bier im Stadtpark. Nur sie sechs. Spiele und trinke! Trink und spiele!

Sie lagen im Gras außerhalb von Wadköping, rauchten Kette und fantasierten über die Macht der Musik. Klatschten über die anderen Studierenden. Die, die nicht übten und die vielsprachige, komplexe Bewegung der Musik, die so viel Wahrheit enthielt, nicht begriffen. Das Spiel handelte von Identität. Welche Art von Musik bist du?

Antoine oder Tony, wie er damals gerufen wurde, wurde feierlich auf Ludwig getauft.

Er war stolz wie ein Gockel. Ludwig, nach Ludwig van Beethoven, natürlich. Nicht der Mensch. Die Musik!

Die Zeremonie war pompös.

Vollmond. Sie hatten sich nahe am Rand des Wassers beim Frimurarholmen niedergelassen und das Rettungsboot ausgeborgt, das dort einsam vertäut lag. Sie witzelten darüber, dass es Gesellschaft brauchte. Einsam, mit dem halben Körper unter dem Wasser des Svartå, ohne dass jemand darin schaukelte. Sie hatten lange darüber beraten, welche Musik bei der Taufe gespielt werden sollte. Logisch wäre wahrscheinlich Beethoven gewesen. Aber sie fanden, dass es nichts von ihm gab, was dem zeremoniellen Charakter dieses Ereignisses entsprach. Hildegard – wie sie erst später genannt wurde – hatte eine gute und hübsche Idee.

Aber psst … erzähle niemandem davon …

Tick-tack.

Tick-tack.

Anna Flanke, 10. Dezember

Der Justizminister Arvid Moberg schaute von seinem dicken Aktenstapel, den er gerade zu prüfen schien, auf, als Anna Flanke schnellen Schrittes den Raum betrat. Er saß mit dem Rücken zu dem eleganten Fenster, das sein Arbeitszimmer in Rosenbad schmückte. An schönen Tagen bekamen die Besucher daher das starke Tageslicht genau in die Augen. Die leicht geblendeten Gäste – nicht selten politische Gegner – wurden dann in der Regel etwas unsicher, was Moberg nicht gerade unangenehm war.

Er wendet alle Tricks an, um sich einen Vorteil bei Verhandlungen zu verschaffen.

»Anna. Wie schön. Und du hast dir noch immer nicht angewöhnt zu klopfen.«

Er lächelte verbindlich und schob die Lesebrille auf seine mit Leberflecken übersäte Glatze hoch, die von einem weißen Haarkranz umringt wurde.

Heute fährt er den onkelhaften Stil. Warum habe ich bloß diesen Job angenommen? Verdammt. Here it goes.

»Setz dich, Anna. Hübsches Kleid. Aber warte. Ja, hol mich der Teufel. Sag nichts! Du hast etwas mit deinen Haaren gemacht!« Moberg deutete siegessicher mit dem gekrümmten Finger auf sie.

Anna hatte während des letzten halben Jahres weder Kleider eingekauft noch einen Friseur aufgesucht. Vor allem wegen der Arbeitszeiten, die Arvid Mobergs zahlreiche politische Eskapaden erforderten. Sie entschied sich, mitzuspielen.

»Dir entgeht nichts, Arvid«, sagte Anna und setzte ein Lächeln auf, das alle äußeren Anzeichen von Herzlichkeit aufwies, ohne jedoch Widerhall in ihrem Inneren zu finden.

Arvid Moberg antwortete mit dem Anflug eines Lächelns, das, wie Anna wusste, das Ende der Aufwärmphase anzeigte.

Er blickte auf seinen Schreibtisch und kramte in den Akten und den vielen Füllfederhaltern, die eines seiner berühmten Laster waren. Der Rechtsrat Jansson hatte das Gerücht gehört, dass Moberg die Stütze war, auf der der aussterbende Markt für Füllfederhalter ruhte. Die Füllhalter passten auch zur sonstigen Erscheinung von Moberg. Goldgefasste Brille. Sorgfältig gebundene Krawatte, immer in Kombination mit einem Anzug im weiten Schnitt der Vierzigerjahre, der viel Platz für eine ausladende Figur bot. Er wechselte zwischen Nadelstreif und einfachem Schwarz. An diesem Tag trug er Nadelstreif. Durch empirische Studien ihres Chefs hatte Anna herausgefunden, dass er Schwarz trug, wenn er »eindeutig Chef« signalisieren wollte, und Nadelstreif, wenn er seinen Untergebenen zeigen wollte, dass die Welt eine wahrlich komplexe Sache war.

Aber Anna Flanke war so klug, dass sie ihren Chef nicht nur auf seine Kleiderwahl reduzierte. Moberg war, wenn er es wollte, ein rücksichtsloser politischer Spieler. Nach außen hin großzügig und mitfühlend, wenn man es von ihm erwartete oder wenn es der Sache diente. Ein sicherer und geschickter Rhetoriker bei internationalen Gelegenheiten. Ausgesprochen scharf bei förmlichen Anfragen im Parlament. Ein Mensch zum Anfassen im eigenen Wahlkreis. Arvids politische Gegner fürchteten ihn kaum mehr, als es seine eigenen Parteifreunde taten. Anna Flanke hatte einige Monate auf ihrem Posten als politisch Sachverständige gebraucht, bis sie schließlich verstanden hatte, dass Moberg ein durchtriebener Soziopath war.

Anna war freudig überrascht gewesen, als die Partei ihr den Job angeboten hatte. Das Gespräch hatte am selben Tag stattgefunden, an dem der Wahlsieg errungen worden war. Flanke war zwar Mitglied in der Partei, hatte aber keine zentrale Funktion gehabt und sich auch nicht im internen Machtkampf positioniert. Nach einer soliden akademischen Laufbahn als Politikwissenschaftlerin und Juristin wollte sie sich mit fünfunddreißig Jahren selbst herausfordern und eine eigene Beratungsfirma gründen.

Alles war gut gegangen: Schon nach ein paar Jahren hatte sie ein Gehalt, das jenem an der Universität gleichkam. Es war zwar nicht viel, entsprach aber Annas Ansprüchen. Vor den Wahlen hatte man sie als Medienanalytikerin berufen. TV-Sofas. Radio. Kolumnen in der Tagespresse unterschiedlicher parteipolitischer Couleur. Ihr Aussehen kam im Fernsehen gut an. Mit ihrem halblangen, dunkelblonden Haar, ihren großen grauen Augen und einem Mienenspiel, das sowohl Humor als auch Intelligenz ausstrahlte, hatte sie viel Zuspruch seitens der Programmleiter als auch vom Fernsehpublikum erhalten.

Sie war klug genug zu begreifen, dass sich Moberg für dieses Bild von Anna Flanke mehr interessierte als für die wahre Person. Die Akademikerin und scharfe politische Analytikerin Anna Flanke entsprach nicht dem, was sich der Minister vorgestellt hatte.

Statt als politischer *spin doctor* mit guten Beziehungen zum Epizentrum der Politik, wie sie gehofft hatte, wurde sie zum Sortieren eingelangter Schreiben eingesetzt, die der Registrator zu ihr hinaufschickte. Flanke durfte aussortieren und ordnen, um danach das Material zur weiteren Bearbeitung an den Minister zu übergeben.

Das Personal des Ministeriums zu briefen war eindeutig die Aufgabe der Staatssekretärin Janna Sölvgård. *The chief whip.* Flanke war nur Beisitzende und im Großen und Ganzen überbezahltes Mädchen für alles. Nicht einmal wenn die Medien dem

Ministerium dicht auf den Fersen waren, waren ihre Ratschläge gefragt. Zunehmend frustriert darüber, dass sie die wachen Stunden des Tages mit unqualifizierten Arbeitsaufgaben verbringen musste, freute sie sich anfangs sehr darüber, dass man ihr die Leitung der Operation Berwald, wie der Minister sie klugerweise nannte, anvertraute. Den restlichen Tag über, nachdem Moberg sie in sein Arbeitszimmer gerufen hatte, um ihr Anweisungen zu geben, hatte sie innerlich gejubelt. Sie hatte sich sogar zum Essen eine halbe Flasche Weißwein gegönnt, die sie allein in ihrer Dreizimmerwohnung auf Hägerstensåsen getrunken hatte. Als sie an diesem Abend die Nachttischlampe ausknipste, nachdem sie ihrer Routine nachgekommen war, einen Teil des Berges an Arbeitsunterlagen, die sich auf ihrem Nachttisch auftürmten, abzuarbeiten, kapierte sie schließlich. Trotz der guten Planung, die einem Spionagethriller ähnelte, gab es irgendwo einen Haken. Aber welchen? Sie war davon überzeugt, dass da ein Hund begraben lag. Doch trotz ihres gut entwickelten Gespürs für Verschwörungen und ihrer Kenntnisse über globale politische Geschichte einerseits und juristische Spitzfindigkeiten andererseits blieben ihre Ahnungen in diesem Fall nur sehr vage.

Sie musste zugeben, dass es ein gewisses, wenn nicht sogar bedrohliches Risiko gab, dass die Opposition – soweit sie schon dazu bereit war – die Regierung wegen des missglückten Ostseeabkommens stürzen könnte. Faktum war auch, dass die Behandlung des Übereinkommens innerhalb der Regierung umstritten war. Die Gefahr, dass das Ganze schiefgehen könnte, lag in gleicher Weise bei den Koalitionsparteien als auch beim Parlament. Aber warum sollte Moberg seinen Ruf als Politiker aufs Spiel setzen, indem er seine eigene Dienststelle umging? Noch dazu mithilfe des Sicherheitsdienstes. Das ergab für sie keinen Sinn.

Mittlerweile war sie auch wegen ihres eigenen Mitwirkens verunsichert. Infolge der Gespräche hatte sie eine Menge Spuren hinterlassen. Spuren, die gegen sie verwendet werden konnten. Deswegen hatte sie ein SMS an Kerstin Armfeldt gesandt, damit auch sie mit dem Minister verbunden war. Aber das würde nicht reichen. Er würde das ganz einfach in einer Befragung durch den Untersuchungsausschuss abtun können.

»Na, Anna, wie ist es gegangen? Alle bereits im Boot – oder sollte ich bei den Noten sagen«, fragte Moberg gackernd.

»Jaja. Westerdahl ist am Weg hierher. Er landet in ein paar Stunden. Ich hole ihn gemeinsam mit Kerstin Armfeldt ab.«

»Ausgezeichnet, ausgezeichnet.« Moberg rieb sich die Hände vor Zufriedenheit.

»Gibt es Einwände oder Zweifel bei unseren Freunden? Gefühle, Gedanken, Reaktionen?«

»Sie scheinen beide von der Aufgabe begeistert zu sein.« Anna antwortete zögernd. »Armfeldt hat am ehesten Bedenken wegen der Planung. Plausible professionelle Fragen, finde ich.«

»Welche zum Beispiel?«

»Zum Beispiel, warum wir unsere eigene Dienststelle an der Nase herumführen? Oder wie wir glauben können, dass diese Nebenermittlung nicht aufgedeckt wird.«

»Ja, genau. Sehr gut. Ganz richtig.« Er klang amüsiert und musste beinahe lachen.

Was zum Teufel geht da vor?

»Sonst nichts?«

Wieder rieb er sich die Hände.

Aufgeregt und gespannt wie ein Fünfjähriger am Weihnachtsabend.

»Nein.«

»Keine Kommentare von Westerdahl?«

»Doch. Er nannte das Ganze eine kleine, liebliche Chlamydien-Geschichte.«

»Ach so, so drückte er sich aus! Ja, aber das ist ja perfekt!«

Moberg schien vor lauter Heiterkeit beinahe zu platzen, was in keiner Weise seinem üblichen Verhalten entsprach. Er spazierte rund um den Schreibtisch zu Anna und legte seine Hände auf ihre Schultern.

»Anna, ich danke dir, dass du so großzügig mit deiner Kompetenz bei der Sache bist. In meiner früheren Dienststelle in der Gemeinde Nyköping sagten wir immer, dass die Mitarbeiter *mehr als erwartet* leisten sollten. Leider kam das nur sehr selten vor. Aber bei dir, Anna, ist das gerade der Fall.«

Anna wusste mit den plötzlich geäußerten lobenden Worten nichts anzufangen, die ihr in diesem Zusammenhang außerdem unpassend erschienen. Sie hatte einfach ihre Arbeit gemacht. Oder zumindest *eine Art von Arbeit.* Anstatt zu antworten, machte sie einen unerklärlichen und ungeschickten Versuch, Moberg jungenhaft auf die Schulter zu klopfen.

Blöde Verlegenheitshandlung.

»Dann sehen wir einander morgen bei der Ausschusssitzung!« Moberg setzte ein Lächeln auf, das sofort wieder verschwand. »Und übrigens, berichte mir, falls dir etwas Merkwürdiges auffällt. Und natürlich, falls sie eine neue Spur entdecken.«

»Selbstverständlich.«

»Tschüss!«

Noch bevor sie die Tür öffnen konnte, hatte ihr Moberg schon den Rücken zugewendet und wählte eine Nummer auf seinem Mobiltelefon. Im Flur blieb sie verdutzt ein Weilchen stehen. Was war da drinnen eigentlich vonstattengegangen?

*

Moberg lächelte vor sich hin, als er die Nummer wählte. Er drehte sich um und kontrollierte, dass sich die Tür hinter Flanke schloss.

Ein insgesamt wirklich ausgezeichneter Tag.

»Ich möchte mit dem Bundespolizeipräsidenten Arnesson sprechen, bitte.«

»Einen Augenblick, bitte.«

»Arnesson.«

»Servus, Berra.«

»Aber hallo, Moby! Wie steht's?«

»Alles geritzt. Alles läuft wie am Schnürchen. Sogar ausgezeichnet. Wie sieht es bei dir aus?«

Der Maestro

Warum all diese alten Bilder?

Fühlt es sich so an, wenn das Leben Revue passiert?

Der Svartå fließt dunkel dahin. Oder ist es mein Blut? Verdammte Uhr. Ich will die Sekunden nicht zählen. Tempo: sechzig Viertel in der Minute. Das Tempo des Feigen. Wie waren sie in die Freimaurerloge hineingekommen? Er konnte sich nicht mehr erinnern. Wer hatte den Schlüssel gefunden?

Sie waren zu sechst gewesen.

Clara, Hildegard, Robert, Barbara, Ella und natürlich Ludwig.

Und alle hatten sie ihre Namen verdient gemäß den Regeln, die sie gemeinsam aufgestellt hatten.

Unsere Statuten. Alle mussten »abgehört werden«. Tonfall. Gesten. Die Art zu denken. Das Temperament. Alle mussten sie ein Probespiel machen und einander vorspielen, damit die Jury feststellen konnte, welche Form von Musikalität sie besaßen. Welche

Musiksprache sie »sprachen«. Konnten sie improvisieren oder nicht? War ihre Fähigkeit, sich dramatisch auszudrücken, groß oder klein? Wichtige Fragen, lebenswichtige. Man durfte seinen Namen nicht selbst wählen. Die Jury – die fünf, die gerade nicht geprüft wurden – fing mit der Feststellung der Grundharmonik und des Grundtempos an, die diese Person besaß. Dann bestimmten sie, in welche musikgeschichtliche Epoche die persönliche Musik dieser Person am besten passte. Der letzte Teil, die Bestimmung des Namens, war überaus schwierig. Man musste ganz genau hinhören. Alle mussten genau hinhören. Ohne Filter. Ohne Verkleidung. Genau und sorgfältig hinhören. Eines Tages verschwand Robert. Er war lange Zeit traurig gewesen. Er wurde unten bei Gustafsvik angeschwemmt. Total aufgedunsen. Total tot. Danach waren wir nur mehr fünf.

Tick-tack.

Sky City, Arlanda

Sie saßen an einem viereckigen Tisch aus Birkenholz in kühlem nordischem Design. Ein zerzauster weißer Lampenschirm hing vom Dach und erstrahlte in einem sanften, hellgelben Licht. In einer Ecke des Raumes stand ein kleiner Kühlschrank mit einer Glastür. Dicht aneinandergedrängt waren darin Bier-, Wein-, Schnaps- und Sektflaschen neben kleinen Chips- und Erdnusssäckchen aufgereiht. Das Kühlaggregat vibrierte, sodass die Flaschen einen kaum vernehmbaren klirrenden Ton von sich gaben. Dort, im VIP-Raum von Sky City, war die Stimmung anfangs gedrückt. David hatte Kerstin Armfeldt mit einem »Guten Tag, junges Fräulein« begrüßt. Diese Anrede war bei der pensionierten Kommissarin nicht besonders gut angekommen. Nach einer langen Pause – so lang, dass alle sie als unangenehm empfanden –, während der Kerstin ihren Blick direkt in Davids Augen heftete, hatte sie schließlich doch zu sprechen begonnen.

Obwohl Davids Atem und die Größe seiner Pupillen vermuten ließen, dass er den vollen Wert seiner Businessclass-Fahrkarte ausgenützt hatte, hörte er aufmerksam zu, wie Kerstin die Details der Untersuchung des Tatorts straff und dennoch ausführlich darstellte. David stellte Fragen, die Kerstin zu Annas Überraschung als relevant betrachtete. Flanke atmete erleichtert auf. Der Gedanke an das Treffen hatte sie beunruhigt, weil David und Kerstin so diametral unterschiedliche Persönlichkeiten waren, wie sie sich nur vorstellen konnte. Aber gerade eben schien alles ganz gut zu klappen, obwohl es für Anna noch zu früh war, sich zu entspannen; sie kannte David. Er war unberechenbar und konnte jederzeit, ob absichtlich oder unabsichtlich, eine verletzende Bemerkung von sich geben. Aber solange er sich für den Sachverhalt interessierte, pflegte er sich zusammenzunehmen.

Die drei Jahre, die Anna Flanke vor fünf Jahren mit ihm verbracht hatte, waren chaotisch gewesen. In jeder Hinsicht, im Guten und im Schlechten. Sie selbst hatte die Beziehung beendet, war dann aber doch schockiert gewesen, als David nur zwei Monate später auf einem Hochzeitsfoto in *Dagens Nyheter* abgebildet gewesen war. Mit Jackett und rosa Schal. Seine Frau hatte sehr jung ausgesehen. Obwohl Anna irgendwie Mitleid für die junge Braut empfunden hatte, war sie doch mehrere Tage danach merkwürdig gereizt gewesen. Sie hatte aber entschieden, ihrem Ärger nicht nachzugeben. Jetzt, fünf Jahre später, war sie froh, dass sie damals mit David Westerdahl kurzen Prozess gemacht hatte. Seine Ehe mit der Frau am Foto in der Zeitung hatte nur drei, vermutlich turbulente Jahre gedauert.

Dass es zur Scheidung gekommen war, hatte Anna erst entdeckt, als ein neues Hochzeitsbild erschienen war, diesmal im *Svenska Dagbladet*. Wieder eine junge Braut.

Wie hatte ihn Kerstin Armfeldt genannt?

Haremsbedecker?

Genau.

Verfluchter David.

»So. Ich darf feststellen, dass bis jetzt ziemlich gute Arbeit bei den Ermittlungen geleistet wurde. Keine offensichtlichen Schnitzer.«

Kerstin lehnte sich im Stuhl zurück.

»Aber es gibt ja keine Verdächtigen. Niemand wurde festgenommen. Wie zum Teufel kann man da von *ziemlich guter Arbeit* sprechen? Bullshit, wenn du mich fragst.«

David blätterte skeptisch eines der dickeren Papierbündel durch.

»Natürlich ist das das Problem.«

Kerstin beugte sich wieder vor und schnappte sich Davids Aktenbündel.

»Es ist nicht gelungen, eine oder mehrere Personen herauszufiltern, die verdächtiger als andere erscheinen. In einer Ermittlung wie dieser ist die *Liste der Verdächtigen* das wichtigste. Und gerade diese *Liste* strotzt nur so von Menschen, die Antoine Malå nicht mochten. Einigen von ihnen war er sogar verhasst gewesen. Aber alle mussten von jedem Verdacht freigesprochen werden. Einige wenige der verhörten Personen wurden näher durchleuchtet, weil sie bereits Vorstrafen hatten. In zwei der Fälle ging es um Steuerhinterziehung ohne den geringsten Zusammenhang mit Malå. Beim dritten Verbrechen, dessen sich einer der Verhörten schuldig gemacht hatte, handelte es sich um einen Vergewaltigungsversuch, für den dieser nach einem

Sommerlager für Orchestermusik für Jugendliche verurteilt worden war. Aber es gibt nicht den geringsten Hinweis darauf, dass sich unter denen, über die ermittelt wurde, ein oder mehrere Täter befinden. Ferner deuten die forensischen Beweismittel und der *Modus Operandi* auf mehrere Täter hin. Ziemlich routinierte und mit Sicherheit kaltblütige Typen, die ein Motiv hatten.«

Anna Flanke erwischte sich dabei, dass sie seit einer Weile schon Davids Profil angestarrt hatte.

Hör auf. Beteilige dich, Flanke. Sie räusperte sich und strich sich mit einer Hand durchs Haar.

»Kommt das oft vor bei Mordermittlungen? Ich meine, dass man keine Spuren findet?«

»Ja und nein. Wenn die Ermittlungen sofort in Gang kommen und die Arbeit methodisch durchgeführt wird, ist die Aufklärungsrate meistens hoch. Man findet den Täter auch oft unter den nahestehenden Personen, wie euch wahrscheinlich in allen möglichen Variationen aus dem Fernsehen bekannt ist. Aber wenn das Verbrechen spät entdeckt wird, dann ja. Aber PUG hat dazu beigetragen, die Methodik in solchen Fällen festzulegen.«

»PUG?« David zog die Augenbraue hoch.

»Die Methodenunterstützung der Polizei bei der Ermittlung grober Gewaltverbrechen.«

»Worauf läuft PUG hinaus?«

»Sie kreist um den Kern der Systematik und Methodik: *das Register.* Die Person, die dieses Register erstellt und überwacht, ist das Herz der Ermittlung, könnte man sagen. Im Register werden alle Informationen eingetragen, auch dem Anschein nach belanglose Informationen. Technische Beweise, Verhöre, Telefonverzeichnisse, der Bewegungsradius der verschiedenen

Personen. Aufzeichnungen über Freunde und Feinde, Verwandte und andere Bezugspersonen.«

David räusperte sich.

»Sexuelle Vorlieben?«

Ein intensiver Blick von Kerstin quittierte einerseits Davids Einwurf, ließ aber das herausfordernde Lächeln, das um seinen Mund spielte, schnell wieder verschwinden.

Kerstin nahm das Gespräch mit einem tiefen Atemzug, der wie ein leichter Seufzer klang, wieder auf.

»Und so weiter«, fügte sie lakonisch hinzu. »Wenn die Arbeit methodisch und geschickt ausgeführt wird, kann ein guter Ermittler bald ein Muster erkennen; Überschneidungen der Ergebnisse können mit Leichtigkeit und Exaktheit erstellt werden. Der Ermittler entdeckt sehr schnell Abweichungen von der Normalität. In unserem Fall konnte man feststellen, dass es keine Verdächtigen gibt. Zwischen den verhörten Personen und der Tat besteht kein Zusammenhang.«

»Aber wie kann man sich da so sicher sein?« Anna Flanke blickte skeptisch.

»Aus mehreren Gründen: Eine Ermittlung ist wie eine komplexe Gleichung. Man hat eine Anzahl bekannter Faktoren, aber meistens ein Universum an unbekannten. Im besten Fall löst man die Gleichung und es gibt eine logische Linie zwischen der Antwort und der Art, wie die Gleichung aufgestellt wurde. In diesem Fall wissen wir beispielsweise, dass die Tat ausgeführt wurde mit …« Kerstin blätterte in den Akten. »Da haben wir es: *mit chirurgisch-medizinischer Sachkenntnis*. Wir wissen des Weiteren, dass der Täter zumindest grundlegende Kenntnisse in Anästhesie, also Betäubung, haben muss.« Das Letzte bekräftigte sie mit einem Blick auf David, der darauf mit beleidigter Miene reagierte.

»Man fand einige Einstiche in der zurückgelassenen Haut, die Betäubungsmittel enthielten, die in Schweden nicht zugelassen sind.«

»Okay.« David sah aus, als versuchte er, einen seiner sozial herausfordernden Impulse zurückzuhalten.

»Mit Sicherheit gab es im Publikum ausreichend Ärzte, die in das Täterprofil passen würden. Es wimmelt ja nur so von Ärzten bei klassischen Konzerten. Solche, die von ihren Eltern gezwungen worden waren, den Musikerberuf zugunsten einer *richtigen Arbeit* aufzugeben.«

Das Letzte betonte David mit einem deutlich sarkastischen Ton.

»Ganz richtig. Ungefähr zehn Ärzte waren bei dem Konzert anwesend. Keiner von ihnen war jedoch als Gast im Künstlerzimmer. Außerdem hatten alle ein perfektes Alibi.«

»Aber irgendwer musste sich ganz einfach in einem der Räume der Berwaldhalle versteckt haben, um zuzuschlagen, als alle gegangen waren. Das ist ja wohl offensichtlich.«

David warf einen Blick auf den Kühlschrank, wo das vibrierende Geräusch der Flaschen in seiner Fantasie genüssliche Bilder entstehen ließ.

»Nicht einer, sondern mehrere, mindestens zwei Personen. Zieht man die Vorgangsweise und den Zeitrahmen in Betracht, kann unmöglich nur eine Person die Tat begangen haben. Außerdem war das Ganze vermutlich schon lange davor geplant. Ich werde später noch erklären, warum sich dieser Eindruck ergibt. Zusammengefasst dürfte sich der Tathergang folgendermaßen abgespielt haben:

Gegen Mitternacht verlassen die letzten Gäste die Loge von Malå. Malå bekommt da einen Knock-out-Drink, besser gesagt, er gießt ihn sich selbst ein. Die technische Abteilung fand eine Flasche Calvados, die eine beträchtliche Menge des Schlafmittels Rohypnol enthielt. Die Flasche war unter die anderen Geschenke geschmuggelt worden, die ihm die Gäste während der Feier nach dem Konzert überreicht hatten.«

David meldete sich, indem er seinen Finger hob.

»Meine Musikerfreunde, die unter Malå gespielt haben, sagen, dass er einen Sinn für das Dramatische hatte. Er verstand es, sich in Szene zu setzen. Immer wieder.«

David machte plötzlich den Eindruck, als ob er selbst an dem zweifelte, was er gerade sagen wollte. »Daher die Frage: Könnte er das Ganze selbst inszeniert haben? Den Drink gemischt, einige Idioten bezahlt, ihn abzuschlachten, um seinem eigenen Mythos einen gebührenden Aufschwung zu verschaffen. Alle Welt weiß, dass die klassische Musik Starthilfe benötigt, um ihr Publikum im Medienrummel von heute zu erreichen.«

Anna Flanke starrte peinlich berührt auf den Boden.

Kerstin Armfeldt blickte David mit einem Ausdruck an, der sich zwischen Ungläubigkeit und völligem Desinteresse bewegte. Da er keine Zustimmung erhielt, seufzte David und ließ den Blick wieder zum Kühlschrank und dessen zunehmend verlockenden Inhalt gleiten. *Wenn ich einfach kurz hinginge und ganz locker mit einer natürlichen Bewegung die Kühlschranktür öffnete …*

Bevor David seinen Gedanken in die Tat umsetzen konnte, ergriff Kerstin wieder das Wort.

»Interessanter Gedanke. Wie verrückt diese Idee auf den ersten und zweiten Blick auch erscheinen mag, dürfen wir in dieser Phase keine Möglichkeit außer Acht lassen.«

Kerstin zog eine Augenbraue hoch.

»In diesem Fall müssten wir allerdings davon ausgehen, dass Malå in letzter Zeit nicht mehr Herr seiner Sinne war.

Und das während einer ziemlich langen Vorbereitungsperiode. Allerdings wollen selbstmordgefährdete Menschen einen so schmerzfreien Weg wie möglich finden, um aus dem Leben zu scheiden. Das Wichtige ist der Tod – nicht das Leiden. Sie leiden am Leben, das ist der Grund, warum sie das irdische Leben hinter sich lassen wollen. Außer bei Sektenanführern gibt es selten so selbstlose Helfer, die sich bereit erklären, ihren Meister zu *häuten*. Und nichts in den Ermittlungen deutet darauf hin, dass er verrückt geworden wäre. Er schien die letzte Zeit über völlig normal gewesen zu sein.«

Anna Flanke blickte vom Boden auf und beobachtete Davids Gesichtsausdruck. Was sie sah, ließ ihrer Erfahrung nach nichts Gutes erwarten.

Reg dich ab, David.

»Normal?«, fragte David.

Er stützte seinen Kopf in beide Hände und lächelte Kerstin mit einem herablassenden Blick an. »Kerstin, Kerstin. Was ist unter dem Begriff *Normalität* zu verstehen?«

Er klang wie ein väterlicher Onkel.

Hör doch auf, David, dachte Anna Flanke. Sie wand sich gereizt und suchte in Kerstin Armfeldts Gesicht vergeblich nach Anzeichen von Ärger.

Check.

Das störte David nicht, falls er es überhaupt bemerkt hatte.

»Zehn bis fünfzehn Prozent der Schweden neigen zu Autismus. Und die Diagnosen nehmen zu *as we speak*. Dreizehn, vierzehn Prozent sind freikirchlich. Weitere zwanzig Prozent schätzt man, sind Alkoholiker. Fünfundzwanzig Prozent haben Schwierigkeiten beim Lesen. Fast vierzig Prozent der Bevölkerung geben an, an psychischen Problemen zu leiden. Ungefähr sieben Prozent haben eine sogenannte *niedrige*

Begabung. Gehen wir davon aus, dass etwa zehn Prozent homosexuell sind – da sich nicht alle outen, ist dieser Anteil etwas unsicher. Tja. Siebzehn Prozent sind Einwanderer. Wir rechnen mit einem Prozent, das Minderheitensprachen spricht. Gute zwanzig Prozent sind Nationalisten. Vielleicht sechs Prozent scheinen aufgrund irgendwelcher Vergehen im Strafregister auf. Drei Prozent sind Jäger. Aus einer kulturellen und schwedischen Perspektive gesehen, muss der Anteil an Dummen in Schweden als verdammt hoch betrachtet werden. Natürlich muss man der intellektuellen und statistischen Ehre halber mit einer gewissen Durchlässigkeit zwischen den Gruppen rechnen, die …«

Anna Flanke atmete tief durch. *Du liebe Zeit. Jetzt kommt das,* dachte sie.

»… leicht an Mitgefühlmangel leidenden, Meänkieli sprechenden Schwedendemokraten, gebürtig aus Syrien«, fuhr David unverdrossen fort, »mit einer bedauernswerten Vorliebe für Alkohol, die hin und wieder gern das eine oder andere Tier totschlagen, wonach sie dann ihrer *Partnerin* lüstern an den Stringtanga gehen. Aber gut. Ziehen wir großzügige siebzig Prozent ab, um die Unwahrscheinlichkeiten auszugleichen. Dann bleiben im Großen und Ganzen gesehen null Prozent übrig, die sich einigermaßen *normal* zu Schweden, der Welt und dem Leben verhalten.«

David verstummte einen Moment, als würde er überlegen, bevor er weitersprach: »Aber wahrscheinlich gibt es eine gigantische Dunkelziffer.«

Er konnte ein Lachen nicht unterdrücken, das vor insgeheimer Selbstbestätigung strotzte.

Kerstin schaute vorwurfsvoll zu Anna Flanke, die eine abwehrende Haltung einnahm.

Aber David war noch nicht fertig. Er glättete seine Gesichtszüge und fuhr mit pastoralem Klang in der Stimme fort: »Malå gehört zu einer Berufsgruppe, die jede Menge Diagnosen haben, Missbrauch betreiben und pennälerhafte und narzisstische Persönlichkeiten sind. Wahrscheinlich gehört er sogar zu der Gruppe, die am häufigsten und am besten *die Ausnahme* darstellt und all die vorher erwähnten Gruppierungen umfasst. Innerhalb der Gruppe von Dirigenten, die übrigens viel kleiner ist als die statistisch erfasste Gruppe der schwedischen Rauschgiftabhängigen, die sich spritzen, sticht Malå nicht einmal hervor. Aber ich bin überzeugt, dass sogar eine so erfahrene Ermittlerin wie du, Kerstin, erstaunt wäre, wie viele Arten von Abweichungen es innerhalb der kleinen Künstlergruppe gibt, die man Dirigenten nennt.«

David lehnte sich zufrieden im Stuhl zurück.

Nur das leise Klirren aus dem Kühlschrank unterbrach das kompakte Schweigen, das auf Davids Solo folgte.

Anna Flanke wünschte, sie könnte David das Maul stopfen.

Wie konnte ein Profi wie Armfeldt einen solchen Unsinn mit anhören, außerdem in einer Art und Weise und in einem Tonfall herausgeschleudert, die aus den schwedischen patriarchalischen Fünfzigerjahren stammten? Nach Kerstin Armfeldts Gesichtsausdruck zu urteilen, war sie nahe daran, ihre Krücke zu schnappen und den Raum zu verlassen. Es kam ihr vor, als hinge die ganze Operation Berwald an einem dünnen Faden.

Könnte man die Kulturministerin überzeugen, dass David Westerdahl für diese Ermittlungsarbeiten nicht geeignet war? Wahrscheinlich nicht. Laut Justizminister Moberg hatte die Kulturministerin klar und deutlich angeordnet: ohne Westerdahl keine Operation Berwald.

Verflucht.

Das Schweigen dauerte bedeutend länger, als Flanke ertragen konnte.

Es schien, als fände ein mentales *chicken race* zwischen Kerstin und David statt. Sie saßen da und starrten sich gegenseitig in die Augen. Auf eine Art, die Flanke als beunruhigend empfand. Was die beiden fühlten, konnte Anna nur ahnen.

Himmel, Anna, sag doch was.

Gerade als sich Flanke zu schnell nach vorne über den Tisch beugte, so als könnte ihr die rasche Bewegung helfen, etwas Passendes zu sagen, brach Kerstin das ungute Schweigen mit vollkommen ruhiger und fester Stimme.

»Könntest du in Zukunft mich und die Zeit, die wir für die Ermittlungen brauchen, vor solchen Selbstverständlichkeiten verschonen? Ich bin zu alt dafür und du bist sicher klug genug, in Zukunft davon abzusehen. Danke. Machen wir weiter.«

Sie blickte mit klarem, kühl-professionellem Blick über den Tisch zu David und Anna. Nach einem kurzen auffordernden Nicken begann sie wieder in ihren Akten zu blättern.

Davids Augen funkelten jetzt wütend, und für einen Augenblick sah es aus, als wollte er den geworfenen Fehdehandschuh aufnehmen. Etwas hielt ihn jedoch zurück, und sein Zorn wurde schnell von einer griesgrämigen Miene abgelöst. *Wie ein zurechtgewiesener Fünfjähriger.* Anna Flanke musste lächeln. Am liebsten hätte sie laut herausgelacht. *Go, Kerstin!*

»Na gut, Malå hatte also auf die eine oder andere Art den vermanschten Calvados in sich hineinbekommen. Die Ermittlungen gehen davon aus, dass er während des Trinkens Noten las und Anmerkungen machte.«

»Die Partitur«, rief David mit plötzlichem Eifer in der Stimme. »Es heißt die Partitur. Also, die Partitur ist der Ausgangspunkt, das Buch, in dem alle Stimmen aufgezeichnet sind. Alles, was die Musiker spielen sollen. Vielleicht gibt es einen Hinweis, der sich in den Anmerkungen in der Partitur versteckt?«

David stellte enttäuschte fest, dass beide, Anna Flanke und Kerstin Armfeldt, völlig desinteressiert wirkten. Aber er gab nicht so schnell auf, obwohl seine Stimme bei Weitem nicht mehr so laut klang.

»Müsste eigentlich für einen alten Verbrechensermittler hochinteressant sein. Codes sozusagen.« David sah Kerstin lobheischend an. Aber auch diese Information schien für die frühere Chefin der staatlichen Mordkommission überflüssig zu sein. Kerstin lächelte David nur kühl an.

»Noten also«, fasste sie zusammen. »Dass es zwischen den Anmerkungen, die gefunden wurden, einen Hinweis auf den Mörder geben könnte, erachte ich als unwahrscheinlich. Mir scheint, dass Antoine Malå völlig ahnungslos war, was passieren würde, bis zu dem Zeitpunkt, als das Schlafmittel zu wirken begann. Aber noch einmal, in dieser Phase dürfen wir nichts außer Acht lassen, auch wenn es noch so verrückt erscheint. Ich habe *die Noten* hier im Akt. Das wird deine Aufgabe, sie durchzusehen und eventuell doch etwas zu finden. Das Musikstück wurde geschrieben von einem …«

Kerstin blätterte in den Aufzeichnungen und las dann zögerlich: »Berli … Berlioz.«

David verdrehte die Augen, entschloss sich aber, den Mund zu halten.

»Die Ermittlungen ergaben des Weiteren aus guten Gründen, dass Malå sehr schnell, nachdem er den zusammengepanschten Calvados getrunken hatte, zusammengesackt war. Die Täter dürften gleich danach in die Loge gekommen sein. Die Ermittlungen neigen dann zu einem etwas eigenartigen

Verlauf. Zuerst banden die Verbrecher den bewusstlosen Malå mit Klebeband an seinem Stuhl fest. Überreste des Klebebands wurden am Stuhl gefunden. Während Malå ohne Bewusstsein war, rollten sie eine Plastikplane auf dem Boden der Loge aus. Danach begannen sie das Opfer zu häuten. Man kann sich leicht vorstellen, dass es nicht einfach ist, einen Menschen im Sitzen zu häuten. Den Blutspuren nach zu urteilen, hat man ihn, nachdem die Haut an den unteren Beinen abgezogen war, losgebunden und auf die Plastikplane gelegt, um die Tat zu vollenden.«

»Aber warum gingen sie auf diese Weise vor?«, wunderte sich Anna. »Als sie die Plastikplane auflegten, mussten sie doch bereits gewusst haben, dass sie die Tat nur an einem liegenden Malå ausführen konnten.«

»Gut mitgedacht, Anna.« Kerstin nickte bestätigend.

»Das stellt uns vor unterschiedliche Vorgehensweisen. Eine könnte sein, dass die Täter nicht wussten, wie viel Blut fließen würde, und daher die Plastikplane vorsorglich aufgelegt hatten. Bei diesem Szenario wollte man Malå vielleicht nur foltern, indem man ihm die Haut an den Beinen und möglicherweise auch an den Armen abziehen wollte, um ihn dann entweder zu töten, zu kidnappen oder verbluten zu lassen. Inmitten des Tathergangs wurde ihnen jedoch klar, dass der Blutverlust beim Häuten doch nicht so groß ist – die Blutgefäße schließen sich und schützen den Körper. Im Gegensatz zu dem, was die Presse schrieb, gab es kein Blutbad am Tatort. Möglicherweise erkannten die Mörder, dass Malå nicht durch den Blutverlust sterben würde, und beschlossen daher, ihn loszubinden und seinen ganzen Körper auf der Plastikplane am Boden zu häuten. Ein anderer Ablauf könnte allerdings am naheliegendsten gewesen sein. Nämlich, dass sie ihn aus praktischen Gründen festbanden, damit sie die Plastikplane ungestört am Boden ausbreiten konnten. Oder …«

Kerstin unterbrach sich, weil sie sah, dass David blass und von kaltem Schweiß bedeckt war.

»Was ist los, David?«

David strich mit der Hand über seine schweißbedeckte Stirn und versuchte ein tapferes Lächeln aufzusetzen.

»Alles in Ordnung, alles unter Kontrolle, Kerstin. Ich finde nur, dass es hier ein bisschen zu warm ist. Ich kann rausgehen und das Personal fragen, ob sie für eine bessere Durchlüftung sorgen können.«

Er wollte gerade aufstehen, als ihn ein strenger Blick von Kerstin zurückhielt.

»Die Lüftung und die Temperatur werden durch dieses Paneel geregelt. Kerstin deutete zur Tür. »Das Display zeigt an, dass der Raum vernünftige energiesparende neunzehn Grad hat. Ich weiß nicht, ob wir es kälter haben wollen, oder was sagst du, Anna?«

Anna warf sich den Schal, den sie sich eben umgebunden hatte, über die Schulter.

»Ich finde, es ist richtig kühl.«

David runzelte die Stirn und rückte auf seinem Stuhl vor, stutzte die Ellenbogen auf den Tisch und legte den Kopf schwer in seine Hände.

»Vielleicht bist du krank? Oder wird dir von all dem Gerede über Blut übel?«

Kerstin lächelte verbindlich und etwas wie mitfühlende Wärme war in ihrer Stimme zu hören.

»Aber nein. Ich habe wahrscheinlich nur einen eigenartigen Wärmehaushalt. Vermutlich das Alter. Das kennst du bestimmt auch, Kerstin.«

Wie zum Teufel muss man sich anstellen, damit man in diesem verfluchten Land ein Pilsner bekommt.

Ein Schweißtropfen kullerte von Davids Stirn auf den Tisch. Er wischte die Tischplatte mit dem Ärmel seines Jacketts ab und rang sich mühsam ein Lächeln ab.

Kerstin hingegen lächelte nicht mehr. Sie legte stattdessen einige Fotos auf den Tisch.

Sie zeigten den mit Plastik ausgelegten Boden des Künstlerzimmers. Blut. Ein paar Fotos waren Nahaufnahmen der Hautstücke, die von Malås Körper stammten und fein säuberlich auf den Fauteuil im Künstlerzimmer gelegt worden waren.

»Wie ihr seht, spricht die chirurgische Präzision, mit der die Haut von Malås Körper entfernt wurde, gegen die Vermutung, dass die Täter durch den geringen Blutfluss überrascht wurden. Hier handelt es sich eindeutig um jemanden, der chirurgisch versiert ist. Seht euch diesen reizenden Schnitt an, direkt unter dem Fettpolster.« Kerstin hielt David das Foto direkt unter die Nase, der sich entsetzt umdrehte und sich auf den mintgrünen IKEA-Teppich erbrach.

»Eine andere Sache.« David saß bequem zurückgelehnt mit einem frisch geöffneten Carlsberg Export in der Hand da. Nachdem er sich auf den Boden erbrochen hatte, hatte Kerstin etwas reumütig das Servicepersonal gerufen. Während der zehn Minuten, die es gedauert hatte, den Teppich einzurollen und Lavendelduft zu versprühen, war David mit der Rechtfertigung eines hart geprüften Mannes zum Kühlschrank gewankt und hatte sich ein paar Flaschen Bier geschnappt.

»Ist es nicht eigenartig, dass sie die Plastikplane zurückließen?«

Kerstin musterte David mit erwartungsvollem Interesse.

»Mach weiter.«

David nahm einen Schluck direkt aus der Flasche. »Wenn

man sich die Mühe macht, den Boden wegen eines Verbrechens mit Plastik zu bedecken, möchte man doch um keinen Preis Spuren hinterlassen. Und man macht sich auch keine Sorgen um den Holzboden.«

»Ganz richtig. Was sagt uns das?«

»Weiß der Teufel. Vielleicht hatten sie es eilig, wegzukommen.«

»Gut. Was noch?«

»Kann natürlich auch sein, dass jemand *den Eindruck erwecken wollte*, dass er es eilig hatte.«

»Das ist weniger wahrscheinlich, aber nicht unmöglich.«

*

Nach einer dreistündigen Besprechung war es Zeit, den VIP-Raum wieder zu verlassen.

David hatte die beiden Frauen überrascht, insbesondere Anna Flanke, dass er so aufmerksam und dazu noch konzentriert gewesen war. Kerstin ordnete das seiner Wachheit zu, die auf den Alkoholkonsum zurückzuführen war, an den sich Davids Körper gewöhnt hatte und den er als normal empfand. Nichtsdestotrotz war die Stimmung im Trio gut, als Kerstin zu einer Zusammenfassung ansetzte.

»Okay, ich werde jetzt einige Behauptungen aufstellen. Sie bilden den Ausgangspunkt für unsere Arbeit. Je enger wir die Grenzen für Hypothesen setzen, desto schneller können wir entscheiden, ob wir mit unseren Annahmen falschliegen oder nicht, und dann weitermachen. Hast du verstanden, David?«

David lächelte.

»Ich unterschreibe alles *blind*, was immer du sagst. Schließlich bist du hier der Profi.«

Kerstin schmunzelte kurz.

»Anna?«

Flanke wand sich.

»Ich bin ja quasi nur Beobachterin. Das Ohr des Auftraggebers, wenn du so willst. Ich kann keine operativen Aspekte in das, was ihr macht, einbringen, weil ich …«

»Okay, dann danke.« Kerstins Ton war ungeduldig.

Ohne einen Blick auf Anna zu werfen, die durch die Unterbrechung etwas eingeschüchtert war, erhob sich Kerstin, ohne die Krücke zu benutzen, und hinkte vor zum Whiteboard am kurzen Ende des Raumes. Sie nahm einen Stift aus dem Behälter und zog in der Mitte der Tafel einen Strich.

»Ich halte fest, dass wir zu Beginn grob gesehen zwei Spuren haben. Die eine nennen wir die *Profispur* und gehen davon aus, dass es eine Verbindung zu dem aktuellen politischen Geplänkel über das Ostseeabkommen gibt. Die zweite Spur nennen wir die *Rachespur* und nehmen an, dass es sich um eine Form der Vergeltung gegen Malå handelt. Ein Rätsel bleibt natürlich, dass wir nicht wissen, wie der Körper von Malå aus dem Berwaldsaal geschafft wurde, ohne Spuren zu hinterlassen. Hier zeigt sich wieder eine Professionalität, die wir nicht außer Acht lassen dürfen. Sonst würde es sich einfach nur darum handeln, dass die Täter Schwein gehabt haben. Um zu beurteilen, wie die beiden Spuren sich zueinander verhalten, müssen wir die Annahmen eingrenzen. Einige Fragezeichen eliminieren. Zum Beispiel haben wir das klassische Geldmotiv, das eine eigene Spur darstellen könnte. Wer beerbt Malå?«

Anna Flanke nutzte die Gelegenheit, um zu unterbrechen, obwohl Kerstin diese Frage wahrscheinlich selbst beantwortet hätte.

»Das Testament ist eindeutig. Seine Bibliothek, unter anderem

Notenblätter und bewegliche Dinge, geht an die Königliche Musikakademie, die sicherlich bereits einen Stipendienfonds für junge Dirigenten in Malås Namen eingerichtet hat. Das Übrige – und man kann es ein beträchtliches Vermögen nennen – soll laut Testament auf drei Organisationen verteilt werden: Rädda Barnen, die fünf Prozent bekommen, die Stiftung Infantinnan, die sechzig Prozent bekommt, und ein Bauprojekt in Holland, für das interessanterweise Valerij Schaljapin als Auftraggeber fungiert. Dieses Projekt erhält zehn Prozent. Der Rest sowie ein Grundstück in den Schären werden dem Verwalter als Geschenk übergeben.«

»Ja, genau«, sagte Kerstin.

»Wurde das Grundstück in den Schären überprüft? Ich denke an DNA-Spuren. Werkzeug für sadomasochistische Rituale und Ähnliches«, erkundigte sich David.

Flanke hob ihre Augenbraue und wollte auf diese Weise beißenden Sarkasmus ausdrücken.

»Es gab Gespräche mit dem Verwalter des Grundstücks. Anscheinend wurde das Haus vergangenes Jahr an ein deutsches Paar vermietet. Bevor sie einzogen, wurde Malås Eigentum eingelagert und das Haus und die beiden Nebengebäude gründlich gereinigt.«

»Hat die Polizei das kontrolliert?«

»Es gibt ein Besichtigungsprotokoll, angefertigt nach der Reinigung, und einen Mietvertrag mit dem Paar. Aber es war niemand draußen in dem Haus, wenn du das meinst.«

Mit einem gnädigen Blick in Richtung Flanke nahm Kerstin den Faden wieder auf.

»Da können wir das Haus in den Schären zu den sogenannten Akten legen. Na ja. Sowohl Rädda Barnen wie auch die Stiftung Infantinnan haben in den vergangenen Jahren gute finanzielle Ergebnisse eingefahren. Deswegen gibt es keinen bekannten Grund, dass diese Organisationen – beide zum Wohl und der Entwicklung von Kindern, so steht es in den Statuten – Malå nach dem Leben getrachtet hätten, um ihre Liquidität zu verbessern. Das Bauprojekt mit Schaljapin scheint schon lange zu bestehen und da gibt es sicher schon aus der Vergangenheit eine festgelegte Grenze, wann Malå seine Beteiligung beendet hätte.«

»Womit beschäftigt sich die Stiftung Infantinnan? Spanische Hofmalerei?«

David lächelte die beiden Frauen verschmitzt an und nahm mit einer einstudierten eleganten Bewegung einen Schluck aus der Flasche, die damit endgültig leer war.

»Keineswegs«, antwortete Kerstin trocken. »Sie betreiben eine recht erfolgreiche Schule mit Internat außerhalb von Borås. Die Äsperedsschule. Mit einer ähnlichen Klientel wie die Internate Lundsberg, Gränna und Sigtuna; Kinder von Diplomaten und Industriemagnaten. Oder von Familien mit geerbtem Geld. Der Unterschied besteht darin, dass sie in Äspered größeren Wert auf eine musikalische Ausbildung legen.«

»Ich könnte das Bild des Internats noch ergänzen, da ich wohl der Einzige im Raum bin, der damit Erfahrungen gemacht hat.« David lehnte sich über den Tisch und es sah aus, als wollte er soeben zu einer weiteren ausführlichen Erläuterung ansetzen.

»Danke, David, das ist nicht notwendig.«

Kerstin machte eine abwehrende Geste. In bestimmtem Ton fügte sie kurz und bündig hinzu: »Du wurdest in Sigtuna ausgebildet, wenn ich richtig unterrichtet bin?«

Sie wartete nicht auf Davids Bestätigung.

»Na dann. Ich glaube, wir können uns darauf einigen, dass

die Stiftung Infantinnan kaum Interesse hätte, Antoine Malå zu häuten, um an das Geld zu kommen. Geld, das sie für ihr Überleben gar nicht benötigen. Somit brauchen wir keine Zeit zu vergeuden, die Geschichte und das Leben im Internat zu ergründen.«

Anna Flanke wandte sich ab, um ein feines Lächeln vor David zu verbergen. Kerstin hatte ihn wieder zurechtgewiesen. David selbst sank mit einem düsteren Blick in sich zusammen.

»Es ist anzunehmen, dass die musikalische Ausrichtung gemeinsam mit dem Schwerpunkt der Schule auf *besonders begabte Kinder* Malå zur Schenkung eines Teils seines Vermögens bewogen haben.«

»Er hat keine Nachfahren, daher ist es nicht erstaunlich, dass Äspered ihn beerbt. Kurz gesagt: Ich glaube nicht, dass Geld das Hauptmotiv für die Tat war«, stellte Kerstin fest.

Aus dem Kühlschrank hörte man ein Klirren. Kerstin heftete ihren Blick auf David, der mit einem weiteren Bier in der Hand zum Tisch zurückkehrte. Weder Anna noch Kerstin hatten Davids Trinkerei kommentiert, aber er spürte deutlich ihre abschätzigen Blicke.

Ist doch egal.

Er öffnete den Verschluss mit einem lauten Zischen.

»Um wie viel Geld geht es eigentlich? Wenn es ausreichend viel ist, könnten ja sogar solide Unternehmen danach gieren, den Prozess etwas zu beschleunigen, meine ich.«

Kerstin blätterte in den Akten. Sie fand schnell, wonach sie suchte.

»Antoine Malå wurde auf etwa zwei Milliarden geschätzt, wenn man die zu erwartenden Einnahmen für seine verschiedenen Grundstücke miteinrechnet.«

David griff sich mit einer theatralischen Geste an den Kopf.

»Du lieber Himmel! Das ist kein Pappenstiel. Für eine solche Summe würde ich einige Beziehungen neu überdenken.«

»Das überrascht mich nicht«, erwiderte Anna Flanke trocken.

David betrachtete Flanke belustigt und sah aus, als wollte er schnell eine schlagfertige Antwort geben, hielt sich aber zurück.

»Mich interessiert eine Sache«, sagte er. »Malå dürfte ansehnliche urheberrechtliche Entschädigungen besessen haben. Dazu kommen noch andere Arten von Tantiemen, die in den nächsten siebzig Jahren in den Nachlass hineinsickern werden. Was passiert damit?«

Anna Flanke blätterte durch die Akten. »Hm. Darüber wird nichts im Testament erwähnt. Eigenartig.«

David wollte etwas sagen, aber Kerstin kam ihm zuvor.

»Egal, wie es sich mit dem einen oder anderen verhält, glaube ich, dass wir die finanzielle Seite nicht in Betracht ziehen brauchen. Bleibt also die Rache- beziehungsweise Profispur zur näheren Untersuchung. David, du beginnst damit, die Lebensgeschichte von Malå zu erfassen. Grabe richtig tief. Beginne mit der Zeit, als Malå in seinen Zwanzigerjahren war. Ich glaube nicht, dass wir besonderes Augenmerk auf die Geburt und Gymnasialzeit zu legen brauchen. Das können wir, wenn nötig, auch noch später tun. Und finde auf jeden Fall heraus, was mit den von dir erwähnten Entschädigungen passiert.«

»Verstanden.« David verbeugte sich vor Kerstin. »Bedeutet das, dass du dich der Profispur widmest?«

Kerstin warf einen gleichgültigen Blick auf David.

»Dein deduktives Talent ist nicht von schlechten Eltern, David.«

Anna wand sich nervös. Sie hoffte, dass Kerstin ihre sarkastischen Bemerkungen im Zaum hielt. Sie wusste aus eigener

Erfahrung, dass das Davids Spezialgebiet war. Obwohl er sich erbrochen und unverschämt benommen hatte, war sie doch überrascht, dass er sich nicht von seiner allerschlimmsten Seite gezeigt hatte. Wenn er jetzt allerdings provoziert werden würde, konnte das das Ende der Operation Berwald bedeuten. Erstaunlicherweise lächelte David aber nur gutmütig.

»Wo treffen wir uns morgen?«

»In dem früheren Servus-Supermarkt in Bandhagen. Um Punkt acht«, bestimmte Kerstin und begann die ausgebreiteten Akten und Fotografien einzusammeln.

»Warte noch ein wenig.« David klang aufgebracht. »Bandhagen? *Der Vorort*? Wie soll ich dort hinkommen? Ich fahre doch, verdammt noch mal, nicht mit der U-Bahn!«

Kerstin erhob sich mühsam und nickte Anna Flanke zu, dass sie nun das Gespräch übernehmen sollte, das anscheinend weit unter ihrer professionellen Würde lag.

Flanke öffnete ihre Aktentasche und fischte ein dickes Kuvert heraus.

»Hier hast du einen Vorschuss. Bargeld, wie du es haben wolltest. Das dürfte unter anderem deinen Bedarf an Taxis in den nächsten Wochen decken.«

»Aber warum Bandhagen? In der Stadt gibt es eine Unmenge von Büros, die …«

»Da gilt es reinzubeißen. Die Gesellschaft hat im Rekordtempo ein Büro nach Kerstins Wünschen eingerichtet. Sie ist in dieser Sache die Professionellste, und die Umgebung des Büros ist relativ leicht zu überwachen. Weniger Menschen rundherum.«

David tat so, als hörte er nicht zu. Stattdessen wandte er sich an Kerstin, die bereits ihre Jacke angezogen hatte und im Begriff war, den VIP-Raum zu verlassen.

»Darf ich die Berlioz-Partitur ausborgen? Mit den Anmerkungen von Malå?«

Kerstin zögerte.

»Kann das nicht bis morgen warten?«

»Ich wollte hier gleich eine Weile arbeiten. Man hat nicht immer die Gelegenheit, in einem VIP-Raum zu sitzen.«

»Dann musst du sie wie deinen Augapfel hüten – das Beweisstück muss wieder an die staatliche Mordkommission zurückgegeben werden.«

*

»Was meinst du? Wird das mit ihm klappen?«

Anna Flanke hatte Kerstin angeboten, im Dienstwagen des Ministeriums mitzufahren.

Die pensionierte Kriminalkommissarin hatte den ganzen Weg seit Arlanda geschwiegen. Anna Flanke hatte ebenfalls aus Respekt geschwiegen, aber kurz vor Solna konnte sie sich nicht mehr zurückhalten. Kerstin nahm ihre Mütze ab und kratzte sich nachdenklich am Kopf.

»Er ist eine wandelnde Katastrophe. Aber …«

»Aber?«

»Mit etwas Glück kann er sich doch als verwendbar erweisen. Vorausgesetzt, er bleibt nüchtern. Er ist wesentlich versessener auf Alkohol, als ich dachte.«

»Nüchtern, ja. Ich muss wohl erzählen, obwohl, na ja, berufliche Distanz hin oder her … Ich sollte nicht, aber immerhin müssen wir ja jetzt eng zusammenarbeiten …«

Flanke berichtete über ihre Beziehung mit David. Kerstin schnappte nur beiläufig etwas auf über Versprechungen, die immer und immer wieder gebrochen wurden und monatelange

Reisen in völliger Betrunkenheit. Sie hatte sich stattdessen auf etwas konzentriert, das ihr im Rückspiegel schon auf der Höhe der Stadt Arlanda aufgefallen war.

Ein dunkelblauer Volvo, der sich einige Autos hinter ihnen befand, hatte sie eine Weile verfolgt und hielt sich absichtlich weiterhin auf auffällig gleichbleibendem Abstand, was nicht zu übersehen war.

*

David saß noch immer im VIP-Raum, die Füße lässig auf dem Tisch. In seinem leicht berauschten Zustand gingen ihm widersprüchliche Gedanken durch den Kopf. Einerseits verfluchte er sich selbst und sein untrügliches Talent, Brücken niederzureißen und allen Versuchen standzuhalten, auch nur rudimentäre berufliche Beziehungen aufzubauen. Er respektierte und mochte beide, Armfeldt und Anna Flanke. Warum gelang es ihm dann nicht, ihnen den wohlverdienten Respekt entgegenzubringen? Die Art, wie Armfeldt über das Verbrechen berichtet und die Besprechung geleitet hatte, hatte bei ihm einen tiefen Eindruck hinterlassen. Auch Anna Flanke hatte sich, abgesehen von einer Ausnahme, äußerst professionell verhalten, wie David es mit seiner Ex-Freundin nicht geschafft hatte.

Noch immer hübsch.

Morgen würde er ihnen einen anderen David zeigen.

Einen mitfühlenden, klugen und lustigen David.

Vielleicht sogar einen liebenswürdigen David.

Diese Sache durfte er nicht verpfuschen. Das konnte er *sich nicht leisten.*

Wenn er es schaffte, zumindest Kerstin Armfeldt nicht zu verärgern, wäre alles geritzt.

Andererseits, warum sollte er sich Sorgen machen? Er saß hier im VIP-Raum der Sky City. Ein außerordentlich spannender Auftrag lag vor ihm. Ein Kuvert mit etlichen Tausenderscheinen befand sich in sicherer Verwahrung in der Innentasche seines Jacketts. Ein Auftrag nach seinem Geschmack und auf seinem Niveau.

Zum Teufel auch.

Er war froh, und mehr als das, das erste Mal seit sehr langer Zeit. Die Geschichte mit Nadia Kowalska hätte er voraussehen können. Die Freude, die er über die Eroberung empfunden hatte, fühlte sich jetzt im Vergleich künstlich an. Nein, was er jetzt empfand, war *wirkliche* Freude. Die Genugtuung, gebraucht zu werden, sich *mit Begeisterung* in etwas Neues hineinzustürzen. Immer dann, wenn er so intensive Gemütsbewegungen erlebte, entstand in seinem Gehirn eine Art von Begierde. Eine Begierde nach Belohnung. Alkohol. Aber David leistete Widerstand. Stattdessen vertiefte er sich in die Partitur.

Bingo.

David riss ungläubig die Augen auf. Auf der Titelseite hatte jemand, wahrscheinlich war es Malå, eine Art Liste mit dem Datum des Konzerts sowie »SRSO, O-Fest« notiert.

Die Abkürzung SRSO übersetzte David ganz einfach als Schwedisches Rundfunksymphonieorchester.

O-Fest bedeutete natürlich Ostseefestival. Das, was jedoch Davids eigentliches Interesse geweckt hatte, war ein ziemlich schön gezeichneter Totenkopf in klassischer Piratenform, komplett mit überkreuzten Beinknochen. Der Schädel sollte offensichtlich als Teil der Überschrift aufgefasst werden.

Eine Todesliste?

Die Liste selbst bestand aus einer Kombination aus Ziffern

und Buchstaben, die David geläufig waren. Was er aber noch nie gesehen hatte, waren die hinzugefügten Symbole.

Fl. 2 (-)
Ob. 3 (!!)
Eng.h. (!)
Kl. 2 (??)
Fag. 1 (-)
Trp. 3 (?)
Tba (-)
Timp. (!!!!!!!)
Vl. 1/3 (???)
Vl. 2/1 (!!!!!)
Vla. 1/1 (-)
Kb. 4 (?)

Bei der Aufzählung handelte es sich ganz einfach um Abkürzungen der Orchesterinstrumente. *Fl.* bedeutete Flöte, *Ob.* bedeutete Oboe und so weiter bis *Kb.* Kontrabass. Die Zahl gab an, welche Stimme oder Position im Orchester dafür vorgesehen war. Malå hatte bei Weitem nicht das ganze Orchester in seine Liste miteinbezogen. Es handelte sich hier um einzelne Stimmen oder Musiker, die sich in irgendeiner Weise einen Platz in der Totenkopfliste verdient hatten. Waren diese Musiker dem Maestro negativ aufgefallen? Hatten sie beim Konzert schlecht gespielt? Waren die Kommentare ein Code für eine bestimmte Art von Strafe, die sie bekommen sollten, oder eine Bezeichnung für die Schwere ihres Fehlers?

David wusste, dass Malå für seine äußerst strengen Beurteilungen bekannt war. Es wäre mit Sicherheit sinnvoll, einige seiner Musikerfreunde anzurufen und sie zu befragen, um

Klarheit zu bekommen, ob diese Liste mit der Arbeitsweise von Malå zusammenhing. David wusste außerdem, dass es in Staaten mit ziemlich totalitärem Regime nicht ungewöhnlich war, dass die Musiker einen Abzug ihres Honorars in Kauf nehmen mussten, wenn sie bei den Proben falsch spielten. Spielten sie sogar beim Konzert falsch, riskierten sie einen Rauswurf. In Warschau hatte der Orchesterdirektor David nach der ersten Probe gefragt: »So, who do you want to fire?«

Aber so ging es in Schweden natürlich nicht zu.

Die Musiker hatten bis zu ihrer Pensionierung einen sicheren Arbeitsplatz, auch dann, wenn sie nicht mehr so gut spielten.

Nur besonders couragierte Chefs würden sich für einen arbeitsrechtlichen Kampf entscheiden, um ein Instrument zurückzustufen, ansonsten begänne höchstwahrscheinlich das übliche kollegiale Mobbing. Sehr oft mit Alkoholismus und psychischen Problemen als Folge. Oder beidem. Das würde dann langsam zu einer Frühpensionierung oder zur Versetzung in die Notenbibliothek führen.

Darüber würde sich die liebe Kerstin bestimmt aufregen.

Obwohl er der Überzeugung war, bereits einen guten Teil seines Arbeitspensums erfüllt zu haben, blätterte David weiter in der Partitur. Malå gehörte bestimmt zu jenen Dirigenten, die gerne mit Farbstiften in der Partitur herumkritzelten; große Dreiecke (rot), Ziffern (blau) und Pfeile (grün) rahmten beinahe jede Seite ein und dienten als Unterstützung bei der Aufführung.

Während er blätterte, ertappte er sich selbst dabei, wie er einzelne Stimmen aus der Partitur mitsummte. In seinem Kopf hatte die Symphonie bereits begonnen. Das Umblättern folgte jetzt dem Tempowechsel der Symphonie. Als er zur ersten Strophe der Sequenz *Dies irae* – Tag des Zorns – kam, glitt beim

Umblättern ein Foto aus der Partitur. Die Aufnahme zeigte den Chef des Berwaldsaals, Gyllén, gemeinsam mit Valerij Schaljapin. Das Firmensymbol des Ostseefestivals in der unteren linken Ecke. Jemand – *Malå?* – hatte einen Bart in Schaljapins Gesicht gemalt. Dazu ein paar hübsch gezeichnete Hörner auf der Stirn.

Doppelbingo.

Gyllén, du lethargischer Idiot, hast du etwas damit zu tun?

Wie zum Teufel ermittelt die Polizei eigentlich?

David las schnell die Liste des Beweismaterials durch, das am Ort des Verbrechens sichergestellt worden war.

Da war kein Foto registriert.

Das ist ihnen entgangen.

David fühlte, dass er nun den Punkt erreicht hatte, an dem es ihm zustand, ein bisschen zu feiern.

Er holte sich zielstrebig ein Bier und eine kleine Flasche Famous Grouse.

Sollte das so schwierig sein?

David öffnete seinen Koffer und suchte die Sennheiser-Kopfhörer heraus.

Die Partitur lag vor ihm.

Er hatte Geld in der Tasche, Bier und Whisky auf dem Tisch. Es gab keinen Grund, warum er das nicht genießen sollte. Er schloss die Kopfhörer an sein iPhone an und suchte nach einer guten Aufnahme der *Symphonie fantastique*. Er fand die Aufnahme von Valerij Schaljapin mit dem London Symphony Orchestra.

Give it to me, Valerij!

*

David saß in einem Taxi auf dem Weg in die Stadt, nachdem er aus dem VIP-Raum rausgeworfen worden war. Das Personal hatte ihn gegen zehn Uhr in tiefem Schlaf versunken vorgefunden. Vor ihm auf dem Tisch stand eine ansehnliche Sammlung leerer Flaschen. Der Chauffeur hatte eine nach Davids Maßstäben einfache Anweisung bekommen. »Fahre mich zum einzigen echten irischen Pub in Stockholm.«

Bereits hundert Meter von der Sky City entfernt hatte David tief und fest geschlafen und musste von dem verzweifelten Chauffeur dreimal geweckt werden. Zum Schluss hatte er ihm klarmachen können, dass er nach Gamla Stan wollte. Ins Wirströms. Als das Taxi das Lokal gefunden hatte, glitt es im Schneematsch hinauf zu Stora Nygatan, wo der mittlerweile ziemlich genervte Chauffeur David beim Aussteigen half und ihn schwankend neben seinem Koffer zurückließ. Der Mann mit der Pelzmütze, der gegen einen Laternenpfosten neben dem Spielzeuggeschäft ein Stück weiter entfernt lehnte, schüttelte den Kopf.

Amateur.

Der Maestro

Der Tod von Robert. Der schwebte über uns wie ein breit angelegter Dominantseptakkord, der alles, was gesagt oder getan wurde, filterte. Es kam zu polizeilichen Ermittlungen. Wir machten uns über die geistigen Fähigkeiten der Polizisten lustig. Über ihren breiten Närke-Dialekt und ihr Interesse für belanglose Details. Wie zum Beispiel, was und wo Robert üblicherweise zu Mittag aß. Als wäre das ein Geheimnis gewesen. Alle in der Schule wussten ja, dass wir meistens in der Pizzeria Lanterna aßen. Es gab

Getratsche über uns und unsere Mittagessen; alle sechs hineingestopft in eine abgetrennte Sitzecke, die Arme an die Seite gepresst, während die Hände in einem eigenartigen Winkel intensiv mit dem Besteck hantierten.

Wir hatten natürlich mehr Platz, als Robert nicht mehr unter uns weilte.

Die Pizza von normaler schwedischer Qualität.

Schmelzkäse und Schinken aus der Hölle.

Das war lange bevor der Sauerteig und die Sushi-Bars in Örebro auftauchten.

Eines Abends in der Lanterna hatte Barbara behutsam das Thema angeschnitten, das uns alle beschäftigte. Sie fragte sich, ob Robert wirklich so unglücklich gewesen war, so beeinflusst von Robert Schumanns, seinem Namensvetter, melancholischer Musik, dass er sich das Leben genommen hatte? Die Polizei hatte uns dazu befragt. Nicht über Schumann, das wussten sie ja nicht. Noch weniger, dass Robert Schumann versucht hatte, sich im Rhein das Leben zu nehmen. Aber von den Polizisten, die am Wochenende lieber im Ritz am Stortorget abhingen als ein Buch in die Hand zu nehmen, konnte man nichts anderes erwarten. Wir wussten es, denn wir spielten dort immer Salonmusik für die Abendgäste. Nur etwa eine Stunde spielten wir. Dann drehten sie »Puttin' on the Ritz« von Taco Ockerse in voller Lautstärke auf, um zu zeigen, dass jetzt Schluss war mit der Hochkultur. Da kamen dann auch die Polizisten, die am Wochenende frei hatten.

Ja, unser Robert war traurig gewesen. Aber auch froh. Froh darüber, dass er sich von uns losgesagt hatte. Das hatten wir der Polizei nicht erzählt, dass er bei uns nicht mehr mitmachen wollte. Er fand, dass es ein bisschen zu creepy wurde. Er wollte »raus aus dem Nebel«.

Robert und ich spielten miteinander. Oft Klavier.

Vierhändig.

Der intuitive Robert mit dem feinen Gehör.

Hildegard wurde an diesem Abend wütend auf Barbara. Nicht so, dass man es deutlich merkte. Es gab keine harten Worte.

Nur wirksames, konzentriertes und verärgertes Schweigen.

»Wie die Pause vor dem Solo in ›Nacht in Tunesien‹, behauptete Ella hinterher.

Und das Solo blieb nicht aus. Hildegard versuchte uns zu überzeugen, dass wir uns nicht von der verständnislosen Umwelt beeinflussen lassen sollten. Sie sprach wirklich gut. Leidenschaftlich und mit Inspiration.

»Es stimmt«, sagte sie. »Robert war froh und unglücklich gewesen. Warm und kalt. Gut und schlecht in einer Person. Einige von uns schaffen es nicht, so viele Eigenschaften in sich zu tragen. Besonders nicht auf eine so einschneidende Art wie Robert«, meinte Hildegard.

Und es gelang ihr, uns zu überzeugen.

Wir beruhigten uns. Keiner sprach mehr über das, was dieser zweite Polizist gesagt hatte.

Dass Robert eine tiefe Wunde am Hinterkopf gehabt hatte, die sie sich nicht erklären konnten.

Gjörwellsgatan 31

Ivan Michailowitsch hoffte, dass der Botschafter diesmal ordentliche Kleidung tragen würde. Nicht die Trikots des Fußballklubs ZSKA, die er üblicherweise anhatte, wenn er Spaß haben wollte. Der Botschafter wusste nur zu gut, dass Ivan Michailowitsch, falls er überhaupt zu einer Fußballmannschaft hielt, Dynamo Moskau bevorzugte. Aber nichts bereitete dem

Botschafter größeres Vergnügen, als die alten Rivalitätsgefühle zu schüren. Die rot-blauen Dressen waren jetzt äußerst unpassend; Ivan Michailowitsch wollte ernsthafte Dinge diskutieren. Dinge, die sich absolut nicht mit einem übergewichtigen Botschafter in farbigen Fußballtrikots vereinbaren ließen.

Der Chauffeur bog schnittig von der Gjörwellgatan in Richtung der Botschaftstore ab.

Ivan Michailowitsch warf einen Blick nach rechts oben, wo der Eingang zur Botschaft für die Allgemeinheit lag. Ein kleiner Hügel, eine Glocke und eine korrekte Sicherheitskontrolle.

Willkommen in der Russischen Föderation.

Es gab keine Schlangen von der schneematschigen Straße hinauf zur Abteilung für die Visumsanträge.

Kein Wunder.

Ivan Michailowitsch war froh, dass sein Rang und seine Beziehungen ihn davor bewahrten, in näherer Umgebung der Botschaft zu wohnen, die einen umfassenden Stab an Mitarbeitern von mehr oder weniger zweifelhafter Qualität beherbergte. Alle, die hier wohnten, waren freilich auf irgendeine Weise vom Sicherheitsdienst überprüft worden. Ein Freibrief des Inlandsgeheimdienstes FSB hob jedoch keineswegs die Klassenunterschiede auf, von denen man noch vor einigen Jahrzehnten behauptet hatte, dass es sie gar nicht gab.

Ivan Michailowitsch war schon vor dem Fall der Berliner Mauer überzeugt gewesen, dass diese Lüge dem russischen Volk auf den Kopf fallen würde.

Er selbst verachtete diesen Teil der *ruskie ludi*, der russischen Menschen, der zu Vereinfachungen neigte. Der die Kindererziehung darauf reduzierte, wie oft die Kinder hausgemachte Pelmeni bekamen, intellektuelle Gespräche scheute und seine Konflikte mit Wodka auflöste oder verstärkte. Ivan hatte die

Gesellschaft im Botschaftsviertel sehr bald als unerträglich empfunden. Er freute sich daher über seine Wohnung auf Karlavägen, litt aber gleichzeitig darunter, dass er jeden Morgen zur Botschaft chauffiert werden musste.

Die Einrichtung, Stimmung, das Personal und die Gewohnheiten waren erfüllt von dem, was er während der Zeit der Sowjets am meisten gehasst hatte. Aber am allermeisten hasste er den Botschafter. Seiner Meinung nach war der Botschafter nicht nur völlig ungeeignet für seinen Posten, sondern zeigte auch beunruhigend narzisstische Züge. Die ganze Tragweite des Problems musste er jedoch in den wöchentlichen Berichten nach Moskau verschweigen. Es würde seiner Karriere schaden, wenn er sich allzu offenherzig über die Mängel von Vorgesetzten äußerte. Die oft unsichtbaren Verbindungen zwischen den Machthabern konnten jederzeit zurückschlagen.

Ivan Michailowitsch Dscherschinskis Äußeres passte perfekt zu seinem Beruf. Als Kulturattaché an der Botschaft der Russischen Föderation in Stockholm kam es ihm zugute, dass er nicht wie ein typischer Russe aussah. Er hatte dickes, grau meliertes Haar und eine Frisur, die einem weltgewandten Herren unbestimmbaren Alters entsprach. Sein Gesicht wirkte sympathisch, konnte aber nach nur flüchtiger Bekanntschaft schwer beschrieben werden. Vielleicht lag das am Fehlen von bestimmten physischen Merkmalen. Oder es lag an seiner bemerkenswerten Fähigkeit, zur gleichen Zeit im Zentrum und in der Peripherie zu stehen. Er präsentierte eine Art veränderliche Anwesenheit, die den Eindruck vermittelte, dass er sich eigentlich fernhalten wollte. Teilweise entsprang dies seiner umfassenden Erfahrung im Nachrichtendienst. Er sollte nur so weit gesehen werden, dass er seiner hauptsächlichen Beschäftigung nachgehen konnte: Informationen zu sammeln. Sein ansprechendes Aussehen und seine sanfte Stimme hatten sich als günstig erwiesen, um einen informellen Austausch zwischen Russland und Schweden aufzubauen. Sein akzentfreies Schwedisch hatte stark dazu beigetragen, dass sich seine schwedischen Informanten in seiner Gegenwart sicher fühlten – es fühlte sich weniger als Verrat an, wenn der, dem man etwas ausplauderte, sich wie jeder einigermaßen gebildete Svensson ausdrücken konnte.

Der schwedische Beamte, mit dem er am Abend zuvor über einem Bier im Pub Diset in Örnsberg gesprochen hatte, hatte einen ausgesprochen ruhigen und besonnenen Eindruck gemacht. Eine einigermaßen nüchterne Coverband spielte eine nicht üble Version von »Stairway to Heaven«. Einen weniger passenden Soundtrack zu der Information des Beamten konnte sich Michailowitsch kaum vorstellen. Wie sehr es ihm auch widerstrebte, es war nun seine Pflicht, den Botschafter einzuweihen.

Ekaterina Petrowna nahm ihn beim Eingang in Empfang. Ihr weißer Pudel lag auf ihrem Arm.

Stirb, Fellbündel.

Die Frau des Botschafters setzte ihr freundlichstes Lächeln auf.

»Ivan Michailowitsch, willkommen!« Sie kicherte und tätschelte dem Pudel zerstreut den perfekt frisierten Kopf. Der Pudel fletschte die Zähne und knurrte Ivan Michailowitsch an.

»Ekaterina Petrowna. Hübsch wie immer. Wo haben Sie ihn?«

»Natürlich im Esszimmer. In Kampfkleidung.«

Ekaterina Petrowna lachte herzlich.

Der Pudel gab ein keckes Bellen von sich, möglicherweise aus Sympathie zu seinem Frauchen.

Chatschu domoi.

Ich will nach Hause.

David, Gåsgränd

Er sah das Taxi auf der Stora Nygatan in Richtung Kornhamnstorg davongleiten. David überlegte, ob er den Koffer in seine Wohnung auf Gåsgränd schleppen sollte, bevor er ins Wirströms hineinging. Es würde eng sein im Pub, und er hatte ja Beweismaterial im Koffer. In einem Augenblick geistiger Klarheit hatte er sich an die Partitur erinnert und sie in den nachlässig gepackten Koffer hineingestopft. Dem gegenüber stand die Frage, wie lange er warten müsste, um sein Guinness zu bekommen. Es würde immerhin eine Weile dauern, bis Brian ein Pint nach allen Regeln der Kunst gezapft hatte. Vielleicht sollte er seinen Kopf zur Tür hineinstecken, schnell seine Bestellung abgeben und danach in die Wohnung sausen?

Immer diese Wahlmöglichkeiten. Fuck it.

Zwei Minuten später hatte sich David mitsamt seinem Koffer durch die Tür des Pubs gezwängt und sich mit den Ellenbogen den Weg zwischen unwirsch dreinblickenden Gästen zur Theke freigekämpft. Sein Blick schweifte über die beeindruckende Sammlung irischen und schottischen Whiskys, die auf dem Regal hinter der Theke prangte.

»Don't even consider it, man.« Der eindeutig irische Akzent kam vom Besitzer des Pubs, Brian, dessen lächelndes, mit einem schwarzen Bart bedecktes Gesicht sich jetzt in Davids Blickfeld schob. David schaute Brian beleidigt an.

»When have I ever disappointed you?«

Brian grinste noch breiter.

»About every fockin' time I see ye. And skip the fockin' posh accent. You know I fockin' hate it.«

David hatte mit einem Oxford-englischen Akzent gesprochen, der sich in diesem Milieu rau anhörte. Einige

Stammgäste, die aus Nordirland kamen, bedachten David bereits mit einem Blick, der nach Rache aufgrund langer Unterdrückung schrie.

»Ok, ich nehme ein Guinness und ein Sechser Paddys.«

»Comin' up.«

David sah sich in dem engen Lokal um. Alle Nischen schienen besetzt zu sein. David wusste, dass trad-night war. Das bedeutete, dass im Erdgeschoß junge Männer mit Bart irische Volksmusik spielten, die zeitweilig von Mädchen unterstützt wurden, die meistens den Gesang übernahmen oder die keltische Harfe traktierten. Aus irgendeinem Grund erklang jedoch Musik der Gruppe Kent aus den Lautsprechern im Obergeschoß. *Kent.* Die Sechsergruppe mit irischem Whisky stand bereits vor ihm. Noch immer kein Guinness. Er trank einen Whisky und blickte sich suchend nach Brian um. Der schöpfte hoch konzentriert den Schaum von einem Glas Guinness ab.

»Brian!«

Keine Reaktion. David versuchte es noch einmal.

»Brian, du schwerhöriger Hund!«

»Ja?« Brian sah lächelnd zu David hinüber, während er das Guinness einer Frau überreichte, die anscheinend vor David bestellt hatte.

»Wie zum Teufel kannst du diese Musik für deine Kunden spielen?«

»Was ist nicht in Ordnung mit Kent? Es können ja nicht alle Opernliebhaber sein, master David.«

»Ich werde dir sagen, was mit dieser Scheißband nicht in Ordnung ist. *Schwachbier.*«

»Was soll das heißen?«

»Der Sänger klingt, als litte er an einem permanenten Schwachbier-Rausch. Nicht genug Feuer, sodass die Musik abhebt, aber ausreichend, um alle Konsonanten wie ein verdammter Schlappschwanz auszusprechen. Wie eine Heulsuse. Außerdem wiederholen sich dieselben musikalischen Ideen immer und immer wieder. Lied für Lied. Das gleiche verfickte, weinerliche Hab-Mitleid-mit-mir-Getue. Und das wollen sie noch dazu eine Form von *Kunst* nennen. Was zum Teufel soll das für eine Kunst sein, sich Sonnenbrillen aufzusetzen und vier Akkorde *einfach in unterschiedlichem* Tempo zu spielen? Überhaupt keine. Und dann noch die falschen Betonungen in den Texten. Damit wollen sie ihre künstlerischen Fähigkeiten offenbar noch zusätzlich betonen, indem sie auf alle prosodischen Feinheiten der schwedischen Sprache scheißen.«

»Nimm dein Guinness und halt dein Maul.« Brian schob ein Glas mit dem schwarzen Getränk hinüber.

»Aber verstehst du denn nicht, Brian. Das ist so verdammt schwedisch. So viele junge Männer und Frauen sind dermaßen geistig unterstimuliert, dass eine Band wie Kent GENÜGT, und sie fühlen sich bestätigt. Sonnenbrillen, Lederjacken und alle anderen Rock'n'Roll-Utensilien KÖNNEN nicht übertünchen, dass sie dürftig reimen, die Hüften schwingen und mit abscheulicher Musik Karriere machen.«

»Tja … du hast wohl schon davon gehört, dass es einen Zusammenhang gibt zwischen der Anzahl an Akkorden, die man beherrscht, und der Größe des Publikums?«

David drehte sich um, weil er sehen wollte, wer da gesprochen hatte. Eine sehr junge Frau mit halblangem, braunem Haar lächelte ihn einladend an. Große Augen. Volle Lippen. *Verdammt.* David verlor den Faden.

»Ja, also, je mehr Akkorde, desto weniger Publikum.« Sie strich sich das Haar aus dem Gesicht und blickte David ermutigend an, dem plötzlich die Genialität, die er eben noch zu besitzen geglaubt hatte, abhandengekommen war. Er musste sich eine andere Strategie zulegen.

»Du siehst aus, als wärst du gerade einmal zwölf Jahre alt«, sagte David.

»Sehr lustig. Zweiunddreißig, wenn ich bitten darf. Aber du hast recht. Viele sagen, dass ich jung aussehe.«

»Geistig besteht ja selten ein Unterschied zwischen zwölf und zweiunddreißig«, erwiderte David. »Zumindest heutzutage nicht. Aber glaube nicht, dass ich verbittert bin.«

David nahm einen Schluck von seinem Guinness und versuchte sich zusammenzureißen. Er war bereits etwas zu betrunken gewesen, als er ins Wirströms gekommen war. Nicht voraussehbar, wie das enden würde.

Einige Guinness und genauso viele Paddys später tippte er an der Tür auf Gåsgränd den Code ein. Neben ihm stand seine neue Bekanntschaft Matilda.

Matilda arbeitete in der Medienbranche. Sie mochte Texte, aber keine theoretischen Texte. Matilda wollte sich gerne seine Opernsammlung in seiner Wohnung in Gamla Stan anhören.

David war es eigentlich scheißegal, solange er fühlte, dass der Text zwischen den Zeilen *Sex ohne Vertragsbindung* lautete. Nachdem er schnell seine Post vom Teppich im Vorzimmer weggeschoben hatte – hauptsächlich Rechnungen und ein paar Kuverts vom Amt für Eintreibung –, öffnete David den Koffer und hob eine selbstimportierte polnische Wodkaflasche heraus. Er lud Matilda ein, sich am Sofa niederzulassen, während er Gläser, Eis und eine Schale mit Oliven holte.

Jetzt verdammt noch mal gibt es Nessun dorma.

Kerstin, Bandhagen, 11. Dezember

Vor dem früheren Servus-Supermarkt fiel der nasse schwere Schnee zu Boden und löste sich sofort in dem Brei von klatschnassem Schlamm und Streusand auf, der an diesem Dezembermorgen bereits wie eine rutschige Decke über dem Asphalt des Fünfzigerjahre-Vorortes lag. Oberhalb der kleinen Fußgängerzone, im verlassenen Zentrum von Bandhagen, schwankten die schneeflockenförmigen Plastikbeleuchtungen hin und her, die seit einigen Jahrzehnten in allen Stadtteilen von Stockholm um die Weihnachtszeit obligatorisch geworden zu sein schienen. Die lokalen Kaufleute fanden, dass der gelbe Schein der Schneeflockenbeleuchtung die Behaglichkeit und damit die Kauflust jener Bewohner von Bandhagen, die noch über eine gewisse Kaufkraft verfügten, steigerte. Das waren zwar nicht viele und darüber hinaus gab es im Zentrum von Bandhagen auch nicht viel zu kaufen. Die meisten fuhren daher nach Högdalen, wo sowohl die Geschäfte, aber auch die Schneeflockenbeleuchtungen zahlreicher waren.

Kerstin war mit der Wahl ihres Ermittlungshauptquartiers zufrieden. Das stillgelegte Geschäft lag nur einen Steinwurf von ihrer Wohnung auf Salbyvägen entfernt. Das Schild, das anzeigte, dass das Lokal zu mieten war, war seit mehr als zwei Jahren im Fenster gehangen, als Nordic Security Holdings AB die erfreute Vorsitzende der Wohnbesitzervereinigung kontaktiert hatte. Es gab wenige Fragen, sodass der Vertrag auf sechs Monate mit beeindruckender Schnelligkeit zustande kam. Die großen Geschäftsschaufenster waren zur Fußgängerzone hin ausgerichtet und boten damit eine gute Übersicht über eventuelle Besucher oder Neugierige. Da sie aber auch Einblick von außen ermöglichten, hatte Kerstin große schwarze Vorhänge bestellt, die nun den überwiegenden Teil der vielen Schaufenster bedeckten. Dafür wurden einige kleine, aber effektive Kameras an die Fassade montiert, die jedoch nur bei genauem Hinsehen erkennbar waren. Ein Vierzig-Zoll-Bildschirm an der Innenseite des Fensters zeigte, was sich im Blickwinkel der Kameras befand.

In dem freien Raum neben dem Eingang hatte Kerstin das Büro einrichten lassen.

Zwei Arbeitsplätze, Schreibtische mit zugehörigen Computern, standen in einem Abstand von ein paar Metern nicht weit von den alten Kassen und den Förderbändern. An der Wand neben dem früheren Fleischregal war ein Whiteboard angebracht worden.

Ein größerer Konferenztisch befand sich ziemlich genau in der Mitte des Geschäftslokals.

Auf dem Tisch lagen in ordentlichen Stößen Papier, Plastikmappen und Fotografien.

Die andere Hälfte des Büros war Kerstins neu eingerichtetem Heiligtum vorbehalten.

An der grünen und weißen hinteren Wand an der Schmalseite des Raums hing ein Bild von Sensei Shigeru Kimura, dem Gründer von Kimura Shukokai Karate. Eine große, quadratische *Dojo*-Matte lag auf dem Boden. Kerstin hatte bereits mit dem Fünfundvierzig-Minuten-Programm aufgewärmt, das ihr der Physiotherapeut zusammengestellt hatte. Langsame Beinbewegungen, die einen stechenden Schmerz im und rund um ihr Knie hervorriefen.

Verdammte Invalidin.

Reiß dich gefälligst zusammen.

Sie war völlig verschwitzt, als sie ihr *gi* und den schwarzen Gürtel richtete und sich vor dem Bild des Meisters verbeugte.

»Shomen ni rei!«

Ihre Stimme hallte von den Wänden wider, als sie die obligatorische Begrüßung ausrief. Mit schmerzverzogenem Gesicht beugte sie sich zu dem zentimeterdicken Gummiband, das vor ihr auf der Matte lag, hinunter. Dann stellte sie sich in die Mitte des Gummibandes, wickelte dessen Enden um ihre Hände und stand auf. Mit den Knöcheln nach unten führte sie einen Arm langsam gerade vorwärts. Kurz bevor der Arm seine volle Streckung erreicht hatte, führte sie den Knöchel nach oben. Den Arm hielt sie dabei ganz gerade ausgestreckt. Die Hüftdrehung, die sie nun automatisch als Gegenbewegung zu dem ausgestreckten Arm ausführte, löste einen heftigen Schmerz bis zum Knie aus.

Teufel noch mal.

Nur Schulter-Kinn.

Ich muss den Oberkörper vom Unterkörper lösen.

Sie machte in langsamem Tempo weiter. Wechselte hin und wieder die Seite. Dabei musste sie ständig Teile der Technik, die ihr nach vielen Jahre des Trainings zu einem reflexartigen Bewegungsmuster geworden waren, weglassen. Es hätte ihr zu starke Schmerzen bereitet, wenn sie alles, was ihr in den Sinn kam, ausgeführt hätte.

Sei vorsichtig, Kerstin.

Äußerst behutsam steigerte sie das Tempo. Sie spürte deutlich, wie begrenzt die Technik war, wenn man die Kraft nicht aus den Zehen und der federnden Grundstellung holen konnte.

Das Gummiband bot einen Widerstand, der dem Körper die Abweichungen von der Technik deutlich machte, die verbessert werden sollten. Als Kerstin nach einer halben Stunde merkte, dass sie die Notlösung der Schlagtechnik beherrschte, ging sie zur Trainingspuppe – ein wattierter Oberkörper, befestigt an einem schweren, schwarzen, wassergefüllten Unterteil, das die Puppe am Platz hielt, wenn man Schläge und Fußtritte trainierte.

Kerstin hatte den Anblick der Puppe mit ihrem Oberkörper aus Plastik, auf dem übertriebene Bauchmuskeln zu erkennen waren, als fürchterlich empfunden. Aus diesem Grund hatte sie ihr ein T-Shirt angezogen und eine alte Kappe über den Kopf gestülpt. Sie zog sich ihre Sackhandschuhe an und maß mit ausgestrecktem Arm den Abstand zum Brustkorb der Puppe.

Ein bisschen näher.

Sie bewegte sich ein paar Zentimeter vorwärts und streckte die linke Hand vor, den rechten Arm mit geballter Faust bereit an der Seite. Sie atmete ein und versuchte sich vorzustellen, dass ihr Bein funktionierte und als Stütze diente. Beim Ausatmen schoss die rechte Hand vor, während die führende Hand gleichzeitig zurückgezogen wurde. Die Schulter zum Kinn. Der Treffer verursachte ein kräftiges Schnalzen. Doch das Resultat bedeutete für Kerstin eine Enttäuschung. Obwohl der Schlag jeden Betrunkenen flachgelegt hätte, entsprach dies bei Weitem nicht ihrer üblichen Leistung.

Der Grundsatz lautete: »One hit, one kill.«

Voll kontrollierte Energie in ihrer losgelösten Form war dazu angetan, dass sich jeder weitere Kampf erübrigte. Die Technik basierte auf der Idee, dass der Körper als Ganzes wie ein Gummiband mit der richtigen Spannung mit einer Geschwindigkeit und Kraft wegschnellen konnte, die in keinem Verhältnis zu Kerstins zartem Körper stand. Außerdem setzte diese Technik voraus, dass ihre Beine reibungslos funktionierten. Sie versuchte es noch einmal. Bei jedem weiteren Mal wurden die Schläge gezielter, die Kraft zielgerichteter. Aber sie musste einsehen, dass ohne gesunde Beine nur ein Bruchteil der Technik, nach der ihr Körper sich sehnte und die auch möglich war, erreichbar war.

Schließlich wischte sie sich den Schweiß von der Stirn, richtete den Karateanzug und den Gürtel zurecht, bevor sie wieder eine Verbeugung vor dem Bild von Sensei Kimura machte.

Die alte Personaldusche des Servus-Supermarktes funktionierte zufriedenstellend.

Es wurde bereits halb zehn am Vormittag. Draußen herrschte ein winterliches Halbdunkel, das den pechschwarzen schwedischen Dezembermorgen ablöste. Kerstin saß am Konferenztisch und blätterte die Ermittlungsakten durch. David Westerdahl war noch nicht aufgetaucht, doch damit hatte Kerstin eigentlich auch nicht gerechnet. In vielerlei Hinsicht war die Situation dennoch ideal. Sie war mit den Unterlagen allein. Und sie war mit kompletter Vollmacht ausgestattet agieren zu können, wenn auch innerhalb des gesetzlichen Rahmens. Denn selbstverständlich konnte sie keinen Polizeiausweis vorlegen, falls die Lage brenzlig wurde. Aber trotzdem. Man traute ihr zu, eine Nuss zu knacken, bei der die Polizei offensichtlich versagt hatte. Getragen von dem Gefühl, wieder *zu Hause angekommen zu sein*, konzentrierte sie sich darauf, auf Grundlage der professionellen Spur zu verstehen, was mit Malå passiert war.

Egal, wie sie das Beweismaterial drehte und wendete, konnte sie nicht verstehen, warum ein Berufsmörder so handelte, wie die Beweisstücke es vorgaben. Aus professioneller Sicht betrachtet ergab es keinen Sinn, das Opfer zu häuten, die Hautstücke zurückzulassen und sich danach die Mühe zu machen, den Körper wegzuschaffen. Es sei denn, man wollte durch dieses Agieren eine Botschaft senden. Das wäre allerdings eine äußerst umständliche Art, eine Mitteilung zu hinterlassen.

Natürlich konnte man sich einen Psychopathen als Auftraggeber vorstellen, und einen Berufsmörder, der seufzend die Ärmel hochkrempelt und diese verrückte Tat ausführt.

Wahrscheinlicher war jedoch, dass der Täter auch die Methode ausgewählt hatte. Man konnte keineswegs ausschließen, dass es sich um eine heillose Verschwörung mit internationaler Verästelung handelte. Dass die Tat ein Vorwand, ein Scheinmanöver war, um die Aufmerksamkeit von etwas Anderem und Größerem abzulenken. Dagegen sprach allerdings Kerstins Erfahrung. Verschwörungen gab es eher selten und vor allem nicht in dermaßen komplexer Form.

Denn in den meisten Fällen ging es um menschliche Gehirne, die darauf programmiert sind, ein Muster zu sehen, wo gar kein Muster vorhanden ist. So als würde man mittels eines mathematischen Salto mortale einen mystischen Zusammenhang zwischen den Maßen eines Würstelstandes und der Cheopspyramide beweisen wollen.

Aber: Die chirurgische Präzision und die Tatsache, dass man keine DNA und keine Verdächtigen gefunden hatte, sprach für die Arbeit von Profis. Der einzige, nicht befriedigend erforschte Teil der Ermittlung, soweit Kerstin das beurteilen konnte, war, wie die Täter sich so lang in der Berwaldhalle hatten verstecken können. Die Verhöre hatten ergeben, dass sämtliche Räume bei der Schließung durchsucht worden waren. *Ein Angestellter der Berwaldhalle?*

Aber da war noch mehr. Der Volvo, der Kerstin und Flanke auf der E4 verfolgt hatte.

Der Fahrer war eindeutig ein Profi gewesen. Ein Polizist oder ein früherer Polizist. Aber nicht ausreichend professionell für Kerstins Ansprüche. Es war eher die Unbeholfenheit, mit der der Fahrer exakt nach Lehrbuch agiert und dadurch die Aufmerksamkeit auf sich gezogen hatte. Sie hatte sofort erkannt, dass er sich an ein bestimmtes Schema hielt, um so wenig Aufmerksamkeit wie möglich auf sich zu lenken. Flanke gegenüber hatte sie den Verfolger aus zwei Gründen nicht erwähnt: Erstens, weil es selten vorteilhaft war, wenn zivile Personen just in dem Moment informiert wurden, in dem etwas gerade im Gange war. Die Reaktion darauf könnte sich als kontraproduktiv herausstellen. Außerdem war sich Kerstin noch immer nicht darüber im Klaren, welche Funktion Flanke in der Angelegenheit hatte. Es war nicht auszuschließen, dass Flanke oder die ganze Operation Teil von etwas anderem waren. Etwas Größerem. *Schluss damit, Kerstin. Lass diese Verschwörungstheorien außen vor. Halte dich an Ockhams Rasiermesser.*

Ockham, der mittelalterliche englische Mönch und Philosoph, war der Erfinder einer wissenschaftlichen Haltung, der sich Kerstin verpflichtet fühlte. Mit dem »Rasiermesser« werden alle untauglichen Annahmen weggeschabt und nur die einfachsten und glaubwürdigsten Erklärungen akzeptiert. Kerstin entschied sich, das verschwörerische Brausen, das rund um die Ermittlungen kursierte, vorerst zu ignorieren. Andererseits musste sie dem Zufall misstrauen. Bisher deuteten die wenigen Spuren auf eine professionelle Vorgangsweise hin. Deswegen wollte sie zuerst den Chef der Berwaldhalle, Gyllén, verhören. Versuchen, sich Klarheit zu schaffen, *wie* und *wo* die Täter sich verstecken konnten. Sie wollte auch mithilfe ihrer alten Kontakte in der Polizeidirektion vorsichtig der Frage nachgehen, ob sie oder Flanke möglicherweise überwacht würden. Oder alle beide. Sie würde auch aus ausweichenden Antworten ihre Schlüsse ziehen können. Sie kannte ihr früheres Fußvolk. Die Beschattungsmethoden waren die gleichen, wie sie auch der schwedische Sicherheitsdienst anwendete, sie wurden auf der ganzen Welt gelehrt, nicht zuletzt vom CIA und FBI.

Es gab noch eine Frage, die sie so schnell wie möglich beantwortet haben wollte. Nämlich, was sie um Gottes willen mit David anfangen sollte. Er war zweifellos völlig ungeeignet, an heiklen Verhören oder anspruchsvolleren operativen Arbeiten teilzunehmen. Sie fand, dass sie sich im VIP-Raum für die richtige Arbeitsteilung entschieden hatte. David sollte auf seine eigene Art Malås Lebenslauf durchforsten, während sich Kerstin der richtigen Polizeiarbeit widmen würde. Natürlich würde sie ihm auch einige Leckerbissen anbieten, um seinen zumindest teilweise wachen Intellekt zu stimulieren. Obwohl sie keine Lust hatte, die Glucke für einen Trunkenbold zu spielen, wollte sie doch einige kleinere Maßnahmen ergreifen. Sie kicherte leise vor sich hin über den Plan, den sie sich zurechtgelegt hatte. Von draußen war ein Motorengeräusch zu hören.

Kerstin warf einen Blick auf den Monitor, der das Umfeld des Servus-Supermarktes zeigte. Auf zwei der Bildschirmen war aus beiden Winkeln ein Taxi zu sehen, das direkt vor dem Eingang stehen blieb. David Westerdahl stieg schwankend aus.

Ist er jetzt schon betrunken?

Kerstin ging zur Eingangstür und öffnete sie. Ein ganzer Schwall verschiedenster Gerüche schlug ihr entgegen. Die auffälligsten waren Alkohol, Tabak und Diesel. In dieser Reihenfolge.

David stand direkt hinter der Tür mit erhobenem Arm, offensichtlich im Begriff zu klopfen.

Er versuchte ein Lächeln. Das Gesicht voller roter Flecken. Eine frisch angezündete Zigarette in der Hand.

»Entschuldige meine Verspätung. Der Vorort, der Verkehr. Du verstehst schon.«

*

David saß da und starrte auf einen Computerbildschirm. Kerstin hatte ihn mürrisch begrüßt und ihm dabei einen Stoß Mappen überreicht, die alles enthielten, was die polizeilichen Ermittlungen über die Vorgeschichte von Malå ergeben hatten. Widerwillig hatte sie sich schließlich überwunden und gesagt:

»Wenn du per Telefon Informationen einholst, sag, dass wir an einem Buch über Malås Leben arbeiten. Das ist zwar eine etwas fadenscheinige Ausrede, aber die meisten werden es glauben. Wir gehen die Sache dann gegen vier durch.« Danach hatte Kerstin stumm auf einen stationären Macintosh gedeutet, David auffordernd zugenickt, um sich dann selbst an einen Arbeitsplatz ein paar Meter entfernt zu begeben. David hatte sich neugierig umgesehen. Insbesondere der hintere Teil des früheren Servus-Supermarktes hatte sein Interesse geweckt. Eine ziemlich große Bodenfläche war von einer dicken Matte bedeckt. Ein Porträtfoto von jemandem, der wie eine jüngere Ausgabe von Mr. Miyagi in *Karate Kid* aussah, hing an der Wand.

Trainiert die Frau Karate?

Mehrere Versuche, seine Ausdünstung durch seine ständigen Begleiter Acqua di Giò und Fisherman's Friend zu überdecken, hatten nicht gefruchtet. David war sich nur zu sehr darüber bewusst, dass er entweder nach altem Rausch oder nach Gott weiß was noch nach der Nacht mit Matilda stank. Daher hatte er den Impuls unterdrückt, zu fragen und zu kommentieren, was er im Lokal sah. Kerstins Miene hatte ihm definitiv zu verstehen gegeben, dass sie keine Lust hatte, ihm eine Führung durch seinen neuen Arbeitsplatz zu geben.

Davids Erinnerungen an die letzte Nacht waren verschwommen. Er hatte zuerst das unangenehme Gefühl gehabt, dass er gegenüber seiner zufälligen Nachtbegleitung übertrieben mit seinem neuen Auftrag geprahlt hatte.

Die Sicherheit des Staates, verstehst du?

Irgendetwas in die Richtung hatte er bestimmt gesagt.

Aber wenn er sich richtig erinnerte, hatte *Matilda-die-in-der-Medienbranche-war* ihm zu verstehen gegeben, dass es ihr scheißegal war, was er daherquasselte. Sie hatte wahrscheinlich genug Erfahrung, um Davids Bekenntnisse als eine Art geilheitsbezogenes Redebedürfnis eines Mannes mittleren Alters einzustufen. Daher schob er seine diffuse Sorge und sein schlechtes Gewissen schnell zur Seite.

Stattdessen konzentrierte er sich auf seine Aufgabe.

Das Vorleben des Dirigenten Antoine Malå.

In der ersten Mappe, die er von Kerstin bekommen hatte, lag ein Lebenslauf, der von einem Polizisten erstellt worden war. Er hatte seine Aufgabe mit bewundernswerter Genauigkeit ausgeführt. Jahreszahlen und Stationen von Malås Studienzeiten. Aber auch Aufzeichnungen über Erfolge, Diplome und Preise bei verschiedenen Wettbewerben in seiner Eigenschaft als Pianist oder Dirigent. Wo sollte er beginnen?

Kerstin hatte im VIP-Raum in Arlanda betont, dass er nicht zu weit zurückgehen brauchte. Somit konnte er die Zeit, die Malå an der Södra-Latins-Musikschule zugebracht hatte, vernachlässigen. Malå war außerdem schon im zweiten Jahr ausgestiegen – anscheinend war er bereits als Siebzehnjähriger an der Musikhochschule in Örebro aufgenommen worden, und zwar in der Abteilung für Tasteninstrumente. Das erstaunte David. Viel besser hätte zu Malå eine Ausbildung zum Solisten gepasst. Aber weiter unten auf der Seite, die mit einem Polizeiemblem versehen war, las David, dass Malå auch diese Ausbildung nach zwei Jahren abgebrochen hatte, um vier Jahre lang Klavier in

Berlin zu studieren. Danach war er einige Jahre als Pianist tätig gewesen, bis ihn wieder der Ehrgeiz gepackt hatte und er für die Dirigentenausbildung an der Sibeliusakademie in Helsinki angenommen worden war. Nachdem er seine Diplomprüfung als Dirigent bei Professor Jorma Krekula abgeschlossen hatte, kam seine Karriere in Fahrt. Vermutlich hatte sein erfolgreiches Einspringen als Dirigent des Staatsorchesters Helsinki für den plötzlich erkrankten Daniel Barenboim den endgültigen Startschuss für Malås Erfolgsgeschichte gegeben.

David zwinkerte und gähnte.

Kein guter Tag für methodische Ermittlungsarbeiten.

Er sah sich um in der Hoffnung, in einer Ecke des Lokals einen Kühlschrank mit eisgekühlten Coca-Cola-Dosen vorzufinden.

Oder sogar ein Pilsner.

Aber nichts. David war klar, dass er mit dem Kopf auf der Tastatur einschlafen würde, wenn er keine aufregendere Arbeit als den ärgerlich glanzvollen Lebenslauf von Malå zu bearbeiten hatte. Die Geduld von Armfeldt hatte er bereits bei seinem Auftritt am Morgen ausreichend strapaziert.

Vermassle bloß diese Sache nicht, David.

Er schnappte sich die Partitur der *Symphonie fantastique*, die er in Arlanda gelesen hatte, und blätterte zur Seite, auf der sich der Totenkopf und die Liste der Musiker befanden.

Dem muss man nachgehen.

Er schielte zu Kerstin hinüber, die tief in ihrem eigenen Stoß von Ermittlungsakten versunken war. David zog das Telefon aus der Brusttasche seines Jacketts und wählte die Nummer seines alten Freundes, des Flötisten Jan-Lennart Simonsson, genannt Jalle.

Er hat verdammt noch mal mit allen gespielt.

Jalle antwortete sofort.

»David! Bist du wieder in der Stadt? Lust auf einen kulturellen Abend? Bier und Branntwein im Pelikan wie üblich?«

David lachte.

»Nein, du. Heute Abend gehe ich es ruhig an. Ich hatte gestern einen wilden Abend.«

Jetzt musste Jalle lachen.

»Wir können uns später gegen fünf noch mal hören. Bis dahin hast du deine Meinung sicher geändert. Aber warum rufst du an, wenn du keine Hilfe brauchst, den Umsatz der Brauerei zu erhöhen? Geld?«

»Nein, um Gottes willen. Ich schreibe ein Buch.« David blickte wieder zu Kerstin, die jetzt ihre Aufmerksamkeit auf ihn gerichtet hatte. Sie schaute von ihren Akten auf und schickte ihm einen auffordernden Blick, den David von ihr bereits kannte. *Blödes Weibsbild.*

»Ein Buch? Wie das? Gibt es neue Enthüllungen in der Musikbranche? Sexuelle Belästigungen an der Königlichen Oper?« Jalle quietschte vor Vergnügen. »Ich dachte, du hättest das Schreiben aufgegeben seit deiner Zeit im Ministerium und komponierst nur mehr.«

Jalle bezog sich auf ein paar weniger glückliche Aussagen in der Presse, die David im Zusammenhang mit einer staatlichen Ermittlung in der Musikwelt gemacht hatte.

»Es ist ein Buch über Antoine Malå.«

Totenstille am anderen Ende der Leitung.

Und dann nach einer längeren Pause:

»Shit«, sagte Jalle.

»Shit?«

David hörte, wie Jalle nach Atem rang.

»Ja, shit. Verdammt tragisch, diese ganze Scheiße.«

»Hast du mit ihm gespielt?«

»Mhm.«

»Mhm? Okay. Erzähl!«

»Erzählen? Du klingst verdammt nach einer schlechten Übersetzung von *Cyrano de Bergerac.*«

»Na komm schon.«

»Malå. Der war ein harter Hund.«

»Inwiefern?«

Jalle seufzte laut.

»Gib mir ein bisschen Zeit. Ich bin ja schon dabei.«

Jalle räusperte sich und fuhr fort.

»Vor zwei Jahren spielte ich als Ersatz bei den Radiosymphonikern. Malå dirigierte. Ich glaube, es war … Brahms Zweite? Äh. Nein. Es war ein anderes dieser unvergleichlichen Meisterstücke, die unverwischbare Spuren hinterlassen. Habe natürlich alles vergessen.«

»Mach weiter …«

»Halt's Maul. Na ja, es war die erste Probe. Alle im Orchester saßen am äußersten Rand ihres Stuhles. Alle total angespannt. *Der Maestro* war ja da. Aber Malå sagte kein Wort. Bis zu der Stelle, wo der idiotische Komponist vorgesehen hatte, dass ich und der Konzertmeister denselben Ton spielen sollten. In pianissimo. Ganz leise. Und sehr laut. Leise auf der Geige, aber auf der Piccoloflöte …«

»Du hast ganz einfach falsch gespielt.«

»Du gefühlloser Idiot. Ich wurde ein Opfer der Inkompetenz des Komponisten. Natürlich klingt es falsch, wenn man gleichzeitig leise und laut in ein verdammt kurzes Metallrohr blasen soll. Was zum Teufel denkst du denn?«

Jalle schnaubte vor Wut.

»Aber weiter. Plötzlich stoppt Malå das Orchester. Alle

hundertfünf hören auf zu spielen. Du weißt, wie das ist. Die Hälfte hat nicht auf den Dirigenten geschaut, daher klang es, als würde man einen Wasserhahn zudrehen, dessen Dichtung beschädigt ist. Malå wurde wütend und hielt einen kleinen, feinsinnigen Vortrag über die Wichtigkeit der Konzentration. Dann, nach einer Kunstpause, in der er die Aufmerksamkeit aller gewonnen hatte, schaute er mich an.«

»Oh Gott.«

»Halt den Mund. Oder ja, wirklich, gottverdammt.«

»Was ist passiert?«

»Er hob seinen riesigen Arm und zeigte auf mich.«

»Und?«

»Er sagte: Hier, meine Freunde, haben wir die Achillessehne dieses Orchesters.«

»Du liebe Zeit.«

David sah im Augenwinkel, dass Kerstin den Kopf hob und sich in ihrem Stuhl ein Stück vom Tisch wegschob.

»Ja, tatsächlich. Das Schweigen der Kollegen nach der Probe war ohrenbetäubend. Nicht einer von denen hat mich angesehen. Außer Jaana vom Kontrabass natürlich. Sie ist okay. Aber der Rest. Ich hielt die Tage bis zum Konzert durch. Seitdem haben sich die Radiosymphoniker nie wieder bei mir gemeldet.«

»Glaubst du, dass Malå der Leitung von dir erzählt hat?«

»Davon bin ich überzeugt. Unter uns Musikern war bekannt, dass Malå nach jedem Projekt eine Liste der Musiker aufstellte, die er entfernt haben oder gegen die er andere Maßnahmen ergreifen wollte.«

Die Liste, dachte David.

»Was meinst du mit *Maßnahmen ergreifen*?«

»Nichts Mafiaartiges wie einen Baseballschläger über den Kopf oder ein abgehackter Pferdekopf im Bett. Es gibt andere, subtile Möglichkeiten, wie man Musikern schaden kann. Was Ersatzmusiker anbelangt, gibt es da keine Schwierigkeiten, da wir ja keine feste Anstellung haben. Man braucht einfach nicht mehr anzurufen. Mit den fix Engagierten ist es hier in Schweden schwieriger, wie du weißt. Sie werden meistens ganz anders behandelt. Nach einem Besuch von Malå kam es oft vor, dass einer oder mehrere fix unter Vertrag genommene Musiker umbesetzt oder degradiert wurden. Dazu war nicht mehr erforderlich, als dass ein Treffen zwischen dem Chef und dem entsprechenden Musiker stattfand, eventuell war noch ein Gewerkschaftsvertreter dabei.«

»Und niemand hat protestiert? So ein Verfahren musste ja zumindest zu Entschädigungen seitens des Arbeitgebers führen?«

»Du weißt doch selbst, wie so etwas abläuft.« Jalle lachte resigniert. »Das Arbeitsrecht ist zahnlos, wenn ein Exempel statuiert wird. Ein Musiker, der von Maestro Malå zurechtgewiesen wurde, steht nicht wieder so leicht auf. Das ist eine große Schande. Die meisten vermeiden einen Konflikt. Einige wenige protestieren, mit dem Resultat, dass sie entweder von der Gruppe ausgestoßen oder vom Arbeitgeber abgefunden werden.«

»Glaubst du, dass einer von ihnen Malå aus Rache töten wollte?«

Es wurde still am anderen Ende der Leitung. David stellte fest, dass er jetzt Kerstins gesamte Aufmerksamkeit auf sich gezogen hatte. Sie hatte sich ihm zugewandt und hörte mit über der Brust verschränkten Armen zu.

Nach einer Weile räusperte sich Jalle. »Tja, ich weiß selbst, wie ich mich fühlte. Aber das kommt in dieser Branche so oft vor. Wenn du nicht ertragen kannst, dass ein Dirigent einen schlechten Tag hat, musst du dir eine andere Arbeit suchen. Das ist so. Andererseits gibt es auch den einen oder anderen Spinner unter den Musikern, die zur Gewalt neigen, wenn ihr Selbstbild zerstört wird. Ich glaube aber, dass man Malå dann eher *direkt erschlagen* vorgefunden hätte. Vielleicht mit einem Horn als Waffe oder mit dem Kopf in einer Pauke. Etwas rachelüsterner, nicht gehäutet. Da scheint viel zu viel Berechnung dahinterzustecken, als dass es sich um einen gekränkten Musiker handelte. Möglich ist es natürlich. Die Götter mögen wissen, wie viele tüchtige Verschwörer es in einem Orchester gibt.«

»Wie meinst du das?«

»Jemandem die Haut abzuziehen und dann den Körper wegzubringen erweckt den Eindruck eines Ritualmordes. Ich gehe davon aus, dass so etwas geplant werden muss – und daher auch eine kleine Verschwörung, nehme ich an. Aber was weiß ich. Ich bin ja nur ein Flötist.«

»Gibt es jemanden im Orchester, der in diese Richtung veranlagt sein könnte, also sadistisch und mit einer Neigung zu Verschwörungen?«

Jalle schnaufte in der Leitung.

»Hehe, außer mir selbst denke ich sofort an einen der Schlagzeuger wie auch die Bratschenstimme. Scherz beiseite, ich kann darüber nachdenken, aber so aus dem Stegreif kann ich nur die nennen, die keine Vorliebe für Bier haben und höchstens jemandem ein Bierglas über den Kopf kippen, wenn sie wirklich in Rage sind. Aber bist du plötzlich Polizist geworden? Wolltest du nicht ein Buch schreiben?«

Zeit, das Thema zu wechseln.

»Du hast recht. Das geht über meinen Auftrag hinaus. Ich bin einfach neugierig. Gibt es noch mehr Insider-Informationen über Malå? Ein bisschen *bestätigten Tratsch?*«

»Doch, ja. Es wurde gemunkelt, dass er hinter Frauen her

war. Er dürfte einige Musiker-Kolleginnen flachgelegt haben. Manchmal mehrere auf einmal. Die Feste auf seiner Schäreninsel waren berüchtigt. Angeblich hat er einen Kühlschrank mit gigantischem Biervorrat gehabt.«

»Ja, diese Gerüchte habe ich auch schon gehört. Wir werden sehen, wie viele davon sich eignen, im Buch veröffentlicht zu werden. Und wie viel davon wahr ist, falls wir das überhaupt je erfahren. Kannst du dich erinnern, auf welcher Schäreninsel sein Haus war?«

»Äh, irgendeine kleine Felseninsel in der Nähe von Kymmendö. Aber eines weiß ich ganz sicher. Die Angst, die die Leitung der Berwaldhalle vor Malå zu haben schien, war noch größer als jene der Musiker. Die Leitung fürchtete ihn mehr als Valerij Schaljapin. Der Russe war eher eine Primadonna.«

»Primadonna? Wie meinst du das?«

»Schaljapin hatte ja die Gewohnheit, im Hotelzimmer über seinem Wodka zu brüten, bis ihm die Leitung genügend geschmeichelt hatte. Die Proben wurden von einem Assistenten oder zwei durchgeführt. Dann erschien er widerwillig rechtzeitig zum Konzert in der BMW-Limousine des Ostseefestivals. Das verursachte der Leitung natürlich einigen Stress, die schon Schwierigkeiten hatte, die Höhe der Gage den Politikern gegenüber zu rechtfertigen. Malå hingegen …«

»Ja?«

»Zum Henker, wie ungeduldig du wirkst. Na ja, Malå kam nie zu spät und war immer gut vorbereitet. Regte sich nie auf. Brachte seine Kritik mit ruhiger und tiefer Bassstimme zum Ausdruck. Wie er es auch bei mir machte. Total cool. Ich war ihm völlig egal. Eine Auseinandersetzung mit jemandem, der Gefühle zeigt, ist jedenfalls einfacher. Malå hatte sich bis in die Fingerspitzen unter Kontrolle.«

»Aber warum hatte die Führung Angst vor Malå?«

»Dazu komme ich noch. Alle sprachen von Malås *Beurteilungen.* Nach jeder Produktion ging er mit seiner Liste zur Leitung. Die Liste umfasste nicht nur Musiker, die ihn und sein künstlerisches Weltbild störten. Laut sicherer Quellen führte er auch immer eine lange Liste mit Urteilen über die Leitung und das übrige Personal. Kollegen haben Gyllén mehrmals nach solchen Besprechungen gesehen und gemeint, dass er aschgrau im Gesicht und völlig aufgelöst war.«

»Du liebe Zeit.«

»Genau. Ich konnte selbst bei einem Ostseefestival vor einigen Jahren, bevor ich abgesägt wurde, die Unsicherheit der Leitung miterleben. Ich saß auf meinem Platz als Flötist und wartete auf einige Mädchen. Wir wollten auf ein Bier gehen.« Jalle unterbrach sich. Etwas zu lange, fand David.

»Kannst du nicht aufhören mit diesen Kunstpausen?«

»Haha, dich kann man leicht aus der Ruhe bringen. Das macht alles noch viel interessanter.«

»Idiot.«

»Logisch. Guilty as charged. Wie gesagt, ich saß da und wartete wie auf ein Ereignis direkt vor den Künstlerzimmern. Malå und Schaljapin hatten jeweils ein Konzert dirigiert. Schaljapin, Direktor Gyllén und seine Frau standen davor. Sie warteten auf Malå. Soweit ich verstehen konnten, sollten die beiden Dirigenten gemeinsam fotografiert werden, da dieses Festival eine Art von Jubiläum darstellte. Schaljapin und Gyllén waren ganz eindeutig nervös. Sie standen da und traten von einem Fuß auf den anderen. Nichts geschah. Nachdem ich sicherlich eine halbe Stunde auf meine Mädchen gewartet hatte – weiß der Himmel, was sie zu tun hatten, vielleicht waren sie …«

»Jan-Lennart«, mahnte David in warnendem Ton.

»Okay, okay. Der Fotograf kam. Gyllén wurde noch nervöser. Es war bereits gegen halb zwölf nachts. Aus ihrem Gespräch konnte ich entnehmen, dass Malå schlechter Laune war. Und man konnte direkt spüren, wie die schlechte Stimmung geradezu aus dem Künstlerzimmer herausfloss. Gyllén machte einige Vorschläge, wie man Malå besänftigen könnte. Schaljapin lehnte ab. Sagte, dass sein Freund Malå sich nicht durch so oberflächliche Gesten beeindrucken ließe. Schließlich machte Gylléns Frau einen Vorschlag. Sie meinte, dass sie anklopfen wolle. Sie habe, behauptete sie, keine Angst vor Malås Reaktion. Verstehst du! Die waren da fast eine Stunde gestanden und hatten sich nicht einmal an die Tür klopfen getraut! Nicht einmal Schaljapin, dieser berüchtigte Teufelsdirigent!«

David war nicht erstaunt. Es war allgemein bekannt, dass Dirigenten und Solisten oft mit Samthandschuhen behandelt wurden und man ihnen auf höchst großzügige Weise Stimmungsschwankungen zugestand. Gleichzeitig erschien ihm die Sache doch eigenartig. Schaljapin war ja bekanntlich Malås *guter Freund.* Das passte nicht zusammen.

»Ja, das scheint eindeutig eine *ziemlich* eigenartige Beziehung gewesen zu sein. Man fragt sich, ob sie etwas mit Malås Schicksal zu tun gehabt haben könnte.«

»Gyllén kann von der Liste der Verdächtigen gestrichen werden, Herr Kommissar. Der traut sich ja nicht einmal mit seinen Angestellten zu sprechen. Überhaupt kein Rückgrat.«

»Wenn dir noch etwas einfällt, ruf mich an. Das Buch braucht ein wenig Farbe. Es wäre zu langweilig, wenn es nur von Begabung und Erfolg handelte.«

David empfand plötzlich das Bedürfnis, das Thema zu wechseln.

»Wie geht es eigentlich deiner Mutter?«

Die fortschreitende Demenz von Jalles Mutter war in den vergangenen Jahren immer wieder Thema in ihren Gesprächen gewesen.

In der Leitung war ein tiefer Seufzer zu hören.

»Na ja, ich muss mich in regelmäßigen Abständen um sie kümmern. In letzter Zeit bildet sie sich ein, dass sie unbedingt nach Luleå muss. Ausgerechnet Luleå. Rund um die Uhr. Aber wir werden das schon hinkriegen. Manchmal ist es ein bisschen anstrengend, sie nach Hause zu bringen. Aber sag, wann sehen wir uns wieder einmal?«

»Ich bin mit dem Buchprojekt ziemlich beschäftigt, daher werde ich es in nächster Zeit etwas ruhiger angehen.«

David schielte zu Kerstin hinüber, die in ihre Akten versunken dasaß.

»Aber was machst du zu Silvester? Meine Mutter ist über die Feiertage bei meinen Cousinen eingeladen, deswegen bin ich mit Ausnahme einer kleinen Beschäftigung bei einer Neujahrsgala verfügbar und zu allen Schandtaten bereit«, sagte Jalle.

»Das klingt gut. Ich melde mich diesbezüglich. Wahrscheinlich bin ich zu Hause in Gamla Stan, da könnten wir eine Party auf Gåsgränd ins Auge fassen.«

Kerstin blickte auf.

Sah er einen Vorwurf in ihrem Gesicht? *Scheiß drauf.* Sie beendeten das Gespräch.

David hatte Lust zu rauchen. Mit gutem Grund nahm er an, dass an Rauchen im Zimmer in Kerstins Gegenwart nicht zu denken war, daher nahm er seine Jacke, winkte zu ihrer Information mit der Zigarettenpackung und murmelte: »Komme gleich.«

*

»Während du mit deinem Freund in alten Erinnerungen geschwelgt hast, habe ich mich ein wenig ehrlicher Polizeiarbeit gewidmet.«

Nach der ersehnten Zigarette, die er mit großem Genuss geraucht hatte, obwohl nasser Schnee in seine Schuhe gefallen war, stieß David auf eine sichtlich erzürnte Kerstin, die ihn schon an der Tür erwartet hatte.

»Verlege den Hauptteil eures Gespräches gefälligst auf nach Feierabend. Diesen Rat gebe ich dir, wenn du den Auftrag behalten willst. Lass die verhörten Personen nicht glauben, dass wir auf der Suche nach einem Mörder sind. Sie müssen sich aus eigenem Antrieb erinnern. Ohne deine richtungsweisenden Agatha-Christie-Fragen.« David fühlte, wie er rot wurde. Er war der Meinung, dass er Jan-Lennart geschickt an jedem nur möglichen Verdacht über seinen eigentlichen Auftrag vorbeigelotst hatte.

Wähle deine Kampfmethoden, David. Er entschied sich zu einem folgsamen Nicken. Kerstin fuhr mit einem schwer deutbaren Blick auf David fort. »Ich habe die Daten zu Malås erster Zeit an der Hochschule durchgesehen. Das Schülerverzeichnis ist zwar Ende der Achtzigerjahre verbrannt, noch bevor es digitalisiert werden konnte. Aber durch einige Nachschlagewerke konnte ich den Namen der Direktorin der Musikhochschule in Örebro während der Jahre 1976 bis 1989 herausfinden. Es handelt sich um den Zeitraum, in dem Malå dort Student war. Die Dame heißt Camilla Jaern. Sie lebt und wohnt noch in Örebro. Nimm mit ihr Kontakt auf und finde heraus, ob sie sich an Malå und etwaige Schulfreunde erinnert.«

Wieder hatte David folgsam genickt und sich sofort an die

Arbeit gemacht. Kerstin hörte, wie er kurze Zeit danach mit jemandem ein angeregtes Gespräch führte, wahrscheinlich mit der früheren Direktorin Camilla Jaern. Kerstin selbst wollte sich mit ihrer eigenen To-do-Liste befassen. Als Erstes wollte sie sehen, was sie über die Verfolger im schwarzen Volvo in Erfahrung bringen konnte. Danach ein Treffen mit Direktor Gyllén vereinbaren und ihn über die Sicherheitsbestimmungen der Berwaldhalle befragen.

*

Um Punkt 16 Uhr schnappte Kerstin ihre Krücke, erhob sich von ihrem Arbeitsplatz und hinkte hinüber zum Konferenztisch. Sie setzte sich hin und wartete auf David. Der hatte mit dem Eifer eines jungen Hundes ihre Bewegungen verfolgt und war schon auf dem Weg, seine Ermittlungsmappe unterm Arm.

Er glaubt, dass er einer Sache auf der Spur ist. Goldig.

David nahm mit einem erwartungsvollen Lächeln auf den Lippen gegenüber von Kerstin Platz.

Kerstin überlegte, ob sie ihn zappeln lassen sollte. Ein Weilchen in den Akten blättern, um die Oberhand, die sie bereits über ihn bekommen hatte, noch deutlicher zu machen.

Keine Spielchen, Kerstin.

Stattdessen klappte sie ihren Laptop auf und blickte fast fröhlich zu David hinauf, bereit, alles Wichtige, das er erfahren hatte, festzuhalten.

»Na, David, was hast du in Erfahrung gebracht?«

Er sieht aus, als würde er jeden Augenblick vor Ehrgeiz platzen.

David saß da mit einem Papierbecher in der Hand, der vermutlich kalten Kaffee enthielt. Kerstin hatte ihm zugeschaut, wie er in halbstündlichen Abständen zwischen

Telefongesprächen, Aufzeichnungen und Recherchen im Netz hin- und hergelaufen war. Meistens war er mit einem starken Geruch nach Zigarettenrauch und Stummeln zurückgekehrt. Gegen drei Uhr war er jedoch länger weggewesen und war mit zwei Kaffeebechern zurückgekehrt. Einen hatte er Kerstin angeboten.

Aus ihr selbst schleierhaften Gründen hatte sie abgelehnt. Der Kaffee hatte herrlich gerochen, David hatte ihn bei dem neu eröffneten Barista im Bandhagen-Zentrum geholt. Einige schnelle und herablassende Sprüche über den Kaffee heutzutage waren ihr durch den Kopf gegangen. Sie hatte sie jedoch für sich behalten. Ohne vom Bildschirm aufzuschauen, hatte sie nur abgewinkt.

Aber jetzt werde ich nett sein.

»Okay, Kerstin«, sagte David mit sanfter Stimme. Er setzte ein Lächeln auf, das Kerstins Vorsatz, ab nun nett zu ihm zu sein, sofort um einige Grade abschwächte.

Warum sieht er wie ein verdammter Toyota-Verkäufer aus und klingt auch so?

Sie blickte auf den Bildschirm ihres Laptops und ließ die Finger über die Tastatur gleiten. Sie hoffte, dass es so aussah, als würde sie eine ausgetüftelte Überschrift über den Inhalt dessen, was sie gleich zu hören bekommen würde, niederschreiben. David fuhr unverdrossen fort: »Ich kann also feststellen, dass man Malå als *unnachgiebigen* Menschen gesehen hat. Es kursieren eine Menge Gerüchte über seinen Lebenswandel. Frauen und Alkohol. Gerüchte, die auch mir im Laufe der Jahre zu Ohren gekommen sind. Eigentlich durchaus übliche Gerüchte über Leute in dieser Branche. Aber ich bin nicht restlos überzeugt, dass alles stimmt, trotz der Menge an Alkohol, die in den polizeilichen Ermittlungen angeführt wird.«

Kerstin horchte plötzlich interessiert auf.

»Warum zweifelst du?«, fragte sie.

David lächelte, diesmal ohne seine Zähne zu zeigen, woraufhin ihm Kerstin mildernde Umstände gewährte.

»Nach allem, was ich in Erfahrung bringen konnte, ist oder war Malå ein Mensch, der seine Macht durch einen feinsinnigen Pennalismus ausübte. Immer gut vorbereitet. Fleißig bis zum Gehtnichtmehr. Respekteinflößend auch durch sein Äußeres und seine markanten Gesichtszüge. Verlor nie die Fassung. Im Gegenteil, er teilte seinen Standpunkt in einem erschreckend ruhigen und sachlichen Tonfall mit. Standpunkte, die offenbar oft zutiefst kränkend waren oder zumindest so aufgefasst wurden. Außerdem schien die Leitung der Berwaldhalle nicht in der Lage gewesen zu sein, ihre Angestellten gegenüber diesem eiskalten Monstrum zu verteidigen. Die Musiker hatten also Angst. Die, die ihren Teil noch nicht abbekommen hatten, befürchteten, dass sie als Nächste an der Reihe wären. Die Leitung kroch ihm in den Arsch, da auch sie sich seiner Kritik nicht erwehren konnte. Dadurch entstand eine Situation, in der von der Leitung nicht auf das Arbeitsrecht und ein gutes Arbeitsklima geachtet wurde. Die waren einfach futsch. Das ähnelt der Situation in Internaten, die man *Kameradenerziehung* nennt. Zwischen all diesen verängstigten Individuen entsteht eine Hackordnung, und keiner außer dem Ranghöchsten kann protestierten oder sich für die Musiker einsetzen.«

Kerstin zeigte sich mehr und mehr interessiert von den Überlegungen, die so gar nicht zu dem Bild des verkaterten Mannes, den sie vor sich hatte, passten.

»Aber wie hängt das deiner Meinung nach mit den Gerüchten zusammen?«

»Wenn alle, die mit Malå zu tun hatten, seinen Machtdemonstrationen hilflos ausgeliefert waren, schufen sie sich klarerweise andere Wege, um diese Bürde leichter ertragen zu können. Um einen Teil ihrer verlorenen Ehre zurückzugewinnen. Durch die Gerüchte, die Malå als liederlichen Wüstling darstellen, änderte sich natürlich gar nichts. Aber sie dienten dem Zweck, dass sich sowohl diejenigen, die sie erzählten, und jene, die zuhörten, besser fühlten. Eine billige Form der Selbstheilung. Wenn du das Monster nicht zähmen kannst, kannst du es zumindest verreißen oder Geschichten über es erfinden.«

Kerstin zog die Stirn in Falten und ließ den Blick langsam durch den Raum gleiten, über das Foto von Sensei Kimura und zurück zu Davids Gesicht.

»Ich muss dir recht geben, dass diese Taktik häufig angewendet wird. Aber die Überlegungen funktionieren nur dann, wenn Zweifel an der Richtigkeit der Gerüchte bestehen. Das, was du in Erfahrung gebracht hast, ist, dass es mindestens zwei Seiten von Malå gibt, die wir in Betracht ziehen sollten. Das ist ein entscheidender Anhaltspunkt. Ich bin überzeugt, dass sein Charakter oder besser gesagt sein Mangel an Charakter uns ausschlaggebende Anhaltspunkte für ein mögliches Motiv geben kann. Aber es verpflichtet uns jetzt auch, zwei parallele Profile von Malå zu erstellen. Das eine Gerücht fußt auf der Annahme, dass er ein sexbesessener Trunkenbold war. Das andere basiert auf der Hypothese, dass er vor allem eine kontrollierte und darüber hinaus auch noch kontrollierende Persönlichkeit besaß. Vielleicht war auch sein Mitgefühl für andere gestört. Selbstverständlich kann die Wahrheit auch in der Mitte liegen. Obwohl das eher nicht so oft vorkommt.«

»Ich hoffe, du hast keine Angst vor zusätzlicher Arbeit?«

Wieder setzte David das Verkäuferlächeln auf.

Tief durchatmen, Kerstin.

Kerstin ignorierte Davids Kommentar und tat so, als würde sie etwas in den Computer tippen, bevor sie weitersprach.

»War dein Freund der Meinung – ich glaube, er hieß Jan-Lennart –, dass Malås Benehmen einen der Musiker zu einer solchen Tat hätte bewegen können?«

»Jan-Lennart. Jalle. Nein, er meinte im Wesentlichen, dass in der Branche das Gesetz der Straße herrscht. Entweder lernt man einzustecken oder man ist draußen. Und der Dirigent wird generell als der *eigentliche* Chef betrachtet, obwohl er keine Verantwortung für sein Personal trägt und schon gar nicht für die Anstellung der Musiker verantwortlich ist. Aber ich kann mir schon vorstellen, dass die Enttäuschung zu groß werden kann. Besonders wenn die Leitung, die die eigentliche Verantwortung trägt, sich vor Untertänigkeit krümmt.«

David nahm einen Schluck von dem kalten Kaffee und zog eine Grimasse.

»Hast du noch andere Gründe für deine Erläuterungen? Ich meine außer den allgemein anerkannten psychosozialen Theorien?«

David ließ sich durch Kerstins Ton nicht einschüchtern.

»Dazu wollte ich gerade kommen.« *Und wieder dieses Lächeln.*

»Ich habe, wie du mir aufgetragen hast, mit Camilla Jaern gesprochen, der früheren Direktorin an der Musikhochschule in Örebro. Ich erwischte sie, als sie soeben eine anspruchsvolle Bridgepartie gewonnen hatte. Sie hatte sich gerade eine Sieges-zigarette vor dem Stora-Hotel angezündet, als ich anrief. Das hat sicher zu ihrer offenherzigen Art beigetragen.«

Ein Blick von Kerstin zeigte, dass sie diese Information völlig unnötig fand. David atmete tief ein und betrachtete den Pa-pierbecher mit den Überresten seines Caffè Macchiato.

»Die Darstellung von Malås frühen Jahren, die Camilla Jaern mir gegeben hat, weist in keiner Weise darauf hin, dass er sich zum alkoholkranken Soziopathen entwickeln würde«, sagte David. »Im Gegenteil, sie beschreibt ihn als einen jungen Mann mit enormer Konzentrationsfähigkeit und mit einer höchst außergewöhnlichen musikalischen und psychologischen Begabung. Insbesondere weil es sich um eine Ausbildung zum Lehrer handelte. Damit meinte sie wahrscheinlich, dass eine *wirkliche Begabung* unter den Lehramtskandidaten herausstach. Es war ihr auch ein Anliegen zu betonen, dass es sich bei Malå um eine Person handelte, die, wie sie es ausdrückte, nicht *in den Diagnoserahmen unseres konfliktscheuen Jahrhunderts* gepasst habe. Sie war der Meinung, dass er ein vollkommen gesunder und normaler Mensch war, der einfach verdammt begabt war. Und dass alle an der Schule sich dessen bewusst waren. Eine eigenartige Frau, diese Jaern. Sie flirtet gerne, auf eine raubeinige Art.«

Er nickte Kerstin aufmunternd zu und gönnte sich wieder ein Lächeln. Von Kerstin kam nicht die geringste Zustimmung, im Gegenteil, ihr stählerner Blick, der schon manch einen vor ihm erschreckt hatte, ließ ihn für einen Moment innehalten.

»Ich hoffe, dass dir klar ist, dass Camilla Jaern fast neunzig ist. Und dass du dich an Studien erinnerst, die besagen, dass gewisse Männer Signale von Frauen zu ihrem Vorteil missverstehen. Neun von zehn übrigens.« Kerstins stahlharter Blick wich einem Blinzeln, das man mit etwas Fantasie sogar für humorvoll halten konnte.

»Aber wenn du schon bei Jaerns Aussage bist … Hast du sie gefragt, ob sie noch Kontakt mit Malå hat? Ob sie seine Entwicklung mitverfolgt hat? Menschen können sich bekanntlich verändern.«

David strahlte.

»Natürlich habe ich das gemacht! Offenbar hatten Jaern und Malå eine ganz besondere Beziehung. Er rief sie regelmäßig an und schickte immer Briefe oder Karten vor Festtagen. Während all dieser Jahre ist er für sie derselbe geblieben. Aufmerksam, mitfühlend, ruhig und vor allem: begabt. Keine Anzeichen von Verfall oder ungewöhnlichem Verhalten.«

Kerstin betrachtete ihn mit einem zweideutigen Lächeln.

»Aha. Meiner Meinung nach klingt das wie eine Form von Mütterlichkeitssyndrom.«

David sah sie fragend an.

»David, ausgerechnet du müsstest dieses Konzept doch verstehen. *Mann* über fünfzig. Auf dem Weg, sich selbst zu zerstören mit verzerrten Selbstbildern. Füge dann noch Stress, Alkohol und wahrscheinlich auch verschiedene Arten von Geschlechtskrankheiten hinzu. Klar, dass er sich *Mama* gegenüber zusammennimmt. Oder gegenüber dem Ersatzelternteil, auf den er früh seine Gefühle projiziert hat. Wenn ich richtig informiert bin, hatte Malå keinen besonders guten Kontakt zu seinen biologischen Eltern. Er dürfte von einer ganzen Reihe von *nannies* zu Hause in Bromma großgezogen worden sein.«

Und wieder ein Verkäuferlächeln von David.

»Ja, da kannst du recht haben. Aber, *Mamacita* Jaern gab mir die Telefonnummer von zwei früheren Klassenkameraden von Malå. Sie waren angeblich sehr enge Freunde während ihrer Studienzeit. Und sie hielten auch weiterhin sporadischen Kontakt mit Malå.«

»Ich vermute, dass diese Personen deine Hypothese bestätigen?«

David sah etwas verunsichert aus.

»Na ja, ich denke, dass es danach ausschaut. Beide bestanden jedoch darauf, sich mit mir zu treffen, anstatt am Telefon zu plaudern. Aber es hat ihnen auch gefallen, an unserem Buchprojekt Anteil zu haben. Georg Lemming, derzeit Korrepetitor am Konzerthaus in Örebro, hätte Zeit, sich schon morgen mit mir zum Mittagessen zu treffen. In Örebro.«

Kerstin dachte einen Augenblick nach, nickte dann aber zustimmend.

»Ich glaube, dass es wichtig ist, Malås persönliches Profil so vollständig und so schnell wie möglich zu erfassen.«

David trank den Rest seines kalten Macchiatos aus und streckte den Daumen hoch.

»Spitze. Morgen treffe ich Lemming und Camilla Jaern. Ich berichte dir dann am Heimweg.«

»Nur nichts überstürzen.« Kerstin bekam wieder ihren strengen Blick. »Ich komme mit. Ich möchte mir meine eigene Meinung bilden und außerdem mit ein bisschen *professionellen* Verhörmethoden beitragen. Ich miete ein Auto bei Statoil.«

Davids Augen verschmälerten sich auf bedenkliche Art. Kerstin beobachtete gespannt, wie er gegen widersprüchliche Impulse anzukämpfen schien. Letztlich siegte aber doch seine Vernunft. Er setzte ein etwas gezwungenes Lächeln auf und zuckte mit den Schultern.

»Sehr gut, Kerstin. Ich bin froh, wenn ich auf deine Kompetenz zählen kann. Ich dachte, dass du eine Menge anderer Dinge zu tun hättest und glaubte außerdem dummerweise, dass du nicht so gerne mit dem Auto oder mit dem Zug fährst wegen deinem Knie. Lass wenigstens mich das Auto mieten.«

Jetzt war es Kerstin, die sich ein erzwungenes Lächeln abrang.

Ich bin ja schließlich kein Mensch, der im Sterben liegt.

»Danke für deine Rücksichtnahme, David. Das geht schon in Ordnung.«

Kerstin klapperte fieberhaft auf der Tastatur des Laptops. Das half ein wenig.

»Übrigens«, meinte Kerstin, während sie über die Bildschirmkante schaute, »die andere Schulkollegin. Soll ich heute Abend mitkommen, wenn du sie triffst?«

Davids Gesichtsfarbe wechselte blitzschnell von hellem Rosa zu Rot.

»Woher weißt du, dass es eine Frau ist?«, fragte David mit aufrichtigem Erstaunen.

»Du bist nicht der Einzige, der den Psychologen spielt. Als du mit deinen Personen am Telefon gesprochen hast, stach ein Gespräch heraus. Deine Stimme wurde auf einmal ganz sanft. Das Gespräch endete auch so, dass ihr euch für heute Abend verabredet habt. Im Bakficka bei der Königlichen Oper, wenn ich richtig verstanden habe.«

Es entstand eine Pause. Kerstin lächelte verschmitzt, während David seinen Pappbecher unbeholfen wegstellte und sich die Brille richtete.

»Kerstin, glaub bitte nicht, dass ich dir Informationen verschweigen möchte. Natürlich bist du auch bei diesem Treffen willkommen. Sandra … Sandra Helander ist Cellistin und nur heute in Stockholm. Morgen fährt sie weiter auf Tournee nach Holland und Belgien mit einem Barockorchester. Daher wollte ich die Gelegenheit nützen. Dass wir einander im Bakficka bei der Oper treffen, war ihr Vorschlag – gegen den ich nichts einzuwenden hatte, da ich nur einen Katzensprung entfernt wohne.«

Kerstin beobachtete ihn genau. *Setzte den Verhörblick auf.*

»Gib zu, dass du Sandra Helander am Telefon sympathisch fandest!«

Ein plötzliches Jucken seines unrasierten Kinns und der

flackernde Blick genügten Kerstin. Sie hatte ins Schwarze getroffen.

»Okay, David, zwei Dinge. Erstens: Du musst an deinem Pokerface arbeiten. Zweitens: Sei dir bewusst, dass du von ihr bereits positiv beeinflusst bist. Wenn du dir über deine eigenen Gefühle in einer Verhörsituation nicht im Klaren bist, kann es leicht passieren, dass sich die Rollen vertauschen. Dann läufst du Gefahr, dass du etwas über die Ermittlungen verrätst. Entweder durch unkontrollierte Gesten oder Antworten, die zu ausweichend ausfallen, oder aber durch übertriebene Bestätigungen. Alles als Folge dessen, dass dein Hauptfokus auf ihrer *Person* liegt statt auf der *Information*, die sie dir liefern kann. Unsere Ermittlungen dienen ja offiziell einem Buchprojekt, daher ist ein gewisses Maß an Verrücktheit zulässig. Ich glaube, du verstehst, wo meiner Meinung nach die Grenze liegt.«

David richtete sich mit mittlerweile sichererem Blick auf.

»Heißt das, dass du nicht mitkommen wirst?«

»Ich glaube, dass ich dir dieses Gespräch in gutem Glauben überlassen kann. Unter ein paar Bedingungen.«

»Welche sind das? Keuschheitsgürtel rauf und kein Sex beim ersten Date?«

Nicht zu glauben, wie schnell er sich wieder gefangen hat. Am besten lege ich noch etwas nach.

»Um mich klar auszudrücken, David …«

Kerstin betonte seinen Namen überdeutlich und imitierte damit perfekt Davids prononcierte Aussprache.

»Wenn du eine Zeugin bereits am ersten Tag der Ermittlungen fickst, bist du weg vom Fenster, *ganz egal* wie sehr das Kulturministerium deine Teilnahme an den Ermittlungen wünscht. Konzentriere dich lieber darauf, wesentliche Fragen zu stellen und genau aufzupassen, wie sie darauf antwortet.«

Kerstin äußerte ihre Warnung, ohne die Stimme zu erheben oder auf das freundliche Lächeln zu vergessen.

»Außerdem. Da wir morgen nach Örebro fahren, um mit Lemming beim Mittagessen zu sprechen, solltest du nicht über die Stränge schlagen. Ich möchte, dass du um acht Uhr hier bist, fit wie ein Turnschuh. Wir fahren um zehn. Nimm Trainingsbekleidung und ein Handtuch mit.«

David schaute drein, als hätte er eine Ohrfeige in Slow-Motion verpasst bekommen. Er schob die Brille auf die Stirn und blickte Kerstin verständnislos an.

»Verdammt noch einmal, Kerstin. Heutzutage sagt kein Mensch mehr über die Stränge schlagen! Geh runter vom Gas! Was alles andere anbelangt, solltest du mir vertrauen.« Er setzte ein schiefes Lächeln auf. »Ich habe genug Erfahrung, dass ich nicht sofort ausflippe, wenn ich eine schöne Altstimme in der Leitung habe. Darüber hinaus teile ich nicht deine vielleicht alters- oder auch religionsbezogene Besorgnis in Bezug auf einen *ausgewogenen* Alkoholkonsum. Aber auch diesbezüglich werde ich dich nicht enttäuschen. Ich trinke Ramlösa-Mineralwasser, obwohl das Servicepersonal, mit dem ich aus verschiedenen Gründen ein gutes Verhältnis habe, erstaunt die Augenbrauen hochziehen wird.«

Er machte eine Kunstpause, wie um seine Suada zu genießen. Kerstins Lächeln blieb in beunruhigender Weise unverändert.

»Aber übrigens, was meinst du mit *Trainingsbekleidung?*«, fragte David.

Kerstin klappte langsam den Deckel ihres Laptops zu. Ihr Lächeln verwandelte sich im selben Takt in einen ernsteren Ausdruck.

»Das wirst du morgen sehen. Ich kann nur so viel sagen, dass es mit deiner Ausbildung zum Ermittler von Verbrechen zu tun hat.«

David strahlte über das ganze Gesicht. »Toll! Ermittler von Verbrechen! Schade, dass ich das aus Gründen der Geheimhaltung nicht zu meinem Lebenslauf hinzufügen kann. Na ja, ich muss mich eben mit der Ehre und dem Wissen begnügen, dass ich von der Besten ausgebildet wurde.« Er blinzelte Kerstin zu, die das Kompliment quittierte, indem sie ihren Laptop wieder aufklappte.

»Was hast du heute für neue Erkenntnisse gewonnen, Kerstin? Oder bin ich der Einzige, der gearbeitet hat?«

Kerstin zögerte. Wie viel brauchte David eigentlich zu wissen? Sie wollte auf keinen Fall von dem schwarzen Volvo erzählen. Noch nicht. Anders Pierrot, ihr früherer Assistent bei der staatlichen Mordkommission, war äußerst hilfreich gewesen. Nicht nur dass er während vieler Jahre bei der Mordkommission Kerstins Vertrauensmann gewesen war, trainierte Anders Pierrot als einziger Kollege von der Polizei im selben *Dojo* wie Kerstin. Pierrot hatte so schnell wie möglich herausgefunden, dass weder das Bundeskriminalamt noch die restliche *relativ* öffentliche Polizei im Gebiet von Stockholm zurzeit über Kerstin oder Anna Flanke oder jemanden, der ihnen ähnelte, Nachforschungen anstellte. Nachdem er vorsichtig nachgefragt hatte, wann Kerstin wieder zum Training zu kommen gedachte, versprach Pierrot sich wieder bei ihr zu melden, sobald er mit den Kollegen bei der »Stasi« – eine Bezeichnung, die Anders Pierrot und Kerstin gemeinsam für die SÄPO verwendet hatten – gesprochen hatte. Pierre war danach noch ein Stück von seinen beruflichen Pflichten abgewichen, was Kerstin mit gewisser Sorge erfüllte. Er hatte sich nämlich angeboten, mit einem engen Freund Kontakt aufzunehmen, der einen detaillierten Einblick in das Budget des Bundespolizeipräsidenten hatte. Denn es könnte da »Ungereimtheiten« geben, die in die eine oder andere Richtung deuteten. Der Vorschlag hatte Kerstins nach wie vor intaktes Verantwortungsgefühl gegenüber dem Personal und der Dienststelle ins Wanken gebracht. Trotzdem hatte sie den Vorschlag akzeptiert, nachdem sie Anders zu Vorsicht gemahnt hatte. Obwohl es weit hergeholt war, konnte man die Möglichkeit nicht ausschließen, dass der Bundespolizeipräsident Arnesson Wind von ihrer Arbeit bekommen und sich selbst in die operative Arbeit eingemischt hatte. Trotz der Bemühungen von Anna Flanke und dem Justizministerium, die Sache geheim zu halten.

Man nennt ihn nicht ohne Grund den Sheriff.

Aber das ist nichts für Davids Ohren. Noch nicht.

Kerstin entschloss sich, ihm weniger brisante Informationen mitzuteilen.

»Ich habe einen Termin mit Gyllén ausgemacht.«

»Schau an! Gut gemacht, Kerstin. Das einzige Mal, dass dieser Idiot am Telefon antwortete, war während der Jahre, als ich im Ministerium arbeitete. Wenn ich in meiner Eigenschaft als Komponist anrief, durfte ich nur mit seiner Sekretärin sprechen.« David gelang ein Lächeln, das einen Anflug von distanziertem Humor signalisierte.

»Genau das ist mir auch passiert, als ich die ersten drei Male anrief. Das Buchprojekt über Malå war ihrer Meinung nicht *von Wichtigkeit*, aber sie wolle mein Anliegen dem *Direktor vorlegen*, wenn er von seiner Londonreise zurückkommt.« Kerstin imitierte mit beeindruckender Ähnlichkeit eine arrogante Variante des Schone-Dialekts.

David gluckste vor Lachen. »Klingt, als wäre es dieselbe Sekretärin. Wie hast du sie dazu gebracht, ihre Meinung zu ändern?«

»Ich fragte sie, ob sie wisse, wer ich bin. Da sie es nicht

wusste, forderte ich sie auf, meinen Namen in Google einzugeben. Das Suchresultat tat seine Wirkung. *Kann sein*, dass ich auch andeutete, dass ich direkten Kontakt mit den Ermittlungen der Polizei habe. Und dass es nicht von Vorteil wäre, wenn es so aussah, als ob Gyllén nicht mit mir sprechen wolle, der früheren Chefin der staatlichen Mordkommission. Sie bat mich, zurückrufen zu dürfen, und meldete sich witzigerweise gleich fünf Minuten später. Mit der Nummer von Gyllén.«

»Haha! Du liebe Güte, was für ein kluger Schachzug!« Davids Gesicht erstrahlte mit einem Lächeln, das tatsächlich echt wirkte, fand Kerstin.

Vielleicht ist er doch nicht so ein hoffnungsloser Fall.

»Was hat Gyllén gesagt, als du ihn angerufen hast?«

»Der Direktor teilte freimütig mit, dass er mit dem öffentlich finanzierten Scheckheft nach London gereist ist, um einen Ersatz für Malå zu finden. Er musste von Konzert zu Konzert laufen und Agenturen aufsuchen, um, wie er es ausdrückte, *seine Beute attraktiver zu machen.* Anscheinend einen jungen lateinamerikanischen Dirigenten. Er bat in aller Bescheidenheit um Entschuldigung, dass er sich erst Ende nächster Woche mit mir treffen könne. Daher haben wir ein Treffen nächsten Freitag in der Berwaldhalle vereinbart.«

»Willst du, dass ich mitkomme?«

Kerstin schaute nachdenklich und fuhr nach einiger Überlegung fort.

»Nein, ich glaube, ich erledige das allein. Ich finde es in diesem Fall besser, wenn wir einander kurz vorher treffen und du mich über die Berwaldhalle und ihre Leitung näher informierst.«

David nickte.

»Ich denke, du hast recht. Mit mir im selben Raum riskiert

er, dass das Gespräch durch die unterschiedlichen beruflichen Positionen geprägt wird, in denen ich mit ihm zu tun hatte. Eigentlich ist es am besten, wenn du meinen Namen während des Treffens gar nicht erwähnst.«

Weder Ironie noch Sarkasmus waren in seiner Stimme zu hören.

Verflixt, ich schätze, dass ich diesen Typen langsam zu mögen beginne.

»Gibt es noch etwas?«, fragte David.

»Noch etwas?«, fragte Kerstin mit gestellt verblüffter Miene.

»Ja. Was hast du heute noch herausgefunden? Du kannst doch nicht die ganze Zeit nur mit der Jagd nach Gyllén beschäftigt gewesen sein.« David stand auf und beugte sich über den Konferenztisch, um einen Blick auf Kerstins Computer zu erhaschen.

»Setz dich nieder, du Frechdachs.« Kerstins Stimme klang überraschend streng und verfehlte nicht ihre Wirkung. David fiel sofort wieder auf seinen Stuhl zurück.

»Hör genau zu. Da gibt es noch eine Sache. Ich habe die Ermittlungen genau studiert und eine kleine Lücke in der sonst *ordnungsgemäß durchgeführten* Arbeit entdeckt. Während der letzten zwei Jahre hat Malå jeden Monat große Barabhebungen getätigt. Die Kollegen haben sich offenbar damit begnügt, dass Malå ein *big spender* war, der aus unbekannten Gründen seine Kohle in Form von Bargeld verschwendet hat. Es ist ihnen aber nicht gelungen, herauszufinden, wofür er dieses Geld ausgegeben hat. Bargeldabhebungen in dieser Größenordnung, ohne entsprechende Bestätigung, sind oft ein Zeichen für illegale Tätigkeiten. Erpressung, Glücksspiel, Rauschgift und wer weiß was noch.«

»Um welche Beträge geht es?«

»Circa dreihunderttausend im Monat, und das zwei Jahre lang.«

David atmete heftig aus.

»Du liebe Zeit! Das sind ja gut sieben Millionen in zwei Jahren!«

»Gut geschätzt. Ich glaube, dass hier etwas nicht stimmt. Wenn man weiter zurückgeht, lassen sich keine derartigen Behebungen feststellen. Früher hat er *nur* zwischen zehn oder zirka dreißigtausend pro Monat abgehoben. Und für diese Summen hat man Rechnungen gefunden. Fast auf die Öre genau. Er hatte bekanntlich eine Vorliebe für alte Bücher, die er in diversen Antiquariaten gekauft hat. Die Rechnungen wurden fein säuberlich in Mappen eingeheftet, die man in seiner Wohnung in Paris gefunden hat.«

»Was denkst du darüber?«

»Dass es bei Verbrechensermittlungen immer klug ist, die finanzielle Seite zu überprüfen. Die Kollegen haben angemessen gearbeitet, indem sie untersucht haben, ob die Barabhebungen im Zusammenhang mit Malås Reisen standen, ob Leute, die er unterwegs getroffen hat, Typ Hotelpersonal, Musiker, Restaurants, Chefs und so weiter bemerkt haben, dass er die Spendierhosen anhatte. Sie haben bei der Suche fast alles auf den Kopf gestellt, die Kollegen.«

»Ich erahne ein Aber.«

Kerstin nickte nachdenklich.

»Ja. Es ist möglich, *wenn auch nicht wahrscheinlich*, dass Malå plötzlich vor zwei Jahren neue und teurere Bedürfnisse entwickelte. Ich glaube, dass diese Barbehebungen ein Teil der Lösung des Rätsels sind. Wir müssen daher noch tiefer graben. Wenn du heute Abend Sandra Helander triffst, solltest du diese Barabhebungen im Kopf haben. Du darfst natürlich das Geld und die Größenordnung, um die es sich handelt, nicht erwähnen. Aber du solltest vorsichtig anfragen, welchen Eindruck Malå machte, als sie sich das letzte Mal trafen. Ob er ruhig, nervös oder leicht reizbar war. Oder ob er besondere Vergnügungen oder Laster hatte. Dabei musst du dich aber im Rahmen unseres vorgeblichen Buchprojekts halten. Keine Sherlock-Holmes-Fragen, wie du sicher verstehst.« Das Letzte sagte Kerstin mit einem Lächeln auf den Lippen, das die neu entstandene Vertrauensbasis zwischen den beiden so ungleichen Ermittlern bestätigte. David lächelte zurück, möglicherweise eine Spur beleidigt über die seiner Meinung nach überflüssigen Belehrungen.

»*Alles Roger.*« David suchte seinen Mantel, den er über das alte Warenband geworfen beim Eingang fand.

»Für mich wird es Zeit zu fahren. Ich möchte mich noch umziehen, bevor ich ins Bakfickan gehe. Wir sehen uns morgen!«

Kerstin konnte auf dem Überwachungsmonitor sehen, wie er die Straße überquerte und in Richtung U-Bahn ging.

Es ist nicht zu glauben. Will er zur U-Bahn? Ist er bereits bekehrt?

Sie blieb einen Augenblick vor dem Monitor sitzen und sah, wie David in die Halle mit den Fahrkartenschaltern ging. Einige Minuten später kam er wieder mit etwas, das wie ein Zigarettenpaket aussah, in der Hand heraus. Er blieb aber nicht stehen, um zu rauchen, sondern bewegte sich auf den Servus-Supermarkt zu, während er in sein Mobiltelefon sprach. *Er bestellt garantiert ein Taxi.* Kerstin runzelte die Stirn, ging zurück zum Tisch, auf dem der Großteil des Ermittlungsmaterials lag, und begann wieder darin zu blättern. Kurz danach warf sie wieder einen Blick auf den Monitor und sah gerade noch, wie David in ein Stockholmer Taxi einstieg. Als das Taxi wegfuhr, rollte ein anderes Auto in die Parklücke hinein. Ein schwarzer Volvo. Zwei Männer im Anzug saßen vorne im Wagen. Im Schein der sich hin- und herbewegenden Weihnachtsbeleuchtung über der Fußgängerzone, die zum Bandhagen-Zentrum führte, sah sie, dass zumindest einer der Männer einen In-Ear-Ohrhörer mit einem Spiralkabel trug, das vom Ohr in den Kragen seines Jacketts führte.

Was glauben die zum Teufel, mit wem sie es zu tun haben?

Kerstin hinkte zu den Eingangstüren und kontrollierte, ob sie ordentlich verschlossen waren. Sie beurteilte die Gefahr, dass die Männer im Auto einbrechen wollten oder einen Überfall planten, als vernachlässigbar. *Typischer Auskundschaftungsauftrag.* Ihr Mobiltelefon surrte am Tisch. Sie humpelte hin und schaute auf das Display. *Schon wieder Barbro.* Seit Kerstins Flucht aus dem Djembe-Kurs hatte Barbro sie mehrmals am Tag angerufen. *Höchste Zeit, sie anzurufen.*

Kerstin hatte eine Idee, wie sich die frühere Kriminalpsychologin bei den Ermittlungen nützlich machen könnte. Ihr letztes verpatztes Treffen im Trommelkurs hatte sie bisher davon abgehalten, den Kontakt mit ihr wieder aufzunehmen.

Werde erwachsen, Kerstin.

Sie warf einen Blick auf das *Dojo*.

Aber zuerst noch eine Trainingseinheit. Das schaffst du, Kerstin. Reiß dich zusammen.

*

Der Schneefall wurde stärker. An der verlassenen Ecke von Salbyvägen und Skärlingebacken, etwa hundertfünfzig Meter oberhalb des Servus-Supermarktes, stand ein Mann mit einem kleinen Fernglas in der Hand und nahm die Straße unter ihm in Augenschein. Er merkte sich das Autokennzeichen und verschaffte sich einen kurzen Überblick über die Situation und die Männer im schwarzen Volvo.

»Amateure«, murmelte er und steckte das Fernglas in seine Schultertasche. Er schob sich die Mütze tief ins Gesicht und ging den Salbyvägen entlang, sodass die Männer im Volvo ihn nicht sehen konnten.

Wenn die bloß so clever wären und in den Rückspiegel schauten.

Die winterliche Dunkelheit und seine dunkelgraue Kleidung hatten dazu beigetragen, dass er in dem immer stärker werdenden Schneetreiben kaum sichtbar war. Er schaute zu den Fenstern hinauf, die zu Kerstin Armfeldts Wohnung gehörten. Die Küchenlampe brannte. Der Mann hatte während der vergangenen Tage festgestellt, dass Kerstin ihre Küchenlampe immer brennen ließ, wenn sie die Wohnung verließ.

Sie wird doch keine Angst vor Einbrechern haben.

Am Ende der Straße bog der Mann zur Treppe ab, die geradewegs zur U-Bahn-Station führte.

Der Maestro

Wie lange dauert es, bis man stirbt?

Er konnte mittlerweile keine äußeren Impulse mehr wahrnehmen.

Kein Ticken einer IKEA-Wanduhr störte ihn.

Anfangs hatte er noch hin und wieder wie in einem Traum den Klang entfernter Stimmen aufgeschnappt. Jetzt konnte er sie nicht mehr hören. Er sah auch nichts. Umso besser. Er hatte beschlossen, alle Hoffnung fahren zu lassen. Es war ihm nicht schwergefallen. Im Gegenteil, erstaunlich leicht. Er brauchte sich auch keine

Sorgen mehr zu machen. Manchmal wurde sein Seelenfrieden durch plötzlich aufflammenden Zorn gestört. Aber auch der hatte sich gelegt. Fast so schnell, wie er gekommen war.

Es ist nie zu spät, als Mensch zu reifen und seine Wut zu besänftigen.

Der Schmerz kam wie ein Peitschenhieb über die Wangen, als er unbewusst über seinen Galgenhumor lächeln musste.

Die Ermittlungen über Roberts Tod waren eingestellt worden. Alles deutete ja auf Selbstmord hin.

Doch sie wussten, was wirklich passiert war. Dass das Band, das sie geknotet hatten, zu Roberts Tod geführt hatte. Er – der den Namen Ludwig trug – fühlte sich gespalten. Einerseits war die Trauer über Roberts Tod groß, aber unter diesem Gefühl brodelte eine lasterhafte Begeisterung darüber, dass die Freundschaft und das Band der Gruppe so stark gewesen waren, dass die Alternative dazu nur der Untergang sein konnte. Robert hatte die Konsequenzen für seinen Ausstieg tragen müssen. Sie hatten ja immerhin gemeinsam die Welt mit der Musik als Werkzeug erforscht, verstanden und durchschaut. Und hatten sie nicht auch gemeinsam das entdeckt und veredelt, das den Namen die musische Sprache bekommen hatte? Die Sprache, die zu hören eine geradezu übermenschliche Kraft erforderte. Sie hatten eine unendliche Anzahl von Stunden geopfert, um ihre Fähigkeit zu verfeinern und die Musik der anderen zu hören: die äußere Musik beim Spielen, die innere mithilfe der feinen Signale, die ein Mensch in einer verflochtenen Kombination von Tönen, Bewegungen und Energie aussendet. Durch das Üben miteinander und aneinander lernten sie auch andere Menschen richtig zu verstehen. Ihre Gemütslage, Stärken und Schwächen. Aber auch das: Letztendlich war es ihnen gelungen, die Codes zu knacken. Die tief verborgenen Geheimnisse der Musik. Das, was das Unterbewusstsein der Menschen wirklich beeinflussen konnte. Hildegard war die Kluge gewesen, die Strategische. Wir sollten unser Wissen nicht hinausposaunen, hatte sie gesagt. Es kann gefährlich sein. Wenn es in die falschen Hände gerät, könnten die Folgen für die Welt katastrophal werden.

Deswegen mussten diese Erkenntnisse mit Bedacht und Schritt für Schritt vermittelt werden. Uns war bewusst, dass Hildegard allein die Gabe hatte, die Bedeutung unserer Entdeckungen und unserer Verbindung in ihrer ganzen Tragweite zu erfassen. Deswegen gebührte ihr das Vertrauen, die Gruppe zu leiten. Uns den Weg in die Zukunft zu weisen. Wir verstanden alle, dass Roberts Tod eine Notwendigkeit gewesen war. Traurig, aber notwendig. Wie immer es auch dazu gekommen war. Ich wollte gehorchen. Hildegard gab mir die Kraft, mich als Ganzes zu fühlen, gab mir ein Ziel und einen Sinn im Leben, mag dies heute auch pathetisch klingen. Sie war begabt. Sie war schön. Und sie gab auch mir das Gefühl, begabt zu sein und vielleicht sogar schön. Nur durch sie konnte ich aus meiner Schale kriechen und das entwickeln, was Hildegard »den Drachen in mir« nannte. Sie zeichnete die Landkarte für das, was mein Ich werden sollte, auf.

Geliebte Hildegard.

Verrückte Hildegard.

Königliche Oper, Restaurant Bakfickan

David hatte den Chauffeur gebeten, auf der Straße unterhalb von Lejonbacken anzuhalten, der kiesbestreuten Auffahrt zum nördlichen Teil des Stockholmer Schlosses. Es wäre näher gewesen, wenn er wie sonst an der Kreuzung Gåsgränd und Stora Nygatan, gleich neben Wikströms, aus dem Wagen ausgestiegen wäre. Aber er hatte das Gefühl, dass er dringend den längeren Spaziergang vom Schloss nach Hause zu seiner Wohnung auf Gåsgränd benötigte. Dort wollte er schnell duschen und etwas Respektableres anziehen als das, was er sich nach der Nacht mit Matilda am späten Morgen auf die Schnelle übergeworfen hatte. Er war den ganzen Tag wie benommen gewesen. Verkatert war er schon oft gewesen, aber das war es nicht. Im Gegenteil: Trotz seiner Mundtrockenheit und des wohlbekannten surrenden Gefühls im Kopf, dem Körper und der Haut nach einer durchzechten Nacht war der Tag nicht wie sonst ein Slalomrennen voll innerer Leere und Panik gewesen. Nach der anfänglichen und David wohlbekannten Müdigkeit hatte er sich aufgerafft und Jalle angerufen. Er konnte sich nicht erinnern, wann er sich zuletzt für eine *aktive Handlung* anstatt eines Schläfchens im Sessel entschieden hatte. Es war jedenfalls schon lange her.

David versuchte eine kurze Analyse der aktuellen Situation, während er wegen des entgegenkommenden Schneefalls die Västerlånggatan leicht nach vorne gebeugt entlangtrottete. Es gab mehrere Faktoren, die zusammenspielten. Eine fast zwanzig Jahre ältere Frau mit wesentlich besserer physischer und psychischer Verfassung als er selbst. Sie hatte den Tag anscheinend mit einem *Karatetraining* begonnen. Eine Person, die ein ganz anderes Leben geführt hatte als er. Höchstwahrscheinlich hatte sie überhaupt kein Interesse an Musik. Aber mit einer Berufserfahrung, die er widerwillig bewunderungswürdig fand. Die Energie im Raum war deutlich spürbar gewesen. Außerdem war sie klug. *Eindeutig über dem Durchschnitt.* Er korrigierte sich. *Unverkennbar weit* über dem Durchschnitt. Die Selbstsicherheit und Ausgeglichenheit, die sie ausstrahlte, übten einen eigenartigen Eindruck auf ihn aus. Plötzlich wünschte er sich nichts mehr, als dass er sich einen Platz in ihrem Duo verdiente. Ihr Vertrauen zu gewinnen und von Kerstin Armfeldt geschätzt und gelobt zu werden. David ahnte, dass Kerstin in ihm wahrscheinlich wie in einem offenen Buch las. Das sollte ihn aber nicht daran hindern, noch härter zu arbeiten, um sich ihre Anerkennung zu verdienen.

David wusste, dass sein Alkoholkonsum eine Art der Selbstheilung war. Ein Panzer für die Empfindlichkeit, die er bewusst tief in seinem Inneren begraben hatte. Nach fünf Uhr nachmittags verschaffte ihm der Alkohol Energie und Frohsinn. Außerdem verlieh er ihm ein größeres Ausmaß an Geduld mit den Menschen um ihn herum. Alkohol im Körper gab ihm das Gefühl, dass das menschliche Kostüm weniger scheuerte. Im Zustand eines Rausches konnte er leichter mit den Unzulänglichkeiten des Lebens zurechtkommen und bezüglich der häufigen Dummheit der Menschen fünf gerade sein lassen. Der Kater am Tag danach erfüllte teilweise eine andere Schutzfunktion. Er machte ihn zum *Angreifer*. Da geschah es dann oft, dass er es fast als seine Pflicht ansah, den Menschen ihre Dummheit vor Augen zu führen. Er war sozusagen gefangen in einer Pendelbewegung zwischen seinem sarkastischen und gehässigen Ich und einem David, der großzügig und sentimental alles und jeden umarmte.

Diese Art der Selbstheilung hatte in den letzten Jahren zugenommen, insbesondere seit man ihn von dem hohen Chefposten gefeuert hatte, den er so lange begehrt und schließlich erhalten hatte. Die Kündigung war eine Folge der Sturzwelle nach der sogenannten #MeToo-Bewegung gewesen, die in Schweden förmlich einen Tsunami an Entlassungen von Chefs, mangelndem Vertrauen in beschuldigte Vorgesetzte und nicht selten eine Zurschaustellung von liederlichen, grapschenden Politikern ausgelöst hatte. Eine Berufsgruppe nach der anderen war mit ihren Zeugenaussagen angetreten. Es war, als ob alle Dämme nach tausend und mehr Jahren des Schweigens gebrochen wären. Davids Aufsichtsratsvorsitzender hatte ihn eines Tages mit etwa fünfzig Zeugenaussagen von Frauen, die ihm als Chef unterstellt gewesen waren, konfrontiert. Alle Aussagen gingen in eine Richtung, mit kleinen Variationen. Die frühere Generaldirektorin, die sich trotz ihres Alters einverstanden erklärt hatte, den Vorsitz für Davids Institution zu übernehmen, schien aufrichtig betrübt zu sein, als sie David seinen unvermeidlichen Rücktritt nahegelegt hatte. »Die Dramaturgie hat ihre eigenen Gesetze, David. Wenn du auf deinem Bleiben bestehst, wird der Rückstoß noch härter ausfallen.«

David hatte sich den Zeugenaussagen zufolge eigentlich nicht sexuell an den Frauen vergriffen, aber man warf ihm vor, dass er weibliche Mitarbeiterinnen immer wieder verbal bedrängt und seine berufliche Position ausgenützt hatte, um alle zu schikanieren, die sich ihm widersetzten. Die Frauen seien besonders betroffen gewesen. Und wenn die verbalen Angriffe nicht genügten, behauptete man, dass er sie bewusst übersehen hätte und sich so benommen hatte, als wolle er sie zurechtweisen. Bereits versprochene Beförderungen wären von ihm in Versetzungen auf niedrigere Posten in der Institution abgeändert worden.

Für David hatte diese Geschichte ein böses Erwachen bedeutet. Ein Teil in ihm wollte den Kampf aufnehmen, da er wusste, dass ein großer Teil der Zeugenaussagen von Frauen kam, mit denen er ein Verhältnis gehabt hatte, oder von jenen, die gerne ein Verhältnis mit ihm gehabt hätten.

Einige Aussagen betrafen Frauen, die der permanent schlechten finanziellen Lage der Kulturinstitution zum Opfer gefallen waren. Er hatte während seiner Jahre als Chef etliche

Restrukturierungen aus wirtschaftlichen Gründen durchgeführt. Und die Kulturbranche war auf der administrativen Ebene stark von Frauen dominiert. Aber alles in allem hatte er sich selbst im Spiegel betrachten müssen. Innerhalb einiger weniger Tage war hatte er einen Imagewechsel vom Hochbegabten zum unverdienterweise hochstilisierten Mistkerl durchgemacht. Es war wie eine schnell abgespulte Version von *Das Bildnis des Dorian Gray*. Nach außen hin hatte man kolportiert, dass *der Chef aus persönlichen Gründen zurückgetreten war*. Die Gerüchte wegen sexueller Belästigungen waren von der Presse durchgekaut, aber nie bestätigt worden. Aber in geschlossenen Foren im Netz war es kein Geheimnis, dass es sich bei diesen Gerüchten um David Westerdahl handelte.

David wusste natürlich nur zu genau, was das für seine Chancen, in Zukunft wieder einen Chefposten in irgendeiner Institution zu bekommen, bedeutete. Nach außen hin vertrat David den Standpunkt, dass er zurückgetreten war, weil er die Branche verachtete, was in mancher Hinsicht auch stimmte. Die Musikwelt, die er früher so geliebt hatte, war bei näherem Hinsehen genauso geldgierig wie andere Branchen. Aber er konnte sich selbst nichts vormachen. Nicht in dieser Hinsicht. Bis zu diesem Zeitpunkt hatte David Westerdahl sich als ausgeprägten *Renaissance-Menschen* betrachtet. Mit diesem Bild von sich selbst hatte er Politologie, romanische und slawische Sprachen und parallel dazu Musik studiert. Als *zweites Standbein*, wie seine Mutter es ausgedrückt hätte. Das war auch der Grund, warum er sich selbstbewusst und unterstützt von seinem Umfeld beim Kulturministerium beworben hatte und dann zu einem der Interessensvertreter, wie die politische Debatte der 2010er-Jahre diese Berufsgruppe nannte, befördert worden war. Und teilweise hatte alles sehr gut funktioniert. Während dieser Jahre als Sachverständiger im Kulturministerium und angemessen gefeierter Komponist hatte er sich wohlgefühlt. Er betrachtete sich selbst als guten Analytiker und Künstler. Außerdem war er gut darin, verständliche Stellungnahmen für die politischen Ausschüsse zu liefern. Wenn er dann nach einem Zehnstundentag im Ministerium nach Hause kam, setzte er sich noch hin und komponierte in den späten Nachtstunden. Mit gutem Erfolg.

Die Sehnsucht nach Musik war während dieser Jahre noch immer sehr ausgeprägt gewesen. Während der Jahre im Ministerium war er auf dem Gebiet der Bühnenkunst auf ein immer höheres Beamtenniveau geklettert. Allerdings wurden im Laufe der Zeit seine Bedenken immer stärker. Zwischen den zeitweiligen Erfolgen mit seiner Musik und seiner temperamentvoll ausgeführten und in den Medien exponierten Chefrolle hatten ihn Zweifel geplagt, wer er eigentlich war. Vielleicht war das der Zeitpunkt gewesen, an dem er begonnen hatte, die Kontrolle zu verlieren.

Denn natürlich war er sich darüber bewusst, dass er sich immer wieder wie ein Schwein benommen hatte, obwohl er der Meinung war, dass er seine Beleidigungen relativ gleichmäßig auf Männer und Frauen verteilt hatte. Aber mit den zahlreichen Zeugenaussagen und der aufgebauschten medialen Hinrichtung hatte er den Rat seiner Vorsitzenden befolgt und war zurückgetreten. Wieder war er mit der Musik allein. Einsam wegen dem ohrenbetäubenden Schweigen seiner alten Kollegen, die früher seinen Rat gesucht hatten. Jetzt war er, vielleicht nicht ganz zu Unrecht, umgeben von Misstrauen und Verachtung. Seine hochgejubelte Begabung zählte nichts mehr. Sein herausragender Intellekt wurde jetzt als Überrest einer entschwundenen Zeit der Selbsttäuschung betrachtet. Die Bestätigung, dass seine Kompositionen nach wie vor im Ausland gefragt wurden, konnte ihn nicht zufriedenstellen. Er brauchte andere Bestätigungen und Herausforderungen. Das Konzert in Warschau war in vielerlei Hinsicht herrlich gewesen. Aber bei der Heimkehr hatte er weder die Musik, den Konzertsaal oder die Anspannung bei der Uraufführung, die über die europäische Radiounion live ausgestrahlt worden war, vermisst. Auch Nadia war ihm nicht abgegangen. Das Erschreckendste war, dass er das Gefühl hatte, dass die Musik in ihm erstarb.

Vielleicht verhielt es sich mit der Musik ähnlich wie mit der kurzen Beziehung zu Nadia. Wie mit so vielen anderen Beziehungen. Alles, was er sich von der Zukunft erwarten konnte, waren kurze Momente von Hoffnung und zufälligem Glück. Eine schnell aufflammende Liebe, die rasch wieder erlosch. David war klug genug zu wissen, dass der Alkohol das Seine dazu beigetragen hatte, seinen früheren Scharfsinn stumpf werden zu lassen. Was Nadia anbelangte, war ihm klar, dass seine Energie nicht ausgereicht hätte, die Liebe aufrechtzuerhalten. Verständlich, dass all das seine Lust auf Musik, seine Fantasie und die Fähigkeit, Ideen in die Tat umzusetzen, minderte. Aber wenn er ehrlich war, musste er zugeben, dass er einen Punkt erreicht hatte, wo ihm alles egal war, er auf alles schiss. Der Alkohol, der seine Persönlichkeit auf eine Berg- und Talfahrt schickte, war einerseits erschreckend, andererseits beruhigend. Die Kraft der chemischen Überlegenheit gegenüber dem zerbrechlichen und furchtbaren nüchternen Zustand trug jedoch in der Regel den Sieg davon.

Immerhin ist mir noch die Fähigkeit zu halbwegs guten Bonmots geblieben.

Und der Tag, den er gemeinsam mit Kerstin verbracht hatte, hatte ihn mit neuer beruflicher Freude erfüllt. Mit einer für ihn ungewohnten Neugier. Der Respekt, den er instinktiv vor ihrem Können empfunden hatte, und ihre Anwesenheit hatten ihn gefügig gemacht.

Womöglich sogar peinlich gefügig?

Als er Kerstin seine Beobachtungen mitgeteilt hatte, hatte er sich wie ein zwölfjähriger Junge bei seinem ersten mündlichen Referat gefühlt. Wahnsinnig nervös, aber froh. Er, der nie Probleme gehabt hatte, sich zu artikulieren, selbst wenn tausend Personen im Publikum saßen.

Dann das Versprechen, nur Ramlösa zu trinken.

Das war so untypisch für David, wie man sich nur denken konnte.

Anstatt einige Sarkasmen herauszuschleudern, hatte er ein paar schwache Beteuerungen gemacht, *dass man ihm allemal vertrauen könne.*

She's walkin' all over you, David.

Aber obwohl es an seinem Selbstwert kratzte, gesagt zu bekommen, was er zu tun hatte, hatte er diese Entscheidung getroffen. Er hatte sich fest vorgenommen, keinen Tropfen Alkohol zu trinken, solange er mit Kerstin zusammenarbeitete. Er wollte *sharp* sein. Einen Schritt voraus sein. Ihr Berichte und Unterlagen abliefern, die ihm ihre Hochachtung sicherten. *Zum Teufel, David, du bist pathetisch.* Außerdem hatte das Gespräch mit Sandra Helander ein anderes Interesse in ihm geweckt. Eine Stimme, die ihn faszinierte. Ein Geist, der scharf war, trotz des banalen Inhalts des Gespräches. *Timing. Musik in der Stimme.*

Er tippte den Code an der Tür ein. Die Ziffern waren vom Vorstand der Wohnbesitzervereinigung bestimmt worden und waren identisch mit dem Baujahr des Hauses. Die Lampe im Stiegenhaus ging an und summte leise, während er die über

Jahrhunderte abgenutzten schüsselförmigen Stiegen, die zu seiner Wohnung führten, hinaufstieg. Als er die Tür öffnete, schlug ihm eine muffige Mischung unterschiedlicher Düfte entgegen. Alte Abfalltüten. Darüber lag ein scharfer Geruch nach Alkohol. Ein schwacher Hauch von Frauenparfum und dazu noch ein unverkennbar würziger Duft.

Himmel. Ich habe anscheinend in der Wohnung geraucht. Die Cederhjelms werden verrückt. Jetzt geht es wieder rund in der Mietervereinigung.

*

Er hatte auf einem der hohen Stühle neben der Bar Platz genommen. Eigentlich waren im Bakfickan alle Sitzplätze in der Nähe der Bar. Aber da, wo David saß, gab es auch ein kleines, an der Wand festgemachtes Tischchen für zwei, das für vertrauliche Gespräche besser geeignet war, als wenn man am Fenster saß. Dort saß man in Reihen und musste sich mit den anderen Gästen drängeln. Außerdem war die Aussicht auf einen verschneiten Jakobs Torg und die Fassade der Kirche kein geeigneter Hintergrund für die Art von Gespräch, wie es gleich stattfinden würde. Was immer für ein Gespräch das werden sollte. Vielleicht würde er einfach nur spannende Gerüchte über den jungen Malå hören.

Aber nach allem, was er von Sandra Helander am Telefon erfahren hatte, schien sie kein besonders klatschsüchtiger Mensch zu sein. So etwas war jedoch schwer einzuschätzen.

Sandra hatte angekündigt, dass sie sich verspäten könnte. Sie war von der Königlichen Oper engagiert worden, mit einem Bläserensemble der Königlichen Hofkapelle zu proben. Das Ziel bestand darin, dass sie sich unter der professionellen

Leitung eines Cicerone – nämlich Sandra – mit der barocken Musik vertraut machen sollten. »Schwer zu sagen, wie diese Probe ausfallen wird«, hatte Sandra mit einem Schnauben festgestellt. »Normalerweise muss man ziemlich hart daran arbeiten, dass ein Musiker das 18. Jahrhundert vergisst und den Schritt in die Vorstellungen von Interpretation und Klang des 16. und 17. Jahrhunderts wagt. Daher kann die Probe mehr Zeit in Anspruch nehmen als geplant.« David hatte einen Toast Skagen bestellt und dazu eine langweilige Flasche Ramlösa. Wie erwartet hatte Lena, die Kellnerin, die Augenbrauen hochgezogen bei dieser Bestellung. »Ein weißer Abend, David? Bist du Quartalsäufer geworden?« David hatte die Arme mit einer resignativen Geste geöffnet.

»Neuer Chef, neue Regeln, Lena.«

Was immer David erwartet hatte, es wurde durch Sandras Eintreffen eine Stunde nach der vereinbarten Zeit übertroffen. Bei den Türen neben der Bar hatte sich eine kleine Gruppe von Männern in auffallend eleganten Anzügen gesammelt, die die Aufmerksamkeit von Lena und ihren Kollegen auf sich ziehen wollten. Sandra schlüpfte mit ihrem weißen Cellokoffer auf dem Rücken rasch durch die kleine, bereits leicht beduselte Versammlung. Sie trug ein funkelndes, glitzerndes, tief ausgeschnittenes Kleid, das von schmelzenden Schneeflocken bedeckt war. Einen roten Mantel hatte sie über den Arm geworfen.

Sandra musste nach Davids Berechnung etwas über fünfzig sein, im selben Alter wie Malå. Als er ihren Namen gegoogelt hatte, waren einige Fotos auf dem Bildschirm erschienen, die – wie er annahm – von den Agenturen aufgehübscht worden waren. Er hatte vermutet, dass die Fotos mindestens zwanzig Jahre alt waren. Aber Sandra sah genau so aus wie auf den Agenturbildern. Wenn möglich, sogar noch besser. Mittelblondes, halblanges Haar, mandelförmige, lächelnde Augen, die sich geschwind und aufgeweckt im Raum umsahen. Eine gerade Nase wie von einer griechischen Skulptur. Ein feines Lächeln umspielte ihren Mund.

Du liebe Güte. Das Aussehen passt zur Stimme. Sehr hübsch. Lauren-Bacall-Style.

Verdammt.

David hörte durch das Gemurmel, wie sie sich durch das Gedränge durchflirtete. Er sah, wie sich das Gesicht derer erhellte, an denen sie sich mit ihrem Cello vorbeiquetschte. Ein fröhliches Geplänkel mit den jungen Männern an der Bar dauerte ein paar Minuten, bis sie die wenigen Meter zu dem Tisch, an dem David saß, zurückgelegt hatte.

»David Westerdahl, nehme ich an. Oder besser gesagt – es besteht kein Zweifel, dass du David bist. Wenn Google nicht die Suchalgorithmen durcheinandergebracht hat. Verdammt ähnlich siehst du ihm jedenfalls, wer du auch sein magst. Entschuldige mich kurz.« Sie nahm den Cellokoffer vom Rücken und stellte ihn auf den Boden. Dabei stieß sie unabsichtlich einen jungen Mann im Anzug an, der gleich dahinter mit einem Bier gestanden war, das sich jetzt auf den Boden ergoss. Der Mann, der nicht gesehen hatte, wer ihn angerempelt hatte, drehte sich schnell mit zornigem Blick um.

Sandra lächelte ihn treuherzig an. Das genügte.

Er lächelte zurück und prostete Sandra mit dem halb leeren Bierglas zu.

Sie verbeugte sich leicht vor dem Mann, der nun einen verträumten Ausdruck im Gesicht hatte, und setzte sich David gegenüber.

»Du bist also David.« Sie maß ihn mit einem selbstsicheren, neugierigen Blick.

Musst du unbedingt braune Augen haben?

»Jepp«, war das Einzige, was David hervorbrachte. Er erinnerte sich an Kerstins warnende Worte, wie wichtig es sei, seine eigenen Emotionen gegenüber dem Verhörobjekt im Zaum zu halten. Er holte tief Atem und machte einen neuen Versuch.

»Und du musst Sandra sein.«

»Höchstpersönlich. Sitzt du hier und trinkst Ramlösa?« Sie beugte sich vor und begutachtete seinen Teller. »Und Reste von etwas, das ein Toast Skagen gewesen sein könnte. Alkoholfrei und die Volksheimversion des Schalentierluxus der Oberschicht. Das deckt sich ja gar nicht mit den Gerüchten, die über dich im Umlauf sind. Ich habe angenommen, dich mit einer leer getrunkenen Flasche Château Lafitte und den Resten eines gut abgehangenen Steaks vorzufinden.«

Sie gab ein glucksendes Lachen mit ihrer kräftigen Altstimme von sich. David beobachtete, wie sie sich mit der Hand die Haare aus der Stirn strich.

Das hier läuft nicht so, wie ich es mir vorgestellt habe. Pass auf. Lass sie nicht das Kommando übernehmen.

»Es ist einfach ermüdend, immer die Erwartungen der Massen zu erfüllen. Indem man seine Strategie hin und wieder ändert, kann man seine Person rätselhafter machen. Dadurch gewinnt man an Dynamik.« David spürte, wie das geplante selbstsichere Lächeln, das er vorgehabt hatte, einem unsicheren Zittern der Mundwinkel wich.

»Haha! Die Erwartung der Massen«, meinte Sandra. »Na ja, ich nehme jedenfalls Bier und Whisky. Ich muss mich ja nicht nach den Vorstellungen der *Massen* und deren Bild von mir richten. Ich brauche etwas Kräftiges nach diesem Tag. Weißt du, wie anstrengend es ist, Musiker, die auf modernen Instrumenten spielen, wie gute Barockmusiker klingen zu lassen?«

»*Moderne* Instrumente? Streicher verwenden doch meistens ziemlich alte Dinge«, entgegnete David.

Sandra rümpfte die Nase und sah ihn skeptisch an.

»Du als Komponist weißt doch, dass die Instrumente eine kleinere Revolution durchliefen, als die Säle in den Konzerthäusern riesig und auch die Orchester immer größer wurden. Die meisten alten Streichinstrumente, die in Gebrauch sind, wurden modifiziert, damit sie ein kräftigeres Klangvolumen bekamen. Nicht wie mein altes Vollkorncello hier. Signiert von dem schwedischen Instrumentenbauer Johann Öhberg anno 1769.« Sie tätschelte liebevoll den Cellokoffer.

David fühlte sich dumm. Gewiss verstand er sich auf Musikgeschichte, obwohl die Entwicklungsgeschichte der Instrumente weit hinten in seinem Gedächtnis begraben war.

»Vollkorncello, hehe. Okay, ich hatte keine Ahnung, dass der Unterschied so groß ist.«

»Der ist enorm. Außerdem tauschte man die Darmsaiten gegen Stahlsaiten aus, wodurch eine neue Spieltechnik erforderlich wurde. Aber es stimmt, das größte Hindernis liegt eher daran, dass die meisten Musiker im Stil der Romantik, der modernen Zeit, ausgebildet werden. Das ist zur Richtschnur für den Großteil der Musiker geworden. Es kostet sie Zeit zu verstehen, dass nicht jeder Ton automatisch zu Tode vibriert werden muss. Das ist nur ein Beispiel. Jetzt gehe ich aber bestellen.«

Sie glitt geschmeidig vom Stuhl und bewegte sich in Richtung Theke.

Konzentriere dich, David. Lass dich nicht verführen. Bier und Whisky. Interessen eines Nerds. My kind of woman.

Es dauerte eine Weile, bis Sandra mit einem schäumenden Bier in der einen Hand und einem Whisky in der anderen zurückkam. David hatte beobachtet, wie sie sofort mit den

Männern an der Bar gesprochen und gescherzt hatte. Sogar Lena, die Kellnerin, strahlte, als Sandra ihre Aufmerksamkeit erhaschte.

Dann auch noch sozial kompetent, du liebe Zeit.

»Na ja, wie gesagt. Ich arbeite gerade an einem Buch über Antoine Malå.«

Sandra ignorierte Davids neuen Anlauf und nahm einen kräftigen, genüsslichen Schluck aus dem Bierglas. »Aahhh. An manchen Tagen muss man lang auf ein Bier warten«, sagte sie. »Und wie herrlich, wenn man es dann bekommt. Wie heißt es in der Werbung? Worth waiting for?«

Jetzt war David an der Reihe, die Nase zu rümpfen.

»Werbung? Der Spruch stammt doch aus dem Film *Eiskalt in Alexandrien*.«

»Haha, wo warst du während der digitalen Revolution?«, fragte Sandra. »Es wird Zeit, dass du deine Bezugsbibliothek auf Vordermann bringst. Carlsberg klaute einen Ausschnitt des Films, um ihn als Werbung für sein Bier zu verwenden. Das war ja kaum die Sorte Bier, die im Film getrunken wurde.«

David wurde ein wenig rot.

»Ich gebe es zu. Ich schaue äußerst wenig fern und meide insbesondere Werbekanäle.«

Sandra blickte ihn interessiert an.

»Ach so, ich verstehe. Ich bin selbst auch keine Freundin des Fernsehens. Aber ich muss sagen, man kann eine Menge über die Zeit, in der wir leben, lernen, wenn man sich die Werbung anschaut. Das ist für mich wichtig, da ich in einer Welt lebe, die sich auf jahrhundertealte Musik spezialisiert hat. Ich fühle mich mehr auf dem neuesten Stand, wenn ich die Kanäle mit Werbung anschaue, wobei ich gegenüber den vorbeiflimmernden Äußerlichkeiten kritisch eingestellt bin.«

Hör auf, sie anzustarren, David. Sag deine Meinung.

»Ich lese lieber Zeitungen aus Papier und gehe in Lokale«, erwiderte David. »An der Theke findet man ein Konzentrat der heutigen Verrücktheiten. Außerdem ohne miese Werbeeinschaltungen und Nahaufnahmen der Saugstärke von Damenbinden.«

Sandra ließ wieder ihr glucksendes Lachen hören.

»Mir scheint, du bist ein Witzbold. Sollen wir uns jetzt über Malå unterhalten?« Sie nippte an ihrem Whisky und nickte David aufmunternd zu.

»Ja, doch – natürlich.« Er räusperte sich, um Zeit zu gewinnen für eine Frage, die Malå betraf und nicht Sandras Familienstand, der inzwischen für ihn zum wichtigsten Thema dieses Abends geworden war. Er zog einen Stift aus seinem Jackett, in der Hoffnung, dadurch einen seriöseren Anstrich zu bekommen.

»Ist es richtig, dass du ihn während der Studienzeit gekannt hast?«

Sandra schaute David forschend an.

»Aber ja, wie ich am Telefon schon sagte. Aber du, darf ich dir eine Gegenfrage stellen, aus reiner Neugierde?«

»Na klar.«

»Wer hat dir erzählt, dass ich mit Tony befreundet war? Oder hast du alte Fotos auf Facebook entdeckt?«

»Habe ich das nicht erwähnt? Da das alte Archiv aus den Achtzigerjahren abgebrannt ist, habe ich mich an eure frühere Direktorin, Camilla Jaern, gewandt. Sie hat mir gesagt, dass du und ein gewisser Georg Lemming mit Malå besonders eng befreundet wart.« Er erzählte Sandra nichts über Kerstins Existenz. Vielleicht würde es ihr Misstrauen wecken, wenn sie hörte, dass eine ehemalige Polizistin an dem erfundenen

Buchprojekt beteiligt war. Andererseits: Warum sollte Sandra misstrauisch sein?

»Ach. Die alte *Camorra.*« Sie schmunzelte bei der Erinnerung an sie. Als sie Davids fragenden Blick bemerkte, fuhr sie fort: »Wir nannten sie so, weil sie anscheinend sowohl die Schule als auch halb Örebro durch ihr umfangreiches Netzwerk am Gängelband hatte. Aber Jaern hat nur zum Teil recht.«

»Wie meinst du *zum Teil*?«

»Na ja, es stimmt, dass wir Freunde waren. In gewisser Hinsicht sogar gute Freunde. Und dass Georg *wohl auch* ein Freund von Tony war. Aber es gibt einige mehr, die von sich behaupten könnten, dass sie seine Freunde waren. Aber Tony war ein Mensch, dem man nie wirklich nahekommen konnte. Er hielt sich immer auf Distanz. Auch noch viel später, als wir uns als Erwachsene trafen, war das so. Ich empfand es so, dass er eigentlich keine Freunde brauchte. Wir waren es, die ihn brauchten.«

»Inwiefern?«

»So wie es Insekten zum Licht zieht, vielleicht. Wir waren so jung. Wie auf allen Musikhochschulen drehte sich auch dort in Örebro alles um *Talent*. Talent war sozusagen alles. Und Tony hatte es im Überfluss. Es war damals schon klar, dass er ein Genie war. Charismatisch und unglaublich musikalisch. Aber distanziert. Doch in der Musik konnte er alle menschlichen Gefühle ansprechen. Wir hofften wahrscheinlich, dass etwas von seiner Begabung auf uns überspringen würde.«

Kurz zeigte sich ein melancholischer Zug auf Sandras Gesicht.

»Und vielleicht war es auch so. Bevor ich Tony traf, hätte ich niemals von einer internationalen Karriere als Barockcellistin zu träumen gewagt.«

»Wart ihr zusammen?«

Sandras Augen drückten auf einmal Unmut aus.

»Soll das so ein Buch werden? Voller Klatschgeschichten darüber, welche Frauen der Große Maestro als Musen hatte? Dann kannst du mich von der Liste der möglichen alten Geliebten streichen. Vielleicht hätte es passieren können. Am Anfang zumindest. Aber so weit kam es nicht. Es ging nur um die Musik.«

David fühlte sich merklich erleichtert. Beinahe aufgekratzt.

»Ich habe die Erfahrung gemacht, dass gegenseitiges musikalisches Verständnis oft mit physischer Anziehung verwechselt wird.« Er suchte nickend Sandras bestätigenden Blick. Da nichts passierte, fuhr er fort: »Eine aufregende Stimme kann einen dermaßen beeindrucken, dass man zu überlegen beginnt, wie gemeinsame Kinder aussehen würden.«

David machte eine ausholende Geste mit den Armen, gefährlich nahe an dem Glas mit dem noch nicht ausgetrunkenen Ramlösa. Er fühlte sich ziemlich nervös.

»Oder vielleicht habe nur ich dieses Leiden und alle anderen sind sich völlig im Klaren, wo die Grenze ist«, endete er unsicher.

Sandra sah ihn nachsichtig an und leerte dabei den letzten Rest ihres Whiskys. Sie wechselte ständig ihre Stellung in dem hohen Stuhl, der eindeutig nicht für längeres Sitzen entworfen worden war. Auch David spürte bereits einen nicht unbeträchtlichen Schmerz in seinem Allerwertesten nach mehr als einer Stunde und er begriff, dass er sich noch mehr bemühen musste, um Sandras Interesse wachzuhalten.

Sie bringt dich aus dem Gleichgewicht, David. Jetzt musst du mit schweren Geschützen auffahren.

»Na, Sandra«, sagte er. »Wie war das mit Tonys Lastern? Über diesen Mann kursieren so viele Gerüchte. Er soll Unmengen von Alkohol getrunken haben. Soll Tausende Ersatzflötistinnen auf der ganzen Welt flachgelegt haben. Orchesterleiter auf dem gesamten Globus haben sich aus Angst vor ihm in die Hose geschissen. Gibt es noch mehr? Glücksspiel, Drogen, Kidnapping? Großflächiger Diamantenschmuggel oder ausgestopfte seltene Tiere? Antoine Malå war insgeheim vielleicht ein boshafter Tierpräparator. Jedenfalls lässt er mein eigenes Leben aussehen, als hätte ich es am Altar der Güte und Frömmigkeit geopfert.«

Sandra warf den Kopf zurück und lachte aus vollem Hals.

Genau so, David. Gut gemacht.

Er verspürte ein dringendes Bedürfnis, wieder die Oberhand in ihrer Konversation zu gewinnen, sofern er sie jemals gehabt hatte. Warum er so fühlte, wusste er nicht. Er nahm an, dass es keine schmeichelhaften Gründe dafür gab. Gleichzeitig war er fasziniert von dem Bild, das die lachende Sandra bot. Eine herrliche Stimme. Die Rundung des Halses und des Nackens. Die Lippen. Die Augen. Das dichte, dunkelblonde Haar, das ihr über die Schulter fiel. Er versuchte sich einzureden, dass seine Faszination wahrscheinlich nur ein Teil seines früheren Musters war.

Das Casanova-Syndrom. Ruf Dr. phil. an, du alter Trottel. Konzentrier dich.

Er schielte auf seine fast leere Ramlösaflasche. Rief sich noch einmal die Gründe, warum er an diesem Abend nüchtern bleiben wollte, ins Gedächtnis. Warum er Kerstin felsenfest versprochen hatte, dass er bei dem Mineralwasser aus Schonen bleiben würde. Die Gründe kamen ihm jetzt unbedeutend und sinnlos vor. Warum sollte er sich kein Pilsner gönnen nach einem langen Arbeitstag für die Sicherheit des Landes?

Sandra kicherte noch ein paarmal leise vor sich hin. David empfand das als schmerzlich-süßen Abschluss der gesamten Situation. Dann trocknete sich Sandra rund um die Augen mit Davids Serviette ab.

Lieber Himmel, wie schön sie ist.

Plötzlich sah sie ganz ernst aus.

»Du bist witziger, als dein Ruf vermuten lässt, David. Aber ich werde versuchen, deine Frage aufrichtig zu beantworten.«

»Verzeih mir, wenn ich mich etwas respektlos geäußert habe«, sagte David. »Von welchem Ruf sprichst du übrigens?«

»Nimm dich zusammen, David. Es tut immer gut, lachen zu können, sogar über die Toten. Ich erzähle das, was ich weiß. Und was ich glaube. Aber zuerst darfst du noch eine Runde bestellen. Ich gebe keine Gratiskonzerte.«

Als David einige Minuten später wieder zum Tisch kam, trug er ein kleines, rundes Tablett mit zwei Bier und zwei Whisky darauf. Er hatte sich wie ferngesteuert gefühlt. Sein Mund hatte selbstständig und ohne seine Kontrolle die Bestellung formuliert und ausgesprochen.

Lena hatte ihn hinter dem Bierzapfhahn neckend angeschaut.

»Hast du wieder Chef *gewechselt*, David?«

David prostete Sandra zu, die ihn neugierig maß, als er durstig das halbe Bierglas auf einen Zug leerte. Das Gefühl der gerechten Belohnung stellte sich unmittelbar ein. Die Rezeptoren in Davids Gehirn reagierten sofort auf den Alkohol und eine behagliche Wärme breitete sich in seinem Körper aus.

Morgen. Morgen trinke ich nur Ramlösa.

»Richtig so. Jetzt erkenne ich den berühmt-berüchtigten David Westerdahl wieder. Wie bist du dazu gekommen, ein Ramlösa zu trinken? Hast du befürchtet, deinen Scharfsinn zu schnell zu verlieren?«

Sie blinzelte ihm frech zu. David tat so, als wäre er beleidigt, und schüttelte heftig den Kopf.

»Nein, eins kann ich dir sagen. Der Scharfsinn verlässt mich als Letztes. Übung macht den Meister, wie man so sagt. Es handelt sich eher um eine Feldstudie. Ein zufälliger Besuch auf der Gegenseite. Auf der bösen Seite. Ich versuche mir vorzustellen, wie es ist, wenn man gesund lebt, und muss feststellen, dass es keinen Unterschied macht angesichts des globalen kognitiven Verfalls. Daher bestelle ich dann nach einem kurzen Stellungskrieg eine *außerordentlich* wohlverdiente Runde. Aber versuche nicht, mich zu mehr zu verleiten. Du wolltest mir ja Malås dunkle Geheimnisse verraten. Ich bitte darum.«

Er machte eine einladende, beinahe elegante Handbewegung in Sandras Richtung. Die Kontrolle war wiederhergestellt.

»Das ist eine interessante Eigenschaft«, bemerkte Sandra. »So aus dem Stegreif *beinahe* glaubwürdige Geschichten zu erfinden.« David gab sich Mühe, verständnislos dreinzublicken.

»Na ja, du hast recht«, sagte Sandra. »Ich habe dir ja versprochen, über meine Eindrücke von Tony zu erzählen.« Sie seufzte. »Es war so gut wie unmöglich, Tony nahezukommen. Sein Inneres zeigte sich nur in der Musik.«

Sie verstummte und schien zu überlegen, wie sie fortfahren sollte.

»Zuerst dachte ich, dass er schüchtern wirkte. Damals im Herbst, als wir uns das erste Mal trafen. Dann begriff ich, dass soziale Kontakte für ihn nicht so wichtig wie für uns andere waren. Kein Geplauder. Kein Bedürfnis nach Bestätigung. Totale Kontrolle.«

»Keine Freundinnen?«

»Ja, doch … Sie waren ja alle von ihm fasziniert, von seinem brennenden Blick, seinem Talent und von seiner schwarzen

Mähne. Tony hatte immer jemanden. Oder mehrere nebeneinander. Aber man kann nicht wirklich von Beziehungen sprechen. Sie füllten nur eine Art von Leerraum in ihm, würde ich sagen. Und genauso schnell, wie sein Interesse erwachte, erlosch es auch wieder. In den letzten Jahren hatte ich den Eindruck, dass er in jeder Stadt, die er besuchte, mindestens eine Geliebte hatte.«

»Ihr hattet demnach noch immer engen Kontakt?«

Sandra nippte am Whisky.

»Na ja, unsere Wege kreuzten sich beruflich nicht. Ein Dirigent mit einem Symphonieorchester als Arbeitsinstrument hat nie, oder nur sehr selten Grund, mit einer auf das Barock spezialisierten Cellistin wie mir zusammenzuarbeiten. Und es war nicht so, dass wir einander anriefen oder im Urlaub sahen. Die Male, als wir zufällig in derselben Stadt waren, war es eher ich, die mit ihm Kontakt aufnahm. Meistens in Amsterdam, London oder Paris. In den etwas größeren Musikmetropolen. Er schien immer erfreut, von mir zu hören, und wir trafen uns entweder in einer Weinbar oder in einem Restaurant. Glaube nicht, dass er sich nur ein einziges Mal von sich aus bei mir meldete. Er hielt nicht nach mir Ausschau.«

»Warst du deswegen sauer auf ihn?«

»Keineswegs. So war Tony. Wenn man mit ihm Kontakt haben wollte, musste man die damit verknüpften Bedingungen akzeptieren.«

»Wann hast du ihn das letzte Mal getroffen?«

»Hm, das muss im August gewesen sein. In Brüssel. Ich wohnte dort ein paar Wochen lang wegen einer Minitournee.«

»Welchen Eindruck machte er da? Das muss ja nur einige Wochen gewesen sein, bevor er …«

»Er wirkte gestresst, ehrlich gesagt. Und ungewöhnlich offenherzig. Außerdem trank er mehr als sonst. Viel mehr.«

»Kannst du dich erinnern, worüber ihr gesprochen habt?«

»Ja, es schien sich ein Konflikt zwischen ihm und Valerij Schaljapin anzubahnen.«

»Um was ging es da?«

Sandra schüttelte den Kopf.

»Darüber sprach er nicht. Aber er nannte Schaljapin einen *Idioten* und benutzte noch schlimmere Ausdrücke. Das waren ungewöhnliche Gefühlsausbrüche bei Tony. Außerdem sprach er über die Umweltzerstörung. Über verschiedene Aktionen und Rettungsprojekte, die er unterstützte. Er engagierte sich sehr für die Natur und die Umwelt. Eigentlich merkwürdig, wenn man bedenkt, dass er das Leben eines Städters führte.«

»Woher stammte dieses Interesse, glaubst du?«

Sandra schnappte sich eine übrig gebliebene Ecke seines Toasts Skagen und stopfte sich ihn in den Mund. Sie lächelte entschuldigend und kaute an der Rinde.

»Ich habe Hunger.« Sie schluckte hinunter und winkte Lena, die auf ihrem Platz hinter der Bar stand. Als sie Lenas Aufmerksamkeit hatte, gestikulierte sie auf deutliche Weise, dass sie die Speisekarte wünschte.

»Tonys Interesse für die Umwelt«, sagte Sandra, »ich weiß nicht recht. Als wir uns kennenlernten, hatte er kein Interesse daran. Ich würde sagen, es war vor ungefähr drei Jahren, als er darüber zu sprechen begann.«

»Aha, okay. Würdest du sagen, dass damals auch sein Alkoholkonsum und seine übertriebene *Lust auf Sex* zunahmen?«

»Ja, den Eindruck bekam ich. Dort in Brüssel kam er verkatert an und ging betrunken weg. Während wir miteinander sprachen, klingelte sein Mobiltelefon andauernd. Er nahm die Gespräche nicht entgegen, kommentierte aber manchmal die Nummern, die er am Display sah. Frauen, die ihm in die Falle gegangen waren.«

David hatte den Eindruck, dass Antoine Malå immer mehr seinem eigenen Spiegelbild auf leicht veränderte Art ähnelte. Zumindest was Alkohol und Frauen anbelangte. Aber David war nie auch nur in die Nähe von Malås spektakulären Erfolgen gekommen. Seine eigene Karriere war eher *dahingetuckert*. Einige gute Rezensionen, eine gleichbleibende Menge an Aufträgen von schwedischen und ausländischen Orchestern. Der Hauptverdienst als Chef und Ermittler.

Lena kam mit der Speisekarte und einem Tablett mit einer nächsten Runde für die beiden. Sandras Bierglas war noch mehr als halb voll, ihr Whisky ebenso. David winkte ab. »Ich glaube, die Dame will momentan nichts mehr zu trinken haben.« David verstummte abrupt, als er Sandras Miene bemerkte. »Die *Dame*? Bist du dir da sicher, David?« Sie schnaubte und trank danach zuerst das Bier und dann den Whisky aus. »Gut mitgedacht, Lena. Du weißt genau, was ich brauche.«

Lena lächelte Sandra an und stellte den Nachschub vor sie hin.

»Mir gefällt deine neue Chefin, David«, sagte sie.

Sie verschwand mit den leeren Gläsern in die Küche. Wieder einmal fühlte sich David als der Dumme. Er lugte verstohlen zu Sandra, wich jedoch ihrem Blick aus.

»Beruhige dich, David. Ich werde unser nettes Zusammensein nicht zerstören und die Qualität des *beeindruckenden* patriarchalischen Auftritts, den ich eben erlebt habe, kommentieren. Falsch adressiertes Wohlwollen erlesenster Güte. Stattdessen will ich dich herausfordern. Ich werde heute Abend beim Trinken das gleiche Tempo wie du vorlegen. Genauso viel trinken wie du. Vielleicht musst du mir in ein Taxi helfen, oder ich muss dir helfen. Die Chancen stehen schlecht für mich, aber was soll's? Es soll nichts Schlimmeres passieren, als dass du erlebst, wie sich eine fast gleichaltrige Frau in betrunkenem Zustand benimmt. Vielleicht ist das sogar der einen oder anderen Selbsteinsicht zuträglich, hehe. Und noch etwas. Falls du mir helfen musst, pass auf, dass du das Cello behutsam in das Taxi verfrachtest, denn es ist ziemlich teuer. Prost!«

David hob das Glas vor seinem errötenden Gesicht und wunderte sich über Sandras Fähigkeit, ihn aus dem Gleichgewicht zu bringen. Ihre Kontrolle erinnerte ihn an seine eigenen sozialen Fertigkeiten. Manche nannten diese Herrscherfähigkeiten. In Sandras Verhalten erkannte er dieselbe Art, wie er mit ähnlichen Situationen umging.

Verflixt, David. Zuerst Malå, dann Sandra. Es geht nicht immer nur um dich. Hör auf.

David merkte, dass er rausmusste. Wenn auch nur für ein paar Minuten.

»Sandra, ich laufe schnell hinaus und rauche eine Zigarette. In der Zwischenzeit könntest du dir überlegen, ob es bei eurem letzten Treffen etwas gab, das dir eigenartig vorkam. Ob Malå etwas erwähnte, das auf irgendwelche ernsthaften Schwierigkeiten hätte hindeuten können?«

Sandra antwortete nicht. Sie folgte ihm nur mit ruhigem Blick, als er von dem hohen Stuhl hinunterrutschte. Einem forschenden, interessierten Blick.

Raus, schnell.

Auch Lena betrachtete ihn amüsiert, als er sich an der Gruppe der Männer im Anzug, die den Feierabend genossen, vorbeidrängte. So als ahnte sie, dass er nahe dran war, die Kontrolle zu verlieren.

Draußen hatte sich der Schneefall ein wenig beruhigt.

Einzelne Schneeflocken segelten langsam und beschaulich im Schein der Straßenbeleuchtung zu Boden. David nahm die Zigarettenpackung aus seiner Jacketttasche und schlenderte gemächlich zum Gustaf Adolfs Torg. Ganz instinktiv suchte er mit der anderen Hand in der Innentasche des Jacketts nach seinem Mobiltelefon. Sie war leer.

Er durchforschte sein Gedächtnis und kam zu dem Schluss, dass er es auf dem Tisch im Bakfickan liegen gelassen haben musste. Er zuckte die Achseln. *Facebook muss warten.* Er hatte vor Sandra nichts zu verbergen, falls sie herumschnüffeln wollte. Im Mobiltelefon gab es nichts außer eventuell eines der letzten SMS von Nadia. Alles andere hatte er gelöscht. Ein altes Prinzip, eines der wenigen, die er tatsächlich auch befolgte. Nach jeder beendeten Beziehung hatte es zu seinem Abendritual gehört, alle Spuren, die zu Problemen mit seinen verschiedenen neuen Zufallsbekanntschaften hätten führen können, zu vernichten. Und sonst gab es kaum Hinweise in seinem Telefon. Eine Liste mit gewählten und nicht erreichten Nummern ohne Namen, denn er hatte nicht nur die Mitteilungen gelöscht, sondern auch die Namen seiner Kontakte nicht ins Adressbuch eingetragen. Er war auf sein gutes Zahlengedächtnis angewiesen oder, falls er die Nummer nicht kannte, auf eine der vielen Apps, die automatisch über die Nummern Auskunft gaben. Er hielt es für unwahrscheinlich, dass Sandra wie einige seiner früheren Freundinnen, sich die Zeit nahm, seine Telefonnummern zu kontrollieren. Außerdem war sie keine frühere Freundin. Nicht einmal eine aktuelle. Noch nicht. Er machte ein paar tiefe Züge und versuchte, die Situation trotz seines leichten Dusels zu beurteilen. Sandra hatte ihn ins Schwanken gebracht.

Ihr Gespräch hatte sich auf verschiedenen Ebenen gleichzeitig bewegt. Der Mittelpunkt ihres Gesprächs, Antoine Malå, war ständig anderen, genauso brennenden, aber nicht ausgesprochenen Themen untergeordnet gewesen. Sie hatte ihn, wenn sie sprach und wenn sie zuhörte, gleichermaßen von innen und außen analysiert. Ihn gemustert, manchmal teilnahmslos, dann wieder mit eigenartiger Konzentration.

Bilde dir nichts ein.

Während er die Zigarette zu Ende rauchte, versuchte er sich zu sammeln. Er hatte einen Auftrag. Die letzte Frage, die er Sandra gestellt hatte, konnte nur als eine Sherlock-Holmes-Frage gedeutet werden, und genau solche Fragen hatte Kerstin ihn ausdrücklich gebeten, zu vermeiden. Höchstwahrscheinlich würde ihm Kerstin eine ordentliche Abreibung verpassen, wenn sie erfahren würde, was er gesagt hatte. David hatte jedoch nicht vor, ihr alles zu berichten. *Was sie nicht weiß, macht sie nicht heiß.* Schließlich war Sandra nicht gerade der Typ Mörder, der seine Opfer zerstückelte. Er war überzeugt, dass sie die Ermittlungsarbeit weder gefährden wollte noch konnte. Weniger sicher fühlte er sich in Bezug auf die Wirkung, die sie auf ihn ausübte. Er drückte die Zigarette auf dem mit Schneematsch bedeckten Gehsteig aus und schielte hinauf zu der roten Lampe an der Fassade der Königlichen Oper. Die Lampe zeigte an, dass die Vorstellung ausverkauft war. Er ertappte sich dabei, dass er überlegte, wen er anrufen sollte, um ein paar Gratiseintrittskarten zu bekommen. In Gedanken erschuf er eine Szene, die einen Opernbesuch und ein romantisches Abendessen mit Sandra beinhaltete.

Geh hinein und übernimm das Kommando, David. Bleib entspannt. Lass dich um Himmels willen nicht von der Tatsache, dass sie ausgesprochen schön und genau das ist, von dem du seit Jahrzehnten träumst, überwältigen.

Er ging zurück ins Bakfickan.

Am Tisch standen bereits zwei neue Biere neben den alten, noch halb vollen Gläsern. Sandra war im Begriff, aus der Speisekarte zu bestellen.

»Bring mir bitte die klassischen Köttbullar, Lena. Die sind am besten. Ich breche morgen auf Auslandstournee auf, daher muss ich mir ein wenig schwedischen Geschmack einverleiben. Aber schau, da kommt David wieder!«

Er schob sich an Lena vorbei und setzte sich.

»Sandra, was meine letzte Frage anbelangt …«

Sie schaute auf und lächelte ihn freundlich an.

»Ich glaube nicht, dass er wirklich *ernsthafte* Probleme hatte. Nichts, was über zu viel Geld, Alkohol und lose Bekanntschaften hinausgeht. Du könntest auch mit Tindra Svensson sprechen. Ich glaube, dass sie ihn besser gekannt hat als ich.«

»Warum kommt mir der Name bekannt vor?«

»Tindra ist eine Landtagsabgeordnete in Stockholm, glaube ich. Aber sie besuchte mit uns die Musikhochschule in Örebro vor ewig langer Zeit.« Sandra unterdrückte ein Gähnen.

»Weißt du was, David, jetzt habe ich es satt, über Tony zu sprechen. Ich möchte über David Westerdahl sprechen. Und über seine wunderbare Musik.«

Karlavägen

Ivan Michailowitsch stand an seinem Wohnzimmerfenster und blickte hinunter auf Karlavägen. Er hatte es sich zur Gewohnheit gemacht, jeden Morgen und Abend die Straße unter die Lupe zu nehmen und zu analysieren, was er sah. Dieses Ritual hatte begonnen, als er eines Tages am Anfang seiner Berufung nach Stockholm entdeckt hatte, dass der Botschafter ihn beschatten ließ. Das hatte ihn weder erstaunt oder gar aufgeregt. Er hätte dasselbe getan. Und eigentlich tat er auch dasselbe, allerdings auf etwas andere Art. Er hatte mehrere Mitarbeiter bei der Botschaft, die ihm über das Tun und Lassen des Botschafters berichteten. Das Schweigen der Mitarbeiter hatte er sich durch eine ausführliche Recherche über sie erkauft. Auskünfte, die ihre Karrieren in Gefahr brächten, wenn sie bekannt würden. Den Botschafter unter Aufsicht zu halten war ein wesentlicher Teil des Auftrags von Ivan Michailowitsch in Stockholm, und wahrscheinlich wusste der Botschafter darüber Bescheid. Für Ivan selbst bedeutete die Überwachung, dass er an den Tagen, an denen er Arbeiten ausführen musste, die in keinem Bericht aufscheinen oder dem Botschafter nicht zu Ohren kommen durften, spezielle Maßnahmen ergreifen musste.

In der Regel stellte es für ihn keine größere Herausforderung dar, sich des Verfolgers, der wöchentlich ausgetauscht wurde, zu entledigen. Ivan Michailowitsch hatte den Bewacher dieser Woche bereits als Semion, den Neffen der Botschaftergattin, identifiziert. Eine Katastrophe von einem Achtzehnjährigen, der diesen Auftrag wahrscheinlich als Strafe für das eine oder andere seiner zahlreichen Vergehen bekommen hatte, die der Familie und damit auch Mütterchen Russland Schaden zufügen konnten. Ivan Michailowitsch hatte selbst mehrere Male eingreifen müssen, um Semions Schandtaten wieder auszubügeln. Es überraschte ihn, dass der Botschafter dermaßen inkompetent war, nicht zu begreifen, dass es ihm ein Leichtes sein würde, den Verfolger zu identifizieren. Ausgerechnet an diesem Abend saß Semion versunken am Fahrersitz seines in Schweden registrierten BMW und schien irgendein Spiel auf seinem Mobiltelefon zu spielen. Um ganz besonders einfach entdeckt werden zu können, hatte er den Wagen auf der anderen

Straßenseite direkt gegenüber von Ivan Michailowitschs Eingangstür geparkt.

Ivan Michailowitsch seufzte vor sich hin. Es gab jedoch keinen Anlass, sich über die Qualität von Semions Einsatz zu empören. Sein Mangel an Kompetenz spiegelte nur die Unfähigkeit des Botschafters wider. Ivan Michailowitsch nahm die Straße noch eine Weile in Augenschein. Manchmal hatte er von anderen Schnüfflern Besuch gehabt. Sowohl Amerikaner als auch Israelis hatten wesentlich raffinierter als Semion die Straße aufgesucht, um sich ein Bild über die Wohnung und die Gewohnheiten des Kulturattachés Dscherzinskis zu machen. Heute Abend war es anscheinend nur der Grünschnabel Semion, der im Schneeregen die Stellung hielt.

Er wusste, dass sich die Überwachung seiner Person nicht nur auf Beschattung und Überwachung auf Distanz beschränkte. Bereits in der ersten Woche in seiner Wohnung auf Karlavägen hatte er zumindest zwei verschiedene Systeme von Lauschangriffen ausgekundschaftet. Das eine unverkennbar russisch, das andere nicht eindeutig identifizierbar. Wahrscheinlich amerikanisch. Er hatte beschlossen, seine Entdeckung nicht zu melden. Es spielte ja keine Rolle, denn Ivan Michailowitsch musste sowieso ständig Sicherheitsmaßnahmen ergreifen und seine Tätigkeiten geheim halten. Er hatte weder Frau noch Kinder, auf die er Rücksicht nehmen musste, daher konnte er für die abhörenden Ohren jeden Abend eine gut inszenierte Klangvorstellung geben. Er setzte sich in seinen Lieblingssessel, um ein weiteres seiner täglichen Rituale zu starten. Die methodische Überprüfung der Ereignisse, Beobachtungen und Gespräche des Tages. Er schraubte den Deckel einer Wodkaflasche ab und leerte das eiskalte Wasser, das er in die Wodkaflasche gefüllt hatte, in ein Kristallglas. Der Klang des abgeschraubten

Metallverschlusses würde von seinen Zuhörern sicherlich als Zeichen von Alkoholismus gedeutet werden. Wenn man bedachte, wie viel Wasser sich Ivan am Abend zuführte, hatte die Kunde, dass sein Untergang nicht mehr weit sein konnte, bei den Kadern des Geheimdienstes, die zurzeit in Stockholm tätig waren, sicher schon die Runde gemacht. Ivan Michailowitsch hatte damit kein Problem. Im Gegenteil, das kam seinen Agenden entgegen. Die Leute wurden leichtsinniger, wenn sie sich im Vorteil sahen.

Er nahm einen Schluck aus seinem Wasserglas, schluckte und stieß ein genussvolles »Aaaahhh« aus, um der Situation noch eine zusätzliche Würze zu verpassen. Er sah sich in dem spartanisch eingerichteten Wohnzimmer um. Eine Sofagarnitur aus schwarzem Leder, ein Fernsehgerät sowie ein paar Bücherregale mit Belletristik und Poesie. Der einzige Schmuckgegenstand war ein Samowar aus Silber, den er vom Botschafter als Willkommensgeschenk erhalten hatte. Der stand ganz oben in einem der Bücherregale. Ansonsten waren die Wände kahl. Keine Gemälde oder Familienporträts.

Das Treffen mit dem Botschafter war wie erwartet verlaufen. Er hatte ihn in seinem Fußballdress empfangen und den größten Teil ihrer Zusammenkunft mit belanglosen Details über die kommende Fußballsaison vertrödelt. Als Ivan Michailowitsch ihm die doch einigermaßen beunruhigende Information, die er im Pub Diset bekommen hatte, zu Ohren brachte, hatte der Botschafter die Tragweite des Problems anscheinend nicht verstanden. Er hatte versucht, es ihm zu erklären.

Seiner Meinung nach gab es keinen plausiblen Grund, warum Kerstin Armfeldt auf eigene Faust eine geheime Parallelermittlung zu dem Mord an Antoine Malå hätte beginnen sollen. David Westerdahl, den Ivan Michailowitsch im

Zusammenhang mit einem Visumsansuchen für eine Orchestertournee vor einigen Jahren flüchtig kennengelernt hatte, war vielleicht von ganz anderem Kaliber. Der Kerl litt gewiss, so stufte ihn Ivan Michailowitsch ein, an leichtem Größenwahn. Möglicherweise hatte er durch seine Kompositionen Malå kennengelernt und sich aus Loyalitätsgründen verpflichtet gefühlt, zur Lösung des Falles beizutragen. Aber auch das war nicht unbedingt glaubwürdig. Denn wenn ihm etwas an dem Komponisten und Ermittler David Westerdahl aufgefallen war, dann war es dessen Mangel an Loyalität. David Westerdahl war vermutlich nur gegenüber sich selbst loyal. Doch der richtige Knüller in der Geschichte, die ihm der Beamte des Ministeriums im Diset erzählt hatte, war, dass Kerstin Armfeldt, ehemalige Chefin der staatlichen Mordkommission, *Privatdetektivin* geworden war. Aus beruflichen Gründen hatte Ivan Michailowitsch den Werdegang von Kerstin Armfeldt, seit er nach Schweden gekommen war, mitverfolgt. In einer vom Fernsehen übertragenen Diskussion über die eingeschlafenen Ermittlungen zu dem Mord an Ministerpräsident Olof Palme, der 1986 getötet worden war, hatte sie klar und deutlich hervorgehoben, dass sämtliche Ermittlungen nur durch die Polizei ausgeführt werden durften. Sie hatte auch behauptet, dass die meisten Privatdetektive, mit denen sie zu tun gehabt hatte, inkompetente Rechtsverdreher gewesen seien. Diese Aussage hatte einen anderen Teilnehmer an der Diskussion erzürnt, einen ehemaligen Kriminalkommissar, der sich jetzt als freier Detektiv auf gestohlene Kunstgegenstände spezialisiert hatte. Aber die spektakulärsten Schlagzeilen in der Abendpresse am Tag nach der Diskussion hatte ihr Urteil über die Kompetenz der Ermittlungen im Palme-Mord ausgelöst: »Eine Bande Halbalkoholiker mit Tunnelblick.« Sie hatte weiter ausgeführt, dass, obwohl die Polizei aufgrund inkompetenter Beamter ihren Anteil am Desaster habe, es doch nur innerhalb der Polizei möglich sei, methodische, strategische und transparente Ermittlungsarbeit zu leisten. Ivan Michailowitsch konnte sich schwer vorstellen, dass Kerstin Armfeldt sich mit diesem Hintergrund plötzlich zu einer Privatdetektivin entwickelt hatte. Noch weniger mit David Westerdahl als Assistenten. Dieser Typ konnte Kerstin einfach nur zur Weißglut bringen. Zu viel Aura für eine *talentierte, nachlässige Person*. Aber angenommen, die Information des allzu ruhigen Staatsbeamten stimmte. Was würde eine so loyale Bürgerin wie Kerstin Armfeldt dazu bringen, auf die *dark side* zu wechseln?

Die Antwort war in den Augen des erfahrenen russischen Ermittlungsexperten einfach. *Nichts.* Nichts, außer vielleicht starke Medizin, Lobotomie oder tödliche Bedrohung einer nahestehenden Person könnte Kerstin Armfeldt in Ivan Michailowitschs Vorstellung auf die falsche Seite bringen.

Nachdem Michailowitsch alle Aspekte in Betracht gezogen hatte, erschien es ihm unwahrscheinlich, dass Kerstin Armfeldt irgendwelchen Übergriffen ausgesetzt war oder eine ihr nahestehende Person bedroht wurde. Daher konnte es nur die »richtige Seite« sein, die sie überredet hatte, an einer Nebenoperation unter dem Radar der öffentlichen Polizei teilzunehmen. Der Beamte im Pub Diset hatte also getan, was auch Ivan Michailowitsch selbst getan hätte, wenn er den Auftrag gehabt hätte, Fehlinformationen weiterzugeben. Sich so weit wie möglich an die Wahrheit halten. So wenig wie möglich zu lügen. Er hatte angedeutet, dass die Parallelermittlungen sich auf eine »russische Spur« konzentrierten.

Kerstins Auftraggeber musste daher ein Repräsentant der Regierung sein, sofern es sich nicht um einen Auftrag einer geheimen Polizeiabteilung handelte. Wie immer es sich verhielt, die Situation war prekär. Jemand fand es notwendig, die russischen Interessen in die Irre zu leiten, indem die Aufmerksamkeit auf eine *parallele Ermittlung* gelenkt wurde, die geheim erscheinen sollte. Die Täuschung selbst könnte dazu dienen, die Aufmerksamkeit von den offiziellen Ermittlungen abzulenken. Vielleicht um den allzu wissbegierigen russischen Sicherheitsdienst zu verwirren. Ihn zu bewegen, seine Nachforschungen auf ein neues Ziel zu richten.

Möglicherweise ging es einfach nur darum, dass die Führung des Justizministeriums mit der Arbeit der Polizei unzufrieden war, wofür Ivan Michailowitsch vollstes Verständnis gehabt hätte. Dagegen sprach allerdings, dass eine üblicherweise glaubhafte Quelle dies als »eigene Spur, die sich nicht unter der Kontrolle des Ministeriums und der Polizeibehörde« einschätzte.

Dass es Kerstin Armfeldts Idee war. Der Beamte hatte zwar angedeutet, dass es Hilfe vom Ministerium geben könnte. Eine politisch Sachverständige, Anna Flanke, von Justizminister Moberg. Ivan Michailowitsch hatte beide gesehen und Flanke gern bei den Radio- und Fernsehauftritten zugehört, die sie im Zuge des Wahlkampfes absolviert hatte. Er konnte sich nicht vorstellen, dass diese Flanke einer Verschwörung von außerhalb des Gesetzes agierenden Personen angehörte, die es sich zum Ziel gesetzt hatten, den Mörder von Antoine Malå festzunehmen. Die Beweggründe waren viel zu fadenscheinig.

Klar, man könnte sagen, dass Kerstin und David Rachegelüste hegten. Möglicherweise auch Flanke, wie er nach einem eingehenden Vergleich ihres öffentlichen Lebenslaufs und der Arbeitsaufgaben, die sie jetzt auszuführen hatte, festgestellt hatte. Aber könnten sie wirklich so rachelüstern sein, dass sie sich auf eigene Faust, ohne jegliche Unterstützung, in Ermittlungen stürzten, die sie unter Umständen das Leben kosten konnten?

Ivan Michailowitsch hatte die Ermittlungsergebnisse der Polizei gelesen, die überraschend einfach zu bekommen gewesen waren. Die Vorgehensweise war merkwürdig gewesen. Eine seltsame Mischung aus Abgebrühtheit, Professionalismus und unnötiger Arbeit. Allein die Zeit, die es brauchte, um die eher rituellen Teile der Tat auszuführen, deutete darauf hin, dass die Täter einerseits fest entschlossen gewesen waren und andererseits kein Risiko scheuten. Eindeutig gefährlich, in ihre Nähe zu kommen.

Ivan Michailowitsch schüttelte wieder den Kopf. Er seufzte laut, weil es ihm nicht gelungen war, den Botschafter von der Wichtigkeit der Problematik zu überzeugen. Die Schweden versuchen uns auf eine falsche Fährte zu locken, hatte er zum Botschafter gesagt. Wie sie das machen wollen, ist noch unklar. Vielleicht wollen sie uns nur provozieren und unsere Ressourcen binden, sodass sie selbst heimlich an ihren Plänen weiterarbeiten können und uns einfach von den eigentlichen Ermittlungen fernhalten. Aber es kann sich auch um etwas ganz anderes handeln. Zum Beispiel um eine Strategie, die Russen bezüglich des Ostseeabkommens auf eine umständliche Art an den Verhandlungstisch zu zwingen. Wie diese Strategie im Detail aussehen könnte, hatte er dem Botschafter gegenüber nicht wirklich ausführen können. Das war nur so ein *Gefühl*, das er hatte. Oder eher eine berufsbedingte Intuition, die er sich über Jahre der Erfahrung auf diesem Gebiet erworben hatte.

Und natürlich hatte der Botschafter seine Unsicherheit, nämlich sein *Gefühl*, sofort ausgeschlachtet und Ivan Michailowitsch auf unerträglich belehrende Weise erklärt, wie *wenig* Moskau Bedienstete schätzte, die sich auf ihr Gefühl verließen. Diese

Erläuterung hatte Ivan Michailowitsch jedoch nur ein wenig verärgert. Was ihn wirklich aus dem Gleichgewicht gebracht hatte, war die Zurechtweisung durch eine wesentlich weniger kompetente Person, die diese außerdem in einem zweifellos schlecht sitzenden Fußballdress an ihn gerichtet hatte. Der Botschafter hatte seinen Tadel noch verschärft, indem er Ivan Michailowitsch beauftragt hatte, die ganze Sache weiterhin im Auge zu behalten.

Ivan Michailowitsch hatte ihm daraufhin zu erklären versucht, dass dies mit der kleinen Truppe, die ihm zur Verfügung stand, kaum machbar sein würde. Sie betrieben ja selbst auch eine eigene Parallelermittlung. Dazu noch eine dritte Ermittlung zu überwachen, würde ihre Kräfte übersteigen. Wenn Moskau nicht bereit wäre, zusätzliche Ressourcen zur Verfügung zu stellen, wären sie gezwungen, Prioritäten zu setzen. Mit bedeutenden Qualitätsverlusten als unvermeidlicher Konsequenz.

Viktor Andrejewitsch Netrebko, Russlands außerordentlicher und bevollmächtigter Botschafter im Königreich Schweden, hatte schwer geseufzt, sich ein wenig im Schritt gekratzt, einen Schluck aus seinem Wodkaglas gemacht, gerülpst, ein Stück Salzgurke gegessen, nachdem er sie in *smetana* getaucht hatte. Dann hatte er melancholisch in den schönen, puristisch eingerichteten Raum der Botschaft geglotzt und schließlich die Entscheidung getroffen: »Wenn Vladimir Vladimirowitsch meint, dass wir Prioritäten setzen müssen, dann setzen wir Prioritäten. Bis dahin bleibt *alles wie gehabt*. Aber du bist selbstverständlich willkommen, den alten Dynamo-Stil anzuwenden. Schmeiß dich hin und spiele den Verletzten. Warten wir ab, was Vladimir Vladimirowitsch dazu zu sagen hat.« Der Botschafter hatte wieder lang und ausgiebig gerülpst und dabei sein Wodkaglas wieder aufgefüllt.

Ivan Michailowitsch seufzte. Das Bett und die Lektüre für die Nacht – zurzeit gerade *Das Foucaultsche Pendel* von Umberto Eco – mussten warten. Er schaltete aber die übliche Klangkulisse einer italienischen Oper ein, bevor er seine schwarzen Winterstiefel schnürte. Er öffnete seinen Rucksack und stopfte ein Paket hinein, das ein neuartiges, von den Russen entwickeltes und hergestelltes Mikrofon enthielt. Das Mikrofon verfügte über die angenehme Eigenschaft, dass es mit der üblichen Ausrüstung, die es am Markt gab, schwer zu entdecken war. Zudem war es klugerweise relativ unempfindlich gegenüber den handelsüblichen Störsendern.

Der dröhnende Tenor der Arie *Nessun Dorma* von Giacomo Puccini bot eine gute Klangkulisse, während er sich aus der Wohnung schlich und sich dem Schneeregen draußen aussetzte. Wer auch immer am anderen Ende der Mikrofone lauschte, würde sich ein bisschen Kultur zu Gemüte führen, dachte Ivan Michailowitsch.

Der Maestro

Man hatte ihn Ludwig getauft. Die Jury war sich in ihrer Entscheidung einig gewesen. Er selbst war während des ganzen Prozesses vor Schreck wie gelähmt gewesen. Nackt am Flügel zu sitzen und in einem halbdunklen Übungsraum zu spielen, wäre wahrscheinlich für jeden eine Herausforderung gewesen. Insbesondere wenn man ein normaler heterosexueller junger Mann um die zwanzig war, und die Jury sowohl aus Frauen als auch aus Männern seines Alters bestand. Das, was ihn jedoch am meisten verunsichert hatte, war, dass die Jurymitglieder während seines Probespiels nicht still gesessen waren. Sie bewegten sich langsam im Raum umher. Ebenfalls nackt. Die sexuelle Spannung, die während seines Probespiels herrschte, war für Ludwig die größte Herausforderung gewesen. Im Dunklen zu spielen bereitete ihm keine Schwierigkeiten, da er während seines Heranwachsens oft zum Trost auf dem Flügel in völliger Dunkelheit in der großen, leeren Villa in Bromma gespielt hatte. Aber nackt dazusitzen und Klaviersonaten in einem Raum mit anderen nackten, umherwandernden Menschen zu spielen, die noch dazu hin und wieder mit einer Hand seinen Rücken oder die Oberschenkel streichelten, war für ihn damals eine fast unmenschliche Aufgabe gewesen. In dieser Nacht hatte er alle zweiunddreißig Klaviersonaten von Beethoven mit einer Erektion gespielt, die im Gleichklang mit seiner Geistesgegenwart und Konzentration gekommen und wieder verschwunden war. Sein absolutes Musikgedächtnis und die bereits vollendete Technik waren ihm dort in der Dunkelheit des Übungsraumes B32 eine große Hilfe gewesen. Erst in den frühen Morgenstunden hatte die Jury ihn gebeten, eine Sonate im Beethoven-Stil zu improvisieren, basierend auf einigen Tönen, die ihm die Jury vorgab. Jedes der Mitglieder hatte ihm jeweils einen Ton vorgeschlagen. Die Melodie, die dann entstanden war, hatte zerfranst und unförmig geklungen. C-H-E-B-D. Und es geschah während dieser Improvisation, dass die Gruppe das erste Mal einen flüchtigen Eindruck von der eigentlichen Macht der Musik bekommen hatte.

Als sich die improvisierte Sonate ihrem Höhepunkt näherte, konnte Ludwig hören, wie die Jurymitglieder gemeinsam anfingen zu stöhnen, stärker und immer lauter, während sein Spiel gleichzeitig immer intensiver wurde. Als er sich nach dem Schlussakkord mit zugekniffenen Augen umdrehte, schienen alle ohnmächtig geworden zu sein und lagen leblos über den Boden verstreut da. Als sie später in der Konditorei Wasa saßen und mit leiser Stimme über dieses Erlebnis sprachen, berichteten alle die gleiche Geschichte. Es war wie ein kollektiver Orgasmus gewesen, doch mit einer solchen Wucht, dass sie das Bewusstsein verloren hatten.

»Wir haben den Eingang zum Unterbewusstsein gefunden«, verkündete Hildegard mit vollem Ernst. »Wegen dieser Kraft wollten die Gesellschaft, die Kirche und der Staat die Musik kontrollieren und begrenzen. In Wirklichkeit ist jedoch die Musik die ultimative Sprache, eine Sprache, die sich über das Individuelle und Kleinliche erhebt. Die alles Kaputte heil machen kann. Aber auch das zerstören, was ganz ist.«

Hildegard leitete die Gruppe an und verteilte die Arbeit. Sie verwendeten ihre gesamte Freizeit auf die Erfassung und Erprobung dessen, was sie »die musische Sprache« nannten. Es zeigte sich, dass die von der Musik hervorgerufenen Reaktionen in ihrer reinsten Form von einer ganzen Menge verschiedener Voraussetzungen abhängig waren. Abgesehen von Tonfolgen, Harmonie, Rhythmus und Tempo nahm auch das Milieu, in dem die Musik gespielt wurde, einen bedeutenden Stellenwert ein. Was die Menschen erlebt hatten, kurz bevor sie der Musik lauschten. Die Gruppe erkannte bald, wie Musik dazu benutzt werden konnte, Angst oder Begeisterung hervorzurufen. Nicht nur diese leicht abrufbare Angst bei Horrorfilmen in Bernard Herrmanns Musik oder die billig sprudelnde Champagnerfreude in den Walzern von Strauß. Nein, hier handelte es sich um pure Angst in ihrer gefährlichsten und selbstmörderischsten Form. Die Freude war ein euphorisches Gefühl, das am ehesten dem chemischen Glück entsprach, wie es durch Drogen hervorgerufen wird. Es waren die Nuancen, die dazwischen lagen, die den größten Widerstand leisteten.

Rosenbad

Anna Flanke saß in ihrem Arbeitszimmer, dessen schönes hohes Fenster auf die Drottinggatan hinausging. Wenn sie sich ein wenig über ihren ordentlich aufgeräumten Schreibtisch vorbeugte, konnte sie einen kleinen Teil vom Reichstagsgebäude sehen. An einem anderen Abend und unter anderen Umständen hätte Anna das behagliche Bild des Stockholmer Winters und die Zeichen der sich nähernden Weihnachtsfeiertage vielleicht genießen können und auch ihre relativ privilegierte Position.

Mitte Dezember war außerdem in der Regel die Arbeitsbelastung geringer, sogar für das ansonsten ziemlich überlastete Personal des Justizministeriums. Natürlich nur, wenn kein Skandal innerhalb der Richterschaft und auch kein Durcheinander, das auf eine Zersetzung des schwedischen Rechtssystems hindeutete, entstand. Entsprechend Annas eigener empirischer Erfahrungswerte schien sich die Anzahl von Skandalen kurz vor großen Feiertagen auf ein gemäßigtes Niveau zu senken, um danach, wenn der Alltag wieder eingekehrt war, zu steigen. Doch trotz des Mangels an aktuellen Skandalen, von denen man erwartete, dass eine politisch sachverständige Person wie Flanke damit umgehen konnte, empfand sie ein Gefühl des Unbehagens, dessen sie sich nicht erwehren konnte. Und sie wusste auch warum.

Diese ganze Geschichte mit den parallelen Ermittlungen, die Minister Moberg angeordnet hatte, war von Anfang bis Ende eine Wahnsinnsidee. Sämtliche Warnglocken, die Anna zu erkennen und fürchten gelernt hatte, hatten seit Anbeginn geschrillt. Kerstin Armfeldt hatte ganz recht gehabt, als sie auf den verfassungswidrigen Aspekt des Unternehmens hingewiesen hatte. Aber Flanke dachte, dass dieser Aspekt wahrscheinlich ihre geringste Sorge war. Wäre es nur bei den parallelen Ermittlungen geblieben, hätte man das Ganze in einem einigermaßen entrüsteten Verhör bei der parlamentarischen Untersuchungskommission zurückweisen können. Es gab nicht viele Beispiele von politisch Sachverständigen, die ins Gefängnis gewandert waren, weil sie etwas zu locker mit den Grundgesetzen der Verfassung umgegangen waren, was generell nicht so selten vorkam. Da das Prestige eines Politikers oft davon abhing, wie seine Beamten agierten, endete dies im schlimmsten Fall mit Kündigungen, kurzfristigen Skandalberichten in den Medien und einer öffentlichen Distanzierung vonseiten des Auftraggebers. Damit konnte Anna Flanke notfalls leben. Ein beruflicher Aufstieg nach einem politischen Skandal war in Schweden nicht so schwer. Es hatte den Anschein, dass ein gewisses Maß an natürlichem Missgeschick, was die Kompetenz betraf, sogar Bestandteil des politischen Lebens war.

Aber das hier! Eine Gesellschaft zu gründen mit einem obskuren und politisch unbekannten Vorstand, und als Vorstandsvorsitzenden dieser Gesellschaft die ehemalige Chefin der staatlichen Mordkommission zu bestellen und zu guter Letzt das alles mit Mitteln zu finanzieren, die auf äußerst dubiose Art von den Steuerzahlern auf ein neu eingerichtetes Konto der Handelsbank überführt wurden. Es würde nicht so einfach sein, sich unbeschadet aus dieser Affäre zu ziehen.

Die Juristin in ihr hatte daher auch lautstark protestiert, als Moberg die Planung präsentiert hatte. Leider nur innerlich, denn sie hatte nicht den Mut gefunden, ihrem Protest Ausdruck zu verleihen. Sie hatte geschwiegen. Darüber hinaus hatte die Politologin in ihr eine Reihe mehr oder weniger plausibler Vorwände gefunden, warum die Politik sich in diesem

Fall so und nicht anders verhielt. Jetzt bestand die Gefahr, dass sie als Mitwisserin korrupter Machenschaften an den Pranger gestellt würde. Natürlich waren es die Politiker gewesen, die diese Idee gehabt hatten. Aber durch ihren fachkundigen Beitrag war das alles erst möglich geworden. Sie hoffte nur, dass die Behauptung Mobergs stimmte, dass mehrere Ministerien der Regierungskanzlei in die grundlegenden Beschlüsse involviert waren. Das könnte bedeuten, dass sowohl das rechtliche als auch das mediale Interesse sich auf die Regierung und nicht auf ihre Beteiligung an der Sache fokussierten. Oder die Politiker würden es so drehen, dass sie als Beamtin die Schuld zugeschoben bekäme. War sie in Wirklichkeit ein Rädchen in einer politischen Verschwörung?

Es fiel ihr auf, dass es eigentlich keine formellen politischen Spuren gab, die zur Operation Berwald führten. Keine offiziellen Vermerke, die Anna Flanke als gefügiges Werkzeug der Politik auswiesen. Keine Unterschriften der involvierten Minister. Eigentlich hatte sie nur Mobergs Wort, dass die anderen Ministerien ebenfalls an der Operation beteiligt waren. Die Mittel für die Gründung der Gesellschaft hatte sie selbst schriftlich vom zentralen Verwaltungsamt für öffentliche Vermögen einholen müssen, nachdem Moberg ein Telefonat mit dem Generaldirektor geführt hatte. Es war ihre eigenhändige Unterschrift, die auf dem Ansuchen an das Firmenregisteramt stand.

Verdammt, da haben sie mich.

Anna warf einen Blick aus dem Fenster und strich sich mit den Händen über das Gesicht in einem Versuch, die Sorgen physisch auszuradieren. Morgen würde sie versuchen, Unterlagen als Beweis zu finden, die klar zeigten, dass zumindest Moberg bei der Operation Berwald seine Hände im

Spiel hatte. Vielleicht konnte sie ihn dazu bewegen, etwas zu unterschreiben?

Wohl kaum.

Sie sah ein, dass sie im Moment mit ihren Spekulationen nicht weiterkommen würde. Es gab ja auch andere Dinge, die sie beunruhigten. Dass David plötzlich wieder in ihrem Leben auftauchte. Aber vor allem das sie zunehmend belastende Gefühl, dass sie neben ihrer Arbeit kein nennenswertes Leben führte. Nur ihre kleine Zweizimmerwohnung in Aspudden. In der Wohnung gab es im Prinzip nur ein einziges Anzeichen häuslicher Fürsorge: die ziemlich gut gedeihende Basilikumpflanze, die Anna liebevoll pflegte. Manche würden sagen geradezu *neurotisch.* Dass sie der Pflanze einen Namen gegeben hatte, mochte oberflächlich gesehen vielleicht reizend wirken. Anna Flanke konnte jedoch nicht bestreiten, dass manch einer es für nicht ganz normal hielte, dass sie sich Sorgen machte, wie es der Basilikumpflanze *Göran* während des Tages ging und ob sie sie vermisst hatte. Und noch dazu würde das Weihnachtstamtam bald losgehen.

Ihre Mutter, die in einer Wohnung aus der Jahrhundertwende in den pittoresken Teilen von Västerås logierte und gemeinsam mit ihren Katzen wie ein Monument über dem Leben thronte, das ihr zwischen den Fingern zerronnen war. Der Vater, der seiner Gewohnheit folgte und sich in seiner Rechtsanwaltskanzlei in Uppsala zu Tode arbeitete. Seine neue, jüngere Frau hatte schnell den Platz ihrer Mutter als Symbol für Bevormundung und Einschränkungen eingenommen, ein Problem, das ihr Vater löste, indem er so wenig wie möglich zu Hause war, was wiederum Anlass zu ständigen Streitereien bot.

Anna schauderte bei dem Gedanken. Sie wollte am Heimweg die lästige Pflicht, Weihnachtsgeschenke einzukaufen, in

Angriff nehmen. Dass sie während der Weihnachtsfeiertage zwischen Västerås und Uppsala hin- und herpendeln würde, war bereits eine ausgemachte Sache und zwischen den *Parteien*, wie sie ihre Mutter und ihren Vater nannte, abgesprochen. Sich selbst betrachtete Anna Flanke nicht als Partei, sondern als eine Art Diplomatin, deren Auftrag darin bestand, die hinterlistigen Schachzüge während der Familienfeiern zu begrenzen. Mit einem letzten Blick hinunter auf die Drottninggatan, wo die Menschenmenge, die ihre Weihnachtseinkäufe erledigten, nicht abzureißen schien, stand sie auf und ging zur Tür, wo ihre Winterjacke an einem Haken hing. Sie würde sicher erst spät nach Hause kommen wegen dem Weihnachtswahnsinn.

Hoffentlich habe ich Göran heute Morgen ausreichend Wasser gegeben.

Atlasbezirk, Stockholm, Moberg und Arnesson

Vor dem kleinen Nachbarschaftsladen in der Atlasgatan saß ein mit einer Thermojacke und Haube bekleidete Mann und aß Pistazien. Auf dem Boden neben dem Klappstuhl wuchs langsam, aber sicher ein Berg mit Nussschalen. Moberg fauchte den Mann beim Vorbeigehen an und ging schräg hinunter zur Vulcanusgatan und zur Atlasmauer. Eigentlich wusste Moberg nicht, warum ihn der Anblick des Mannes auf dem Klappsessel störte. Wenn er selbst seinen Blick auf die Menschheit in der Öffentlichkeit hätte beschreiben sollen, hätte er ihn als *integrierend* bezeichnet. Er war sich selbstverständlich darüber bewusst, dass es sich dabei um ein politisches Modewort handelte. Aber es war so, wie er bei der Einweihung der neuen Räumlichkeiten der Institution für die Opfer von Verbrechen auf Södermalm gesagt hatte: »Wenn man sich wirklich um andere kümmert, muss man Modewörter wie *Integration verwenden* und ihnen *Leben einhauchen*. Die Betroffenen zu integrieren und zu schützen ist nur eine Wortspielerei, bis wir sie wirklich *integrieren und für sie eintreten*. Sonst ist das Wort nichts anderes als heiße Luft.« Er lächelte bei dem Gedanken. Der Applaus war zustimmend und aufrichtig gewesen, wie er sich erinnerte.

Nein, seine Unzufriedenheit über die Anwesenheit des Mannes war keine Form von Rassismus, meinte er. Es war eher ein generelles Unbehagen über den ästhetischen Gegensatz, der zwischen dem Mann in der Strickmütze, dem Geschäft und der rundherum vorherrschenden klassizistischen Architektur der Zwanzigerjahre herrschte, die entstanden war, nachdem die Firma, die diesem Bezirk ihren Namen gegeben hatte, zu Beginn des vorigen Jahrhunderts ihren Betrieb stillgelegt hatte. *Ein solcher Bezirk braucht schließlich ein bisschen Stil. Etwas Klasse, verdammt noch mal. Man kann doch nicht einfach auf einem Stuhl sitzen und Nüsse essen wie in einem Basar in Istanbul. Außerdem ist das Geschäft sicher nur ein Deckmantel für irgendeine Art von illegaler Tätigkeit. Man braucht sich ja nur die Reklame ansehen, die in der Auslage hängt. Prepaidkarten und Dienste für Geldüberweisungen ins Ausland. Eine Packung Zigaretten, eine Dosis Drogenhandel und ein bisschen Geldwäsche, vielen Dank.*

Moberg achtete peinlich genau darauf, dass er solche Ansichten nicht in der Nähe seiner jüngeren, ideologisch beseelten Parteikameraden äußerte. Nein, die wahren Einsichten, die, die man aus Erfahrung erworben hat und nicht zuletzt aus einer gewissen deduktiven Fähigkeit, konnte man nicht mit jedem teilen. Nicht einmal mit allen Brüdern in der Loge. Auch dort hatten sich Ansichten eingeschlichen, die in die politisch korrekte Richtung liefen. Es gab nur mehr eine kleine Minorität von richtigen Kerlen, mit denen man offen sprechen konnte.

Solche, mit denen er seine Jugend geteilt hatte. Die den Unterschied zwischen Rassismus und Ästhetik verstanden. Arnesson, den er nun gleich treffen würde, war so ein Kerl. Außerdem ein Mann, der den Witz verstand, ein Treffen in der Nähe der früheren Niederlassung des schwedischen Sicherheitsdienstes zu organisieren. Außerdem wurden dadurch wieder alte gemeinsame Erinnerungen geweckt.

Schon von Weitem sah er die Umrisse der rundlichen Gestalt von Arnesson vor der niedrigen Mauer.

Pünktlich. Wie gesagt, ein richtiger Kerl. Wenn auch leicht bekloppt.

»Servus, Berra. Ist alles unter Kontrolle?« Moberg klopfte seinem Kameraden auf den Rücken.

Arnesson setzte ein breites Lächeln auf.

»Da kannst du dir sicher sein. Bereit zu allen Schandtaten.« Sie feixten gemeinsam über den alten Spruch und das ihnen Geborgenheit verleihende bekannte Ritual. Danach standen sie ein Weilchen schweigend da und betrachteten die Aussicht über die Eisenbahngleise und Kungsholmen. Der Schneefall, der in den letzten Tagen stark gewesen war, hatte vorübergehend aufgehört. Ein grauweißer Dunst hing über Stockholm und einige ruhige und offensichtlich freudlose Möwen flogen planlos über das Wasser vor den beiden Männern.

»Wahnsinn, wie schön Stockholm ist«, sagte Moberg. »Ja, du Berra. Die Zeit vergeht, wie man zu sagen pflegt. Und bald ist Weihnachten.« Moberg lächelte und klopfte vorsichtig auf seine Jackentasche, um seine Pfeife zu suchen. Arnesson betrachtete Moberg schweigend, während der Minister nun mit gewisser Intensität in der ziemlich tiefen und anscheinend vollgestopften Tasche zu kramen begann. »Aah«, sagte Moberg, als seine Hand schließlich fand, was sie suchte. In seiner Hand hielt er jetzt eine Pfeife, Pfeifenreiniger und eine Packung Hamiltons Mischung.

»Ja, da hast du recht«, sagte Arnesson. »Die Zeit vergeht.« Arnesson trommelte mit seinen Fingern, die in Handschuhen steckten, auf die Mauer. Moberg blickte von seiner Präzisionsarbeit auf, die darin bestand, seine Pfeife genau richtig fest zu stopfen.

»Was ist los? Hast du kalte Füße bekommen?«

Das Trommeln hörte auf. »Na ja, du meinst die Operation Berwald. Nein. Oder doch. Diese Planung ist ja, wie soll ich sagen …« Arnesson verstummte. Moberg zündete sich die Pfeife an und nahm einige tiefe Züge. Moberg war ein eindeutiger Gegner von Schwuchteln, die meinten, dass Pfeife rauchen und Lungenzüge nicht zusammenpassten. Seine Augen verengten sich.

»Ich werde dir sagen, wie diese Planung ist. Sie ist brillant. Ganz einfach hervorragend. Mit dem geringstmöglichen Schaden für uns selbst und vor allem für *Schweden* können wir die Russen aus ihrem Versteck locken. Der gute Wladimir wird sich untertänig zum Verhandlungstisch bequemen und uns um Entschuldigung bitten für seine Unverschämtheit, die Verhandlungen abzubrechen.«

Arnesson nestelte ein Taschentuch heraus und putzte sich die Nase.

»Selbstverständlich, Moby, selbstverständlich.« Arnesson räusperte sich vielleicht um eine Spur zu nachdrücklich.

»Aber, Moby. Versuchen wir doch, ein wenig vernünftig zu denken. Glaubst du wirklich, dass *das Ausmaß* der Schande, die dadurch entstanden ist, so groß ist, dass sich das russische Staatsoberhaupt dadurch beeinflussen ließe? Wir sprechen hier ja nicht von einem gewöhnlichen schwedischen Politiker mit einem Kinn aus Glas.«

Mobergs Pfeife war anscheinend ausgegangen. Er putzte sie mit seinem kleinen Pfeifenwerkzeug aus vergoldetem Silber aus. »Arnesson, Arnesson, dass du auf deine alten Tage so leichtgläubig werden konntest. Wir haben das doch alles durchgekaut. Im Detail. Worüber machst du dir Sorgen?« Der Tabak glühte wieder und er blies schnell darauf, um die Glut wieder anzufachen.

»Na ja, erstens habe ich Bedenken wegen des Risikos, das wir beide auf uns nehmen. Geht die Sache den Bach hinunter, sind wir es, denen die Haut abgezogen wird, und das im wahrsten Sinne des Wortes«, sagte Arnesson.

Moberg griff sich an die Stirn.

»Himmel, Arsch und Zwirn, Arnesson. Wir beide sind doch die Einzigen, die davon wissen. Es gibt nicht den geringsten Hinweis auf uns beide. Oder?«

»Na ja, niemand außer die Personen aus meiner Belegschaft, die den Auftrag bekommen haben, Kerstin und ihren eventuellen Fragen entgegenzukommen.«

»Mündliche Aufträge?«

»Mündliche Aufträge.«

Moberg lächelte wieder.

»Also sollte die mediale Bombe tatsächlich hochgehen, werden die Ermittlungen ergeben, dass diese bei der Polizei angestellten Personen alle eine kleine, aber brisante Verbindung zu Russland haben, eine Tatsache, die den Sicherheitskontrollen aus unerfindlichen Gründen bei der Einstellung entgangen ist. So wie dieser IT-Typ, dem es gelungen ist, eine Uniform und auch eine Dienstwaffe zu erhalten, obwohl er kein Polizist war. Dreck am Stecken, ganz einfach. Unter diesen Voraussetzungen wird das, was du möglicherweise gesagt und getan hast, nur als mitleidige Geste gegenüber Kerstin Armfeldt wirken, einer verbitterten früheren Angestellten, die sich leider bald als korrupte Landesverräterin erweisen wird. Ein kleiner Preis, der zu bezahlen ist, möchte ich behaupten.«

»Für uns oder für Kerstin?«

»Ich konnte ja nicht ahnen, dass du so feinfühlig bist, was Kerstin anbelangt. Vor allem wenn man bedenkt, was du wegen dieses Weibsbildes alles einstecken musstest.«

»Manch einer würde sagen, dass ich von Kerstin bekam, was ich verdiente«, sagte Arnesson.

»Du liebe Güte. Willst du anfangen, um Bestätigung zu betteln wie ein verdammter Botschaftssekretär? Reiß dich am Riemen, Berra. Wir kriegen das hin. Oder glaubst du, dass du deinen Teil der Verantwortung nicht tragen kannst? Denn wenn es uns nicht gelingt zu beweisen, dass die Russen die Schuld an Malås Tod tragen, dann haben wir ein großes Problem. Die ganze Sache mit Kerstin als Privatdetektivin ist einer von mehreren Meilensteinen des ganzen Manövers und funktioniert ausgezeichnet. Sollte es uns jedoch nicht gelingen, die Geschichte, was mit Malå wirklich passiert ist, mit harten Fakten zu untermauern, dann können wir gleich aufgeben. Deswegen sage ich, reiß dich zusammen, Berra. What's it gonna be?«

»Der Sicherheitsschutz ist überzeugt, dass es die Russen selbst waren, die Malå aus irgendeinem Grund gekillt haben. Er konzentriert sich jetzt auf den Kreis um Schaljapin und Teile des russischen Diplomatenkorps in Schweden und glaubt, dass er bald einen Erfolg bei den Ermittlungen verbuchen kann.«

»Da siehst du. Es besteht keine Gefahr. Wir machen alles so wie geplant. Und in der richtigen Reihenfolge, ohne Zittern und Bangen. Oder was meinst du, Berra?«

»Ja. Gewiss. Nur eine Sache noch«, meinte Arnesson.

»Heraus damit. Nimm dir kein Blatt vor den Mund.«

Arnesson schien den Versuch des verbrüdernden Humors keineswegs zu schätzen.

»Diese Journalistin. Bist du dir ganz sicher, dass du sie im Griff hast?«

Moberg lachte schallend.

»Die ist unsere geringste Sorge. Die Journalisten heutzutage haben allgemein eine recht *flexible* Integrität. Und dieses Exemplar ist flexibler als die meisten. Wenn man zusätzlich mit einigen Verschwörungstipps à la *House of Cards* für die Zukunft und geheimen Treffen die Sache versüßen kann, dann verschwinden die ethischen Vorgaben des Pen-Clubs schneller aus dem Fenster, als man *Jan Guillou* sagen kann.« Moberg kicherte vor sich hin. Er fand, dass sich sein Talent für gute Formulierungen noch immer sehen lassen konnte.

»Außerdem ist sie hübsch«, fuhr Moberg fort, was allerdings die Verbindung zur Glaubwürdigkeit des Plans in seiner Gesamtheit nicht erklärte.

Arnesson wirkte keineswegs überzeugt. »Aber du hast ihr hoffentlich nichts erzählt, kann ich davon ausgehen?«

»Ich?« Moberg schlug mit der Pfeife kräftig gegen die Mauer. »Glaubst du, dass ich total bescheuert bin?« Arnesson ließ diese Frage unbeantwortet.

»Berra. Verdammt noch mal«, sagte Moberg. »Ich habe ihr nur den Tipp gegeben, dass dieser Unglücksrabe Westerdahl seinen sinkenden Stern durch eine neue Karriere als Privatdetektiv zu retten versucht. Mit wem, in welcher Angelegenheit und warum, das sind Details, die ich ganz weggelassen habe bei dem Bericht, den ich so nebenbei während eines etwas feineren Mittagessens präsentiert habe. Es gibt nicht den geringsten Grund anzunehmen, dass sie die Geschichte mit mir in Zusammenhang bringt. Auf jeden Fall keinen, der nicht als reine Spekulation zurückgewiesen werden kann.«

»Okay, Moby. Ich höre, was du sagst. Aber wenn ich ehrlich bin, dann beunruhigt mich dieser Plan. Ich weiß, dass ich im Herbst draußen im Restaurant Oaxen von deiner Idee begeistert war. Aber du weißt ja, wie ich bin. Ich bin bekannt dafür, dass ich mich für weiß Gott was begeistern kann, wenn ich bereits eine Menge intus habe.« Arnesson stieß den alles andere als zufrieden wirkenden Moberg in die Seite.

»Das war ganz einfach ein herrlicher und magischer Abend. Das Essen war fantastisch. Aber so im Nachhinein verblasst das alles ein wenig …«

Moberg schlug mit der Faust in die Handfläche. »Arnesson«, knurrte er. »Arnesson! Du musst dir verdammt noch mal bewusst sein, dass es jetzt kein Zurück mehr gibt. Die Operation Berwald geht weiter, egal ob etwas verblasst oder nicht. Ich habe übrigens vergessen, dir zu sagen, dass ich klarerweise unsere gesamte SMS-Konversation gespeichert habe, die deiner Ernennung zum Reichspolizeichef voranging. Nämlich das SMS, in dem ich mich auf unsere langen, herrlichen Abendessen beziehe, bei denen ich unsere gemeinsame, vielleicht sollte ich auch hinzufügen *verschwörerische* Zeit in der Partei erwähnte.« In Mobergs Blick zeigten sich Anzeichen von Wut, so als ob er Arnesson nicht schon mit seinen Andeutungen ausreichend klar die Richtung angezeigt hätte. Arnesson sah nun ziemlich blass aus.

»Moberg, zum Teufel. Klar, ich meine ja nur …« Moberg

schnitt eine Grimasse und parodierte Arnessons Bemerkung. »*Moberg, zum Teufel. Klar.* Hör mir jetzt gut zu, Berra. Du magst vielleicht eine Paradeuniform besitzen, die deinen Rang als Bundespolizeipräsident unterstreicht. Aber in Wirklichkeit gibt es im ganzen Land keinen einzigen richtigen Polizisten, der nicht davon überzeugt ist, dass deine Uniform nur ein Ausdruck deiner *persönlichen Eitelkeit* darstellt. Genauso wenige haben auch nur das geringste Vertrauen zu dir. Du schwingst ja zum Teufel jetzt noch immer dieselben Reden gegenüber deiner Belegschaft wie während deiner Zeit bei der Krankenkasse. Wenn deine Angestellten bestimmen hätten können, wärst du schon längst mit dem Arsch voran rausgeflogen. Deine berufliche Zukunft liegt ganz allein in meinen Händen. Denn ich bin es, der dich nach deiner total bekloppten Umorganisation gerettet hat. Kein Wunder, dass sich die Kollegen in der Regierung gewundert haben, warum ich mir das antue. Die Frage ist, warum setze ich mich für dich ein? Ja, genau, wegen solcher Gelegenheiten. Ich stärke dir den Rücken, damit du mir helfen kannst, wenn die *Umstände es erfordern*. Wenn du deinen Teil nicht leisten willst, werde ich dich ganz einfach für den Generaldirektorposten am Amt für Sprache und Folklore empfehlen.«

Arnesson blickte schweigend hinüber Richtung Kungsholmen. Falls ihn der Monolog von Moberg verletzt hatte, ließ er es sich äußerlich nicht anmerken. Und als politisch gewählter Beamter hatte er in dieser Situation kaum etwas hinzuzufügen, trotz aller Beteuerungen über die Selbstständigkeit der Behörden und ihrer Vorgesetzten gegenüber dem politischen Machtapparat. Natürlich gab ihm seine Bestellung zum Bundespolizeipräsidenten eine gewisse Freiheit. In Wirklichkeit war seine Leine jedoch nur so lang wie das Vertrauen, das er bei der politischen Führung genoss. Es gab Unmengen erprobter Methoden, um als Minister eventuelle Beschuldigungen wegen »Missbrauchs der Ministermacht« zu umgehen. Dabei ging es höchstwahrscheinlich nur darum, inwieweit man die Presse mit Informationen aus »mehreren unabhängigen Quellen des Ministeriums« fütterte. Danach würden die Spekulationen eine eigene Dynamik bekommen und das unausweichliche Ende einläuten. Dann gab es zwei mögliche Alternativen: Entweder eine Versetzung in den Elefantenfriedhof der Regierungskanzlei für abgesägte Generaldirektoren oder andere Fehlbesetzungen, oder die öffentliche Schande zu ertragen, die seiner Weigerung, Mobergs Wünsche zu erfüllen, folgen würde. Obwohl die von Moberg erwähnte SMS-Konversation ein doppelschneidiges Schwert darstellte, das Arnesson genauso gut gegen Moberg richten konnte, war er überzeugt, dass Moberg gewinnen würde. Er hatte nämlich das Vertrauen der Allgemeinheit. Moberg, der sich mit glaubwürdigem Ernst den Sorgen der Allgemeinheit während der Flüchtlingskrise und der Terrorbedrohung, die über ein unvorbereitetes Schweden hereingebrochen war, angenommen hatte.

Moberg, der das Bild eines unerhört engagierten Politikers darstellte, einer, der sich *wirklich* kümmert. Moberg, der anscheinend frei von Sarkasmus war und außerdem auf aufrichtig wirkende Weise vermieden hatte, gegenüber seinen politischen Gegnern verdeckte Kritik zu üben. Moberg, der im Fernsehen einerseits zwar etwas naiv und andererseits wieder klug auf diese herrliche schwedische Art hinüberkam. Es war der Ministerpräsident gewesen, der Moberg beauftragt hatte, sich den Medien zu stellen. Vielleicht in der Hoffnung, dass Moberg von der freien Presse zerfleischt werden würde und der Ministerpräsident dadurch Gelegenheit bekommen hätte, selbst vorzutreten. Das hätte dem Ministerpräsidenten die Möglichkeit gegeben, mit ein paar gut gewählten Worten sein großes Vertrauen in Moberg auszudrücken und damit die Sicht als Landesvater darzulegen, wie man die Krise in Zukunft in den Griff bekommen könnte. Jetzt hatten jedoch mehrere Tageszeitungen Moberg als Landesvater ausgerufen, sehr zum schlecht verhehlten Verdruss des Ministerpräsidenten. »Moberg ist ein guter Politiker«, hatte der Ministerpräsident bekannt gegeben, mit dem Gesichtsausdruck eines Schauspielers, der einsehen muss, dass ein anderer den nationalen schwedischen Filmpreis, Guldbaggen, eingeheimst hat.

Arnesson, der Mobergs strategische Manöver nur zu gut kannte, war nicht überrascht gewesen. Nur wenige wussten wie Arnesson Bescheid darüber, wie ungeniert Moberg in seine unterschiedlichen Persönlichkeiten schlüpfte. Auf der einen Seite der gemütliche, volksnahe Moberg. Auf der anderen Seite Moberg, der rücksichtslose Karrierist. Schon seit der gemeinsamen Zeit in der Jugendorganisation und dem katastrophalen Saunafest auf Bommersvik hatte Moberg Arnesson bewusst als einen Teil seiner immer komplexer werdenden politischen Machenschaften eingeplant. Arnesson wusste, dass er keine Wahl hatte. Seine politische Karriere im Fahrwasser der bisher noch nicht an die Öffentlichkeit gelangten Skandale Mobergs entschwinden zu sehen, und das womöglich mit Pauken und Trompeten, war keine Alternative, die ihm zusagte.

»Na, Berra. Wie entscheidest du dich?«, fragte Moberg ruhig und beherrscht.

»Ich bin natürlich dabei. Bei allem. Du kannst dich auf mich verlassen. Es ist ja doch erlaubt, gewisse Bedenken zu haben, oder? Es handelt sich hier ja um ein außergewöhnliches Vorhaben.«

Moberg klopfte Arnesson auf den Rücken.

»Da hast du recht, Arnesson. Ein Chef, der keine Fragen stellt, ist ein toter Chef, wie ich immer sage. Ganz richtig. Wie gut, dass wir einander verstehen. Jetzt gehen wir die Sache erst richtig an.« Noch ein Klaps auf den Rücken, danach ging Moberg auf einen bereits wartenden schwarzen Volvo zu, der unbemerkt vorgefahren war und in einem Abstand von etwa zehn Metern auf ihn gewartet hatte.

Wie zum Teufel komme ich aus dieser Geschichte wieder raus, dachte Arnesson. Er begann sich schwerfällig in Richtung der St. Eriksbron zu bewegen. Er brauchte einen Spaziergang. Noch bevor er das Polizeigebäude erreicht hatte, wollte er sich zurechtgelegt haben, welche gut ausgewählten Personen er im Falle des Falles mitnehmen würde. Warum nicht den Chef der Nationalen Operativen Abteilung? Und sicherheitshalber noch einige Regionalchefs. Der Gedanke gefiel ihm und er lächelte.

*

Der Mann hielt sich auf sicherem Abstand hinter Moberg. Er verstand die Welt nicht mehr. Wie konnten sich zwei der strategisch wichtigsten Personen des Landes zu einer geheimen Zusammenkunft am helllichten Nachmittag mitten in Stockholm treffen. Das war jedoch nicht sein Problem. Er hatte einen großen Teil des Gesprächs mit seiner Videokamera aufgenommen.

Grüne Linie, Bandhagen, 12. Dezember

Schumann. Sie hatte ihn überredet, mitten in der Nacht Schumann am Klavier zu spielen. *Frauenliebe und Leben.* Der Liederzyklus über die Liebe der Ehefrau zu ihrem Mann. Er hatte Einwände gehabt. »Aber um Gottes willen, Sandra. Schumann, der syphilitische Idiot.« Er hatte sich über das banale Bild von

Zweisamkeit, das Schumann in dem Zyklus beschwor, lustig gemacht. *Sie* sehnt sich. *Sie* seufzt. *Sie* gebiert. *Sie* liebt. *Er* stirbt. *Sie* leidet. Sandra hatte nur über ihn gelächelt. Ein etwas schlüpfriges Lächeln, da sie bereits einen beträchtlichen Teil von Davids neulich wieder aufgefülltem Barschrank nach der langen Sitzung im Bakficka geleert hatten. Und sie hatte ihr Versprechen eingelöst: Es hatte ihr keine Schwierigkeiten bereitet, mit David mithalten zu können.

»Vergiss den Text, David. Konzentriere dich auf den Text *zwischen den Zeilen.* Da findest du die ganze Dekonstruktion. Alles, was geschehen war und worüber sie sich nicht zu sprechen getrauten. Die Ekstase. Die Untreue des Ehemanns. Die Scheiße. Die Streitereien. Die Sehnsucht nach etwas anderem. Wie ein Stück von Norén, aber mit echter seelischer Tiefe«, sagte Sandra träge, während sie gemächlich das Cello aus dem Cellokoffer zog. Sie hatte die Singstimme auf dem Cello gespielt und David hatte sie begleitet. Sein Klavierspiel hatte bereits bessere Tage gesehen. Da und dort ein Fehler. Aber er hatte es trotzdem genossen. Er konnte sich nicht erinnern, wann er das zuletzt erlebt hatte. Trotz seines Dusels erfuhr er plötzlich gleichzeitig eine völlig nüchterne Begeisterung. Sandras Spiel auf dem Cello, ihre Energie forderte ihn musikalisch heraus. Verführte ihn zu musikalischen Zweikämpfen. Führte ihn in Dimensionen, von denen er wusste, dass er sie vermisst hatte. Als sie aufhörten zu spielen, kam wieder Schritt für Schritt der andere David zum Vorschein. Der einigermaßen funktionierende Alkoholiker. Aber in seinem Bewusstsein blieb etwas hängen, wie ein Schleier. Eine neue Tür hatte sich geöffnet.

Er hatte ihnen im Bett Platz geschaffen, dessen eine Hälfte mit Büchern und unsortierter Wäsche bedeckt gewesen war.

Sie hatten sich nackt ausgezogen. So weit hatte David alles unter Kontrolle gehabt, dieses Ritual war ihm wohlbekannt.

Sex. Wie schwierig konnte das schon sein?

Aber das, was dann geschah, hatte keine Ähnlichkeit mit dem, was er unter Sex verstand. Im Nachhinein konnte er nicht mehr nachvollziehen, was sie eigentlich im Bett angestellt hatten. Sein bleibender Eindruck danach war, dass Sandra irgendwie *gelauscht* hatte. Ihn erforscht hatte.

»Nächste Haltestelle Enskede Gård.«

Der Stimme im Lautsprecher war ein Dreiklang von synthetischen Tönen vorausgegangen, die David unangenehm empfunden hatte. Ihm fiel ein, dass es fünfzehn oder zwanzig Jahre her sein musste, dass er seinen Fuß in die U-Bahn gesetzt hatte. Der Klang wie auch das Aussehen der Waggons hatte sich geändert. *Untergang der Kultur*, dachte David. Er bekam das Bild der nackten, schlafenden Sandra zu Hause im Bett in Gåsgränd nicht aus seinem Kopf. Er hatte ihr einen Zettel geschrieben mit Hinweisen, was es im Kühlschrank an Essbarem gab, auf humoristische Art formuliert, wie er selbst es bezeichnen würde. Besonders zufrieden war er über die Beschreibung einer bereits vergammelten Salsiccia, die man mit Teilen eines genetisch veränderten grünen Spargels verwechseln konnte. Dann hatte er »Umarmung, David« ganz unten am Zettel hinzugefügt. Jetzt im Nachhinein fand er, er hätte etwas Besseres zustande bringen können. Es ärgerte ihn außerdem, dass er so dachte. David Westerdahl scherte sich nämlich nicht darum, welche Spuren er in Liebesgeschichten hinterließ, da sie sowieso immer auf die gleiche Weise endeten. Aber irgendwie empfand er »Umarmung« als Abwertung dessen, was er während der Nacht mit Sandra erlebt hatte.

Aber die Morgenstunde im U-Bahn-Waggon bot jedenfalls

andere Perspektiven. Sandra war neu in seinem Leben, und wahrscheinlich würde sie, trotz des ungewöhnlichen Erlebnisses in der Nacht, wie Davids alle anderen Exgeliebten, wieder aus seinem Leben verschwinden. Er würde ihr in etwa einer Woche oder zwei ein SMS schicken, in dem er etwas in dem Stil schreiben würde: »Es liegt nicht an dir, sondern an mir.« Beziehungsweise würde sie ihn in einer stilgerecht peinlichen Situation antreffen und konfrontieren, zum Beispiel während eines Afterwork-Drinks bei Wirströms in Gesellschaft einer Freundin oder möglicherweise mit einer neuen Flamme in einer bekannten, aufsehenerregenden Kneipe, wo sie David zu Recht eine gehörige Zurechtweisung erteilen würde.

Der Gedanke an diese Szenarien erfüllte ihn trotz allem mit einem Sicherheitsgefühl. David war solche Szenen gewohnt und fühlte sich dabei normalerweise wohl. Die Geschichte mit Sandra dagegen hatte ihn ein wenig aus dem Gleichgewicht gebracht, das fühlte er unmissverständlich. Allein die Tatsache, dass er jetzt in dieser verdammten U-Bahn und nicht in einem Taxi saß, deutete auf etwas Ernstes hin, dachte er. Er schaute auf die Uhr, als der Zug von Stureby abfuhr. 08.15 Uhr. *Fuck.*

Er griff nach der Tüte am Boden. Bevor er die Wohnung verlassen hatte, hatte er schnell noch ein paar Sachen zusammengerafft, die als Trainingsbekleidung durchgehen würden. Ein paar nie verwendete Laufschuhe, die er zu Beginn einer Beziehung mit einer Frau gekauft hatte, die zu den Trainingsfaschisten gehörte. Ein abgetragenes T-Shirt, ungleiche Socken sowie Badeshorts und ein Handtuch. *Ich kann mich ja darauf herausreden, dass es Zeit in Anspruch nahm, Trainingsbekleidung zu finden.*

»Blase da hinein«, sagte Kerstin und hielt ihm mit unbewegter Miene ein kleines schwarzes Ding mit einem Blasrohr aus durchsichtigem Plastik vor die Nase. »Um Gottes willen, was ist los mit dir, Weib«, äußerte David entrüstet, fügte sich aber sofort, als er ihre Reaktion sah. Nach einer Weile gab das Gerät einen Pfeifton von sich. Er reichte es Kerstin, die ein finsteres Gesicht machte, als sie das Ergebnis sah.

»0,6. Die Grenze für Trunkenheit am Steuer liegt bei 0,2, wie du vielleicht weißt. Du darfst nach dem Training noch einmal blasen, damit wir sehen, ob du uns nach Örebro fahren kannst oder nicht.«

David machte große Augen. »Aber ich fühle mich total nüchtern, ich schwöre! Kann es sein, dass mit dem Gerät etwas nicht in Ordnung ist?«

»Hast du mit ihr geschlafen? Sandra?« Kerstin musterte ihn genau. David erinnerte sich sehr wohl an Kerstins Warnung und ihr Verbot, »eine Zeugin zu ficken«.

Bleib ruhig jetzt, David.

»Wer glaubst du, dass ich bin! Ich habe mir nur ein paar Drinks gegönnt, als ich nach Hause kam. Es wäre passender gewesen, wenn du mich gefragt hättest, was ich aus ihr als Zeugin herausbekommen habe. Stattdessen stehst du da und fragst dich, was ich in sie hineinbekommen habe. Ein äußerst stereotyper Blickwinkel auf …«

»Danke, David. Es reicht. Ich gehe im Moment davon aus, dass du die Wahrheit sagst. Wahrscheinlich wider besseres Wissen. Und dass du hierherkommst und am Arbeitsplatz nach Alkohol riechst, kannst du dir abgewöhnen. Wenn du und ich bei einer potenziell gefährlichen Ermittlung zusammenarbeiten sollen, müssen wir einander und unserem Urteilsvermögen vertrauen können. Okay?«

»Okay«, sagte David und sah überzeugend aus. Er war erleichtert. Und technisch gesehen hatte er nicht einmal gelogen.

Wenn man den Ablauf der Ereignisse nicht erklären konnte, stellten zwei nackte Menschen nur Indizien dar, keine entscheidenden Beweise.

Die Leute glauben immer gleich das Schlimmste. David lächelte bei dem Gedanken.

»Na dann«, fuhr Kerstin fort. »Was hast du erfahren?« Sie lehnte die Krücke an den Tisch und setzte sich hin. David zog einen Stuhl hervor und folgte ihrem Beispiel.

»Sandra ist ein kluges Mädchen. Und unterhaltsam«, sagte David.

»Schön zu hören, dass du Spaß bei der Arbeit hast.« Kerstins Ton klang unverkennbar sarkastisch. *Behalte den Kurs bei, David.* »Jaja. Sie bestätigte einige der Gerüchte, die uns zu Ohren gekommen sind. Zum Beispiel, dass Malå ein notorisches Sexleben hatte mit vielen schwierigen Beziehungen. Dass er gern das eine oder andere Glas trank.«

»So weit also ein ganz normaler Kerl, deiner Meinung nach?«

David schielte zu Kerstin, die jetzt erstaunlich heiter aussah.

»Na ja, ich würde eher sagen, dass unser Freund Malå in einer eigenen Liga spielt. Es scheint aber in letzter Zeit etwas mit ihm passiert zu sein. Sein plötzliches Interesse für die Umwelt, unter anderem.«

»Das wussten wir bereits.«

»Dass es vorhanden war, ja, aber nicht, dass es sich erst in den vergangenen Jahren entwickelt hat. Außerdem fand Sandra, dass es nicht wirklich zu Malås Persönlichkeit passte.

»Ja, das könnte von Bedeutung sein. Was noch?«

»Er hat auch gestresster gewirkt als sonst, als Sandra ihn im Herbst in Berlin getroffen hat. Quatschte drauflos über Umweltprobleme auf der Welt wie auch über Schaljapin, auf den er nicht gut zu sprechen war. Wir müssen vielleicht nach Sankt

Petersburg fahren und Maestro Schaljapin verhören«, sagte David hoffnungsvoll.

»Darüber sprechen wir noch. Etwas über finanzielle Pläne? Glücksspiel? Rauschgift?« Kerstin machte Notizen auf dem Computer, während sie sprach.

»Nichts, was laut Sandra aufgefallen wäre, wenn man Malå als Person und seinen allgemein leichtfertigen Lebensstil in Betracht zieht.«

»Ach so. Eine magere Ausbeute. Aber vielleicht doch ein paar Fäden, an denen wir ziehen können.«

»Auf jeden Fall«, fuhr David fort. »Ich bekam auch einen Tipp bezüglich einer Person, die uns mehr über Malå erzählen könnte. Noch eine Studienkollegin. Ihr Name ist Tindra Svensson.« Der Name ließ Kerstin aufhorchen.

»Sieh an. Die kleine Freudenspenderin der Liberalen. Du solltest ein Treffen mit ihr vereinbaren. Ich kann diese Frau nicht ausstehen.«

»Wie das?«, fragte David. »Hast du eine Rechnung mit ihr offen?«

»Kann ich nicht behaupten. Sie ist nur wahnsinnig irritierend mit ihrer gespielt positiven Einstellung. Egal ob sie über die Effektivität der Polizei berichtet oder Krebskliniken endgültig schließt, sie macht das mit dem gleichen herrlichen, sonnigen Lächeln.«

»Jetzt weiß ich, wen du meinst. Ich habe schon von ihr gehört. Sie hat nämlich auch auf meinem Gebiet gewütet. Sie hat die Unterstützung für freie Musikgruppen gestrichen, wenn ich mich recht erinnere.«

»Das klingt nach ihr, obwohl es meiner Meinung nach wichtiger ist, die Finger von Krebskliniken zu lassen.« Kerstin erhob sich nicht ohne Mühe und griff nach ihrer Krücke.

»Na dann, David. Zeit für eine Trainingseinheit. Da hinten gibt es einen Umkleideraum.« Sie zeigte auf eine Tür am Ende des Lokals. »Ich ziehe mich hier um.«

*

»Diese Schuhe kannst du ausziehen. Die Socken auch.« Kerstin stand in der Mitte des Raumteiles, der offenbar für ihr Training bestimmt war. Sie trug einen Karateanzug, der mit einem schwarzen Gürtel zusammengebunden war. Der Gürtel sah abgetragen aus, die Farbe war schon etwas ausgebleicht. David fühlte sich in seinen zu engen Badeshorts und einem T-Shirt mit dem absolut uncoolen Aufdruck »Valmet zeigt die Richtung an« alles andere als bequem.

»Stell dich mir gegenüber auf. Eine kleine Grundregel hier in meinem *Dojo*. Wenn ich dir eine Anweisung gebe, möchte ich, dass du mit *uss* antwortest. Verstanden?«

»Hm … *uss*.« David dachte, dass die pensionierte Kommissarin nicht richtig im Kopf war. Wahrscheinlich beginnende Demenz.

»Der Onkel, dessen Foto du da drüben an der Wand hängen siehst, heißt Shigeru Kimura. Er ist der Begründer des Karatestils, den ich dir jetzt in Grundzügen beibringen möchte. Bist du dabei?«

»Ja, ich meine *uss*«, sagte David und hatte Mühe, einen unpassenden Lachanfall zurückzuhalten. Er hatte sich schon gedacht, dass der Alte mit dem Ziegenbart wie Miyagi in *Karate Kid* aussah. Die Instruktion »Wax on, wax off« hallte bereits in Davids Kopf wider.

»Wir beginnen damit, dass wir uns vor dem Begründer verbeugen. Dabei sage ich *Shomen ni rei*.«

Kerstin blickte David streng an und er begriff, dass sie von ihm tatsächlich eine Verbeugung erwartete.

David konnte sich nicht erinnern, dass er sich jemals vor etwas oder jemandem verbeugt hatte.

»Uss«, sagte David und verbeugte sich mit einem kaum unterdrückten Kichern vor dem Foto.

»Diese Rituale haben mit Respekt zu tun«, sagte Kerstin, als sie sich wieder gegenüberstanden. »Der Begriff Respekt beinhaltet kein Kichern. Kapiert?«

»Uss.« *Jetzt darf sich die Alte wieder beruhigen.*

»Sprich mir jetzt nach: *Sensei ni rei.*«

»Uss. Ich meine *Sensei ni rei.*«

»Verbeuge dich. Vor mir.«

»Hm, das auch noch. Uss dann. Hehe.« David biss sich auf die Lippe und verbeugte sich vor Kerstin.

Kerstin verbeugte sich ebenfalls.

»So. Das war eine grob vereinfachte Version der Kultur, mit der ich dich in nächster Zeit ein wenig bekanntmachen möchte. Jetzt wärme dich auf. Beginne damit, entlang der Seiten des Quadrates zu laufen.«

»Uss«, sagte David und begann sich entlang der Matte zu bewegen, die den gesamten hinteren Teil des früheren Servus-Supermarktes einnahm.

Zehn Minuten später hatte ihn Kerstin gezwungen, einige Dehnungsübungen am Boden auszuführen. Er fühlte sich bereits nahe an einem Herzinfarkt. David hatte nicht die Absicht, sich geschlagen zu geben, aber nach einer Reihe von Sprüngen, die er abwechselnd mit Liegestützen und Sit-ups machen sollte, konnte er nicht mehr. Er sah auf der Wanduhr, dass erst zwanzig Minuten vergangen waren. »Wie lange dauert das noch?«, fragte David und stellte mit Erschrecken fest, dass seine Stimme wie eine zittrige Version von Gollums Stimme in den *Herr der Ringe*-Filmen klang.

»Bis wir fertig sind. Auf mit dir und steh gerade.«

»Uss.« *Sie hat leicht reden, wenn sie nur dasteht und Befehle gibt*, dachte David. Er wollte ihr das gerade mitteilen, als Kerstin ihm ein dickes, rechteckiges Kissen zuwarf.

»Drücke es fest gegen deinen Bauch und Brustkorb.«

»Uss.«

»Geh in die Knie. Die Beine auseinander. Das rechte Bein ein gutes Stück hinter dem linken. Tiefer hinunter. Du musst dein Gleichgewicht finden.«

»Uss«, sagte David. *Jetzt bin ich gespannt, ob die Frau ein bisschen »wax on – wax off« macht.*

»Fühlst du dich fest im Boden verankert? Im Boden verwurzelt?«

»Uss.« *Hör auf mit dem New-Age-Blabla.*

Kerstin legte die Krücke weg, hinkte zu ihm hin und begutachtete seine Körperhaltung. Nach einer Weile hob sie den Arm und stupste ihn leicht an der einen Schulter. David verlor sofort die Balance.

»Okay. Stell dich noch einmal wie vorhin hin. Stell dir dabei vor, dass dir ein Bus entgegenkommt. Den sollst du aufhalten, JETZT!« Das letzte Wort schrie sie laut in sein Ohr. Instinktiv atmete er aus und spannte die Bauchmuskeln an. Sie stupste ihn wieder an. Jetzt konnte er das Gleichgewicht halten.

Was zum Teufel ist hier los?

»Halte diese Position.«

»Uss.«

»Genau so. Das ist eine anstrengende Position, wenn man nicht daran gewöhnt ist. Die Fersen hinunter auf den Boden. Spann weiterhin die Bauchmuskeln an. Und vergiss nicht zu atmen.«

»Ussss«, sagte David, über dessen Gesicht nun schon Schweiß floss.

»Drehe die Hüfte eine Spur.« Sie hatte die Krücke aufgehoben und verwendete sie als Zeigestock mit Davids Körper als Whiteboard.

»Ich zeige dir jetzt ein paar grundlegende Schläge. An dir. Ist das in Ordnung?«

»Uss. Ja, verdammt, Kerstin. Mach nur.«

»Bleib in dieser Stellung. Halte den Bus wieder auf. JETZT!« Sie schrie nun noch lauter als vorhin, und wieder genau in sein Ohr. Offensichtlich war Kerstin mit seiner Reaktion zufrieden, denn sie legte die Krücke weg und stellte sich jetzt genau vor ihn hin. Die linke Hand hielt sie vor sich hoch, die rechte zur Faust geballt in der Hüftgegend.

»Da mein Knie verletzt ist, musst du dir die Kraft in dem Schlag, den ich jetzt ausführen werde, gedanklich vorstellen. Eigentlich sollte ich auch in die Knie gehen, aber das funktioniert zurzeit nicht. Okay?«

»Uss«, zischte David.

»Stehst du nach wie vor fest am Platz?«

»Uss.« *Quassle nicht, Alte. Schlag zu.*

»Jetzt kommt ein Gyaku-Zuki. Halte dagegen.«

»Uss.«

Er starrte Kerstin entschlossen an, während sie ihm ein Lächeln schenkte, das aufmunternd wirken sollte. Dann landete plötzlich ein Schlag auf dem Polster. Hinterher konnte er sich nicht daran erinnern, dass er Kerstins geballte Faust auf sich zukommen gesehen hatte. Er erinnerte sich nur, dass er sie deutlich kräftig ausatmen gehört hatte. Er erinnerte sich auch, dass ihm die Luft weggeblieben und er nach hinten gefallen war. Der Raum hatte in seinen Augen eine schöne, fast filmreife

Drehung in Zeitlupe vollführt, bis sein Kopf schließlich gegen die Wand geknallt und alles schwarz geworden war. Er wachte auf, weil Kerstin ihn mit ihrer Krücke leicht anstieß. Sie blickte ihn mit einer ausgesprochen bekümmerten Miene an.

»Du hast es wirklich nötig zu trainieren«, sagte sie. »Oder machst du das nur, um dich bei mir einzuschmeicheln? Ich bin nicht in Form und habe natürlich jede Form von Bestätigung bitter nötig. Aber verflucht noch mal, Westerdahl. Einen ganz banalen Gyaku-Zuki wirst du doch noch aushalten.«

*

Laut Alkotest war David erst gegen elf Uhr wieder fahrtüchtig. Er bekam die Aufgabe, die Zeugen des heutigen Tages anzurufen und demütig um eine Verschiebung ihres Treffens zu bitten. Das Mittagessen mit dem Pianisten Georg Lemming wurde nach einigem Brummen auf ein Kaffeetreffen am Nachmittag verschoben. Camilla Jaern hatte keine Einwände, statt des Nachmittagskaffees einen Nachmittags-Aperitif mit den Verfassern eines Buches über ihren geliebten Tony Malå einzunehmen.

*

Die ersten schwedischen Meilen hinaus aus Stockholm saßen sie ruhig nebeneinander. David hatte Schmerzen in den Leisten. Und im Brustkorb. Und in beinahe jedem anderen Teil des Körpers. Kerstins Schläge hatten sich wie Huftritte angefühlt und ihm war völlig unverständlich, wie sie das zustande gebracht hatte. Sie hatte bestimmt keinen Schlagring verwendet. Das war klar. Der Schmerz wirkte sich zumindest positiv auf seine Fahrtüchtigkeit aus. Der Kater in Verbindung mit dem unerwarteten und für ihn völlig ungewohnten Training hatte ihn müde gemacht. Geradezu todmüde. Der Schmerz half ihm, sich wach zu halten. Der Schmerz und das bedrohliche Gefühl, dass Kerstin neben ihm eine weitere Moralpredigt ausbrütete. Er beugte sich etwas vor und schaltete das Radio in dem standesgemäßen Audi A6 ein, den er gemietet hatte.

Aus den Lautsprechern ertönte eine nach Davids Geschmack wunderschöne und wohlbekannte Musik.

Maurice Ravel. Klaviertrio in a-Moll.

»Oh, Maurice, wie schön«, entfuhr es ihm begeistert, während er sich bequem im Fahrersitz zurücklehnte. Jetzt war es Kerstin, die sich vorbeugte. Sie schaltete das Radio mitten in einer für David besonders mitreißenden Passage aus. »Was zum Kuckuck«, sagte David etwas lauter als beabsichtigt. Kerstin erhob warnend den Zeigefinger und gebot ihm zu schweigen. »Hör zu, David. Ich bin zwar derzeit nur eine Invalidin, aber solange diese Ermittlungen im Gange sind – und mein Gefühl sagt mir, dass das lange dauern wird –, kann ich es mir nicht leisten, ein vollständiges Wrack als einzigen Mitarbeiter zu haben. Obwohl du wahrscheinlich nicht einmal in die Nähe dessen kommen wirst, was ich eine gute Kondition nenne, müssen wir deinen Körper entgiften und ihn auf Vordermann bringen. So, betrachte daher die kleine Einführung des heutigen Tages als Beginn eines täglichen Trainings. Du wirst mir dankbar sein, wenn sich herausstellt, dass gerade dieses Training einen wesentlichen Beitrag geleistet hat, dass du deinen sechzigsten Geburtstag erleben wirst dürfen. Ein Festtag, der mit deiner jetzigen Verfassung wenig Aussicht hat, von dir erreicht zu werden«, sagte Kerstin.

David wechselte die Gesichtsfarbe.

»*Wrack*. Was? Jetzt darfst du dich mit deinen Beschuldigungen aber einbremsen, Kerstin. Nicht genug damit, dass diese Ermittlungen anscheinend von Abstinenzlern geleitet werden sollen. Jetzt soll ich außerdem noch jeden Tag geschlagen werden. Es wäre eine verdammt viel bessere Idee, Anna Flanke anzurufen, damit sie dir einen Leibwächter schickt. Und vernünftiger. Ich kann mich nicht erinnern, dass Anna erwähnte, dass *ein Boxsack* Teil meines Aufgabenbereichs ist. Oder habe ich dieses Mail einfach nicht erhalten?«

Er gab Gas und überholte einen BMW, der ihn schon die längste Zeit geärgert hatte.

»Mein beruflicher Instinkt sagt mir, dass es am besten ist, wenn wir unsere Gruppe so klein wie möglich halten. Schon mit Anna Flanke als ein Mitglied, von ihrem Blödmann von Minister gar nicht zu sprechen, sind wir ständig nur um Millimeter vom Scheitern der Ermittlungen entfernt«, erwiderte Kerstin.

David lachte plötzlich.

»Haha, Kerstin, jetzt bist du entlarvt. Das, was du eigentlich sagen willst, ist, dass du dem jungen Herrn Westerdahl *vertraust. Vertrauen*, zum Teufel! Frodo und Sam, das sind wir. Alte Kumpels. Best friends forever. Nicht wahr?«

David pfiff fröhlich das Leitmotiv aus dem Film *Der Herr der Ringe*.

»Wenn du den Jungen meinst, der aus unerfindlichen Gründen eine krankhafte Beziehung zu einem Ring entwickelt, ergibt das Bild in diesem Zusammenhang möglicherweise Sinn. Wenn ich mich richtig erinnere, dann züchtet Frodo nichts anderes als seine Abhängigkeit, während der treue und schwer arbeitende Sam sich um die eigentliche Arbeit kümmert. Eine gute Metapher, David.«

Kerstin wandte ihr Gesicht zum Seitenfenster, um ein verschmitztes Lächeln zu verbergen, das sich schneller, als sie wollte, über ihr Gesicht ausbreitete. Sie wollte nicht unbedingt, dass David es sah.

Davids gute Laune sank sofort.

Er verstummte und sagte nichts mehr, bis sie in die Nähe von Eskilstuna kamen.

»Ich muss etwas essen«, sagte David. »Ich habe kein Frühstück gehabt.«

Kerstin warf einen Blick auf ihre Armbanduhr.

»Welche Zeit habt ihr vereinbart, du und Lemming?«

»Zwei Uhr.«

»Dann kannst du dir einen Hamburger gönnen. Fahr da hinein. Gleich rechts.«

Kerstin deutete auf die Abfahrt, die schnell näherkam. David reagierte rasch und der Audi kletterte gehorsam die Abfahrt hinauf und fuhr in einen Kreisverkehr hinein.

»Nimm die zweite Abfahrt im Kreisverkehr«, wies ihn Kerstin an.

»Verflucht, Kerstin, du solltest dich für den Job als GPS-Stimme bewerben«, meinte David. »Aber was ist das hier?«, fragte er, nachdem er gemäß Kerstins Anweisung auf einen Parkplatz gefahren war.

»McDonald's«, antwortete Kerstin.

»Das sehe ich auch. Aber da kann man doch nicht essen«, sagte David.

»Wenn du etwas essen möchtest, musst du das nehmen, was zur Auswahl steht. Wir werden nicht herumfahren und nach einem Restaurant mit Michelin-Auszeichnung suchen, falls du das erwartet hast.«

»Aber ich habe noch nie bei McDonald's gegessen.«

»Irgendwann ist immer das erste Mal. Und jetzt ist offensichtlich der richtige Zeitpunkt«, sagte Kerstin, während sie sich aus dem etwas zu tiefen Autositz herauswand.

Eine halbe Stunde später waren sie wieder am Weg nach Örebro. Davids Premiere bei McDonald's hatte Kerstin sichtlich aufgemuntert. Nachdem sie einen sauer vor sich hin murmelnden David durch den Auswahlprozess geleitet hatte, hatte sie schließlich zugeschaut, wie David sein erstes Big-Mac-Menü mit einer Coca-Cola bestellte. Ein kleiner Vorfall ereignete sich, als er zurück zur Theke ging und mit lauter Stimme fragte, wo es Dijonsenf gäbe. Die Antwort, die er vom Personal bekam, stellte ihn offenbar nicht zufrieden, da er unzufrieden »Kulturverfall!« rief. Die restliche Zeit der kurzen Mahlzeit brummte er mehrmals etwas über Knorpel und von selbst verstorbene Tiere, schaffte es aber doch, das ganze Menü aufzuessen.

Die Stimmung im Auto war jetzt beinahe heiter. David hatte bemerkt, dass Kerstin sich über seinen Auftritt im Fast-Food-Lokal amüsiert hatte. Wahrscheinlich deswegen, weil sie verstanden hatte, dass Davids Standpunkte und Reaktionen zumindest teilweise nur gespielt waren und dazu dienten, etwas Farbe und Abwechslung in die täglichen Routinen zu bringen. *Manche lassen sich provozieren. Aber nicht die liebe Kerstin.* In Wirklichkeit amüsierte sich Kerstin am meisten über Davids anscheinend nicht enden wollendes Bedürfnis nach verschiedensten Arten von Bestätigung und seinem Image gegenüber seiner Umwelt.

»Na dann, Kerstin. Jetzt darfst du die Musik aussuchen«, sagte David und machte eine ausladende Bewegung in Richtung Display an der Mittelkonsole.

»Nur zu gerne«, meinte Kerstin und drückte auf das Zeichen von P3. Eine hohle, suggestive Musiknummer ertönte aus der

Lautsprecheranlage des Autos. Eine spröde Stimme begann etwas über eine Hand zu singen, die *eine Flagge hochhält und die Bombe auf die Terminale.*

»Oh«, sagte Kerstin und lehnte sich bequem im Sitz zurück. »Das ist ein gutes Lied.«

»Um Gottes willen«, stöhnte David. »Nicht Kent. Was auch immer, aber nicht das.«

Es hatte wieder zu schneien begonnen, als sie nach Örebro hineinfuhren, das in voller Weihnachtsbeleuchtung erstrahlte: Weihnachtssterne, leuchtende Schneeflocken, die wie jene in Bandhagen aussahen, nur etwas luxuriöser.

»Die vergessen die Weihnachtsfeiertage nicht, die Kaufleute im Ort. In einem freikirchlichen Nest wie diesem ist das wohl auch nicht zu erwarten«, meinte David. Der Parkplatz, der auf der Homepage des Konzerthauses unter dem Eintrag »Gut zu wissen vor deinem Besuch« angegeben war, war voll. David hatte schließlich in einer Quergasse in der Nähe der alten Wasaburg, Örebro-Schloss, einen Parkplatz gefunden.

»Ach, Kerstin, wie ungeschickt«, sagte David, während er die Autortür öffnete. »Ich hätte dich ja dort drüben aussteigen lassen können. Habe nicht an dein Knie gedacht. Sorry.«

Kerstin zuckte nur mit den Achseln und stieg mit der Krücke nach oben aus dem Auto, so als könnte diese die dicken Schneeflocken vertreiben, die ihnen jetzt förmlich ins Gesicht klatschten. Sie bemerkte aber den plötzlichen Schimmer von Mitgefühl, der von David kam und der – wie sie an seinem Gesichtsausdruck erkennen konnte – auch echt war.

Vielleicht ist es mir doch gelungen, ihn ein bisschen zur Vernunft zu bringen, dachte Kerstin.

Nachdem sie durch die verglaste Eintrittsfassade des Konzerthauses eingetreten waren, war es noch nicht zwei Uhr.

David war ziemlich schnell gefahren. Sie begaben sich zu einigen Lehnstühlen, die neben einem Fenster mit Ausblick zum Svartån oder den angrenzenden Kais platziert waren. Doch sie hatten sich kaum hingesetzt, als ein Mann, bekleidet mit einem schwarzen Polohemd und einem auffallenden Halsschmuck, auf sie zukam. »Lemming, Georg. Und ich weiß, wer du bist.«

Er streckte David die Hand entgegen, der sich nicht darüber wunderte, dass Lemming eine Perücke trug, sondern eher darüber, was sie gekostet haben mochte. Lemmings gelbblonde Haarfarbe und halblange Frisur mit geradegeschnittenem Stirnpony erinnerten ihn in Kombination mit dem Halsschmuck an stereotype Vorstellungen von Volksmusikern und grünen Aktivisten aus den längst vergangenen Siebzigerjahren. David setzte ein Lächeln auf, das, wie er fand, der entgegenkommenden Begrüßung entsprach.

»Ach so, wirklich«, meinte David. »Ist mir mein Ruf vorausgeeilt wie die Nase von Cyrano de Bergerac? Das hast du am Telefon nicht erwähnt.«

Lemming lachte kurz. Er klang wie das Geräusch von einem sehr kleinen, kläffenden Hund.

»Ja und nein. Als Musiker und Chorleiter hier im Konzerthaus von Örebro ist mir deine Musik selbstverständlich bekannt. *Knallig*. Und natürlich habe ich dein Konterfei immer wieder in der Zeitung gesehen. Klarerweise kenne ich auch die Suchmaschine Google. Dort kann man sehen, wie sich dein Gesicht im Lauf der Jahre verändert hat. Interessant.«

Kerstin sah, wie sich Davids Gesicht bei Lemmings Worten etwas verzog, trat einen Schritt vor und streckte Lemming die Hand entgegen.

»Kerstin Armfeldt. Pensionierte Polizistin. Wie David dir wahrscheinlich am Telefon erzählt hat, schreiben wir an einem

Buch über deinen früheren Studienkollegen Antoine Malå. Es tut mir leid, dass wir unser Treffen ein wenig verschieben mussten.«

»Normalerweise wäre es natürlich nicht akzeptabel gewesen, ein vereinbartes Treffen auf diese Art zu verschieben. Kurzfristig und wie mir scheint ganz ohne ausreichenden Grund«, sagte Lemming. »Ich habe nämlich meine fixen Routinen. Fixe Routinen sind wichtig, wenn man mit *ernsthafter* Musik arbeitet«, fügte er mit einem Blick auf David hinzu. »Ihr hattet das Glück, dass ich gezwungen war, länger mit dem Chor zu arbeiten. Er musste das musikalische Programm für das morgige Konzert noch einmal durchgehen. In allen Einzelheiten. Unvorbereitete Menschen.«

»Ich verstehe«, nahm Kerstin den Faden wieder auf. »Können wir uns hier hinsetzen und ein wenig über Malå sprechen?«

Sie zeigte auf die Sessel beim Fenster. Aus dem Konzerthaus waren jetzt Stimmen und lautes Gelächter der Chorsänger zu hören.

Lemming schaute sich nervös um. Kerstin fand, dass alles an ihm nervös wirkte. Da war etwas Fahriges in seinen Bewegungen. Hatte er vor etwas Angst?

»Nein, wisst ihr was, mir ist es lieber, wenn wir von hier weggehen. Bald wird das Foyer voll mit Chorsängern und Musikern sein. Ehrlich gesagt, glaube ich nicht, dass wir hier in Ruhe sprechen können. Außerdem bin ich nach der Probe etwas zu erregt. Ich will sie nicht mehr sehen. Machen wir doch einen Spaziergang zur Konditorei Wasa. Ein Ort übrigens, den Tony sehr mochte.«

Wieder dieses bellende, fast mechanische Gelächter.

»Das passt uns ausgezeichnet«, sagte Kerstin mit einem ungewöhnlich munteren Klang in der Stimme.

Sie spazierten gemächlichen Schrittes entlang des Svartån und bogen bald nach rechts ab. Vor ihnen türmte sich jetzt eine Kirche auf.

»Die Nikolaikirche«, erklärte Lemming. »Zu eurer Linken habt ihr die alte Musikhochschule. Hier sind wir alle zu Beginn der Achtzigerjahre zur Schule gegangen.«

»Wofür wird das Gebäude heute verwendet?«, fragte David.

Lemming schnaubte laut und deutlich.

»*Kulturschule*. Man hat alle möglichen weniger hochstehenden Kulturformen in den Tempel miteinbezogen. Mit der Konsequenz, dass die Musik zurückgestuft wurde. Die Musikhochschule fristet heute ein kümmerliches Leben oben am Campus. Es ist ein Skandal.«

Der Gedanke schien Lemming ziemlich aufzuregen. Seine Bewegungen wurden noch fahriger. Er brummte vor sich hin, als sie die wenigen Stufen hinauf zur Konditorei Wasa gingen. Ihre Fenster schauten in Richtung der alten Kathedrale. Als sie angekommen waren, stellte sich Lemming abwartend neben die Eingangstür. Kerstin, die nach und nach zu der Überzeugung kam, dass Lemming unter einer Form von neuropsychiatrischer Krankheit leiden musste, verstand diese Geste so, als wartete Lemming darauf, dass sie ihm die Tür öffneten. Sie tippte David mit der Krücke an, der sofort verstand und mit einem leisen Seufzer die Tür aufstieß.

In der Konditorei Wasa stieg in Kerstin zunehmend das Gefühl auf, dass sie sich im Aufenthaltsraum eines Pensionistenheimes befand. Es hing etwas unverkennbar Institutionelles über den terrakottafarbenen Wänden und den runden Tischen mit einer Glasplatte über den rot gestreiften Tischtüchern. Die Frau hinter der Vitrine mit den Mehlspeisen lächelte Lemming wie einen guten Bekannten an.

»Servus, Georg, dein Tisch ist frei«, sagte sie.

Lemming bewegte sich auf eine Ecke des Lokals zu, ohne den Gruß zu erwidern.

»Georg ist ein bisschen eigenartig«, sagte die Frau leise und vertrauensvoll zu Kerstin. »Aber er kann manchmal richtig nett sein. Er mag es nur nicht, wenn zu viele Leute und zu viel Wirbel um ihn herum sind. Was darf es denn sein, bitteschön?«

»Will Georg nichts haben?«, fragte David.

»Oh doch. Ich weiß schon, was er möchte. Solange ich hier arbeite, hat er immer das Gleiche bestellt. Schwarzen Kaffee und ein Mazarin-Törtchen«, erwiderte die Frau.

»Seit wann arbeitest du hier schon?«, fragte Kerstin.

»Seit mindestens zehn Jahren. Ich kann mich nicht mehr genau erinnern. Es ist so viel nach dem Gymnasium passiert, mit Kindern und all dem. Meine Mutter, der die Konditorei gehört, ist ja vor Kurzem in Pension gegangen. Sie hat mir erzählt, dass Georg seit den Achtzigerjahren fast täglich hierhergekommen ist. Und immer hat er das Gleiche bestellt.«

»Armer Teufel«, rutschte es David heraus. Die Frau betrachtete ihn mit vorwurfsvollem Blick. Er räusperte sich. »Ich meine nur, dass er eine ganze Menge von Mazarin-Törtchen gegessen haben muss. Wenn man das zusammenrechnet.«

Kerstin stupste ihn leicht mit der Krücke gegen das Schienbein.

»Wir bezahlen natürlich Georgs Konsumation«, meinte Kerstin.

»Ach, das ist nicht notwendig. Er darf hier ja anschreiben und am Monatsende kommt er immer und bezahlt in bar.«

»Glaub mir. Georg will gerade diese Schuld gerne beglichen haben. Oder kommt er öfter in Gesellschaft?«, fragte Kerstin.

»Nie«, sagte die Frau und lächelte. »Du hast recht. Er will das bestimmt in Ordnung gebracht haben.«

»Na dann … Ich nehme schwarzen Kaffee und so ein Marzipan-Zeugs.« Kerstin zeigte auf einen kleinen grünen Kuchen mit Schokoladeumrandung, der zwischen anderen auf einem Teller in der Glasvitrine lag. »Ich habe nur sehr wenig Zeit«, sagte Georg Lemming und warf einen Blick auf seine Armbanduhr, während David und Kerstin die Gegenstände vom Tablett auf dem kleinen Tisch platzierten.

»Klingt super«, sagte David. »Wir hatten auch nicht die Absicht, länger zu bleiben, denn ehrlich gesagt ist Örebro nicht unbedingt ein Ort, wo *aua* …«

Kerstins gesundes Bein hatte unter dem Tisch sein Ziel erreicht. Ein beeindruckend gut gezielter Tritt gegen dasselbe Schienbein, das vor Kurzem schon die Krücke zu spüren bekommen hatte. David verstummte schleunigst und begann planlos und eingeschnappt die Tassen und kleinen Teller auf dem Tisch zu verteilen.

»Na dann«, sagte Kerstin, »wollen wir uns ein wenig beeilen. Wie würdest du Antoine Malå beschreiben?«

Lemming machte eine abwehrende Geste. Er war damit beschäftigt, das Mazarin-Törtchen unter Zuhilfenahme des Teelöffels in fünf gleich große Stücke zu teilen. Er führte diese Prozedur mit großer Ernsthaftigkeit und Präzision aus. David und Kerstin warteten mit unterschiedlichem Geduldsaufwand, dass er fertig werden würde. Als Lemming die Prozedur beendet hatte, nahm er eines der Stücke zwischen Daumen und Zeigefinger und steckte es als Ganzes in den Mund. Als er schließlich fertig gekaut hatte, nahm er das Gespräch wieder auf.

»Antoine war sehr gewissenhaft. Nicht wie die meisten anderen Kollegen, die oft Kleinigkeiten übersehen, die den eigentlich interessanten Teil der Musik ausmachen. Das konnte

Antoine nicht passieren. Ich bewunderte ihn für seine Geistesgegenwart. Und ich beneidete ihn auch.«

»Warum das?«, fragte Kerstin.

Georg steckte sein zweites Stück Mazarin-Törtchen in den Mund.

»Tja«, sagte er, nachdem er eine Weile gekaut hatte. »Antoine war ein unglaublich tüchtiger Mensch. Penibel genau, der Beste sozusagen. Aber er konnte auch gut mit Menschen umgehen. Ich glaube sogar, dass er Menschen mochte.« Georg hatte das Wort Menschen auf eine Art ausgesprochen, als handle es sich um eine völlig andere Spezies als die, der er selbst angehörte.

»Aber war der liebe Tony nicht einer, der gerne einen draufmachte? Die Leute sagen, dass er beim Saufen ordentlich was vertragen konnte«, erwiderte David.

Georg blickte über seiner Kaffeetasse auf.

»*Antoine* hieß er«, sagte Lemming. »Und du liegst falsch. Antoine hielt sich zurück beim Alkohol. Vielleicht feierte er hin und wieder, aber das war nicht der Rede wert.«

Lemming nahm ein weiteres Stück vom Mazarin-Törtchen in Angriff.

»Wann hast du ihn das letzte Mal getroffen?«, fragte Kerstin,

Lemming schluckte. »Hm, das muss kurz vor Beginn des Ostseefestivals gewesen sein. Wir sehen uns sonst üblicherweise in Stockholm. Sahen uns üblicherweise …« Lemming bekam einen flackernden Blick und begann mit den Fingern auf den Tisch zu trommeln.

»War er wie immer oder wirkte er irgendwie nervös, als ihr euch getroffen habt?«

»Nervös? Nein. Antoine war niemals *nervös*. Warum fragst du das?«

Er wirkte verärgert über Kerstins Frage.

David mischte sich ins Gespräch. »Vielleicht fragt Kerstin deswegen, weil Antoines Haut säuberlich zusammengefaltet einige Tage später auf einem Fauteuil im Künstlerzimmer gefunden wurde. Wenn das Opfer eine Vorahnung hat von dem, was passieren wird, ist es nicht unüblich, dass es nervös ist.«

»Ach so, so meinst du das«, sagte Lemming und wurde blass.

»Exakt so«, sagte David. »Darf ich aber noch einmal auf etwas anderes kurz zurückkommen?« Er erhaschte einen schnellen Blick von Kerstin, die ihm zustimmend zunickte. »Warum nicht Tony? Andere Freunde von Antoine haben ihn Tony genannt. Aber du eigenartigerweise nicht.«

»Doch. *Ich* nannte ihn Tony«, sagte Lemming. »Aber das war ein Kosename, den nur Freunde verwenden durften. Du kanntest ihn nicht.« Lemmings Tonfall klang neutral. Eine einfache Feststellung, ganz ohne sarkastische oder anklagende Untertöne.

»Okay«, meinte Kerstin. »Wir verstehen. Und du bist dir bezüglich des Alkohols völlig sicher?«

»Ja.« Das Fingertrommeln hörte auf.

»Mich interessiert eine Sache, die du erwähnt hast«, sagte David. »Du sagtest, dass Antoine sehr genau war.«

»Ja.«

»Auf welche Art genau?«

Die Augen von Lemming wurden zu Schlitzen. »Du meinst, ob Antoine das Asperger-Syndrom hatte wie ich?«

»Nein, ich meinte eigentlich nur genau das, was ich gefragt habe«, antwortete David.

Lemming lächelte jetzt zum ersten Mal während ihres Treffens. »Ach so. Wie schön. Ich habe Schwierigkeiten mit dem Übersetzen von versteckten Botschaften. Da ich weiß, dass sie oft vorkommen, bin ich manchmal eine bisschen voreilig mit der Annahme, dass sich alle ihrer bedienen«, sagte Lemming.

»Kein Problem«, erwiderte David. »Als Schriftsteller wissen wir eine Menge über Untertöne und wie knifflig sie sein können. Aber da du das Thema schon angesprochen hast, wie ähnlich wart ihr euch, du und Antoine?«

Lemming, der gerade sein viertes Stück vom Mazarin-Törtchen in den Mund stecken wollte, hielt inne und legte es auf den Teller zurück.

»Wir hatten natürlich gewisse Ähnlichkeiten. Aber nicht mehr, als er im Prinzip mit allen anderen Menschen hatte, wenn man von einigen grundlegenden Unterschieden wie zum Beispiel dem Geschlecht absieht. Im Übrigen war Tony *einzigartig*. Ich könnte mich niemals mit ihm vergleichen. Musikalisch einzigartig. Er hatte ein ausgezeichnetes Musikgedächtnis und -gehör. Im Unterschied zu mir geriet er nie in Gefahr, in seinem Spiel mechanisch zu werden. Ich tue mir sehr leicht beim Lesen der Noten und der Analyse von Details in einer Partitur, im Prinzip die theoretischen Absichten zu verstehen. Ich nehme an, dass das Spielen von Musik ähnlich funktioniert wie soziale Interaktionen, denn wenn ich spiele, ist es immer so, als würde ich nur für mich selbst spielen, nach innen gerichtet sozusagen. Aber Tonys Genie war auch sozial ausgerichtet. Ihm gelang es, seine Persönlichkeit in die Musik einzubringen und andere einzuladen, daran teilzunehmen, das Wechselhafte und Farbintensive in sich aufzunehmen. Er konnte oft die Gefühle anderer in sein Spiel integrieren, sodass die Stimmung des Publikums die Interpretation der Musik beeinflusste. Das lässt sich schwer erklären, aber es war wirklich so. Ich konnte fühlen, was geschah, es aber nie selbst umsetzen.«

Lemming griff wieder nach einem Stück Mazarin-Törtchen. Diesmal verschwand es schnell in seinem Mund.

»Interessant«, sagte David. »Ich kenne das sehr gut, was du gerade gesagt hast. Diese begnadeten Augenblicke, die so selten sind. Aber kannst du mir sagen, wie Malå von den Musikern gesehen wurde? Als Dirigent, meine ich?«

»Hm. Tony war streng«, erklärte Lemming. »Er forderte viel von seinen Musikern. Er hatte das Talent, sie anzufeuern, dass sie ihr Bestes gaben, sogar bei den Proben. Er schaffte das ohne Zurechtweisungen und blieb die ganze Zeit gefasst und korrekt, wenn er während der Arbeit etwas kommentierte. Ich hatte den Eindruck, dass alle großen Respekt vor Tonys Können hatten. Einige wenige hatten sicher Angst vor ihm. Andere, allerdings sehr wenige, hassten ihn.«

»Hast du manchmal bei seinen Proben zugehört?«, fragte David.

»Ziemlich oft, wenn er in Schweden war. Und zuletzt jetzt vor dem Konzert in der Berwaldhalle. Es gefällt mir viel besser zuzuhören, wenn nicht eine Menge Leute neben mir sitzen.«

»Da bin ich ganz deiner Meinung«, sagte David. »Ich nehme an, dass du mit Antoine auch in den Pausen zusammen warst?«

»Auf jeden Fall.« David fand, dass Lemming plötzlich unruhig wurde.

Oder ist es nur ein Aspekt seiner Persönlichkeit?

»Da hast du möglicherweise die Stimmung im Orchester mitbekommen? Oder ob Antoine selbst eine gewisse Besorgnis ausstrahlte?« Davids Mobiltelefon gab einen Piepston von sich, der Lemming auf seinem Stuhl erschrocken zusammenfahren ließ. David nahm das Telefon von seinem Platz am Tisch und schaltete den Ton aus.

»Danke«, sagte Lemming. »Ich meine, dass du den Ton

ausgeschaltet hast. Ich finde es ungeheuer anstrengend mit diesen Dingern und ihren Tönen. Zu deiner Frage: Tony war während dieser Woche ziemlich müde. Er war gezwungen gewesen, dem Chef der Berwaldhalle brüsk abzusagen.«

»Gyllén«, ergänzte Kerstin, froh, dass sie auch etwas zu sagen hatte.

»Genau. *Gyllén*. Es ging um die Probezeiten und dass Schaljapin als Erster entscheiden durfte, wann sie stattfinden sollten. Das Orchester war wie immer, finde ich. Allerdings bin ich wahrscheinlich nicht die geeignetste Person, um die Stimmung zu beurteilen, muss ich hinzufügen. Tony war, abgesehen von seiner Müdigkeit, ebenfalls wie immer. Er war sogar freundlich genug, mit mir gemeinsam ein vierhändiges Stück am Klavier zu spielen, das ich für uns komponiert hatte.«

»Das klingt nicht nach einem Mann, der weiß, dass er sterben wird«, warf Kerstin in sachlichem Ton ein.

Lemming fuhr so zusammen, dass die Tassen und Gläser klirrten.

»Ich habe den Eindruck, dass ihr wirklich gute Freunde wart, du und Antoine«, machte David einen Versuch, den nach seiner Auffassung taktlosen Einwurf vonseiten Kerstins wieder auszubügeln.

»Da bin ich mir nicht so sicher, ob man das behaupten kann«, antwortete Lemming, der seine Brille abgenommen hatte, sie gegen das Licht hielt und genau betrachtete.

»Triffst du derzeit noch andere Personen aus dem früheren Freundeskreis? Sandra zum Beispiel?«

»Freundeskreis?« Lemming lachte wieder und klang dabei wie ein kleiner Hund. »Das ist wirklich übertrieben gesagt. Es gab keinen *Freundeskreis*.«

»Okay«, sagte David. »Aber könnte man nicht behaupten,

dass Antoine Malå mit einigen von euch mehr Kontakt hatte als mit anderen? Und dass man diese Gruppe dann einen *Freundeskreis* nennen könnte?«

Ich sagte ja schon, dass es keinen Freundeskreis gab. Hörst du schlecht?« Lemming war eindeutig verärgert.

»Ach so. Entschuldige«, sagte David. »Du meinst also, dass Malå einzelne Beziehungen mit verschiedenen Personen hatte, die ihrerseits keine Beziehung zueinander hatten?«

Lemming nickte mit Nachdruck.

»Ganz genau!«

»Das könnte man dann doch einen Freundeskreis nennen, zumindest aus der Perspektive von Antoine.«

»Zum Teufel noch mal!« Lemmings Gesichtsfarbe nahm eine rote Färbung an. »Es gibt keinen *verdammten Freundeskreis*. Weder damals noch heute. Kapier das endlich!«

Kerstin, die schon seit Längerem ausgesehen hatte, als folge sie einem Vortrag auf Altgriechisch, konnte ihre Ungeduld nicht mehr verbergen.

»Okay. Das ist alles sehr interessant. Hör mir zu, Georg. Ich werde dir jetzt die vielleicht einzige relevante Frage dieses Tages stellen. Hast du Antoine Malå getötet oder warst du dabei behilflich, ihn zu töten?«

»Absurd. Das muss ich mir nicht anhören. Außerdem habe ich keine Zeit mehr.«

Georg Lemming stand so heftig auf, dass der Stuhl nach hinten fiel und mit einem derartigen Krach am Boden landete, dass die übrigen Gäste in der Konditorei die Köpfe in ihre Richtung drehten. Er stellte den Stuhl wieder auf und stolzierte mit einem kurzen *Hej* auf den Ausgang zu. Als er fast dort angekommen war, drehte er sich noch einmal um und kam zum Tisch zurück. Ohne ein Wort zu verlieren, nahm er das letzte Stück des Mazarin-Törtchens vom Teller, ergriff eine Serviette und wickelte sie um die Mehlspeise. Dann bewegte er sich wieder auf den Ausgang zu, ohne auch nur zu nicken. Diesmal kehrte er nicht zurück. Georg Lemming machte einen perfekten Abgang.

»Das ist ja toll gelaufen«, meinte David nach kurzer Zeit des Schweigens, während der die beiden Ermittler die Szene, die sie gerade erlebt hatten, überdachten.

»Ich habe deine Sarkasmen bemerkt, David. Aber eigentlich hat das wunderbar geklappt. Ausgezeichnet geklappt«, sagte Kerstin. Die Frau hinter dem Verkaufsstand starrte zornig zu ihnen herüber.

»Ich denke, dass alle anderen im Raum Anwesenden genau gegenteiliger Ansicht sind. Aber erzähl, was du meinst. Ich bin in dieser Sache ja noch ein blutiger Anfänger«, sagte David.

»Ach so. Kokettiere nicht mit Unwissenheit. Das steht dir nicht. Vor allem, wenn man in Betracht zieht, wie geschickt du Lemming dazu gebracht hast, uns interessante Informationen zu geben.«

»Sprich nur weiter«, meinte David und setzte sein strahlendstes Lächeln auf.

»In erster Linie ist es uns gelungen, Lemming am Tatort zu platzieren. Zwar nicht direkt an jenem Abend, als der Mord geschah, aber immerhin. Er hatte offenbar freien Zutritt zu dem Saal, und was noch wichtiger ist, zum Opfer selbst. Wenn wir überhaupt weiterhin davon ausgehen können, dass es ein Mordopfer gibt«, sagte Kerstin und setzte ihre Überlegungen fort: »Aber das brillanteste war, dass es dir gelungen ist, ihn dazu zu bringen, sich in zweierlei Weise zu öffnen. Du hast sein Vertrauen gewonnen mit deinem überzeugenden Gerede über Musik. Wir haben eine Beschreibung von Malå bekommen, die den meisten anderen Zeugenaussagen widerspricht. Das ermöglicht uns einen neuen Zugang zu seiner Person. Und sagt uns auch einiges über die Beziehung, die Lemming und Malå zueinander hatten. Er hat Malå augenscheinlich bewundert. Wir bekamen auch eine Bestätigung, dass es wirklich einen unter der Oberfläche brodelnden Konflikt zwischen Malå und Schaljapin gab. Und vielleicht gibt es da noch mehr.«

»Was meinst du?«

»Neid. Der alte Schulfreund war so extrem talentiert. Bekam alle tollen Jobs und alle Mädchen. Aber dein zweiter Schritt setzte dem Ganzen die Krone auf.«

»Aha, okay«, sagte David.

»Nämlich als du ihn dazu gebracht hast, die Fassung zu verlieren mit deinen Andeutungen über den *Freundeskreis.* Menschen mit dem Asperger-Syndrom können oft nur schwer mit Bemerkungen im übertragenen Sinn und Definitionen, die nicht exakt mit ihrer Auffassung der Wirklichkeit übereinstimmen, umgehen. Aber durch dein Gerede und die Art, wie du alles umformuliert hast, zeigte sich deutlich, dass sein Groll nicht durch seine Krankheit erklärbar ist. Er war ganz einfach völlig übertrieben. Und was könnte uns das sagen?«

Kerstin schaute David einladend an. David sagte jedoch kein Wort.

»Fällt dir nichts dazu ein?«, fragte Kerstin. »Na ja, siehst du, es könnte bedeuten, dass genau das Gegenteil der Fall ist. Nämlich, dass es sehr wohl einen engen Freundeskreis gab und vielleicht noch immer gibt. Verstehst du?«

»Ja, verdammt«, sagte David. »Ich verstehe. Dabei wollte ich ihn nur ein bisschen ärgern. Aber wenn es einen Freundeskreis gibt, könnte das bedeuten, dass sie alle miteinander an der Tat beteiligt waren.«

»Das ist auf jeden Fall möglich«, meinte Kerstin. »Aber wir sollten nichts überstürzen. Im Moment geben wir uns damit zufrieden, festzustellen, dass wir eine Person gefunden haben, die nicht in die offiziellen Ermittlungen eingebunden worden ist und alles andere als ein vernünftiges Verhalten als Reaktion auf unsere Fragen an den Tag gelegt hat. Vielleicht kann Camilla Jaern unsere bisherigen Erkenntnisse ergänzen. Wann treffen wir sie?«

»Um fünf Uhr. Wir haben davor noch eine Stunde Zeit.« David warf einen Blick auf sein Mobiltelefon und sah, dass die Mitteilung, die er vor kurzer Zeit erhalten hatte, von Sandra war.

»Hast du etwas dagegen, wenn ich ein SMS beantworte? Es geht ganz schnell«, sagte David.

Kerstin nickte bejahend. Sie nützte die Zeit, um darüber nachzudenken, warum der schwarze Volvo, den sie bereits am Weg nach Örebro bemerkt hatte, jetzt mit laufendem Motor drüben auf der anderen Straßenseite stand.

David öffnete die Mitteilung von Sandra. Gegen seinen Willen war er erfreut und fühlte sich innerlich zufrieden, als er las, was sie ihm geschrieben hatte:

Danke für gestern.
Ich habe eine gewisse
Verständigung über die
Geschlechtsunterschiede
hinaus bemerkt.
Bin in einer Woche wieder
in Stockholm. Ruf mich an,
falls es Unklarheiten gibt. / C.
Schumann

David fragte sich, ob sie in einer obskuren mitteleuropäischen Bibliothek auf ein David-Westerdahl-Handbuch gestoßen war. Sie wusste genau, wie sie sein Interesse wecken konnte. Mit diesem trockenen Humor. Oder die mehr oder weniger subtile Anspielung an das, was sie miteinander getan hatten. Die Clara-Schumann-Andeutung. Keine psychologische Gefühlsduselei. *Zu gut, um wahr zu sein*, dachte David. *Oder es ist nicht so, wie ich glaube, sondern nur das, was ich mir nach all meinen jahrelangen Fehlentscheidungen verdient habe.*

Er schmunzelte vor sich hin und formulierte eine Antwort:

> Clara. Schön zu hören, dass du am Leben bist. Dachte, dass du die Strahlungen meines inneren Lichts nicht überlebt hast. Du hast sicherlich mehr Widerstandskraft als ich dachte. Super. / Åsa-Nietzsche

So ja, dachte David zufrieden. *Jetzt werden wir sehen.*

Kerstin holte ihn in die reale Welt zurück.

»Du, Romeo, ich weiß nicht, wie ich das ausdrücken soll, ohne dass es besorgniserregend klingt.«

»Du hast schon wieder meine Aufmerksamkeit«, sagte David und legte widerstrebend das Telefon zur Seite.

Wie zum Teufel kann sie wissen, dass ich ein SMS an eine Frau geschickt habe?

»Wir haben Gesellschaft. Siehst du den schwarzen Volvo da draußen?« Sie deutete auf die Straße.

»Ja, ich sehe ihn.«

»Die Kerle dort, zwei Burschen im besten Alter, ausgerüstet mit In-Ear-Kopfhörern und wahrscheinlich jeder mit einer Dienstwaffe der Marke Sig Sauer, verfolgen uns, seit wir Stockholm verlassen haben. Wenn man den Grad ihrer Kompetenz bedenkt, gehören sie entweder zur öffentlichen Polizei und üben diesen Job noch nicht lange aus. Die andere Möglichkeit ist, dass sie richtige Profis sind oder dem Sicherheitsdienst angehören, der die Aufgabe hat, uns zu warnen, dass sie uns unter Beobachtung haben.«

»Oh Gott!« David riss die Augen auf und schaute noch einmal auf die Straße. »Das ist ja cool! Wir werden verfolgt!«

Kerstin verdrehte die Augen.

»Oh Gott passt, aber besonders cool finde ich das nicht. Der Information, die ich bekommen habe, nach zu urteilen, sind die *entscheidenden* Teile des schwedischen Sicherheitsdienstes mit unseren parallelen Ermittlungen einverstanden. Laut Anna Flanke haben sie nur den Auftrag, an uns neue Ideen zu testen und mich mit den Unterlagen, die ich benötige, zu unterstützen. Und das unter größter Geheimhaltung und im Konflikt mit ihrem Regierungsauftrag. Es geht also sicherlich nicht um eine eigenartige Auslegung von *neuen Ideen testen*. Im schlimmsten Fall hat mein früherer Chef Arnesson von unseren Ermittlungen Wind bekommen«, sagte Kerstin.

»Der Präsident des Bundeskriminalamts? Warum sollte das gefährlich sein, wenn er davon wüsste?«

»Arnesson ist das größte Plappermaul in der Geschichte der schwedischen Polizei. Gib ihm ein Publikum und er wird Dinge von sich geben, die alle echten Polizisten dazu bringen, ihm den Gummiknüppel in den Rachen oder in eine andere frei wählbare Körperöffnung zu stecken. Eine parallele Ermittlung, neben jener der Polizei, würde sofort in seiner nächsten

Power-Point-Präsentation im Rathaus von Härnösand aufscheinen. Das wäre eine politische Katastrophe.«

»Oh«, sagte David, »ich verstehe. Was machen wir?«

»Nichts.«

»Nichts?«

»Exakt. Oder genauer gesagt: Ich schnüffle ein wenig in größter Vertraulichkeit mit meinen früheren Kollegen herum. Ich werde auch Anna Flanke fragen, ob sie etwas darüber weiß. Aber sonst nichts.«

»Ich habe selbstverständlich keine Einwände. Du beurteilst die Situation sicherlich auf bestmögliche Weise. Aber lassen wir einfach zu, dass wir verfolgt werden?«

»Ja. Bevor wir nicht sicher wissen, wer die sind und welche Absicht sie verfolgen, werden wir ihnen nicht verraten, dass uns klar ist, dass sie uns folgen. Aber wir müssen aufpassen, was wir am Telefon besprechen und was wir per Mail schreiben. Wir müssen davon ausgehen, dass sie vollständigen Einblick in unsere Kommunikationswege haben. Nur Gespräche, die auf allgemeinen Plätzen und ohne Telefon geführt werden können, sind gute Gespräche«, meinte Kerstin.

»Kann man wirklich mit Gewissheit behaupten, dass jedes Gespräch, das noch nicht einmal geführt wurde, per Definition und *objektiv gesehen* für *gut* befunden werden kann?«

»Halt den Mund«, herrschte ihn Kerstin an.

*

Etwa hundert Meter weiter unten am Stortorget, wenn man von der Drottninggatan und der Konditorei Wasa ausging, stand Ivan Michailowitsch Dscherschinski und blickte mit einem besorgten Ausdruck in dem sonst so regungslosen Gesicht hinauf zur Drottninggatan. Die amateurhaften Kerle im Volvo waren nicht der Grund dafür. Sie bereiteten ihm insofern Kopfzerbrechen, weil er nur schwer begreifen konnte, warum sie so offen agierten und sich wie Stümper benahmen. Und noch dazu in einem schwarzen Volvo, das Sinnbild eines schwedischen Fahndungsfahrzeuges, seit Saab einen anderen und allgemein niedrigeren Status bekommen hatte. Ivan Michailowitsch war sich jedoch ziemlich sicher, dass er ihre Rolle in diesem eigenartigen Ermittlungskarussell bald herausbekommen würde. Die Art, wie sie die Verfolgung von Davids und Kerstins Auto aufgenommen hatten, war so voraussagbar gewesen, als hätten sie das Handbuch wortwörtlich befolgt.

Weitaus mehr bekümmerte Ivan Michailowitsch hingegen der *zweite* Verfolger. Kurz vor Eskilstuna hatte ihn sein beruflicher Instinkt alarmiert, dass etwas an der Sache faul war. Er gab daher die Verfolgung seines Objekts auf, in der Gewissheit, dass der Sender, den er am Abend davor an Davids Leihwagen befestigt hatte, ihm, falls es sich als notwendig erweisen sollte, mit Sicherheit Auskunft geben würde, wo sie sich befanden. Als er sich entschlossen hatte, die Verfolgung seines Objekts einzustellen, konnte er sich stattdessen auf seine inneren Warnglocken konzentrieren und ihre Bedeutung ergründen. Wie immer war es nicht einfach, gleich richtig einzuschätzen, was die Amerikaner »good feeling« nannten. Jahrelange Erfahrung aber hatte Ivan Michailowitsch gelehrt, immer seinem Instinkt zu vertrauen. Nach einem kurzen Aufenthalt bei einem Schuhgeschäft in Arboga, der dazu diente, den Verdacht aller möglichen anderen Verfolger, auch er selbst könnte von Interesse sein, zu entkräften, sah er den Saab. Er hatte das Auto schon früher bemerkt. Der Fahrstil war nicht zu übersehen. Das war jedenfalls Ivan Michailowitschs Eindruck gewesen.

Er war sich der berufsbedingten Gefahr bewusst, überall Verschwörungen zu sehen, wo es gar keine gab. Aber jetzt, als er am Stortorget stand, sah er den Mann, der den Saab gefahren hatte, wieder. Der Mann ging scheinbar ziellos auf der Drottninggatan auf und ab, in der Hand einen Stadtplan und eine Kamera. Er stand lange da und schien auf glaubwürdige Weise mit großem Interesse den Grundriss und den Turm der Nikolaikirche zu begutachten. Von diesem Platz aus hatte man auch einen guten Ausblick auf die Glasfassade der Konditorei Wasa. Aber es sah nicht aus, als würde er jemandem nachspionieren. Insgesamt machte der Mann den perfekten Eindruck eines Touristen, der auf seine Frau, die Einkäufe macht, wartete und versuchte, die Zeit so sinnvoll wie möglich totzuschlagen. *Entweder*, dachte Ivan Michailowitsch, *sehe ich Gespenster, oder Kerstin und David haben ein größeres Problem, als sie ahnen.*

*

Draußen hatte sich die Dunkelheit dicht über den Svartån gelegt, und die Beleuchtung der Fassade des Schlosses gab der alten Burg aus Stein ein filmreifes Aussehen. *Der unbekannte Verfolger aus Ingmar Bergmans Das siebente Siegel,* dachte David.

Camilla Jaern hatte mitteilen lassen, dass sie ihren »üblichen Tisch« im Slottskallaren reserviert hatte, wie das Restaurant im Stora-Hotel hieß. Der Kellner führte sie zu einem mit Kandelabern geschmückten Tisch in einer versteckten Ecke – gut geeignet für einsame Überlegungen oder vertrauliche Gespräche. Als Camilla Jaern aufstand, um sie zu begrüßen, sahen sie eine große, kräftige Frau, deren Aussehen eindeutig aus der Menge hervorstach. Kräftiges, sorgfältig dauergewelltes grellrotes Haar. Eine grüne Bluse, die auf eine für David aufsehenerregende

Art aufgeknöpft war. Über einem schwellenden Busen schaukelte eine Perlenkette. Der Gesamteindruck wurde durch einen schwarzen Rock und Schuhe, die so rot wie ihr Haar waren, abgerundet.

»Sieh an, da haben wir ja unsere Schriftsteller«, sagte Jaern mit einer Stimme, die bei David einen Gehorsamkeitsinstinkt hervorrief. »Die eine bekannt aus Radio und Fernsehen, wie man so sagt, der andere ein echter Komponist. Jaja, und gut sieht er auch aus. In meinem Alter kann ich es mir leisten, mit meinem Urteilen freigiebig umzugehen. Ich darf ja sowieso nur mehr schauen oder bezahlen.«

Das Letzte sagte Camilla Jaern mit einem überdeutlichen Blinzeln in Davids Richtung. David fühlte sich plötzlich leicht nervös. »Trinkt ihr mit mir ein Glas? Ich habe mir soeben einen herrlichen Burgunder gegönnt«, sagte Jaern und zeigte auf ein fast ausgetrunkenes Glas, das neben einer halb vollen Weinflasche stand.

»Leider nein, wir fahren heute Abend noch nach Stockholm zurück«, erwiderte Kerstin.

»Wie schade. Heute Abend soll Schnee in riesigen Mengen über Mälardalen fallen. Ist es nicht besser, wenn ihr im Hotel übernachtet? Dann hätten wir Zeit, uns ein bisschen näher kennenzulernen?« Camilla Jaern blinzelte David wieder zu. Er räusperte sich und wand sich in seinem Stuhl. *Ich werde doch keine Angst vor einer alten Frau haben*, dachte David.

»Na ja …«, quetschte David heraus, bedeutend weniger selbstsicher, als er geplant hatte. »Das wäre nett gewesen. Aber wir müssen uns wohl durch das Unwetter quälen.« David warf einen sehnsüchtigen Blick auf die Weinflasche.

»Na dann«, sagte Jaern und füllte ihr eigenes Glas auf. »Dann verschwenden wir keine Zeit. Ihr wolltet über meinen geliebten Tony sprechen.« Kerstin und David nickten zustimmend. »Welch entsetzliche Art zu sterben. Ich möchte mir nicht einmal vorstellen, welche Schmerzen Tony in den letzten Stunden seines Lebens erleiden musste. Ich hoffe wirklich sehr, dass das, was ihr vorhabt, kein Skandalbuch wird. Es gibt ja immer so viele schmutzige Gerüchte über Personen wie Tony.«

»Ein Skandalbuch wollen wir bestimmt nicht schreiben, oder was sagst du, David?«

»Keineswegs. Aber auch nicht wirklich ein Buch voll des Lobes. Der Verlag hat ein Buch bestellt, das *uns den Menschen und Künstler Malå zeigen soll.* Meine Aufgabe besteht darin, den künstlerischen Aspekt der Arbeit von Malå zu betonen«, erwiderte David.

»Und deine Aufgabe, Kerstin?« Camilla Jaern blinzelte über den Rand ihres Glases, das sie gerade wieder zum Mund geführt hatte. Sie sprach direkt in das bauchige Glas hinein, wodurch ihre Stimme einen ganz eigenen, leicht dröhnenden Klang bekam.

»Meine Aufgabe besteht darin, mit einem Ermittlerblick das Leben von Antoine Malå zu durchleuchten. Sortieren und organisieren. Eine chronologische Aufstellung seines Lebens sozusagen«, antwortete Kerstin, wobei ihre Stimme etwas unsicher klang. Diesen Teil hatten sie und David nicht besprochen. Sie war erstaunt über Davids Fähigkeit, so ohne Weiteres eine Hintergrundgeschichte aus dem Ärmel zu ziehen.

»Das heißt, du zeichnest die Karte und David malt sie bunt aus. Finde ich gut. Klingt nach einer guten Arbeitsteilung. Ich nehme an, dass ihr etwas über seine Studienzeit hier in Örebro erfahren wollt. Aus einem bestimmten Blickwinkel?«

»Nicht wirklich«, begann David. »Es ist noch zu früh, um über einen bestimmten Blickwinkel zu sprechen. Ich bin der

Meinung, dass alles, was mit seiner frühen künstlerischen Entwicklung zu tun hat, von Interesse ist. Mit wem er Kontakt pflegte und ob er während seiner Zeit hier besondere Inspirationsquellen hatte. Danach werden wir das Material sorgfältig sichten.«

»Schön. Ihr klingt jedenfalls nicht total bescheuert, wenn auch eine Spur vage«, meinte Camilla. »Okay, Tony.« Sie nahm einen großen Schluck aus ihrem Weinglas. »Als ich ihn die ersten Male traf, wirkte er ganz in seiner eigenen Welt gefangen. Damals, in den Achtzigerjahren, stellten wir nicht so leicht Diagnosen auf wie heute. Es gab dadurch natürlich Nachteile, die teilweise mit Unwissenheit zu tun hatten. Aber es gab auch Vorteile. Man könnte sagen, dass es eine gewisse Toleranz für abweichendes Verhalten gab. Missversteht mich nicht. Natürlich gab es auch in den Achtzigerjahren psychologische Betreuung für jene, die nicht alle Tassen im Schrank hatten. Und nur einige Jahrzehnte früher wurden friedliebende Menschen wegen ihrer sexuellen Neigung kastriert. Aber ich möchte unterstreichen, dass die Gesellschaft sich noch in einem Zustand befand, die den rechtmäßigen Platz des Dorftrottels akzeptierte. Eine Akzeptanz der *anderen* Perspektive. Vielleicht idealisiere ich die Vergangenheit. Aber ich empfinde das wirklich so.«

»Was willst du damit sagen? Meinst du, dass er heutzutage eine Diagnose erhalten hätte?«, fragte David.

»Möglich. Und Gott weiß, was das mit ihm angestellt hätte. Er war ja erst siebzehn, als er an der Hochschule aufgenommen wurde. Mit einer Ausnahmegenehmigung. Aber nach einem Jahr an der Schule hatte er sich völlig verändert. Ich neige eher zu der Annahme, dass er ein *late bloomer* war, als ein Junge mit beispielsweise Asperger-Syndrom. Außerdem glaube ich, dass das recht häufig vorkommt bei Menschen, denen es schwerfällt, sich sozial einzugliedern. Wir wissen ja alle, wie kompliziert es ist, zu begreifen, wie Menschen funktionieren und warum sie auf bestimmte Art und Weise funktionieren. Aber als Tony das begriffen hatte, meisterte er alle denkbaren sozialen Herausforderungen mit beeindruckender Reife.«

Sie hielt inne und schenkte sich nach.

»Meine Frage ist, entwickelte er sich aus eigener Kraft weiter oder hatte er jemanden oder mehrere um sich, die ihm dabei halfen?« David sah Kerstin verstohlen an, nachdem er seine Frage gestellt hatte. Sie nickte nur leicht, aber zustimmend. Camilla Jaern beugte sich hinunter und griff nach einer Aktentasche. »Ich habe diese Frage erwartet.« Sie nahm mehrere Fotos aus der Aktentasche, blätterte sie eine Weile durch und legte dann eines vor sie auf den Tisch. »Hier sind sie«, sagte sie.

Auf dem Foto sah man sechs Jugendliche, die auf einem langen Sofa saßen. Hinter ihnen eine Garderobe und ein für diese Zeit typischer Kaffeeautomat. Die Jugendlichen selbst sahen fröhlich aus. Selbstsicher.

Hinter dieser Gruppe konnte man undeutlich andere Jugendliche erkennen. Ein paar Burschen mit Vokuhilas und kurzen Jacken. Einer von ihnen hielt eine Posaune in der Hand. Einige Mädchen mit Frisuren, die aussahen, als wären sie freiwillig geradewegs in einen großen Ventilator gelaufen. David fiel auf, dass die Gruppe im Vordergrund den Eindruck erweckte, dass sie nicht demselben Jahrzehnt angehörte wie die Jugendlichen im Hintergrund. Die da am Sofa saßen schienen von dem Jahrzehnt, das von den Postpunks, Hardrockern, Grunge Rock und den unglücklichen ästhetischen Vielehen der Glamrocker geprägt gewesen war, gänzlich unberührt geblieben zu sein. David erkannt sofort die wahrscheinlich zwanzigjährige Sandra wieder. Dasselbe mittelblonde Haar.

Dieselben mandelförmigen Augen. *Jeans und ein ganz gewöhnliches schwarzes T-Shirt. Du lieber Himmel. So hübsch.*

»Ich erkenne Malå. Aber erkläre mir bitte, wer die anderen sind«, sagte Kerstin und unterbrach Davids Gedankengänge, die sich mit allem Möglichen, nur nicht mit beruflichen Dingen beschäftigten.

»Dort ist Sandra. Neben Georg Lemming«, erklärte David und zeigte auf einen jungen Mann mit Halsschmuck und gerade geschnittenen blonden Stirnfransen.

»Nein«, sagte Camilla Jaern. »Das ist Nils. Georg sitzt dort.« Sie deutete auf einen anderen jungen Mann auf der anderen Seite neben Sandra, gepflegt mit dunklem, kurz geschnittenem Haar.«

»Aber wir haben Lemming doch erst vor Kurzem getroffen. Diese Person sieht eindeutig wie eine jüngere Kopie aus«, meinte Kerstin. »Er trug sogar eine ähnliche Kette.«

Camilla trank das Weinglas mit einem tiefen Seufzer aus.

»Georg konnte das, was geschehen ist, nicht verkraften. Der Selbstmord von Nils ging natürlich allen in der Schule nahe. Aber am meisten Georg. Und auch Tony, auf seine Art. Aber sie reagierten völlig unterschiedlich. Tony hatte irgendwie bereits sein Gleichgewicht gefunden. Er trauerte, ging aber seinen Weg weiter. Georg verfügte nicht über diese Stärke. Einige Jahre nach dem Selbstmord begann er sich wie Nils zu kleiden. Färbte sich das Haar. Trug eine Halskette. Als ihr ihn heute getroffen habt, habt ihr euch sicher gefragt, ob er nicht eine Perücke trägt.«

Camilla blickte sie über den Tisch hinweg an und erhielt ihre Bemerkung durch den Gesichtsausdruck von David und Kerstin bestätigt. »Die Antwort ist klarerweise ja. Seine Veranlagung machte es ihm schwer, Nils loszulassen und zu vergessen, aber auch seine eigene Verwandlung in Nils konnte er nicht verhindern. Obwohl sein eigenes Haar zu diesem Zweck nicht mehr ausreichte.« Camilla füllte den letzten Rest der Weinflasche ins Glas und warf dabei einen Blick ins Innere des Restaurants.

Wahrscheinlich will sie den Kellner rufen, dachte David.

»Welche Beziehung hatten Nils und Antoine zueinander?«, fragte Kerstin.

»Sie standen sich sehr nahe. Nils war Tony in vielerlei Beziehung sehr ähnlich. Musikalisch gesehen also. Sie waren viel zu begabt für die Lehrer, die ich damals in der Schule beschäftigt hatte. Beide waren jünger als der Durchschnitt der Studenten. Nils war möglicherweise ein paar Jahre älter als Tony. Nils hatte anfangs auch dieselbe introvertierte Art wie Tony. Aber er entwickelte sich ganz anders als Tony. Während Tony sozial gesehen offener wurde, wurde Nils zunehmend ängstlich und sichtlich nervös. Die letzte Zeit war er oft bei mir unten im Büro. Meistens ohne etwas zu sagen. Man hatte den Eindruck, dass er über einem großen Geheimnis brütete, etwas, worüber ich mir damals aber keine großen Gedanken machte. Ich hatte mehrere Studenten, die zu dramatischen Auftritten neigten oder sich wie Nils benahmen. Ich deutete dieses Benehmen ganz einfach als normales Sturm-und-Drang-Getue. Außerdem hatte Nils ja Freunde. Ein Netzwerk. Nils hatte um ein Treffen gebeten, genau an dem Tag, als er verschwand. Ein Treffen, das also niemals stattfand. Du lieber Gott. Alle diese lieben Studenten.«

Camilla trocknete eine Träne im Augenwinkel.

»Und wie starb Nils?«, fragte Kerstin.

»Ja, wie gesagt, man war der Meinung, dass es sich um Selbstmord handelte. Er wurde im Svartån gefunden. Ertrunken. Ich habe im Nachhinein viel darüber nachgedacht und meine

Bedenken gehabt. Die Polizei entdeckte eine große Wunde am Hinterkopf, für die man keine Erklärung hatte. Sie verwendeten den Begriff *Gewalt durch einen stumpfen Gegenstand*. Aber die Todesursache war, wie gesagt, Ertrinken.«

»Das klingt zweifellos verwirrend«, sagte David. »Wurden die anderen Mitglieder des Netzwerks, wie du es nennst, verhört?«

»Ja. Und auch alle anderen an der Schule. Lehrer und Studenten. Natürlich wurde das Hauptaugenmerk auf die gelegt, die Nils am nächsten standen. All ihre Aussagen wurden jedoch als glaubwürdig beurteilt. Und die technische Beweisführung ergab keine Anhaltspunkte in irgendeine andere Richtung. Rein theoretisch wäre es möglich gewesen, dass er schlimm gestürzt und ohnmächtig geworden wäre, und danach in den Svartån gerollt war.«

»Klar doch«, meinte Kerstin. »Das könnte eine glaubwürdige Erklärung sein, insbesondere wenn die betreffende Person einen eindeutigen Hang zu gefährlichen Betätigungen gehabt hat. Zum Beispiel eine Vorliebe fürs Klettern und Balancieren oder überhaupt für waghalsige Dinge. Oder eine Vorliebe für Drogen oder Alkohol. Würdest du sagen, dass Nils so eine Person war?«

»Nein. Ganz im Gegenteil«, meinte Camilla.

»Haben die Kollegen von der Polizei auch einen Unfall im Zusammenhang mit einem Fluchtversuch in Erwägung gezogen?«

»Ja, schon. Aber da der Zeitpunkt des Todes auf den frühen Nachmittag festgelegt wurde, und alles sich mitten in Örebro abgespielt haben musste, ging die Polizei davon aus, dass es Zeugen geben müsste. Da es jedoch keine Zeugen gab, deutete alles auf einen Selbstmord hin. Und noch dazu auf einen extrem tollpatschigen Unfall.«

»Weicheier«, brummte Kerstin vor sich hin. »Jaja. Aber für unser Buch ist das eigentlich nicht so wichtig, oder was meinst du, David?«

»Ich gebe dir vollkommen recht. Aber es wäre interessant, mehr darüber zu erfahren, welche Konsequenzen das für das Netzwerk hatte. Und ganz besonders, wie Antoine darauf reagierte.«

Camilla hielt eine Hand mit einer abwehrenden Geste hoch und winkte mit der anderen. Schließlich kam der Kellner zum Tisch und sie bestellte eine weitere Flasche Wein. Das hatte bei Kerstin einen Blick zur Folge, den David insgeheim als einen Ausdruck von moralischem Schock deutete.

»Beginnen wir mit dem, was du als Freundeskreis bezeichnest«, sagte Camilla und blickte David dabei an. David dachte, dass sie jedenfalls noch keine Schwierigkeiten mit ihrem Kurz- und Langzeitgedächtnis hatte, wenn man ihre erkennbar lockere Einstellung zum Alkohol in Betracht zog.

»Freundeskreis ist nicht der richtige Ausdruck, denn es bedeutete in Wirklichkeit viel mehr. Etwas Intimeres. Ich habe niemals vorher und auch nachher eine Gruppe von Studenten erlebt, die alle aus den unterschiedlichsten Teilen des Landes stammten und sich in kurzer Zeit so nahekamen. Sie hatten sogar einen kleinen Studentenverband, den sie ganz zu Beginn gründeten. Das muss im Herbst 1984 gewesen sein. Sie nannten den Verband *Action Musagète.* Ein typischer Nerdname. Der Studentenverband hielt sich nicht lange, da sie keine weiteren Mitglieder aufnehmen wollten, sondern nur zu sechst, wie sie es bei der Gründung gewesen waren, bleiben wollten. Der Verband und seine geheimen Aktivitäten führten während der zwei Jahre, die Tony bei uns in der Schule verbrachte, eher ein mythisches Dasein. Als Nils starb, dauerte es nicht lange, bevor Tony an einer Probe zur Aufnahme am Konservatorium in Berlin teilnahm. Und er wurde selbstverständlich angenommen.«

»Action Musagète«, sagte David nachdenklich. »Von ›Apollo Musagete‹ habe ich gehört. Apollo als Anführer der Musen, der Göttinnen, die die Künstler inspirieren. Das französische Wort *Action* in dieser Kombination erinnert mich an einen Ableger der Terrorgruppe *Action Directe*.«

»Hehe«, kicherte Camilla. »Na ja, egal, darüber weiß ich gar nichts. Obwohl ich eine formell akademische Ausbildung vertreten und geleitet habe, bin sich selbst nicht im Geringsten an dieser Art von Kenntnissen interessiert. Ich war immer pragmatisch. Entweder ganz oder gar nicht. So bin ich einfach. Aber abgesehen davon und um auf deine Frage zurückzukommen: Natürlich hatte der Tod von Nils Auswirkungen auf die Gruppe. Ich erinnere mich ganz deutlich daran, weil ein interner Konflikt über die bestehende Reservierung eines Raumes entbrannte, den die Vereinigung an der Schule hatte. Ich hatte damals deren Wunsch unterstützt, regelmäßig einen der besten Ensemblesäle nützen zu dürfen, weil sie alle zur künstlerischen Höchstleistung unter den Studenten beitrugen. Ich war der Meinung, dass das, was sie dort taten, für uns alle vorteilhaft sein könnte. Aber als Nils starb, vergingen nur wenige Wochen, bis Tindra Svensson zu mir runterkam und den Raum abbestellte, worauf ein Teil des Kollegiums und die ganze Studentenschaft erleichtert reagierten.«

»Von Tindra Svensson habe ich schon gehört«, sagte David. »Wir haben Georg Lemming getroffen und ich habe Sandra getroffen. Aber wie würdest du die verschiedenen Persönlichkeiten und die Dynamik in der Gruppe aus deiner Perspektive beschreiben?« Der Kellner kam mit einer neuen Flasche Wein und das Gespräch verstummte für eine Weile. Camilla sah nachdenklich aus und zeigte kein Interesse an der Prozedur des Probeschmeckens, die der Kellner infolge eines wahrscheinlich erst vor Kurzem absolvierten Sommelierkurses durchführen wollte. Sie deutete ganz einfach mit ihrem ringgeschmückten und kräftigen Finger in das Glas und befahl »Schenk ein«.

Als der Kellner ihrer Aufforderung gehorsam gefolgt war und die Gesellschaft wieder allein gelassen hatte, fuhr sie fort: »Tja, die Zusammensetzung war hochinteressant. Zuerst will ich noch sagen, dass ich wegen Tindra ein wenig schmunzeln muss. Zu meiner Zeit hieß sie Anna. Aber ich habe ihre politische Karriere verfolgt und muss zugeben, dass der Name Tindra eine bestimmte kommunikative Funktion erfüllt. Aber das Trio Georg, Nils und Tony schien eine spezielle Dynamik zu haben. Zwischen ihnen entbrannte offenbar so etwas wie ein testosteronbedingter Kampf um die Macht in der Gruppe. Obwohl dieser Kampf stets sehr subtil geführt wurde und ihr Kontrollbedürfnis nicht zuließ, dass er sich zu einem offenen Streit entwickelte. Ein Streit, der sowieso sinnlos gewesen wäre wegen des Einflusses, den die jungen Frauen auf die Gruppe hatten.«

»Wie kannst du das wissen?«, fragte Kerstin.

Sehr gut, dachte David, der erst jetzt begriff, dass er die ganze Zeit von der scharfsinnigen Anteilnahme und der enormen Gedächtnisfähigkeit dieser alten Dame so beeindruckt gewesen war, dass er keine ihrer Erzählungen und Behauptungen in Frage gestellt hätte.

Camilla lächelte verschwörerisch.

»Man muss bedenken, dass es sich um eine kleine Schule handelte. Außerdem hatte ich meine Informationsquellen. Nicht nur Nils besuchte mich in meinem Büro. Unter meinen

Informanten gab es Studenten, Lehrer und sogar Reinigungspersonal, die Gespräche oder Kommentare aufgeschnappt hatten, die in ihrer Ganzheit ein glaubwürdiges Muster ergaben. Aus den Treffen mit Tindra Svensson, die während der polizeilichen Ermittlungen zu einer Art Sprecherin der Gruppe wurde, konnte ich ebenfalls einige Erkenntnisse gewinnen. Durch die Art, wie sie über ihre Freunde sprach. Dazu kommt, dass ich eine besondere Beziehung zu Tony hatte.«

»Erzähl«, bat David.

»Habt ihr *Dr. Phil* gesehen?«, gab Camilla Kontra und lachte schallend. Sowohl David als auch Kerstin schüttelten den Kopf.

»Kulturverfall«, sagte Camilla. Diese Behauptung veranlasste Kerstin, einen schnellen Blick zu David zu werfen, der sich kaum ein Schmunzeln verkneifen konnte.

»Wenn ihr nicht wisst, wer das ist, brauchen wir nicht darüber zu sprechen. Es muss genügen, wenn ich sage, dass ich einsah, dass es sich bei Führung zumeist um Therapie handelte und ich meistens die Therapeutin war. Therapie für die Politiker. Therapie für die Lehrer und das übrige Personal. Therapie für die Studenten. Aber mit Tony verhielt es sich anders.« Camilla trank ihren Wein aus und schenkte sich mit einer geübten Bewegung nach.

»Auch Tony kam in regelmäßigen Abständen zu mir herunter. Wir trafen uns das erste Mal persönlich während eines Gesprächs über seine Weiterentwicklung am Ende seines ersten Herbstsemesters. Aus welchem Grund auch immer fasste er schnell Vertrauen zu mir. Befragte mich über Dinge, die ihm Probleme bereiteten.«

»Was zum Beispiel war das?«, warf Kerstin ein.

»Anfangs ging es vor allem darum, wie er sich gegenüber seinen Kollegen verhalten sollte. Und um das Niveau der Lehrer.

Tony war am Anfang seinen Lehrern gegenüber äußerst direkt. Korrigierte sie. Und das mit gewissem Recht. Ich musste deswegen etliche zusätzliche Mitarbeitergespräche führen. Die Gewerkschaft stellte meine Fähigkeit, für deren zufriedenstellendes psychosoziales Arbeitsklima zu sorgen, in Frage, und so weiter.«

»Und wie ging er mit seinen Kollegen um?«

»Na ja.« Camilla nahm schnell noch einen Schluck, bevor sie fortfuhr: »Er brauchte Hilfe, um Signale deuten zu können. Außerdem hatte er Schwierigkeiten, Grenzen zu ziehen, besonders Mädchen gegenüber, die sich für ihn interessierten. Er war nicht fähig, zwischen Freundschaft und Liebe zu unterscheiden.«

»Und das wusstest du?«, gab David von sich. »Darf ich später bei dir wegen einer Lektion vorbeikommen? Gott weiß, wie sehr ich sie benötige.«

Camilla lachte. Kerstin starrte ihn entgeistert an.

»Ich bin natürlich keine Expertin«, gab Camilla zu. »Aber dass ich mich wirklich bemühte, seine Fragen zu beantworten, kam daher, dass sie von so grundlegender und naiver Art waren. Man hatte den Eindruck, dass er Schritt für Schritt und methodisch eine Karte über soziales Verhalten zeichnete. Und wie ich bereits erwähnt habe, glaube ich nicht, dass er krank gewesen ist. Ganz im Gegenteil deuteten seine Fragen auf eine tiefe Einsicht über die Komplexität der sozialen Spielregeln hin. Er konnte spüren, was die Menschen hören wollten. Und anfangs waren das erst einmal nur die Erwartungen der Menschen, die er fühlte. Was ihm wirklich Probleme bereitete, war, dass er die Folgen seiner zu großen Einfühlsamkeit nicht bewältigen konnte. Unsere Gespräche waren manchmal witzig. Wie zum Beispiel als ich ihm erklärte, dass man jemanden nicht küssen muss, nur weil man glaubt, dass der andere das erwartet. Und noch weniger, dass man aus demselben Grund mit jemandem ins Bett gehen muss. Er notierte diese Informationen sorgfältig und versuchte mit meiner Hilfe festzustellen, an welchem Punkt eines freundschaftlichen Verhältnisses es angebracht erscheint, Abstand zu nehmen, um nicht in eine Situation zu geraten, in der man zum Beispiel einen Kuss ablehnen muss. Ich erinnere mich, dass er es genau so ausdrückte. *Zum Beispiel einen Kuss.* Er wollte das vor allem deswegen wissen, um nicht jemandem wehtun zu müssen. Aber nicht, weil er konfliktscheu gewesen wäre.«

»Schlauer Bursche«, meinte David. »Aber was wollte Antoine eigentlich selbst? Die meisten Burschen in dem Alter wollen ja nichts lieber als drauflosknallen. Das ist jedenfalls meine bescheidene Erfahrung.«

»Haha, das gilt bestimmt auch für andere Altersabschnitte, oder, David?« Camilla wartete nicht auf seine Antwort auf die Frage. »Tony war nicht unempfänglich für Frauen. Er hatte auch Gefühle. Aber da, ganz am Anfang wollte er sich *ganz* sicher sein, was er fühlte. Vielleicht wollte er das Unmögliche. Am Ende – wir hatten ja bis zum Schluss Kontakt – drückte er deutlich aus, dass er nun wusste, dass es die Zweisamkeit war, die er anstrebte. Gemeinsam mit jemandem alt werden.«

»Eine lobenswerte Einstellung«, meinte David.

»Aber was hast du bei euren Gesprächen über den Freundeskreis erfahren?«, fragte Kerstin.

»Tja, er erzählte, dass am Anfang einige Intrigen vorgekommen waren. Es handelte sich ja um drei Mädchen und drei Burschen, alle mehr oder weniger heterosexuell. Aber nur einigermaßen«, betonte Camilla mit einem Lächeln und einem Blinzeln zu ihren Gesprächspartnern. »Aber später hatten sie sich gemeinsam zu einer Lösung durchgerungen. Sie hatten gewisse Regeln aufgestellt. Bestimmte Formen, wie sich ihr Umgang miteinander gestalten sollte. Ich habe jedoch leider nicht erfahren, auf was diese Formen hinausliefen und was sie bewirkten. Was ich dagegen doch in Erfahrung bringen konnte, kurz bevor Tony die Schule verließ und nach Berlin studieren ging, war, dass er Anna, ich meine Tindra, für zu dominant hielt, dass sie die Gruppe zu sehr in der Hand hatte und mit ihr machte, was sie wollte.«

»Interessant«, sagte David. »Und beeindruckend zu hören, dass eine Gruppe hormongesteuerter Jugendlicher auf der Suche nach einer, nennen wir es, *strukturellen* Lösung der erotischen Herausforderungen, der die Jugendlichen unterworfen sind, waren.« David machte sich plötzlich Sorgen um sein Schienbein, als er einen Blick von Kerstin erhaschte. »Aber was das Buch anbelangt«, fuhr er hastig fort, »wäre es von Interesse, von dir zu hören, warum Tony so war. Ich meine, weißt du etwas über sein Leben, bevor er an die Musikhochschule kam?«

»Aber sicher.« Camilla nickte. »Er erzählte mir Dinge, die zumindest einen Teil erklären. Seine Eltern hatten eine etwas sonderbare Form für seine Erziehung ausgesucht. Anstatt Tony auf eine Schule mit Internat zu schicken, wie es viele im Ausland ansässige Karrieremenschen machen, hatten sie, nachdem Antoine ein paar Jahre an einer staatlichen Schule in Bromma verbracht hatte, eine Französin angestellt, die gleichzeitig als Haushälterin und Hauslehrerin fungierte. Eine, soweit ich es verstanden habe, sehr gebildete Frau, außerdem Musikerin, aber anscheinend ohne jegliche soziale Kompetenz. Wie es den Eltern gelang, die obligatorische Schulpflicht zu umgehen, ist mir ein Rätsel. Auf der anderen Seite hatte er Zugang zu einer gut sortierten Bibliothek und einer großen Schallplattensammlung. Und natürlich zum Flügel. Die Familie besaß keinen Fernseher. Seine Eltern traf er zu Weihnachten und im Sommer auf der abgelegenen Schäreninsel, die der Familie gehörte. So wie Tony davon erzählte, klang es, als ob die Gouvernante ihn bewusst von anderen Kindern fernhalten wollte. Wahrscheinlich war sie so von den Eltern instruiert worden. Außer der Gouvernante und den sporadischen Kontakten mit seinen Eltern waren daher die Bücher und die Musik die einzigen Mittel, durch die er seine Umwelt verstehen lernte. Als ich das hörte, erstaunte mich sein Verhalten nicht mehr im Geringsten.« Camilla Jaern umfasste den Flaschenhals mit einem kräftigen Griff und schenkte sich nach.

»Du hast bislang nur von Tindra und den drei Burschen erzählt«, sagte Kerstin. »Was ist mit den anderen Mädchen der Gruppe, wie waren sie?« David verstand, dass er auch diese Frage absichtlich vermieden hatte. Wahrscheinlich, dachte er, wollte er keine Information, die ihn aus dem sonderbaren Gefühlsdilemma, in das er durch Sandra geraten war, befreite.

»Ich weiß eigentlich nicht, wo ich anfangen soll«, sagte Jaern. »Doch, ich weiß. Ganz allgemein. Alle drei jungen Frauen hatten, genau wie die männlichen Mitglieder der Gruppe, glänzende Begabungen auf ihren unterschiedlichen Instrumenten und Fachgebieten. Wie Tony und die anderen Burschen verstanden sie es, ihre Lehrer und Mitstudierenden zu verunsichern, weil sie sowohl in musikalischer Hinsicht wie auch auf anderen geistigen Ebenen einen riesigen Vorsprung hatten. Versteht mich nicht falsch. Die Lehrer an der Schule waren gut. Durchaus vergleichbar mit dem Niveau, das an Musikhochschulen in anderen Teilen von Schweden herrschte. Oder zumindest fast. Es war einfach so, dass diese sechs Jugendlichen aus der Norm fielen. So viel Talent auf einmal ist nicht der Normalzustand an einem Ort wie der Musikhochschule in Örebro, einer Schule, die nicht gerade die Begabtesten an sich zog. Denn die wirklich Begabten wollten meistens nach Stockholm an die Königliche Musikhochschule. Oder eventuell nach Göteborg oder Malmö. Na ja, ich erzähle euch ein bisschen mehr über Tindra. Sie hieß damals, wie bereits erwähnt, eigentlich Anna. *Sivinius* im Nachnamen.«

»Ach«, sagte David. »Die finnische Musikerdynastie?«

»Ganz richtig, junger Mann«, sagte Camilla. »Ich verstehe eigentlich nicht, warum sie *beide* Namen änderte. Eine Heirat war auf jeden Fall nicht der Grund dafür. Ist auch unklar, ob es jemand mit ihr als Partnerin aushalten würde.« Jaern schauderte. »Mich hat es keineswegs erstaunt, als ich las, dass sie später eine politische Karriere eingeschlagen hat. Schon während ihrer Studienzeit hat sie sich im Schulrat betätigt. Und war bereits damals eine ausgezeichnete Rednerin. Aber auch unangenehm.« David beugte sich vor, um eine Frage zu stellen, wurde aber aufgehalten, weil Camilla Jaern ihre Hand abwehrend hob.

»Lass mich weitersprechen. Ich bin zu alt, um unterbrochen zu werden. Außerdem weiß ich, was du fragen wolltest: *Inwiefern war sie unangenehm*. Nicht wahr, David?«

David konnte nur nicken. »Siehst du«, meinte Camilla. »Ja, wie gesagt, unangenehm. Das ist aber nur eine ganz und gar subjektive Meinung. Ich persönlich habe sie immer als manipulativ empfunden. Ich fühlte mich manchmal während Sitzungen, bei denen sie in ihrer Rolle als Vorsitzende des Schulrates dabei war, komplett wehrlos. Wenn sie zu mir ins Büro kam, hatte ich normalerweise feste und klar definierte Standpunkte, bevor wir mit den Verhandlungen begannen, egal worum es ging. Aber als sie mich verließ, hatte ich plötzlich meine Ansicht geändert, ihren Blickwinkel als einleuchtend übernommen.

Nach einigen Stunden kam ich dann aber drauf, dass ich eigentlich noch immer derselben Ansicht wie anfänglich war. Da war es aber bereits zu spät. Ich hatte einen Beschluss gefasst. Ich schickte dann in weiterer Zukunft meinen Stellvertreter zu den Sitzungen, allerdings ohne Beschlussmandat. Auf diese Art konnte ich seine Aufzeichnungen verfolgen und aufgrund dieser meinen Beschluss fassen. Das machte alles reibungsloser, obwohl es Tindra ärgerte, dass sie keinen direkten Zugang mehr zur Beschlussfassung hatte.«

»Oh, genial«, sagte David. »Ein wenig im Stil von *House of Cards*.«

Camilla Jaern hatte diese amerikanische Fernsehserie mit politischen Skandalen und Intrigen als Hauptthema anscheinend auch verfolgt. Sie strahlte übers ganze Gesicht.

»Genau so«, rief sie aus. Sie füllte ihr Glas wieder auf. Die zweite Weinflasche neigte sich jetzt dem Ende zu, aber noch konnte David keine Anzeichen feststellen, das Camilla Jaerns Verstand nachließ. Eine geringfügige Röte auf den Wangen war das einzige Zeichen eines möglichen Rausches, das ihm auffiel. *Ein richtiger Profi*, dachte David anerkennend.

»Noch etwas«, sagte Camilla Jaern. »Tindra brachte Spitzenleistungen auf eine Weise, die mich auf jeden Fall erschreckte. Es ist eine Sache, musikalisch hochbegabt zu sein, etwas, das Tindra selbstverständlich auch war. Aber sie war noch mehr. Sie konnte gar nicht genug lernen. In ihrem letzten Jahr an der Schule erfuhr ich, dass sie gleichzeitig auch Medizin studierte. Einige Jahre nach der Abschlussprüfung an der Musikhochschule traf ich sie zufällig im Warteraum des Regionskrankenhauses. Ich war wahrscheinlich wegen meiner jährlichen Gesundenuntersuchung dort, nehme ich an. Sie tauchte in einem weißen Mantel mit Namensschild auf. Sie machte da ihren Turnusdienst. Sie erklärte mir lächelnd, dass sie sich auf Chirurgie spezialisieren wollte. Und dass sie daneben noch eine gerade in Schwung kommende Karriere als Sängerin bei verschiedenen Renaissance-Ensembles machte. Ungefähr zur gleichen Zeit begann ihr Name in der Lokalpolitik aufzutauchen. Gemeinderätin. Danach der Landtag. Sie übersiedelte dann nach Stockholm, und es dauerte nicht lang, bis man über ihr politisches Engagement in der Presse lesen konnte. Obwohl es einige Zeit dauerte, bis ich begriff, dass Tindra Svensson identisch mit Anna Sivinius war.«

»Chirurgie, sagtest du?«, fragte Kerstin. »Weißt du, ob sie ihre Pläne im Hinblick auf die Spezialisierung ausführte?«

»Keine Ahnung.« Camilla unterdrückte ein Gähnen und schaute auf ihre goldene Armbanduhr. »Aber es würde mich erstaunen, wenn sie es nicht getan hätte. Sie führte immer aus, was sie sich vorgenommen hatte.«

Endlich Zeichen von normaler Reaktion auf den Rotwein, dachte David.

»Okay«, sagte Kerstin. »Das bietet wohl einen ausreichenden Grund, warum wir im Zusammenhang mit unserer weiteren Arbeit mit Tindra Svensson sprechen sollten. Sei so gut und übermittle uns noch deinen Eindruck von Sandra und Rebecka, bevor wir dich verlassen müssen. Es ist bereits spät und ich nehme an, dass du …«

Camilla Jaern unterbrach Kerstin mit einem deutlichen »Bah! Auf mich braucht ihr keine Rücksicht nehmen. Ich bekomme meinen Schönheitsschlaf noch früh genug, aber zuerst will ich noch ein bisschen in der Bar abhängen. Na gut. Beginnen wir mit Rebecka. Fantastische Stimme. Super Jazzsängerin. Ihr habt sie sicher gesehen und gehört, sie ist ja auch aus Radio und Fernsehen bekannt.«

David nickte, während Kerstin, wenig erstaunlich, den Kopf schüttelte.

»Sie fiel eigentlich nicht sonderlich auf, außer durch ihre große allgemeine Begabung. Ein fantastisches Gehör und ein großes improvisatorisches Talent. Wenn ich mich recht entsinne, hatte Tony am Anfang eine kleine Liebelei mit ihr. Rebecka jazzte aber bald weiter. Sie hatte den Ruf einer Frau, die die Herzen der Männer bricht. Ich erinnere mich an einige junge Männer mit Pudelfrisuren, die sich in meinem Büro über ihr unglückseliges Schicksal, das sie Rebecka in die Schuhe schoben, beklagten.«

»Und Sandra?« David konnte sich vor Neugier nicht mehr zurückhalten.

»Sandra war, soweit ich mich erinnere, ein richtiges Frauenzimmer. Flink im Kopf und natürlich auch eine hochbegabte Musikerin. Meine Informationen über sie deuten nur darauf hin, dass sie von allen bewundert wurde, von Lehrern genauso wie von den Studenten. Hohe Integrität, eine Person, die einem sofort Respekt einflößt, aber auch Vertrauen. Mit einer außergewöhnlich scharfen Zunge, muss ich hinzufügen, das machte sie meiner Meinung nach jedoch menschlicher und interessanter neben all ihren herausragenden Fähigkeiten.«

»Noch eine letzte Frage«, sagte Kerstin. »Erwähnte Tony jemals seine früheren Freunde, als ihr die letzten Male miteinander gesprochen habt?«

Camilla trank entschlossen den letzten Schluck Wein aus, bevor sie antwortete.

»Ja und nein. Ich fand, dass er öfter die alten Zeiten erwähnte als in früheren Gesprächen. Wie eine Art vorsichtiges Abtasten dessen, was früher war. Aber namentlich erwähnte er keinen von ihnen. Vielleicht mit Ausnahme von Lemming. Er ließ mich wissen, dass der Arme zum Ostseefestival kommen würde. Dabei vermied Tony es, seinen Namen zu nennen.«

»Okay, Camilla. Ich denke, wir sind fertig. Findest du nicht auch, David?«

*

Die Telefone von beiden begannen zu piepsen, als sie die Geräte auf dem Weg zum Parkplatz nach dem Treffen mit Camilla Jaern wieder einschalteten. »Wenn man von der Sonne spricht«, sagte David. »Treffen mit Tindra Svensson morgen zum Mittagessen!«

»Ausgezeichnet. Fahre hin und schreibe alles auf, was sie sagt. Ich selbst habe einen Vorschlag für ein früheres Treffen mit Gyllén in der Berwaldhalle bekommen. Das möchte ich unbedingt wahrnehmen. Es zahlt sich nicht aus, dass du am Vormittag nach Bandhagen hinausfährst, David. Wir verschieben das Karatetraining stattdessen auf den Nachmittag. Bleib beim Mittagessen daher bei Mineralwasser«, sagte Kerstin.

David murmelte etwas Unverständliches, entschloss sich dann jedoch zu einem klaren und deutlichen Okay.

»Das war ein äußerst interessanter Tag. Meinst du nicht auch, David?«

»Auf jeden Fall. Da gibt es jetzt Material für eine ganze Riege von Therapeuten. Wir sollten doch Dr. Phil anrufen, trotz allem«, erwiderte David.

»Damit musst du warten, bis die Ermittlungen vorüber sind«, antwortete Kerstin mit einem angedeuteten Lächeln, das David bestätigte, dass Kerstin nur so tat, als würde sie nicht verstehen, dass er nur Spaß machte.

Vielleicht war es die Aussicht, dass er in knapp zwei Stunden ins Wirströms stürmen würde, um sich einen Schlummertrunk zu gönnen, die ihn so aufgekratzt machte, als er kurz danach wieder im Audi saß, mit Kerstin neben sich auf dem Beifahrersitz. Kerstins Alkoholverbot hatte für ihn nur bedingte Gültigkeit. Ein paar Pilsner würde er sich gönnen können, ohne dass der verdammte Apparat morgen in der Früh anschlagen würde. Andererseits hatten die Gespräche sein aufrichtiges Interesse geweckt, nicht zuletzt jene, die er mit seiner Reisegefährtin geführt hatte. Kerstin hatte ihn wieder einmal überzeugt, dass sie in ihrem früheren Beruf ausgesprochen tüchtig gewesen war. Er hatte den Eindruck, dass die Herausforderungen und der Reiz der Ermittlungen in ihm eine schwache, aber dennoch eindeutig vorhandene Arbeitslust geweckt hatten, eine Lust, von der er gedacht hatte, dass sie durch den mehr oder weniger ständigen Alkoholkonsum, dem er sich in letzter Zeit hingegeben hatte, bereits verdrängt worden war. Diesbezüglich machte er sich nichts vor. Vielleicht würde ihn dieser Auftrag eine Zeit lang aus seinen schlechten Gewohnheiten herausholen. Aber er kannte seine Energiekurve nur zu gut. Bald würden die alten Routinen wieder die Oberhand bekommen.

Kerstin war bereits in Arboga eingeschlafen. Das Briefing musste daher warten. Auch David war ziemlich müde. Es würde eine lange Fahrt werden. Sein Körper war es nicht gewohnt, dass der Tag mit solchen physischen Aktivitäten begann, wie Kerstin sie ihm aufzwang. Da es außerdem bereits Nacht war, wurde die Autofahrt zu einem außergewöhnlich riskanten Vorhaben. Der Schneefall wurde stärker und bald schafften es die Scheibenwischer nicht mehr. David fuhr langsamer und schaltete das Autoradio ein. P2 übertrug live eine Aufführung aus der Oper von Malmö. David stellte fest, dass sein Ärger über die künstlerische Auswahl genau richtig bemessen war, um sich auf dem Weg bis Bandhagen wachhalten zu können.

Einige Kilometer hinter dem Audi fuhr ein schwarzer Volvo, der wiederum von einem wesentlich älteren Saab verfolgt wurde, der den Abstand zum Auto vor ihm manchmal verringerte und manchmal vergrößerte.

Der Maestro

Haben sie mich woanders hingebracht? Die IKEA-Uhr ist nicht mehr da. Der Raum sieht anders aus. Oder haben sie mich nur umgedreht?

Der Maestro glitt zwischen Bewusstsein und einem traumartigen Gewebe aus Erinnerungen hin und her. Oder eher einer Schneeschmelze. Es war zur selben Zeit schmerzlich, aber auch befreiend, nicht die Kraft zu haben, die Erinnerungen im Zaum halten zu können. Sie lebten jetzt in seinem Inneren ihr eigenes wildes und freies Leben. Das fühlte sich gut an.

Die Entdeckung der musischen Sprache bedeutete Verantwortung. Das war ihnen immer klar gewesen. Sie verwendeten sich selbst als Versuchskaninchen drinnen im Ensemblesaal während langer Abende und Nächte. Robert und Barbara veränderten sich dadurch mehr als die anderen. Sie begriffen, dass sie gleichzeitig mit der Entwicklung der musikalischen Komponenten auch ein Gegengift finden mussten, für den Fall, dass die Reaktionen zu intensiv werden würden. Das war ihnen schmerzhaft bewusst geworden, als Robert sich beinahe nicht mehr aus einem psychotischen Zustand lösen konnte, nachdem er sich einer musikalischen Sequenz ausgesetzt hatte, die in ihm Stille und Ruhe hervorrufen hätte sollen.

Während sie Schritt für Schritt eine Kartothek musikalischer

Cocktails aufbauten, hatten sie viele lange Diskussionen geführt, wie sie ihr Wissen anwenden könnten.

Falls sie es überhaupt jemals zu irgendeinem Zweck anwenden würden.

Oder es vielleicht nur als eine geheime Waffe zu bewahren.

Hildegard hatte, gegen den strikten Willen der Gruppe, begonnen, einige Sequenzen an Menschen zu testen, die nicht zu der Gruppe gehörten.

Eigentlich nichts Dramatisches, aber doch ziemlich riskant.

Es handelte sich um musikalische Sequenzen, die sie in die gesprochene Sprache übersetzt hatte.

Indem sie die gesprochene Sprache, die ja konkrete Bedeutungen beinhaltet, nützte und sie mit Rhythmus, Klang und Sprachmelodie verknüpfte, war es ihr gelungen, einen feinen Widerhall der reineren Formen der Sequenzen zu erschaffen.

Das war die »Superkraft« von Hildegard, die sie »Fähigkeit« nannte.

Von den anderen hatte nur Clara es geschafft, mehr als nur die Grundlagen zur Übersetzung der musischen Sprache in die gesprochene Sprache zu erlernen.

Ansonsten hatten sie klar abgegrenzte Rollen und Aufgabenbereiche, die sie jeder für sich vorbereiteten und über die sie dann bei ihren Treffen im Ensemblesaal berichteten.

Die grundsätzlichen Aufgabenbereiche waren bereits bei der Taufe der einzelnen Mitglieder klar definiert gewesen.

Ludwig war vielleicht etwas taub gegenüber den Menschen.

Aber er hatte dennoch die außergewöhnliche Gabe, die Menschen abzuhören, ihnen zuzuhören und das Gehörte in Melodie, Klang und Rhythmus zu übersetzen.

Er konnte auch ablesen, was die Menschen sich am meisten wünschten.

Mit Musik konnte er ihre Wünsche auf einem abstrakten Niveau bestätigen.

Aber Hildegard fand das nicht ausreichend.

Sie fertigte Listen an.

All diese Listen.

Es waren Variationen, wie unterschiedliche Gefühle verstärkt werden können.

Ludwigs Aufgabe bestand darin, sie alle in Musik zu übertragen.

Barbara durfte sie sortieren, kategorisieren und gruppieren.

Clara hatte ein gutes Ohr, um die Musik zu korrigieren und Ergänzungen zu machen, die den Ausdruck verfeinerten und raffinierter machten.

Ella bekam den Auftrag, ausgehend vom vorliegenden Material zu improvisieren und zu experimentieren. Aus ihrer Arbeit entstand wieder neues Material, das Ludwig zur Bearbeitung vorgelegt wurde.

Der nächste Schritt bestand darin, komplexe Gefühle zu schaffen und diese mithilfe der Musik in eine bestimmte Richtung zu lenken. Vom Chaos bis zur Versöhnung.

Von Ausgeglichenheit über Unruhe zu bodenloser Trauer. »Glühende Überzeugung« war für Ludwig eine schwer zu knackende Nuss gewesen.

Es fühlte sich an, als streckte er sich nach einer Frucht, die zu weit oben und zu weit außen am Zweig hing.

All diese Listen.

Und Hildegard, die ihr rasendes Tempo stets beibehielt und niemals aufgab.

Gyllén, 13. Dezember

Kerstin wachte früh auf, weil ihr Knie stark schmerzte. So lange zu sitzen, wie sie es am Tag und am Abend davor getan hatte, war absolut keine gute Idee gewesen. Sie hoffte, dass dieser Tag einiges mehr an Bewegung bringen würde. Sie hatte beschlossen, den ganzen Weg vom Bahnhof bis zur Berwaldhalle zu Fuß zu bewältigen. Außerdem wollte sie am Abend ein Karatetraining absolvieren. Freilich nicht im *Dojo* des Klubs, sondern nur mit David, den sie anfangs für eine wenig unterhaltsame, untaugliche Person gehalten hatte. Seit Kurzem betrachtete sie ihn jedoch mit nachsichtigerem Blick. Diese Geschichte machte sie unsicher. Hätte sie ihn in ihrer früheren Rolle als Chefin der staatlichen Mordkommission kennengelernt, wäre David mit wehenden Fahnen hinausgeflogen. War sie jetzt womöglich im Begriff, ihr sicheres Urteilsvermögen einzubüßen?

Kerstin schaltete den Fernseher ein und ließ die Übertragung der traditionellen Luciafeier im Hintergrund laufen, um ihre morgendliche Stimmung zu verbessern. Der gestrige Tag war einerseits voller interessanter Beobachtungen, andererseits voller widersprüchlicher Erlebnisse gewesen. Während sie ihr Frühstück vorbereitete, das seit mindestens fünfunddreißig Jahren beinahe zu einem Ritual geworden war, versuchte sie die gesammelten Informationen zu ordnen. Das war nicht einfach. Die wenigen, durch Beweise belegten Fakten waren natürlich nach wie vor eindeutig. Oder es wirkte jedenfalls so auf den ersten Blick. Etwa dass Malå, nachdem man ihm die Haut abgezogen hatte, wahrscheinlich gestorben war. Andererseits schwirrten die unterschiedlichen Beschreibungen von Malås Persönlichkeit in ihrem Kopf herum und erschwerten ein Verständnis der Zusammenhänge. Zum Beispiel das Bild, das Camilla Jaern von ihm gezeichnet hatte und das sich mit dem vorherrschenden Mythos nicht vereinbaren ließ, aber zumindest teilweise von Sandra Helander bestätigt worden war. Vorausgesetzt, dass man Davids Worten Glauben schenken konnte.

Plötzlich wurde sie von einer ganz persönlichen Unruhe gepackt. Ihr fiel ein, dass sie vollkommnen auf die Weihnachtsgeschenke vergessen hatte. *Verdammt.* Sie musste für den morgigen Tag einen Blitzbesuch in Högdalen einplanen. Wenn es sich ausging. Ihre Tochter würde es ihr immer und ewig vorhalten, wenn Kerstin nicht peinlich genau die auf einer Liste notierten Dinge kaufen würde. Und dann würde sie am Heiligen Abend dort sitzen müssen, mit dem Schwiegersohn als einzigem Verbündeten, und sich die mehr oder weniger subtilen Anschuldigungen ihrer Tochter anhören müssen, wie sehr sie als Mutter versagt hatte. *Du lieber Himmel.* Kerstin hatte auf einmal eine Idee. Vielleicht könnte das ihr Weihnachten retten.

*

Der Spaziergang zur Berwaldhalle war anstrengender, als sie erwartet hatte.

Kerstin hatte während der ersten hundert Meter die Krücke nicht benutzt, hatte aber auf der Höhe von Kungsträdgården aufgeben müssen. Der Schmerz im Knie war zu stark.

Eigentlich hatte sie sich bereits auf der Höhe von Dramaten trotz der Krücke ziemlich geschafft gefühlt. Der eisige Wind von Nybroviken hatte das Seine dazu beigetragen, dass sie den Weg wie eine Wanderung nach Golgatha empfunden hatte.

All das hatte sie dermaßen geärgert, dass ihr der Zorn wieder neue Energie verschaffte. Sie wollte auf keinen Fall aufgeben, obwohl sie wusste, dass sie in der Verwaltung der Berwaldhalle vermutlich verschwitzt wie ein schwedischer Tourist auf Mallorca ankommen würde. Als sie endlich dort angelangt war, musste sie zu ihrer Überraschung erfahren, dass man die Verwaltung in eine gelbe Villa verlegt hatte, die mit Holzverzierungen aus der Jahrhundertwende geschmückt war. Die Villa lag nur einen Katzensprung von dem modernistischen Betonklotz der Berwaldhalle entfernt.

Ragnar Gyllén hatte stahlgraues Haar und trug eine übergroße, goldfarbene Pilotenbrille. Er lächelte breit und zeigte seine imponierende Fähigkeit zum Multitasking, indem er gleichzeitig eine Zigarre paffte und seine Hand vorstreckte, die Kerstins Hand mit einem kräftigen Druck umfasste. Sie hingegen schätzte ihn rasch als ein Alphatier ein, von der Art, wie es ihr nicht gerade sympathisch war. Dunkler Nadelstreifanzug. Eine überaus farbenprächtige Krawatte, die seine Neigung zum Künstlertum und eine angemessene Prise Bohemien durchscheinen lassen sollte.

David hatte Kerstin Informationen über Gylléns früheres Leben besorgt, wonach seine berufliche Karriere keineswegs im künstlerischen Fach beheimatet war. Er hatte in der Vergangenheit als Jurist eines kleineren Gewerkschaftsverbandes gearbeitet und seine Rekrutierung war nur dadurch zustande gekommen, weil ein Parteigenosse als Vorsitzender in der Leitung der Berwaldhalle saß. Dieser Parteigenosse hatte sich, wie David herausgefunden hatte, weniger für seine Referenzen interessiert, sondern in erster Linie das damals akute Führungsproblem der Berwaldhalle und dessen Lösung im Blickfeld gehabt.

»Sieh an, Kerstin Armfeldt, es ist mir eine Ehre«, sagte Gyllén und ließ seine Zigarre aufglühen.

»Genau«, sagte Kerstin und befreite ihre Hand aus Gylléns Griff, da er den Zeitraum, den Kerstin dieser Aktivität üblicherweise widmete, längst überschritten hatte.

»Du bist kleiner, als ich mir dich vorgestellt habe. Aber natürlich in *positiver* Hinsicht«, fügte Gyllén schnell hinzu und machte eine einladende Geste zu einem der beiden Fauteuils, die vor einem dunkelbraunen Schreibtisch aus massivem Holz platziert waren.

»Ich hingegen hatte über deine Größe im Vorhinein nicht die geringste Vorstellung, denn bis vor dieser Woche hatte ich nicht einmal eine Ahnung von deiner Existenz«, sagte Kerstin. »Ich stehe übrigens gerne. Das Knie. Es wird steif, wenn ich zu lange sitze. Aber setz du dich nur hin«, meinte Kerstin, die bemerkt hatte, dass die Besucherfauteuils sich viel weiter unten befanden als die Position des Gastgebers hinter dem Schreibtisch. Sie blieb also stehen und wanderte im Raum hin und her. Nicht weil sie das Knie schmerzte, sondern weil sie fest entschlossen war, Gylléns offener und peinlicher Machtdemonstration Widerstand zu leisten. Natürlich wusste sie, dass es unter ihrer Würde war, sich von ihm provozieren zu lassen, schrieb dieses für sie etwas ungewöhnlich freche Benehmen aber ihrer neuen Betätigung als Schriftstellerin zu. *Man hat jetzt immerhin künstlerische Freiheit*, dachte Kerstin und amüsierte sich insgeheim auch darüber, dass sie Gyllén durch ihren Streich in Verlegenheit gebracht hatte.

Sie sah sich im Zimmer um. Im Bücherregal hinter Gyllén standen drei Fotografien im Silberrahmen nebeneinander. Am linken Foto sah man, wie Gyllén Schaljapin umarmte. Auf dem Foto auf der rechten Seite umarmte er Malâ, der alles andere als vergnügt wirkte. Das Foto in der Mitte zeigte eine gemeinsame Umarmung von Schaljapin, Gyllén und Malå. *Eigenartig, diese lustlosen Umarmungen von Männern, die gar nicht dazu in der Laune zu sein scheinen*, dachte Kerstin. An der kurzen Seite des Schreibtisches stand ein Modell der Berwaldhalle. Gyllén folgte Kerstins Blick.

»Das hier ist mein Traumprojekt«, sagte er vergnügt. »Mit einem Ausbau des öffentlichen Teils, aber auch mit mehr Raum für die Musiker. Die Gewerkschaft bekommt ihren Anteil, auch bei Traumprojekten. Und selbstverständlich ein Restaurant, das das ganze Jahr über geöffnet hat. Und natürlich *Fine dining*«, erklärte Gyllén.

»Wie wird der Betrieb finanziert?«

Kerstin ließ ihren Blick wieder zu den Fotografien im Bücherregal schweifen.

»Das ist ja das Problem«, sagte Gyllén und runzelte die Stirn. »Wir werden durch die Mittel aus den Radiolizenzen finanziert. Unsere Tätigkeit dient ausschließlich dem Zweck, dass die Konzerte aufgenommen und im Radio und im Fernsehen gesendet werden.«

»Das klingt so, als wären öffentliche Räume und das Restaurant im Hinblick auf den Auftrag schwierig zu begründen, oder?«, fragte Kerstin.

»*Denn das Radiopublikum benötigt ja keine öffentlichen Räume*«, stellte Gyllén fest und schüttelte den Kopf. »Du redest wie mein Aufsichtsrat. Und es stimmt. Du hast recht. Andererseits bin ich der Meinung, dass mehr Raum auch eine wesentliche Voraussetzung für unsere gemeinsamen Bemühungen, ausgezeichnete Qualität zu liefern, darstellt. Außerdem müssen wir an alle internationalen Stars denken, die bei uns Gastspiele geben. Sie klagen über die derzeitigen Einrichtungen.«

»Ach so«, sagte Kerstin, »mir war nicht bewusst, dass gastierende Stars ein treibender Faktor bei allgemeinen Bauinvestitionen sein können. Aber man lernt nie aus. Und wie läuft es mit deinem Traum?«

»Nicht so schlecht«, erwiderte Gyllén. »Ich glaube, dass es mir gelungen ist, die Stadt und den Provinziallandtag für Investitionen zu interessieren, wenn ich im Gegenzug die Halle durch Kinder- und Jugendveranstaltungen füllen kann. Das ist intern ein harter Brocken, aber ich bin hoffnungsvoll, dass wir es schaffen.«

»Worin bestehen die internen Herausforderungen?«

»Darin, dass sich die Musiker nicht gänzlich der Idee eines erweiterten Konzertbetriebs in Hinblick auf Kinder und Jugendliche verschließen, wenn ich es einmal vorsichtig ausdrücke. Aber wie gesagt, ich glaube, dass wir das schaffen werden«, sagte Gyllén und klopfte auf den Tisch. Kerstin, die als Bezugsrahmen für Personen aus der klassischen Musikwelt nur David Westerdahl und später dann Georg Lemming und Camilla Jaern hatte, konnte nicht verstehen, warum man ausgerechnet Kinder dieser Sorte von Menschen ausliefern sollte.

»Aha«, sagte sie, »das klingt wirklich nach einer Herausforderung. Dazu kann ich nur viel Glück wünschen.«

Kerstin hatte eine Idee.

»Übrigens, mit welchen Politikern verhandelst du wegen deinem Traumprojekt?«

Gylléns Blick wurde unsicher und er drehte die Zigarre, die er noch immer in der rechten Hand hielt.

»Wie soll ich sagen«, begann er, »verhandeln ist vielleicht zu viel gesagt. Im Moment handelt es sich vorwiegend um informelle Gespräche. Flüchtige Treffen bei offiziellen Sitzungen und so weiter. Das Ganze ist wirklich sehr heikel. Ich möchte daher nur ungern …« Kerstin unterbrach ihn.

»Du möchtest nur ungern, das verstehe ich. Aber du brauchst keine Angst zu haben, dass darüber etwas in unserem Buch auftauchen wird. Ich bin einfach nur neugierig. Und wenn ich meine Neugierde befriedigen möchte, habe ich noch immer die Möglichkeit, den Vorsitzenden im Provinziallandtag oder im Kulturamt der Stadt anzurufen.« Kerstin versuchte so gleichgültig, aber gleichzeitig so verständnisvoll wie möglich zu lächeln.

»Okay, Kerstin, du hast gewonnen. Ich möchte nicht, dass du in dieser Sache herumstöberst. Das könnte mir größte Schwierigkeiten bereiten. Die, mit denen ich bisher gesprochen habe, sind Tindra Svensson, die Landeskulturrätin ist, und Margareta Bystedt aus der Kulturverwaltung der Stadt.« Er zündete seine Zigarre wieder an und machte ein paar schnelle Züge.

Sieh an, dachte Kerstin, *ein weiteres Glied in der Kette.*

»Tindra Svensson«, sagte Kerstin. »Der Name kommt mir bekannt vor.«

»Ganz sicher hast du von ihr gehört. Man hat sie in letzter Zeit recht oft im Fernsehen gesehen. Hart im Nehmen, aber sie bringt verdammt noch mal etwas weiter. Sie bekommt, was sie will«, sagte Gyllén. »Und hübsch ist sie auch noch, und ein bisschen weibliche Schönheit kann ja nicht schaden.«

Du liebe Zeit, dachte Kerstin. *Dieser Kerl hat wohl nicht alle Tassen im Schrank.*

Stattdessen meinte sie: »Interessant. Aber kümmern wir uns um mein Anliegen. Wie ich gegenüber deiner Sekretärin erwähnte, schreibe ich ein Buch über Antoine Malå. Dabei suche ich natürlich relevante Personen auf, die mir über seine künstlerischen Fähigkeiten Auskunft geben können. Meine Aufgabe besteht darin, das Projekt zu koordinieren und aufgrund meines beruflichen Hintergrundes zu versuchen, die letzte Zeit im Leben von Malå zu beleuchten.«

»Wen noch außer mir möchtest du zu diesem Zweck aufsuchen, wenn ich fragen darf?«

Kerstin biss sich auf die Lippe. *Warum, um Gottes willen, musste ich das erwähnen,* dachte sie. Sie ließ sich die Frage kurz durch den Kopf gehen. David hatte ja ausdrücklich betont, dass das Nennen seines Namens und seine Teilnahme beim Schreiben des Buches bei Gyllén eine negative Reaktion heraufbeschwören könnte.

»Das sind einige«, meinte Kerstin, die ihre Geistesgegenwart wiedergefunden hatte. »Einer davon ist Jan-Lennart Simonsson. Ein Flötist, falls er dir bekannt ist.« Kerstin nahm sich in Gedanken vor, David zu bitten, dass er Jan-Lennart über seinen neuen Status als literarischer Konsulent informieren sollte.

»Jalle«, rief Gyllén aus. »Ein guter alter Flötist. Es ist lange her, dass ich ihn gesehen habe. Ich frage mich, wo er sich herumtreibt. Er war in früheren Jahren ziemlich oft bei uns. Als Ersatzmusiker also.« Gyllén beugte sich hinunter und zog eine Schreibtischlade heraus, in der sich ein Aschenbecher aus Kristall befand, den er in die Mitte des Schreibtisches stellte.

Kerstin packte die Gelegenheit beim Schopf, um das Gespräch in eine andere Richtung zu lenken und weiteren Fragen über ihre Referenzpersonen aus dem Weg zu gehen.

»Wie würdest du als Chef der Berwaldhalle Antoine Malå charakterisieren?«

»Antoine«, meinte Gyllén nachdenklich.

Antoine. Nicht Tony, dachte Kerstin.

»Antoine war ein witziger Typ«, fuhr Gyllén fort. »Hart beim Verhandeln. Das öffentlich finanzierte Scheckheft wurde ordentlich strapaziert, immer wenn es um seine Gage ging.«

»Ach so, ich dachte, dass Dirigenten wie Malå solche Dinge über eine Agentur regeln lassen«, sagte Kerstin.

»Ja, das stimmt schon. Aber Antoine wollte immer höchstpersönlich bei der ersten Verhandlungsrunde anwesend sein, um die Messlatte zu legen, danach durfte der Agent in der Schlussrunde übernehmen. Antoine hatte die Gewohnheit, dabei ein sehr niedriges Niveau anzugeben, das man dann in den weiteren Verhandlungen respektvoll außer Acht zu lassen hatte. Die Summe, die er schließlich akzeptierte, lag in der Regel weit über dem Betrag, den er zu Beginn als den Niedrigstmöglichen genannt hatte.«

»Eine eigenartige Verhandlungstechnik«, meinte Kerstin.

»Kann man so sagen. Und doch war sie auf ihre Art einzigartig. Diese Sitzungen begannen so, dass er den niedrigsten Betrag nannte, der allerdings immer wesentlich höher als jener des Vorjahres lag, um dann mit einer minutiösen Abrechnung über die Unzulänglichkeiten des Orchesters und der Administration bei seinem letzten Besuch fortzufahren. Im Detail, und bis ins Kleinste genau«, erklärte Gyllén und dämpfte die Zigarre mit Nachdruck im Kristallaschenbecher aus.

»Kannst du mir Näheres über diese Details erzählen? Wir können mit seinem Bericht über die Musiker anfangen«, forderte ihn Kerstin auf.

»Er hatte immer eine Liste über Musiker bei sich, die er beim Falschspielen erwischt hatte oder die einen *bemerkenswerten Mangel an Eleganz* an den Tag gelegt hatten, wie er es ausdrückte. Nicht selten verlangte er, dass ich zweitere entlassen und bei ersteren die Gage kürzen sollte. Allerdings ließ sich wegen unserer arbeitsrechtlichen Gesetze weder das eine noch das andere durchführen.«

»Und wie reagierte er darauf?«

»Indem er andeutete, dass es einen anderen Weg gibt, der sich ganz einfach *höhere Gage* nennt«, erklärte Gyllén. »Je länger die Liste war, einen umso höheren Zuschlag verlangte er, ganz einfach.«

»Und wie lautete sein Urteil über die Administration des Orchesters?«

»Das möchte ich hier nicht kommentieren«, sagte Gyllén mit Nachdruck. »Aber da du fragst, kann ich dir sagen, dass er mit uns sehr zufrieden war.«

»Glaubst du, dass einer der Musiker, der auf der Liste aufschien, dermaßen verärgert hätte sein können, dass er Rachegedanken schmiedete?«

»Bestimmt nicht. Die Welt der Musiker ist hart und hierarchisch. Malås Verhalten war nicht ungewöhnlich. Niemand wunderte sich darüber, obwohl es vielleicht eine Spur unorthodox war.«

Kerstin war von der Antwort nicht überzeugt, spürte aber, dass sie sich zurückhalten musste. Es gab noch eine Menge zu besprechen, und sie wollte auf jeden Fall vermeiden, dass Gyllén wie Lemming das Gespräch im Zorn abbrach. *Nur noch ein bisschen*, dachte Kerstin.

»Das klingt nach einer Person, die man nicht gerne anstellt. Was hat dich bewogen, Jahr für Jahr wieder auf ihn zurückzukommen?«

»Das ist eine gute Frage«, sagte Gyllén. »Jeder außer Malå wäre wegen eines solchen Benehmens bei den Verhandlungen auf der schwarzen Liste gelandet. Insbesondere weil eine seiner *Listen* sich aus unverständlichen Gründen verselbstständigte und auf Facebook erschien. Eine der Musikerinnen, die Fagott spielte, nahm es mit ihren Statusupdates nicht so genau. Das führte zu monatelanger interner Arbeit auf der zwischenmenschlichen Ebene. Die einzige Antwort, die ich dir geben kann, ist, dass er mit dem Orchester eine magische Atmosphäre schaffen konnte. Eine Saison ohne eine Woche mit Malå am Dirigentenpult führte unter den Käufern der Eintrittskarten zu einem Drama. Aber auch unter den Musikern.«

»Ach ja«, meinte Kerstin. »Wie das?«

»Na ja, die Mitglieder des Orchesters waren zwar geteilter Meinung über Malå als Mensch. Aber in einer Sache waren sie sich einig. Alle waren der Ansicht, dass seine Konzerte einzigartig waren.«

»Verstehe ich dich richtig: Obwohl die Musiker Malå für ein Schwein hielten, standen sie trotzdem auf seiner Seite. Und zwar deswegen, weil er ausgezeichnete Resultate erzielte?«

»Ganz genau«, sagte Gyllén. Er wirkte immer ungeduldiger hinter seinem Schreibtisch. Kerstin ließ sich jedoch nicht beirren. Und schon gar nicht von Gylléns alphatierartigem Verhalten.

»Wenn wir den *Menschen* Malå betrachten. Was lässt sich da über ihn sagen?«

»Tja«, sagte Gyllén strahlend. »Sofort, wenn die Verhandlungen vorüber waren, benahm sich Malå wie ein *richtiger Bruder*.«

Du liebe Zeit, dachte Kerstin, *here we go*.

»Ein *richtiger Bruder*. Erkläre mir, wie du das meinst«, sagte sie, wobei ihre Stimme müder als beabsichtigt klang.

»Antoine wusste, wie man Feste feierte«, sagte Gyllén. »Er wusste auch, wie man andere Dinge des Lebens genießt.«

»Was zum Beispiel?«

»Na ja, wie soll ich sagen.« Gyllén lächelte mit einem Anflug von Schuldbewusstsein im Mundwinkel. »Er hatte bekannterweise die Gabe, auf Frauen anziehend zu wirken.«

»Okay«, sagte Kerstin und hielt ein Seufzen zurück. »Inwiefern kam dir seine Begabung zu feiern und Frauen aufzureißen zugute?«

Gyllén zierte sich.

»Ob es mir zugutekam – ich weiß nicht, ob das der richtige Ausdruck ist. Ich trinke nur mäßig Alkohol und außerdem bin ich auch verheiratet und so.« Gylléns Lachen war vom Tabak ziemlich heiser und rau. »Es war eher so, dass er eine gute Stimmung verbreiten konnte. Besonders wenn Valerij dabei war.«

»Schaljapin?«

»Genau. Valerij neigte dazu, sich in Grübeleien zu verlieren. Und wenn Valerij grübelte, dann passte ihm gar nichts mehr. Dann begann er zu saufen. Wenn ich ehrlich bin, muss ich zugeben, dass wir Valerijs Alkoholabhängigkeit vielleicht sogar unterstützten.«

»Ach ja. Inwiefern?«

Ich gehe davon aus, dass diese Dinge, über die wir jetzt sprechen, nicht im Buch veröffentlich werden«, sagte Gyllén. »Dann könnten wir jetzt eigentlich aufhören. Was ich dir jetzt erzählen werde, handelt eher davon, die Persönlichkeit von Antoine näher unter die Lupe zu nehmen, okay?«

Oder es handelt eher darum, dass du ein unverbesserliches Tratschweib bist, sogar wenn dein Getratsche dir selbst und denen, die du vertrittst, Schaden zufügt, dachte Kerstin.

»Selbstverständlich«, pflichtete ihm Kerstin bei und bedachte ihn mit einem beruhigenden Lächeln. »Du hast vollen Quellenschutz. Sei unbesorgt.«

Gyllén saß nun mit tiefernster Miene da. Er warf einen Blick auf den Aschenbecher und schwieg eine Weile, bevor er wieder das Wort ergriff.

»Jedes Konzert mit Schaljapin war ein Glücksspiel«, sagte Gyllén. »Wir konnten uns niemals sicher sein, ob er auftauchen würde, egal ob bei den Proben oder bei den Konzerten. Er saß meistens in seinem Hotelzimmer. Und war schlechter Laune. Beschimpfte seine Frau am Telefon. Trank Wodka. In seinem Vertrag wurde sogar festgehalten, dass während einer normalen Konzertwoche mindestens sechs Flaschen gekühlter Wodka der Marke Stolichnaya Elit im Kühlschrank seines Hotelzimmers liegen mussten. Er hatte die Gewohnheit, seinen Assistenten zu schicken, damit er sich um die Proben kümmerte. Meistens beantwortete er auch keine Telefonate, sodass wir gezwungen waren, ihn vor dem Konzert per SMS zu verständigen.«

»Du meinst also, dass es nicht einmal sicher war, ob er beim Konzert erscheinen würde?«

»Normalerweise tauchte er auf. Aber er führte immer dasselbe Theater vor den Konzerten auf. Wir pflegten eine Limousine bereitzuhalten, die im Notfall zum Hotel Diplomat ausrückte und ihn innerhalb von zehn Minuten zum Konzert bringen konnte. Auch deswegen war es so wichtig, dass wir Antoine hatten, wenn das Ostseefestival stattfand.«

»Erkläre mir genauer, welche Rolle Antoine in dieser Situation spielte?«

»Er war der Einzige, der Valerij letztlich überreden konnte, zum Konzert zu kommen. Weiß der Teufel, wie er das anstellte. Aber ich rief Antoine meistens an und berichtete ihm, wie die Lage war. Darauf fuhr er sofort zum Hotel und kehrte mit Schaljapin zurück, manchmal erst zu einem Zeitpunkt, als das Orchester bereits die Instrumente gestimmt hatte und startklar auf der Bühne in der ausverkauften Halle saß«, berichtete Gyllén.

»Ziemlich kindisches Benehmen, finde ich. Aber nicht ungewöhnlich, wenn Alkoholmissbrauch im Spiel ist. Eine Art von Narzissmus, der nicht durch normale Bestätigung befriedigt werden kann«, meinte Kerstin. »Aber eine Frage nebenbei, wenn wir uns schon *off the record* unterhalten: Wie viel bekommen diese Herren bezahlt?«

»Hm«, sagte Gyllén und holte eine weitere Zigarre hervor, an der er leckte, während er sich überlegte, ob er die Frage überhaupt beantworten wollte. »Ich sage mal so: Sie bekamen beide sechsstellige Beträge.« Er zündete die Zigarre an und inhalierte intensiv, um sie zum Glühen zu bringen. Der Rauch legte sich wie ein Ring um Gylléns Kopf.

Saturn, dachte Kerstin.

»Fast siebenstellig?«

»Darüber habe ich Schweigepflicht«, erklärte Gyllén. »Das ist die Bedingung der Agenturen.«

»Ich verstehe«, sagte Kerstin, die nun eine Spur von Irritation bei Gyllén bemerkte. Sie sah ein, dass er wahrscheinlich kein Verständnis aufbringen würde für die sarkastische Bemerkung, die ihr auf der Zunge lag: dass es sich um eine öffentlich finanzierte Tätigkeit handelte. Dass man sechsstellige Beträge an Männer vergab, die entweder ihre Angestellten erniedrigten oder sich durch die Arbeitswoche soffen.

Oder sogar beides.

Sie entschied sich, das Gespräch in eine andere Richtung zu lenken.

»Gerüchte besagen, dass Malå wilde Feste feierte. Man erzählt sich sogar von regelrechten Orgien auf irgendeiner Schäreninsel. Weißt du etwas darüber?«

»Ja, doch, es stimmt, dass Antoine ein richtiger Partylöwe war. Von dieser Schäreninsel hat man ja oft gehört«, sagte Gyllén.

»Du selbst warst aber nie dort?«

»Nein. Aber man hört ja eine Menge hinter den Kulissen. Ich würde an deiner Stelle eine der jüngeren Damen im Orchester befragen.«

»Das werde ich tun. Hatte Malå einen ähnlichen Zusatz im Vertrag bezüglich des Alkohols wie Schaljapin?«

»Nein. Solche Forderungen stellte Malå nicht. Aber er soff genauso«, erwiderte Gyllén mit Nachdruck.

»Hast du selbst ihn betrunken erlebt?«

»Natürlich. Unzählige Male.«

»Du darfst dich ruhig etwas konkreter ausdrücken. Datum. Umstände«, sagte Kerstin in arglosem Ton.

Gyllén brauste auf. »Wie zum Teufel soll ich mich daran genau erinnern können? Das hier ist ein internationales Spitzenunternehmen. Ich treffe jede Woche Hunderte Menschen. Da kann ich mich bei Gott nicht mehr erinnern, ob es im Zusammenhang mit dem einen oder anderen Konzert war. Du musst mir einfach glauben. Das kann doch nicht so schwierig sein«, zischte Gyllén.

»Okay«, sagte Kerstin. »Wahrscheinlich falle ich einfach in meine frühere Berufsrolle zurück. Ich bitte um Entschuldigung, falls ich zu pingelig bin.« Gyllén murmelte etwas Unverständliches als Antwort.

»Jetzt habe ich nur noch eine Frage«, meinte Kerstin.

»Schieß los«, forderte sie Gyllén auf, der von einer dicken Rauchwolke eingehüllt war.

»Wie kann es sein, dass weder der Alarm noch die Überwachungskameras in der Nacht, als der Anschlag auf Malå erfolgte, funktionierten?«

*

Es hatte wieder zu schneien begonnen. Im Mittagsverkehr fuhren auf dem Strandvägen eine Unmenge von Autos mit einer großen Anzahl gereizter Fahrer, wie man dem häufigen Gehupe nach schließen konnte. Ein rauer Wind schlug Kerstin entgegen, als sie die Straße entlanghinkte, mit der Krücke als einziger Stütze. Aber sie war fest entschlossen, nicht aufzugeben und in einen der vielen Busse einzusteigen, die sie einfach und schnell in die Innenstadt und die verlockende U-Bahn bringen würde, mit der sie nach Bandhagen nach Hause fahren wollte. Stattdessen setzte sie sich über den stärker werdenden Schmerz in ihrem Knie hinweg und ging im Geiste noch einmal das Treffen mit Ragnar Gyllén durch.

Gyllén hatte die Frage über den Alarm und die Kameras verstört. Ganz eindeutig verstört. Seine Erklärung eines lokalen Kurzschlusses hatte nicht besonders glaubwürdig geklungen. Kerstin wusste genau, dass Gebäude dieser Art ein Backup-System für die Stromversorgung hatten. Das galt auch für das Schließ- und Alarmsystem. Eine nicht sehr wahrscheinliche Möglichkeit war, dass die Hardware des Reservesystems veraltet war und deshalb nicht funktioniert hatte, oder dass beim Neustart ein Kurzschluss entstanden war. Sie hatte Gyllén aber wegen dieser Sache nicht weiter bedrängt. Es war einfacher, ihren Kollegen Anders Pierrot zu bitten, dass er das diskret überprüfte. Gyllén hatte auch auf ihre nächste Frage, ob man kontrolliert habe, dass die Computer mit den Sicherheitskameras verbunden waren, ausweichend geantwortet. Ob man wirklich überprüft hatte, dass sie während eines bestimmten Zeitraums in der Nacht nicht funktioniert hatten. Gemäß den Ermittlungen hatte die Polizei die Darstellung des Personals der Berwaldhalle nicht weiter hinterfragt, dass es keinen Strom gab und dadurch auch die Kameras nicht funktionierten. Man hatte das nicht noch einmal selbst kontrolliert. *Verdammte Lahmärsche*, dachte Kerstin.

Sie war in mehrfacher Hinsicht verblüfft über das Treffen mit diesem Chef einer der größten, von der öffentlichen Hand finanzierten Musikinstitutionen Schwedens. Offensichtlich hatte Ragnar Gyllén bei Weitem nicht die gleichen Streitigkeiten über Budgetfragen wie sie selbst sie während ihrer Zeit als Chefin der Polizeibehörde erlebt hatte. Gylléns Position als Chef schien vorwiegend darauf hinauszulaufen, unterschiedlichste Verhaltensweisen gutzuheißen, die sie für vollständig unprofessionell hielt, egal was es kostete. Sie hatte das Gefühl gehabt, dass Gyllén bemüht gewesen war, Antoine Malå als geldgierigen Quälgeist und Säufer darzustellen. Und dazu noch als notorischen Weiberhelden. Andererseits hatte sie durch seine Beschreibung auch einen ganz anderen Malå kennengelernt, einen, der sich loyal für Schaljapin eingesetzt hatte. Das zeigte ein Verantwortungsbewusstsein, das mit den übrigen Behauptungen von Gyllén, die ihr ziemlich fadenscheinig vorgekommen waren, wenig Gemeinsamkeiten hatte. Obwohl sie wusste, dass die Erinnerung manchmal auch die Klügsten im Stich lassen kann, hielt Kerstin es für unwahrscheinlich, dass Ragnar Gyllén konkrete Beispiele für Malås Besäufnisse für sich behalten würde. Wenn es überhaupt welche gab. Ihrer Meinung nach war Gyllén ein Mensch, der sich an den Fehltritten anderer ergötzte.

Ihr Telefon schrillte. Sie ergriff die Gelegenheit, um sich eine kurze Pause auf einer der Bänke vor dem Königlichen Dramatischen Theater zu gönnen. Sie zog das Telefon aus der Außentasche ihrer Fjällräven-Jacke. Ein SMS.

Am Weg zum Treffen m. Ti Sve.
Wish me luck / Karate Kid

Kerstin lächelte amüsiert und schrieb schnell eine Antwort:

> Frage sie über ihre
> Verbindung zu Gyllén. / K

Es war höchste Zeit, Barbro anzurufen. Kerstin atmete tief durch und suchte die Nummer heraus.

Tindra. Barbro

Es war kurz nach zwei Uhr nachmittags. Die winterliche Dunkelheit legte sich langsam über Stockholm und das Café im Eingangsbereich des Kulturhauses, wo David saß und über das Treffen, das er soeben mit Tindra Svensson gehabt hatte, nachdachte. Er fragte sich, was eigentlich schiefgelaufen war. Er fand selbst, dass er es ziemlich professionell angelegt hatte, bis zu einem gewissen Punkt, an dem ihm bewusst geworden war, dass ihm die Situation entglitten war.

Am Abend davor war er spät nach Hause gekommen, nachdem er Kerstin in Bandhagen abgesetzt und höchst ungern den schönen Audi zurück zum Autoverleih an der Tankstelle gebracht hatte. Zu Hause angekommen, hatte er seiner üblichen Gewohnheit widerstanden und sich mit ein paar ordentlichen Whiskys begnügt. Wenn er ehrlich zu sich selbst war, hätte er sicher noch mehr getrunken, wenn nicht sein Körper gestreikt hätte. Er war am Sofa voll bekleidet eingeschlafen und hatte sich erst nach dem obligatorischen nächtlichen Toilettenbesuch ins Bett gelegt. Das Gute daran war, dass er sich ungewöhnlich frisch und ausgeschlafen fühlte, als er gegen neun Uhr wach wurde. Kein Stress, dass er rechtzeitig nach

Bandhagen aufbrechen musste. Kerstin und ihr Hauptquartier für ihrer beider Ermittlung. Nur Kaffee, dazu eine verhältnismäßige innere Ruhe zur geistigen Vorbereitung vor dem Treffen mit Tindra Svensson.

Er hatte die Informationen, die er über sie bereits gehabt hatte, ergänzt, indem er gegoogelt und eine Menge Protokolle von Sitzungen des Kulturamts durchgelesen hatte, bei denen sie als Vorsitzende dabei gewesen war. Aber auch Zeitungsartikel, in denen man sie über eine Reihe unangenehmer und manchmal sogar regelwidriger politischer Beschlüsse zur Rede gestellt hatte. Trotz einer nicht ganz lupenreinen Karriere war sie mittlerweile zur Gruppenleiterin der Liberalen im Regionallandtag aufgestiegen und man nahm an, dass sie bald den ersten Schritt in die Landespolitik setzen würde.

Sie scheint immer wieder auf den Füßen zu landen, dachte David, als er einen Ausspruch las, den sie über einen Oppositionspolitiker getätigt hatte. »Der Kerl ist ein vollständiger Idiot«, lautete das Zitat, das bereits einige Jahre alt war. David fand, dass diese Art von Aussage zu einer Menge interner Gespräche in ihrer eigenen Partei hätte führen müssen, die sich jetzt immerhin die *Liberalen* nannte. Ein Parteiname, der nach Davids Meinung eine Verpflichtung darstellte hinsichtlich der Art, wie man mit Menschen, die eine andere Ansicht vertreten, umzugehen hat. David wusste aus seiner Zeit im Kulturministerium, dass solche Aussagen als Ausdruck eines niedrigen Niveaus gewertet wurden und höchstens bei den rauen Debatten auf Provinzebene immer wieder vorkamen. Es war mit Sicherheit nicht das, was manche Ministerialbeamte als intellektuell ehrliche politische Arbeit bezeichneten, was immer dies bedeuten mochte. Aber David wusste auch, dass der Spruch *Es kann nicht alles immer gelingen* eine Art von Mantra sogar in der

Staatspolitik war, der für eine gewisse Flexibilität der Einstellung verantwortlich zeichnete.

Sie muss jedenfalls eine unglaublich starke interne Unterstützung haben, dachte David und las weiter auf seinem Computer. Er war von ihrer offensichtlichen Entschlossenheit beeindruckt. Sie machte unermüdlich Druck bei Debatten und es gelang ihr im Gemeinderat meistens erfolgreich, Fragen zu Beschlüssen zu führen, aber nicht selten mit einem negativen medialen Nachspiel. David bekam Respekt vor Tindra Svensson trotz ihrer Vorliebe, ihre Gegenspieler an die Wand zu drücken. Einige Videoclips zeigten sie *in action* bei verschiedenen Einweihungsfeiern. Sie war eine außergewöhnlich gute Rednerin. David schaute sich alle Ausschnitte, die er finden konnte, an, und ertappte sich dabei, wie überzeugt er von der Größe unterschiedlicher Projekte, von der fantastischen Konstruktion und Langlebigkeit der Gebäude und von der kürzlich erst beschlossenen Effektivität der Ausschreibung zum Vorteil der Steuerzahler war. Als er dann die Kommentare in der Presse über die verschiedenen Auftritte von Tindra Svensson las, war er sich nicht mehr so sicher.

Er erinnerte sich an die Worte von Camilla Jaern über Tindras geradezu magische Überredungskünste und wie Jaern sich schließlich entschlossen hatte, ihre Mitarbeiterin an ihrer Stelle vorzuschicken, um der Gefahr von falschen Entscheidungen aus dem Weg zu gehen. Er verstand jetzt, was Camilla Jaern gemeint hatte. Es gab etwas in der Art, wie Tindra sprach, was ihr sofort Sympathie für ihre Person und die Sache, die sie vertrat, einbrachte. David, der sich selbst für einen guten Analytiker hielt, wenn es sich um politische Reden und ihre Wirkung handelte, konnte jedoch nicht begreifen, warum ihre Rede auch auf ihn einen solch unwiderstehlichen Eindruck gemacht hatte. Speziell bei einem Ausschnitt hatte er während der ganzen Rede das Gefühl gehabt, dass er völlig gegenteiliger Meinung war. Trotzdem musste er am Ende erkennen, dass sein Einverständnis mit Tindras Standpunkt seine eigene Meinung beiseitegewischt hatte, obwohl er dafür keinen vernünftigen Grund finden konnte. Das hatte ihm ein unheimliches Gefühl eingeflößt, da er normalerweise seine Reaktionen unter Kontrolle zu haben glaubte, zumindest im subjektiven Sinn.

Diese ungewohnte Erfahrung veranlasste ihn, sich geistig und auch bezüglich seines Aussehens gut auf das Treffen vorzubereiten. Er wählte den Anzug, in dem er sich am besten gerüstet fühlte, und dachte sich schon im Vorhinein einige messerscharfe Fragen aus, die er ihr stellen wollte. Als ziemlich geübter Verhandler stellte er sich ihre möglichen Antworten vor und wie sie auf seine Fragen reagieren könnte.

Er hatte sie sich in einem klassischen Power-Kleid vorgestellt, ungefähr so, wie er sie in den YouTube-Ausschnitten gesehen hatte. Ein Rock, der kurz unter den Knien endete. Eine strenge Bluse unter einem jackettartigen Oberteil. Das Haar in einem festen Knoten. Dazu dezentes Make-up.

Als er Tindra Svensson traf, sah sie allerdings ganz anders aus. Sie war bedeutend legerer gekleidet. Ein grüner Parka, darunter Jeans und ein dicker Wollpullover. Das blonde, kinnlange Haar war straff nach hinten gekämmt. Das einzige Merkmal, das er von den ihm bekannten Ausschnitten wiedererkannte, war der stark geschminkte rote Mund. Im Nachhinein begriff er, dass er bereits durch ihre Kleiderwahl einen Teil seiner erhofften Überlegenheit eingebüßt hatte. Sie hatte einen Caesar-Salat bestellt, er Pasta Carbonara. Nach einem gesundheitsbewussten Kommentar zu Davids Wahl hatte sie begonnen, über ihre letzten Reisen als Landtagsbevollmächtigte zu berichten. Wie sie agiert hatte, um ein Abkommen mit einer Mütterberatungsstelle abzuschließen, die *gegen* die Impfung gegen Masern propagiert hatte. David hatte schnell Sympathie für Tindra und ihren Kampf gegen die offensichtlich unaufgeklärte Dummheit und Ungerechtigkeit empfunden.

Er hatte das Gespräch eingeleitet, indem er sie über ihre Beziehung zu Gyllén befragte. Tindra Svensson hatte herzlich gelacht. Ihrer Meinung nach war Gyllén ein schwacher Mensch, der völlig unrealistische Vorstellungen bezüglich des Interesses der Politik des Regionallandtages hatte, sich die Finanzierung der Umbauarbeiten eines Hauses aufzuhalsen, das zur Gänze der Verantwortung von Radio Schweden unterstellt war. David, der Kerstins Bericht noch nicht gehört hatte, stellte dazu noch einige weitere neugierige Fragen, worum es bei Gylléns Projekt eigentlich ging, aber Tindra hatte kaum Antworten parat. Sie hatte den Prospekt, den Gyllén geschickt hatte, selbst nicht gelesen, sondern ihn ihrer Ausschusssekretärin überlassen, um das Ansuchen ganz unten in der »Erledigungsreihenfolge« zu begraben. Tindra hatte David jedoch versprochen, ihm den Prospekt zur Kenntnisnahme zuzusenden.

Als sie endlich auf die Studienzeit und Antoine Malå zu sprechen gekommen waren, stellte David nur einen Bruchteil der vielen Fragen, die er vorbereitet hatte. Aus irgendeinem Grund war er während des Laufs des Gespräches zu der Erkenntnis gelangt, dass sie nicht von Relevanz wären. Er hatte sich stattdessen von ihren Erzählungen über den Freundeskreis mitreißen lassen. Der Freundeskreis, von dem sie meinte, dass es eigentlich nur eine lose zusammengefügte Gruppe von Menschen gewesen war, die sich hin und wieder am Kaffeeautomaten in der Eingangshalle der Musikhochschule getroffen hatten. Wie sie sich dennoch Sorgen über Tony und seine wachsenden

Alkohol- und Beziehungsprobleme gemacht hatten und sich schließlich getrennt hatten, als Antoine die Schule verlassen und in der Klavierklasse in Berlin begonnen hatte.

Tindra hatte das als mirakelhafte Wendung beschrieben. Tony war gesund geworden und hatte begonnen, sein Klavierspiel zu verbessern. Das hatte sein Künstlertum in neue Höhen geführt. Wahrscheinlich, hatte Tindra gemeint, war die zufällige Freundesgruppe einer der Gründe seiner Wandlung gewesen. Dass er später, wie es schien, wieder seinem Suchtverhalten und seinen Problemen mit Frauen verfallen war, hatte nichts mit dem *Freundeskreis* zu tun. Der Kontakt war ja abgebrochen, seit er nicht mehr an der Schule war. David gelang zumindest der Einwand, dass Camilla Jaern ein anderes Bild von der Angelegenheit hatte. Dass sie behauptet hatte, der Freundeskreis sei weit mehr gewesen als eine Gruppe, die Antoine Malå vorübergehend unterstützt hatte. Und dass Antoine laut Camilla Jaern ein ziemlich schüchterner und zurückhaltender Jüngling gewesen sei, der mit Alkohol nicht viel am Hut gehabt hatte. Eigenartigerweise hatte sich David für seine Einwände gegenüber Tindra beinahe geschämt. Er hatte das Gefühl gehabt, etwas Falsches zu behaupten, und war sich dabei wie ein dummer Verschwörer vorgekommen. Aber Tindra hatte bloß nachsichtig gelächelt und mit sanfter Stimme gesagt, dass Camilla Jaern selbst ein Opfer ihrer Alkoholsucht geworden sei. Dass sie schon zu ihrer Studienzeit etliche Grenzen überschritten habe. Und dass Tony zu den Opfern ihrer Grenzenlosigkeit gehörte. Dabei hatte Tindra David tief in die Augen geblickt, so als wollte sie sich überzeugen, dass er auch die Tragweite dessen, was sie angedeutet hatte, verstanden hatte: nämlich, dass Camilla Jaern den jungen Antoine Malå sexuell ausgenutzt habe.

David war mit mehr Fragen als Antworten zurückgeblieben. Nicht einmal der *Freundeskreis* schien sich über die Person Malås einig zu sein. Sandras Beschreibung ließ vermuten, dass der Alkoholmissbrauch erst zu einer späteren Zeit eine Rolle in Malås Leben gespielt hatte. Georg Lemming sprach sich strikt gegen jeden Verdacht einer Alkoholsucht aus. Tindra Svensson hatte dem Freundeskreis zwar eine Zweckfunktion zugestanden, aber andererseits eine intensive Bindung der Gruppenmitglieder untereinander verneint. Hätte er die Situation besser unter Kontrolle gehabt, hätte er die widersprüchlichen Aussagen von Camilla Jaern und Tindra Svensson viel mehr hinterfragt.

Während ihres Gesprächs jedoch hatte David Tindras Beschreibung als die glaubwürdigste empfunden. Aber kurz nachdem sie nicht mehr in seiner Nähe war, begannen sich die rationalen und für den Zusammenhang entscheidenden Fragen zu häufen. Ging es hier nur um unterschiedliche Blickwinkel oder logen sie alle miteinander, jeder aus seinem eigenen Beweggrund? Und hatte das alles überhaupt etwas mit Malås Tod zu tun? Was ihn am meisten beunruhigte: Tindra Svenssons Gegenwart hatte ihn gänzlich aus der Bahn geworfen. Während des gesamten Gesprächs hatte er das starke Bedürfnis verspürt, *gehorchen zu wollen*. Es war aber ganz anders geartet gewesen als sein Gehorsamkeitsbedürfnis gegenüber Kerstin. Letzteres war eine freie Entscheidung, die seinem eigenen Willen entsprach, um sich als geschickter Ermittler zu erweisen. Bei Tindra handelte es sich vielmehr um eine totale Unterwerfung, auf die er selbst keinen Einfluss hatte. Und dabei hatte dieses Gefühl nicht das Geringste mit sexueller Anziehung zu tun gehabt, sondern war ein vollkommen neues und unangenehm befremdliches Gefühl für David

Westerdahl. Zurückgeblieben war etwas, das Ähnlichkeiten mit der Angst hatte, die er über die vielen Erinnerungslücken als Folge seines exzessiven Alkoholkonsums verspürt hatte. Eigentlich war dieses Gefühl noch beängstigender als die Erinnerungslücken gewesen, denn er war beim Treffen mit Tindra völlig nüchtern gewesen.

*

In dem früheren Servus-Supermarkt in Bandhagen roch es nach Räucherstäbchen. Barbro saß an Kerstins Schreibtisch und las sich die Aufzeichnungen über die Ermittlungen durch. Kerstin saß auf Davids Platz und freute sich, dass das Wiedersehen mit Barbro ziemlich reibungslos verlaufen war. Natürlich hatte Barbro es sich nicht nehmen lassen, Kerstin wegen ihrer Flucht aus dem Djembetrommel-Kurs und dem darauffolgenden Schweigen Vorwürfe zu machen, doch hätte es viel schlimmer kommen können. Barbro war nämlich sofort mit Begeisterung auf Kerstins Vorschlag, ihr bei den Ermittlungen behilflich zu sein, eingegangen und hatte sich prompt zur U-Bahn begeben. Sie wollte keine Zeit verlieren und die Arbeit sofort aufnehmen.

Kerstin schielte hinüber zu Barbro, die eben über eine Fotografie gebeugt dasaß. Sie musste innerlich lächeln, weil ihr diese Szene wohlbekannt war. *Jetzt ist alles so, wie es sein soll*, dachte sie. Das Telefon läutete und erinnerte Kerstin darin, dass sie den Klingelton ändern musste. Ihre Enkelkinder hatten ihr einen absurd irritierenden Signalton, der aus einer Zeichentrickserie stammte, eingestellt. Barbro hob eine Augenbraue und blickte kurz auf, las aber gleich wieder weiter, als sie sah, wie Kerstin das Telefon ergriff und antwortete.

»Kerstin.«

»Camilla. Camilla Jaern.« Die Stimme klang eine Spur angespannt. Wie *unter Druck*, fand Kerstin, *warum?*

»Ich möchte mich für unser letztes Treffen bedanken«, sagte Kerstin.

»Ich habe zu danken«, antwortete Camilla etwas überhastet. »Ich musste dich dringend anrufen.«

»Kein Problem«, versicherte Kerstin.

»Es geht um Folgendes: Heute um die Mittagszeit rief mich Georg Lemming an. Er war sehr aufgeregt und wollte mit mir sprechen.«

»Was wollte er denn?«

»Das ist es ja. Wir müssen uns treffen. So schnell wie möglich. Ich kann das nicht am Telefon besprechen«, sagte Camilla Jaern.

Kerstin klappte ihren Laptop auf und notierte die Uhrzeit und den Anlass des Gesprächs mit Camilla.

»Hm«, sagte Kerstin. »Das bekomme ich nicht so leicht hin auf die Schnelle. Weihnachten steht vor der Tür und all das, was damit verbunden ist. Du kennst das ja. Kannst du mir sagen, worum es geht? Das würde die Sache erleichtern.«

»Das kann ich leider nicht. Ich werde vielleicht ein bisschen paranoid. Aber ich würde dich nicht um ein Treffen bitten, wenn ich es in diesem Fall nicht für unbedingt notwendig hielte. Für das Buch, wenn du so willst.«

»Was gäbe es sonst für einen Grund als das Buch?« Kerstin versuchte, ihre Stimme so bestimmt und selbstsicher wie möglich klingen zu lassen.

»Ja, entschuldige Kerstin. Einen durchsichtigeren Vorwand muss man erst einmal finden. Eine unserer am meisten verehrten Ermittlerinnen in Mordfällen schreibt *ein Buch* gemeinsam mit einem als Störenfried bekannten Komponisten und Bürokraten, der noch nie etwas Literarisches oder Biografisches verfasst hat. Es sei denn, man rechnet staatliche Ermittlungen zur Literatur. Das ist doch klar wie Kloßbrühe, dass ihr dabei seid, in der Sache von Tonys Tod zu ermitteln.« Jetzt klang Camilla wieder wie ihr altes, humorvolles Ich.

»Camilla, ich kann dir versichern, dass weder ich noch David *Privatdetektive* geworden sind.« Den Ausdruck »Privatdetektive« sprach sie mit so viel Verachtung wie möglich aus.

»Das glaube ich auch nicht. Der Himmel weiß, wer euch diesen Auftrag gegeben hat. Aber das spielt keine große Rolle. Wichtig ist, dass du verstehst, dass wir miteinander sprechen müsse. Ich habe das Gefühl, dass die Situation gefährlich wird.«

»Ich muss darauf bestehen«, sagte Kerstin. »Wir schreiben wirklich an einem Buch. Aber wenn du meinst, dass wir dir helfen können, werden wir natürlich alles dafür tun. Ich werde mit David sprechen. Er muss jede Minute hier sein.«

»Mach das. Ich habe das Telefon Tag und Nacht eingeschaltet. Ich versuche, meine wertvolle Zeit nicht mit Schlafen zu vergeuden. Darum bitte ich dich, mich anzurufen, sobald ihr wisst, wann ihr kommen könnt.« Camilla Jaern legte auf.

Kerstin starrte vor sich hin und versuchte ihre Gedanken zu sammeln. Ihr erstes Gefühl war Ärger über das, was sie schon wusste. Nämlich dass ihre Deckung äußerst fadenscheinig war. Vor allem dann, wenn man es mit normal begabten Personen wie Camilla Jaern zu tun hatte. Danach begann sie den eigentlichen Inhalt von Jaerns Botschaft zu analysieren. Warum war Georg Lemming so aufgebracht? Konnte man in Betracht ziehen, dass er und die anderen Mitglieder des Freundeskreises etwas mit Malås Tod zu tun hatten?

Erfahrungsgemäß wusste Kerstin, dass es tausenderlei Gründe geben konnte, warum Georg Lemming aufgebracht sein konnte. Aber galt das auch in diesem Fall? Andererseits war sie selbst ja Zeugin gewesen, dass etwas in seinem Verhalten weder vernünftig begründbar war noch als Symptom seiner Krankheit gewertet werden konnte. Lemming wurde von etwas anderem gequält und war außergewöhnlich leicht zu provozieren gewesen, als David auf seiner Version beharrt hatte. Überdies hatte Kerstin Camillas Bericht nicht zur Gänze für bare Münze genommen. Vor allem deswegen, weil sie die Erzählungen über ihre Begegnungen mit Tindra Svensson für unwahrscheinlich hielt. Dass sich eine Frau wie Camilla Jaern von einer jungen Studentin täuschen ließ, erschien Kerstin unglaubwürdig.

Aber als sie sich die Situation noch einmal durch den Kopf gehen ließ, fand sie es unverzichtbar, noch einmal nach Örebro zu fahren, obwohl ihr inneres Verrücktometer einen geringfügigen Ausschlag gab. Natürlich wusste sie, dass es notwendig war, belanglose Spuren bei den Ermittlungen außen vor zu lassen. Andererseits unterschätzte sie auch nicht die Gefahr, Situationen so zu deuten, dass sie der eigenen Bequemlichkeit dienten. Viel zu viele Ermittlungen waren aus diesem Grund gescheitert.

»Schau dir das an, Kerstin«, rief Barbro im Befehlston von ihrem Haufen mit Ermittlungspapieren und Fotos. Kerstin unterbrach ihre Überlegungen über Camilla Jaern und erhob sich etwas zu schnell aus ihrem Stuhl. Sie schloss die Augen, während sie auf den Schmerz wartete, der normalerweise als Strafe auf unüberlegte Bewegungen folgte. Aber er kam nicht. Zumindest nicht in dem Ausmaß, wie sie es erwartet hatte. Sie wagte nicht daran zu denken, was das bedeuten könnte, lächelte aber dennoch vor sich hin. Sie ließ die Krücke liegen und ging langsam und vorsichtig zu Barbro hinüber.

»Was hast du gefunden?«

»Das da«, sagte Barbro und zeigte auf eine Fotografie, die den auffällig ordentlich zusammengefalteten Stoß mit Antoine Malås Haut auf einem der Fauteuils im Künstlerzimmer zeigte.

»Was meinst du?«

»Ich meine das hier«, sagte Barbro und deutete mit einem Stift auf einen Hautfetzen, der etwas weiter unten aus dem Stoß hervorblitzte.

»Aha«, sagte Kerstin. »Entschuldige, aber ich verstehe nicht, was du meinst.«

»Siehst du die blauen Striche dort?«, fragte Barbro und klopfte nachdrücklich mit dem Stift auf eine bestimmte Stelle auf dem Foto. Kerstin kniff die Augen zu. Tatsächlich konnte man zwei dünne, blaue Linien erkennen, die das Ende eines Dreiecks zu bilden schienen.

»Eine Tätowierung?« Kerstin war überrascht. Sie konnte sich nicht vorstellen, dass Antoine Malå zu den Menschen gehörte, die tätowiert waren.

»Pre-ziiis«, sagte Barbro mit ihrem unverkennbaren Dalarna-Dialekt, der die zweite Silbe eines Wortes fast eine Oktave höher klingen ließ. »Aber ich finde keine Fotos von den einzelnen Hautstücken. Die werden doch nicht vergessen haben, sie zu dokumentieren?«

Kerstin nahm die Fotografie vom Schreibtisch, um sie sich genauer anzusehen.

»Mir kommt eher vor, dass sie sie absichtlich nicht in unsere Mappe gelegt haben. Ich muss das gleich auf der Liste vermerken, wo alles draufsteht, was Anders für uns überprüfen soll.«

»Meinst du Anders Pierrot? Ist er bei den Ermittlungen dabei? Mensch, das ist ja super.«

»Anders ist *nicht dabei* bei den Ermittlungen. Leider. Er unterstützt nur eine frühere Kollegin, und das höchst inoffiziell. Das solltest du dir für eventuelle Verfassungsausschuss-Verhöre merken«, sagte Kerstin. »Und wenn ich wirklich pingelig genau sein soll, solltest du überhaupt nichts über einen Anders Pierrot bei einem eventuellen Verfassungsausschuss-Verhör wissen. Ich gehe nämlich davon aus, dass Anders noch länger bei der Polizei arbeiten möchte.«

»Selbstverständlich, Kerstin. Aber eins noch: Das wenige, das man von der Tätowierung sieht, deutet darauf hin, dass sie ziemlich amateurhaft gemacht wurde. Möglicherweise eine Erinnerung an eine feuchtfröhliche Nacht in seiner Jugend?«

»Daran habe ich auch schon gedacht. Es scheint auf jeden Fall klar zu sein, dass er zu der Zeit, als seine Karriere auf ihrem Höhepunkt war, einen Profi für das Tattoo angeheuert hätte. Wir werden diese Frage an den alten Freundeskreis weitergeben und nach einigen früheren Geliebten Ausschau halten, die uns darüber Aufschluss geben können. Hast du bei den offiziellen Fotografien von Malå nachgesehen, die in der Mappe liegen? Keine Tätowierung, die unter dem Kragen des Fracks hervorlugt oder unter den Ärmeln?«

Barbro schüttelte den Kopf. »Nein. Nichts. Ich habe gegoogelt und eine Reihe von Fotos gefunden, auf denen er in entspannter Atmosphäre mit aufgekrempelten Ärmeln abgelichtet ist. Fescher Kerl, muss ich sagen.«

»Wenn einem der dunkle, mystische Typ mit einer Neigung zu Pennalismus zusagt«, meinte Kerstin.

Es klopfte an der Tür. Kerstin hinkte hin und öffnete. Ein kalter Wind fuhr durch das Lokal und ein scharfer Geruch von

Rauch. David Westerdahl stand in der Türöffnung mit einer Lucia-Krone am Kopf und einem Tablett, auf dem sich eine Thermoskanne, Lussebullar und Lebkuchen befanden.

»Natten går tunga fjät, runt gård och stuva«, David sang dieses typisch schwedische Lied mit erstaunlich weicher und beinahe schöner Stimme.

Der Maestro

Die Schmerzen waren jetzt auf einem gleichbleibend hohen und scharfen Niveau. Der Körper fühlte sich mehr und mehr losgelöst und weit entfernt an. Wahrscheinlich verabschiedete er sich schrittweise. Das war beinahe leichter zu ertragen als das Fegefeuer, das er anfangs durchlitten hatte, mit einem ständigen Wechsel des Schmerzpegels, von gleichbleibend bis gleißend scharf, wobei sich in seinem Gehirn ein Feuerwerk entzündete. Es fühlte sich an, als hätte sich sein Körper daran gewöhnt, unter ständiger Belagerung zu sein. Vielleicht brauchte er sich gar keine Sorgen machen, dass die Qualen sich ständig steigern würden, bis er schließlich starb. Aber vielleicht fühlt sich so der Tod an, dachte er.

Hildegard sprach jetzt in militärischem Jargon. Worte wie Strategie, Attacke und Offensive wurden immer häufiger verwendet. Alle, die das nicht verstanden, waren Feinde. Alle jene, die das Leben und den freien Flug der Gedanken zu begrenzen versuchten. Alle, die sich den Hildegards Meinung nach erschreckend dummen Lebensregeln unterwarfen, die die Menschheit auf diesem niedrigen Niveau bleiben ließen und entweder Konfliktängste oder bewaffnete Konflikte zur Folge hatten. Ludwig befand sich auf einer Entwicklungsreise. Er war noch immer bei sich und beobachtete mehr, als dass er reagierte. Ein Teil von ihm stellte fest, dass niemand in der Gruppe, Hildegard ausgenommen, der Analyse, die Hildegard aufstellte, zustimmte. Um die Stimmung in der Gruppe nicht zu verderben, wollte sich keiner dagegenstellen. Eines Abends in der Pizzeria Lanterna, als nur er und Clara anwesend waren, hatte sie ihren Standpunkt zu ihrer Entdeckung verraten. Die musische Sprache. Für sie war nicht entscheidend, dass man durch diese Entdeckung andere Menschen beeinflussen oder Strukturen bekriegen konnte. Sie sah in der musischen Sprache die Reste einer vorsprachlichen Phase. Eine Möglichkeit zu menschlicher Kommunikation ohne Worte, die die Grundlage einer friedlichen Welt schaffen könnte. »Mehr Erweckung als Krieg«, hatte sie gemeint.

Der Einzige, der es gewagt hatte, seine Stimme gegen Hildegards Lehren zu erheben, war Robert gewesen.

Dennoch wurde die Arbeit verstärkt. Hildegard, die durch die Erfolge mit ihrer gesprochenen Variante der musischen Sprache angespornt wurde, wollte Experimente im Echtbetrieb durchführen. Nach vielen heftigen Diskussionen einigte sich die Gruppe darauf, ein Konzert zu organisieren, bei dem sie zum ersten Mal eine Kombination aus musischen Sequenzen an einem Publikum erproben wollten, das aus Lehrern und Studenten bestand. Die Kombination sollte auf dem Leitmotiv beruhen, auf das sich die Gruppe in Form eines Kompromisses geeinigt hatte: Liebe und Verständnis. Hildegard hatte es nicht gefallen, dass die Gruppe beim ersten Versuch nicht auch ein gegensätzlicheres Gefühl einbeziehen wollte. Aber darin waren sich die anderen Gruppenmitglieder ausnahmsweise einig. Sie mussten ja auch lernen mit den Reaktionen, die sie auslösen würden, umzugehen. Auch deswegen, weil sie selbst es noch nicht schafften, sich vor den Auswirkungen der musischen Sprache ganz zu schützen.

David, 14. Dezember

David wachte auf, weil er dringend auf die Toilette musste. Die ungefähr zehn Dosen Schwachbier, die er sich am Abend davor gegönnt hatte, hatten seinen Schlaf die ganze Nacht gestört. Nicht nur, dass der Berauschungseffekt lächerlich gering gewesen war und ihm sein üblicher komaartiger Schlaf verwehrt geblieben war. Er hatte außerdem so oft auf die Toilette laufen müssen, dass er sich lieber nicht mehr daran erinnerte. Die Träume, die ihm sonst erspart blieben, waren zahlreich und turbulent gewesen und hatten sich auf unterschiedliche detaillierte logistische Herausforderungen konzentriert. In einem Traum hatte er sich abgehetzt, um einen Plan zu verwirklichen. In einem anderen hatte er plötzlich die Verantwortung für eine riesige kulturpolitische Konferenz übernehmen müssen, die jeden Augenblick beginnen konnte. Er war in Panik herumgesaust und hatte nach Funktionären, Seminaren, Moderatoren und Kopiergeräten gesucht.

Er legte die Stirn an die Wand hinter der Toilette, während er eine wahre Springflut von nach Schwefel riechendem Urin pisste. Der Geruch ließ ihn an einen Besuch der warmen Quellen auf Island denken. *David Westerdahl, du alter Racker*, dachte er, *du hast vielleicht noch die Möglichkeit, dich zu einer richtigen Touristenattraktion zu entwickeln. Und dazu noch dieser fürchterliche Muskelkater.*

Der eigentliche Grund für seine teilweise Enthaltsamkeit war Kerstins strenger Befehl gewesen, dass er noch einmal zurück nach Örebro fahren müsse, um ein weiteres Gespräch mit Camilla Jaern zu führen. Er hatte diesen Befehl während der improvisierten Luciafeier mit Kaffee und alkoholfreiem Saftglühwein erhalten, mit der er Kerstin und Barbro überrascht hatte.

David hatte von Kerstin erfahren, dass die frühere Kriminalpsychologin Barbro zukünftig als vollwertiges Mitglied des Ermittlungsteams betrachtet werden sollte. Nur Kerstins eindeutige Blicke hatten ihn davon abgehalten, einige Bemerkungen über Psychologie, zeltartige, batikgefärbte Kleider und östliche Lehren, die ihm auf der Zunge gelegen waren, zum Besten zu geben. Verständlicherweise war er ein wenig sauer, dass Kerstin ihn nicht in ihren Entschluss, jemand Außenstehenden ins Team zu nehmen, eingeweiht hatte. Doch sah er bald ein, dass es besser war, sich Kerstins Expertise und Beurteilung zu unterwerfen.

Aber schon nach kurzer Zeit war er von Barbro beeindruckt. Während Kerstin ihn wegen seiner Probleme im Gespräch mit Tindra Svensson scharf kritisierte, war Barbro ganz anderer Ansicht. Sie hatte Kerstins Aufzeichnungen des Treffens mit Camilla Jaern gelesen, bei dem diese erzählt hatte, wie Tindra Svensson sie immer wieder dazu gebracht hatte, ihre Ansichten zu ändern, was sie im Nachhinein geärgert hatte. »Das scheint ein hypnoseartiger Zustand zu sein. Wir können nicht ausschließen, dass Tindra Svensson eine neue Technik gefunden oder entwickelt hat, die ausgesprochen gut funktioniert. Sei so gut und beschreibe dieses Gefühl der Unterwerfung näher, David«, hatte Barbro ihn aufgefordert. Als er ihrer Aufforderung nachgekommen war, hatte Barbro etwas vor sich hingemurmelt und war dann zum Computer geeilt, um einige Informationen zu recherchieren.

Kerstin hatte David daraufhin gebeten, die Sache mit der Tätowierung zu seiner Liste hinzuzufügen. Der Gedanke, dass er nun einen Anlass hatte, wieder Kontakt mit Sandra aufzunehmen, hatte ihn ziemlich aufgewühlt. Eigentlich brauchte er keinen Anlass, aber seit er Sandras SMS beantwortet hatte, hatte er vergeblich auf eine Nachricht von ihr gewartet. Es hatte ihn Mühe gekostet, nicht selbst eine neuerliche Mitteilung an sie zu senden, denn er wollte auf keinen Fall den Eindruck erwecken, dass ihm viel daran lag. Jetzt brauchte er sich nicht vorzuwerfen, dass er die ungeschriebenen Spielregeln eines SMS-Flirts nicht einhielt.

Kerstin hatte ihm strikte Verhaltensmaßnahmen vor der Reise nach Örebro eingebläut. Zu seiner Überraschung waren es keine Verbote, die seinen Alkoholkonsum oder seine generelle Neigung zu sarkastischen Äußerungen betrafen. Obwohl sie selbst der Meinung war, dass keine Gefahr bestand und die »Örebro-Spur« eher von geringer Bedeutung sei, bat sie ihn dennoch, darauf zu achten, ob sich bei Camilla Jaern eventuelle Abweichungen von ihren normalen Verhaltensweisen beobachten ließen. »Und schau zum Teufel immer wieder über deine Schulter. Sei besonders aufmerksam, wenn du einen schwarzen Volvo siehst.«

Nachdem David versprochen hatte, sich wie ein *echter Polizist* zu benehmen, worüber Kerstin aus unerfindlichen Gründen laut lachen musste, hatte sie mit der ausgestreckten Hand auf das *Dojo* gedeutet. Die Trainingseinheit hatte sich darauf beschränkt, David grundlegende Schlag- und Sprungtechniken beizubringen. Als er schließlich nach Hause nach Gamla Stan gekommen war und in der Schlange bei einem 7-Eleven-Geschäft gestanden war, um sein Schwachbier zu bezahlen, war er völlig am Ende gewesen. Der Körper hatte sich wie nach einer stundenlangen Misshandlung angefühlt. Und das, obwohl Kerstin dieses Mal keine Schläge an David ausgeteilt hatte. *Wird die Frau weicher?*

Er holte wieder ein Mietauto in Södermalm ab, einen Audi A5 Sport. Ein junger Mann mit einem dicht sprießenden blonden Hipsterbart kontrollierte Davids Führerschein etwas zu lang für seinen Geschmack und nahm sich dann ausgiebig Zeit, die Angaben im Mietvertrag auf dem Computer einzutragen und hinterher lange nach den Autoschlüsseln zu suchen. David war froh, dass er seinem Impuls widerstanden hatte, ihm einen Tipp zu geben, wo der nächste Defibrillator zu finden sei, oder ihm das Rezept eines Sauerteiges zu geben, das zu gleichen Teilen aus Weizenmehl und fein gemahlenem Hipsterbart besteht und das David sich selbst während der frustrierenden Wartezeit ausgedacht hatte.

Als er auf der Autobahn nach Örebro war, rief er Sandra an.

»Hej, Maestro Westerdahl«, antwortete Sandra mit schleppender Stimme.

»Habe ich dich mit meinem Anruf geweckt?«

»Kein Problem. Es gab nach dem Konzert gestern Abend einen Empfang in der polnischen Botschaft. Das ganze Ensemble war verpflichtet, daran teilzunehmen. Ich durfte dastehen und mich während ein paar Stunden zunehmend betrunkener männlicher Kollegen erwehren, bevor ich endlich zu Bett gehen konnte«, sagte Sandra.

»It's lonely at the top«, meinte David. »Du hast keine Ahnung«, gähnte Sandra. »Man sollte meinen, dass die meisten Kollegen einigermaßen intelligent und lebensgewandt sind, aber plötzlich betrachten sie einen als die Belohnung, die ihnen die Welt schuldet. Und das von einer Minute auf die andere.«

»Ich hoffe, dass du unser Treffen nicht auch so erlebt hast …«

»Ach, hör auf. Es dreht sich nicht alles nur um dich, David, so gern du es auch glauben möchtest. Du weißt genau, worum es bei *unserem Treffen* ging.«

David, der nur eine sehr unklare Vorstellung über ihren gemeinsamen Abend und die darauffolgende Nacht hatte, verstummte kurz, bevor er weitersprechen konnte.

»Hm. Na ja, eigentlich habe ich eine Frage an dich«, quetschte er schließlich heraus.

»Nur zu, David Westerdahl.«

»Es hat natürlich mit Antoine Malå zu tun«, erklärte David.

»Ich bin ganz Ohr.«

»Hatte Malå irgendeine Tätowierung am Körper?«

»Haha, Tony? Das würde mich überraschen.«

»Warum?«

»Tony hatte eigentlich vor wenigen Dingen Angst, abgesehen von großen Volksaufläufen. Aber alles, was mit Blut zu tun hatte, löste bei ihm Panik aus. Ganz spontan würde ich sagen, dass die Verletzung der Haut, die durch eine Tätowierung verursacht wird, bei Tony Abscheu hervorgerufen und er eine Tätowierung niemals in Erwägung gezogen hätte. Aber klar. Es ist möglich, dass er seine Meinung geändert hat. Sich einer Tätowierungstherapie oder so etwas Ähnlichem unterzogen hat.«

»Hast du ihn während eurer Studienzeit nackt gesehen?«

Keine Antwort. David schaute auf das Mobiltelefon, um zu sehen, ob der Kontakt unterbrochen worden war.

»Bist du noch dran?«

»Ja, entschuldige«, sagte Sandra. »Doch. Ich habe ihn tatsächlich nackt gesehen. Bitte mich aber nicht, dir zu erzählen, warum.«

»Jetzt werde ich erst recht neugierig und auch ein bisschen eifersüchtig. Wie könnte ich dich dazu nicht befragen?«

»Frage nur, wenn du glaubst, dass du mit der Antwort umgehen kannst«, sagte Sandra.

»Okay. Ich halte mich zurück. Dann hatte er also bei der Gelegenheit keine Tätowierung?«

»Nein.«

»Nicht einmal zwischen den Oberschenkeln?«

»Gib es auf.«

»Verdammt noch mal. Kann ich denn nicht einmal punkten, wenn ich es versuche?«

»Nee.«

»Da kann man nichts machen. Kein Problem. Ich brauche nicht jede Sekunde eine Bestätigung«, meinte David in erzwungen heiterem Ton.

»Doch, das brauchst du. Aber du kannst üben, es dir abzugewöhnen. Wo bist du übrigens?«

»Ich bin am Weg nach Örebro und werde deine frühere Direktorin treffen.«

»Die Camorra«, rief Sandra fröhlich aus. »Ich dachte, du wolltest sie am Tag nach unserem *Treffen,* wie du es nanntest, sehen. Also vor circa zwei Tagen. Was ist passiert?«

David warf einen Blick in den Rückspiegel und stellte fest, dass ein schwarzer Volvo nach wie vor in Sichtweite hinter ihm fuhr.

»Du hast recht, ich habe Camilla vor ein paar Tagen getroffen. Eine eigenartige Frau. Das jetzt könnte man einen präventiven zweiten Besuch nennen.«

»Das klingt geheimnisvoll«, sagte Sandra.

»Tja, sie hatte offensichtlich Besuch gehabt von einem deiner Freunde. Lemming. Er war ziemlich aufgeregt, sie wollte aber am Telefon nicht darüber sprechen.«

»Oh«, sagte Sandra. »Es scheint, das wird ein spannendes Buch!«

»Darauf kannst du wetten. Oder zumindest hoffe ich es.«

David stieg aufs Gas und überholte ein vor ihm fahrendes Auto. *Jetzt werden wir sehen, ob sie mithalten können*, dachte er, lenkte wieder auf die linke Spur und steigerte die Geschwindigkeit auf 160 Stundenkilometer.

»Du, David, ich muss auflegen. Ich habe in einer Viertelstunde Probe und mein Gesicht sieht aus wie eine Detailstudie des Mosaiks von Ravenna«, sagte Sandra.

»Okay, kein Problem«, antwortete David, der sich gerade auf andere Dinge konzentrieren musste.

»Ich rufe dich in ein paar Tagen an, wenn ich wieder in Stockholm bin. Dann darfst du mir berichten, was Camilla dir alles über mich anvertraut hat«, sagte Sandra und lachte.

»Nur wenn du mir die Einzelheiten über deine nackten Eskapaden mit Malå erzählst«, konterte David.

»Vergiss es«, sagte Sandra. »Aber du, wir hören voneinander!«

»Na sicher. Tschüss.« David blickte noch einmal in den Rückspiegel. Der Volvo war nicht mehr zu sehen. *Ich habe sie abgehängt*, dachte David. *Aber jetzt ist keine Zeit, die Beine hochzulegen.* Er drückte aufs Gas und hielt sich die nächsten zehn, zwanzig Kilometer auf der linken Fahrbahn. Kurz vor Arboga sah er ein McDonald's-Schild. Sein Gesicht verzog sich vor Ekel. Gleichzeitig fiel ihm auf, dass er Hunger hatte. Er beschloss, in Richtung Arboga-Zentrum zu fahren. *Es muss doch eine Grilltaverne im alten Stil in diesem Nest geben*, dachte er. *Grillwürstel und Pommes frites, das kann doch nicht so schwer sein.*

Nach kurzer Zeit, im zweiten Kreisverkehr auf dem Weg hinein ins Zentrum von Arboga, fand er, was er gesucht hatte. Ein graues, eingeschoßiges Gebäude mit der leuchtenden Aufschrift *Taverne – Grill* auf dem Dach. Auf die schwedische Fantasielosigkeit kann man sich verlassen, dachte David, während er auf den Parkplatz rollte. Er fühlte sich aufgekratzt. Er hatte mit Sandra gesprochen. Sie wollte ihn in ein paar Tagen anrufen. Er hatte seine Verfolger abgeschüttelt. Kerstin wäre stolz auf ihn, dachte er und las die Speisekarte, die mit Druckknöpfen versehen war. *Klassisch*, dachte er. *Jetzt wird Agent 007 eine Wurst essen.*

*

Auf der Autobahn in der Höhe der Abfahrt ins Zentrum von Arboga fuhr ein älterer Saab mit hohem Tempo Richtung Örebro.

*

Als David zurück auf den Parkplatz kam, sah er den Volvo auf der anderen Seite des Kreisverkehrs bei einem Schuhgeschäft geparkt stehen. Zwei Männer im Anzug waren durch die Windschutzscheibe undeutlich zu erkennen. David setzte sich ins Auto und nahm sein Telefon.

»Kerstin.«

»Hier ist David. Du, ganz schnell. Ich habe ein Problem.«

»Schieß los.«

»Es ist mir gelungen, den schwarzen Volvo abzuschütteln, aber jetzt ist er wieder da. Glaubst du, dass sie einen Peilsender am Auto angebracht haben?«

»Es ist vielleicht noch einfacher. Oder eher komplizierter«, sagte Kerstin. »Du fährst ein Mietauto, das mit großer Wahrscheinlichkeit bereits mit einem Sender ausgerüstet ist, eine übliche Sicherheitsmaßnahme der Verleihfirmen. Im Falle, dass die Kunden das Auto nach Ablauf der Mietzeit stehlen wollen.«

»Okay, aber wie zum Teufel haben die Kerle den Sender finden können? Haben sie das System gehackt?«

»Nein. Ich glaube, das liegt über ihrem Kompetenzniveau. Man hat eher die Identifizierungsnummer des Autos mithilfe eines netten kleinen behördlichen Beschlusses von der Verleihfirma angefordert, um dich problemlos im Blick behalten zu können. Das sieht ganz nach unseren Freunden vom Sicherheitsdienst aus. Das erinnert mich daran, dass ich mich mit Flanke darüber unterhalten möchte.«

»Hast du das noch nicht gemacht? Zum Teufel, ich setze hier mein Leben aufs Spiel. Was soll ich tun? Das Auto hinter dem Citygrill stehen lassen und mit einem Bus weiterfahren?«

»Die Ruhe bewahren, David. Das sind nicht die Todesschwadronen aus Nicaragua. Das ist nur der schwedische Sicherheitsdienst«, beruhigte ihn Kerstin. »Ich schlage vor, dass du einfach ruhig weiterfährst. Versuch nicht, sie wieder abzuschütteln. Wenn die uns etwas anhängen möchten, ist es besser, wenn du dich an die gesetzlichen Bestimmungen hältst. Wenn sie uns aber nur beobachten wollen, kann das sogar zu deinem Schutz dienen.«

»Ach so«, sagte David mit einer Andeutung von Enttäuschung in der Stimme. »Dann fahre ich eben weiter. Und was macht ihr, während ich von der Polizei gejagt werde?«

»Wir schauen uns Tätowierungen an. Unheimlich spannend«, antwortete Kerstin.

»Okay. Ich melde mich wieder nach dem Treffen mit Jaern. Ende.«

Während David weiter nach Örebro fuhr, malte er sich das bevorstehende Treffen mit Camilla Jaern aus. Er hatte am gestrigen Abend ein SMS geschickt, um sie über seine Ankunft zu informieren. Sie hatte geantwortet, dass er kommen könne, wann er wolle. Und dass er diesmal nicht ohne einen Gin Tonic oder vielleicht einen Dry Martini in ihrer *spirituellen und illustren Gesellschaft* davonkommen würde. Zur Sicherheit hatte David das Stora-Hotel kontaktiert, ob sie ein Zimmer für die Nacht frei hätten. Vielleicht würde er die Gelegenheit nützen und Örebro nach seinem Gespräch mit Jaern unsicher machen.

Er schaltete das Autoradio ein, wo gerade ein Ausschnitt aus der Oper *Turandot* gespielt wurde.

Fast direkt neben der Stelle, wo er das letzte Mal gestanden war, hatte er einen Parkplatz gefunden. Laut Google Maps waren es nur sieben Minuten Gehweg zur Köpmansgatan, wo Camilla Jaerns Wohnung lag. Oder Heimstatt, wie sie es nannte. Dort angekommen, stellte sich heraus, dass die Köpmansgatan eine Fußgängerzone nach typisch mittelschwedischer Art war. Die lokalen Händler boten Uhren, Mobiltelefone und massenproduzierte Kleider in Geschäften an, die irgendeiner landesweiten Geschäftskette angehörten. Das Haus von Camilla Jaern war laut der Plakette auf der rosa und beigen Fassade während der 1910er-Jahre erbaut worden. *Gepflegt* war das erste Wort, das in seinem Kopf auftauchte, als er die Fassade in Augenschein nahm. Er drückte auf den Knopf der Gegensprechanlage. Keine Antwort.

Er wartete ein Weilchen und läutete noch einmal. Er nahm sein Mobiltelefon und wählte Camilla Jaerns Nummer. Während das Signal ertönte, wurde die Tür geöffnet und ein älterer Mann kam heraus. David hielt die Tür auf und sah den misstrauischen Blick des Mannes, der jedoch seinen Weg die Straße entlang fortsetzte. Nach einigen weiteren Signaltönen meldete sich Camilla Jaerns Anrufbeantworter. Ein Männerchor sang *Kom du ljuva hjärtevän*, danach hörte man Camillas Stimme.

Er legte auf und drückte auf den Knopf beim Lift. Jaerns Wohnung lag ganz sicher im vierten Stock. Es gab nur eine Wohnungstür. David begann ein leichtes Unbehagen zu verspüren.

Jaern gehörte nicht zu der Sorte Menschen, die ein dringendes Treffen vereinbaren und dann nicht erreichbar sind, trotz ihrer mehr als achtzig Jahre.

Er betätigte die Klingel. Der Ton, der in der Wohnung zu hören war, setzte sich im Treppenhaus fort. Eine trippelnde Mandolinenmelodie. David erkannte sofort die Serenade aus der Oper *Don Giovanni* von Wolfgang Amadeus Mozart. *Deh, vieni alla finestra.*

Hübsch, Camilla, dachte David. *Aber warum öffnest du nicht?* Er drückte noch einige Male auf die Klingel.

Die Tür blieb geschlossen. Schließlich berührte er die Klinke. Die Tür glitt auf.

*

Georg Lemming war soeben von einer aufreibenden Sitzung mit dem Chef des Konzerthauses in Örebro zurückgekehrt. Er hatte das Bedürfnis verspürt, sich bei diesem über die seiner Meinung nach schlechten Manieren des Dirigenten und der Orchestermusiker ihm gegenüber als Verantwortlichem für den Chor zu beschweren. Der Chef hatte nur süffisant gelächelt und gemeint: »Das ist ganz einfach so, Georg. Manchmal gibt es schlechte Stimmung, damit muss man zurechtkommen. Kümmere dich selbst darum.« Sein Vorgesetzter hatte nicht einmal eingesehen, dass alle Mitarbeiter akzeptieren mussten, dass die Proben zu einer bestimmten Zeit begannen. Zuletzt war Georg aus dem Büro des Chefs gestürmt und mit dem Fahrrad im Schneematsch davongefahren. Zum wievielten Mal schon wusste er nicht mehr. Seine Wohnung auf der Hertig Karls Allé war mehr als ein Zuhause für Georg Lemming. Er wohnte dort seit Mitte der Achtzigerjahre, daher bedeutete ihm die Wohnung nicht nur grundlegende Geborgenheit, sondern war auch der einzige Platz auf der Welt, wo er sich tatsächlich *sicher* fühlte. Sicher vor den Gedanken und Kommentaren anderer Menschen. Gedanken, die er mit Leichtigkeit lesen konnte, obwohl die Menschen ihn als gefühlsgestört bezeichneten. Wenn sie bloß wüssten, wie intensiv er trainiert hatte, um die Gedanken der Menschen, die ihn umgaben, deuten zu können.

Er hatte die besten Lehrer gehabt. Ludwig. Clara. Robert. Ella.

Mit Hildegard hatte er große Schwierigkeiten gehabt. Sie hatte so viel Zorn in sich und hatte die ganze Zeit auf ihm herumgehackt. *Das darf man nicht machen*, dachte Georg. Er griff nach einer Dose Weiße Bohnen in Tomatensauce im Speisekammerregal, die neben etwa zwanzig weiteren Dosen derselben Sorte stand.

Es ist bald an der Zeit, den Vorrat aufzustocken, dachte Georg.

Die Extrawurst briet in der Pfanne gemeinsam mit einem Ei. Er aß jeden zweiten Tag Extrawurst, weiße Bohnen, Eier und Nudeln. Die übrigen Tage aß er Minestrone und belegte Brote. Und als Ergänzung natürlich die tägliche Routine mit Kaffee und Mazarin-Törtchen in der Konditorei Wasa. Das Geräusch der Bratpfanne zusammen mit dem Rauschen seiner Gedanken verhinderten, dass Georg hörte, wie die versperrte Außentür vorsichtig mit einem Dietrich geöffnet wurde.

*

»Die Kollegen sind am Weg. Wie gesagt, David, bleib ruhig stehen und rühre nichts an. Beschreibe, was du von deinem Platz aus siehst.« Es war das zweite Gespräch, das Kerstin und David während der letzten Viertelstunde geführt hatten. Als David, nachdem er Camilla Jaern tot vorgefunden hatte, das erste Mal in voller Panik angerufen hatte, hatte sie ihm befohlen, regungslos stehen zu bleiben, während sie einen früheren Kollegen bei der Polizei in Örebro anrief, der nun, begleitet von einem technischen Team, auf dem Weg war.

»Ja, okay. Pfui Teufel«, sagte David, der die größte Mühe hatte, gegen seinen Brechreiz anzukämpfen. Er schaute sich im Wohnzimmer um und versuchte die Szenerie zu überblicken.

»Sie sitzt im Turmzimmer.«

Davids Blick glitt zum Dach und dem Kristallluster, der ein warmes Licht über das bürgerliche, altmodisch eingerichtete Wohnzimmer warf. Reproduktionen von Renoir-Bildern an den Wänden. Sein Blick verweilte längere Zeit an einem Bild, das *Le déjeuner des canotiers* hieß – das Frühstück der Ruderer. Es tat seinen Augen gut, die fröhlichen jungen Menschen mit Hut zu betrachten.

»Bist du noch da, David?«

»Ja, entschuldigung.«

»›Sie sitzt im Turmzimmer‹, hast du gesagt. Was siehst du noch? Wie sitzt sie?«

»Was zum Teufel soll ich sagen?« Er blickte unwillig zum Alkoven. »Sie sitzt mit den Händen auf den Knien da. Das Kleid ist total mit Blut bespritzt. Der Boden unter ihr ebenso.«

»Du hast etwas über den Kopf gesagt, als du vorher angerufen hast«, sagte Kerstin.

»Der Kopf liegt auf einem Silbertablett in der Mitte des Tisches im Speisezimmer«, antwortete David und versuchte Camilla Jaerns weit aufgerissene Augen und das verzerrte Lächeln sowie den Kontrast zwischen Camilla Jaerns rotem Haar auf dem Silbertablett und dem schwarzen Tischtuch zu ignorieren.

»Irgendwelche Besonderheiten am Kopf?«

»Es sieht aus, als wäre ein Einschussloch auf der Stirn.«

David war nahe dran, sich übergeben zu müssen.

»Siehst du irgendwo an den Wänden starke Blutspritzer?«

David schluckte fest und schaute sich um. »Ja, hinter dem Sofa beim Fernseher.«

»Ist der Fernseher eingeschaltet?«

»Ja«, antwortete David.

»Welches Programm?«

»*Mezzo*. Dieser Kanal für klassische Musik.«

»Okay. Schau jetzt auf den Boden. Gibt es Fußspuren?«

David ließ seinen Blick über den stellenweise blutbesudelten Boden gleiten.

»Schwer zu sagen. Ich meine … Ja, aber ich glaube, das sind meine eigenen Fußspuren, als ich zu ihr hinlief. Warum ich das getan habe, weiß ich nicht.«

»Ich verstehe. Kannst du auf dem Telefon die Kamera einstellen, damit ich alles sehen kann? Fange beim Fernsehsofa an und ziehe dann die Kamera über den Raum, zuerst zum Alkoven und zuletzt zum Tisch im Speisezimmer.«

David war froh, dass er nicht sprechen musste. Jeder Ton, den er von sich gegeben hätte, hätte die Gefahr vergrößert, dass er sich übergeben musste. Er befolgte Kerstins Anweisungen und hob dann das Telefon wieder ans Ohr. Geräusche vom Lift im Treppenhaus waren zu hören.

»Ich glaube, deine Kollegen kommen jetzt«, sagte David.

»Ach so«, sagte Kerstin. »Weißt du was. Gib Lindblad das Telefon. Ein langer, schmaler Kerl mit dünnem Schnurrbart. Mir fällt gerade etwas ein, an das wir sofort hätten denken sollen.«

»Was denn?«, fragte David.

»Georg Lemming.«

»Na klar. Verdammt.« Er beobachtete die Polizisten, die nun einer nach dem anderen in die Wohnung eintröpfelten, alle in einer Art Schutzbekleidung. David, der sich noch immer nicht von der Stelle zu bewegen wagte, lehnte sich zur Seite, um durch die offene Außentür in das Treppenhaus hinauszusehen. Dort stand ein Mann, auf den die Beschreibung von Kerstin passte. Er war mit einem grünen Lodenmantel bekleidet.

»Du da, hörst du, du musst den Tatort verlassen«, rief ein Mann in weißer Schutzbekleidung David zu. Erleichtert eilte David auf den Mann zu, den er als Lindblad identifiziert hatte.

David stammelte ein undeutliches *Armfeldt* und überreichte ihm das Telefon.

Fünf Stunden später, nachdem er eine beträchtliche Zeit auf der Polizeiwache in Örebro verbracht hatte, wo man ihn verhört und seine Fingerabdrücke genommen hatte, saß David an der Bar im Stora-Hotel mit einem großen Bier und einem dreifachen Laphroaig vor sich. Er verspürte nicht die geringste Lust, sich ins Auto zu setzen und nach Stockholm zurückzufahren.

Kerstin hatte ihm mitgeteilt, dass man Georg Lemming am Küchenboden liegend vorgefunden hatte, den Hals beinahe völlig durchtrennt. Er war noch am Leben gewesen, als die Polizei und der Krankenwagen in der Hertig Karls Allé eingetroffen waren, war aber gestorben, noch bevor sie ihn auf die Bahre heben konnten. Kerstin vermutete, dass das Hauptquartier in Bandhagen oder Camillas Telefon abgehört worden waren. David hatte mit zunehmender Nervosität zugehört. Er hatte ja mit Sandra auf dem Weg nach Örebro gesprochen. Wäre es möglich, ausgehend von dem, was Camilla Jaern ihnen über den früheren Freundeskreis berichtet hatte, dass Sandra jemandem von seinem Vorhaben in Örebro erzählt hatte? Jemandem, der es daraufhin als notwendig erachtet hatte, das Leben von Camilla Jaern und Georg Lemming auszulöschen? Er hatte Kerstin gegenüber nichts von dem Gespräch mit Sandra erwähnt, weil er geahnt hatte, dass sie diese Information nicht gerade freundlich aufnehmen würde. Daher beschloss er, Sandra selbst dazu zu befragen.

Während er einen kleinen Schluck Whisky nahm, suchte David die Telefonnummer von Sandra heraus. Er fand es unwahrscheinlich, dass Sandra in die Sache verwickelt war, wusste aber aus Erfahrung, dass man derartigen Zufällen nicht unbedingt trauen durfte und hielt einen Moment inne. *Wie um Gottes willen soll ich dieses Gespräch anlegen,* dachte er. Dann fiel ihm ein, dass es auch für jemanden, der unter dem Deckmantel eines Schriftstellers arbeitet, ganz normal ist, in solch einer Situation zu reagieren, ohne den Verdacht zu erwecken, dass er in der Mordsache Malå ermittelte. Schließlich hatte er ja einen Menschen vorgefunden, dem man die Kehle durchgeschnitten hatte.

»Sandra.« Wieder klang ihre Stimme schleppend und müde.

»Hallo, hier ist David. Schläfst du?«

»Nur ein kurzes Nickerchen vor dem Konzert. Was kann ich für dich tun?«

»Ich habe eine traurige Nachricht«, sagte David und bereitete sich innerlich auf das, was er als Nächstes sagen würde, vor. »Camilla Jaern und Georg Lemming sind tot. Beide ermordet.«

»Was sagst du?« Plötzlich klang Sandra putzmunter und entsetzt.

»Ich habe Camilla gefunden. Wir hatten ja ein Treffen vereinbart. Es muss passiert sein, kurz bevor ich gekommen bin.«

»Ich kann es nicht fassen. Und der arme Georg. Glaubt die Polizei, dass es sich um denselben Mörder handelt?«

»Zwei bestialische Morde innerhalb einer Stunde in dem kleinen Örebro. Das wird wohl so sein, dass es sich hier um denselben Täter handelt.«

»Wie schrecklich. Wie sind sie gestorben?«

»Die Polizei hat mich gebeten, keine Details an die Öffentlichkeit weiterzugeben, nicht einmal an Freunde und Bekannte. Sie wollen ihre Informationen für sich behalten, unter anderem um falsche Hinweise von interessanten zu unterscheiden. Die Presse kommt schnell genug an die Informationen heran.«

»Ich verstehe. Aber Georg … Ich bekomme das nicht in meinen Kopf. Er, der keiner Fliege etwas zuleide tun konnte. Und Camilla.« Sandra entschlüpfte ein deutlich vernehmbarer Seufzer. »Aber wie geht es *dir* dabei?«

»Es ist okay«, sagte David, der noch keine Zeit gefunden hatte, seinen Zustand zu überprüfen. »Ich bin wahrscheinlich noch immer unter Schock. Vielleicht kommt die Reaktion erst morgen. Meine Kollegin hat mir verboten, heute nach Hause zu fahren, daher sitze ich jetzt hier mit einem Whisky und einem Bier. Das hilft.«

»Deine Kollegin?«

Verdammt. Ich und mein großes Maul, dachte David.

»Habe ich dir nicht von ihr erzählt? Meine Co-Autorin? Eine fast siebzigjährige Gesundheitsfanatikerin mit Namen Kerstin, die außerdem eine Korrekturleserin aus der Hölle ist?«

»Nein, du hast nichts von Kerstin erzählt. Aber was für ein Glück, dass es sie gibt. Du solltest wirklich nicht hinaus auf die verschneiten Straßen nach einem so fürchterlichen Erlebnis. Hat die Polizei etwas über ein Motiv gesagt?«

»Nein«, sagte David und trank den Rest des Whiskys aus. »Es ist noch zu früh, um darüber etwas sagen zu können. Dagegen beunruhigt mich eine Sache. Wahrscheinlich bin ich einfach paranoid, aber ich frage mich, ob die Morde etwas mit Antoines Tod zu tun haben könnten.«

»Inwiefern?« Sandra klang plötzlich nervös. *Ängstlich.*

»Beide waren mit Antoine bekannt, jeder auf seine Art und Weise. Beide sind von uns für das Buch befragt worden. Und weiß der Himmel, was Georg Camilla erzählt hat.«

»Das stimmt. Er war über etwas aufgebracht. So hast du es ausgedrückt, oder?«

»Ja. Und noch etwas. Nur um die Möglichkeit auszuschließen: Hast du jemandem über unser Gespräch und den Grund, warum ich auf dem Weg nach Örebro war, erzählt?«

»Aber ganz bestimmt nicht«, sagte Sandra. »Ich habe kein Interesse, mit meinen Kollegen hier zu tratschen. Du …«

»Ja.«

»Das klingt jetzt vielleicht egoistisch und gemein nach all dem, was Camilla und Georg widerfahren ist, aber glaubst du, dass ein Risiko besteht, dass wir alle, die eine Beziehung zu Antoine gehabt haben, in Gefahr schweben?«

»Ich weiß es nicht, Sandra. Da gibt es so viele Dinge in dieser Geschichte, die ich früher nicht für möglich gehalten hätte, und trotzdem ist es passiert. Fällt dir ein Grund ein, warum ihr in Gefahr sein könntet?«

»Nein. Nur die Tatsache, dass Tony, Georg und Camilla tot sind. Da ist es nicht erstaunlich, dass ich mir Sorgen mache.«

»Das verstehe ich. Andererseits muss es nicht sein, dass die Morde alle zusammenhängen, obwohl mir das eher unwahrscheinlich vorkommt. Wenn dir selbst nicht bewusst ist, dass du jemandem auf die Füße getreten bist oder Informationen verbreitet hast, die jemand am liebsten aus der Welt wissen würde.« David winkte dem Bartender und deutete auffordernd auf sein leeres Whiskyglas. »Aber ich würde auf jeden Fall aufpassen, wenn ich du wäre.«

»Ich finde, das klingt, als würde das normale Maß an Achtsamkeit, an das ich mich als Frau sowieso halten muss, genügen.

Eigentlich gibt es keinen Grund, warum ich mich einer größeren Bedrohung ausgesetzt sehen sollte.« Sie formulierte diese Bemerkung eher wie eine Frage.

Eine Frage, auf die David keine Antwort hatte.

»Schwierig zu sagen«, meinte David. »Aber lass von dir hören, wenn du nach Stockholm kommst. Wir können uns zumindest gegenseitig beschützen. Ich bin mir nicht sicher, dass alle meine Verabredungen mit der alten Örebro-Bande vom Mörder als harmlos eingestuft werden.«

»Ich komme in ein paar Tagen nach Hause. Da gehe ich davon aus, dass wir uns sehen werden. Und ich halte gerne meine schützende Hand über dich, David. Du scheinst mehr Schutz als ich zu brauchen, wenn man bedenkt, dass eine siebzigjährige Frau dein Leben zu bestimmen scheint. Verdammt – ich muss gehen. Das Konzert beginnt.« David hatte nicht genug Zeit, Sandra zu erzählen, wie sicher er sich in Kerstins Gesellschaft fühlte. Wenn er die Möglichkeit gehabt hätte, hätte er ihr gern über die Kraft in Kerstins Schlägen berichtet.

David hatte einen neuen Whisky und ein neues Bier bekommen. Sein Körper schmerzte noch immer nach dem gestrigen Karatetraining. Seine Gedanken irrten mit großer Geschwindigkeit im Kreis. Das war nichts Außergewöhnliches, insbesondere bevor der Alkohol anfing, seine Wirkung zu zeigen. Aber jetzt bewegten sich die Gedanken in besonders hohem Tempo und auf eine Weise, die ihm neu war. Ihm war allerdings klar, dass sein inneres Chaos durch den Anblick von Camillas abgehackten Kopf ordentlich aufgewirbelt worden war.

Er dachte über seine Reaktion nach und stellte fest, dass er Furcht und sogar so etwas wie panische Angst gefühlt hatte. Nach der Nachricht über Georg Lemmings mindestens genauso entsetzlichen Tod hatte er einen Augenblick das Gefühl gehabt, dass sich vor ihm ein Abgrund auftat. Gleichzeitig waren da all diese ichbezogenen Gedanken aufgetaucht, dass er vielleicht der Nächste sein könnte. Diese Gefühle waren aber schnell wieder verschwunden. Sein tiefstes Inneres war nicht berührt worden, oder zumindest nicht in dem Ausmaß, wie er annahm, dass es ihn berühren hätte können.

Das, was ihn am meisten erschreckt hatte, war die Atmosphäre, die er in Camilla Jaerns Wohnzimmer gespürt hatte. Wie er in den Sekunden, bevor er die Leiche entdeckt hatte, die Nähe des Bösen geradezu körperlich gefühlt hatte. Jetzt, mit bereits dem zweiten dreifachen Whisky im Körper und einem zweiten Bier, das im Begriff war, dem Whisky zu folgen, versuchte er das Erlebte rational zu betrachten. Bemerkungen wie »Nähe des Bösen« und »Atmosphäre im Raum« würde er normalerweise als Zeichen eines geistigen Absturzes von sich weisen. Dass er jetzt selbst in solchen Bahnen dachte, musste eine Bedeutung haben. Die Frage war: *Was für eine*. Es war jedenfalls beunruhigend.

Er war sich auch den ganzen Tag über bewusst gewesen, dass sein Schutzschild, das entweder aus Rausch oder Kater bestand, schwächer war, als er es sich gewünscht hätte. Er hatte ja nur wenig des Schwachbiers vom Vorabend in seiner Blutbahn gehabt, als er den Tag in Angriff nahm. Gleichzeitig hatte er eine unerwartete Freude und Energie gespürt, obwohl ihm der Muskelkater nach dem Karatetraining mit Kerstin zu schaffen gemacht hatte. Es lag da etwas in der Disziplin und Kultur von Karate, das die Erniedrigung, die David sonst bei jedem anderen Training verspürt hätte, kompensierte. Ein Teil in ihm war ernsthaft enttäuscht, dass er nicht in Bandhagen sein konnte, um sich durch eine weitere Trainingseinheit mit *Sensei* Armfeldt kämpfen zu dürfen.

Und als wären die Ereignisse des Tages nicht aufregend genug gewesen, kreisten seine Gedanken auch noch andauernd um Sandra. Er hatte nicht den geringsten Zweifel, dass sie ehrlich gewesen war. Ihre allererste Reaktion war Zorn gewesen. Aber auch eine nachvollziehbare Sorge um sich selbst. Der Klang ihrer Stimme und die verschwommenen, aber dennoch herrlichen Erinnerungen an ihre gemeinsame Nacht ließen ihm keine Ruhe. Er betrachtete sein leeres Glas und beschloss, dass er nach einem so anstrengenden Tag ein gutes Recht auf eine weitere Runde hatte, um seinen inneren Aufruhr zu beruhigen. Nach einigem Deuten und Rufen bemerkte ihn der Bartender endlich und er bestellte noch ein Bier und einen Whisky.

»David.«

Er drehte sich um und erblickte ein Gesicht, das ihm irgendwie vertraut vorkam. Er konnte sich aber beim besten Willen nicht erinnern, woher er diese junge Frau, die jetzt vor ihm stand, kannte. Er durchsuchte seine innere Kartothek so schnell wie möglich, wobei ihm sein momentaner Zustand nicht gerade hilfreich war. Da war nichts. Nur eine weiße Fläche.

»Hej«, sagte David und merkte, dass sein Gesichtsausdruck das Ausmaß seiner Gedächtnislücke klar und deutlich verriet.

»*Matilda*. Die, die auf Kent steht, falls du dich erinnern kannst.«

*

Er war nackt und völlig schweißgebadet, als er von dem grellen Signal des Telefons geweckt wurde. Mit schwerem Kopf und verklebten Augen rollte er sich vorsichtig zur Bettkante und blickte argwöhnisch auf das Mobiltelefon, das auf dem Spannteppichboden lag. *Kerstin*. Er hatte keine Lust, dass Kerstin die

Erste war, mit der er an diesem Morgen sprach. Oder vielmehr Vormittag, stellte er fest, als er auf dem Display die Uhrzeit ablas. Er hatte das Frühstück im Hotel verpasst und ihm drohte eine Parkstrafe, denn die Person, die er noch gestern gewesen war, hatte damit gerechnet, dass er um diese Tageszeit schon wieder auf dem Weg nach Stockholm wäre. Heute hätte Kerstin vollkommen recht, wenn sie mich als Wrack bezeichnete. *Was zum Teufel ist eigentlich passiert*, dachte David.

*

Nachdem er notdürftig im Hotelzimmer aufgeräumt hatte, das voller Beweise war, dass die Minibar zur Gänze geplündert worden war, hatte er ausgecheckt. Der Mann an der Rezeption hatte ungläubig die Augenbrauen hochgezogen, als David um die Rechnung für den kompletten Inhalt der Minibar gebeten hatte. Außerdem hatte er freiwillig eine Geldsumme angeboten, um die Kosten für die Reinigung des Zimmers zu decken. In dem leichtsinnigen Zustand des Vorabends war er offenbar der Meinung gewesen, Rauchen in Innenräumen sei völlig in Ordnung, er hatte sich sogar an dem entsprechenden Angebot eines Hotels von ausgezeichneter Qualität großzügig bedient. Davon zeugte einerseits der Geruch im Zimmer und eine Anzahl von Dosen voll mit Zigarettenstummel, die in abgestandenem Bier schwammen.

Er saß in einer Pizzeria auf der Drottninggatan, trank seine zweite große Coca-Cola und wartete auf eine belebende, salzige, fette Quattro Stagioni. Er hatte Kerstin zur Ablenkung ein SMS mit der kurzen Botschaft hinterlassen, dass er mit dem Auto fuhr und der Akku des Mobiltelefons nur mehr sehr schwach war. Die Antwort ließ nicht lang auf sich warten, er hatte aber keine

Lust, sie zu lesen. Langsam erinnerte er sich wieder daran, was passiert war, nachdem Matilda aufgetaucht war.

Die Erinnerungen kamen erst einmal in einem totalen Durcheinander, ohne den zeitlichen Ablauf zu berücksichtigen. Sie waren, wenn ihn sein Gedächtnis nicht trog, ein paar Stunden an der Bar gesessen und hatten über Kulturpolitik und die Medienlandschaft diskutiert. Dazu hatten sie Bier und Whisky in schneller Folge bestellt.

Matilda war nach Örebro gekommen, um »einen Fund« zu machen, wie sie es ausdrückte. Dabei handelte es sich um eine Postenbesetzung an der Universität und die Aufhebung der Vetternwirtschaft. David hatte ihr deutlich gemacht, dass es diesmal zu keiner Wiederholung der Übungen kommen würde, denen sie sich zu Hause in Gamla Stan gewidmet hatten. Seine Gedanken waren anfangs noch zur Gänze von Sandra dominiert gewesen und er hatte keine Lust gehabt, sie durch noch einen One-Night-Stand zu beschmutzen. Matilda und David waren gemeinsam mit dem Lift hochgefahren und danach sollte jeder in sein Zimmer gehen.

So hatte jedenfalls Davids Plan ausgesehen.

Im Nachhinein war ihm unverständlich, was schiefgelaufen war. Es gab keinen Zweifel, dass Matilda ihm in sein Zimmer gefolgt war. Er erinnerte sich teilweise an den Inhalt der Minibar und dass sie über seine Arbeit gesprochen hatten. Er konnte sich erinnern, dass er sie – zumindest so weit er Herr seiner Sinne gewesen war – als literarisches Projekt bezeichnet hatte. Er war sich jedoch nicht ganz sicher, ob er nicht doch Kerstin, das Hauptquartier in Bandhagen oder den Tatort, an dem er Zeuge des Verbrechens geworden war, erwähnt hatte. Er glaubte, sich dunkel daran erinnern zu können, dass Matilda ihn fotografiert hatte, und hoffte, dass es zu einem Zeitpunkt stattgefunden hatte, als er noch bekleidet gewesen war. Matilda war ebenfalls nackt gewesen. Oder doch nicht?

Was er mit Sicherheit wusste, war, dass sie nicht mehr da war, als er erwachte. Er hoffte inbrünstig, dass er nicht die Kontrolle verloren und sich von seiner schlechtesten Seite gezeigt hatte. Nämlich als der redselige, pathetisch um Bestätigung bettelnde Trunkenbold mittleren Alters, den er leider viel zu oft hervorkehrte. Seine Nacktheit und der Zustand des Hotelzimmers sprachen eindeutig dafür, dass es ihm nicht gelungen war, »den Stil aufrechtzuerhalten«, wie seine Mutter es formuliert hätte. Er wusste Matildas Nachnamen nicht und kannte auch ihre Telefonnummer nicht. Er hatte sie nie danach gefragt. Daher gab es kaum eine Möglichkeit, mit ihr Kontakt aufzunehmen und sie darüber zu befragen, was passiert war. David dachte, falls sie wirklich Journalistin war, dürfte es nicht so schwer sein, sie auszuforschen. Matilda zu finden, sollte ein kleines Nebenprojekt werden.

Ich bin doch wirklich total bescheuert, dachte er. *Wie zum Teufel konnte ich nur. Matilda hätte die Mörderin sein können.*

15. Dezember, Rosenbad

Anna Franke hatte gerade eine Ausschusssitzung mit der Staatssekretärin überstanden. Sie hatte dabei das Gefühl gehabt, dass ihr das Leben langsam, aber sicher in Form von winzig kleinen, unbehaglich irritierenden Rinnsalen durch die Finger rann. Die Ausschusssitzungen, oder *Ausschüsse*, wie sie intern genannt wurden, dienten unter anderem dazu, die Angelegenheit des Justizministers Moberg in Ordnung zu bringen. Die Mitarbeiter des Ministeriums hatten während dieser Sitzung üblicherweise die Aufgabe, über ihre Vorschläge zu größeren oder kleineren Untersuchungsaufträgen zu berichten, über stattgefundene Sitzungen zu referieren sowie Vorschläge zu machen, in welche Richtung die verschiedenen Arbeitsbereiche des Ministers sich bewegen könnten.

Die Staatssekretärin Janna Sölvgård hatte jedoch festgefahrene Ansichten und zeigte sich von unerbittlicher Strenge, wenn sie die Vorschläge und Aussagen der Mitarbeiter kommentierte. Die Ausschusssitzung, die ihr Hauptaugenmerk auf die Tagesordnung der Regierungssitzungen legte, die immer donnerstags stattfanden, hatte sich zum reinsten Kreuzverhör entwickelt, fanden die, die schon lange dabei waren. Anna Flanke musste ihnen zustimmen. Ihre Arbeit als politisch Sachverständige hätte normalerweise interessant sein müssen. Bei den Ausschusssitzungen war es ihre Aufgabe, die verschiedenen Anträge der Beamten aus politischer Perspektive zu prüfen und zu bewerten. Anna Flankes Auftrag hätte beispielsweise lauten können, eine Strategie zu finden, wie man in der parlamentarisch schwierigen Lage eine Mehrheit für verschiedene Vorschläge erlangen könnte, die, ausgedrückt in den Worten des früheren Finanzministers, durch den Reichstag »geboxt« werden sollten.

Anna fand, dass man ihrer Meinung überhaupt keinen Wert beimaß. Andererseits musste sie sich selbst eingestehen, dass die sehr vernünftige Vorgangsweise von Janna Sölvgård oft zu guten Ergebnissen führte. Sie hatte die Gabe, eine schlecht durchdachte Überlegung in kürzester Zeit ad absurdum führen zu können.

Das, was Anna jedoch am meisten störte, war, dass Janna Sölvgård nur ihre eigenen Vorstellungen hatte und andere Blickwinkel gar nicht in Betracht zog. Da Sölvgård so viel Zeit darauf verwendete, die Überlegungen anderer zu sezieren, litten die Sitzungen an einem Mangel an kreativen Vorschlägen und Diskussionen. *Schlechte Führung*, dachte Anna Flanke. Anna erinnerte sich, dass sie die Staatssekretärin von Anfang an als unzuverlässige Person beurteilt hatte wegen ihres Hangs zu einem breiten, blendendweißen Lächeln, das so schnell, wie es gekommen war, auch wieder verschwand.

Aber im Moment beunruhigte sie etwas anderes weitaus mehr als die schlechte Führung. Obwohl die Aktion Berwald, Mobergs glanzvolles Projekt, geheim gehalten werden sollte, schien es ihr undenkbar, dass Janna Sölvgård nichts darüber wissen sollte. Anna Flanke schien dies völlig unglaubwürdig, wenn man dazu noch bedachte, dass sie selbst in der Hierarchie weit unterhalb von Sölvgård stand. Aber alles deutete darauf hin, dass es tatsächlich so war. Janna Sölvgård kombinierte ihren eigenwilligen Sitzungsstil mit dem Anspruch, auch außerhalb der Sitzungsräume als *gute Führungskraft* zu gelten. Dieser Anspruch äußerte sich oft in Form geheimnisvoller Andeutungen über zurzeit kursierende oder zukünftige Intrigen, die sie gerne während der Mittags- und Kaffeepausen einfließen ließ. Deswegen schien es Anna nicht glaubwürdig, dass Janna es unterlassen hätte, die Aktion Berwald zu erwähnen, zum Beispiel beim Schlangestehen vor der irritierend langsamen Kaffeemaschine am Gang des Ministeriums. Also entweder wusste Sölvgård wirklich nichts über die Operation Berwald, oder das ganze Projekt war so brandgefährlich, dass nicht einmal sie es wagte, darüber zu tratschen.

Janna Sölvgård war nicht der einzige Grund, warum Anna während der Ausschusssitzung ungeduldig war. Der Hauptgrund war das Telefongespräch mit Kerstin Armfeldt gewesen, das Anna kurz vor Beginn der Sitzung geführt hatte. Kerstin hatte auf die ihr eigene glaubwürdige und methodische Art beschrieben, dass sie und David offensichtlich von Männern in einem schwarzen Volvo bespitzelt wurden. Kerstin hatte nicht ohne einen ironischen Unterton hinzugefügt, dass der *Modus Operandi* der Männer mit Kopfhörern an das Verhalten von jungen männlichen Rekruten des Sicherheitsdienstes erinnerte. Anna hatte sofort entschieden, dass sie Moberg mit diesen Informationen konfrontieren würde. Wenn der Sicherheitsdienst involviert war, müssten sowohl der Justizminister als auch der Bundespolizeipräsident darüber im Bilde sein. Kerstin hatte Anna ermahnt, aus verschiedenen Gründen besondere Vorsicht walten zu lassen. Das Hauptargument, meinte Kerstin, sei, falls der Bundespolizeipräsident in diesem Durcheinander auch nur eine winzig kleine Rolle spiele, könne sich alles »irgendwie entwickeln, aber ganz bestimmt in Richtung *totales Desaster*«.

Anna saß im Wartezimmer vor Mobergs Büro. Seine Sekretärin hatte mit einem grimmigen Lächeln erklärt, dass Moberg ausnahmsweise eine kurze Zeitspanne von zehn Minuten zur Verfügung hätte, in denen er sich Anna gerne widmen würde.

Ist sie krank, dachte Anna, *sie lässt sonst niemanden vor, der nicht mindestens vier Wochen vorher um eine Audienz gebeten hat.* Anna dachte daran, was Kerstin gesagt hatte, und fühlte, wie sie immer nervöser wurde. Irgendwie passte dieses plötzlich auftauchende Verfolgerauto nur allzu gut zu ihrem eigenen, immer stärker werdenden Verschwörungsverdacht. Das Verhalten von Moberg vor ein paar Tagen hatte sie ziemlich misstrauisch gemacht. Es hatte ihr außerdem gezeigt, wie unbedacht sie auf Mobergs beinahe kriminelle Pläne eingegangen war. Ihre beruflich geschulten Warnglocken hatten zwar geschrillt, *aber sie hatte nicht reagiert.* Als Angestellte in der Kanzlei eines Ministeriums war es undenkbar, dass entweder das Schiedsgericht im

Ministerium oder gar die parlamentarische Untersuchungskommission mit Milde über ihr Verhalten in dieser Angelegenheit hinwegsehen würde. Zwar waren die Bestimmungen für Beamte oft schwammig formuliert und voller Hintertürchen und Rückzugsmöglichkeiten. Jedoch nicht in diesem Fall.

Sie begriff nun die ganze Tragweite der Situation, dass sie sich ganz einfach korrumpieren hatte lassen, und zwar aus dem armseligsten aller Gründe: ihrem Bedürfnis nach Bestätigung.

Die Tür zu Mobergs Büro öffnete sich und Anna Flanke erhob sich von ihrem Sessel.

Durch die Tür kam niemand Geringerer als der Bundespolizeipräsident Arnesson, dicht gefolgt vom Justizminister. Justizminister Moberg hatte seine Hand brüderlich auf die Schulter von Arnesson gelegt. »Ulla, ich habe Arnesson versprochen, dass er ein Sandwich mitbekommt auf seinem Weg nach Kungsholmen«, rief Moberg der Sekretärin zu. »Der Arme hat das Mittagessen versäumt. Das erledigst du doch, oder?« Moberg strahlte Ulla an. »Wie ich immer sage«, meinte Moberg jovial, »es geht nichts über Ullas Sandwiches.«

Moberg und Arnesson umarmten einander dann auf eine auffällig freundschaftliche Art, wie Anna Flanke fand, und trennten sich. Arnesson nickte Anna anerkennend zu, während er an ihr vorbeiging und ließ dabei seinen Blick über ihren ganzen Körper wandern.

*

»Die Russen. Das müssen die Russen sein«, sagte Moberg, für den die ganze Situation anscheinend äußerst unterhaltsam war.

»Aber Armfeldt meint, dass es sich um den schwedischen Sicherheitsdienst handelt.«

»Kerstin, Kerstin«, kicherte Moberg. »Sie ist wirklich zu gut, um wahr zu sein. Ganz ehrlich – glaubst du wirklich, dass Arnesson heimlich seine Hunde loslässt, ohne mich darüber zu informieren? Abgesehen davon, dass weder Arnesson oder einer seiner Untergebenen genug Grips haben, um herauszufinden, was wir im Schilde führen.« Moberg lächelte selbstgefällig und richtete sich den dunkelroten Schlips, den er zu seinem schwarzen Anzug trug. Anna fragte sich, ob Arnesson einen Rüffel erhalten hatte oder ob etwas anderes der Grund für seinen Besuch gewesen war. Sie hatten auf jeden Fall so provokant verschwörerisch gewirkt, wie es nur unter Männern üblich ist, die einer Freimaurerloge angehören.

»Aber als deine Beraterin muss ich dich trotzdem darauf aufmerksam machen, dass wir nicht ausschließen können, dass Arnesson etwas über die Operation Berwald zu Ohren gekommen ist und er ganz einfach Beweise gegen seinen Chef sammelt. Damit meine ich dich«, sagte Anna.

»Anna. Ich schätze deine Fürsorge. Aber du hast an weitaus wichtigere Dinge zu denken als daran, ob mich der Bundespolizeichef reinlegen will oder nicht. Das ist einfach nur absurd. Übrigens weiß ich über so viel Missetaten dieses Kerls Bescheid, dass er es sich dreimal überlegen würde, etwas gegen mich zu unternehmen. Seine Karriere wäre vorbei, bevor er nur blinzeln könnte.«

»Okay.« Anna war jedoch alles andere als überzeugt.

»Sind wir fertig?« Moberg drehte ungeduldig eine seiner Füllfedern zwischen den Fingern.

»Nur noch eine Sache. Wenn es wirklich die Russen sind, wer hält sie in Schach? Ich mache mir Sorgen um Kerstin und David.«

»Was sagt Kerstin? Glaubt sie, dass sie bedroht sind?« Er

schraubte den unteren Teil der Füllfeder ab und schüttelte die Tintenpatronen auf den Schreibtisch.

»Ihre Analyse, die ja auf der Annahme beruht, dass es sich um schwedische Polizisten handelt, stellt nach ihrer Ansicht keine Bedrohung dar. Aber wenn es sich um Russen handelt …«

Moberg unterbrach sie mit einer Handbewegung.

»Na dann. Es gibt aus meiner Sicht keinen Grund für die Annahme, dass Kerstin und David sich in Gefahr befinden. Daran ändert sich auch nichts, wenn es sich um Russen handelt. Eher im Gegenteil. Die Russen sind äußert vorsichtig, wenn es darum geht, etwas außerhalb ihrer Grenzen anzuzetteln. Insbesondere was Schweden anbelangt. Und Kerstin hat Haare auf den Zähnen. Sie ist in der Lage, solche Situationen zu meistern. So, Anna, jetzt brauche ich etwas Zeit *für mich selbst* vor meinem nächsten Termin. War ein gutes Gespräch.«

*

Damit war die Audienz beendet. Als Anna ins Vorzimmer kam, war Ullas Schreibtisch unbesetzt. Anna blickte sich um, ging dann zum Tisch und warf einen Blick auf den Kalender, der offen dalag. Der Termin mit dem Bundespolizeipräsidenten war eingetragen. Sie blätterte im Kalender zurück und stellte fest, dass das Treffen eine Art wöchentliche Abstimmung gewesen sein konnte. Aber zwischen all den Terminen, die von Repräsentanten des Sameting bis zum Nottelefondienst für Verbrechensopfer reichten, waren weitere Termine für Treffen mit dem Bundespolizeipräsidenten eingetragen.

Es schien so, als würden sich die beiden über die Fixtermine hinaus mindestens zweimal pro Woche treffen, jedes Mal an unterschiedlichen Tagen und zu unterschiedlichen Zeiten. Sie blätterte weiter zurück und konnte feststellen, dass die Häufigkeit der Besuche seit circa einem Monat zugenommen hatte. Also kurz bevor Anna Flanke über die Operation Berwald informiert worden war.

Sie hörte ein Geräusch vom Korridor und blätterte den Kalender schnell wieder auf das Datum des heutigen Tages, bevor sie das Zimmer verließ und der alles andere als gutgelaunten Ulla fröhlich zunickte. Anna schaute auf ihre Armbanduhr. Eine Viertelstunde bis zum nächsten Treffen. Das würde genügen, um den Mitschnitt des Gesprächs mit Moberg anzuhören, das sie auf Kerstins Anraten mit ihrem Mobiltelefon aufgenommen hatte. *Kerstin, Kerstin. Du bist zu gut, um wahr zu sein*, dachte Anna Flanke.

Kerstin, Bandhagen

»Bist du endlich da?«

Es war bereits fast vier Uhr nachmittags und David war noch immer nicht aufgetaucht.

»Sicher, zum Teufel«, sagte David. »Ich hatte eine Motorpanne nach Arboga und es dauerte verdammt lange, bis das wieder repariert wurde.«

»Und während all dieser *verdammt langen Zeit* hattest du keine Gelegenheit anzurufen? Wie du dich vielleicht erinnern kannst, hat gestern ein Doppelmord stattgefunden.«

Kerstin winkte Barbro zu sich, die soeben mit einer Tasche voller neuer Mobiltelefone in den Servus-Supermarkt gekommen war.

»Verflucht, Kerstin, wer könnte sich besser daran erinnern als ich. Aber du weißt, wie das ist. Das Mobiltelefon ohne Saft.

Ich musste extra noch einmal stehen bleiben, um es so weit aufzuladen, dass ich diesmal antworten konnte.«

Kerstin dachte, dass sie kaum feststellen konnte, ob David die Wahrheit sprach oder ob er log. Sie beschloss, dass dies im Augenblick nicht so wichtig war, und ließ die Sache auf sich beruhen.

»Dein Mobiltelefon scheint nicht sehr zuverlässig zu sein. Vielleicht ist es Zeit für ein Neues.« Sie griff nach einem rosa Mobiltelefon aus Barbros Tüte und schmunzelte.

»Sieh zu, dass du herkommst. Es gibt eine Menge zu besprechen. Danach habe ich für dich eine wirklich interessante Karateeinheit vorbereitet als Ersatz für das zuletzt ausgefallene Training.«

David klang nicht sonderlich erfreut über diese Information, versprach aber, innerhalb einer Stunde da zu sein.

*

Jetzt waren sie alle drei in dem früheren Servus-Supermarkt versammelt. Barbro und Kerstin saßen beim Konferenztisch. David stand ein Stück entfernt, lehnte sich an das Förderband, das mit einem der alten Kassaapparate verbunden war, und trank eine Flasche Ramlösa.

»Wir stehen mit den Ermittlungen an einem Scheideweg«, sagte Kerstin. »Anfangs beschäftigten wir uns mit zwei verschiedenen Spuren. Auf der einen Seite nahmen wir an, dass der Täter ein professioneller Mörder ist und eventuell in Verbindung mit den politischen Vorgängen des Ostseevertrags steht. Auf der anderen Seite folgten wir einer Spur, die aufgrund des rituellen Charakters des Mordes an Malå möglicherweise auf Malås privates Umfeld hindeutete. Außerdem gibt es Hinweise, die Malå als gefürchteten und vielleicht sogar verhassten Mann darstellen. Durch die beiden Morde an Jaern und Lemming ergibt sich ein Bild, das daran denken lässt, dass die beiden Spuren vielleicht zusammenhängen.«

Barbro räusperte sich. »Ich weiß, was du denkst«, sagte Kerstin. »Natürlich haben wir die *direkten* technischen Zusammenhänge zwischen den gestrigen Morden und dem angenommenen Mord an Malå nicht sicherstellen können. Aber die Verbindung zwischen diesen Menschen existiert und sie ist ziemlich stark. Und da gibt es interessante zeitliche Übereinstimmungen. Fang damit an, Barbro.«

Barbro nickte zustimmend und ließ dadurch ein Klingelkonzert ertönen, das von ihrem silbernen Ohrgehänge stammte.

»Ja, wir haben festgestellt, dass sich der Mord an Camilla Jaern an jenem Tag ereignete, als David gerade auf dem Weg war, sie zu treffen. Kurz danach wurde auch Georg Lemming ermordet.«

»Gestern also«, ergänzte David mit einem Gähnen.

»Danke, David«, sagte Barbro gut gelaunt und ließ wieder das Geklingel ertönen. »Gestern. Uns interessierte, welchen Zusammenhang es geben könnte zwischen der Tatsache, dass Camilla Jaern uns anrief, und der Tatsache, dass der Mörder zuschlug.«

»Aber«, meinte David, der besorgt an sein Gespräch mit Sandra auf dem Weg nach Örebro dachte, »wenn man so einen Zusammenhang nachweisen könnte, müsste das wohl bedeuten, dass wir abgehört werden?«

»Genau. Dass wir oder Camilla Jaern, oder sogar *beide Teile*, abgehört wurden. Deswegen haben wir unseren früheren Kollegen Anders Pierrot gebeten, in Quellen zu recherchieren, zu denen wir keinen Zugang haben.«

»Kann man sich auf diesen Pierrot auch wirklich verlassen? Ich war der Meinung, wir sollten über unsere Ermittlungen dichthalten, aber jetzt macht es den Eindruck, als handelte es sich um ein Klassentreffen«, sagte David.

»Es gibt wenige Menschen, denen ich so sehr traue wie Anders. Ich habe ihn selbst beim Bundeskriminalamt angestellt und einen loyaleren Kollegen muss man erst finden. Außerdem verfügt er über die überaus praktische Eigenschaft, Zugang zum System der Polizei zu haben, ohne dass er digitale Fingerabdrücke hinterlässt.«

»Gegenüber seinem Arbeitgeber scheint er jedoch nicht sehr loyal zu sein«, bemerkte David mit leicht saurer Miene.

Kerstin dachte, dass David mit seinem Kommentar nicht unrecht hatte. Alles, wofür sie während ihrer Arbeitszeit gekämpft hatte, Transparenz anstelle von Verbandsgeist, mehr Loyalität gegenüber dem Auftrag als gegenüber den Kollegen, hatte sie mit einem Schlag über Bord geworfen, als sie mit Anders Kontakt aufgenommen und ihn auf ihre langjährige Zusammenarbeit angesprochen hatte. Aber Anders Pierrot war für sie unersetzbar und irgendwie ging es ja auch darum zu verhindern, dass sich Verschwörungen im Team bilden konnten. Das bildete sie sich zumindest ein.

»Na gut«, fuhr Barbro fort. »Anders stocherte also ein wenig herum und fand einen Hinweis, dass eure zwei Mobiltelefone auf einer Liste über Objekte verzeichnet sind, die abgehört werden.«

»Zum Teufel noch mal«, rief David.

»Von mir wissen sie anscheinend noch nichts. Aber sicherheitshalber müssen wir alle auf Wertkartentelefone umsteigen, die wir täglich austauschen«, sagte Barbro.

»Aber ich darf wohl mein gewöhnliches Telefon für private Gespräche ohne Verbindung mit unserem Fall verwenden?«

David konnte an Kerstins und Barbros Gesichtsausdruck ablesen, dass er auf dem falschen Dampfer war.

»Der Standort, David, der Standort«, erklärte Kerstin. »Dein Telefon wird nicht nur abgehört, sondern es kann auch geortet werden. Lass es lieber zu Hause.«

»Na gut«, meinte David, der sich ein bisschen dumm fühlte, »ich verstehe. Aber habt ihr auch daran gedacht? Wenn die Polizei unsere Telefone abhört, was hindert sie daran, auch unser Hauptquartier abzuhören?«

Barbro und Kerstin lächelten ihn vom Konferenztisch aus an.

»Anders war heute Vormittag hier und fand eine Menge Geräte, die man montiert hatte, als das Lokal für unsere Zwecke renoviert wurde. Zu unserem Glück haben die Kollegen jedoch Geld gespart und Mikrofone installiert, die leicht von einem Störsender ausgetrickst werden können. Wie dieser kleine Apparat hier«, sagte Kerstin und zeigte auf eine rechteckige kleine Dose mit einigen Spitzen, die nach oben herausstanden. »Wenn wir mit der Sitzung fertig sind, schalten wir den Störsender aus, damit sie uns weiterhin abhören können. Hoffentlich interpretieren sie die Störung als einen zufälligen Ausfall. Für uns bedeutet das, dass wir vermeiden, über Dinge zu sprechen, die für die Ermittlungen relevant sind, solange wir uns hier im Hauptquartier befinden. Ich bin selbst dankbar für mein angeborenes Misstrauen, das mich niemals Angelegenheiten am Telefon besprechen lässt, sondern immer nur bei persönlichen Treffen. Sonst wäre Anders Pierrot jetzt erledigt.«

»Du liebe Zeit«, sagte David. »Und was bedeutet das alles? Ist es der Sicherheitsdienst, der Jaern und Lemming ermordet hat?«

»Das halte ich für äußerst unwahrscheinlich«, sagte Kerstin. »Wir wissen nur, dass sie uns abgehört haben, was ja auch nicht die feine englische Art ist. Wir müssen herausfinden, warum sie das getan haben und warum sie uns ständig an den Fersen kleben, egal wo wir hinfahren. Ich habe auch Lindblad in Örebro beauftragt zu überprüfen, ob es Mikrofone in den Wohnungen von Camilla Jaern und Georg Lemming gibt. Der Mörder muss das Gespräch von Camilla irgendwie aufgeschnappt haben. Ich glaube nämlich nicht, dass Camilla oder Georg mit irgendjemand anderem über den Grund ihres Anrufs bei uns gesprochen haben.«

»Wir dürfen in diesem Zusammenhang nicht vergessen, dass das Abhören von Räumen nur erlaubt ist, wenn der Verdacht eines Verbrechens besteht«, erklärte Barbro.

»Genau. Also müssen wir davon ausgehen, dass jemand unsere kleine Gruppe verraten hat und der Sicherheitsdienst uns deswegen abhört. Vorläufig lassen wir sie ungestört weitermachen. Ich forsche mithilfe von Anders Pierrot weiter. Wenn alles den üblichen Weg gegangen ist, sollte es einerseits einen Kläger, andererseits einen Richter für den Beschluss für die Abhörung geben. Aber ich neige eher zu der Ansicht, dass es sich dabei um eine Form von politischem Ränkespiel handelt und wir die Zielscheibe sind. Wir dürfen nicht vergessen: Allein die Tatsache, dass der Justizminister eine private Ermittlung in die Wege leitet, ist verfassungswidrig und strafrechtlich verfolgbar. Vielleicht ist das der Grund, warum der Sicherheitsdienst mit dem Abhören begonnen hat. Da wir selbst bei einem eventuellen Rechtsprozess auch eine Strafe riskieren, bitte ich euch daher genau zu überlegen, ob ihr trotzdem mit der Arbeit weitermachen wollt«, sagte Kerstin und schaute zuerst Barbro, dann David an.

»Ich bin dabei«, sagte David.

»Ich auch«, schloss sich Barbro an.

»Dann danke ich euch. Ich muss zugeben, es wäre schade gewesen, ohne euch weiterzumachen«, sagte Kerstin und warf einen Blick auf ihre Armbanduhr.

»Aber jetzt müssen wir uns beeilen. Da es offensichtlich einen Zusammenhang zwischen den letzten Morden und dem Verschwinden von Malå gibt, möchte ich, dass wir unsere Nachforschungen zu seinem Bekanntenkreis intensivieren. Das, was Camilla Jaern und Georg Lemming passiert ist, kann theoretisch den anderen des Freundeskreises, der Malå nahestand, auch geschehen. Kompliziert wird die ganze Sache dadurch, dass wir es mit einem höchst kompetenten und gewissenlosen Mörder zu tun haben. Lindblad hat mir bereits die vorläufigen Ergebnisse der technischen Untersuchung durchgegeben. Sie zeigen, dass Camilla Jaerns und Georg Lemmings Nacken mit einer Art von Maschine durchtrennt wurden. Vielleicht eine für diesen Zweck modifizierte kabellose Kreissäge. In Camillas Fall hat sich der Täter die Zeit genommen, ihr zuerst in den Kopf zu schießen, danach den Kopf sorgfältig abzusägen und auf einen Teller zu legen. Bei Lemming ging es schneller, geradezu im Vorbeigehen. Aber der Ausgang war genauso tödlich und geschickt ausgeführt. Außerdem könnte die Eile, mit der der Mord an Lemming erfolgte, darauf hindeuten, dass er dich gesehen und erkannt hat, David.«

David atmete tief durch und es entfuhr ihm ein ersticktes »Pfui Teufel«.

Kerstin fuhr fort. »Genau. Na ja, Lindblad hat bisher noch keinen Zusammenhang zwischen den Morden in Örebro und dem Fall Malå erkannt, aber es ist nur eine Frage der Zeit, bis er oder ein Journalist die Verbindung herstellt. Wir sind möglicherweise selbst in Gefahr. Je näher wir der Sache kommen, desto wahrscheinlicher ist es, dass der Mörder – oder die Mörder – auch uns ins Visier nehmen. Umso wichtiger ist es, dass wir uns strikt an die Anweisungen bezüglich elektronischer Geräte halten. Nach jedem Gespräch müssen die Wertkarte und die Nummer gewechselt werden. Ich habe eine Liste der wichtigsten Personen bei den Ermittlungen und ihre Kontaktdaten zusammengestellt. Das erspart es uns, die Daten in die neuen Telefone einzuspeichern. Bewahrt diese Liste im wahrsten Sinne des Wortes nahe an eurem Körper auf. Morgen bekommt ihr neue Computer. Dann müsst ihr auch neue E-Mail-Adressen und Google-Profile erstellen. Wir müssen davon ausgehen, dass sie auch die E-Mails und den Suchverlauf im Netz überprüfen.

»Shit«, sagte David. »Das ist total verrückt. Aber was sollen wir tun?«

»Du, David, bekommst zwei konkrete Aufträge«, erklärte Kerstin. »Punkt eins: Nimm noch einmal Kontakt mit Tindra Svensson und Sandra Helander auf. Triff dich auch mit Rebecka Farnö, dem letzten Mitglied des Freundeskreises. Informiere sie über die Morde und über die Gefahr, in der sie jetzt möglicherweise schweben. Achte genau darauf, wie sie auf die Information reagieren. Gib niemandem deine Telefonnummer und ruf mit unterdrückter Rufnummer an. Schau, was du im Netz über sie rausfinden kannst und fasse das für mich zusammen.«

David nickte zustimmend, dass er den ersten Teil der Anweisungen verstanden hatte. »Punkt zwei«, fuhr Kerstin fort, »besteht darin, dass du ein Zusammentreffen mit Schaljapin organisieren sollst. Wir benötigen seine Version von dem, was zwischen ihm und Malå in den letzten Tagen vor seinem Tod vorgefallen ist. Ich werde dir meine Aufzeichnungen vom Treffen mit Gyllén zukommen lassen. Sie können dir als Hintergrundinformation hilfreich sein.«

David war erschrocken zusammengefahren, als der Name des weltberühmten Dirigenten genannt wurde. »Gehen wir davon aus, dass es eine Verbindung zu Russland gibt?«

»Na ja«, antwortete Kerstin, »hier geht es eher darum, dass ich das Gefühl habe, die Beziehung zwischen Malå und Schaljapin war etwas angeknackst. Deswegen sollten wir sie uns näher anschauen. Aber, wenn ich ganz ehrlich sein soll, neige ich zunehmend in die Richtung, dass der Mörder derart professionell und rücksichtslos vorgegangen ist, wie ich es gefühlsmäßig mit den Methoden ausländischer Geheimdienste verbinde. Oder mit solchen militärisch ausgebildeten kriminellen Elementen, denen sich Teile der etwas listigeren russischen Mafia bedienen. Das ist aber, wie gesagt, nur ein Bauchgefühl. Vielleicht nicht ganz. Barbro hat hier neue Hinweise, die den Kurs der Ermittlungen in andere Bahnen lenken könnten.«

Kerstin war sich unsicher gewesen, ob es klug sei, dass Barbro die Erkenntnisse des Vortages an David weitergeben sollte. Letztlich hatten sie beide den Entschluss gefasst, ihn einzuweihen. Obwohl David ein wandelndes Sicherheitsrisiko darstellte, meinte Barbro, dass ihn diese Information veranlassen könnte, seine Wachsamkeit zu erhöhen, und zwar einerseits bezüglich der Zusammenhänge, mit denen er zu tun hatte, andererseits gegenüber den Personen, die er für die Ermittlungen befragte. Und außerdem, hatte Kerstin eingeworfen, schien er ja richtig gut auf das polizeiliche Training, das er erhalten hatte, zu reagieren.

»Ja, das ist richtig«, meinte Barbro. »Ich habe da einige Tätowierungen auf einem der Fotos aus der Berwaldhalle gefunden. In den Akten, die uns zur Verfügung gestellt wurden, gab es leider keine methodischen Fotografien sämtlicher Hautstücke, die dort *enthalten hätten sein müssen*. Ich habe daher Kontakt aufgenommen mit …«

David unterbrach sie. »Sag mir nicht, mit wem. Lass mich raten. Du hast Anders Pierrot angerufen.«

»Du bist ein schlaues Kerlchen, David. Und da mein Telefon nicht abgehört wird, konnte ich ihn ganz unbekümmert bitten, mit einem USB-Stick vorbeizukommen, auf dem die fehlenden Fotos gespeichert sind, die er in kürzester Zeit in den Dateien der Polizei entdeckt hatte. Als ich mir die Fotos näher ansah, entdeckte ich etwas Interessantes. Ich kenne mich ja ein bisschen mit Photoshop aus und habe daher verschiedene Fotos zusammengeschnitten und kann damit die Tätowierungen in ihrer Gesamtheit zeigen.«

Barbro hielt einen Ausdruck hoch.

David verließ seinen Platz bei der Kassa, um zu betrachten, was auf dem Foto zu sehen war.

»Das ist ein Stern mit vier größeren Spitzen und vier kleineren zwischen den größeren«, sagte Barbro. »Diese Art von Tätowierungen kommt häufig bei normalen Leuten wie auch bei kriminellen Elementen vor. Bei den Kriminellen ist die Platzierung von besonderem Interesse. Befindet sich die Tätowierung zum Beispiel auf dem Knie, bedeutet das, dass diese Person nicht bereit ist, vor der Obrigkeit auf die Knie zu fallen. Wenn sie auf der Höhe des Schlüsselbeins platziert ist, kann es eine Art von Rangbezeichnung bedeuten, ein Zeichen, dass man hoch oben in der Hierarchie einer kriminellen Bande steht.«

»Das ist unglaublich«, sagte David augenscheinlich überrascht. Er fühlte sich bemüßigt, etwas zu erwähnen, was er von Sandra erfahren hatte. »Ich habe gestern, als ich in Arboga eine Pause einlegte, mit Sandra per SMS kommuniziert und sie gefragt, ob Malå tätowiert war. Sie meinte, dass er niemals jemanden mit einer Tattoonadel in seine Nähe hätte kommen lassen. Aber das könnte sich nach der Studienzeit geändert haben. Sie hat ihn damals offenbar nackt gesehen.«

»Interessant«, sagte Kerstin trocken. »Es wäre gut gewesen, wenn wir diese Information schon gestern gehabt hätten.«

»Das tut mir leid. Ich weiß nicht, was ich mir gedacht habe.« David war erleichtert, dass Kerstin seine Notlüge über den Kontakt mit Sandra nicht genauer unter die Lupe nahm. *SMS oder Telefongespräch, das spielt doch keine Rolle*, dachte er.

»Na ja«, sagte Barbro, »nach allem, was wir über Malå wissen, scheint es nicht sehr plausibel, dass er einen Amateur an sich herangelassen hätte. Deswegen war es interessant, ein wenig in den Protokollen des NFC, des Nationalen Forensischen Zentrums, zu schmökern, die Anders den Fotos hinzugefügt hatte. Wie ich daraus entnehmen konnte, wurde nur von drei Hautfetzen die DNA erstellt, um sie mit der DNA, die man in Malås Hotelzimmer und seiner Wohnung in Paris gefunden hatte, abzugleichen. Die übrigen beinahe dreißig Hautstücke wurden nie getestet.«

In Davids Kopf drehte es sich. »Aber«, meinte er, »die Hautfetzen, auf denen die Tätowierung war, wurden die untersucht?«

Barbro schüttelte den Kopf. »Nein. Das ist eine unentschuldbare Unterlassung bei den polizeilichen Ermittlungen.«

»Solche Lahmärsche«, ergänzte Kerstin.

Barbro fuhr unbeeindruckt fort. »Und das bedeutet, dass wir über die restlichen Hautfetzen nichts mit Sicherheit sagen können. Dagegen können wir jetzt nicht mehr mit Sicherheit ausschließen, dass sich in dem Stoß die Haut *eines anderen Menschen* befand, vermischt mit der Haut von Malå. Und wenn wir nicht mit Gewissheit sagen können, dass all diese Haut, die tatsächlich dem Ausmaß der Haut eines Menschen von Malås Größe entspricht, auch wirklich Malås Haut ist, dann ergeben sich neue Fragen.«

»Zum Beispiel die Frage, ob Malå *wirklich tot ist*«, sagte Kerstin. »Leider können wir uns nicht an das Nationale Forensische Zentrum wenden und sie bitten, die restliche Haut zu testen, ohne Aufmerksamkeit zu erregen. Daher habe ich Anders Pierrot gebeten, weitere Tätowierungen und ähnliche Verbrechen zu untersuchen und dabei den Schwerpunkt auf Osteuropa und Russland zu legen. Wir werden sehen, ob uns das weiterbringt. Jetzt ist es höchste Zeit, dass wir den Störsender ausschalten und unseren verehrten Zuhörern eine Lektion in Karate erteilen. Zieh dir deine Trainingskleidung an, David.«

Ivan Michailowitsch, Karlavägen

Wenn man bedenkt, wie viel Mühe es mich gekostet hat, diese verfluchten Dinger zu installieren, kann ich doch recht zufrieden sein, dachte Ivan. Er nahm die Kopfhörer ab und stellte fest, dass sein Mikrofon ausgezeichnet funktionierte, ganz so, wie er es sich vorgestellt hatte. Er ließ die Aufnahmefunktion am Computer laufen und ging in die Küche, um sich ein Glas kaltes Wasser einzugießen. Etwas später würde er sich darüber amüsieren, wenn er zuhörte, wie David Westerdahl mehrere zielgerichtete Schläge von Kerstin einstecken musste. Der Auftakt war vielversprechend gewesen und von hohem Unterhaltungswert. Ivan gedachte voll Dankbarkeit seines alten Freundes, der ihn auf diskrete und vor allem *sichere* Weise mit der neuesten Spionagetechnologie versorgt hatte. Das alles neben den normalen bürokratischen Routinen, die unerwünschte Aufmerksamkeit mit sich bringen konnten. Dennoch war Ivan Michailowitsch voller Sorge über das, was er aus dem ehemaligen Servus-Supermarkt vernommen hatte.

Provokatsija. Im Geheimen die Kontrolle über deine Feinde übernehmen und sie ermuntern, Dinge zu tun, die sie in Misskredit bringen und dir von Nutzen sind. Vieles deutete darauf hin, dass diese merkwürdige kleine Ermittlergruppe einer Aktion ausgesetzt war, die zu den ältesten Bräuchen des russischen Geheimdienstes gerechnet werden konnte. Verschwörung war für ihn nicht etwas, das nur den Aluhutträgern vorbehalten war. Es war eine Technik unter vielen anderen, wie auch *Dezinformatsija*. Desinformation. *Deza* nannten es seine Kollegen unter sich. Schon als der Beamte aus dem Justizministerium mit ihm Kontakt aufgenommen hatte und ihn um ein Treffen in der Kneipe Diset gebeten hatte, waren seine gut entwickelten Fühler in Alarmbereitschaft gewesen.

Das, was er von dem Trio in Bandhagen an Diskussionen gehört hatte, umfasste alle wohlbekannten Einzelheiten. Da war die typische Mischung aus Fakten und Inhalten, die nur schwer oder unmöglich zu verifizieren sind. Es gab aber auch widersprüchliche Elemente in ihren Gesprächen. Ivan hatte nämlich das Gefühl, dass es noch weitere Akteure gab. Ivan Michailowitsch ließ sich selten dazu hinreißen, seine Gegner zu unterschätzen. Trotzdem konnte er sich nur schwer vorstellen, dass Arnesson und Moberg als Urheber für diese verwirrende Komplexität, die dieser Angelegenheit innewohnte, infrage kämen. Insbesondere im Hinblick auf den Inhalt der Gesprächsmitschrift der beiden Herren bei der Atlasmauer, die man ihm zukommen hatte lassen.

Der Ablauf der Ereignisse im Fall Malå ähnelte mehreren Operationen, an denen er beteiligt gewesen war.

Und diese letzten Morde. Es kam ihm sehr unwahrscheinlich vor, dass sich die schwedische Polizei mit derlei Aktionen abgab. In Ivans Berufsstand gab es zwar ganz andere Gebräuche, *mokroie delo*, nasse Jobs zu handhaben – der Name bezog sich auf das Blut, das bei der Ausführung des Auftrags floss. *Moskau glaubt nicht an Tränen*. Aber der schwedische Sicherheitsdienst war von ganz anderer Art und kam aus einer anderen Gesellschaft. Eine Gesellschaft, deren Traditionen nach Offenheit strebten, obwohl es auch hier Tendenzen von Korruption innerhalb der Körperschaft gab.

Ivans analytische Gabe sagte ihm, dass es nicht vorstellbar war, dass der schwedische Sicherheitsdienst plötzlich seinen Modus Operandi ändern würde und genauso unsentimental und pragmatisch agieren würde wie seine Landsmänner. Hingegen gab es Gründe anzunehmen, dass die Herren Moberg und Arnesson, von denen er zumindest Moberg bei mehreren offiziellen Veranstaltungen getroffen hatte, einen Hang dazu hatten, sich auf eine kleine *kombinatsija* einzulassen. Sie verfugten bestimmt nicht über die Fähigkeit, an komplexeren Manövern teilzunehmen, ihre Skrupellosigkeit reichte gerade einmal dazu aus, während eines Spaziergangs mit dem Hund die Hundescheiße nicht wegzuräumen. Bei einer *kombinatsija* ging es nämlich darum, durch koordinierte Provokation und verschiedene zielgerichtete Einsätze politische Abläufe zu beeinflussen. Ivan wusste genau, dass die Meinung, die er über Moberg und Arnesson hatte, die Einschätzung der Situation beeinträchtigen konnte. Sicher war allerdings, dass sie bisher alle typischen Zeichen von Inkompetenz zur Schau gestellt hatten. Ivan Michailowitsch ließ sich trotzdem die Hintertür offen, dass er seine Gegner möglicherweise unterschätzte.

Durch das Abhören hatte sich Ivans Verdacht bestätigt, dass Kerstin in die Geschichte eingebunden war. Sie hatte den Auftrag von ihrem Justizminister bekommen. Deshalb begriff sie womöglich selbst nicht, dass sie sich als *Privatdetektivin* betätigte und sich damit den Amateuren anschloss. Aber vom konstitutionellen Blickwinkel aus gesehen musste sie sehr wohl erkennen, in welch absurde Situation sie geraten war.

Wenn man es realistisch betrachtete, dachte Ivan, hatte sie sich wissentlich in ein ungesetzliches Projekt gestürzt. Ivan hatte inzwischen eine gewisse Sympathie für Kerstin entwickelt. Ihre Professionalität war überzeugend. Auch die Art, wie sie die Abhörung durch den schwedischen Sicherheitsdienst gemanagt hatte, fand er großartig. Sie hatte das Risiko des Einsatzes eines Störsenders genau durchdacht. Hatte die Aufgabenbereiche klug aufgeteilt. Hatte es vermieden, in der jetzigen Situation ihren offensichtlich nicht ganz zuverlässigen Auftraggeber zur Rede zu stellen, und sich außerdem davon überzeugt, dass ihren Mitarbeitern bewusst war, worauf sie sich einließen.

Sie wies auch ein augenfällig natürliches Geschick für das Handwerk auf, das Agenten und auch er selbst sich über Jahre hinweg hatten aneignen müssen. Und nicht zuletzt teilte sie seine eigene Einschätzung der Situation. Dass es sich höchstwahrscheinlich um eine *Angelegenheit mehrerer Beteiligter* handelte.

Bei der Erwähnung des tätowierten, sexsüchtigen Stars hatte sich Ivan einige Jahrzehnte zurückerinnert, als er als junger Vernehmungsleiter im Butirskajagefängnis in Moskau tätig gewesen war. Meistens hatte er politische Gefangene verhört, oft gebildete und engagierte Menschen, die sein Herz unter der hart gesottenen KGB-Fassade berührt hatten und ihn zum Umdenken gezwungen hatten. Menschen, die in ihm Hoffnungen erweckten, als die Perestroika kam und die Mauer in Berlin fiel. Endlich sollte Mütterchen Russland einen nächsten *Entwicklungsschritt* machen. In Richtung Demokratie und Transparenz.

Aber stattdessen war der Eindruck entstanden, dass *die anderen* an die Macht gekommen waren. Oder zu Handlangern der Macht geworden waren. Und er hatte diese anderen früher getroffen, im Butirskajagefängnis. Zur Zeit der Sowjets waren es natürlich nicht nur gute Menschen gewesen, die man für überwiegend friedliche Aktionen ins Gefängnis gesteckt hatte. Das wäre eine allzu einfache Beschreibung. Nein, auch Menschen mit eindeutig krimineller Vergangenheit, die in Aktivitäten verwickelt waren, die sich am Schnittpunkt zwischen dem Schwarzmarkt und dem damals entstehenden organisierten Verbrechen betätigten, wurden von der kommunistischen Partei gesucht. Einige der schlimmsten Exemplare dieser Sorte hatten Tätowierungen von genau derselben Art gehabt, wie er sie Barbro beschreiben gehört hatte.

Daher fühlte er sich verpflichtet, einige dieser früheren Kontakte aus der Butirskajazeit wieder aufzusuchen.

Aber wenn es sich wirklich so verhielt, wie er nun befürchtete, musste er sehr vorsichtig vorgehen.

David, Gåsgränd

David saß total zerschlagen in der grünen Linie der U Bahn auf dem Weg nach Hause nach Gamla Stan. Kerstin hatte ihn mindestens eine Stunde als Versuchsobjekt verwendet, um das, was sie *basics* nannte, grundlegende Positionen und grundlegende Bewegungsmuster des Karatestils, die Klarheit in den Zügen zum Ziel hatten, mit ihm durchzugehen. Dabei hatte er in einer Position stehen müssen, die sich *shiko dachi* nannte und die ihm wie eine Ewigkeit vorkam. Danach hatte er ein paar Grundschläge gelernt, die so komplex waren, dass sie seinen Horizont überstiegen. Andererseits war ihm bei der letzten Übung klar geworden, dass etwas dahinterstecken musste, wenn eine Frau wie Kerstin, die gerade einmal sechzig Kilo wog, Schläge austeilen konnte, die einen Mann mit gut neunzig Kilo umwarfen.

Wieder hatte er Faszination empfunden und sich motiviert gefühlt, diese für ihn neue Welt kennenzulernen. Die Art, wie der Körper gezwungen wurde, mit sich selbst durch Bewegung und Gegenbewegung zusammenzuarbeiten. Das Gefühl, wenn er es mithilfe der geduldigen Anweisungen von Kerstin schaffte, die Faust mit der richtigen Körperspannung im richtigen Augenblick zu drehen. Das schmatzende Geräusch der Übungspuppe, wenn es ihm nach ein paar Stunden Training gelang, den ersten technisch gelungenen Schlag auszuführen.

Bis er schließlich so weit gewesen war, hatte er noch eine Kostprobe von Kerstins vielen unterschiedlichen Schlägen einstecken müssen, bei denen Barbro jedes Mal ein erfreutes »*Na hoppala*« ausstieß, während sie an ihrem Computer saß und heimlich beim Training zusah.

Während der Fahrt nach Hause hatte er auf Kerstins Anweisung hin zuerst Tindra Svensson und danach Rebecka Farnö mit seinem neuen Wertkartentelefon angerufen. Tindra hatte mit gespielter Bestürzung reagiert. David war es vorgekommen, dass sie wie die Politikerin geklungen hatte, die sie tatsächlich war. Das Gespräch war kurz gewesen, die Botschaft war trotzdem angekommen. Tindra Svensson versprach, gut auf sich aufzupassen und sich so oft wie möglich mit Menschen ihres Vertrauens zu umgeben, obwohl Menschen zu vertrauen beinahe einen *Widerspruch* darstellt in der Welt, in der ich mich bewege, wie sie es ausdrückte. Rebecka Farnö war von ganz anderem Menschenschlag als Tindra Svensson.

Nachdem er sich vorgestellt hatte, hatte David sofort die Nachricht von den Morden an Camilla Jaern und Georg Lemming übermittelt. Während Tindra sehr gefasst und kurz angebunden gewesen war, hatte Rebecka Farnö verzweifelt gewirkt und eine Menge Fragen gestellt, auf die David nicht immer eine Antwort gewusst hatte. Rebecka hatte darauf bestanden, dass sie einander treffen sollten. Sie wollte alle Einzelheiten über Davids Treffen mit Camilla und Georg erfahren. »Beide waren wichtige Bezugspersonen in meiner Jugendzeit. Ich weiß, dass es vielleicht schwer zu verstehen ist, aber ich muss unbedingt jemanden treffen, der sie zuletzt sah.« David hatte das Gespräch mit dem vagen Versprechen beendet, dass er vielleicht nach Göteborg kommen würde, um Rebecka Farnö während der Weihnachtsfeiertage oder im neuen Jahr zu treffen.

Die letzten Tage waren verrückt gewesen. Die Erinnerungen in seinem Kopf wechselten schneller als die Bilder einer PowerPoint-Präsentation eines neu angetretenen Vorstandsvorsitzenden. Der abgehackte Kopf von Camilla Jaern wurde durch verschwommene Bilder der Nacht mit Matilda und deutlich klarere Erinnerungen an die Gespräche mit Sandra abgelöst. Sein Leben war seit einigen Wochen komplett anders verlaufen als sein normaler, voraussagbarer Alltagstrott.

Jetzt sah er sich seinen Schwächen, seinem Ehrgeiz und seiner Sehnsucht dermaßen intensiv ausgeliefert, dass ihn fast schwindelte. David war stets bemüht gewesen, nie die Kontrolle über Beziehungen und das, was er selbst als »äußere Umstände« beschrieb – Kontakte mit Menschen auf einer allgemeineren Ebene –, zu verlieren und selbst zu bestimmen, wie sich diese entwickelten. Wie sie begonnen wurden und wie sie endeten. Nun fühlte er sich völlig machtlos. Und zu dieser Fülle von Emotionen kam noch die Abhörung ihres Hauptquartiers dazu, und dadurch eine Menge Sorgen und Überlegungen. Aber es gab auch ein Überraschungsmoment. Klar, dass die Situation beängstigend war. Dennoch fühlte er sich inmitten all dieser eigenartigen und unerfreulichen Situationen, die dieser Auftrag mit sich brachte, seltsamerweise ziemlich guter Dinge. Und inspiriert.

Etwas Blut erfrischt, dachte er, als er über das schneebedeckte Kopfsteinpflaster auf Gåsgränd hinaufstapfte. Er kam an Wirströms vorbei und spürte einen Anflug von Lust auf ein angenehm lauwarmes Guinness, widerstand jedoch der Versuchung. Auf Gåstorget roch es wie immer nach abgestandenem Bier und altem Frittieröl aus den Gaststätten. *No place like home*. Seiner üblichen Gewohnheit entsprechend warf er einen Blick auf seine Lieblingsskulptur, die »Schwergewichtler« des Bildhauers Sven Lundqvist. Zwei stilisierte Boxer, die einen Kampf austragen mit einer kleinen Schar von Köpfen ohne Eigenschaften als Zuschauer. *Es würde mich interessieren, was sie sagen würden, wenn sie Kerstin träfen*, dachte David, bevor er bemerkte, dass jemand auf den Bänken neben der Skulptur saß.

»Hej, David«, rief Sandra. Sie erhob sich und ging ihm mit einem strahlenden Lächeln auf den Lippen entgegen.

»Hej«, antwortete David erstaunt. »Was machst du hier? Wolltest du nicht erst in ein paar Tagen in die Stadt kommen?«

»Ich habe versucht, dich anzurufen. Aber dein Telefon scheint abgeschaltet zu sein.« Sie trat auf ihn zu und umarmte ihn. Als er ihren Duft einatmete, kam es ihm vor, als ob sein System vollständig zusammenbrechen müsste. Er wollte nichts anderes mehr, als hier im Schnee auf Gåstorget dastehen, bis ihn der Teufel holte. Wenn er nur seine Nase in Sandras Haar stecken und ihre Umarmung spüren konnte. Schließlich war sie es, die sich aus der Umarmung löste.

»Möchtest du nicht eine obdachlose, relativ junge Dame einladen? Mein lieber Lebensgefährte da drüben würde ein bisschen Wärme mit der genau richtigen Luftfeuchtigkeit zu schätzen wissen«, sagte Sandra noch immer lächelnd. Sie deutete mit dem Kopf zur Parkbank, neben der ihr Cello in seinem Koffer neben einem anderen größeren Koffer stand.

»Selbstverständlich, junges Fräulein«, sagte David und lenkte seine Schritte zum Cello und dem Koffer.

»Nein, nein«, rief Sandra aus, »so habe ich das nicht gemeint. Das Cello und den Koffer kann ich nehmen. Gib du den Code ein und halt mir die Tür auf, dann kann eine alte freiberufliche Musikerin selbst die Stufen hochsteigen in die Wohnung des Herrn.«

Danach stiegen sie schweigend die über die Jahrhunderte abgenutzten Stufen zu seiner Wohnung hinauf. David war sich nicht sicher, ob das eine gute Idee war. Rein gefühlsmäßig empfand er Vertrauen und vielleicht sogar mehr für Sandra. Rein theoretisch konnte sie aber etwas mit den Morden und Malås Verschwinden zu tun haben. Er schüttelte seine Bedenken jedoch einigermaßen mühelos ab, während er die Schlüssel hervorkramte. Die Freude über Sandras Kommen fegte die vermutlich überflüssige Unsicherheit weg. Seine Hand zitterte leicht, als er den Schlüssel ins Schloss steckte, diesmal nicht wegen des üppigen Alkoholkonsums des Vorabends. Diesmal konnte er eindeutig eine Verbindung zu den fast fünfzig Liegestützen herstellen, zu denen Kerstin seinen untrainierten Körper während der Karateübungen gezwungen hatte.

»In nächster Zeit wird es mit meinem Telefon ein wenig schwierig werden. Ich gebe dir eine neue Nummer, unter der du mich erreichen kannst. Aber erzähl mal, warum du so früh zurück bist?« David und Sandra saßen auf dem zerschlissenen grünen Plüschsofa, das er von seiner Großmutter geerbt hatte, und tranken Tee. Warum er sich für Tee entschieden hatte statt für polnischen Wodka, hatte sich David noch nicht überlegt. Er hatte sich selbst ungläubig zugehört, wie er Sandra Tee angeboten hatte. Aber als sie dann bejahte, nahm er die Herausforderung an und entschloss sich unmittelbar darauf zu einem alkoholfreien Abend.

»Unser Dirigent, der übrigens bereits seit einem Jahr eine sogenannte Anger-Management-Therapie besucht, bekam einen anständigen Nervenzusammenbruch«, erzählte Sandra.

»Ach so. Das klingt spannend. Was ist passiert?«

»Tja, was soll man sagen. Das Übliche, nehme ich an«, sagte Sandra resigniert. »Er wurde plötzlich fürchterlich zornig über den Kontrabassisten und einen der Geiger. Schrie, dass die Kerle spielten wie, ja, ich glaube, es war ein im Dänischen populärer Euphemismus für das weibliche Geschlechtsorgan. Das führte wieder dazu, dass eine Bratschistin sich über seine Wortwahl entrüstete und *peng*, dann ging es erst richtig los. Nach zwanzig Minuten lauten und mehrstimmigen Schreiens, drinnen in der schweinekalten und widerhallenden Kathedrale in 's-Hertogenbosch – du glaubst es nicht, aber der Ort heißt wirklich so – sagte unser lieber Maestro die ganze Tournee sofort ab. Er wurde von Zeugen zuletzt in einer Bar in der Nähe des Bahnhofs gesehen, wo er Bier und Whisky-Shots trank. Wir anderen buchten unsere Tickets um und nahmen den Tourneebus zum Flughafen. Ich bin froh darüber. Denn jetzt bin hier bei dir.«

David versuchte eine plötzlich aufsteigende Röte in der riesigen Teetasse, die er für sich ausgesucht hatte, zu verbergen. *Was zum Teufel ist los mit mir,* dachte er. *So eine Gefühlsduselei. Was soll das. Reiß dich zusammen, David.*

Er nahm einen Schluck vom Lapsang-Tee und versuchte sich zu sammeln. Das befremdliche und doch wärmende Gefühl, das sich in ihm breitmachte, wenn Sandra mit ihm sprach, verunsicherte ihn. *Sei vernünftig*, dachte er. *Sie drückt nur zufällig an den Bestätigungsknöpfen. Wir sind uns eben ein bisschen ähnlich, okay. Und das sollte eigentlich ein schlechtes Zeichen sein.* Er atmete tief durch.

»Du, Sandra.«

»Mhm.«

»Bevor der Tee unsere Sinne trübt, muss ich dich etwas fragen.«

»Schieß los.«

»Es geht um Tony.«

»Na klar. Lass uns auf keinen Fall in meinen traumatischen Erlebnissen stecken bleiben«, sagte Sandra und lächelte.

»Ich habe einige widersprüchliche Aussagen über Tony erhalten.«

»Wie meinst du das?«

»Na ja, du und deine früheren Schulfreunde und außerdem deine frühere Direktorin Camilla haben mir ziemlich unterschiedliche Meinungen über Tonys angebliche Alkoholsucht geliefert.«

Mit einer kaum merklichen Änderung ihrer Miene überschlug Sandra ihre Beine.

»Ach so?«

»Tindra Svensson.«

»Ach, Anna«, unterbrach ihn Sandra, »jaja. Entschuldige, mach weiter.«

»Tindra behauptet, der Grund, warum ihr euch einen *Freundeskreis* nennen könntet, hängt damit zusammen, weil ihr euch alle Sorgen über Tonys Alkoholsucht gemacht habt. Sie meinte, dass es euch gelungen ist, ihn davon abzubringen und er deshalb die Ausbildung in Berlin machen konnte.«

»Was für ein Quatsch«, meinte Sandra empört. »Aber sprich weiter.«

»Dann sind da der selige Georg und die selige Camilla, die beide ganz anderer Meinung waren. Nämlich, dass Malå sowohl in seiner Jugend als auch später im Leben sehr zurückhaltend beim Alkohol war.« Er beobachtete, ob das, was er sagte, bei Sandra eine Reaktion auslöste. Er fand, dass sie eher entspannt aussah.

Vielleicht sogar unberührt, dachte David.

»Und dann ist da deine Version. Wie ich deinen Erzählungen entnahm, hat er sein Suchtverhalten erst später entwickelt, sowohl was den Alkohol als auch den Sex angeht«, sagte David und versuchte sachlich und unbeeindruckt von der Häufung an befremdlichen Fakten zu klingen, die diese Geschichte so unüberschaubar machten.

David bemerkte, dass Sandra, die am Anfang ihres Gesprächs nahe bei ihm gesessen war, jetzt von ihm abrückte. Er kannte sie zu wenig, um erkennen zu können, in welcher Stimmung sie sich nun befand, aber es war klar ersichtlich, dass sie sich während ihres Gesprächs verändert hatte.

»Ist das alles wirklich wichtig? Zu wissen, wann das Suchtverhalten begann oder ob es überhaupt ein solches gab? Für das Buch, meine ich«, sagte Sandra. *Sie sieht müde aus*, dachte David.

»Vielleicht ist es mehr wegen meiner Neugierde als für das Buch«, antwortete David. »Aus mir unverständlichen Gründen schließe ich mich deiner Meinung an. Ich möchte gerne glauben, dass du diejenige bist, die die Wahrheit sagt.«

Sandra sah ihn mit einem ungläubigen Blick an und verzog

ihr Gesicht, als müsse sie sich erbrechen. »Erspar mir *the mushy stuff*, Freundchen. Ich glaube, der Tee ist für deinen Intellekt gefährlicher als der Whisky. Reiß dich zusammen.«

David errötete wieder, diesmal wusste er aber, warum.

»Es war so«, fuhr Sandra fort. »Oder nein. Verdammt, es ist echt schwierig zu bestimmen, wo ich anfangen soll.«

»Erzähl einfach drauflos«, sagte David in einem Tonfall, den er selbst für ermunternd und vertrauenseinflößend hielt.

»Na gut«, meinte Sandra. »Ich denke Folgendes. Wir haben alle unsere persönlichen Ansichten über die Studienzeit. Höchstwahrscheinlich haben wir im Nachhinein und vermutlich unbewusst *entschieden*, wie wir diese Erinnerungen verarbeiten. Auf die eine oder andere Art sind unsere Erinnerungen vielleicht auch nur Ausdruck unserer innersten Hoffnungen und Wünsche. Tindras Ansicht ist ganz anders als meine und wiederum anders als die von Camilla und Georg. Und wahrscheinlich ist das auch ganz in Ordnung so.«

»Aber du hast ja besonders stark auf Tindras Sichtweise reagiert, oder?«

»Ja. Aus zweierlei Gründen. Teils weil Tony, soweit ich weiß – und ich hatte ausreichend Gelegenheit, ihn zu beobachten –, keinen Tropfen angerührt hat während unserer gemeinsamen Zeit in Örebro. Mit einer Ausnahme: die legendäre Lucia-Feier im Jahr 1985. Aber das war wirklich eine Ausnahme und außerdem ist es verjährt. Der zweite Grund ist … Also, ich verstehe wirklich nicht, wie Tindra so eine Geschichte erfinden kann. Dass wir uns um Tony wie eine Art Gruppe zu seiner Unterstützung versammelt hätten. Das ist völlig absurd und entbehrt jeglicher Realität«, behauptete Sandra.

»Aber wie war es dann? *In Wirklichkeit*?«

Sandra überlegte eine Weile, bevor sie antwortete.

»Ich bin dem Thema ausgewichen, als wir uns das letzte Mal gesehen haben. Was aber nicht verwunderlich ist. Das, was uns zusammenschweißte, ist schwer zu erklären. In erster Linie war es die Musik. Ein Schulprojekt während des ersten Semesters, bei dem wir zusammenarbeiten sollten. Wir empfanden schon damals, dass wir miteinander etwas Besonderes hatten. Daher taten wir das, was typisch für Schweden ist. Wir gründeten einen Verein.« Sandra lächelte bei der Erwähnung. David entschied sich, nicht zu erwähnen, dass er schon von Camilla Jaern von dem Verein Action Musagète gehört hatte.

Stattdessen schenkte er sich und Sandra Tee nach.

»Aber der Verein war selbstverständlich nur ein Vorwand für unsere Treffen. Denn wir hatten absolut kein Interesse an zusätzlichen Mitgliedern.«

»Womit habt ihr euch während eurer Treffen beschäftigt?«

Wieder schwieg Sandra einige Zeit, bevor sie weitersprach.

»Wir machten natürlich Musik. Und wir redeten miteinander. Über die Musik und das Leben. Wie Musikstudenten das eben tun, vermute ich, aber in konkreterer Form. Während einer Periode von zwei Jahren gab es praktisch nur uns.«

»Was passierte nach den zwei Jahren?«

»Alles Mögliche. Nach einem Schulkonzert gingen wir getrennte Wege. Es gab einige interne Konflikte. In einer Gruppe, die aus drei Mädchen und drei Burschen besteht, kommt es ja leicht zu Problemen. Außerdem verschwand Tony nach Berlin.«

»Was waren das für Konflikte, die auftauchten?«

»Eine Menge von Kleinigkeiten«, sagte Sandra. »Meistens ging es um Macht. Ist das nicht immer so?«

David wunderte sich, warum sie Nils nicht erwähnte, das Gruppenmitglied, das unter ungeklärten Umständen gestorben war. *Ich hebe mir diese Frage auf*, dachte er.

»Welche Rolle spielte Tony bei diesen Konflikten?«

Sandra runzelte die Stirn.

»Kann ich nicht sagen. Er ließ sich nie auf Konfrontationen ein. Blieb lieber am Rand des Konflikts. Und trotzdem befand er sich im Mittelpunkt, aber auf eine andere Art. Er war die treibende Kraft in unserer *künstlerischen* Entwicklung. Man könnte sagen, dass er bei unseren Konflikten wie ein Katalysator fungierte.«

»Interessant«, meinte David. »Ein Freundeskreis, der sich der *künstlerischen Entwicklung* widmet.«

»Ach was, das ist schwer zu erklären. Manchmal waren wir eher wie ein Ensemble, das sich vorgenommen hat, musikalische Höchstleistungen zu bringen, mit allem, was dazugehört wie Diskussionen über das winzigste Detail einer Phrase oder eines Rhythmus. Dann aber wieder Augenblicke völliger Harmonie und Übereinstimmung. Und manchmal tranken wir einfach nur Tee und diskutierten darüber, wie wir die Welt wirklich verändern könnten. So ganz entspannt.« Sandra blinzelte David zu.

Das ist der schelmischste Gesichtsausdruck, den ich jemals gesehen habe, dachte David.

»Noch etwas«, sagte er.

»Mhm«, antwortete Sandra mit der Nase in der Teeschale.

»Tindra hat angedeutet, dass sich Camilla Jaern an Antoine sexuell vergriffen hat. Weißt du etwas darüber?«

Sandra riss die Augen auf und prustete direkt in ihren Tee hinein, der auf den Wohnzimmertisch schwappte. Sie lachte dann laut heraus, während ihr der Tee über die Wangen rann.

»Sie ist doch zu herrlich«, rief Sandra aus. »Camilla als sexuelle Verführerin?« Sie prustete wieder los. Es dauerte eine Weile, bis sie sich wieder unter Kontrolle hatte und weitersprechen konnte.

»Hör mal, man kann vieles über Camilla sagen. Eine tüchtige provinzielle Machthaberin – *check*. Eine tüchtige Fachfrau – *check*. Versessen auf Rotwein – auf jeden Fall. Single? Ja, doch. Die meiste Zeit. Aber für uns, als wir Camilla kennenlernten, war eines klar: Obwohl sie ein bisschen generös wirkte und manchmal sogar kokett, war ihr Pflichtbewusstsein bezüglich ihrer Arbeit und gegenüber den Studenten unantastbar. Es wäre ihr nicht im Traum eingefallen, mit Tony ihre Grenzen zu überschreiten. Obwohl sie ihn sehr mochte. Vielleicht sogar liebte. Aber wie einen Sohn. Nicht wie einen Toyboy. Absolut nicht. Zum Kuckuck mit Tindra. Hört sie denn niemals mit ihrem manipulativen Gehabe auf?« Sandra sah plötzlich müde aus und führte die Teeschale wieder zum Mund.

»Können wir nicht ein wenig Musik hören?«, fragte sie.

»Aber sicher«, antwortete David. Er stand auf und wurde sofort an das Karatetraining erinnert. Er ging zum Computer, der als Musikanlage fungierte.

»Was willst du hören?«

Sandra stützte das Kinn in ihre Handflächen und tat so, als wäre sie zutiefst bekümmert, während sie David von Kopf bis Fuß musterte.

»Ich werde raten, was du gerne hören möchtest«, sagte sie. »Natürlich beruht mein Raten auf meiner enorm deduktiven Fähigkeit und meinen tiefgehenden Kenntnissen über deine lustbetonte Persönlichkeit.«

»Oh«, sagte David. »Das klingt ja spannend. Schieß los.«

Sie erhob sich vom Sofa und ging auf David zu. Sie stellte sich ganz nah zu ihm. So nah, dass ihre Nasenspitze fast sein Kinn berührte. Er spürte ihren warmen Atem und fühlte ein Kribbeln am Hals. *Was hat sie vor*, dachte David.

»Jetzt weiß ich es«, sagte Sandra und trat einen Schritt zurück.

Du möchtest gerne das Klaviertrio von Ravel in a-Moll hören.«

David starrte sie ungläubig an.

»Wie zum Teufel konntest du wissen, dass ich dieses Stück liebe?«

»Tja, mein Lieber«, antwortete Sandra. »Das ist mein eigenes kleines Geheimnis. Zumindest noch für eine Zeit. Wir kennen einander ja kaum.«

Und wieder dieser *schelmische* Gesichtsausdruck.

»Aber nimm nicht die Aufnahme mit Perlman. Sie ist zu dick aufgetragen.«

Der Maestro

Ludwig erinnerte sich.

Nach Roberts Tod waren anfangs alle wie betäubt.

Einen Bruchteil des Geschehenen sah er klar und deutlich vor sich zwischen den Spitzen des Schmerzes.

Andere Gedanken tauchten wie verzerrte Bilder vor seinem inneren Auge auf, die wie Fieberschauer immer wieder sein Gehirn vernebelten.

Während seiner klareren Momente erinnerte er sich an die Stimmung in der Gruppe, die nach Wochen lähmender Ruhe, die auf Roberts Tod folgte, wieder unter den Nullpunkt gesunken war.

Doch es dauerte nicht lange, dann tauchten die ungelösten Konflikte wieder auf.

Im Ensemblesaal geschah dann das Unvermeidliche.

Der Bruch.

Am Abend davor hatten sie bei Robert Gedenkandacht in der Nikolaikirche gespielt. Einige Hundert Trauergäste waren gekommen, viele davon Studenten und Lehrer an der Musikhochschule.

Hildegard hatte das musikalische Programm für die Andacht ausgesucht. Sie hatte vorgeschlagen, dass sie zu Ehren von Robert nicht proben, sondern eine Improvisation »aus dem Herzen« spielen sollten. »Von uns an Robert.«

Sie waren alle einverstanden gewesen. Außerdem hatte keiner von ihnen Lust verspürt, sich zu einer Probe zu treffen. Nach Roberts Tod und den anschließenden aufreibenden polizeilichen Ermittlungen waren sie alle damit beschäftigt, ihre eigenen Gefühle und Reaktionen aufzuarbeiten.

Als sie mit ihren Instrumenten zur Kirche kamen, saßen die Leute bereits in den Bänken. Ein leises Gemurmel und einzelne Seufzer waren zu hören, als sie eintraten. Die meisten der Anwesenden wussten, dass es sich um Roberts beste Freunde handelte.

Jemand – wahrscheinlich war es Hildegard – hatte einige Stühle und Notenständer in einem Halbkreis einige Meter links vom Sarg aufgestellt. Der Sarg war mit Blumen geschmückt und ein Bild von Robert stand darauf. Ludwig stellte fest, dass jemand auch eine Videokamera auf einem Stativ neben einem Pfeiler, nur ein kleines Stück entfernt von dem Platz, an dem das Ensemble spielen sollte, aufgebaut hatte. Die Kamera war jedoch auf die Kirchenbänke gerichtet. Ein Flügel war seitlich des Halbkreises hereingerollt worden. Das war Ludwigs Platz. Er erinnerte sich, dass er sich über die Notenständer, auf denen Notenhefte platziert waren, gewundert hatte, da sie ja nicht nach Noten spielen wollten.

Nachdem er vorgetreten war und sich auf seinen Platz am Flügel gesetzt hatte, hatte er die erste Seite des Notenhefts überflogen. Er hatte sofort das Musikstück als eine jener vielen Sequenzen erkannt, an denen er auf Hildegards Wunsch gearbeitet hatte, bevor Robert verschwunden war. Aber es war irgendwie verändert worden. Es handelte sich um eine Form von emotionalem Hybrid.

Die Sequenz, an der er gearbeitet hatte, sollte eine leicht melancholische Stimmung hervorrufen. Die Noten am Flügel enthielten auch die wirkungsvollen Teile, an denen er zuletzt gearbeitet hatte, um ihnen den letzten Feinschliff zu geben. Aber da war noch etwas anderes. Wie eine Art von Sand im Getriebe. Er blätterte weiter. Er stellte fest, dass auf Seite zwei ein schneller Wechsel auf eine andere Sequenz erfolgte. Und zwar jene, die bei den Zuhörern Zorn hervorrufen sollte. Er blätterte noch einmal weiter. Zwei Seiten später fand er wieder eine Sequenz. Eine, die Trauer vermittelte. Auch sie war verändert worden.

Er erinnerte sich, wie ihn plötzlich Angst ergriffen hatte, als er mitbekam, was da eben ablief. Hildegard wollte, dass sie ihren Zuhörern große Teile der musischen Sprache zu Gehör bringen sollten. In einer Kombination, die sie noch nie probiert hatten. Er warf einen Blick auf die anderen Ensemblemitglieder. Hildegard saß auf ihrem Platz und schaute mit großem Ernst ins Publikum. Barbara und Clara saßen da und blickten bekümmert auf die Noten vor sich. Ludwig ahnte aus gutem Grund, dass ihnen bewusst war, was man ihnen da auf die Notenständer gelegt hatte. Ella, die singen sollte, sah aus, als studierte sie die Noten vor sich. Der Priester, der mit dem Rücken zu ihnen beim Altar stand, drehte sich um und gab Hildegard ein Zeichen. Sie hob ihre Geige ans Kinn und sah die Ensemblemitglieder einen nach dem andern an. Ludwig sah, dass Barbara den Kopf schüttelte. Clara blickte wütend drein. Als Hildegards Blick Ludwig erreichte, war er nahe daran wegzuschauen, um ihren Blick nicht erwidern zu müssen. Er wusste jedoch, dass er gehorchen musste. Daher trafen sich ihre Blicke. Sie nickte ihm kurz zu als Zeichen, dass er beginnen solle. Er sah auf die Noten und ließ den Fingern freien Lauf. Jetzt mussten ihm die anderen folgen.

*

Clara war wütend und wankte im Ensemblesaal hin und her. Hildegard, über die Clara so zornig war, saß ruhig gegen die Wand gelehnt mit angezogenen Knien und einem seligen Lächeln auf den Lippen.

»Wie, um Himmels willen, konntest du uns so hintergehen? Und noch dazu bei Roberts Gedenkandacht. Pfui Teufel. Hast du nicht kapiert, dass es sich um gefährliche Dinge handelt? Ist es nicht genug, dass Robert gestorben ist. Und du, Ludwig, du charakterloser …« Sie ging zum Fenster hinüber, das auf einen tristen Hinterhof ausgerichtet war. Ludwig konnte von seinem Platz am Flügel sehen, wie die Tränen in Strömen über Claras Wangen flossen.

»Soweit ich weiß, Clara, seid ihr alle dabei gewesen. Niemand von euch ist weggegangen oder hat aufgehört zu spielen, bis es zu Ende war. Alles geschah ganz freiwillig«, sagte Hildegard.

Barbara, die bis dahin still dagesessen war, schnaubte voll Verachtung.

»Freiwillig! Wir wissen alle, wie deine Freiwilligkeit funktioniert. Du hast uns manipuliert. Und nicht nur uns, sondern auch die Zuhörer. Diese Sequenzen waren ja reine Molotowcocktails. Du hast ja gehört, wie das Publikum schrie und weinte. Einige wurden sogar ohnmächtig. Wurden ohnmächtig! Ich habe gehört, wie das Personal den psychiatrischen Notdienst rief. Auf die Rechnung des Priesters. Ich selbst hatte die ganze Nacht rasende Kopfschmerzen.«

»Wenn du die Ohrenstöpsel verwendet hättest, wie wir ausgemacht hatten, hättest du keine Probleme gehabt«, erklärte Hildegard mit ruhiger Stimme. »Ja, wir haben ein Experiment gemacht. Ein sehr geglücktes und ganz im Sinne von Robert, möchte ich behaupten.«

»Nein, zum Teufel«, sagte Clara und drehte sich um. »Du bist es bei Gott nicht wert, seinen Namen in den Mund zu nehmen. Robert wollte aussteigen! Er wollte mit dir brechen. Mit uns. Aber das hast du nicht zugelassen. Und Gott mag wissen, was eigentlich passiert ist, als er starb. Aber egal, ob du es warst, die ihn tötete, oder ob er sich selbst das Leben nahm, du bist diejenige, die dafür verantwortlich ist. Er starb deinetwegen.«

»Blödsinn. Robert hatte ein Tief. Ich war bereit, ihm dabei zu helfen und ihm eine Stütze zu sein. Das kann keiner von euch anderen über sich sagen«, rief Hildegard.

Ludwig räusperte sich auf seinem Platz am Flügel.

»Ich erinnere mich, dass du uns aufgefordert hast, ›ihm Zeit zu geben‹ und dass wir ihn in Ruhe lassen sollten. Ich erinnere mich auch, dass du uns überzeugen wolltest, dass er sich am wohlsten fühlte, wenn er mit seinen Gedanken allein sein konnte«, sagte Ludwig mit niedergeschlagenem Blick und leicht zittriger Stimme.

Clara und Barbara nickten zustimmend.

»Was soll das?«, fragte Hildegard. »Meuterei. Wollt ihr alles, was wir aufgebaut haben, wegwerfen?«

»Nein, auf keinen Fall, Hildegard«, piepste Ella. Die anderen konnten sehen, wie sich Hildegard rüstete, um sie wieder zurück in die Falle zu locken. Aber Clara hatte bereits die Tüte mit den Kopfhörern aus dem verschließbaren Blechschrank, den sie benutzen durften, herausgenommen. Sie setzte sich ein Paar auf und teilte die übrigen schnell an die anderen aus. Nur Ella weigerte sich, sie entgegenzunehmen.

Hildegard fuhr von ihrem Platz hoch und schrie.

Bandhagen, 16. Dezember

Ravels Klaviertrio hallte in seinen Ohren wider. Eigentlich war es nur das kleine Motiv aus der Einleitung des ersten Satzes, bei dem das Cello und die Violine sich parallel bewegten, in einer für David geradezu himmlischen Harmonie. Wieder saß er in der U-Bahn auf dem Weg nach Bandhagen. Er fühlte sich *fit*, obwohl die letzte Nacht lang war und an Schlaf nicht zu denken gewesen war.

Es hatte damit begonnen, dass sie keusch nebeneinander am Sofa gesessen waren, jeder mit einer Schale Tee in der Hand, und Ravel hörten. David hatte sich zuerst etwas albern gefühlt. Wie ein Student der Volkshochschule, der auf die richtige Gelegenheit wartet, seiner Kurskollegin eine zu nichts verpflichtende Fußmassage zu geben, mit der Hoffnung, ihr im nächsten Semester einen verstohlenen Kuss aufdrücken zu können. Einen kurzen Augenblick hatte er überlegt, ob er aufstehen und die Überreste des polnischen Wodkas aus der Küche holen sollte. In dem Moment hatte Sandra ihren Kopf auf seine Schulter und ihre Hand auf seinen Brustkorb gelegt. Da war er natürlich sitzen geblieben, mit der Nase in Sandras Haar, und hatte gespürt, wie sich Wärme in seinem Körper ausbreitete. Es fühlte sich an, als folge ihre Hand den Höhen und Tiefen der Musik, anfangs nur mit federleichtem Streicheln über das Hemd. Dann, als die Intensität der Musik zunahm, hatte sie fast unbemerkt sein Hemd aufgeknöpft und ließ nun ihre Hand und die Finger über seine Brustwarzen gleiten. David wollte ihre Liebkosungen mit seiner freien Hand beantworten, doch sie hatte seine Hand genommen und sie zärtlich, aber bestimmt auf ihren ursprünglichen Platz auf dem Polster zurückgelegt. Nach geraumer Zeit – Spotify hatte bereits begonnen, die nächste Version des Trios von Ravel zu spielen – hatte sie ihn zum Bett geführt und ihn entkleidet, langsam, Stück für Stück. Das war wie eine Folter gewesen. Eine langwierige und unglaublich süße Folter. Erst als die Uhr von Storkyrka vier Uhr geschlagen hatte, hatte auch Sandra ihre Kleider abgelegt und die Folter war in die nächste Phase getreten. In Davids Gehirn, das in dieser Zeit einerseits komplett matt, gleichzeitig aber hyperaktiv gewesen war, wurde die Musik zu Berührung und die Berührung zu Musik. Er konnte nicht mehr dazwischen unterscheiden. Sandra ließ nicht zu, dass er sie aktiv berührte. *Noch nicht*, hatte sie bei seinen vergeblichen Versuchen geflüstert. Am Schluss hatte es sich angefühlt, als würde seine Haut bei jeder Berührung wie Feuer brennen.

*

Er war schon fast beim Servus-Supermarkt angekommen, als er Kerstin aus der Tür treten sah. Sie gab ihm ein Signal, dass er dort, wo er gerade war, bleiben sollte und kam ihm auf der Höhe der Pizzeria Bandhagen entgegen. David konnte sehen, dass ihr Knie bedeutend besser geworden war. Obwohl sie die Krücke noch verwendete, bewegte sie sich geschmeidig und mit neuer Leichtigkeit. *Das wird heute eine harte Trainingseinheit*, dachte er, war aber trotz seines Muskelkaters nicht ganz abgeneigt.

»Hallo, du da. Bist du krank?«, fragte Kerstin mit einem verschmitzten Lächeln.

»Was denkst du denn? Ich bin fit wie ein Turnschuh«, antwortete David.

»Das wollte ich hören. Es ist stockdunkel und erst fünf vor

acht und du bist schon zur Stelle ohne eine Zigarette im Mundwinkel.« Sie beugte sich vor zu ihm und schnüffelte.

»Du riechst auch nicht nach altem Suff. Du musst eindeutig krank sein.«

»Betrachte es als Weiterentwicklung, liebe Kerstin. Weiterentwicklung aufgrund deiner handfesten Führung.« Insgeheim dachte er jedoch, dass Kerstin ihn wahrscheinlich aus den Ermittlungen ausschließen würde, wenn sie wüsste, was Sandra und er getrieben hatten. Es war ihm auch bewusst, dass das Problem noch viel schlimmer wäre, wenn sich herausstellte, dass Sandra entgegen aller Erwartungen doch etwas mit den Morden zu tun hatte. »Na ja, ich bin nur herausgekommen, weil ich nicht noch einmal den Störsender einschalten wollte«, sagte Kerstin. »Ich habe eine Idee, wie wir strategisch arbeiten werden. Barbro habe ich es bereits erklärt. Und wir sind diesbezüglich einer Meinung.«

»Okay«, meinte David und schaute auf die Straße. »Heute kein Volvo vom Sicherheitsdienst?«

»Doch«, sagte Kerstin und zeigte gleichmütig die Straße hinauf. »Sie haben nur etwas weiter oben beim Skärlingebacken geparkt. Genau so sichtbar wie sonst auch. Also, Folgendes: Im Normalfall hätte eine Mordermittlung in dieser Situation die Pläne geändert und alle denkbaren Ressourcen eingesetzt, um den Mörder zu finden. Unser Problem besteht darin …«

»Dass wir bereits alle unsere Ressourcen eingesetzt haben«, beendete David den Satz. Kerstin nickte. »Ganz genau. Und wir haben nicht die erforderlichen Mittel, um eine eventuelle Bedrohung zu überstehen, falls wir mehr Druck auf den Mörder ausüben würden. Deswegen müssen wir bis Weihnachten auf Tauchkurs gehen.«

»*Auf Tauchkurs gehen*? Du meinst wie ein U-Boot?«

»Exakt wie ein U-Boot«, bekräftigte Kerstin. »Von der Stealth-Klasse. Also ein wirklich unsichtbares U-Boot. Wir werden weiterhin untersuchen und auf eigene Faust ermitteln und werden uns natürlich von Anders Pierrot unterstützen lassen. Aber wir vermindern unsere Sichtbarkeit bis auf zwei Ausnahmen.«

»Und die wären?«

»Ja, das wirst du gleich hören. Wenn wir im Geschäft sind, wirst du das Treffen mit Schaljapin, über das wir bereits gesprochen haben, in die Wege leiten. Das bedeutet, wenn es sich als notwendig erweisen sollte, dass du nach Sankt Petersburg reist, dann soll es so sein. Außerdem möchte ich, dass du ein Treffen mit Schaljapins Agentur in London vereinbarst. Versuche, die Reisen auf die Tage nach Weihnachten oder spätestens auf die erste Woche im Januar zu legen.«

»Und das soll ich so machen, damit unsere Zuhörer die Information aufschnappen können?«

»Genau«, sagte Kerstin. »Der Vorteil besteht darin, dass wir unsere übrigen geringeren Aktivitäten mit einer klaren Zielsetzung versehen können. Wir tun so, als ließen wir uns in die Karten schauen, indem wir offen über die Reisen nach London und Sankt Petersburg sprechen. Dadurch soll der Eindruck entstehen, dass wir der russischen Spur größere Bedeutung beimessen, wie es der Justizminister aus uns noch unbekannten Gründen aussehen lassen möchte, wenn man Anna Flanke Glauben schenken kann.« Kerstin lächelte grimmig. »Außerdem hat es auch den Vorteil, dass du bei deinen Reisen einen gewissen Grad an Schutz genießt. Wir können nämlich mit Sicherheit damit rechnen, dass unsere nicht uniformierten Freunde dir auf der Reise Gesellschaft leisten werden.« David kratzte sich im Nacken.

»Das heißt, ich werde allein reisen?«

»So ist es«, sagte Kerstin. »Hast du ein Problem damit?«

»Keineswegs. Aber ich verstehe das alles nicht ganz. Ich bilde mir ein, aus den Gesprächen zwischen dir und Barbro herausgehört zu haben, dass man nicht ausschließen kann, dass Malå noch am Leben ist. Das würde ja bedeuten, dass wir gegen die Zeit arbeiten und es uns nicht leisten, Ausweichmanöver durchzuführen oder auf Tauchstation zu gehen, wie du es nennst.«

Kerstin nickte wieder. »Du liegst fast richtig mit deiner Analyse. Wenn Antoine noch am Leben ist, könnte es wichtig sein, dass wir ihn so schnell wie möglich finden. Andererseits darf man Folgendes nicht außer Acht lassen: Wenn Malå noch am Leben ist, fast drei Monate nach seinem Verschwinden, gibt es wahrscheinlich einen Grund, warum diejenigen, die ihn entführt haben, ein Interesse an seinem Überleben haben. Obwohl es verrückt erscheint, dass man dem Kerl zuerst die Haut abzieht, um sich hinterher einer äußerst komplizierten Krankenpflege zu widmen, die ihn am Leben erhält. Die Wahrscheinlichkeit, dass sie seinem Leben ein Ende bereiten, falls er noch lebt, steigt, glaube ich, proportional mit unserem Weiterkommen in der Sache.«

»Warum sollten sie ihn am Leben erhalten wollen?«

»Vielleicht weil er Informationen besitzt, die für seine Entführer von Interesse sind. Informationen, die er ihnen vorenthält. Oder es handelt sich um einen total Verrückten, dem es Spaß bereitet, Leute zu foltern und zu schauen, wie lange sie das aushalten. Oder auch eine Kombination aus beiden Möglichkeiten. Was weiß ich. Was für uns außer Frage steht, ist, dass wir offensichtlich nicht viel tun können, ohne dass wir das Risiko auf uns nehmen, das Leben von Malå zu verkürzen, wenn er überhaupt noch am Leben ist. Das liegt nicht in unserer Macht. Vor allem deswegen nicht, weil wir keine Möglichkeit für einen entschlossenen und koordinierten Zugriff haben, sollten wir in Erfahrung bringen, wo Malå sich befindet«, erklärte Kerstin.

»Aber das ist doch Wahnsinn, Kerstin«, sagte David. »Das müssen wir doch der Polizei melden. Machen wir uns nicht strafbar, wenn wir Beweise zurückhalten?«

»Wir haben eigentlich keine Beweise, in deren Besitz die Polizei nicht schon selbst ist. Die Theorie über die Hautstücke ist bis jetzt noch nicht bewiesen, wenn man von klugen Vermutungen absieht«, sagte Kerstin. »Dafür haben wir aber gewisse Erkenntnisse aus dem Material und der Dokumentation, die die Polizei bisher nicht untersucht hat, gewonnen. Das sind allerdings Erkenntnisse, an denen die Polizei tatsächlich teilhaben sollte. Aber aus klar ersichtlichen Gründen können wir diese nicht direkt bekannt geben, wenn wir nicht vor Gericht oder dem Verfassungsausschuss landen wollen. Und an diesem Punkt wird deutlich, warum Anders Pierrots Mitarbeit für uns so wichtig ist. Durch die Einblicke, die er in die offiziellen Ermittlungen hat, kann er uns unter der Hand Ratschläge geben. Zum Beispiel kann er uns indirekt darauf aufmerksam machen, dass es sinnvoll wäre, alle Hautstücke einem DNA-Test zu unterziehen. Sollte es uns tatsächlich gelingen, einige hieb- und stichfeste Beweise zu finden, wäre ich die Erste, die die verantwortliche Stelle sofort benachrichtigen würde. Aber bis jetzt gibt es noch nichts Konkretes«, ergänzte Kerstin.

»Mit Ausnahme der Hautstücke und der beiden Toten in Örebro«, meinte David. »Und ist es nicht so, dass du der Polizei in Örebro die Tatsache verschwiegen hast, dass es eine

Verbindung zwischen Camilla, Georg und Antoine Malå gibt?«

»Vielleicht habe ich diesbezüglich etwas angedeutet. Aber ich war ja gezwungen, Lindblad überzeugend zu erklären, warum du nicht verdächtigt werden konntest und warum du dich in Camilla Jaerns Wohnung aufgehalten hast. Dadurch bekam er sicher eine Ahnung von den *möglichen* Verbindungen. Außerdem kann man Lindblad wirklich nicht für das hohe Tempo bei seinen Ermittlungen loben. Er ist von unserem Blickwinkel aus gesehen vorbildlich langsam und bekannt dafür, dass er gegenüber der Presse schweigsam wie ein Grab ist, wann immer sie das Polizeipräsidium – meistens in Form der Tageszeitung *Nerikes Allehanda* – zu stürmen beschließen. Dafür wird er rechtzeitig jedes kleinste Gespräch, das er bei den Ermittlungen geführt hat, notieren. Er wird früh genug die Information über unser Buchprojekt bekannt geben und den Grund für deine Anwesenheit am Tatort sowie die Tatsache, dass wir auf Zusammenhänge hingewiesen haben, die die offiziellen Ermittlungen zum Fall Malå noch nicht entdeckt hatten.«

»Okay«, meinte David zögerlich. »Das bedeutet also, dass die Information über unsere Arbeit veröffentlicht werden wird?«

»Erst wenn die Voruntersuchung eventuell zu einer Verurteilung geführt hat. Und bis dahin haben wir unseren Auftrag hoffentlich bereits *zu einem Ende gebracht*«, antwortete Kerstin, die wegen der morgendlichen Kälte zitterte. »Ich glaube, wir können jetzt hineingehen. Vergiss nicht, dass wir unsere Gespräche da drinnen zensieren. Es soll den Anschein erwecken, dass einfach nur schlechtere Stimmung in der Gruppe herrscht«, sagte sie zu David, dessen Aufmerksamkeit sich auf Barbro richtete, die er mit schnellen Schritten auf sie zusteuern sah. Barbro trug an diesem Tag eine orange Kreation mit einem Druck von grünen Pfauen.

»Du liebe Zeit, was ihr quatscht«, sagte Barbro vorwurfsvoll, als sie bei ihnen angekommen war.

»Ich wollte nur eine Sache *live* mit euch besprechen, ohne deswegen einen *scheiß Zettel* schreiben zu müssen.« Barbro warf einen Blick über ihre Schulter und setzte eine Miene auf, die verschwörerisch wirken sollte.

»Na, dann schieß los, Barbro«, forderte sie Kerstin auf. »Heraus mit der Sprache. Wir frieren uns hier den Arsch ab.«

»Okay, dann hört gut zu. Ich bin noch einmal das gesamte Ermittlungsmaterial durchgegangen. Es gab da einige Fragen, über die ich mir Klarheit verschaffen wollte. Zum Beispiel, wie es sich eigentlich mit den Finanzen verhält. Wer vom Tod Malås profitieren könnte.«

»Ach ja«, sagte Kerstin. »Aber das wissen wir doch schon. Da scheint es nichts Ungewöhnliches zu geben.«

»Wenn ich die Stiftung Infantinnan nenne, was sagst du dann?«, fragte Barbro lächelnd.

»Na ja«, meinte Kerstin, »eine Privatschule für besonders begabte Kinder in der Nähe von Borås.«

»Richtig«, bestätigte Barbro. »Aber rate mal, wer im Vorstand von Infantinnan sitzt?«

»Ich habe keine Lust auf Ratespiele bei dieser Scheißkälte. Spuck den Namen aus«, forderte Kerstin sie auf.

»Anna Sivinius. Alias Tindra Svensson.«

»Das ist ja nicht zu fassen«, rief David.

»Ich glaube, wir sollten einen Studienbesuch in Borås in Erwägung ziehen«, sagte Kerstin.

*

»Winston & Rose Artist Agency, Jane speaking.« Jane, die wie sich herausstellte, die allwissende Chefsekretärin von Malås Agentur war, zeigte sich äußerst entgegenkommend. Als sie begriffen hatte, dass David mit jemandem über Antoine Malå und sein Leben sprechen wollte, organisierte sie sofort ein Treffen mit Annabel Winston, einer der beiden Inhaberinnen der Agentur und diejenige, die Antoine Malå persönlich *betreut* hatte. »Annabel würde höchst erfreut sein, die Tage nach Weihnachten nicht mit ihren Verwandten verbringen zu müssen. Und ganz besonders, wenn sie über ihren *Darling* Antoine sprechen konnte. Am Neunundzwanzigsten, passt das?«

»Spitze«, sagte David. »Habt ihr möglicherweise einiges an alter Korrespondenz, die an Malå gerichtet war. Für das Buch kann alles von Interesse sein.«

»Hm, wir haben tatsächlich einiges aufgehoben. Briefe und Dokumente. Und natürlich alle alten Verträge. Es kam sogar in der Woche, als er verschwand, etwas herein. Wir haben sogar mit der schwedischen Polizei Kontakt aufgenommen, um herauszufinden, ob sie daran Interesse hätte. Aber sie haben nicht zurückgerufen.«

»Dürfte ich einen Blick darauf werfen, wenn ich vorbeikomme?«

»Das ist möglich, aber nur unter gewissen Voraussetzungen. Ich muss dich um eine offizielle Vollmacht bitten, die bezeugt, dass du die Erbschaft vertrittst.«

»Okay, das sollte sich machen lassen«, sagte David, hatte jedoch keine Ahnung, wie er das bewerkstelligen könnte. »Da ist noch eine andere Sache«, sagte er. »Stimmt es, dass eure Firma auch Valerij Schaljapin vertritt?«

»Stimmt. Er und Antoine waren außerdem sehr gute Freunde.«

»Ich würde auch ihn gerne treffen. Wenn möglich in derselben Woche«, sagte David.

Jane lachte.

»Junger Mann, Sie haben hohe Erwartungen. Der Kalender von Valerij ist voller als der des amerikanischen Präsidenten.«

»Das verstehe ich. Aber man kann ja mal fragen, oder?«

»Richtig. Ich werde Valerij anrufen und fragen«, sagte Jane. David konnte hören, wie sie am anderen Ende der Leitung mit den Fingern die Tastatur des Computers bearbeitete. »Sein Kalender ist tatsächlich leer an den Tagen zwischen Weihnachten und Neujahr, sehe ich hier. Er ist zu Hause in Sankt Petersburg. Wahrscheinlich hat er sich die Zeit für die Familie freigehalten. Weihnachten feiern sie dort erst im Januar. Die sind etwas eigenartig, die Russen. Ich gebe dir noch Bescheid.«

»Wunderbar, danke«, sagte David. Beide legten auf. Er drehte sich mit einer theatralischen Geste zu seinen Kolleginnen Kerstin und Barbro im Hauptquartier um. Dann deklamierte er mit übertrieben lauter Stimme:

»NA GUT. Jetzt habe ich ein TREFFEN mit der AGENTUR VON ANTOINE MALÅ IN LONDON zustande gebracht und es sieht so aus, als könnten sie auch ein Treffen mit VALERIJ SCHALJAPIN organisieren. In SANKT PETERSBURG.« Barbro nickte anerkennend, während Kerstin eine Geste machte, die entweder bedeutete, dass er sich beruhigen oder zum Teufel scheren sollte.

Sie hatten jetzt die neuen Computer bekommen. Diese waren nicht vom Justizministerium zur Verfügung gestellt worden und sie wussten nicht, wer die Ausrüstung *eigentlich* geliefert hatte. Alle drei waren auch mit einem mobilen Breitbandanschluss ausgerüstet worden, der mit Barbros privater Bankomatkarte beim MediaMarkt in Kungens Kurva bezahlt worden war. Die alten Computer blieben eingeschaltet und waren an das bestehende Netzwerk angeschlossen. Hin und wieder gaben sie ein Suchwort ein, um mögliche digitale Überwacher bei Laune zu halten. David rief Anna Flanke an, die sich widerwillig bereit erklärte zu überprüfen, ob sie ihm eine Vollmacht mit offiziellem Stempel besorgen könne. Allerdings müsste sie dazu den Justizminister Moberg behelligen. »Wie das ausgeht, kann ich nicht sagen«, meinte Anna Flanke. »Vielleicht brauchen wir auch einen Stempel von einem öffentlichen Notar, wenn Moberg wider Erwarten seine Unterschrift auf ein Dokument dieser Art setzt. Das kann dauern. Buche deshalb die Reise nicht sofort.«

*

Irgendwo in Solna stand Arnesson und schaute auf einen größeren Computerbildschirm. Ein Teil des Bildschirmes zeigte die Suchstatistik im Internet für drei Computer, die sich in einem stillgelegten Servus-Supermarkt in Bandhagen befanden. Auf einem anderen Ausschnitt des Bildschirms konnte man eine Audiodatei mit den Telefongesprächen abspielen, die das Trio in Bandhagen geführt hatte. Laut dem Polizeiinspektor vor Ort hatte alles fehlerfrei funktioniert, mit Ausnahme einer kürzeren Störung am Vortag. Seit gestern war auch die Suchfrequenz gesunken. Außerdem hatte einer der Computer, wahrscheinlich der von David Westerdahl, plötzlich ungewöhnliche Suchbegriffe angezeigt. Offensichtlich richtete sich Davids Interesse zum Beispiel auf »Nasenaffen« oder »Grobiane« und den Begriff »Arschgesicht«, was den Polizeiinspektor etwas befremdete.

Die beiden anderen Ermittler in Bandhagen schienen jedoch

nach den üblichen Begriffen für die Ermittlungsarbeiten zu suchen: »Antoine Malå« kam vor und auch »Sankt Petersburg.«

»Aha«, sagte Arnesson. »Es macht den Eindruck, dass ihre Ermittlungen zum Stillstand gekommen sind. Gut. Ausgezeichnet.«

»Das ist möglicherweise eine überhastete Schlussfolgerung«, meinte der Polizeiinspektor namens Vilgotsson und spielte Arnesson eine Sequenz vor. »Oh, verflucht. Er will nach Sankt Petersburg. Hm. Wie gestalten sich unsere Ermittlungen zur Russen-Spur?«

»Wir stecken fest, ehrlich gesagt. Wir haben soeben bemerkt, dass wir die offiziellen Ermittlungen der Polizei noch einmal überprüfen müssen. Sie haben gewisse methodische Mängel. Vielleicht finden wir da noch etwas«, sagte Vilgotsson.

»Um Himmels willen, was sagst du da? Arnessons Gesichtsfarbe wechselte beunruhigend schnell in ein intensives Rot. »Du hast doch erst vor einer Woche in diesem Raum fest behauptet, dass wir einer russischen Verschwörung auf der Spur sind?«

»Keineswegs«, antwortete Vilgotsson. »Ich habe nur gesagt, dass das verwendete Schlafmittel Rohypnol wahrscheinlich im Ostblock häufiger eingesetzt wird, da es bei uns verboten wurde. Wir stellten auch fest, dass es wahrscheinlich, aber nicht ganz sicher sei, dass die Personen, die diese Tat ausgeführt haben, einen professionellen Hintergrund gehabt haben, da die einzige DNA, die gefunden wurde, Malå zugeordnet wurde. In diesem Zusammenhang habe ich aufgezeigt, dass sich einige Sicherheitsdienste bewiesenermaßen nicht vor Mord und anderer Spezialmethoden scheuen. Dazu gehört auch der russische, wie ich ausführte. Aber sie sind bei Weitem nicht die Einzigen, die diese Methoden anwenden. Außerdem habe ich aufgezeigt, dass in Russland ein größerer Anteil von Mordopfern gehäutet worden war als in anderen Teilen der Welt. Und dieser höhere Anteil meint in dem Fall einen Unterschied von zwei beziehungsweise einem Opfer während eines Zeitfensters von dreißig Jahren. Ich habe darüber in einer Aktennotiz berichtet, die ich nach unserem Treffen ausgeschickt habe.«

»Aber verflucht noch mal.« Arnesson griff sich an die Stirn und versuchte sich zu sammeln, bevor er fortfuhr. »Und die Morde in Örebro?«

»Die waren ganz eindeutig von einem *zielbewussten* Mörder ausgeführt«, sagte Vilgotsson vorsichtig. »Vielleicht professionell, aber nicht unbedingt. Und wir haben bis jetzt auch in diesen Fällen keine Verbindung zu Russland entdecken können. Aber wir untersuchen natürlich alle möglichen Verbindungen in diese Richtung und auch andere Spuren gemeinsam mit der Polizei.«

Arnesson sah jetzt ausgesprochen gestresst aus.

»Ich würde euch *raten*, euch auf die russische Spur zu konzentrieren«, sagte er. »Meine Intuition sagt mir, dass das der richtige Weg ist.« Arnesson sah nicht, wie Vilgotsson heimlich die Augen verdrehte beim Wort *Intuition*.

»Ich gehe davon aus, dass ihr euren besten Fahndungsbeamten auf den Pechvogel Westerdahl ansetzt, wenn er nach Russland fährt?«

»Diesbezüglich muss ich dich leider enttäuschen«, antwortete Vilgotsson.

»Verflucht, was soll das heißen«, platzte Arnesson zum zweiten Mal heraus.

»Wir müssen uns um die gefährlich erhöhte Terrorgefahr im Land kümmern. Ich brauche alle verfügbaren Leute hier zu Hause. Und die neuen Rekruten kann ich nicht auf eine solche

Reise schicken. Das birgt ein ganz anderes Risiko in sich als die Verfolgung einer fast siebzigjährigen Frau und ihrer Kollegen.«

»Ist dir bewusst, dass ich der Bundespolizeipräsident bin?«

»Das ist mir völlig klar«, sagte Vilgotsson. »Mit nur sehr wenig Einfluss auf den Sicherheitsdienst. Mich erstaunt, dass es dir gelungen ist, in dieser seltsamen Angelegenheit eine Überwachung durchzusetzen. Aber hier ziehen wir die Grenze. Meine Chefin ist einverstanden, dass wir die örtliche Bewachung und Abhörung weiterhin aufrechterhalten. Aber damit musst du dich zufriedengeben.«

»Ich werde selbstverständlich mit deiner Chefin ein Wörtchen reden. Und mit dem Justizminister.«

»Meine Chefin ist über die Situation informiert. Von ihr bekommst du keine andere Antwort, als du sie von mir bekommen hast. Aber, wie du willst, sprich ruhig mit ihr. Wenn du eine Debatte über eine Ministerregierung anzetteln willst, dann ist ein Eingreifen vonseiten Mobergs der richtige Weg«, sagte Vilgotsson mit einem kühlen Lächeln.

»Dann muss ich zum Teufel wohl selbst nach Sankt Petersburg fahren«, erwiderte Arnesson.

»Davon würde ich strikt abraten«, antwortete Vilgotsson.

»Darauf scheiße ich«, sagte Arnesson und verließ das Zimmer.

*

Auf Karlvägen saß Ivan Michailowitsch und überdachte seine Möglichkeiten. Diesen Anders Pierrot wollte er sich näher ansehen. Ein kleiner diskreter Besuch in seinem Computer wäre wahrscheinlich nicht unmöglich für seine alten Kontakte. Ivan Michailowitschs eigene Ermittlungen hatten vage, aber beunruhigende Ergebnisse ergeben. Er hatte Hinweise erhalten, dass seine berufliche Intuition nicht ganz danebengelegen war, was den Mann anbelangte, der sich in Örebro als Tourist ausgegeben hatte. Wenn es sich so verhielt, wie er befürchtete, musste er noch größere Vorsicht an den Tag legen. Es war nicht nur seine Karriere, die am Spiel stand, sondern auch sein bisher ausgezeichneter Gesundheitszustand. Leider schien es in die Richtung zu laufen, dass er David Westerdahl im Auge behalten musste. Unter anderen Voraussetzungen hätte er gerne den Fluss Newa und das geliebte Sankt Petersburg wiedergesehen. *Ich* bin zu alt für diese Scheiße, dachte Ivan Michailowitsch, ohne sich bewusst zu sein, dass er soeben ein Zitat aus einem amerikanischen Actionfilm verwendet hatte.

Bandhagen, Kerstin

Kerstin sperrte den stillgelegten Servus-Supermarkt ab und ging mit müden, hinkenden Schritten zu dem noch tadellos funktionierenden ICA-Geschäft bei der U-Bahn-Station Bandhagen. Barbro hatte sich bereit erklärt zu bleiben und ihr mit dem Lebensmitteleinkauf zu helfen. Kerstin hatte dieses im Grund großzügige Angebot ohne Nasenrümpfen angenommen. Sie hatte sich sogar bedankt, aber vorgegeben, dass sie ein Training benötige. Das entsprach nicht ganz der Wahrheit, da sie erst eine Karateeinheit von eineinhalb Stunden mit David hinter sich gebracht hatte, der sich immer öfter als gelehriger und empfänglicher Schüler zeigte. Seine Blockierungen wurden immer erfolgreicher.

Für einen Mann, der auf die fünfzig zuging, hatte er die ersten Techniken einer *kata* mit beeindruckender Schnelligkeit erlernt. Es machte den Anschein, als hätte David beschlossen, sich ernsthaft zu bessern. Sein Blick war jetzt klar und seine Bemerkungen kamen schnell, aber weniger sarkastisch als zu Beginn der Ermittlungen, als er dauernd betrunken oder verkatert gewirkt hatte. Es gab also einen Lichtstrahl in dem sonst so dunklen Tunnel, obwohl es noch zu früh war, eine endgültige Aussage zu machen, ob diese neue Entwicklung von Dauer sein würde.

Eine weitere erfreuliche Sache war ihr Knie, das sich immer besser anfühlte. Der bohrende Schmerz war weniger geworden und sie spürte, dass sie insgesamt wieder beweglicher war. Sie würde bald wieder Kontakt mit Sensei Micke aufnehmen, um mit ihm über ihre Wiederaufnahme im Klub zu sprechen. Das, was ihr die größte Sorge bereitete und eine Kummerfalte auf ihrer Stirn verursachte, als sie die engen Gänge des ICA-Supermarkts durchwanderte, waren die Ermittlungen.

Es wird einfach zu komplex, dachte Kerstin. *Wie zum Teufel kann es so viele Spuren gleichzeitig geben?* Das Auftauchen Tindra Svenssons als Vorstandsmitglied der Stiftung Infantinnan warf neue Fragen auf. Barbro hatte weitergeforscht und festgestellt, dass sie auch die Gründerin der Stiftung und deren erste Aufsichtsratsvorsitzende gewesen war. Nach einigen Jahren war sie zurückgetreten und hatte sich mit der Rolle als Vorstandsmitglied begnügt. Das reichte jedoch, um sie als eine Art Begünstigte im Fall von Malås Dahinscheiden auszuweisen. Und dass sie entschieden hatte, mit ihrem früheren Namen aufzutreten, machte die Sache nicht gerade weniger suspekt. All das in Kombination mit Tindra Svenssons chirurgischen Kenntnissen und ihrer abweichenden Beschreibung von Malås Verwandlung während der Studienzeit bewirkte, dass Kerstin es für notwendig hielt, sie näher kennenzulernen und die Stiftung Infantinnan unter die Lupe zu nehmen.

Sie hatten ausgemacht, dass sie und Barbro im neuen Jahr der

Infantinna-Internatsschule einen Besuch abstatten wollten. Es konnte nicht ausgeschlossen werden, dass Tindra Svensson in irgendeiner Form Druck ausgeübt hatte, damit ihre Tätigkeit in das Testament von Antoine Malå aufgenommen wurde. Die Schule wurde in Form einer Gesellschaft mit beschränkter Haftung betrieben, die Leitung war mit jener der Stiftung so gut wie identisch. Sie hatte den letzten Jahresbericht durchgelesen, aber nichts Auffälliges entdecken können. Ganz im Gegenteil, die Schule stand finanziell sehr gut da. Andererseits erschien die Art, wie der Mörder zugeschlagen hatte, unerbittlich und mit eiskalter Präzision, unverhältnismäßig, wenn es nur darum gegangen wäre, die Finanzierung von Tindra Svenssons Projekt zu schützen. Ihre Intuition sagte ihr, dass etwas anderes dahinterstecken musste als die Konsequenzen aus einer krankhaften Beziehung während der Studienzeit. Aber nicht zuletzt durch die jahrelange Zusammenarbeit mit Barbro hatte sie gelernt, dass einen die Intuition manchmal auch täuschen konnte.

Als sie gerade die Ingredienzen einer Müslipackung studierte, läutete ihr privates Telefon. Sie hatte entschieden, ihr eigenes Mobiltelefon zu verwenden, wenn sie sich nur in Bandhagen aufhielt und es für private Zwecke benutzte, obwohl das Risiko bestand, dass sie abgehört werden konnte. Kerstin warf einen Blick auf das Display und seufzte laut. Sie steckte die Kopfhörer in die Ohren und nahm das Gespräch an.

»Hej, Synnöve«, sagte Kerstin.

»Du weißt doch, dass ich diesen Namen nicht mehr verwende, Mama. Wie oft soll ich dich noch daran erinnern? Ich heiße Sol.«

»Ja, natürlich. Sol. Entschuldige«, sagte Kerstin zerstreut und legte die Müslipackung in den Einkaufskorb. Dann ging sie den Gang entlang weiter zur Fischtheke.

»Es ist zehn Jahre her, dass ich meinen Namen geändert habe, Mama. Ein bisschen Respekt kann ich doch von meiner *eigenen Mutter* erwarten. Oder sollte ich mir Sorgen machen?«

»Wie meinst du das?«, fragte Kerstin, während sie eine Packung Gravad Lachs begutachtete.

»Ich meine bloß, dass du nicht mehr die Jüngste bist. Es wäre nicht erstaunlich, wenn das Gedächtnis langsam nachlässt.«

Was zum Teufel, dachte Kerstin. Sie hielt sich jedoch zurück und beschloss, den Fehdehandschuh, den ihr die Tochter zugeworfen hatte, nicht aufzunehmen.

»Ich glaube, es handelt sich eher um die Macht der Gewohnheit. Ich verspreche, dass ich mich bessern werde«, sagte Kerstin und biss sich leicht in die Wange, um dem Zorn über die anmaßende Art ihrer Tochter nicht nachzugeben. Sol.

Was, um Himmels willen, war in ihr vorgegangen, dass sie so einen verrückten Namen ausgesucht hatte?

»Alles bestens«, sagte sie in einem Ton, der eher das Gegenteil andeutete.

»Na ja, ich habe nur angerufen, um mich mit dir wegen Weihnachten abzustimmen.«

Es ist ja verflucht noch mal noch mehr als eine Woche bis dahin, dachte Kerstin. *Beruhige dich*.

»Denkst du an etwas Besonderes?«

»Aber Mama. Es gibt ja eine Menge zu tun. Ich habe mir die Tage vor dem Weihnachtsabend freigenommen, damit ich mit dem Aufräumen und Kochen klarkomme. Ich hatte gehofft, dass du mir dabei helfen könntest.«

»Leider arbeite ich. Aber ich komme selbstverständlich am Weihnachtsabend«, sagte Kerstin und legte das Paket mit dem Lachs in den Korb.

»Ach so. *Flashback*. Das klingt wie alle Weihnachten meiner

Kindheit. Aber gut. Dann muss ich eben alles selbst machen. Von Yngve habe ich ja auch keine Hilfe zu erwarten.«

»Aber bei euch ist es doch immer wunderschön und aufgeräumt«, erwiderte Kerstin. »Ich kann mir nicht vorstellen, dass du so viel zu tun hast. Wir sind ja nicht so viele.«

»Du hast doch keine Ahnung, wie viel Arbeit dahintersteckt. Und gerade jetzt zu Weihnachten wäre es schön gewesen, wenn ich nicht alles allein erledigen muss.«

»Aber kannst du es nicht gelassener angehen? Ein bisschen Schmutz in den Ecken schadet niemandem. Das Wichtigste ist doch, dass wir einander sehen.«

»Das ist wieder so verdammt typisch für dich. Keine Gedanken an andere. Ich gebe mir wenigstens *Mühe* beim Heranwachsen meiner Kinder. Ich möchte, dass sie sich an schöne Weihnachten in einem gepflegten und gemütlichen Zuhause erinnern. Aber ich verstehe, dass du dich damit nur schwer identifizieren kannst«, sagte Sol.

Here we go again, dachte Kerstin.

»Jaja. Hast du wenigstens ihre Wunschlisten angeschaut?«

»Ja, habe ich. Ich habe mir überlegt, Lego Star Wars zu kaufen, für beide«, sagte Kerstin. Am anderen Ende der Leitung hörte sie einen tiefen Seufzer.

»Mama, du hast keine Vorstellung, wie mühsam es ist, ständig Lego am Boden herumliegen zu haben. Wenn du noch nichts eingekauft hast, wäre es mir lieber, du besorgst etwas *Nützliches*. Beide brauchen neue Winterkleider. Polarn och Pyret haben sehr schöne Sachen. Ich schicke dir den Link.«

»Na klar«, sagte Kerstin und fragte sich, wie sie es schaffen sollte, bei einem Polarn-och-Pyret-Geschäft vorbeizuschauen. In Högdalen gab es keines. Plötzlich kam ihr ein Gedanke, über den sie sich insgeheim freute.

»Sol«, sagte sie »Ich überlege, ob ich nicht jemanden mitbringen soll.«

»Was? Am Weihnachtsabend? Zu uns nach Hause? Wer ist es?« Die Stimme der Tochter klang nun noch gestresster als vorher.

»Keine Aufregung. Es ist nur ein Freund.«

»Wer ist es?«, wiederholte Sol.

»Er heißt David. Ein Kollege.«

Gåsgränd, David und Sandra

David gewöhnte sich langsam an die U-Bahn. Vielleicht hatte Kerstin recht, dass er nicht ganz dicht war. Als er auf der Höhe von Sockenplan war, läutete das Telefon. Er hatte die SIM-Karte durch die nächste auf der Liste ersetzt und glaubte, dass er das Kunststück zuwege gebracht hatte, Jane von der Agentur ein SMS mit der neuen Nummer von der alten, nicht mehr gültigen SIM-Karte zu schicken. »David here«, meldete er sich mit seinem perfekt eingeübten Oxford-Akzent. »It's Jane. I have some surprisingly good news for you.«

*

»Hast du schon Pläne für Weihnachten?« David hätte sich gewünscht, dass seine erste Frage geistreicher gewesen wäre, als er durch seine Wohnungstür trat und feststellte, dass Sandra noch da war. Sie trug einen gestreiften Einteiler, den David von einer Frau bekommen hatte, die der Meinung gewesen war, er sollte sich einen »lässigeren Stil« verpassen. David hatte dieses Kleidungsstück selbst nie getragen. Er stellte fest, dass es Sandra ausgezeichnet stand.

»Das klingt, als wolltest du herausfinden, wie lange ich vorhabe zu bleiben. Eine nervöse Person hätte in diese Frage eine Unmenge an Bedeutungen hineininterpretiert«, sagte Sandra und setzte wieder diese Miene auf, die für David etwas Schelmisches hatte. »Du kannst bleiben, so lange du willst. Und am liebsten noch länger«, sagte David, während er sich den Mantel und die Schuhe auszog.

»Das ist perfekt«, sagte Sandra. »Woran hast du gedacht?«

»Eigentlich habe ich nicht so sehr an den Weihnachtsabend gedacht, sondern an die Tage nach Weihnachten«, antwortete David.

»Ach so. Du gibst dich geheimnisvoll, wie Yoda gesagt hätte«, sagte Sandra. »Aber okay. Ab dem Christtag bin ich zu haben. Ich fahre zu meinen betagten Eltern außerhalb von Nyköping. Vom 23. bis zum Christtag bin ich dort. Ich kann natürlich auch früher fahren, wenn es für dich zu eng wird. Es fühlt sich aber so an, als hätten wir beide etwas am Laufen, das sich ausbauen lässt.«

David lächelte und ging mit leicht hinkenden Schritten in die Küche, um Tee aufzusetzen. Kerstin hatte ihm während des Karatetrainings am Abend nichts geschenkt. Sie hatten die Einheit mit einer dreiminütigen Tritt- und Schlagabfolge beendet. Arme und Beine fühlten sich wie eine zu weich gekochte Pasta an. Außerdem hatte er bei seinem Kampf mit der Puppe, die Kerstin Charlie nannte, einen Treffer mit den Zehen statt mit der Fußsohle gelandet, was sich jetzt in Form von starkem Schmerz bemerkbar machte. Und jetzt das mit dem *Tee*. Er hatte der Versuchung widerstanden, schnell bei 7-Eleven auf Västerlånggatan hineinzuschlüpfen, um eine Sechserpackung gutgekühltes Schwachbier zu kaufen, was ausgezeichnet mit dem polnischen Wodka harmoniert hätte, den er noch immer im Kühlschrank stehen hatte. Aber die Vermutung, dass Sandra wahrscheinlich noch da war, und ein für ihn völlig neues energiegeladenes Gefühl, dass sein Körper und Geist gerade eine spannende Verwandlung erlebten, hatten ihn zum Verzicht bewogen. *Hat mich jemand einer Lobotomie unterzogen, den Rock'n'Roll-Chip entfernt und stattdessen einen Freikirchen-Chip eingesetzt?*, fragte sich David. *Ich hoffe, das geht vorbei.*

»Hör zu«, rief er aus der Küche. »Ich wollte dich fragen, ob du Lust hättest, in der Zeit zwischen Weihnachten und Neujahr eine Reise nach Sankt Petersburg zu unternehmen?«

»Du brauchst nicht zu rufen. Ich stehe hier«, sagte Sandra.

David fuhr erschrocken zusammen und ließ beinahe die Dose mit dem Lapsang-Tee fallen, fing sie aber in letzter Minute auf.

»Unglaublich, wie leise du dich bewegen kannst«, sagte David und begann die Teeblätter einzufüllen.

»Eine meiner vielen Superkräfte«, meinte Sandra lächelnd. »Sankt Petersburg sagst du. Das ist ja das Romantischste überhaupt, was man in diesen Tagen zwischen Weihnachten und Neujahr machen kann. Die Eremitage, Marinskij.« Sie bekam einen träumerischen Blick. »Ich sage *ja*. Aber braucht man nicht ein Visum bei der Einreise?«

»Sicher«, sagte David. »Man muss persönlich bei der Botschaft darum ansuchen. Ich kenne da jemanden von früher, der uns, wenn wir Glück haben, behilflich sein könnte, dass die ganze Prozedur schneller vonstattengeht.«

»Kann es sein, dass sich hinter dem romantischen Vorschlag Arbeit verbirgt?«

David lachte. »Du bist mir eine ganz Schlaue. Wir werden eine Person treffen, die Antoine gut kannte. Rate mal, wer das sein könnte.«

Sandra atmete tief durch. »Du machst Scherze«, sagte sie. »Sag nicht, dass wir Seine Majestät *Schaljapin* treffen werden, den größten Narzissten der Galaxie?«

»Genau den«, sagte David zufrieden. »Wie die Agentur mich wissen ließ, ist es Valerij ein großes Bedürfnis, mich zu treffen, seit er von unserem kleinen Buchprojekt gehört hat.«

»Du bist eine Berühmtheit«, meinte Sandra und lachte dabei.

»In diesem Fall muss ich leider zugeben, dass es weniger um mich, sondern um mein Studienobjekt geht«, erklärte David.

»Oh!«, rief Sandra aus. »Ein Meilenstein – der große David Westerdahl gibt zu, dass es auch Dinge gibt, die *nicht* seine Person betreffen!«

»Wenn du nicht sofort aufhörst, mich zu ärgern, dann sitzt dieser Einteiler gleich lockerer, als du glaubst«, sagte David.

»Du hast mich soeben motiviert, dich weiter zu ärgern«, sagte Sandra.

»Ein Kurs über Argumentationstechnik wäre vielleicht angebracht?«

David zog sie an sich.

»Das hat noch gefehlt«, sagte er und küsste sie.

Täby/Östermalm, 23. Dezember

Arnesson stand in seiner Villa in Täby und blickte auf den verschneiten Garten. Der geliebte Apfelbaum seiner Gattin, natürlich auf *Bromma-Art* beschnitten, schien fast unter der schweren Schneedecke zusammenzubrechen, die sich nach dem gestrigen, in den Medien viel diskutierten Schneefall ausgebreitet hatte. Arnesson war müde. Müde von dem ewigen Ränkespiel, das ihm aufgezwungen wurde. Teilweise, das musste er zugeben, wegen seines eigenen Ehrgeizes. Die meiste Schuld gab er jedoch Moberg.

Dieser Teufel, dachte er. Arnesson war selbst nicht klar, wie er von Anfang an in Mobergs Klauen landen hatte können. Es war einfach *ein heilloses Durcheinander*. Er blickte sich im Wohnzimmer um, das bereits für den morgigen Überfall der Kinder und Enkel vorbereitet worden war. Die Familie, die ihm nie angenehm gewesen war und die er eigentlich gar nicht haben wollte, würde wieder einmal das sich jährlich wiederholende Theater veranstalten, bei dem seine Frau die Heilige war und er der niederträchtige Repräsentant des Patriarchats. *Wenn ich wenigstens drei Söhne statt drei Töchter bekommen hätte*, dachte er.

Aber bald würde sich alles ändern. Vielleicht würde er die kommenden Weihnachten sogar *genießen* können, wenn alles klappte. Am Stephanitag sollte es nämlich losgehen.

Er hatte beschlossen, den Schnurrbart abzurasieren, damit er im Flugzeug nach Sankt Petersburg nicht erkannt würde. Er war ja trotz allem eine öffentliche Person, von der man oft in den Schlagzeilen gelesen hatte. Öfter, als es Arnesson lieb war. Vielleicht sollte er sich auch einen unauffälligen Hut zulegen. *Der Teufel steckt in den Details*, dachte Arnesson. Es waren die letzten Gespräche mit Moberg gewesen, die den Ausschlag für diese Reise gegeben hatten.

Moberg hatte ihm auf unmissverständliche Weise zu verstehen gegeben, wie es mit seiner Karriere weitergehen würde, wenn er nicht bald verwertbare Ergebnisse lieferte, die Russlands Verwicklung in den Fall Malå bewiesen. Die Chefin des Sicherheitsdienstes hatte Schwierigkeiten gemacht, mit seinem Dienstvertrag gewinkt und ihn wegen seiner Frechheit, Druck machen zu wollen, abgemahnt. Deswegen hatte er sich für ein *All-in* entschieden, wie sie es in den Fernsehkrimis nannten, die er sich gerne bei einem Abendgrog ansah. Er hatte sich einige praktische Utensilien für die Reise gekauft. Ein gekrümmtes Mikrofon, das mit Kopfhörern ausgestattet war und über die Kapazität verfügte, Gespräche mit bis zu über hundert Meter Abstand abzuhören. Außerdem einen praktischen kleinen Spionstift mit allen möglichen Funktionen, inklusive einer ausgezeichneten Kamera. Es wäre doch lachhaft, wenn er nicht etwas Klagbares von dem Treffen zwischen Westerdahl und Schaljapin einfangen könnte.

Aus den Aufnahmen des Sicherheitsdienstes, die sie ihm trotz allem noch immer zur Verfügung stellten, hatte er alle Details über Davids Reiseroute erfahren. Wo sich David und Schaljapin treffen wollten. Welche Oper Schaljapin dirigieren würde und wo Westerdahl und Schaljapin nach der Vorstellung zu Abend essen wollten. Das war ganz einfach gewesen und er bedankte sich für das unvorsichtige Geplauder von Westerdahl. Es hatte überraschenderweise auch keine Probleme bei der Beantragung des Visums für Russland gegeben. Er hatte bloß den Telefonhörer in die Hand nehmen müssen, um mit dem Botschafter zu sprechen, ein paar Stunden später war alles erledigt. Der Botschafter hatte es als große Ehre empfunden, dass einer von Schwedens bekanntesten Behördenchefs sich für ihr nationales Kleinod, die Eremitage und die riesige Kunstsammlung, die es dort gab, interessierte.

Arnesson fühlte sich, trotz der Drohung von Moberg, guter Dinge und reich an *Erfindungsgeist.* Vielleicht konnte er sogar, wenn er es richtig anpackte, Ruhm für seinen heldenhaften Einsatz in dieser verfluchten Geschichte einheimsen. Moberg würde seine Grobheit noch bereuen. Die Töchter würden staunen, dass das »Patriarchat« auch Gutes bewirken konnte.

*

Ivan Michailowitsch war alles andere als erfreut über die Verrücktheit dieser Aktion. Sein Botschafter hatte dem schwedischen Bundespolizeipräsidenten ein Touristenvisum bewilligt, das wahrscheinlich für einen äußerst unangebrachten Erkundungsauftrag missbraucht werden würde. Sogar der Botschafter war skeptisch gewesen über das angebliche Kunstinteresse des Bundespolizeipräsidenten. Ivan Michailowitsch selbst hatte ein persönliches Gespräch mit David Westerdahl gehabt, bei dem ihn dieser wegen der alten Zeiten in freundschaftlichem Ton gebeten hatte, das Ansuchen um ein Visum für ihn und seine Freundin zu beschleunigen. »Wegen der Liebe«, hatte David es genannt und hinzugefügt, dass es sich dabei um ein Zitat eines sehr beliebten schwedischen Popsängers handelte.

Ivan Michailowitsch, der sich ausgiebig mit der schwedischen Kultur beschäftigt hatte, bevor er ins Land gekommen war, hatte David aufgeklärt, dass er sehr wohl wisse, wer Ted Gärdestad war.

»Komm morgen mit euren Pässen zur Botschaft. Sag dem Wachposten, dass du mit Masja sprechen möchtest«, hatte Ivan Michailowitsch gesagt. Danach hatte er ihn in freundschaftlichem Ton ermahnt, sein Gefühlsleben nicht an allzu oberflächlichen Popsängern vom Typ Gärdestad aufzuhängen.

»Sei dir stattdessen bewusst, dass es immer Risiken gibt und man mit einer Scheidung rechnen muss, darum bereite dich darauf vor.«

»Ivan Michailowitsch«, hatte David mit wohlklingender russischer Aussprache geantwortet, »du bist ein unverbesserlicher Langweiler.«

Später hatte Ivan Michailowitsch sich selbst ertappt, wie er David für seine neue Liebe aufrichtig viel Glück wünschte. Er hatte jedoch seine Zweifel.

Bandhagen, 23. Dezember

Die Tage nach ihrem Beschluss, auf Tauchstation zu gehen, waren wie im Flug vergangen. Kerstin hatte das Ausbleiben von dramatischen Ereignissen oder gar von Morden so gedeutet, dass die Entscheidung für das Herunterfahren der Ermittlungen – zumindest nach außen sollte es so wirken – richtig gewesen war. An die Routinen ihrer neuen Arbeitsweise hatten sie sich schnell gewöhnt. Den täglichen Wechsel der SIM-Karte. Handgeschriebene Verzeichnisse mit den neuen Telefonnummern des Trios, die mit dem kleinen Kopiergerät im Servus-Supermarkt kopiert wurden. Tage der methodischen Erfassung all dessen, das erfasst werden konnte, und Versuche der Erfassung von Unmöglichem. Auf dem Whiteboard hatte Kerstin mit Barbros Hilfe ein komplexes Verbindungsschema aufgezeichnet, das wie ein Stammbaum aussah, aber mit Abkürzungen, die für nicht eingeweihte Personen unverständlich waren. Immer wieder gab es Zeilen, die mit einem Fragezeichen endeten. Kerstin war darüber frustriert, andererseits aber doch froh, dass sie etwas zu tun hatte.

Und David überraschte sie weiterhin. Er tauchte seit einer Woche pünktlich auf, nüchtern und hellwach. Er machte einen fröhlichen Eindruck und seine Späße hatten sich geändert, er bediente sich nicht mehr dieser schlüpfrigen Sarkasmen wie früher. Auch Barbro mochte ihn sehr. Die Stimmung im Team war gut. Kerstin wusste das zu schätzen, denn sie hatte auch andere Ermittlungen erlebt, bei denen die Stimmung so schlecht gewesen war, dass die Arbeit liegen geblieben war.

Sie befanden sich in einer ganz speziellen Situation. Sie führten ja eine Art Doppelleben, nicht zuletzt deswegen, weil sie in ihrem Hauptquartier nicht offen sprechen konnten. In der

Gruppe hatte sich eine raffinierte Art von Humor entwickelt, der oft bei ihren täglichen Kaffeepausen zum Vorschein kam – um 10.00 Uhr und um 15.00 Uhr –, bei denen alle drei sich gegenseitig zu übertreffen versuchten, indem sie für jene, die das Hauptquartier überwachten, glaubwürdige Fährten legten.

An den Abenden widmete sich David begeistert seinem Karatetraining. Kerstin freute sich über sein Engagement und sein natürliches Geschick. Sie hatten vorsichtig begonnen, *kumite* zu üben, *Fighting*, und es zeigte sich, nicht ganz unerwartet, dass David ein Wettkampfmensch war. Sie erkannte, dass er bei einer physischen Kampfsituation leicht die Kontrolle verlor, was ihm, wenn er sprach oder sich in gewöhnlichen sozialen oder berufsmäßigen Zusammenhängen bewegte, nicht passierte. Beim *kumite* wurde er zu einem ferngesteuerten, schnaufenden und etwas komischen Raufbold, wie eine Maschine. Wenn Kerstins Knie voll funktionsfähig gewesen wäre, wäre es für sie ein Leichtes gewesen, ihn sich vom Leib zu halten. So aber war sie gezwungen gewesen, die Krücke als Hilfsmittel bei den Nahkampfübungen einzuführen. Das hatte die Kampfsituationen ausgeglichen, aber David eine beträchtliche Menge an neuen blauen Flecken beschert.

An diesem Tag war Kerstin selbst nach ihren Maßstäben besonders früh da. Es war kurz vor sechs Uhr morgens. Anders Pierrot stand bereits an einen Laternenpfahl gelehnt vor dem stillgelegten Supermarkt und wartete auf sie. Sie nickten einander kurz zu und Kerstin sperrte die Tür auf. Dann ging sie sofort in das Geschäftslokal hinein und schaltete den Störsender ein.

»Wie geht es mit deinem Karate?«, frage Anders und deutete zu ihrem *Dojo*. »Du fehlst uns im Klub.«

»Ihr fehlt mir auch. Das Knie wird langsam besser, aber es ist nicht sicher, ob es jemals wieder so wird, wie es einmal war. Es wird noch eine Weile dauern, bis ich in die Hocke gehen kann. Und ich bin ja beinahe siebzig. Was sagt Sensei?«

»Na ja, du kennst ihn ja. Er ist keiner, der viele Worte macht. Aber er hat nach dir gefragt. Ob wir miteinander Kontakt gehabt haben und so. Die anderen Schwarzgürtler sprechen oft über dich in der Umkleidekabine. Du bist ein Teil der Bande«, antwortete Anders.

Kerstin verspürte eine leise Sehnsucht. Sie wollte wirklich wieder im Klub trainieren. Auch wenn es nötig war, einen eigenen Stil zu entwickeln. Aber es ging nicht nur um ihre physische Kondition, die mentale Form war genauso wichtig. Die Ermittlungsarbeit hatte einen Teil der früheren Kerstin wiederhergestellt. Aber sie wusste, dass es noch ein weiter Weg war, bis sie auch in dieser Hinsicht wie früher funktionieren konnte. Und was würde passieren, wenn die Ermittlungen beendet waren? Würde sie wieder in ein schwarzes Loch fallen? *Lieber sterbe ich*, dachte Kerstin. So bald wie möglich würde sie Sensei anrufen und mit ihm sprechen. Aber erst, wenn sie sich wieder völlig hergestellt fühlte.

»Ich hoffe, ich kann nach Neujahr einmal im Klub vorbeischauen. Derzeit habe ich viel Arbeit«, sagte sie und zeigte mit dem Arm auf das vollbeschriebene Whiteboard.

»Das verstehe ich«, sagte Anders. »Das ist ein richtiger Sumpf, in den du da hineingeraten bist.«

»Und jetzt habe ich dich mit hineingezogen.«

»Das ist in Ordnung, Kerstin. Ich gebe dir Bescheid, wenn es brenzlig wird. Seit du nicht mehr da bist, bin ich der dienstälteste Polizist, daher gibt man mir viele Freiheiten. Momentan bin ich sehr beliebt. Sowohl die Malå-Ermittler als auch die Sicherheitsleute sind sogar *dankbar* für meine kleinen

Ratschläge und Tipps. Sie wollen jetzt die Akten noch einmal durchsehen und die methodischen Lücken im Ermittlungsmaterial schließen. Die restlichen Hautstücke sollen untersucht und die DNA am Nationalen Forensischen Zentrum untersucht werden.«

»Wann glaubst du, dass sie damit fertig sind?«

»Du brauchst nicht mit Ergebnissen vor Neujahr zu rechnen. Auch das NFZ arbeitet über Weihnachten langsamer. Ich setze große Hoffnung auf die Festplatte.«

»Welche Festplatte?«

»Die Festplatte, die ich in der Berwaldhalle beschlagnahmt habe und die ihre Überwachungsaufnahmen enthält. Es ist mir sogar möglich, gelöschtes Material wiederherzustellen.«

»Aber gab es nicht einen Kurzschluss, der das ganze System zusammenbrechen ließ?«

»Ich habe mit dem Lieferanten gesprochen. Er meinte, dass das System die ganze Nacht *up and running* war.«

»Das ist unglaublich«, rief Kerstin aus. »Dieser verdammte Gyllén.«

»Es muss ja nicht Gyllén gewesen sein«, sagte Anders. »Du kennst das ja. Jemand in der Organisation wollte vielleicht besonders ambitioniert sein und eine schnelle Erklärung abgeben, warum ein Großteil der betreffenden Nacht gelöscht wurde. Dann wird es oft genug wiederholt, bis schließlich alle daran glauben. Und die Kollegen waren nicht schlau genug, diese Erklärung zu hinterfragen.«

Kerstin lächelte. Sie hatte schon oft die Gelegenheit gehabt, dankbar für Anders Pierrot besonnene Analysen zu sein. Ruhig und mit Methode pflückte er Überlegungen auseinander, die vorwiegend auf losen Annahmen beruhten.

»Du hast ganz recht«, erwiderte Kerstin. Sie schielte zum

Störsender hinüber und fand, dass sie sich beeilen sollten. »Sollen wir unser Material schnell durchgehen?«

»Gerne«, sagte Anders. »Du weißt natürlich, dass ich alle relevanten Informationen auf die eine oder andere Weise weitergeben muss? Diskret klarerweise, und ohne dich als Quelle bekannt zu geben.«

»Na klar. Du bist ja ein Polizist. Ein richtiger Polizist.«

*

Anders Pierrot hatte den Servus-Supermarkt bereits verlassen, als Barbro und David gleichzeitig um Punkt acht Uhr eintraten. Auf die Schreibtische hatte Kerstin, wie es ihre Gewohnheit war, eine Aktennotiz gelegt, die ihre persönliche To-do-Liste enthielt und eine Zusammenfassung über den Stand der Ermittlungen. An diesem Tag enthielt die Aktennotiz auch einen kurzen Bericht über das, was sie am Morgen von Anders erfahren hatte. Auf Davids Liste gab es etliche Fragen, die David sich vor dem Treffen mit Schaljapin einprägen sollte, sowie eine Erinnerung, was er zur Weihnachtsfeier bei Kerstins Tochter mitbringen sollte. Die Reinschrift der Aktennotizen wurde am Ende des Tages in den Shredder gesteckt. Falls jemand einen ungebetenen Besuch in ihrem Hauptquartier machen wollte, würde er nur bereinigte Standcomputer vorfinden. Das unverständlich bekritzelte Whiteboard wurde am Abend weggerollt und in den früheren Kühlraum gesperrt.

Kerstin hatte nicht erwartet, dass David ihre ungewöhnliche Einladung zur Weihnachtsfeier mit Begeisterung annehmen würde. *Dieser Kerl überrascht einen immer wieder*, dachte sie. Trotz seiner offensichtlichen Wandlung hatte Kerstin eher mit einer Ablehnung gerechnet. Ein Weihnachtsessen in einem

Vorort mit den Verwandten der Chefin schien ihr nicht unbedingt die erste Wahl eines Menschen wie David Westerdahl zu sein. Aber Kerstin war dankbar, dass er ihr Gesellschaft leisten wollte. Sie musste sich jedes Jahr für dieses Fest rüsten, das sich oft als Schauplatz für Beschuldigungen, unterschwellige Angst und latente Konflikte erwies. Irgendwie fühlte es sich leichter an, wenn sie wusste, dass sie dieses unangenehme Ereignis mit jemand Außenstehenden teilen würde. *Dass sie daran nicht schon früher gedacht hatte.*

Weihnachtsabend, Tallkrogen

David vermisste Sandra bereits. Früh am Morgen des dreiundzwanzigsten war sie weggefahren, um Weihnachten mit ihren Eltern in Nyköping zu feiern. Andererseits dachte er, dass es ganz gut sei, einige Tage getrennt zu sein, bevor sie nach Sankt Petersburg und dann nach London fuhren. Ihre Beziehung zu beschreiben fiel David schwer, obwohl Sandra einfach wunderbar war. Jede Nacht liebten sie sich. Die Abende verbrachten sie mit Musizieren und Gesprächen über Musik. Es hatte sich herausgestellt, dass Sandra einen guten Blick für musikalische Formen besaß, daher hatte sie sich auch mit Davids eigener Musik mithilfe der Partitur beschäftigt.

Auf fast erschreckend richtige Art hatte sie David erklärt, welche Effekte und Erlebnisse *er* beim Zuhörer in diesem oder jenem Werk erreichen wollte. Und jedes Mal war sie richtig gelegen. In manchen Fällen hatte sie auch Änderungen vorgeschlagen, Änderungen, die, wie David sofort zugeben musste, das Stück besser machten. Es war ihm so vorgekommen, als hätte jemand sein geheimes Tagebuch gefunden und laut daraus vorgelesen.

Sie waren einander auf eine Art und in einem Tempo nähergekommen, wie David es noch nie zuvor erlebt hatte. Daher erschien es ihm als ganz selbstverständlich, sie auf seine Reisen mitzunehmen. Oder richtiger ausgedrückt: Allein schon die Vorstellung, ohne sie *irgendwohin* zu reisen, wäre ihm schwergefallen. Nicht einmal das Gedränge in der Stadt, wo die letzten hektischen Weihnachtseinkäufe erledigt wurden, störte ihn. Ebenso wenig wie das ewige Weihnachtsgedudel in den Geschäften, das sonst für David das Sinnbild musikalischer Beleidigungen darstellte. Er ertappte sich sogar dabei, dass er die von Frank Sinatra gesungene Version von *Santa Claus is comin' to town* mitsang. Anna Flanke hatte ihn außerdem mit einer Kreditkarte von Nordic Security Holdings AB ausgestattet, welche ihm das Leben erheblich erleichterte, war er doch ständig verschuldet. Er nahm die Gelegenheit wahr, die Einkaufsliste, die ihm Kerstin überreicht hatte, abzuarbeiten und fügte einige Ergänzungen von Spielzeuggeschäften und der Saluhalle auf Sergels Torg hinzu. Hart geprüft, wie er war, hegte er den Verdacht, dass dieses kribbelnde Lebensgefühl, die Sehnsucht und Energie, die er jetzt empfand, eigentlich nur als *Glück* bezeichnet werden konnte.

Andererseits wusste er aber auch, dass dieser *neue* David kaum zehn Tage alt war. Seine Verhaltensmuster steckten tief in ihm drinnen und er traute sich mit gutem Grund selbst nicht. Wahrscheinlich würden ihm ein paar Tage der Selbstreflexion guttun. Obwohl er mittlerweile nicht mehr den geringsten Verdacht hegte, dass Sandra etwas mit den Morden oder dem Verschwinden von Malå zu tun haben könnte, musste er doch neben seiner Anwesenheit am Schauplatz eines Mordes einige weniger angenehme Erlebnisse verarbeiten. Zum Beispiel die Geschichte mit Matilda. Er wollte einen Teil des Weihnachtstages damit verbringen, etwas über sie im Netz zu finden. Außerdem musste er eine gute Erklärung finden, warum er einen so intensiven Umgang mit einer Zeugin der Ermittlungen pflegte. Wenn Kerstin davon erfuhr, würde sie das mit Sicherheit von ihm verlangen.

*

»Wir müssen rechtzeitig da sein, wenn sie im Fernsehen Donald Duck zeigen. Sonst kann ich dir schon jetzt verspreche, dass wir einen schlechten Start haben werden«, hatte Kerstin gesagt. Sie hatten sich daher um zwei Uhr Nachmittag am Weihnachtsabend bei der Tallkrogen-U-Bahnstation verabredet.

David stieg um 13.55 Uhr aus dem Zug, vollbepackt mit Tüten und Päckchen und wurde von Kerstin mit einem angespannten Gesichtsausdruck erwartet. Ihre Tochter Sol Armfeldt-Wikman und ihr Mann Yngve sowie die Kinder Hilda und Alve wohnten in einem alten Villenviertel, das den Kern von Tallkrogen bildete. Anstatt gerader Alleen und rechter Winkel, wie man in den funktionalistischen Dreißigerjahren üblicherweise gebaut hatte, waren die Häuser in Form einer Sportarena angelegt mit Straßen, die, wenn man sie von oben betrachtete, einer Aschenbahn glichen. Ursprünglich als Wohnstätten für die Arbeiterklasse konzipiert, der man günstige Kredite für den Kauf der Häuser geboten hatte, wurde die Gegend heute von der oberen Mittelklasse bewohnt.

Die Familie Armfeldt-Wikman wohnte in einem einstöckigen gelben Haus am äußeren Rand des Stadtteils. Von dem Gelb war nicht viel zu sehen, als sich Kerstin und David von der Straße her näherten. Die ganze Fassade war nämlich mit allen erdenklichen Weihnachtsbeleuchtungen geschmückt.

Die Familie hatte sich nicht mit dem ziemlich auffälligen »Merry Christmas« begnügt, das abwechselnd grün und rot oberhalb der Eingangstür blinkte. Auf dem Dach saß auch ein blinkendes Rentier mit dazugehörigem Schlitten. Dazu war jede gerade Linie des Hauses mit einer blinkenden Lichterkette verziert.

Im Garten, unter einem Baum, auf dem kleine Leuchtspots hingen, die alles in ein behagliches goldenes Licht tauchten, hatten sie eine Weihnachtskrippe aufgestellt mit meterhohen Porzellanfiguren von Josef, Maria und dem Jesuskind und einer Ansammlung von Tieren mit unklarem Bezug zur biblischen Erzählung. David war sich ziemlich sicher, dass während der Heiligen Nacht keine Dalmatiner anwesend gewesen waren. *Obwohl ihre Anwesenheit den armen Josef sicher erfreut hätte, wenn er sich schon damit abfinden musste, dass er an der Entstehung des Jesuskindes kaum einen Anteil gehabt hatte*, dachte David insgeheim.

»Ich hätte dich vorwarnen sollen«, sagte Kerstin leise. Sie blickte nervös auf das Haus.

»Mach dir keine Sorge, Kerstin, ich habe damit kein Problem. Bisher ist es magisch. Mit hohem Unterhaltungswert. Man fragt sich, wie deine liebe Tochter aufgewachsen ist.«

»Halt das Maul«, zischte Kerstin, bereute es aber sofort. »Ich meine *Frohe Weihnachten*. Atme tief durch. Jetzt gehen wir hinein.« Das Letzte hatte Kerstin mit einer Intensität und einer Konzentration herausgepresst, als ginge es um einen Einsatz der nationalen Streitkräfte. Sie drückte resolut auf die Klingel, die sofort eine Version von »Oh heilige Nacht« über dem Viertel erklingen ließ.

Sie war zumindest so vernünftig, die Aufnahme mit Jussi Björling zu wählen, dachte David.

Die Tür ging auf und aus dem Inneren des Hauses schlug ihnen eine Mischung aus Gerüchen von Anchovis, Wurst und Köttbullar entgegen. Über dem Ganzen schwebte ein unverwechselbarer Mix, der zu gleichen Teilen aus Lebkuchen und Glögg bestand.

Sol Armfeldt-Wikman, eine blonde Frau mit den gleichen hohen Wangenknochen und schmalen Augen wie ihre Mutter, bekleidet mit einer Schürze mit roten Herzen und dem Schriftzug »Eigener Herd ist Goldes wert« erwartete sie schon.

»Frohe Weihnachten. Und *hej*, du musst David sein.« Sie streckte ihm ihre mehlige Hand entgegen.

»Entschuldige das Mehl. Yngve hat vergessen, den Deckel der Mehldose ordentlich zuzuschrauben, und als ich sie herunternehmen wollte, da … Gewisse Dinge merkt man sich nie.« Sie drehte sich um zum Flur. »Yngve, kommst du und begrüßt unsere Gäste«, rief sie. »Hilda, Alve! Ihr auch!« Sol blieb stehen und versperrte den Eingang, bis sich die ganze Familie hinter ihr aufgestellt hatte. »Oma!«, rief ein kleines Mädchen mit blonden Zöpfen unter der roten Mütze.

»Warte, Hilda. Begrüße David zuerst. Gib ihm die Hand«, forderte Sol sie auf. Das Mädchen gehorchte, beugte den Kopf und streckte David ihre Hand entgegen.

»Oh, so ein braves Mädchen«, sagte David und nahm ihre ausgestreckte Hand.

»Ich heiße Hilda«, sagte sie. »Und er heißt Alve«, ergänzte sie und zeigte auf ihren kleinen Bruder, der mit einem sich hin- und herbewegenden Schnuller im Mund dastand und ebenfalls eine rote Mütze aufhatte.

»Er kann nicht sprechen, weil er so klein ist«, sagte Hilda. »Darf ich jetzt die Oma umarmen, Mama?«

Sol nickte und beide Kinder liefen auf Kerstin zu.

»Sollten wir die armen Menschen nicht hereinbitten?« Hinter den Kindern und Sol stand Yngve, bekleidet mit einem roten Strickpullover, auf dem ein Weihnachtsmann abgebildet war. Sol drehte sich schnell um.

»Es ist doch wichtig, dass man ordentlich grüßt. Ich hoffe, du bist meiner Meinung, dass die Kinder das lernen müssen.«

»Ja, doch«, sagte Yngve mit einer Stimme, die alles andere als überzeugt klang. »Ich dachte nur, man könnte vielleicht …«

»Ja, dann geh aus dem Weg. Wie sollen wir hineinkommen, wenn du im Weg stehst«, fauchte Sol.

Es sah aus, als wollte Yngve etwas einwenden, er überlegte es sich jedoch anders und bewegte sich ins Haus hinein. Sie zogen sich die Jacken und Mäntel aus. Kerstin folgte Sol mit der Tüte voller Esswaren, die David in der Saluhalle eingekauft hatte. David suchte Yngve und fand ihn vor dem Barschrank, der sich im Wohnzimmer befand. »Jetzt können wir einander auch begrüßen. Yngve«, sagte er. »David«, stellte David sich vor. »Willkommen bei der jährlichen Weihnachtsshow der Familie Armfeldt-Wikman«, sagte Yngve und deutete mit einer müden Geste über das Wohnzimmer, das außer dem Barschrank mit einer L-förmigen grauen Sitzgruppe möbliert war, davor thronte ein großer Fernseher. Links vom Fernseher stand ein für den Raum zu groß geratener Tannenbaum, unter dem die Weihnachtsgeschenke fein säuberlich aufgetürmt waren. Der Tannenbaum war genauso übertrieben wie die Weihnachtsbeleuchtung außerhalb des Hauses. Unmengen von Lampen, die in wechselnden Farben blinkten, während der Baum über und über mit dicken goldenen Glitzergirlanden behängt war. David fand, dass die Wirkung all des Glitzerzeugs und das langsame Blinken das Gefühl vermittelte, in einer Disco zu sein, wo sich alles in Slow Motion bewegte.

»Ist es in Ordnung, wenn ich den Kindern noch vor der Sendung mit Donald Duck ein Säckchen Süßigkeiten gebe?«

»Nein, um Gottes willen. Bist du verrückt? Wenn du das machst, dürfen wir uns alle einen Vortrag über Zucker anhören und die Säckchen landen auf unbestimmte Zeit in einem verschlossenen Schrank. Gib mir die Säckchen, dann finde ich eine Gelegenheit, den Kindern damit eine Freude zu machen. Möchtest du einen Whisky?« Yngve wartete nicht auf die Antwort, sondern öffnete den Barschrank und griff nach einer Whiskyflasche, wobei diese gegen ein paar andere Flaschen auf dem Regal stieß.

Aus der Küche hörte man die Stimme von Sol.

»Keinen Drink vor dem Weihnachtsevangelium, Liebling! Du wirst sonst so müde!«

Yngve stellte die Flasche zurück und flüsterte David zu: »Sie hat ein gutes Gehör, wie du merkst. Und wenn sie das Wort Liebling auf diese Art verwendet, ist das keine Liebesbotschaft, sondern eine leise Drohung psychischer Gewalt.«

»Es wäre gut, wenn wir hier in der Küche etwas Unterstützung bekämen«, hörte man Sol rufen.

»Jetzt wirst du sehen, wie es abgeht. Und Frohe Weihnachten«, sagte Yngve und sie bewegten sich beide Richtung Küche.

Dort saß Kerstin mit einem Enkelkind an jeder Seite und las ihnen aus einem Buch vor. Am Herd stand Sol und rührte in einem Topf.

»Dieser Milchreis kostet mich den letzten Nerv«, sagte Sol resigniert. »Ihr habt keine Ahnung, wie schwierig es ist, genau die richtige Konsistenz hinzubekommen.«

»Womit kann ich helfen«, fragte David.

»Wie *nett* von dir, dass du fragst«, sagte Sol mit einem Blick auf ihren Mann. »Du kannst dich an den Küchentisch setzen.

Ich habe mir gedacht, du könntest das Weihnachtsevangelium nach der Donald-Duck-Sendung lesen. Das ist doch okay als kleiner Beitrag zur Weihnachtsstimmung? Es ist so nett, wenn jemand liest, der nicht stecken bleibt oder sogar mitten unterm Lesen einschläft, oder was meinst du, Yngve? Die Bibel liegt am Tisch, David. Im Fall, dass du dich ein bisschen vorbereiten willst, meine ich.« David bemerkte aus dem Augenwinkel, wie Kerstins Gesichtsfarbe sich rot verfärbte. Er setzte sich gehorsam zum Esstisch und begann planlos in der Bibel zu blättern.

»Du kannst zumindest die Tomaten schneiden, Yngve. Aber binde dir eine Schürze um«, sagte Sol.

»Dürfen wir Chips haben, Mama?«, hörte man vom Küchensofa.

»Nein. Keine schnellen Kohlenhydrate vor dem Essen, Schätzchen.«

»Dürfen wir wenigstens ein Weihnachtsgeschenk öffnen?«

»Auf keinen Fall. Der Weihnachtsmann kommt nach dem Essen, Schätzchen. Aber nur wenn ihr nicht quengelt. Yngve, du kannst doch die Tomaten auf eine witzigere Art schneiden!« Trotz seines neu entdeckten milden Gemüts begann die Stimmung leicht an Davids Nerven zu zehren. Er verstand, dass es Kerstin noch viel schlimmer erging. Sie schien sich zwar mit den Kindern gut zu verstehen und umarmte sie, sooft sie nur konnte, immer wenn sie die Seiten des Bilderbuches *Kurre Kravatt* umblätterte, offensichtlich das gemeinsame Lieblingsbuch der Kinder. Aber jedes Mal, wenn Sol den Mund öffnete, um zum wiederholten Male ihrer Frustration über die Unzulänglichkeiten ihres Ehemannes Ausdruck zu verleihen, sah David den Anflug einer Grimasse in Kerstins Gesicht. *In diesem Haus gibt es ja keine Luft zum Atmen*, dachte David. Er hatte den Eindruck, dass Kerstin sich außerhalb der Schusslinie halten wollte und deswegen schwieg. David fragte sich, wie lange es dauern würde, bis sie explodierte.

*

»In jenen Tagen erließ Kaiser Augustus den Befehl, alle Bewohner des Reiches in Steuerlisten einzutragen.«

David hatte zum ersten Mal in seinem Leben das Weihnachtsevangelium laut vorgelesen. Und das begleitet von immer ungeduldiger werdenden Kindern und deren sich kabbelnden Eltern. Alle hatten davor für die Sendung Donald Duck ihre Plätze eingenommen, dieser merkwürdigen Tradition zu Weihnachten, die viele ausländische Beobachter erstaunt. Es war in dieser Familie üblich, das Programm auf feierliche und respektvolle Weise zu genießen und man konnte deutlich erkennen, dass man den Kindern eingetrichtert hatte, völlig still zu sitzen. Das einzige störende Element während des Ablaufs des Programmes war Sol, die die Sendung offenbar als ungemein wichtiges Kulturgut zu betrachten schien, das den Kindern unbedingt vermittelt werden musste. Deswegen warf sie Bemerkungen ein, die kurz danach aus dem Fernseher kamen, oder sie sang alle Melodien mit und kündigte mit munteren Rufen wie »Ohh, jetzt kommt der Stier Ferdinand! Der ist sooo gut!« den nächsten kurzen Filmclip an.

Nach der Lesung war es anscheinend an der Zeit, dass die Kinder in Aktion traten. Hilda konnte es nicht erwarten *Nu tändas tusen juleljus*, *Tomtarnas julnatt* (dabei bewegte sie den Zeigefinger in der Luft, wobei David den Zusammenhang mit dem Text nicht erkennen konnte) sowie *Sankta Lucia* zu singen. Alle Lieder wurden in einem viel zu schnellen Tempo vorgetragen. Alve stand daneben und hatte noch immer den sich hin- und herbewegenden Schnuller im Mund, wie ein rotziger und noch nichts verstehender kleiner Racker. Hin und wieder gab auch er einen auffallend blökenden Laut von sich. Vielleicht wartet er auf *Bä Bä Vita Lamm,* dachte David. Aber nach *Sankta Lucia* war die Vorstellung vorbei, Sol zeigte es durch ihren kräftigen Applaus an. Die anderen schlossen sich ihr an.

»Wie gemütlich wir es hier haben«, sagte Sol über den Weihnachtstisch hinweg. »So sollte es öfter sein, Yngve. Wenn du nicht so viel arbeiten würdest, natürlich.«

Yngve, der in der Zwischenzeit endlich ein paar Schnäpse zum Essen getrunken hatte, wurde nun etwas selbstsicherer. »Ich müsste nicht so viel arbeiten, wenn du dich nicht entschlossen hättest, mit den Kindern zu Hause zu bleiben. Und die Weihnachtsbeleuchtung kostet ja auch nicht gerade wenig. Prost, David!«

David erhob sein Schnapsglas, setzte es aber wieder ab, als er bemerkte, dass Sol sich anschickte, etwas zu sagen.

»Das war jetzt gemein, Yngve. Dass ich bei den Kindern zu Hause bleibe, war ein gemeinsamer Beschluss. Ja, *gemeinsam.* Zum Besten der Kinder«, sagte Sol überzeugt.

Yngve stellte sein Schnapsglas auf den Tisch und atmete tief durch.

»Ein gemeinsamer Beschluss. Natürlich. Du hast recht«, sagte Yngve verbissen. »Frohe Weihnachten«, fügte er in erzwungen heiterem Tonfall hinzu und erhob das Glas noch einmal.

»Frohe Weihnachten«, erwiderten David und Kerstin gleichzeitig.

»So, jetzt finde ich, ist es an der Zeit, dass du hinausgehst und die Zeitung holst, Yngve. Vergiss nicht, danach wieder den Weihnachtspullover anzuziehen. Du weißt ja, dass du eigentlich kein weißes Hemd beim Essen tragen solltest. Du hast keine Ahnung, wie schwierig man die Flecken wieder rausbekommt. Und die Nachspeise steht noch aus«, sagte Sol.

»Die Zeitung holen« war offensichtlich der Code der Familie, dass Yngve in die Waschküche ging und sich als Weihnachtsmann verkleidete. Hilda, die anscheinend den Zusammenhang zwischen dem jedes Jahr sich wiederholenden Verschwinden ihres Vaters und den Weihnachtsgeschenken erkannt hatte, gab ein halbersticktes »Yes« von sich.

»Ich nütze die Gelegenheit und hefte mich an deine Fersen, Yngve. Ich mache einen Einsatz für die Gesundheit des Volkes«, sagte David und winkte mit der Zigarettenpackung. Sol runzelte die Stirn. »Es ist ein Segen, dass du wenigstens nicht rauchst, Yngve. Wir haben auch so schon genug Probleme, meine ich.«

Sobald sie auf der Treppe waren, bat Yngve um eine Zigarette.

»Ich entschuldige mich für die schlechte Stimmung«, sagte Yngve. »Es ist nicht immer so.« Er nahm einen tiefen Lungenzug. »Oder doch, verdammt. Eigentlich geht es immer so zu. Wem versuche ich etwas vorzumachen?«

»Mach dir keine Gedanken, Yngve«, sagte David. »Ich habe Schlimmeres erlebt.«

»Dann bist du ein armer Teufel. Und die arme Sol. Sie ist wie ferngesteuert. Man kann sie nicht einbremsen. Alles, was ich tue, wird sofort kommentiert. Und normalerweise darf ich gar nichts tun, auch wenn ich es ihr anbiete. Außer aufs Dach klettern und die Weihnachtsbeleuchtung montieren. So ist es auch mit den Kindern. Sie beklagt sich, dass ich ihr nicht helfe und dass ich zu viel arbeite. Aber sobald ich es versuche, behauptet sie, dass ich alles falsch mache.«

»Habt ihr schon über eine Therapie nachgedacht?«

»Ja, doch. Aber als der Therapeut das Gleiche wie ich gesagt hat, hat sie abgebrochen.«

»Und was hat er gesagt?«

»Kurz zusammengefasst meinte der Therapeut, dass sie loslassen müsse. Und das ist das Letzte, was man Sol sagen darf. Seit die Kinder auf der Welt sind, wurde sie zur Projektleiterin der Familie Armfeldt-Wikman. Und es braucht niemand zu kommen und ihr erklären, dass man die Dinge auch anders machen kann. Wir haben verschiedene Haushaltshilfen ausprobiert. Das führte dazu, dass sie alles schon geputzt hatte, bevor die Frau kam.«

»Scheidung?«, fragte David. »Es ist nie zu spät, aufzugeben.«

»Daran habe ich seit Hildas Geburt gedacht, weil Sol sich so stark verändert hatte. Aber dann habe ich eingesehen, dass es noch schlimmer werden würde mit Sol als meine Exfrau. Stattdessen kam ein zweites Kind dazu. Und das, weil wir im Prinzip drei Jahre lang keinen Sex hatten. Ich war in der Nacht, als Alve entstand, total ausgehungert. Ich bin fest überzeugt, dass der Terror noch zunehmen würde, wenn wir uns scheiden ließen. Daher beiße ich die Zähne zusammen, bis sie oder ich einen Zusammenbruch bekommen. Aber jetzt muss ich mich wirklich umziehen. Frohe Weihnachten.«

*

»Danke, dass du mitgekommen bist, David. Und danke, dass du die Geschenke von Polarn och Pyret besorgt hast. Ich glaube tatsächlich, dass das den ganzen Abend vor einer totalen Katastrophe gerettet hat«, sagte Kerstin, als sie gemeinsam am Bahnsteig standen und auf die U-Bahn warteten.

»Das war interessant, Kerstin«, sagte David. »Wenn auch ein wenig erschreckend.«

»Schade um die beiden. Sol ist leider immer so gewesen. Sie

wollte immer die besten Noten haben und in allem die Beste sein. Und sie war immer felsenfest überzeugt, dass ihre Wahrheit die einzig wahre ist.«

»Erkennst du dich selbst darin wieder?«

»Eigentlich nicht«, sagte Kerstin. »In der Sturheit vielleicht. Aber ich war immer offen für die Möglichkeit, dass ich nicht recht haben könnte. Das ist doch das A und O meines Berufes. Daran glaube ich auch im Privatleben. So ist es auch mit Karate. So unglaublich es erscheinen mag, so basiert Karate doch auf Demut. Darum habe ich mich bemühen müssen. Und werde mich immer darum bemühen müssen. Genau wie du, David«, sagte Kerstin und lächelte mit einem Ausdruck in den Augen, der David neu war.

»Ich frage mich das oft. Vielleicht muss man respektieren, wie Menschen reagieren, wenn sie gezwungen sind, über ihre Grenzen zu gehen. Man weiß es nicht, bevor man nicht selbst in so eine Situation kommt. Ich habe in den letzten Tagen eingesehen, dass ich mich viele Jahre an meiner Grenze bewegt habe. Es ist mir gelungen durchzuhalten, aber zu einem hohen Preis. Sol versucht sich selbst durch Routinen, Traditionen und Kontrolle über ihre Nächsten zu heilen. Meine Medizin war Alkohol, Arbeit und indem ich meine intellektuellen Fähigkeiten den anderen um die Ohren gehaut habe, meistens mit einem bissigen Unterton.«

»Du hast dir soeben einen gelben Gürtel in Selbsteinsicht verdient«, sagte Kerstin mit einem kurzen Lacher. Von den Gleisen war ein ratterndes metallisches Geräusch zu hören. »Hier kommt mein Zug. Ich finde, du kannst dir morgen freinehmen. Du fliegst ja am Stephanitag nach Sankt Petersburg. Noch einmal danke, dass du mitgekommen bist.«

Aus der anderen Richtung donnerte der Zug in Richtung

Stadt herein. David umarmte Kerstin und stellte fest, dass das zum ersten Mal passierte. Als sie beide schon beim Einsteigen waren, rief er über den Bahnsteig: »Shit, Kerstin, haben wir soeben das erste Mal ein ernsthaftes Gespräch miteinander gehabt?«

»Bilde dir nichts darauf ein«, rief Kerstin zurück. »Es hat lange gedauert.«

Himmel, Arsch und Zwirn, wenn ich nicht vom Glück verfolgt bin, dachte David.

Der Maestro

Nach dem Bruch gab es zwei Jahre lang keinen Kontakt. Ludwig wollte es so. Vielleicht die anderen auch. Obwohl er sich in der ersten Zeit in Berlin völlig verloren gefühlt hatte. In Örebro hatte er in engem Kontakt mit den anderen gelebt. Sie waren einer das Spiegelbild des anderen gewesen und hatten sich gegenseitig die notwendige Bestätigung gegeben. Der Klavierlehrer Stupfmayer war natürlich von Ludwigs Können und Talent überwältigt gewesen. Aber eigenartigerweise gab ihm das keinen Auftrieb, obwohl Stupfmayers Ruf so hervorragend war, dass jeder Klavierstudent seine eigene Großmutter getötet hätte, um eine Audienz in dessen engem Lehrsaal zu bekommen. Aber Ludwig war ganz einfach an ein anderes Niveau gewöhnt. Trotzdem nahm er teil.

Manchmal war er bei Stupfmayers Unterrichtsstunden sogar bis zu einem gewissen Grad geistig anwesend, erwischte sich aber selbst dabei, dass er die Latte seines Spiels nur so hoch legte, dass Stupfmayer sie auch verstand. Ludwig wusste, wie er den Professor glücklich machen konnte. So wurden die Unterrichtsstunden mit Stupfmayer, wegen der er hergekommen war, zu einer

Enttäuschung. Er schien auch keine neuen Beziehungen knüpfen zu können. Abgesehen von Kaffeepausen mit oberflächlichen Kontakten in der Kantine der Akademie hielt er zu den anderen Studenten Distanz. Die Gleichaltrigen fand er oberflächlich, weil sie sich auf die Perfektionierung des einen oder anderen technischen Aspekts des Klavierspiels konzentrierten statt auf die Essenz des Ganzen. Sie konnten Stunden damit zubringen, darüber zu diskutieren, wie ein Triller ausgeführt werden sollte. Sie übten stundenlang eine bestimmte Passage von Schumann oder Skrjabin. Von der wirklichen Musik und der musischen Sprache schienen sie keine Ahnung zu haben.

Ludwig fühlte sich unterfordert und seine Frustration wurde immer größer. Er hatte das Gefühl, dass er sogar auf sein früheres Niveau zurückfiel, in die Zeit vor Örebro, als man ihn fast wie eine Art »idiot savant‹ betrachtet hatte, ein Genie, das sich seiner Umwelt nicht anpassen konnte, sich nur auf Details in der Musik konzentrieren konnte.

Eines Tages geschah aber etwas Neues in Ludwigs Leben.

Er war gekommen, um bei einer öffentlichen Probe von Arnold Schönbergs »Pierrot Lunaire« zuzuhören. Einige von seinen Studienkollegen sollten spielen. Eine Sängerin, die berühmt war für ihre Bühnenpräsenz, sollte die einundzwanzig Gedichte vortragen. Ludwig hatte sich bereits in Örebro für das Werk interessiert, wo er in dem kleinen Raum der Bibliothek mit der Partitur auf den Knien verschiedene Aufnahmen angehört hatte. Er hatte den Mikrokosmos musikalischer Nuancen von Schönberg genossen. Das Ensemble hatte sich auf der Bühne in der Akademie versammelt. Der junge, vielversprechende Student, der dirigieren und die Probe hätte leiten sollen, tauchte nicht auf. Im Saal war bereits ein Raunen zu hören. Die sechs Musiker auf der Bühne sahen verwirrt aus und starrten nervös auf die Bühnentür, in der Hoffnung, dass der

Dirigent gleich eintreten würde. Aber er kam nicht. Das Gemurmel im Saal ging langsam in Gerede und Rufe über.

Ludwig wusste im Nachhinein nicht mehr, was ihn geritten hatte. Er war schnell aufgesprungen, wobei ein lauter Knall erklang, als die Sitzfläche gegen die Rückenlehne klappte. Mit den Erwartungen des Publikums im Rücken hatte er die Bühne betreten und seine Schritte zum Dirigentenpult gelenkt.

Die Partitur lag auf ihrem Platz.

Nun brauchte er nur loszulegen.

Die Blicke der Musiker waren auf ihn gerichtet. In ihnen konnte er ihr Können und die Intensität ihrer Vorbereitung ablesen. Aber natürlich auch Zweifel und Bedenken. Die Sängerin, die einen äußerst spannenden Text über den mondsüchtigen Pierrot singen sollte, stand da mit weit aufgerissenen Augen, in denen geschrieben stand: »Wer zum Teufel bist du?«

Aber Ludwig war überzeugt, dass er die Situation retten konnte. Er erhob die Hände, fixierte jeden Einzelnen der Musiker und begann zu dirigieren. Ludwig wusste, dass die meisten Dirigenten, die sich »Pierre Lunaire« vorgenommen hatten, nur den Takt angeben würden. Die Zeit so gut wie möglich bemessen würden. Das war nicht erstaunlich, denn die Musik lag außerhalb des Bereiches, in dem sich Musiker im Allgemeinen sicher fühlen konnten.

Aber Ludwig ging einen ganz anderen Weg. Er las stattdessen von den Musikern ab. Wenn er bei Partien bemerkte und spürte, dass sie jede Einzelheit beherrschten und im Griff hatten, ließ er sie spielen, ohne dass er seine Arme bewegte. Wenn er sah, dass sie sich Stellen im Stück näherten, die mehreren Musikern schwerfielen – oder auch nur einem einzigen –, gab er ihnen durch seine Gesten Unterstützung. Es war, als könnte er in seinem Inneren alle Empfindungen des Ensembles fühlen und sie in Musik übersetzen. Während der Aufführung wurde ihm wie durch eine Art Offenbarung klar, dass die Violinistin mit dem Klarinettisten zusammen gewesen war. Er konnte das spüren. Ludwig kompensierte daher durch seine Bewegungen und Blicke deren unterdrückten Zorn, der sie daran hinderte, beim Spielen ganz unbehindert und frei zu sein. Je länger das Stück dauerte, desto mehr hatte Ludwig das Gefühl, endlich sein Zuhause gefunden zu haben. Er konnte in allen wie in einem offenen Buch lesen und ihnen genau die Anleitung geben, die sie benötigten, um ihr Bestes zu geben.

Danach fühlte sich alles wie in einen Nebel gehüllt an. Der eigentliche Dirigent war ungefähr in der Mitte der Aufführung in den Saal gekommen, offensichtlich verkatert. Er war der Erste gewesen, der »Bravo« gerufen hatte, nachdem Ludwig den letzten Takt dirigiert hatte. Das Publikum bedankte sich mit Standing Ovations. Die Sängerin lief vor und küsste ihn. Es war ein voller Erfolg. Doch Ludwig war das alles gleichgültig. Er dachte nur an das Gefühl der absoluten Gewissheit, das er während des Dirigierens empfunden hatte. Eine Form von Kontrolle, bei der es nicht nur um Leitung und Führung ging.

Es ging eher darum, dass er seine Fähigkeit entdeckt hatte, mit den Gefühlen der Musiker zu spielen und ihnen dadurch dabei behilflich zu sein, den Erfordernissen des musikalischen Werkes zu entsprechen. Er erkannte die geringste Unsicherheit, die kleinste Tendenz zur Verlangsamung oder zum Schnellerwerden und vermochte diese Energie zu nutzen, um das Beste aus den Musikern herauszuholen. Ungefähr auf die gleiche Weise, wie er das mit den Sequenzen in Örebro getan hatte. Aber mit ihm am Steuer. Nicht mit Hildegard. Dieses Erlebnis war für ihn erschütternd, aber auch herrlich. Schon am selben Abend, nachdem er sich von einem glanzvollen Fest in Kreuzberg losgerissen hatte, setzte er sich hin und schrieb ein Ansuchen für die Dirigentenklasse an der Sibelius-Akademie in Helsinki.

Sechs Monate später stand Ludwig im Konzertsaal der Sibelius-Akademie und dirigierte zum ersten Mal ein großes Orchester. Diese Erfahrung war von gänzlich anderer Art als jene in Berlin. Er konnte noch immer das Können und die Absicht jedes einzelnen Musikers erspüren. Aber er schaffte es nicht, das Gewimmel an Emotionen, das in einem Orchester mit mehr als hundert Personen entsteht, aufzulösen. Es fühlte sich an, als stünde er einer feindlichen Artillerie gegenüber, die ihre schweren Geschütze auf ihn abfeuerte.

Nach dieser ersten Probe fühlte er sich geradezu selbstmordgefährdet. Sein Professor, Jorma Krekula, hatte auf seine wortkarge Art nur lobende Worte. Aber was half das, Ludwig wusste selbst, wie er diese Probe erlebt hatte. Die Blicke der Musiker waren wie die von toten Fischen gewesen.

Als er zurück ins Studentenheim kam, begann er zu hyperventilieren und zu erbrechen. All sein Glaube an sich selbst und seine Zukunft nach seinem Triumph in Berlin kam ihm jetzt wie eine Lüge vor. Spät in der Nacht begriff er, dass er Hilfe brauchte. Er musste sich wieder an die Vergangenheit erinnern.

Ludwig rief Hildegard an.

Gleich am nächsten Tag landete sie auf Vantaa, nahm den Bus in die Stadt und konnte noch den Schluss seiner zweiten Probe hören.

Hildegard half ihm. Zeigte ihm den Weg aus seinen Neurosen. Rettete ihn. Half ihm, seine Stärken zu erkennen.

Fantastische Hildegard.

So dachte er jedenfalls damals.

Sankt Petersburg, 26. Dezember

Am Theaterplatz, der sich vor dem Marinskij-Theater befand, schneite es auf wunderschön romantische Weise. Auf diesem Platz standen Sandra und David Hand in Hand im Schein einer Straßenlaterne und hielten Ausschau nach einem Taxi. Schaljapin hatte durch die stets dienstwillige Jane bei der Agentur Winston & Rose mitteilen lassen, dass sie, falls sie am Stephanitag ankämen, zu einer Vorstellung von *Jolanthe*, Tschaikowskys letzter Oper, unter seiner Leitung herzlich eingeladen seien. Das persönliche Treffen mit dem dämonischen Dirigenten Valerij Schaljapin sollte am darauffolgenden Tag nach dem Mittagessen stattfinden.

»Es ist nicht zu glauben, Sandra«, meinte David. »Während meines Studiums hat man mir nur über Tschaikowski und die *Nussknacker*-Suite oder möglicherweise auch noch über die *Symphonie Pathétique* erzählt. Der Kerl konnte ja auch Opern komponieren. Du lieber Himmel. Was soll als Nächstes passieren? Dass ich Rachmaninow neu bewerte?«

»So weit muss es nicht unbedingt kommen«, sagte Sandra. »Obwohl sein kleines Lied *Zdes' Khorosho* ein Meisterwerk ist. Den Umständen entsprechend.«

»Wie meinst du das?«

»Meiner Meinung nach ist es egal, ob es sich um die Musik von Rachmaninow, Tschaikowsky oder auch David Westerdahl handelt, sie muss die Möglichkeit zur Deutung offenlassen. Und ich finde auch, dass die sogenannte Größe eines Stückes gerade darin besteht, dass es unterschiedliche Deutungen zulässt. Egal, ob es sich um klassische Musik, Jazz oder einen Song von Calle Jularbo handelt.«

»Na klar«, sagte David.

»Aber nicht so klar für alle«, meinte Sandra hitzig. »Es gibt viel zu viele Dirigenten und Musiker auf der Welt, die der Meinung sind, dass es nur *eine Art* der Betrachtung eines Musikstückes gibt. Dass man nur in *eine* Richtung geht. Sie widmen oft ihr ganzes Leben dem Unterfangen, die eine oder andere These zu beweisen, warum gerade dieser Takt nur auf die Weise gespielt werden kann, wie sie selbst es am besten finden.«

»Ja, genau. Die Jagd nach dem *Original.* Ein großes Thema in allen Genres«, sagte David und zündete sich eine Zigarette an. Er erinnerte sich an eine hitzige Diskussion, die er mit einem Rockstar über *Covers* während einer Episode als Ersatzmann bei einer hippen Band aus Stockholm in den Achtzigerjahre gehabt hatte. Der Musiker, ein Bassist, war der Meinung gewesen, dass jede Coverversion ein Übergriff sei. David musste über diese Erinnerung grinsen und ließ seinen Blick über den Platz auf die andere Seite der Straße wandern.

Sein Blick blieb an einer Gestalt hängen, die gegen eine Hauswand gelehnt dastand. Sie kam ihm bekannt vor. David hätte beinahe gewinkt, hielt sich aber zurück, als ihm klar wurde, woher er das Gesicht kannte.

»Schau mal dort hinüber«, sagte David. »War der nicht auch im Flugzeug? Dort, auf der anderen Seite der Straße.«

Sandra schaute genauer.

»Ja, du hast recht.«

Der Mann war ungefähr sechzig Jahre alt und hatte eine Kamera mit einem langen Objektiv um den Hals hängen. Als er Sandra und David entdeckte, ging er schnell zur Brücke, die über den Kanal führte.

»Er hat es plötzlich eilig gehabt«, meinte David.

»Tatsächlich«, sagte Sandra. »Er hat uns wahrscheinlich auch erkannt.«

Sie standen noch eine Weile Hand in Hand da und schauten dem Mann nach.

»Man muss das Bedürfnis anderer Leute nach Abgeschiedenheit respektieren«, sagte Sandra. »Dieser Mann hat Menschen gesehen, die er kennt, und ergreift die Flucht. Gott weiß, wie oft ich selbst zu solchen Maßnahmen gegriffen habe, um einem oberflächlichen *Hej, haben wir einander nicht im Flugzeug gesehen* auszuweichen.«

»Du hast ganz recht. Weißt du, Sandra …«

»Na was?«

»Ich mag dich sehr.«

St. Petersburg, 27. Dezember

Als David aufwachte, saß Sandra bereits auf einem Schemel neben der Balkontür und spielte Cello. David erkannte den ersten Satz der Zweiten Cellosuite von Bach. Er genoss es. Bereits beim ersten Mal, als er sie zu Hause in Gamla Stan spielen gehört hatte, war er erstaunt gewesen, wie anders sie im Vergleich mit anderen Cellisten klang. Das Vibrato setzte sie nur sparsam ein, stattdessen wurden die Gefühle in der Art, wie sie die Phrasierungen gestaltete, und durch die Präzision und den Schwung der rhythmischen Elemente ausgedrückt. Man hatte das Gefühl, als würde man einer dramatischen, zur selben Zeit aber auch humoristischen Erzählung lauschen.

Auf diese Art lässt sich das Leben genießen, dachte er.

Die Blase, die sich um ihn und Sandra geformt hatte, erstaunte ihn. Alles, was sie miteinander erlebten, fühlte sich wirklich wie *gemeinsame* Erlebnisse an. Er konnte oft nicht unterscheiden, wer von ihnen beiden dieses oder jenes gesagt oder getan hatte, weil sie ihm so ähnlich war. Und dann die Sache mit dem Alkohol. Er dachte ständig daran. Sein Körper und sein Geist erinnerten sich daran als eine Form der Belohnung, und es hatte nicht an Gelegenheiten gemangelt, um wieder in sein altes Muster zu verfallen. Aber er hatte verzichtet. Nicht einmal am Weihnachtsabend, als er aus Sympathie für Yngve ein paar Schnäpse getrunken hatte, war er richtig in Gang gekommen. Nach der Weihnachtsfeier bei Kerstins Tochter war er nach Hause gekommen und hatte Tee aufgesetzt, obwohl der polnische Wodka nach wie vor darauf wartete, getrunken zu werden. Die Nüchternheit machte ihn zusehends frischer. Sein Kopf arbeitete schneller. Früher war es eben gerade die Schnelligkeit seiner Gedanken gewesen, die ihn beunruhigt hatte und ihn zu dem betäubenden Alkohol getrieben hatte. Er hatte während seines Heranwachsens immer Schwierigkeiten gehabt, sich gegen alles, was er aufnahm, zur Wehr zu setzen. Ein Problem waren immer die Beurteilungen gewesen, die sich allzu schnell in seinem Kopf geformt und zu vielen peinlichen Szenen geführt hatten, weil er seinen Mund nicht hatte halten können. Jetzt hingegen empfand er nicht mehr die frühere *Angst*, die ihn dazu veranlasst hatte, sich selbst ein *langsameres* Tempo aufzuerlegen und abzustumpfen, um alles ertragen zu können.

Er nahm alles mit der gleichen Empfindlichkeit auf, konnte aber mit seinen Reaktionen offenbar besser umgehen. Die Beurteilungen kamen in der gleichen galoppierenden Geschwindigkeit wie früher, aber er konnte sich besinnen, bevor er ihnen freien Lauf ließ. Er wusste nicht genau, was sein neues Gleichgewicht ausmachte, vielleicht der reduzierte Alkoholkonsum in Kombination mit einer Form von Reife, die schleichend gekommen war, ohne dass er es bemerkt hatte. Doch er hatte das Gefühl, dass es auf irgendeine Art etwas mit Sandra zu tun hatte. *Ist es so verdammt banal, dass man nur die richtige Frau finden muss*, dachte David, während er vom Bett aus lauschte und die Hand, die den Bogen führte, beobachtete, wie sie mit perfekt abgestimmten Bewegungen die Saiten abwechselnd streichelte oder schlug.

Bin ich wirklich so einfach gestrickt?

*

Die Gartentür öffnete sich langsam, nachdem sie durch das unsichtbare Auge einer Überwachungskamera überprüft und gebilligt worden waren. Der Palast, jetzt das Haus der Musik genannt, lag in der Nähe des alten Hafenviertels, ein Stück vom Zentrum entfernt. Früher einmal hatte es dem Großherzog Alexej Alexandrowitsch gehört, einem Bruder des Zaren Alexander des Dritten. Während der kommunistischen Periode war der Palast zum Teil als Büro genützt worden. Die alten Räume, die geschaffen worden waren, um dem Großherzog die erwünschte Aura eines weit gereisten und kulturellen Adelsmannes zu verleihen, waren nach und nach verfallen. Feuchtigkeit war durch die kaputten Fenster, die man jahrzehntelang nicht ausgetauscht hatte, in das Gebäude eingedrungen. Unersetzbare goldene Ledertapeten waren so stark beschädigt worden, dass sie nicht mehr zu retten waren. Aber die Zeiten hatten sich geändert. Jetzt erstrahlte der Palast wieder durch neu aufgelegtes Blattgold und seine sorgfältig renovierte Fassade.

Als David und Sandra die äußeren Portale passiert hatten, kamen sie in einen öden Palasthof. Sie blieben stehen und sahen sich verwirrt um. Sandra stieß David in die Seite und zeigte auf ein Kellerfenster, das aussah, als gehörte es zu einem

Hausmeistereingang. Er sah es auch. Jemand bewegte sich hinter den Vorhängen. Sie gingen hin und mussten eine kleine Treppe hinuntersteigen, bevor sie an die Tür klopfen konnten. Sie wurden von einem Mann in kurzer, grüner Jacke eingelassen. Er sprach kein Wort, sondern ließ sie ein, machte am Absatz kehrt und ging wieder hinein. Sie folgten ihm und kamen nach kurzer Zeit zu einer Art Garderobe, hinter der eine ältere Frau saß. Auch sie sagte kein Wort. Sie überreichte Sandra und David nur einen Schuhschutz, während sie dabei lebhaft mit den Armen wedelte und auf die Schuhe deutete.

Schaljapin saß in einem Vorraum des großen Ballsaales des Palastes und wartete bereits auf die beiden. Auf dem Weg hatten David und Sandra mehrere kleinere Büros passiert, die jedoch gerade menschenleer gewesen waren. David hatte bemerkt, dass die Bildschirmschoner der Computer ein Putin-Porträt zeigten.

»Willkommen. Nehmt Platz.« Schaljapin machte eine grazile Bewegung mit seiner freien Hand. In der anderen Hand hielt er einen unbeschreiblich kleinen, zitternden Hund. »Kaffee? Tee? Wodka?«, fragte der weltberühmte Maestro vom kurzen Ende eines langen und reich dekorierten Konferenztisches aus Mahagoni. David konnte seinen Blick nicht von der lebenden Miniatur von Hund mit gigantisch großen Ohren abwenden, der auf Schaljapins Handfläche saß und sie verschreckt aus überdimensional großen Augen anstarrte. Schaljapin selbst saß ruhig zurückgelehnt mit einer Tasse Tee vor sich auf dem Tisch da. Er hatte auf einem modernen Bürosessel Platz genommen, der sich von der übrigen Einrichtung abhob. David betrachtete Schaljapin, den er noch nie zuvor aus der Nähe gesehen hatte. Nachdem er die platte Nase, die scharf geschnittene Form seines Kopfes und die überkämmte Glatze gemustert hatte, zogen die Augen seine Aufmerksamkeit auf sich. Vielleicht war es der Hund auf Schaljapins Handfläche, der David an die Augen eines Sibirischen Huskys denken ließ.

Große Pupillen und das geradezu aufleuchtende Weiße der Augen, das jedoch eher hellgrau als weiß war.

Dieser Mann ist nicht gesund, dachte David.

»Selbst hätte ich gerne einen Wodka«, sagte Schaljapin grimmig. »Aber wir feiern bald Weihnachten hier in unserem geliebten Russland und ich habe Natalia versprochen, mich zurückzuhalten. Sie behauptet, dass ich nicht ich selbst bin, wenn ich trinke. Wenn ich daran denke, wie viel ich trank, als wir uns trafen, kann man sich fragen, wie sie das beurteilen kann und vor allem, wie sie sich erklären kann, dass ich hin und wieder zu dem Mann werde, in den sie sich letztlich verliebt hat.«

Er betrachtete seine Teetasse mit Widerwillen.

»Irina, komm und nimm die Bestellungen der Gäste auf!« Seine Stimme bekam einen befehlenden, scharfen Tonfall. Im Kontrast dazu streichelte er dem kleinen zittrigen Hund sanft über den Kopf.

»Das ist ein Toy-Hund«, sagte Schaljapin mit freundlicherer Stimme und richtete seinen Blick auf David. »Er gehört meiner Frau. Sie unterrichtet gerade an der Akademie, daher habe ich das Vergnügen, mich um den kleinen Kerl kümmern zu dürfen.« Er küsste den Hund am Kopf mit mehr Zärtlichkeit, als seine Stimme ausdrückte.

Eine Frau in einem kurzen hellblauen Uniformkleid erschien, die Worte *Dom Muziki*, Haus der Musik, waren mit verschnörkelten Buchstaben auf der Brusttasche aufgedruckt.

»Tee, bitte«, sagte David auf Russisch. Über Irinas Lippen huschte ein schnelles Lächeln, bevor sie sich an Sandra wandte.

»Ich hätte gerne Kaffee«, sagte Sandra.

Irina drehte sich sofort um und verschwand aus ihrer Sichtweite.

Schaljapin setzte den Hund auf seine Knie und trank einen Schluck Tee. Dann lehnte er sich zurück, nahm den Hund wieder auf seine Handfläche und begann ihn erneut zu streicheln.

»So, David und Sandra. Ihr könnt euch nicht vorstellen, wie aufgeregt ich war, als ich erfuhr, dass ihr ein Buch über Tony schreibt. Mein geliebter Freund und mein Vorbild in vielerlei Hinsicht. Schreibt ihr übrigens beide daran?« Seine Augen verengten sich etwas, als sein Blick zwischen David und Sandra hin- und herwanderte.

»Ich nicht«, erwiderte Sandra. »Ich bin Cellistin. Jeder sollte eine Cellistin auf seine Reisen mitnehmen, oder?«

Schaljapin lachte, was dazu führte, dass der Hund zu wimmern begann und noch stärker zitterte als vorher.

»Du hast recht, Sandra. Cellisten sind eine obligatorische Begleitung! Aber du hast doch einen Bezug zu Antoine, wenn ich richtig informiert bin?«

Er hat garantiert Recherchen angestellt, dachte David.

»Doch, ja, du bist gut informiert«, sagte Sandra leichthin. »Ich bin ein Teil von Tonys dunkler Vergangenheit. Wir haben vor Urzeiten miteinander studiert. Ich habe David erst vor ein paar Wochen kennengelernt, als er mit der Arbeit an dem Buch begann.«

»Aha. Gut gemacht, ihr zwei.« Schaljapin blinzelte vielsagend. »Und die Studienzeit. *The formative years.* Als wir alle uns Unarten zulegten, an denen wir dann unser ganzes Leben lang zu arbeiten haben.« Schaljapin schielte mit kaum verhehltem Ekel auf seine Teetasse. »Tony erzählte nie von seiner Studienzeit. Ich habe hier in Sankt Petersburg studiert und einige Jahre in Moskau. Aber wir waren noch ziemlich jung, als wir einander das erste Mal trafen, in Aix-en-Provence«, berichtete Schaljapin. »Ich erinnere mich an diesen Festivalsommer, als wäre es gestern gewesen. Ich dirigierte *Pique Dame* von Tschaikowsky in einer Produktion, die im Freien aufgeführt werden sollte. Tony war drinnen im Grand Théatre mit *Der Wüstling* von Britten beschäftigt. Beide Aufführungen waren ein großer Erfolg. Dieser Sommer war für unser beider Karrieren von großer Bedeutung, möchte ich behaupten. An den Abenden blieben wir für uns, Tony und ich. Wir wollten nicht an den großen Festen teilnehmen, die während des Festivals veranstaltet wurden. Wir sprachen über die Musik. Und das Leben.« Schaljapins Augen füllten sich mit Tränen. Er schniefte ein bisschen und trocknete sich die Augen mit dem Hemdsärmel. »Nein, zum Teufel, hier sitzen und über Tony sprechen und dazu dieses Gesöff trinken, das geht gar nicht!«

Schaljapin nahm die Teetasse und schleuderte sie auf den Boden, wo sie mit einem lauten Klirren zersprang.

»Irina«, rief er, als Irina mit einem Silbertablett mit Tassen und Kannen in den Raum kam. »Irina, bring uns eine gut gekühlte Flasche weißen russischen Wein. Ich weiß genau, dass Grigorijs Vorrat vor Kurzem nachgefüllt wurde.«

Irina nickte, stellte das Tablett auf den Tisch und verschwand.

»Ich nehme an«, meinte Schaljapin, »David kennt den Euphemismus *russischer weißer Wein*?«

David nickte. »Wodka. *Chlebnaia Sleza. Die Träne der Ähre*«, sagte er und erhielt einen lobenden Blick von Schaljapin. David kannte kein anderes Land, das so viele Spitznamen und lobende Wörter für Wodka hatte wie Russland.

»Ich erwähnte Grigorij, unseren unsichtbaren Gastgeber«, sagte Schaljapin. »Wir tragen beide den Titel Künstler des Volkes und er ist nun der Direktor im Haus der Musik, wie der Palast jetzt heißt. Ein glänzendes nationales Musikprojekt. Habt ihr schon davon gehört?«

»Nein«, musste David zugeben. Sandra schüttelte nur den Kopf.

Schaljapin sah bekümmert aus.

»Tja, wir sind in diesem Land schlecht im Marketing. Leider. Das Haus der Musik mit Grigorij an der Spitze hat es sich zur Aufgabe gemacht, die russische Begabung für Musik zu verwalten. Sie filzen Mütterchen Russland nach den allerbesten unter den Jugendlichen. Dann dürfen diese hierher in den Palast kommen und werden von einigen der größten Stars Russlands gedrillt. Danach schickt man sie zu internationalen Wettbewerben, die sie in der Regel gewinnen.«

»Interessant«, sagte David, der plötzlich ein Missbehagen aufkeimen spürte, als er den Bericht über junge Begabungen hörte. »Und was für eine fantastische Renovierung der Gebäude«, fügte er hinzu.

»Ja, nicht wahr. Fassaden, Stuckatur, Wände, Böden, Fenster, alles wurde von den renommiertesten Experten auf ihrem Gebiet einer Erneuerung unterzogen. Wie viel das alles gekostet hat, darüber kann ich nur spekulieren.«

Schaljapin hielt ungeduldig Ausschau nach Irina, die seiner Meinung nach anscheinend nicht schnell genug war.

»Wer hat das alles finanziert? Der Staat?«

Schaljapin lächelte über Davids Frage.

»Die Finanzierung ist nicht wirklich ein Geheimnis. Nur fast. Der Staat … na ja. Kommt darauf an, wie man das sieht. Es ist natürlich unser persönlicher Held, Vladimir Vladimirowitsch, der bezahlt hat. Gazprom hat selbstverständlich seinen Beitrag geleistet.«

»Putin?«, fragte Sandra.

»Höchstpersönlich«, antwortete Schaljapin. »Man muss Vladimir Vladimirowitschs Liebe zu Sankt Petersburg kennen und seine Leidenschaft für den Wiederaufbau der Stadt und ihren früheren Glanz. Das hat zu einer gewissen bürokratischen Freigiebigkeit in unserem parlamentarischen System beigetragen. Und natürlich auch die Tatsache, dass ich selbst, Grigorij und Vladimir Vladimirowitsch einige Jahre im selben Mietshaus gewohnt haben. Wir sind gute Freunde, kann man sagen.« Schaljapin sah auf einmal grimmig aus und streichelte den armen Hund etwas zu kräftig, worauf dieser wieder ein Wimmern von sich gab.

»Zumindest meistens«, fügte Schaljapin hinzu.

Endlich kam Irina zurück, diesmal mit einer eisbeschlagenen Literflasche Wodka und drei Kristallgläsern auf einem zusätzlichen Silbertablett. Sie goss alle drei Gläser bis zum Rand voll mit dem dickflüssigen Inhalt der Flasche und stellte vor jeden der drei ein Glas.

Valerij Schaljapin erhob sein Glas auf seine Gäste und beobachtete sie dabei genauestens. David, der bereits, als er die drei Gläser gesehen hatte, entschieden hatte, standhaft zu bleiben und abzulehnen, sah sich plötzlich mit dem Wodka in der Hand und einem erzwungenen Lächeln auf den Lippen. Er warf Sandra einen schnellen Blick zu und bemerkte, dass es ihr genauso erging.

Hier gilt es zu gehorchen. David fühlte sich auf eigenartige Weise von der Situation überrumpelt und auch sein Auftrag schien ihm nicht mehr so überzeugend. Wie sollte er mit diesem dämonischen Menschen Brücken bauen können, ohne von seinem Wodka zu trinken? Er kannte ähnliche Situationen schon von früher, dass die Kultur des Landes voraussetzte, vom gleichen Niveau aus und vom gleichen Grad an Betrunkenheit aus zu verhandeln. *Take one for the team*, dachte David und hoffte, dass es bei diesem einen Glas Wodka bleiben würde.

Drei Stunden später saßen sie noch immer im Saal des Palastes aus dem 18. Jahrhundert.

Sobald eine Wodkaflasche geleert war, war Irina mit einer neuen aufgetaucht, sie war das Tempo des Maestros Schaljapin anscheinend gewöhnt. Nicht weniger als zwei neue Flaschen waren während dieser Stunden in den Saal gebracht worden. Schaljapin trank schnell und auf eine aggressive Art. Er erwies seinen Gästen jedoch Respekt, indem er sie nicht zwang, bei seinem Tempo mitzuhalten. Aber nach jedem dritten von ihm geleerten Glas füllte er, ohne zu fragen, die Gläser seiner Gäste wieder auf. Das Gespräch hatte sich anfangs um andere Themen als über Antoine Malå gedreht. Schaljapin hatte sie gefragt, wie ihnen die gestrige Vorstellung unter seiner Leitung gefallen habe. Danach hatten sie über Russlands Entwicklung gesprochen. Über die Unterschiede von Demokratie im Osten und Westen. David war ungeduldig geworden und außerdem leicht verärgert, dass er gegen seinen Willen mit einem leichten Rausch zu kämpfen hatte. Aber dann, in der Mitte der zweiten Flasche, hatte das Gespräch eine neue Wendung genommen.

»Wisst ihr, warum wir hier sind? In diesem Palast, der von dem außerordentlichen Vladimir Vladimirowitsch finanziert wurde?« David fand, dass Schaljapins Augen jetzt, mit der Wirkung des Wodkas noch erschreckender waren als vorher. Seine Sibirischer-Husky-Augen waren gelblich und rot umrandet, die Pupillen hatten sich zusammengezogen und Schaljapin glich nun noch mehr einem Raubtier.

David verneinte die Frage mit einem Kopfschütteln.

»Ihr müsst verstehen, dies hier ist einer der Orte, an denen ich frei sprechen kann, ohne abgehört zu werden.« Er machte eine kurze Pause, während der er den Gesichtsausdruck seiner Gäste gespannt beobachtete.

»Überrascht euch das?«, fragte er mit einem bekümmerten Lächeln. »Dazu gibt es keinen Grund. Vladimir Vladimirowitsch ist eine starke Führungspersönlichkeit. Da kann man nicht nur auf die Treueschwüre und die Freundschaft des Volkes vertrauen. Vladimir Vladimirowitsch will es genau wissen. Und ich habe ihn enttäuscht.«

»Inwiefern?«, stieß David hervor.

»Das ist kompliziert, wie fast alles«, sagte Schaljapin und leerte noch ein Glas Wodka. David fragte sich, wie lange es dauern würde, bis Schaljapin zu lallen beginnen würde oder sich andere eindeutige Anzeichen eines ausgewachsenen Rausches zeigen würden.

»Aber man kann sagen, dass alles mit meinem Engagement beim Ostseevertrag begann. Das hatte wieder seinen Grund in meiner Freundschaft zu Antoine. Er hatte sich nicht immer für die Umwelt und den Frieden eingesetzt. Aber als er damit anfing, argumentierte er wirklich überzeugend für seine Ideen. Und dass es für Russland an der Zeit wäre, Verantwortung zu übernehmen.«

»Er hat dich überzeugt«, sagte Sandra.

»Genau. Seine Worte machten mich nachdenklich und entzündeten ein Feuer in mir.« Er lachte schallend. »Ist ja nicht zu glauben, wie pathetisch ich mich ausdrücke. Ihr müsst entschuldigen.«

»Aber ihr hattet noch ein anderes gemeinsames Projekt, wenn ich richtig informiert bin«, meinte David. »In Holland, oder?«

»Aha. Du bist unterrichtet. Gut.« Schaljapin seufzte tief. »Du hast recht. Antoines Interesse an meiner eigenen Idee über eine neue Form von Musikakademie hatte sicher Einfluss darauf, dass ich ihm meinerseits auch helfen wollte. Eine Art Liebespfand, könnte man es nennen.«

»Was ist passiert?« David bemühte sich, seine Stimme nicht allzu interessiert klingen zu lassen. Er wollte verhindern, dass Schaljapin in dieser Phase das Thema wechselte.

»Nun ja, es war mir gelungen, Vladimir Vladimirowitsch zu überzeugen. Er war bereit, den Vertrag zu unterschreiben. Es war geplant, dass die Unterzeichnung in Stockholm im Anschluss an die Nobelpreisfeierlichkeiten stattfinden sollte, bei denen wir beide, Tony und ich, dirigieren würden. Doch dann passierte es. Als Tony und ich einander in New York trafen, nur ein paar Wochen vor dem Ostseefestival.« Schaljapin schluchzte auf und streckte sich sofort nach der Flasche. Dicke Tränen rannen über seine stoppeligen Wangen, während er sich nachschenkte.

»Er kam ins Hilton, wo ich wohnte. Er war wie immer, als er ankam. Hatte Essen dabei von unserem Lieblingschinesen. The Bao in Lower Manhattan. Er hatte auch Wodka dabei. Einige seiner letzten CDs. Es sah so aus, als hätten wir einen langen Abend unter Freunden vor uns. Wir aßen und lachten. Schauten uns witzige Ausschnitte mit unbegabten Kollegen auf YouTube an. Dann wurde Tony plötzlich ernst. Er beugte sich über den Wohnzimmertisch und ergriff meine Hand. *Sei nicht böse, Valera, sei nicht böse. Ich bin an einem Wendepunkt in meinem Leben angelangt*, sagte er. Sein Russisch war perfekt.«

Schaljapin wurde erneut von Schluchzen erfasst, das er durch das Auffüllen seines Glases wieder in den Griff bekam. David und Sandra saßen unbeweglich da. David war ihr dankbar, dass sie – wie er selbst – begriff, wie brenzlig die Situation war. Schaljapin war offensichtlich am Rande eines Zusammenbruchs. David versuchte sich kurz vorzustellen, wie es mit Kerstin an seiner Seite gewesen wäre. *Wahrscheinlich völlig anders.*

»Was er dann erzählte … Ich war verzweifelt. Er sagte, dass er sich sofort aus dem holländischen Akademieprojekt zurückziehen wolle. Dass er keine Lust habe, weiterhin ein Teil dieser verlogenen Branche und des herrschenden Narzissmus zu sein. Dass er nicht mehr an die Musik als heilende Kraft glaube. Und dass er es nicht notwendig habe, sich selbst *ein Monument zu erbauen*, so drückte er es aus.« Schaljapin griff nach einer Serviette auf dem Silbertablett und schnäuzte sich lautstark. »Aber mir ging es nicht um das Geld. Ich habe ja bei Gott kein Problem damit, selbst für die Kosten des Baus einer Akademie aufzukommen. Ich wollte es gemeinsam mit Tony machen! Für uns. Für die Musik.«

Der Hund wimmerte jetzt noch lauter als zuvor. Irina tauchte aus dem Nichts auf und nahm Maestro Schaljapin das arme Tier ab.

»Und es kam noch schlimmer«, fuhr er fort, als Irina das zitternde, wimmernde Tier weggebracht hatte. »Kaum hatte ich mich von dem ersten Schock erholt, als Tony zum nächsten Schlag ausholte: Sein Engagement für die Umwelt und den Ostseevertrag war wie weggeblasen. So als wäre es nie vorhanden gewesen. In Wirklichkeit sei es eher um einen *Auftrag* gegangen als um ein wirkliches Engagement. *Ein Auftrag!*« Schaljapin fuchtelte mit den Armen.

»Ein Auftrag von wem?«, fragte David.

»Von eurem verdammten Justizministerium. Seht ihr die Tragweite der ganzen Geschichte? Tony hatte sich also *meiner nur bedient*. Mich das Gleiche empfinden lassen wie er selbst. Hat mich dazu verleitet, dass ich mich genau wie er leidenschaftlich für die Umwelt einsetzte. Und nichts davon war echt. Dadurch brach er alle heiligen Versprechen, die wir einander gegeben hatten. Verriet unsere gemeinsame Geschichte, die Wahrheit und die Kunst. Zumindest empfand ich das damals so.«

»Das klingt, als wäre er ein Soziopath. Oder ein Spion. Oder beides«, meinte David.

Schaljapin füllte schweigend sein Glas nach und reagierte nicht auf Davids Feststellung.

David machte noch einen Versuch. »Man kennt das ja aus Spionageromanen, dass alle Spione und Agenten jemanden haben, der sie anleitet, einen *handler*«, sagte David. »Nannte Antoine den Namen einer solchen Person? Seinen Auftraggeber im Justizministerium?«

Schaljapin trank sein Glas aus. Er schnitt eine Grimasse und zischte »Cherchez la femme«.

*

In dem schneidend kalten Winterwind stand vor dem Palast des Großherzogs ein Mann im Trenchcoat, er trug einen Hut und einem neu erstandenen Schal in den Farben von FC Zenit. Noch nie hatte er so gefroren. Aber es war die Sache wert. Seine Kleidung verlieh ihm Selbstvertrauen. Der Hut und der Trenchcoat gaben ihm das Gefühl, er besitze das sprichwörtliche Wissen über geheime Operationen, so wie der Schriftsteller und frühere M15-Mitarbeiter John le Carré. Den Schal hatte er auf dem Pulkovo-Flughafen aus sentimentalen Gründen gekauft, er erinnerte ihn an seinen geliebten Fußballverein IFK Norrköping.

Seit einigen Stunden hatte er in einem plumpen Versuch ein gekrümmtes Mikrofon in Richtung der erhellten Fenster des Hauptgebäudes gerichtet. Der Empfang war schlecht und es störte ihn, dass die Personen, die da drinnen eine Besprechung abhielten, die Sprachgrenzen nicht respektierten. Sie wechselten munter zwischen Russisch und Englisch hin und her. Das ist eben typisch für Menschen, die Kultur haben, dachte der Mann. Aber das störte ihn nicht sonderlich. Denn auch das Wenige, das er aufschnappen und verstehen konnte, war ausreichend, um zu Hause einen ordentlichen Skandal auszulösen. Und vielleicht würde ihm das, was auf Russisch gesprochen worden war und was er daher nicht verstanden hatte, einen zusätzlichen Pluspunkt bei den Medien bescheren.

Das wird eine verdammt gute Sache. Ich scheiße auf dich, Moberg, konnte er noch denken, bevor alles schwarz wurde.

*

»Ich wurde klarerweise böse«, sagte Schaljapin. »Abgrundtief böse. Total verärgert, jenseits aller Vernunft. Im ersten Augenblick wollte ich ihn auf der Stelle umbringen.«

Schaljapin blickte über seinem Glas auf und betrachtete sie mit einem wässrigen Blick.

»Stattdessen warf ich ihn aus dem Hotelzimmer. Schrie, dass ich ihn nie wiedersehen wollte.«

»War es dann auch so?«, fragte Sandra.

»Nein. Natürlich trafen wir uns wieder. Ich hatte mich ja an seine Gegenwart und Unterstützung während des Ostseefestivals gewöhnt. Seine Gabe, mich aus meinen Neurosen herauszuholen, sodass ich meine Arbeit ausführen konnte, war unersetzbar. Ich war von seiner Hilfe abhängig. Und bin es wahrscheinlich immer noch. Aber ich war noch immer wütend, als wir uns in Stockholm wieder trafen. Und außerdem hatte ich einen Racheakt geplant. Was ich jetzt zutiefst bereue.«

David und Sandra schauten sich an. David hatte das Gefühl, dass es ihm eiskalt über den Rücken lief.

»Welche Art von Rache hattest du für Antoine geplant?«, fragte David und versuchte so gleichgültig zu klingen, als handle es sich um nicht mehr als eine Frage zur Preiserhöhung der Stockholmer U-Bahn-Fahrkarten.

Sie wurden unterbrochen, weil sich der Mann mit der grünen Jacke in der Türöffnung zeigte und Schaljapin ein Zeichen gab. Der stand sofort auf und ging zu dem Mann hin. Sie sprachen leise und kurz miteinander, aber man sah ihnen ihre Aufregung an. David hörte, dass Schaljapin nach Irina rief, die sofort wie aus dem Nichts auftauchte. Schaljapin richtete einige schnelle Anweisungen an die beiden und gab dann David und Sandra durch Handzeichen zu verstehen, dass sie sich anziehen und ihm folgen sollten. Er führte sie die Treppe hinunter und hinaus auf den eiskalten Innenhof des Palastes, wo eine schwarze Limousine stand und auf sie wartete. Der Mann in der grünen Jacke und Irina folgten ihnen in den Innenhof. »Gebt Sergei eure Mobiltelefone. Ihr bekommt sie später am Abend wieder«, befahl Schaljapin mit einer Geste zu dem Mann in der grünen Jacke. Sandra und David überreichten dem Mann ihre Telefone. Er legte sie in eine Stofftüte. Als die Limousine durch die Tore fuhr, sah David, wie Sergei und Irina miteinander in ein altes Gebäude gingen, das wie ein Stall aussah und am anderen Ende des Innenhofs des Palastes lag.

»Verzeiht diese außergewöhnlichen Maßnahmen«, sagte Schaljapin, während er den Kühlschrank der Limousine durchsuchte und eine Flasche Wodka herausfischte. »Wie ich schon erwähnte …« Er machte eine Pause, während er den Verschluss der Flasche öffnete. »Wie ich erwähnte, habe ich diesen Ort gewählt, weil er relativ sicher ist. Keine Abhörung durch unseren lieben Inlandsgeheimdienst FSB. Doch dann entdeckte Sergei bei seinem routinemäßigen Rundgang einen verdächtigen Mann vor den Eingangstoren. Einen Mann, der mit einem halbprofessionellen Abhörgerät ausgerüstet war, das er auf die Fenster gerichtet hatte, hinter denen wir saßen und unsere friedlichen Gespräche führten.«

David und Sandra sahen einander fragend an. Davids Gesichtsausdruck spiegelte offenbar seine Nervosität und die Gedanken, die ihm durch den Kopf schossen, wider und schlossen weder den schwedischen Sicherheitsdienst noch den unbekannten Zerstückelungsmörder aus. »Keine Sorge, David«, sagte Schaljapin. »Ich bin mir ziemlich sicher, dass ihr nichts mit dem Mann, der uns belauscht hat, zu tun habt, obwohl er Schwede ist.«

»Schwede?«, fragte Sandra mit aufrichtig erstaunter Stimme.

»Ja. Und außerdem ein *interessanter* Schwede. Obwohl der liebe Sergei als früherer FSB-Mitarbeiter ein sehr hartes Urteil über die Professionalität des Mannes ausgesprochen hat, scheint er trotz allem in eurem Heimatland hohes Ansehen zu genießen.« Schaljapin hielt einen Passierschein in der Hand, der mit dem schwedischen Reichswappen verziert war und auf dem der Schriftzug *Regierungskanzlei* prangte. »Er dürfte Zugang zu eurem eigenen Kreml gehabt haben«, sagte Schaljapin.

Eine Fotografie zeigte einen Mann, den sowohl Sandra als auch David kannten, obwohl er auf dem Foto einen künstlichen, gewachsten Schnurrbart trug.

»Wir haben ihn gestern Abend vor dem Marinskij gesehen«, rief David aus. »Er verschwand, als er bemerkte, dass wir ihn beobachteten.«

»Außerdem war er im selben Flugzeug wie wir«, fügte Sandra hinzu.

»Darf ich mir den Passierschein etwas näher anschauen?«, fragte David.

»Selbstverständlich«, antwortete Schaljapin und reichte ihm die Plastikkarte. Während David das Foto und den Namen genauer betrachtete, ergriff Schaljapin wieder die Wodkaflasche und goss sich ein weiteres Glas ein.

»Arnesson«, sagte David leise. Er fühlte, wie ihn die beiden anderen ansahen und blickte auf.

»Arnesson. Er ist der Bundespolizeipräsident«, sagte David mit Nachdruck.

Kerstins früherer Chef, dachte er.

»Ach so«, sagte Schaljapin. Er trank das Glas in einem Zug aus, bevor er weitersprach. »Lasst mich meine Theorie ausführen. Eigentlich ist es nicht meine, sondern die von Sergei. Eure Arbeit an dem Buch über Tony hat das Interesse der Polizei geweckt. Allein die Tatsache, dass ihr selbst mit mir Kontakt aufgenommen habt, deutet darauf hin, dass ihr bedeutend gründlicher seid, als es die laufenden Polizeiermittlungen bisher gewesen sind. Es gibt keine Anzeichen, dass man der Aufklärung des Mordes nähergekommen ist, so wurde es uns vermittelt. Wie auch immer. Sergei glaubt, dass in eurer Polizeiorganisation Chaos herrscht. Interne Konflikte. Politische Verwicklungen. Druck von der Presse, damit endlich Ergebnisse vorliegen. All das zusammengenommen könnte eine Erklärung sein, warum ein hoher schwedischer Polizeibeamter plötzlich vor dem Palast des Großherzogs steht und Spion spielt. Vorausgesetzt, dass dieser Beamte Bewunderung für Agenten hegt und ein etwas verzerrtes Bild von sich selbst hat.«

»Was werdet ihr mit ihm anstellen?«, fragte Sandra. David war sich unschlüssig, ob sie Sorge um Arnessons Gesundheit hatte oder ob sie nur ganz allgemein an seinem weiteren Schicksal interessiert war.

Schaljapin lachte laut auf.

»Wir sind nicht *bratva.* Er wird keinen schmerzhaften Tod erleiden. Auf jeden Fall nicht, was uns anbelangt. Für den Augenblick kann man sagen, dass er schläft. Während seines Schönheitsschlafs werden wahrscheinlich die Speicherkarten in seinem Abhörgerät und die Kamera verschwinden. Und vielleicht wacht er in der Bar seines Hotels auf, wo das Personal instruiert wurde, ihn in Ruhe zu lassen. Sonst wird weiter nichts passieren.«

»Klingt einleuchtend«, sagte David und blickte aus dem Fenster der Limousine. Er fühlte sich müde und war erleichtert, dass Schaljapin nicht weiterhin auf ihre Gesellschaft beim Trinken bestand. David fühlte sich gefährlich nahe an der Grenze zur völligen Betrunkenheit.

Die winterliche Dunkelheit wurde durch die vielen Lichtquellen der Stadt erleuchtet. Das sieht schön aus, dachte David. Das frostbeschlagene Fensterglas verwandelte die Aussicht zu einem verschwommenen Gemälde, das im Gleichklang mit der Geschwindigkeit des Autos vorbeirollte. David nahm an, dass sie entlang des Flusses Newa fuhren.

Er hörte das scharrende Geräusch, als Schaljapin wieder am Verschluss der Wodkaflasche drehte. Er hörte das kurze gluckernde Geräusch, als der Maestro Schaljapin sich ein weiteres Glas eingoss. Sandra hielt seine Hand in einem weichen Griff. Ihr Zeigefinger bewegte sich in einem langsamen Kreis über seinem Handrücken. Er sah sie an. Auch sie schaute aus dem Fenster. Er konnte ein Stück ihres rechten Ohres, die Wange und den Beginn ihrer schmalen Augen sehen. Er hätte gerne seine Nase in ihren Nacken gebohrt, sah jedoch ein, dass im Moment nicht die passende Gelegenheit dafür war.

Sandras Haar ringelte sich über dem weißen Kunstpelzkragen, der zu dem erst heute neugekauften Wintermantel gehörte. David hatte sie zu diesem Kauf überredet sowie zu einer *schapka*, einer typisch russischen Pelzmütze. »Zum Teufel, Sandra, du siehst aus wie aus einem Roman von Dostojewski, so als hätte er dich erfunden. Eine Verschmelzung von Aglaja Iwanowna und Nastassja Filippowna. Ich bin hin und weg. Du musst das unbedingt kaufen«, hatte er in der pittoresken Einkaufspassage beim Newski-Prospekt ausgerufen. Und wieder hatte er dieses vorbeihuschende Gefühl gehabt, dass er *wirklich glücklich* war.

Wie schön wäre es, wenn ich auf diese Geschichte scheißen könnte und mit Sandra nach Kopenhagen fahren würde? Wer könnte mich daran hindern, dachte David, wurde aber bei seinen rebellischen und unmöglichen Gedanken durch Valerij Schaljapins Stimme unterbrochen.

»So, ihr beiden Turteltauben. Seid ihr nicht neugierig auf die Fortsetzung meiner Erzählung?« Schaljapin kicherte auf eine Weise, die väterlich klingen sollte, in Davids Ohren aber schrecklich klang. »Oder nicht einmal, wo wir hinfahren?«

David fragte sich, ob nun der Moment gekommen war, da Schaljapin sich von der kontrollierten Persönlichkeit, die sie bisher erlebt hatten, in die explosive Diva, von der ihnen erzählt wurde, verwandeln würde. Sein Alkoholkonsum war, sogar nach Davids Maßstäben, unermesslich. Doch Schaljapin hatte während des ganzen Gesprächs im Palast den Eindruck erweckt, ganz bei Sinnen und vernünftig zu sein, obwohl er offenbar im Affekt gehandelt hatte.

»Wir fahren ins *Dachniki*. Ein wunderbares kleines Restaurant. Ihr müsst eure Liebe mit ein paar echten *pelmeni* besiegeln«, sagte Schaljapin wohlmeinend lächelnd. »Aber vorher muss ich euch das Ende meiner Geschichte mit Tony erzählen. In diesem Wagen befinden sich garantiert keine Mikrofone. Zumindest wenn ich es so will.«

David spürte, wie Sandra leicht seine Hand drückte. Er hatte nicht die geringste Ahnung, was sie dachte. Ihr Blick war unablässig auf Schaljapin gerichtet, der der Meinung war, dass das, was folgen würde, unbedingt noch ein weiteres Glas Wodka erforderte.

»Es stellte sich heraus, dass Vladimir Vladimirowitsch gewisse Sicherheitsmaßnahmen in Hinblick auf meine und Tonys Teilnahme am Ostseevertrag vorgenommen hatte. Als ich zurück nach Sankt Petersburg kam, bekam ich Besuch von einem sehr empörten Präsidenten der Russischen Föderation. Er hatte das Gespräch zwischen Tony und mir mitgehört. Das Hotelzimmer in New York war wahrscheinlich voll mit Mikrofonen gewesen. Vladimir Vladimirowitsch warf mir meine Naivität vor. Dass ich einen Spion an mich herangelassen hätte. Besonders wütend war er darüber, dass er sich nun verpflichtet fühlte, den Vertrag zu unterschreiben. In dieser Phase auszusteigen, hätte seiner Meinung nach bedeutet zuzugeben, dass er, Putin höchstpersönlich, sich durch eine einfache *maskirovka*, geplant vom schwedischen Justizministerium, in ein Abkommen hineinmanövrieren lassen hätte.«

»Das heißt, Putin will unterschreiben?« In Davids Kopf drehte sich alles.

»Ja«, sagte Schaljapin. »Aber man hält den Präsidenten nicht ungestraft zum Narren. Im Zorn, oder vielleicht auch nur unter dem Einfluss von echtem russischem Wein, vertraute er mir an, wie er den Vertrag zu seinem und Mütterchen Russlands Vorteil auszunützen gedenke. Ein heikler und ziemlich schockierender Gegenzug, wenn ihr mich fragt.«

Warum erzählt er uns das, fragte sich David, stellte jedoch eine andere Frage.

»Inwiefern schockierend?«

»Ich bin schon zu weit gegangen«, sagte Schaljapin. »Was ich euch erzählt habe, ist bereits ausreichend, um mich in ernsthafte Schwierigkeiten bringen zu können, falls es bekannt würde. Daher erwarte ich, dass ihr alles mit Diskretion behandelt. Wir sind immerhin Musikerkollegen. Und gerade der Teil, der den Ostseevertrag betrifft, hat keine Relevanz in einer Biografie, die Tonys Künstlertum zum Gegenstand hat, oder?« David glaubte, ein leichtes Unbehagen in Schaljapins Stimme herauszuhören. Er langte wieder nach der Wodkaflasche, überlegte es sich aber anders und lehnte sich stattdessen wieder zurück.

»Ihr müsst verstehen: Vladimir Vladimirowitschs Gefühle waren Ausdruck seiner Enttäuschung, wie ich sie selbst auch empfand. Jetzt im Nachhinein, wenn ich darüber nachdenke, frage ich mich auch, ob ich mir nicht selbst auf den Leim gegangen bin. Natürlich war es ein harter Schlag für mich, dass Tony aus unserem gemeinsamen Projekt ausstieg. Aber ein noch härterer Schlag war die Erkenntnis, dass er mich ausgenützt hatte. Alles Gründe, um erzürnt zu sein. Wäre ich eine ängstlichere Person, hätte ich Angst um mein Leben gehabt, da ich es war, der den Ostseevertrag Vladimir Vladimirowitsch schmackhaft gemacht hatte mit meinem Vertrauen in Tony als Pfand. Alles das, sicher … es ist einfach zu niederträchtig. Aber eigentlich …«

Er schaute auf und ließ seine Sibirischer-Husky-Augen von David zu Sandra wandern. »Eigentlich war es ein viel größerer Verlust, den ich betrauerte und über den ich noch immer trauere. Ihr müsst verstehen, Tony war ein *Zauberer*. Kein Musiker. Ein Zauberer.«

Schaljapin versuchte ein Seufzen zu unterdrücken und beugte sich schnell zum Kühlschrank und zur tröstende Wodkaflasche hinunter. *Wird er jetzt zusammenbrechen*?, fragte sich David. Er sah, wie Schaljapin mühsam und mit leicht zittrigen Händen den Verschluss der Flasche öffnete.

Sandra ließ Davids Hand los.

»Wie meinst du das, wenn du ihn als Zauberer beschreibst?«

»Du hast ihn doch gekannt, als ihr jung wart, Sandra. Habt ihr jemals gemeinsam gespielt?«

»Zwei Jahre lang. Fast jeden Tag«, sagte Sandra.

»Da solltest du wissen, was ich meine, obwohl er sich bestimmt über die Jahre und durch seine Erfahrung weiterentwickelt hat. Ich hatte den Vorteil, mit ihm und einigen anderen Kollegen beim Verbierfestival in den Achtzigerjahren Kammermusik zu spielen. Es hat mich umgeworfen. Seine Fähigkeit zu hören, aber auch Anregungen zu geben, die die Musiker über sich selbst hinauswachsen ließ, war unfassbar. Wie es ihm darüber hinaus gelang, die Stimmung des Publikums in die Musik der Kammermusiker einfließen zu lassen und dadurch ihr Spiel zu beeinflussen, das umgekehrt wieder das Publikum aktivierte, war magisch.« Schaljapin starrte Sandra an. *Er will ihre Bestätigung*, dachte David. Sandra lehnte sich zurück und lächelte traurig.

»Ja, er war einzigartig. Er hatte Zugang zu Energiequellen, von denen Wenige von uns überhaupt eine Ahnung haben. Aber Magie? Ja, vielleicht«, sagte Sandra.

»Aha. Eine Zweiflerin. Das war ich zuerst auch. Bis zu dem Tag, an dem ich Tony bat, bei einer seiner Proben bei den Geigen mitspielen zu dürfen. Mich von ihm dirigieren zu lassen.«

»Oh«, sagte David. »Wie hat er das aufgenommen? Ein Dirigentenkollege unter den Musikern?«

»Du hast Tony nicht gekannt. Es gab nur wenige Dinge, die ihn aus dem Gleichgewicht bringen konnten. Ein Dirigent unter den Musikern gehörte nicht dazu. Und das, was ich dann erlebte …« Schaljapin atmete tief durch. In dem flimmernden Licht der Limousine meinte David eine Träne im Augenwinkel des Maestro Schaljapin bemerkt zu haben.

»… war reine Magie. Ihr wisst ja, es gibt viele Sorten von Dirigenten. Es gibt die, die ihre Musiker durch Gesten kontrollieren wollen. Verlangen, dass sie wie Sklaven am Dirigentenstab hängen. Andere schlagen den Takt wie eine Maschine und starren geradeaus vor sich hin. Ich selbst bin mir des Respekts, den die Musiker mir gegenüber haben, bewusst und nütze ihn, um mein Ziel zu erreichen. Kleine Gebärden, Blicke, die den Musikern zeigen, dass ich sie höre und sehe. Hin und wieder ein wohlüberlegter Wutanfall gegen einzelne Musiker. Das Ideal besteht selbstverständlich darin, die Energie und die Intention des Komponisten an die Musiker mit so wenig Gesten wie möglich weiterzugeben. Nur dann einzugreifen, wenn es wirklich notwendig ist. Trotzdem kann man das nur als amateurhaftes Dirigieren bezeichnen verglichen mit dem, was Tony bei dieser Probe zustande brachte.«

Die Erinnerungen schienen ihn zu überwältigen und noch ein unterdrückter Seufzer war zu hören. Der Überschwang an Gefühlen ließ ihn wieder den Kühlschrank öffnen, um die Flasche herauszuholen. Schaljapin hatte nun das Stadium erreicht, wo gutes Benehmen ihn nicht mehr kümmerte und er auch kein Glas mehr brauchte.

Er nahm einen Schluck direkt aus der Flasche.

»Wir spielten die Zweite Symphonie von Brahms. Schon klar, dass es sich dabei um ein Stück handelt, das wir alle in- und auswendig können. Aber wie ihr wisst, entbehrt es auch nicht gewisser Herausforderungen. Die Stimmung am Podium war zuerst wie üblich vor Probenbeginn. Einige Musiker scherzten miteinander. Einige der Bläser übten unermüdlich die schwierigen Passagen, während sie auf den Maestro warteten. Dann stieg Tony zum Dirigentenpult hinauf. Alle waren sofort ruhig. Tony grüßte nicht. Keine sozialen Bücklinge vor dem Orchester. Er sagte nur *Allegro non troppo* mit seiner tiefen Stimme und begann mit dem Orchester. Und da passierte es, nach einem kurzen Stück des ersten Satzes. Ich weiß nicht, wie ich es beschreiben soll«, sagte Schaljapin und nahm vorsorglich einen Schluck vom Wodka. »Ich hatte das Gefühl, dass ich in *absolute Geborgenheit* eingebettet war. Und es schien, als würden die anderen Musiker es genauso empfinden, dass wir alle nur Teil einer alles umschließenden Wärme wären. So als stünde Tony hinter uns und hielte seine schützende Hand über uns. Sähe unsere Unzulänglichkeiten und würde uns über sie hinweghelfen. Ich versuchte hochzublicken, um zu sehen, was er eigentlich mit seinen Händen und dem Dirigentenstab machte. Er tat gar nichts. Er stand ganz ruhig und bewegte die Hände nicht. Nichtsdestotrotz schien das ganze Orchester das Tempo, die Dynamik und die Phrasierungen gemeinsam zu erfassen. Es war für mich völlig klar, dass es wirklich Tony war, der das Orchester leitete. Ohne dass er *eigentlich dirigierte.* Die Musik strömte förmlich aus uns. Ich erlebte plötzlich eine Art seliger Leere, so als würde ich frei mitten in der Musik schweben, ohne dabei auch nur eine Sekunde zu überlegen oder zu analysieren. Ich war einfach nur im Inneren eines lebenden, pulsierenden und liebevollen Organismus. Und ich war glücklich. Der ganze Raum war vollständige Präsenz und allumfassendes Verstehen. Und Tony war das Epizentrum. Es war so, als wäre ich durch ein Portal in eine andere Welt geschlüpft.«

Wie im Nirvana, dachte David und hatte schon etwas Spöttisches über Schaljapins Schilderung auf den Lippen, konnte sich aber noch zurückhalten.

»Es wurde noch eigenartiger«, fuhr Schaljapin fort.

Er blickte aus dem Fenster und sah den Sankt Petersburger Abend vorbeiziehen.

»Hinterher konnte keiner der Musiker, mit denen ich sprach, verstehen, was ich meinte. Sie waren allerdings begeistert über eine *wunderbare Probe*, meinten aber, dass alles normal verlaufen wäre, er hätte seine Arme wie immer gleich ausdrucksstark bewegt. Ich selbst erwachte erst bei Tonys üblichem kritischen Durchgang der Leistungen des Orchesters am Schluss. Sobald er sprach, war die Magie vorbei. Aber noch lange danach war ich überzeugt, dass mein Erlebnis real war. Dass Tony die Gabe hatte, ein Orchester durch seine bloße Anwesenheit zu leiten und dadurch, dass er sich in das Bewusstsein jedes einzelnen Musikers einklinken konnte. Ich begriff, dass Tony eine ganz außergewöhnliche Begabung hatte. Eine Begabung, die größer als er selbst war und mit der ganzen Menschheit geteilt werden musste. Daher machte ich ihn darauf aufmerksam.«

»Wann geschah das alles?« Ein Lichtstrahl fiel von draußen über Sandras Gesicht.

David hatte den Eindruck, dass ihre Augen aufblitzten.

Sie ist jedenfalls total angespannt, dachte David. Sandra saß kerzengerade auf dem Autositz. Die Handflächen auf den Knien.

»Das war im Konzerthaus in Amsterdam. Het Concertgebouw. Ich schätze Mitte der Neunzigerjahre«, sagte Schaljapin, während er überlegte. »Als unsere Freundschaft wuchs und mein berufliches Neidgefühl schon gigantische Dimensionen angenommen hatte. Was sagt *ihr*, meine lieben Musikerkollegen?

Glaubt ihr, dass ich mir das alles nur einbildete? Dass ich eine schnell vorübergehende Psychose erlitt. Oder glaubt ihr, dass die Musik die Wirklichkeit auf diese Weise verändern kann? Und warum war ich dann der Einzige, der sich daran erinnerte?« Er fixierte noch immer Sandra.

So als wäre sie seine Therapeutin, dachte David mit einem Anflug von Eifersucht.

»Du hast erwähnt, dass du Tony zur Rede gestellt hast«, sagte Sandra. »Was gab er dir zur Antwort?«

Aha, dachte David. *Sie übergeht die Frage.*

»Er antwortete, dass ich zu liebenswürdig wäre. Dass ich wahrscheinlich ein *reiches Innenleben* hätte, so drückte er es aus. Aber er erinnere sich genau, dass er die Arme bewegt habe. Er lächelte und sagte: *Dafür werde ich schließlich bezahlt*. Aber mich konnte er nicht hinters Licht führen. Seit damals habe ich immer wieder aus ihm herauszubekommen versucht, wie er das anstellte. Denn ich bin überzeugt, dass niemand dem Wesen der Musik nähergekommen ist als Antoine Malå. Versteht ihr, wie ich mich dadurch fühlte? Wie ein verdammter Amateur. Ich wurde besessen von der Idee, das Rätsel zu lösen. Tonys Rätsel.«

»Und ist es dir jemals gelungen?« Sandras Stimme klang aufmunternd und warm. Ruhig und beherrscht. *Professionell*, dachte David. *Sie ist dazu geboren, Leute zu vernehmen.*

»Nein«, sagte Schaljapin. »Ich kam nicht einmal in die Nähe. Stattdessen begann ich mich wie ein Kind aufzuführen. Wie ein narzisstischer Fünfjähriger. Tony half mir, wann immer wir in der Nähe des anderen waren. Wie beim Ostseefestival. Jedes Mal, wenn ich damit drohte auszusteigen, kam er zu mir. Dann durfte ich wieder diese Magie erleben.«

»Wie das?«

»Es spielte keine Rolle, wie viel ich getrunken hatte oder wie sehr ich mich entschieden hatte, ihnen ein für alle Male meine Macht zu demonstrieren. Wenn Tony in mein Hotelzimmer kam, wurde ich von einer starken Überzeugung erfasst, von einem inneren Licht, könnte man sagen. Wie durch Zauberei wurde ich sofort nüchtern und spürte, wie die Energie in mich floss. Diese Konzerte waren die besten in meiner ganzen Karriere. Und dann erklärt mir dieser Kerl, dass er nicht mehr an die Musik glaubt! Er, der ihrem Ursprung am nächsten war! Ich konnte nicht zulassen, dass er mich mit der Musik allein ließ. Das war die allergrößte Enttäuschung.«

»Hast du ihn getötet?«, fragte David.

Schaljapin lachte laut auf. Ein trockenes, bedrücktes Lachen.

»Du liebe Zeit, David«, sagte er. »Hast du mir überhaupt zugehört? Wie könnte ich mein Vorbild ermorden? Mein Idol? Den Einzigen, der den Beweis für die Größe der Musik in seinen Händen hielt?«

»Glaubst du, dass Putin ihn ermorden ließ?«

»Daran habe ich zuerst auch gedacht«, sagte Schaljapin. »Ich rief ihn sofort an, nachdem ich die Nachricht erhalten hatte. Ich schrie und beschuldigte ihn. Ich war wie von Sinnen, so würde ich das bezeichnen. Aber er wirkte aufrichtig betroffen über das, was geschehen war. Ich habe ihm geglaubt, als er beteuerte, dass Russland nichts mit der Sache zu tun hätte.«

»Du hast vorhin über deine Rachegelüste gesprochen«, sagte Sandra. »Worin bestanden die?«

»Das spielt jetzt keine Rolle mehr. Ich hatte nie die Gelegenheit, das, was ich tun wollte, auszuführen. Es war nur ein platter und naiver Streich, um ihn zu verletzen.« Schaljapin blickte wieder aus dem Fenster. Die Limousine fuhr langsamer und bog auf die Prachtstraße Newski-Prospekt ein. »Wir sind gleich da. Ich möchte euch um eines bitten, bevor wir aus dem Auto aussteigen.«

Was ist mit ihm los und warum starrt er so vor sich hin, dachte David.

»Schieß los!«, sagte David und versuchte locker zu klingen. Er konnte hören, wie unpassend sich das Wort in der gespannten Stimmung, die in der Limousine herrschte, anhörte.

»Ich habe gehört, dass ihr nach London wollt zu meiner und Tonys Agentur.«

»Das stimmt«, bekräftigte David.

»Diese Idioten lassen mich die Dinge aus dem Nachlass nicht durchgehen. Obwohl sie zwanzig Prozent meiner Einkünfte kassieren. Na ja, was soll's. Ihr werdet sicher Zugang bekommen.«

»Ja, aber nicht ohne eine Vollmacht des zuständigen Amtes.«

»Ach so. Ich möchte euch bitten, nach einem Dokument Ausschau zu halten. Vielleicht gibt es eine Niederschrift über die Art, wie er arbeitete. Etwas, das einen Hinweis auf sein Geheimnis geben könnte. Das wäre sehr hilfreich und von enormer Bedeutung für die Musik. Und eine andere Sache.« Schaljapin leerte den Rest der Wodkaflasche. »Sucht nach einem USB-Stick. Schwarz ist er und von der Marke SanDisk. Den habe ich ihm gegeben. Nicht dass er sich jemals den Inhalt angeschaut hätte – es sind vorwiegend private Filme über uns beide auf dem Stick. Ich möchte nicht, dass er in die Hände von skrupellosen Journalisten gerät.«

Rosenbad, Anna Flanke, 27. Dezember

Moberg hatte ungewöhnlich zuvorkommend reagiert bezüglich des Dokuments, das David bestätigen sollte, dass er im Auftrag des schwedischen Justizministeriums unterwegs war. Das Dokument in zweifacher Ausfertigung hatte in Anna Flankes Fach gelegen, als sie nach dem kurzen Weihnachtsurlaub wieder zurück in die Arbeit gekommen war. Sie war unglaublich froh gewesen, wieder arbeiten zu können. Die Weihnachtsfeier hatte sich genau so gestaltet, wie sie es erwartet hatte. Weder die passive Aggressivität ihrer Mutter in der Wohnung in Västerås noch die ständige verbissene Trinkerei ihres Vaters, um sich in der schlechten Stimmung seiner Angeberwohnung in Uppsala zu betäuben, waren für sie neu gewesen.

Anna hatte nicht einmal die Kraft gehabt, an der mühsam aufrechterhaltenen Fassade der Eltern zu kratzen, wie sie es sonst zu tun pflegte. Es war ihr einfach zu anstrengend gewesen. Stattdessen hatte sie sich mit einem hölzernen, aber, wie sie hoffte, dennoch freundlichen Lächeln durch das Glöggtrinken, Weihnachtsessen und Geschenkeverteilen dieser Tage gequält. Nicht ohne Grund fühlten sich ihre Mundwinkel noch immer ganz verkrampft an. *Jetzt muss eine Zeit lang Schluss sein mit diesem Lächeln*, dachte Anna und sah sich das Dokument genauer an.

»Was zum Teufel!«, rief Anna aus, als sie zur letzten Zeile des Dokuments kam. Es fehlte eine Unterschrift. Als ob das nicht schon reichte, stand ihr eigener Name unter der Linie für die Unterschrift. Nicht der von Moberg. *Zur Hölle auch*, dachte Anna.

David hatte ihr aus Sankt Petersburg ein SMS geschrieben und sie daran erinnert, dass er das Dokument nach London mitnehmen musste, wo in zwei Tagen ein Treffen stattfinden sollte. Moberg war bis nach Neujahr in Sankt Moritz. Er würde sich niemals einverstanden erklären, vor Ablauf seines Urlaubs etwas daran zu ändern.

Anna versuchte sich auszumalen, was das bedeutete. Wenn

sie unterschrieb, wie Moberg es ganz offensichtlich geplant hatte, würden ihre Rolle und Verantwortung in der Geschichte noch klarer erkennbar werden. Sie hatte zwar einen Mitschnitt als Gegenbeweis, der Mobergs Rolle mehr oder weniger deutlich beschrieb. Die Frage war nur, ob *mehr oder weniger* bei einem möglichen Verfassungsausschuss-Verhör ausreichend sein würde. Anna hatte diesbezüglich ihre Zweifel. Andererseits war dies vielleicht nicht ein besonders problematischer Aspekt der Sache, wenn sie es recht betrachtete. Schwerer wog, dass sie diejenige war, die eine Firma gegründet hatte, die als Deckmantel für die Operation Berwald fungierte.

Sie nahm einen Stift vom Schreibtisch und unterschrieb. Danach ging sie zum Kopiergerät, scannte das Dokument und schickte es an David. Hinterher schob sie das unterschriebene Dokument in den Aktenvernichter. Anna ging zurück in ihr Büro und schrieb auf ein Post-it »Sollte das nicht eigentlich von dir unterschrieben werden?«, klebte den Zettel auf das andere, nicht unterschriebene Exemplar des Dokumentes, das sie wieder in das braune Kuvert steckte, in dem es ihr überbracht worden war. Als Adressat gab sie Moberg an. Sie legte das Kuvert in die entsprechende Plastiklade, die auf einem Rollwagen am Korridor stand. *Ich hoffe bei Gott, dass diese Sache uns nicht auf den Kopf fällt*, dachte sie und nahm sich vor, die Vorschläge für die neuen Dienststellenanweisungen, die von den überlasteten Sekretären des Ministeriums eintrafen, durchzugehen.

Sankt Petersburg

Ivan Michailowitsch schmunzelte über die Anekdoten, die sein früherer Lehrling Sergei Trifonowitsch über das neue Russland erzählte. Wie die früheren Machthaber seine Fassade gewechselt hatten, aber im Großen und Ganzen alles beim Alten geblieben war. Wie der Kapitalismus und Liberalismus neue Konfliktherde schufen, jedoch die grundlegenden Strukturen kaum verändert worden waren. Ivan Michailowitsch erzählte seinerseits lustige Geschichten aus seinem Leben als Agent mit einem Diplomatenpass.

Sergei Trifonowitsch lauschte mit großen Augen den Erzählungen seines alten Lehrmeisters, war erstaunt über die Bräuche im Westen und machte sich Sorgen, dass der westliche Einfluss auf lange Sicht Mütterchen Russland noch mehr verändern würde als bisher. Sie tranken Tee. Sergei Trifonowitsch war Ivan Michailowitsch ewig dankbar, dass er ihm beizeiten gesunde, wenn auch wahrscheinlich nicht gerade russische Bräuche beigebracht hatte. Er war dem Beispiel seines Vorbilds in all den Jahren gefolgt. Hatte sich von der Flasche ferngehalten, aber gleichzeitig den Schein gewahrt, dass er wie alle anderen war. Seiner Meinung nach waren einerseits Tatkraft, andererseits Zurückhaltung, wenn es notwendig war, sowie mäßiger Alkoholkonsum, wenn es die sozialen und professionellen Umstände verlangten, der beste Weg, um glaubwürdig zu sein.

»Schön zu hören, dass es Masja und den Kindern gut geht. Treffen wir einander zu Ostern, mein lieber Sergei Trifonowitsch«, sagte Ivan Michailowitsch.

»Das würde uns alle sehr freuen. Die Kinder sind begeistert, wenn Onkel Ivan kommt.«

»Das *kulitsch* von Masja ist unschlagbar«, sagte Ivan und schenkte Tee nach. »Aber sag mir, Sergei, wie gestaltet sich dein Berufsleben? Bist du zufrieden?«

»Ich bin jetzt auf der privaten Seite. Ich habe mir das so überlegt«, sagte Sergei Trifonowitsch und warf einen routinemäßigen Blick über seine Schulter in den Saal der Konditorei Sever. »Wenn ich schon gezwungen bin, ein Rädchen in einem korrupten System zu sein, kann ich auch für meine Dienste entsprechend bezahlt werden. Integrität muss etwas wert sein, wie Masja zu sagen pflegt.«

Ivan Michailowitsch lächelte übers ganze Gesicht.

»Du bist gut beraten, wenn du auf Masja hörst.«

»Das will ich meinen«, sagte Sergei. »Und jetzt bekomme ich noch dazu die beste Arbeit der Welt.«

»Wie meinst du das?«

»Ich arbeite für Schaljapin«, flüsterte Sergei.

»Das ist nicht zu glauben, Sergei Trifonowitsch, jetzt kann keiner dich mehr *Nekulturny* nennen, am allerwenigsten Masja.«

»Das will ich meinen«, sagte Sergei wieder und nickte stolz.

*

Arnesson war total verwirrt und in einer halb liegenden Position in einer der Sitzecken in seinem Hotel aufgewacht. Es hatte eine Weile gebraucht, bis er sich zurechtgefunden hatte. Er setzte sich auf und sah sich um. Zum Glück schien niemand von ihm Notiz zu nehmen – weder die Restaurantgäste in Abendkleidung noch das Personal. *Anscheinend habe ich mich nicht einmal blamiert*, dachte Arnesson.

Er versuchte sich zu erinnern, was eigentlich geschehen war, aber ohne Erfolg. Seine letzte klare Erinnerung war, dass er sich mit seiner Ausrüstung vor dem Palast des Großherzogs postiert hatte. Was hatte er eigentlich gehört? Er hatte nur das vage Gefühl, dass es etwas Wichtiges gewesen war. *Ich werde mich schon wieder erinnern können*, versuchte er sich einzureden, konnte sich jedoch nicht beruhigen. *Zur Hölle. Wo, verdammt, ist die Ausrüstung? Habe ich sie oben im Hotelzimmer deponiert?* Er versuchte aufzustehen, seine Beine waren aber zu schwach. Mit einem dumpfen Geräusch sank er wieder zurück auf den Sitz.

»Hej«, hörte er eine Stimme. »Ich glaube tatsächlich, dass wir einander kennen«, sagte der Mann in perfektem Schwedisch. In jeder Hand hielt er ein Glas mit Bier.

Arnesson blickte auf. Das Gesicht des Mannes kam ihm bekannt vor, aber er konnte nicht sagen, woher. Nettes, gepflegtes Aussehen. Leicht angegrautes Haar.

Wo habe ich diesen Kerl schon einmal gesehen?

»Ivan. Von der russischen Botschaft in Stockholm. Wir haben uns bei einem Empfang im Justizministerium vor ein paar Jahren kennengelernt. Darf ich dich auf ein kaltes Pilsner einladen?«, fragte Ivan Michailowitsch.

Kerstin und Barbro, Södermalm

Sie saßen in Barbros Küche in der Kocksgatan. Obwohl sie sich auf Södermalm in Stockholm befanden, fühlte es sich für Kerstin an, als wären sie in Gagnef. In der Küche waren Wandbehänge mit Motiven von Dalarna aufgehängt, lauter lokale Szenen, Männer in Kniehosen und mit flachsblondem Haar, und Paare, die um den Mittsommerbaum tanzten. In einer Ecke befand sich eine Pendeluhr aus rissigem Holz. Die Jahreszahl 1789 stand über dem Ziffernblatt geschrieben. Ein wahrscheinlich genauso alter Buttertrog war in der anderen Ecke der Küche untergebracht. Der Tisch und die Stühle waren alle im selben Stil wie die Wandbehänge verziert. *Und zu alledem serviert sie auch noch Kochkaffee*, dachte Kerstin.

»Dieser Fall macht mir Sorgen«, sagte Barbro.

»Mir auch«, antwortete Kerstin und betrachtete den Kaffeesatz, der auf dem Boden der mit blauen Blumen bedruckten Porzellantasse ein schlieriges Muster bildete.

»Ich weiß, du denkst, dass ich wirres Zeug rede. Aber wenn ich mir die verschiedenen psychologischen Faktoren und die Durchführung der Morde anschaue, dann handelt es sich mindestens um zwei unterschiedliche Kräfte, die hier im Spiel sind.«

Während David in Sankt Petersburg war, hatten sie probeweise beschlossen, die Ermittlungen von Barbros Wohnung aus fortzuführen. Sie befanden sich in einer Phase, in der sie ungestört überlegen und analysieren wollten, ohne dabei abgehört zu werden. Kerstin fand, dass aufgrund der Weihnachtsfeiertage keine größere Gefahr bestand, dass das Personal des Sicherheitsdienstes Verdacht schöpfte. Anders Pierrot hatte bestätigt, was er bereits angedeutet hatte: Die Ergebnisse der Untersuchung der Hautstücke durch das Nationale Forensische Zentrum waren erst im neuen Jahr zu erwarten. Seine Arbeit mit der Festplatte der Berwaldhalle machte nur langsam Fortschritte, denn er hatte andere Arbeitsaufgaben vorziehen und außerdem Weihnachten mit seiner Tochter feiern müssen. Davids kurzer SMS-Bericht aus Sankt Petersburg hatte sie einerseits amüsiert, ihnen andererseits auch Anlass zur Sorge gegeben.

Sie hatten sich krumm und dämlich gelacht bei dem Gedanken, dass Arnesson vor dem Palast des Großherzogs erwischt worden war. Auf der anderen Seite war das ein Beweis, dass etwas an ihrem Auftrag offensichtlich faul war. Anna Flanke hatte berichtet, dass sich Bundespolizeipräsident Arnesson und Minister Moberg seit Beginn ihrer Ermittlungen häufig getroffen hatten – was im Gegensatz zu dem Bild stand, das man ihnen anfangs zu vermitteln versucht hatte, nämlich dass die Polizei keine Kenntnis von ihrer Existenz hätte. Davids Information, Schaljapin wollte von Antoine Malå gehört haben, dass dieser auf direktem Auftrag des schwedischen Justizministeriums gehandelt habe, *in der Absicht*, die Russen zur Unterzeichnung des Ostseevertrages zu verleiten, war nur eine Variante dessen, was sie bereits wussten. Mit einem bedeutsamen Unterschied. Denn dass Malå den Auftrag hatte, eine ausländische Macht hinters Licht zu führen, würde weder von der Presse noch vom Verfassungsausschuss als Lappalie gesehen werden. Wenn das sowie Arnessons kleines Spionabenteuer publik würde, wären mit Sicherheit sowohl Moberg als auch Arnesson gezwungen zurückzutreten und würden wahrscheinlich hinter Gitter wandern.

Kerstin hatte herausgefunden, dass Anna Flanke nichts über das Ausmaß der Verfehlungen, die Moberg in Gang gesetzt hatte, gewusst hatte. Flanke hatte gewiss instinktiv gespürt, dass mit dieser Heimlichtuerei rund um das Projekt Berwald nicht alles mit rechten Dingen zuging. Es handelte sich um ein Täuschungsmanöver, das weit über das hinausging, was für die Regierungskanzlei normal war. Daher plante Kerstin nun gemeinsam mit Flanke, den Schaden zu begrenzen, wenn sich herausstellen sollte, dass Moberg und Arnesson geplant hatten, sie alle als Spielfiguren zu benutzen. *Wartet nur ab, ihr Blödmänner. Ihr habt euch mit der Falschen eingelassen*, dachte Kerstin.

Sie war eigentlich nicht sonderlich überrascht über das Risiko, das die beiden, Arnesson und Moberg, auf sich genommen hatten. Sie hatte schon etliche Male erleben müssen, wie Politiker und politisch besetzte Beamte sich in Dinge verwickelt und bestehende Gesetze und Regeln einfach umgangen hatten. Die letzten in der Öffentlichkeit breitgetretenen Skandale über Generaldirektoren, die trotz ihrer Verantwortlichkeit gegenüber den staatlichen Behörden ganz locker Gesetze übertreten und sich der Korruption schuldig gemacht hatten, waren nur weitere Beispiele für die Unfähigkeit des politischen Systems, sich selbst vor Inkompetenz zu schützen.

Die Herausforderung lag nun darin herauszufinden, *warum* Moberg und Arnesson sich auf diese Weise verhielten. Laut Davids Bericht hatte Putin ja doch die Absicht, den Ostseevertrag zu unterschreiben, obwohl Schaljapin angedeutet hatte, dass Putin einige »schockierende Gegenmaßnahmen« als Strafe für das betrügerische Verhalten der Schweden plante. Wahrscheinlich kannte Moberg Putins Absichten nicht, zumindest nicht, bevor Arnesson seinen Bericht vorgelegt hatte, wenn er das überhaupt vorgehabt hatte.

Nichtsdestotrotz durfte man nicht außer Acht lassen, dass vieles darauf hindeutete, dass Russland allen Grund hatte, Antoine Malå zu bestrafen. Aber nur bestrafen. Einem Dirigenten die Haut abzuziehen, weil er Putin hinters Licht geführt hatte, schien übertrieben. Allerdings waren die Hautstücke und die Tätowierungen Tatsachen. Wie ließ sich das erklären? Und dann noch der Bezug zu Malås Studienzeit. Kerstin seufzte. *Wir müssen ganz einfach alle Spuren gleichzeitig verfolgen*, dachte sie resigniert.

»Hörst du mir überhaupt zu, Kerstin? Ich glaube, wir haben mindestens zwei Mörder. Einen, der mit Malås Studienzeit zu tun hat, und einen, der irgendeinem Sicherheitsdienst angehört. Oder es handelt sich um organisierte Kriminalität. Vielleicht arbeiten sie sogar zusammen.«

»Beruhige dich, Barbro. Nimm mehr Kaffeesatz. Als Erstes schauen wir uns die Stiftung Infantinnan näher an. In ein paar

Tagen fahren wir hin. Organisiere einen Plan der Schule. Hast du übrigens herausbekommen, warum eine Internatsschule einen Vertrag mit einer Firma hat, die auf Bewachung mit Wachpersonal und Hunden spezialisiert ist? Wäre nicht ein normaler Sicherheitsdienst ausreichend?«

London, 29. Dezember

»Musst du immer einen Extrasitz für dein Cello buchen? Das kommt auf lange Sicht teuer«, sagte David.

Sie standen in der Passkontrolle in Heathrow. Auf dem überfüllten Flug von Sankt Petersburg hatten sich mehrere Passagiere beklagt, dass ein Sitz, der manche Familie mit Kindern hätte entlasten können, mit einem Musikinstrument belegt war.

»Hattest du nie eine Beziehung mit einer Cellistin?«, fragte Sandra lachend.

»Nicht lange genug, dass ich mit ihr geflogen wäre. Aber ich habe nichts dagegen, mit dir und deinem Cello weiß Gott wohin zu fliegen. Ich glaube sogar, dass ich süchtig geworden bin. Ich kann mir gar nicht mehr vorstellen, wie es wäre, ohne dein Cellospiel aufzuwachen«, sagte David und streichelte ihre Wange.

»Armer Teufel«, sagte Sandra munter. »Vergiss nicht, dass ich freie Musikerin bin und die ganze Welt mein Arbeitsplatz ist. Es wurde nicht vereinbart, dass du überall mitkommen kannst. Die Abstinenz wird dir schwer zu schaffen machen, mein Lieber.«

Der Abend mit Schaljapin war mit einem äußerst üppigen Essen im Restaurant zu Ende gegangen. Dachniki am

Newski-Prospekt. Schaljapin und seine schwedischen Gäste waren vom Personal wie Könige behandelt worden. Wie durch ein Wunder hatte sich Schaljapin, trotz seines enormen Alkoholkonsums, den ganzen Abend hindurch als ausgezeichneter Gastgeber gezeigt. Er hatte Anekdoten über seine und Malås gemeinsame Zeit in einer Lautstärke erzählt, die es auch anderen Zuhörern ermöglichte, in deren Genuss zu kommen. Am nächsten Tag hatten sie die Eremitage besucht. Sie waren eng umschlungen wie ein Teenagerpaar zwischen den Gemälden umhergewandert und hatten geplaudert, gelacht und die Kunstwerke auf alles andere als respektvolle Weise kommentiert. David hatte sich wie im siebten Himmel gefühlt und war dankbar, dass sie wie in einer stillen Übereinkunft nicht über den Fall und das von Schaljapin Erzählte gesprochen hatten. Es hatte nur sie beide und den funkelnden Winter von Sankt Petersburg gegeben.

Sie quartierten sich in einem Hotel in Holborn ein, einen Katzensprung von der Agentur Winston & Rose entfernt. David war nach der langen Reise müde, die auf eine Nacht voller Liebe gefolgt war. Ihr sexueller Appetit aufeinander schien unstillbar zu sein.

»Vielleicht sollten wir uns ein wenig ausruhen«, schlug David vor. »Wir können noch eine Stunde schlafen, bevor wir uns auf den Weg machen.«

Sandra legte den Kopf zur Seite, blickte ihn an und legte dabei ihre Hand sanft auf den Zipp seiner Jeans. »Ich glaube nicht«, sagte sie.

Hinterher lagen sie nackt und schweigend auf dem Bett.

»Sandra.«

»Mhm«, sagte Sandra und drehte ihren Kopf sachte in seine Richtung. Er war, wie schon so oft zuvor, berauscht von ihrer reifen Schönheit. Die Augen, der Mund, das Haar, die kleinen, feinen Fältchen rund um die Augen, der Flaum, der nur im Gegenlicht sichtbar wurde.

Ich habe meine Zeit mit der Jagd auf junge Frauen verschwendet, dachte David. *Das mache ich nie wieder.*

»Wie findest du das, was Schaljapin uns erzählt hat? Dass Antoine Malå ein *Zauberer* war. Und wie er diese Probe erlebt hat«, fragte David.

»Was denkst du denn?«, fragte Sandra und unterdrückte ein Gähnen.

»Das gilt nicht. Ich habe zuerst gefragt. Na gut. Mein rationales Ich hat es sofort als dummes Zeug eingestuft. Wirres Zeug von der schlimmsten Sorte. Wenn es solche Fähigkeiten gäbe, wären sie längst bekannt und bis aufs Letzte ausgenützt worden. Das dachte ich zuerst. Dann dachte ich daran, wie stark Musik auf mich wirkt. Und dass es bei meinen intensivsten Erlebnissen sehr wohl etwas gibt, das entfernt an das erinnert, was Schaljapin uns beschrieben hat. Wie sich die Musik quasi in unser Inneres frisst und man aus einem Konzert mit dem Gefühl kommt, ein anderer geworden zu sein.«

»Ach so, mein lieber Komponist, du gibst also zu, dass auch du ein Gefühlsleben hast.« Ihre Hand bewegte sich langsam und aufreizend hinunter zu seinem Schritt.

»Hör jetzt auf«, sagte David, schob bestimmt ihre Hand weg und legte sie auf die Matratze. »Nimm dich zusammen und sei ein Weilchen ernst, Sandra. Wie denkst du darüber?«

»Okay«, meinte Sandra mit einem gekünstelten Seufzer. »Ich glaube, dass es sicher möglich ist, dass er das alles so erlebt hat. Ich habe selbst auch Dinge erlebt …« Sie unterbrach sich mitten im Satz und wechselte das Thema. »Andererseits dürfen wir nicht vergessen, dass die Stärke eines Erlebnisses, das ein Individuum empfindet, unheimlich intensiv sein kann. Er kann sich freilich auch in all das hineingesteigert haben aufgrund seiner beinahe krankhaften Bewunderung für Tony. Aber …«

»Aber was? Und was hast du erlebt?«

»Ich denke Folgendes.« Sandra atmete tief durch. »Ich glaube, dass Schaljapin besonders empfänglich ist für, nennen wir es *die musische Sprache*.«

»Die *musische Sprache*? Das klingt verdammt nach New Age«, sagte David mit unverhohlener Skepsis in der Stimme.

»Haha, ja, vielleicht«, antwortete Sandra und setzte sich im Bett auf. »Die *musische Sprache* ist eine Art Theorie, an der wir während unserer Zeit an der Musikhochschule arbeiteten.«

»Erzähl mir mehr davon.«

»Halt dich fest, denn jetzt wird es durchgeknallt.«

»Ich verspreche es. Ich werde an deinen Lippen hängen.«

»Psst. Pass auf. Nehmen wir an die Musik ist in Wirklichkeit eine Sprache. Aber nicht die gewöhnliche banale *gesprochene* Sprache mit einfacher Semantik, Syntax und Grammatik. *Nein, eine summierende Sprache.* Eine Kombination unserer gesamten Ausdruckskraft. Eine Sprache, die imstande ist, die eigentliche Essenz des Lebens und der Gefühle auszudrücken. Eine Sprache, in der Worte keinen Platz haben. Nur Töne, Lautstärke, Rhythmus und Klänge, die unser sensorisches System aufnimmt und auf die es reagiert. Unsere Gehirne sind so gebaut, dass wir ein Muster in den Tönen finden wollen. Rhythmische und melodische Sequenzen bilden eigene und neue Bedeutungen in unserem Gehirn und schaffen Erregung und Stimulanz. Außerdem berühren uns die Töne rein physisch. Die Vibrationen der Töne werden durch die Gehörgänge und über die Haut aufgenommen. Daher kann die Musik gleichzeitig abstrakt und äußerst konkret sein.«

David gähnte.

»Okay«, sagte er. »Tja, als Theorie unterscheidet sie sich wahrscheinlich nicht so sehr von der Idee, dass die Musik da übernimmt, wo die Sprache aufhört. Aber was wäre der evolutionäre Sinn des Ganzen? Eine dysfunktionale Sprache, die von allen unterschiedlich verstanden wird? In dem Sinn, dass es unterschiedliche Geschmäcker gibt.« Ein Polster landete mitten in Davids Gesicht.

»Du hörst ja nicht zu«, rief Sandra. »Unsere Theorie basierte darauf, dass jede Form von Musik Spuren der musischen Sprache enthält. In verdünnter Form. Die *echte musische Sprache* stellten wir uns als ein mächtiges Werkzeug vor, das Menschen beeinflussen kann. Sie dazu bringen, dass sie Dinge spüren. Dinge tun. Ich gebe meinem geschätzten Schüler eine Geschmacksprobe.« Sandra sprang aus dem Bett und nahm das Cello aus seiner Hülle.

»Mach die Augen zu, David.«

Er gehorchte. Sandra spielte eine Melodie. Eine schöne Melodie, fand David, wenn auch nicht sonderlich interessant.

»Wie hat es dir gefallen?«

»Es war schön«, antwortete David wahrheitsgemäß.

»Okay. Aber jetzt.«

Die gleiche Melodie. Doch plötzlich hatte sie Leben und Charakter bekommen. In Davids Ohren klang sie nun geradezu gefährlich schön.

»Shit«, sagte David, als sie fertiggespielt hatte. »Was für ein Unterschied.«

»Allerdings«, sagte Sandra. »Aber hier geht es nur um eine gewöhnliche Interpretation, eine Deutung. Denn hinter dieser Übung liegt eine Art von Wahrheit. Es ist genau das, worum sich Musiker aller Zeiten stets bemüht haben, nämlich

Milliarden von möglichen Interpretationen zu erforschen und zu meistern, was die Grundlage der musischen Sprache ausmacht.« Sie legte das Cello sorgfältig in seinen Koffer zurück.

»Aha. Du meinst, wenn man die Unterschiede methodisch erfasste …«

»Dann könnte man die Essenz herausfiltern. *Die musische Sprache.* Und dadurch die Welt verändern«, sagte Sandra lächelnd.

»Klingt spannend. Diskutieren wir später darüber. Jetzt muss ich duschen.« David stieg aus dem Bett.

»Perlen vor die Schweine«, rief Sandra ihm nach.

Als er in der Dusche war, hörte David, wie Sandra wieder zu spielen begann. Durch die offene Badezimmertür vernahm er, wie sie über die Melodie, die sie ihm soeben vorgespielt hatte, improvisierte. Obwohl das Geräusch des Duschstrahls ziemlich laut war, war er von dem Gehörten fasziniert. Wurde von der Musik weggetragen. Ein warmes Gefühl breitete sich in ihm aus. *Glück, komm auf mich zu,* dachte er.

*

Die Chefsekretärin Jane empfing sie mit einem freundlichen Lächeln im Büro der Winston & Rose Agency im Lincoln House.

»Setzen Sie sich und trinken Sie eine Tasse Tee. Annabel wird sich sofort um Sie kümmern. Und danke für die Vollmacht, Mister Westerdahl. Es scheint alles in Ordnung zu sein. Ich habe Frau Flanke angerufen und sie hat es mir bestätigt. Nur damit Sie Bescheid wissen, falls Frau Flanke etwa darüber erwähnt.«

»Wer ist Flanke?«, flüsterte Sandra.

»Justizministerium. Eine lange Geschichte«, flüsterte David zurück.

»Willkommen, Annabel kann Sie jetzt empfangen«, sagte Jane und machte eine einladende Geste zu Annabel Winstons Büro.

Annabel Winstons Arbeitsplatz hatte Stil, wenn man darunter eine Neigung zu schweren Vorhängen und ebenso schweren Möbeln aus edlem Holz verstand. Auch die Wände waren mit Täfelungen in einer Holzart bedeckt, die ebenso exklusiv war wie das Material, aus dem die Möbel gefertigt waren. Mahagoni, nahm David an. *Alte englische Oberschicht. Wie aus einer Wodehouse-Novelle*, dachte David.

»Ich habe den Anteil meines Vaters an der Firma übernommen, als er vor zwanzig Jahren starb. Es wäre eine Übertreibung zu sagen, dass mir andere Dingen wichtiger gewesen wären als die Einrichtung«, meinte Annabel, so als könnte sie Davids Gedanken lesen.

»Bevor ich Sie in unser Allerheiligstes, das Archiv, einlasse, möchte ich, dass Sie eine Garantie unterschreiben. Nichts Besonderes. Es handelt sich nämlich um die Geschäftsgeheimnisse der Firma, die wir leider ziemlich gewissenhaft bewachen müssen.«

»Was sind das für Geschäftsgeheimnisse?«, fragte David.

»Unter den Dokumenten, die Sie sehen werden, befinden sich eine Menge Verträge. Und es ist in erster Linie die Höhe der Gagen, die wir so weit wie möglich geheim halten wollen. Manche Orchester wären nicht erfreut, wenn sie sähen, dass sie bis zu zwanzigtausend Pfund mehr als andere Orchester für Tonys Dienste bezahlen mussten. Das könnte zu verhandlungstechnischen Komplikationen für unsere noch lebenden Klienten führen.«

»Und was unterschreiben wir da?«, fragte David.

»Ach, nichts weiter Dramatisches«, sagte Annabel Winston. »Nur dass Sie sich bewusst sind, dass wir Anklage erheben können, wenn Sie geschäftliche Informationen in Ihrem Buch über Malå verwenden.« Annabel schenkte ihnen ein strahlendes Lächeln.

Sie führte sie durch die schmalen Gänge des Hauses zum Archiv.

»Was war Antoine Malå für ein Klient, war er schwierig?«, fragte David.

»Tony? Nicht im Geringsten. Im Gegenteil. Es gab nie Klagen von seiner Seite. Er wusste unseren Teil der Arbeit zu schätzen. Er war immer unglaublich goldig. Er verteilte an Festtagen Blumen, Schokolade und Champagner an das Personal.«

»Und er verlangte in der letzten Zeit keine größeren Summen als Vorschuss?«

»Nein, ganz bestimmt nicht. Seit Papas Zeiten, als seine Karriere noch im Aufbau begriffen war, hat er keinen Vorschuss mehr gebraucht. So, da wären wir«, sagte Annabel Winston und sperrte eine graue, mit mehreren Schlössern versehene Metalltür auf.

Vor ihnen breitete sich ein überraschend großer Raum mit vielen Metern Archivschränke aus.

»Das hier ist eine Goldgrube für jeden Musikforscher«, sagte Annabel Winston. »Hier liegen Dokumente verwahrt von 1945 bis heute. Papa hat alles aufgehoben. Und ich habe diese Eigenschaft anscheinend geerbt. Aber jetzt brauchen wir tatsächlich mehr Lagerräume.« Sie lächelte und schritt auf einen Kasten zu, der sich von den anderen unterschied. Anstatt eines Blechschranks mit einfachem Schloss handelte es sich um einen echten Kassaschrank, der mit einem Schlüsselschloss und einem Kombinationsschloss versehen war.

»Manche unserer Klienten haben Spezialwünsche bezüglich der Sicherheit. Tony war so einer«, sagte Annabel und begann das Rad des Kombinationsschlosses zu drehen. Kurz danach hörte man ein Klicken und eine grüne Lampe leuchtete auf als Zeichen, dass Annabel nun den Schlüssel im zweiten Schloss drehen konnte. Sie öffnete den Kassaschrank.

»Dort drüben steht ein Tisch mit Stühlen. Dort können Sie Platz nehmen und die Dokumente durchgehen. Falls Sie mich brauchen, finden Sie mich in meinem Büro.« Annabel ließ sie allein.

Der Inhalt des Kassaschranks sah nicht sonderlich spannend aus. Etwa zwanzig dicke schwarze Ordner. Einige Plastikmappen und zwei kleinere Plastikschachteln mit Deckel. Das war alles.

»Was suchen wir eigentlich?«, fragte Sandra.

»Das weiß ich nicht. Vielleicht könntest du in den Plastikschachteln nachsehen, ob sich dort drinnen der USB-Stick befindet, den Schaljapin haben wollte. Ich sehe die Ordner durch.«

Nachdem sie rasch den Inhalt der Plastikschachteln kontrolliert und festgestellt hatte, dass sich kein USB-Stick unter den Utensilien befand, bei denen es sich offenbar um kleine Erinnerungsstücke aus Malås Kindheit handelte. Einige Stein- und Glaskugeln. Einige Kartons mit Diabildern aus den Siebzigerjahren. Programmhefte aus seinen Jahren in Helsinki. Jetzt nahm auch Sandra einen Ordner und begann darin zu blättern.

Eine Stunde später hatte David, nachdem er mehrere Ordner mit Verträgen über wenig interessante Engagements durchgeblättert hatte, einen Ordner entdeckt, der ganz andere Dokumente enthielt. Ein Schriftstück mit der Überschrift

»Testament«, datiert auf August, kurz vor dem Ostseefestival. Er blickte verstohlen über den Tisch und sah, dass Sandra in den Inhalt eines anderen Ordners vertieft war. Er nahm sein Mobiltelefon und fotografierte die Seiten des Testamentes ab. Er würde sie später lesen.

Im selben Ordner befanden sich auch Unterlagen des schwedischen Firmenregisteramts, die die Errichtung einer Verwaltungsgesellschaft bestätigten, deren einzige Aufgabe darin bestand, einen bestimmten Grundbesitz in den Stockholmer Schären zu verwalten. Als geschäftsführende Direktorin wurde eine dreißigjährige Frau angegeben, die auch gemeinsam mit Malå und einem autorisierten Wirtschaftsprüfer im Vorstand saß. Dieses Dokument war ebenfalls im August erstellt worden. David fotografierte es und schickte beide Dokumente an Kerstin. Danach steckte er das Telefon in die Tasche seines Jacketts. Er stand auf und ging zu Sandra auf der anderen Seite des Tisches hinüber.

»Das hier scheint interessant zu sein«, sagte er.

»Ja, wirklich«, sagte Sandra und hielt den prall gefüllten Ordner hoch, sodass David die mit Schreibmaschine getippte Überschrift auf dem ersten Blatt sehen konnte:

»Die musische Sprache. Sequenzen 1 – 711/1984-1987.«

»Verdammt«, sagte David. »Das wäre etwas für Schaljapin. Was kannst du dem entnehmen?«

»Das sind eine Menge Noten«, sagte Sandra. »Schwer zu sagen, bevor man sie gespielt hat. Aber da sind sehr interessante Kommentare und Anleitungen. Glaubst du, wir könnten diesen Ordner mitnehmen? Und diese anderen.« Sie zeigte auf weitere fünf Ordner, die sie neben sich aufgestapelt hatte.

»Oh Gott. Schaut das alles so aus?«

»Ja. Die Aufzeichnungen gehen zurück auf die Zeit in der

Schule und reichen bis in die Neunzigerjahre hinein. Unglaublich spannend.«

»Annabel hat uns klargemacht, dass nichts aus dem Raum entfernt werden darf. Wir müssen wahrscheinlich einen speziellen Antrag für dieses Material stellen«, sagte David.

»Oder wir verwenden den hier«, sagte Sandra und hielt lachend ihren Rucksack hoch.

»Dein Vorschlag gefällt mir«, sagte David.

*

Sie lagen im Hotelzimmer und blätterten gemeinsam in den Ordnern. Zwischendurch griff Sandra nach dem Cello und spielte die Noten. David fand die Musik eigenartig. Manchmal erschreckend. Manchmal so schön, dass es wehtat. Aber nie neutral. *Man hat den Eindruck, als brütete die Musik etwas aus*, dachte David. Die handgeschriebenen Anweisungen waren kryptisch, exakte Tempoangaben standen neben Sätzen wie »*Zielzustand: Atemnot. Stretta ab Takt 20.*«

»Glaubst du, dass Schaljapin versteht, wie man das rein praktisch ausführt? Wie soll man zum Beispiel diese Angstsequenz bewerkstelligen?«

»Keine Ahnung«, meinte Sandra leichthin. »Vielleicht kann Schaljapin das entziffern. Aber komm, vergessen wir das jetzt eine Weile.« Sie setzte sich mit gespreizten Beinen auf ihn.

Ich werde die ärgsten Probleme bekommen, weil ich diese Ordner mitgenommen habe, konnte David noch denken, bevor seine Aufmerksamkeit von einer ihn umschließenden Wärme weggeschwemmt wurde.

Der Mann bewegte sich nahezu lautlos im Zimmer. Er brauchte zum Glück nicht besonders lange zu suchen, bis er das Gesuchte fand. Die Tür des Hotelzimmers schloss sich mit einem leisen Geräusch hinter ihm.

Kocksgatan, Stockholm, Abend des 30. Dezember

»Wie kannst du, verflucht noch mal, so nachlässig sein, dass du dein Mobiltelefon verlierst«, sagte Kerstin.

»Ja, ich weiß«, sagte David. »Erst in Heathrow habe ich bemerkt, dass es weg ist. Ich muss es im Hotel vergessen haben. Zum Glück habe ich dir alle Fotos geschickt.«

»Okay. Wir haben ja eine Menge Telefone in Bandhagen liegen. Am Abend bekommst du ein neues. In der Zwischenzeit musst du für Notfälle dein privates Mobiltelefon benutzen. Und ich hoffe, du passt besser auf. Mit fast fünfzig solltest du deine Sachen schon in Ordnung halten können.«

»Verstanden«, sagte David rasch. Kerstin schmunzelte innerlich. Sie wusste zwar nicht, warum sie Davids Verwandlung von einer schlampigen Person zu einem dienstwilligen Amateurpolizist so witzig fand, aber so war es nun einmal.

Sie breitete den Ausdruck der Dokumente, die David in London abfotografiert hatte, aus.

»Das ändert die Lage maßgeblich«, sagte Kerstin.

Barbro und David nickten übereinstimmend. Sie saßen alle drei in Barbros Küche und diskutierten, was die Dokumente aus London für die weiteren Ermittlungen bedeuten konnten.

»Es ist natürlich nichts Eindeutiges«, sagte Barbro.

»Stimmt. Aber ausreichend, dass wir ein paar Vorsichtsmaßnahmen ergreifen sollten. Ich werde einige Telefongespräche führen und schauen, was sich machen lässt. Und dann hätte ich gerne, dass du mit mir und Barbro nach Borås fährst. Wir haben am 5. Januar dort ein Treffen mit der Direktorin. Am Tag davor fahren wir nach Göteborg, wo du Rebecka Farnö treffen wirst, unser letztes fehlendes Puzzlestück aus dem Freundeskreis von Örebro.«

»Okay«, sagte David, »ich rufe sie an und frage, ob sie Zeit hat.«

Kerstins Augen leuchteten auf. Sie legte eine Tasche auf den reich dekorierten Tisch.

»Hier ist ein verspätetes kleines Weihnachtsgeschenk«, sagte sie.

»Aber Kerstin, das ist ja lieb von dir«, sagte David, schnappte die Tasche und öffnete sie.

Drinnen lag ein ordentlich zusammengefalteter Karateanzug. Auf der Brust waren die Worte Botkyrka Shukokai Karate zusammen mit einigen japanischen Zeichen mit rotem Zwirn aufgestickt. Ein weißer Gürtel lag zusammengerollt neben dem Anzug.

»Wow«, sagte David. »Cool. Aber warum nur ein weißer Gürtel?«

»Den bekommst du so lange, bis du dich offiziell im Klub angemeldet und den Grad wie alle anderen auch erreicht hast. Wir trainieren wie üblich, bis wir fahren«, sagte sie. »Morgen geht es schon am Vormittag los, weil Silvester ist.«

Silvester, Gåsgränd

Am Heimweg nach dem Karatetraining mit Kerstin in Bandhagen machte sich David erneut Sorgen über die Sache mit Sandra. Irgendwann, lieber früher als später, würde er Kerstin erzählen müssen, dass sie eine Beziehung hatten. Sogar mehr als das. Dass sie alles miteinander teilten. Und David war möglicherweise etwas naiv, aber nicht dumm. Er war sich durchaus bewusst, dass er durch seine Beziehung zu Sandra gegen eine der wenigen Grundregeln, die Kerstin ihm zu Beginn ihrer Zusammenarbeit verordnet hatte, verstieß. *Vielleicht gleicht es sich damit aus, dass ich jetzt weniger trinke*, dachte David in einem misslungenen Versuch, sich selbst zu überzeugen. Seine einzige Chance, dass er unbeschadet aus dieser Zwickmühle herauskam, bestand darin, dass Kerstin Sandra traf. David war überzeugt, dass Kerstin Sandra bezaubernd finden würde. Dann käme er mit ein paar Tagen schlechter Stimmung und einer etwas härteren Behandlung im *Dojo* davon. Damit könnte er leben.

Dass er von den Ermittlungen abgezogen würde, war völlig undenkbar für David. Insgesamt gesehen war diese kurze Zeitspanne die aufregendste seines Lebens gewesen, selbst wenn er Sandra bei dieser Gleichung außen vorließ. Deswegen hatte er sowohl Barbro als auch Kerstin nach Gåsgränd eingeladen, um mit ihnen Silvester zu feiern. Dabei könnte er Sandra plötzlich auftauchen lassen, damit sie Kerstin in ausgelassener Stimmung kennenlernen könnte. Aber Kerstin und auch Barbro hatten abgelehnt. Kerstin wollte wieder zu ihrer Tochter Sol und Barbro hatte vor, eine Art multikulturelle Silvesterparty in Rågsved gemeinsam mit Freunden aus dem Djembetrommel-Kurs zu feiern. David war ziemlich erstaunt, dass sie an so einem Kurs teilnahm.

Daher musste er eine andere Gelegenheit finden, um ihnen Sandra vorzustellen. Kerstin würde schnell begreifen, dass auch Sandra eine nicht unbedeutende Rolle bei den Ermittlungen zufiel. Er hatte Lob geerntet, dass es ihm gelungen war, Schaljapins Vertrauen zu gewinnen. Kerstin hatte ja keine Ahnung, dass es zum größten Teil Sandras Verdienst gewesen war, dass der berüchtigt griesgrämige Maestro so offen mit ihnen gesprochen und vielleicht mehr erzählt hatte, als es ursprünglich sein Plan gewesen war.

*

Es war kurz nach zwei, als er in Gamla Stan die Kåkbrinken hinaufspazierte. Das letzte Winterlicht war bereits am Verschwinden. Es war einer der kältesten Tage bisher in diesem Winter und David genoss es, die beißende Kälte zu spüren und zu fühlen, wie ihm das Karatetraining nach und nach neue Elastizität und auch einen neuen Blick verschaffte. So als würde die Durchblutung die Augen schockieren und dadurch die Kontraste verschärfen und vertiefen. Er wusste, dass Sandra schon mitten in den Vorbereitungen für die Neujahrsfeier am Abend war. Er selbst hatte einige zusätzliche Einkäufe im ICA-Geschäft unten bei der U-Bahnstation getätigt. Obers und Sauerrahm für einige Saucen, die er zubereiten wollte. Oliven und Snacks zum Aperitif. Etwas mehr Kartoffeln, weil er sich daran erinnert hatte, dass Jalle von den Hasselbackskartoffeln gar nicht genug bekommen konnte.

Er bog links in die Stora Nygatan ein, wo ihm ein bekannter Duft entgegenschlug. Hier drinnen, nahe dem Kern der Altstadt, stand die Luft fast still und ein schwerer Duft von den vielen Lokalen breitete sich aus, eine eigenartige Mischung von altem Mörtel, abgestandenem Bier, Urin, Essen und Zigarettenstummeln, ein Geruch, den David beinahe lieben gelernt hatte. Jetzt um die Weihnachtszeit herum vermischte er sich noch mit dem Duft nach Wacholderzweigen, die in den vielen Kachelöfen des Stadtteils verbrannt wurden, eine Tradition aus den Zeiten der Pest. Als er am Wirströms vorbeikam, um in

Gåsgränd einzubiegen, fiel ihm plötzlich ein, dass er seit dem ersten verhängnisvollen Abend mit Matilda nicht mehr dort gewesen war. Er hatte sie nach ihrem letzten Treffen trotz seines Vorsatzes nicht mehr zu finden versucht. Das alles fühlte sich für ihn weit entfernt an, so als gehörte es zu einem anderen Leben, und doch war es erst drei Wochen her. Er erschauderte, als er sich an den abgehackten Kopf von Camilla Jaern erinnerte. *Wenn er ihr etwas verraten hätte, das Matilda weitergeben wollte, hätte sich diesbezüglich sicher schon etwas getan*, dachte David, während er den Code für Gåsgränd Nummer 2 eintippte.

*

»David! Du falscher Fuffziger!« Jalle kam ihm im Flur mit einem breiten Lächeln und ausgebreiteten Armen entgegen.

»Jalle«, rief David. »Bist du jetzt schon da? Das Fest beginnt doch erst in ein paar Stunden!«

Jalle löste sich aus der Umarmung und drohte vorwurfsvoll mit dem Finger.

»Ja, zum Teufel. Ich dachte, es wäre alles wie sonst auch. Dass David nichts gegen ein wenig Hilfe beim Wegräumen von Dreck und Geschirr und anderem Zeug vor dem Fest gebrauchen könnte. Was glaubst du, wie erstaunt ich war, als ich von *Scheherezade persönlich* eingelassen wurde.« Er deutete mit dem Kopf in die Küche, aus der ihm Sandra, bekleidet mit einer Schürze, fröhlich zuwinkte.

»Und was fällt mir noch auf«, fuhr Jalle fort. »Die Wohnung ist blitzblank. Keine einzige leere Flasche, so weit das Auge reicht. Und ich denke mir, David ist gestorben und die Wohnung wurde an eine verdammt ordentliche Familie verkauft. Oder David wurde erlöst. Übrigens, Hilfe, kapierst du das? Du siehst unverschämt gesund aus. Pfui.« Jalle runzelte die Stirn und tat so, als würde ihn das bekümmern.

»Ich habe Jalle gesagt, dass du selbstverständlich mit ihm anstoßen wirst wie sonst auch und dass ich kein freikirchliches Monster bin, das dich ständig nur kurzhalten will«, rief Sandra aus der Küche.

»Na klar«, sagte David. »Ich habe mir nur ein paar neue Bräuche angewöhnt. Und nur weil der Alkohol mir nicht mehr so wichtig ist wie früher, bedeutet das nicht, dass wir nicht trotzdem ein klassisches Silvester feiern können!«

Jalle blühte auf.

»Spitze, David, echt spitze. Ich habe uns schon etwas in diesem Sinn vorbereitet. *Scheherezade* hat mir gezeigt, wo jetzt der Barschrank steht.« Er ging ins Wohnzimmer, holte zwei großzügig gefüllte Whiskygläser und reichte eines davon David. Er rief in die Küche: »Scheherezade, willst du noch einen Drink?«

»Nein, danke«, antwortete Sandra. »Ich glaube, ich halte mich jetzt zurück, bis die anderen Gäste kommen, aber nehmt auf mich keine Rücksicht!«

»Der hier«, sagte Jalle und hob das Glas hoch, »der hier ist ein sogenannter *keeper*. Blamier dich jetzt nicht, alter Freund. Skål!«

»Skål«, sagte David. Er erschauerte, als ihm das starke Whiskyaroma in die Nase stieg. Er nahm einen kleinen Schluck und spürte, wie sich die Wärme in seinem Körper ausbreitete.

»Und du, Jalle«, sagte David.

»Ja?« Jalles Augen tränten ein wenig, nachdem er den Inhalt des Glases in einem Zug geleert hatte.

»Such dir einen anderen Kosenamen für Sandra. In ein paar Stunden wirst du *Scheherezade* bestimmt nicht mehr aussprechen können.«

»Umso lustiger, alter Freund. Umso lustiger«, sagte Jalle und ließ sein lautestes Lachen ertönen.

*

Gegen Abend kamen die Gäste. Nie zuvor war Davids Wohnung so sauber und aufgeräumt gewesen. Kerzen schmückten den Esstisch, die Kachelöfen und die Fensternischen, die zum Gåsgränd ausgerichtet waren. Vierzehn Gäste waren eingeladen. Dadurch würde es im Wohnzimmer ziemlich eng werden. Die Wohnung war nicht groß. Aber für David war seine kleine Bude eine richtige *Heimstatt*, wie sie im Buche steht, seit Sandra das Kommando übernommen hatte.

So behaglich, dachte David mit dem Glas in der Hand und umgeben von Freunden, die er nun ebenfalls in einem neuen Licht sah. Alle, die gekommen waren, hatten ihn auf die eine oder andere Art während all der Jahre so genommen, wie er war. Einzelne Komponistenkollegen und einige Kollegen aus der Zeit im Kulturministerium. Einige Musiker. Ein Freund aus der Gymnasialzeit, der Einzige, mit dem er noch Kontakt pflegte. Und Jalle natürlich.

Je später der Abend wurde, desto mehr bemerkte er, wie einer nach dem anderen von Sandra fasziniert war. Wie sich um sie herum Lachen und Wärme ausbreiteten. Wenn sie der Meinung war, dass sie mehr singen sollten, holte sie das Cello und brachte ihnen ein Schnapslied aus Norrland mit Cellobegleitung bei, worauf die anderen Musiker sich mit ihren Instrumenten anschlossen. Jalle, der seine Flöte zu Hause gelassen hatte, spielte kurzerhand auf Davids alter Gitarre.

*

Es war halb drei. Die Gäste waren einer nach dem anderen nach Hause gegangen. Jalle hatte sich lallend angeboten, ihnen beim Wegräumen der Stühle und des Geschirrs zu helfen. Nach einigen kleineren Pannen mit zerbrochenen Tellern fand ihn David keuchend und stöhnend vor dem Badezimmer, wo er alle Stühle verstauen wollte.

»Jalle, die Stühle gehören ins Gästezimmer, nicht ins Badzimmer.«

»Ach ja. Ich dachte mir, dass es eng ist. Tschuldige. Isch glaube, es ischt Zeit, nach Hause zu gehen.«

Er wankte in den Flur und setzte sich dort stöhnend auf eine Bank.

»*Hashish*«, sagte er mit jämmerlicher Stimme.

»Ich glaube, er meint dich, Scheherazade«, sagte David.

»Ich komme schon, Jalle.« Sandra betrachtete die Situation. »Brauchst du Hilfe mit den Schuhen?«

»Genau, Hashish, du bischt beschaubernd.«

»Du ebenfalls«, sagte Sandra und zog ihm fürsorglich die Schuhe an und band sie ihm gut zu.

*

Nachdem David Jalle die Treppen hinunterbegleitet und ihm beim Einsteigen ins Taxi geholfen hatte, das unten in der Stora Nygatan wartete, waren sie endlich allein. Sie standen beim offenen Fenster und schauten hinunter auf den Gåstorget. Der Lärm nach Mitternacht hatte sich längst gelegt. Jetzt hörte man nur mehr einzelne Rufe und Lachen von Betrunkenen am Heimweg.

»Was meinst du, David. Sollen wir uns darauf einlassen, es immer so zu haben?«

»Nur wegen dir ist alles so gut gelaufen.«

»Übertreib nicht. Du hast das meiste Essen zubereitet. Und dann warst du auch *einigermaßen* nett zu deinen Gästen. Nur ganz wenige sarkastische Zwischenrufe. Also bist auch du an dem gelungenen Abend beteiligt«, sagte Sandra und legte ihren Arm um ihn. »Ich habe mir Folgendes gedacht«, fuhr Sandra fort. »Hat es finanzielle Gründe, dass du dieses Buch schreibst?«

»Jein«, sagte David. »Anfangs war es wohl so. Das Geld und natürlich die Ehre. Das Coole daran, so einen Auftrag zu bekommen. Eine Mordermittlung. Jetzt dagegen ist es …« Ihm fiel auf, dass er nicht nur Kerstin Teile der Wahrheit verschwiegen hatte. Sandra wusste ja auch nicht alles.

Verflucht, ich bringe mich in eine schwierige Lage, dachte er. »Jetzt interessiert mich die Sache erst so richtig. Und außerdem, du weißt ja von der Sache mit dem Karate.«

»Ich habe nur ein paar Überlegungen angestellt«, sagte Sandra sanft.

»Welche denn?«

»Wäre es nicht wunderbar, wenn wir eine Zeit lang nur du und ich wären? Was das Geld anbelangt, habe ich ein bisschen was auf der Seite. Es reicht, um deine Miete hier zu bezahlen. Vielleicht könntest du einige Kompositionsaufträge bekommen. Du könntest mit mir auf Tournee fahren und eine Weile Luxusmann spielen.«

David zündete sich eine Zigarette an und dachte einige Augenblicke nach.

»Daran habe ich selbst auch schon gedacht. Nicht an die Sache mit dem Luxusmann, aber daran, vom Auftrag zurückzutreten. Es könnte mir nichts Besseres passieren, als in dieser Blase zu bleiben. Ich finde auch, dass wir eine sehr schöne Beziehung miteinander haben. Andererseits …«

»Andererseits?« Sandra streichelte ihm über den Rücken.

»Andererseits reizt es mich, diese Sache zu einem Ende zu bringen. Vielleicht dauert es gar nicht so lange.«

»Okay«, sagte Sandra. »Aber gib mir Bescheid, falls du deine Meinung änderst.«

»Das mache ich. Was willst du übrigens unternehmen, wenn ich nach Göteborg fahre?«

»Ach richtig, du wirst ja Rebecka treffen.« Sandra kniff ihn spielerisch in die Seite. »Nimm dich in Acht vor ihr, mit ihr darf man sich nicht spielen. Und du schon gar nicht.«

»Keine Bange«, sagte David. »Ich bin auf ewig dein.«

»Das erzählst du allen Frauen.«

»Ja, da hast du recht«, sagte David und bekam als Antwort einen Klaps auf den Hintern.

»Aber es ist das erste Mal, dass ich selbst glaube, was ich sage.«

»Schön gesagt«, sagte Sandra. »Und als Antwort auf deine Frage: Ich habe ein paar kleinere Konzerte in Kirchen in Uppland in den nächsten Tagen. Ein bisschen Vivaldi, ein bisschen Bach, du weißt schon. Sonst wäre ich gerne mitgekommen.«

*

In der äußersten Ecke des Gåstorget, in der schützenden Dunkelheit des Gewölbes stand Ivan Michailowitsch und beobachtete David und Sandra.

Die Liebe, dachte er mit einer gewissen Wehmut.

Das Ganze war äußerst besorgniserregend. Ivan Michailowitsch hatte sich seit Stunden rund um den Gåstorget aufgehalten. Er hatte den Mann aus Örebro schnell erkannt, der sich jetzt als betrunkener, Silvester feiernder Tourist ausgab, zumindest wenn jemand sich ihm näherte. Der Mann hatte sich hauptsächlich auf dem Ignatiigränd herumgetrieben, auf der anderen Seite von Davids Wohnhaus, wo man Einblick in Davids Küche und Wohnzimmer hatte, war aber zwischendurch immer wieder zum Gåstorget zurückgekehrt.

Ivan Michailowitschs Überwachungsmethode bestand darin, dass er entweder allein auf und ab flanierte oder sich manchmal den verstreuten Touristengruppen anschloss, die in Feierlaune mit großem Radau die Västerlånggatan entlang zu einem Hotel stapften, wobei sie einerseits den Ignatiigränd und andererseits das kleine Gewölbe passierten, das hinunter zum Gåsgränd führte. Der Mann hatte seine Aufmerksamkeit in erster Linie auf Davids Wohnung konzentriert, trank jedoch sporadisch aus etwas, das wie eine Champagnerflasche aussah, und hielt so den Schein aufrecht, nichts weiter als ein betrunkener Tourist zu sein.

Etwas später beobachtete Ivan Michailowitsch eine Szene, die ihm noch mehr Sorge bereitete. Der Mann wurde nämlich durch einen anderen Mann abgelöst, der fast identische Kleider trug wie der erste. Er übernahm sogar die Flasche. Ivan Michailowitsch bemerkte, dass der Mann nervös wurde, als David einem betrunkenen Freund half, in ein bereits wartendes Taxi einzusteigen. Der Mann führte dann ein kurzes Telefonat mit seinem Mobiltelefon und rief noch einmal an, als er sah, dass David wieder zur Eingangstür seines Hauses zurückkehrte. Gegen drei Uhr morgens entschied der Mann, dass es genug war und entfernte sich in Richtung Stadt. David würde die Wohnung nicht mehr verlassen. Eine richtige Schlussfolgerung, meinte Ivan Michailowitsch, der sich lebhaft vorstellen konnte, was David den Rest der Nacht vorhatte.

Das wird kein gutes Ende nehmen, dachte Ivan Michailowitsch.

Anna Flanke, Rosenbad, 3. Januar

Das Justizministerium veranstaltete einen Gemeinschaftsaktivitätstag. Anna Flanke hatte Schwierigkeiten, das Wort auch nur auszusprechen. *Gemeinschaftsaktivitätstag.*

In der Regel waren solche Tage ein tollpatschiger Versuch, ein Gefühl von *Gemeinsamkeit* zu erzeugen. Vorzugeben, eine Organisation zu sein, in der *alle an einem Strang ziehen.* Und eine Gelegenheit der Führung, ihren Mitarbeitern vorzugaukeln, dass sie Einfluss auf ihren Arbeitsplatz nehmen konnten.

Die besten Gemeinschaftsaktivitätstage, wenn man Anna Flanke fragte, waren die, die man in einem Schulungszentrum in irgendeinem Nest verbrachte. Dort konnten wenigstens vernünftige Intrigen zwischen den Beamten des Ministeriums entstehen. Ein kleiner *Chlamydienwirrwarr*, um David Westerdahl zu zitieren, konnte die Gespräche in den Korridoren des Ministeriums für das restliche Arbeitsjahr nur beleben. Aber Justizminister Moberg hatte ihnen kein Schulungszentrum finanziert. Stattdessen saß nun die Hälfte der vierhundert Angestellten des Ministeriums im Speisesaal in Rosenbad, wo sie auch sonst jeden Tag ihr Mittagessen einnahmen. Die anderen zweihundert hatten ihren gemeinschaftlichen Aktivitätstag im Restaurant des Cityterminals beim Klarabergsviadukt. Anna Flanke stöhnte bei dem Gedanken an die fachlichen Gespräche, oder die *Zusammenarbeit,* wie das *Gejammere* umschrieben wurde, das durch diese Aufteilung des Personals entstehen würde.

Sie hatte sich schräg hinter die Staatssekretärin Janna Sölvgård gesetzt. Das war ein Fehler gewesen, denn die Mimik der Frau bei der Rede des Ministers drohte sie verrückt zu machen. Offensichtlich hatte Sölvgård die politisch korrekte Rede selbst geschrieben. Das ärgerte Anna Flanke, denn sie hätte genauso gut von einer etwas kompetenteren Sekretärin des Ministeriums stammen können. Eigentlich wäre es ihre Aufgabe gewesen, denn ihr Arbeitsauftrag beinhaltete – oder sollte es zumindest – eine Form von politischer Öffentlichkeitsarbeit. Es gehörte zu ihrem Arbeitsbereich, Moberg als politisch *untadelig* erscheinen zu lassen. Stattdessen hatte er bestimmt, dass Sölvgård die Rede schreiben sollte, eine Tatsache, die ihn nicht gerade in vorteilhaftes Licht rückte. Das Ganze bewies wieder einmal, wie weit unten in der Hierarchie sich Anna Flanke offenbar befand.

Fahr zur Hölle, dachte Anna Flanke.

»Und mit großer Freude kann ich bekannt geben, dass die Regierung neue Maßnahmen gegen die Korruption ergriffen hat«, sagte Justizminister Moberg von dem kleinen Podium im Speisesaal in Rosenbad. »Wir rühmen uns viel zu oft, dass wir hier in Schweden untadelig sind. Aber die Korruption, meine lieben Kolleginnen und Kollegen, beginnt im Kleinen. Und da sind wir in keiner Weise besser als andere Nationen. Wenn ihr das Wort *Mensch* sagt, antworte ich *Beziehung*. Wir sind Herdentiere. Und daher sind wir auch eine leichte Beute für die Korruption. Hier in Schweden beginnt das vielleicht mit einem einfachen Kaffeekränzchen. Der kleine, unschuldige Kaffee ums Eck. Vielleicht auf der Drottninggatan außerhalb von Rosenbad. Und zwei Jahre später hat dieser kleine, unschuldige Kaffeeplausch dazu geführt, dass eine kleine Firma in Sörmland erstaunlicherweise die Ausschreibung gewonnen hat, die Toiletten in Rosenbad instand zu halten. Da sieht man, wozu das führen kann.«

Moberg setzte ein väterliches Lächeln auf und ließ seinen Blick über die Versammlung wandern. Sein Gesicht war braun gebrannt nach etwas mehr als einer Woche auf der Skipiste. Er trug einen dunklen, einfarbigen Anzug mit einer Krawatte in einem kräftigen Rot. Anna Flanke musterte die Versammlung. Die meisten sahen aus, als wären sie lieber anderswo.

»… wird ein Prozess beginnen, der uns dahinführt, dass wir gemeinsam zu Schwedens Bestem arbeiten. Und jetzt zum nächsten Programmpunkt«, sagte Moberg. »Es ist wichtig, dass wir in unserer Arbeit für die zukünftige Politik unsere Herzen und Köpfe sprechen lassen. Damit wir das jetzt schon üben, habe ich eine Person gebeten, uns zu helfen. Sie ist bekannt aus Radio und Fernsehen, aber vor allem ist sie ein *doer*, ein Tatmensch. Chaospilotin, Abenteurerin, Therapeutin, Lebensberaterin und Autorin, *you name it*. Hier ist sie, Millis Skanhagen!« Vereinzelter Applaus begleitete die blonde, durchtrainierte Frau hinauf aufs Podium, wo sie von Moberg liebevoll umarmt wurde.

Diese Szene ließ Anna Flanke schaudern.

»Hej! Wie geht es euch?« Millis Skanhagen hatte das Mikrofon ergriffen. Die Lautsprecher protestierten mit einem Rückkoppelungsgekreische, sodass sich die in der Nähe sitzenden Zuhörer die Ohren zuhalten mussten.

»Ich sagte: WIE GEHT ES EUCH?!«

Ein kleinerer Teil der Versammelten antwortete: »Gut.«

»Das könnt ihr besser! WIE GEHT ES EUCH?!«

»GUT«, kam es jetzt mit mehr Überzeugung aus fast dem halben Auditorium.

»Das freut mich. Denn mir geht es auch gut. Sogar sehr gut. Spitze ganz einfach. Und so geht es mir *jeden Tag*. Und heute verrate ich euch mein Geheimnis, wie man es anstellt, dass es einem *richtig gut gehen kann*. Zuerst wärmen wir uns ein bisschen auf. Bitte, Ulla und Mädchen!« Millis Skanhagen nickte Mobergs Sekretärin zu, die sich unterhalb des Podiums mit mehreren anderen Frauen aufgestellt hatte. Alle Frauen waren mit einem geflochtenen Korb ausgerüstet. Ulla selbst ergänzte die Gruppe mit einer ungewöhnlich mürrischen Miene. Mit Ulla an der Spitze verteilten sich die Frauen im Saal und teilten kleine Klumpen an die Zuhörer aus.

Anna Flanke bekam einen grauen Lehmklumpen in die Hand.

»Das hier ist nicht irgendein Lehm«, sagte Millis Skanhagen über dem Gemurmel, das entstand, während der Lehm ausgeteilt wurde. »Dieser Lehm, *versteht ihr*, symbolisiert euer Inneres.«

Das Gemurmel erstarb. »Hat jetzt jeder seinen Lehm bekommen?«

Ulla, die die letzten Reihen erreicht hatte, nickte zum Podium hin.

»Gut. Dann hätte ich gerne, dass alle die Augen schließen. Hopp-hopp-hopp! Kein Schummeln dort in der dritten Reihe. Schließt die Augen. Okay. Danke.«

Anna Flanke schloss ebenfalls die Augen, vorwiegend weil sie Millis Skanhagens erwartungsvolles und übertrieben geschminktes Gesicht nicht sehen wollte.

»So«, fuhr Millis Skanhagen fort. »Während ihr eure Augen geschlossen hält, sollt ihr aus dem Lehm ein Bild formen, das eurem Gefühl entspricht. Hier und jetzt. Wir geben euch einige Minuten Zeit.«

Anna Flanke traute ihren Ohren nicht. *Wie um Himmels willen stellt sich Moberg vor, dass dieses Theater unsere Entwicklung fördern könnte. Hat er jeglichen Verstand verloren?*

Ein schmatzender Laut ließ sie die Augen öffnen und auf ihre Hand blicken. Sie hatte den Lehm so fest zusammengedrückt, dass er zwischen ihren Fingern hervorquoll.

Ja doch, dachte sie, als sie die klebrige, hervorstehende Masse betrachtete. *Das könnte stimmen. Aber das reicht jetzt.*

Sie löste den Lehm von dem Programmblatt für den Gemeinschaftsaktivitätstag ab. Anna Flanke entschuldigte sich diskret bei den Sitznachbarn mit einem »Ich muss auf die Toilette« und eilte schnell in Richtung Aufzüge.

Der Korridor war leer. Anna atmete erleichtert auf. *Vielleicht kann man jetzt endlich ein wenig arbeiten*, dachte sie und ging zu ihrem Postfach. Sie trug die Post in ihr Arbeitszimmer und sah die Korrespondenz durch. Der Großteil waren braune interne Kuverts, die Aktennotizen enthielten, die in der ganzen Regierungskanzlei verteilt wurden, sowie einzelne Korrekturen von Vorschlägen für behördliche Instruktionen. Sie öffnete einen von zwei Briefen, die von außerhalb gekommen waren. Eine Kreditkartenabrechnung. Kerstin und David waren jeder mit einer eigenen Kreditkarte ausgestattet worden, damit sie ihre laufenden Ausgaben für die Ermittlungen decken konnten. Kerstins Kreditkarte war mit den Kosten für den Einkauf von Computern und Mobiltelefonen belastet.

Das war eine der wenigen Gelegenheit, bei denen Anna Flanke Moberg dankbar war. Bisher hatte er die Rechnungen, die Nordic Security Holdings AB betrafen, noch nicht sehen wollen, sondern hatte den gesamten praktischen Ablauf des Unternehmens Anna überlassen. *Selbstverständlich ein zweischneidiges Schwert*, dachte sie, *aber auf kurze Sicht gesehen zu unserem Vorteil.* Sie fragte sich, wie lange es noch dauern würde, bis die Blase platzte. Den Berichten von Kerstin zu urteilen, war es sehr wahrscheinlich, dass sie alle, inklusive Moberg, sich zu viel vorgenommen hatten.

Sie kontrollierte die Abrechnung weiter. Davids Teil der Rechnungslegung war nicht ganz sauber bezüglich seines

Auftrages. Aber Kerstin hatte sie schon vorgewarnt, dass es einige unorthodoxe Posten geben würde, unter anderem Einkauf von Spielzeug und Kinderkleidung. Kerstin wollte diese Beträge zurückzahlen, da sie wusste, dass es im Normalfall – hätte es sich um einen öffentlichen Auftrag gehandelt – gänzlich unmöglich gewesen wäre, die Karte auf diese Weise zu verwenden. Mehrere schwedische Politiker waren wegen ihrer zu großzügigen Einstellung gegenüber Kreditkarten, die vom Parlament oder der Regierung ausgestellt waren, in die Bredouille geraten. Anna Flanke wurde plötzlich stutzig. Da war eine Rechnung für Reisen nach Sankt Petersburg und London. Die Rechnung wies auch aus, wer die Reisenden gewesen waren. Unter Davids Namen stand noch ein Name, der ihr bekannt vorkam. *Sandra Helander*. War sie auch irgendwie an den Ermittlungen beteiligt? *Verdammter David*, dachte Anna. *Hat er seinen Aufriss auch auf die Reise mitgenommen. Luxushotel natürlich. Das muss ich mit Kerstin besprechen. Der wird eins auf den Deckel bekommen.*

Anna Flanke legte die Kreditkartenabrechnung zur Seite und öffnete den anderen Brief. Das Emblem des Schwedischen Firmenregisteramts war auf das Kuvert gedruckt.

Sie faltete das Blatt auseinander und las: »Anmeldung zur Änderung der Angaben im Handelsregister.«

»Was zum Teufel soll das«, rief Anna aus. Sie warf einen Blick auf den Korridor. Nach wie vor leer. Sicherheitshalber schloss sie die Bürotür und las den Brief noch einmal.

Jemand hatte das Firmenregisteramt veranlasst, die Namen im Aufsichtsrat für die Nordic Security Holdings AB zu ändern. Der einzige Name, der nicht geändert worden war, war ihr eigener. Die übrigen sieben Mitglieder des Aufsichtsrats waren ausgetauscht und durch Personen ersetzt worden, die beunruhigend russisch klangen. *Sergej Dumov, Ingenieur, Dmitri Ljubimov, Architekt … Verfluchter Moberg!*

Es klopfte an der Tür. Anna Flanke seufzte, versteckte die Papiere unter einem Ordner und öffnete.

»Was machst du da, Anna?« Vor der Tür stand Janna Sölvgård. *Sie ist zornig*, dachte Anna.

»Begreifst du nicht, dass du als Teil der Leitung des Ministeriums ein Vorbild sein solltest? Mach schnell und komm mit hinunter, die Gruppenarbeiten beginnen gleich.« Sölvgård war schon am Weg zu den Aufzügen.

»Ich muss nur mit Moberg sprechen«, rief ihr Anna nach.

»Da musst du bis morgen warten«, rief Sölvgård zurück. »Er ist schon gegangen. Beeile dich, ich halte den Lift auf!«

Der Maestro

Die Wiedervereinigung fand unter einer Eiche im Stadtpark von Örebro statt, im strahlend schönen Sommer des Jahres 1989. Das, was getrennt worden war, wurde an Ort und Stelle wieder zusammengefügt. Alle waren froh, einander wiederzusehen. Die Stimmung war ausgelassen. Ludwig war voll mit seinen Erfahrungen aus Berlin, Helsingborg und seiner aufstrebenden Karriere als Dirigent. Hildegard hatte gestrahlt wie die Sonne. Sie hatten gelacht und im Chor die heisere Waldtaube nachgeahmt, die in der Eiche wohnte. Barbara, die noch immer in ihrer alten Wohnung wohnte, hatte das Essen und den Wein für das Picknick vorbereitet. Nach einigen Stunden, als die Dunkelheit hereinbrach und es kühl wurde und der Wein bereits seine Wirkung zeigte, begann Hildegard zu sprechen. In ihrer Stimme lag große Melancholie. Das hatte sie alle mitgenommen. Sie hatte die Freunde um Verzeihung gebeten für das, was bei der Gedenkandacht für Robert passiert war. Aber vielleicht noch mehr dafür, wie sie sich am Tag danach verhalten hatte. Hildegard sprach lange. Sie sprach davon, dass das Band zwischen ihnen niemals zerreißen würde. »Wir sind die Wächter des Grals. Die musische Sprache muss verteidigt werden. Ihre Kraft muss behutsam verteilt werden. Das habe ich erst jetzt verstanden. Aber versteht ihr das auch?«

Sie hatten es alle verstanden. Sogar Barbara, die noch immer um Robert trauerte, verstand.

Als Hildegard sah, dass Barbara Trost brauchte, schlug sie vor, dass alle zu Roberts Gedenken singen sollten.

Sie gingen zum Fluss, stellten sich dort im Mondschein auf und sangen eine Liebessequenz, die sie noch immer auswendig konnten. Roberts Lieblingslied. Diese eigenartige Musik erklang frei und wunderschön über dem Fluss. Die schmerzlichen Stellen des Liedes trafen sie mit voller Wucht. Sie waren schutzlos und weinten. Umarmten einander. Ein Mann, der auf einer Parkbank gesessen war und zugehört hatte, ging auf sie zu mit Tränen in den Augen. Er erzählte, dass er in die Nacht hinausgegangen war, um eine Antwort auf alle Fragen des Lebens zu finden. Und über seine unglückliche Ehe.

Er meinte, dass sie ihm die Antwort gegeben hätten, die er gesucht hatte. Er wusste zwar nicht wie. Aber er war sich sicher, dass es geschehen war.

Sie betrachteten den Mann, während er sich entlang des Flusses in Richtung Stadt entfernte. Immer wieder drehte er sich um. Und winkte ihnen fröhlich zu. Sie winkten froh zurück.

Ludwig war glücklich.

In erster Linie, weil sie wieder alle zusammen waren.

Aber er freute sich auch über Hildegards Veränderung. Sie hatte ihm so viel geholfen. Ihm geholfen, seine Kräfte zu verstehen. Und jetzt war es ihr gelungen, alle wieder miteinander zu versöhnen. Sie war ruhiger geworden in den Jahren nach der Schule.

Machte nicht mehr so viel Druck. Erst als sie sich alle wieder auf die Decken unter der Eiche gelegt hatten, stellte Ella die Frage, die ihnen allen unter den Nägeln brannte.

»Hildegard … was ist unsere Aufgabe?«

Hildegard hatte sich gescheut zu antworten. Sie hatten ihr gut zureden, sie bitten und betteln müssen.

Schließlich hatte sie zu sprechen begonnen. Und zu singen.

Und sie sprach und sang stundenlang.

Und sie sahen und begriffen es.

Gjörwellsgatan, 3. Januar

»Lieber Ivan Michailowitsch«, sagte Viktor Andrejewitsch Netrebko, Russlands außerordentlicher bevollmächtigter Botschafter des Königreiches Schweden. »Mir ist es, wie du weißt, immer um Klarheit bei unseren Gesprächen gegangen. Deswegen mache ich mir Sorgen über die Informationen, die mir über deine Tätigkeit in der letzten Zeit zugetragen wurde.«

Der Botschafter trug diesmal einen Anzug, was Ivan Michailowitsch viel passender für ein Gespräch erschien als der Fußballdress des ZSKA.

»Du sagst ja gar nichts, Ivan Michailowitsch«, meinte der Botschafter. »Warte, lass mich dir helfen. Unsere Freunde vom russischen Militärnachrichtendienst und vom russischen Inlandsgeheimdienst berichten, dass du dich um Informationen bemüht hast, die eine Spur außerhalb deiner Sicherheitsklassifizierung liegen.«

»Hoppla«, sagte Ivan Michailowitsch. »Eigenartig.«

»Äußerst eigenartig. Außerdem hast du unser geliebtes Sankt Petersburg besucht. Aus unklaren Gründen.«

»Meine alte Mutter wohnt in Vsevolozhsk und wurde vor einigen Wochen plötzlich krank. Es tut mir leid, dass ich das zu erwähnen vergaß, als ich um Zeitausgleich bat.«

»Es besteht also kein Zusammenhang damit, dass sowohl David Westerdahl als auch der Bundespolizeipräsident Arnesson zur gleichen Zeit dorthin reisten?«

»Nicht der geringste«, sagte Ivan Michailowitsch.

»Na ja, es wäre nicht zu viel verlangt gewesen, wenn du während deines Zeitausgleichs ein paar Überstunden gemacht hättest«, sagte der Botschafter in einem verbindlicheren Tonfall. »Es ist schließlich deine Aufgabe, die Entwicklung des Geschehens bei den laufenden Ermittlungen zu überwachen. Du bist nicht zufällig einem der beiden in Sankt Petersburg begegnet? Westerdahl? Arnesson?«

»Nein, Sankt Petersburg ist groß.«

»Das ist wahr, da hast du recht. Unsere kulturelle Hauptstadt eignet sich ausgezeichnet für Leute, die anonym bleiben wollen, nicht wahr, mein lieber Ivan Michailowitsch.«

»So kann man das natürlich auch sehen.«

»Genau.« Der Botschafter räusperte sich. »Was deine Nachforschungen betrifft, möchte ich dir jedoch raten – nein, *nahelegen*, bessere Berichte abzuliefern. Ich bitte dich damit aufzuhören, Informationen über unsere einheimischen Verbrecher einzuholen. Da gibt es eine Grenze und ich sehe nicht die geringste Verbindung zu dem Auftrag, den du erhalten hast. Halte dich daran und beobachte ausschließlich das, was hier in Schweden passiert. Alles andere kann unsere Polizei vor Ort übernehmen.«

»Verstanden«, sagte Ivan Michailowitsch.

»Schön. Das kann nämlich missverstanden werden. Es hat die

Kollegen vom russischen Militärgeheimdienst und vom Inlandsgeheimdienst stutzig gemacht. Nicht alle sind so großzügig wie ich. Und du hast immerhin noch einige Jahre, bis du in Pension gehen kannst, nicht wahr? Na, dann wieder an die Arbeit.«

Der Botschafter strahlte plötzlich. »Sieh an, da ist sie ja, Ekaterina Petrowna! Mein Augenstern! Sind deine Kopfschmerzen heute besser?«

Stockholm, 4. Januar

»Morgen werden wir eine Pressekonferenz haben? Zu welchem Thema?«

Anna Flanke war verlegen. Im Intranet der Regierungskanzlei hatte sie gesehen, dass der Minister Moberg für den nächsten Tag eine Pressekonferenz angesetzt hatte. Das Thema war nicht angegeben. So sollte das eigentlich nicht funktionieren. Als politisch Sachverständige hätte sie darüber schon früher Bescheid wissen müssen und auch an der Gestaltung der Pressekonferenz gemeinsam mit der Staatssekretärin und dem Pressesprecher beteiligt sein müssen.

Janna Sölvgård blickte sie fragend an.

»Hat Moberg dich nicht informiert?«

»Ich will schon seit gestern mit ihm sprechen. Habe aber keinen Ton von ihm gehört.«

»Okay«, sagte Janna Sölvgård. »Da springe ich nicht für ihn ein. Das darf er gefälligst selbst übernehmen.«

»Was? Was meinst du?« Anna fühlte, wie sie von Panik ergriffen wurde.

»Wie gesagt«, sagte Janna Sölvgård. »Es ist am besten, wenn du das direkt von Moberg erfährst.«

*

Moberg befand sich seit einigen Stunden im Gebäude des Sicherheitsdienstes in Solna.

»Wo zum Teufel steckt dieser verdammte Arnesson?« Moberg war fuchsteufelswild. »Kann man sich nicht einmal darauf verlassen, dass ihr den Bundespolizeipräsidenten unter Kontrolle habt. Kein Wunder, dass Terroristen dieses verdammte Land überschwemmen, wenn der Sicherheitsdienst anscheinend inkompetent ist.«

»Ich finde, du kannst dich wieder beruhigen, Moberg«, forderte ihn die Generaldirektorin des Sicherheitsdienstes, Anna-Maria Magnusson, in ihrem schleppenden Schonen-Dialekt auf. »Vilgotsson hat Arnesson sicherlich davon abgeraten, nach Sankt Petersburg zu fahren. Aber wie du ja weißt, können wir nicht viel dagegen tun, wenn sich der Chef der öffentlichen Polizei plötzlich entscheidet, eine solche Reise zu unternehmen. Außerdem gab es zu dem Zeitpunkt auch keine Bedrohung für Arnesson. Wenn man von der generellen Abneigung absieht, die die Gewerkschaft der Polizei dem Bundespolizeipräsidenten gegenüber empfindet.«

»Aber habt ihr niemanden beauftragt, den Kerl zu überwachen?« Moberg schnaufte vor unterdrücktem Zorn.

»Nein«, sagte Anna-Maria Magnusson. »Unser Auftrag ist uns wichtiger. Bei dem es um die Sicherheit des Landes geht, verstehst du. Die russische Polizei und der Inlandsgeheimdienst sind benachrichtigt und suchen nach ihm. Wahrscheinlich will er nur eine Weile allein sein.«

»Allein sein? Willst du mich auf die Schaufel nehmen? Und welche Tropenkrankheit hat dich erwischt, dass du einer *feindlichen Polizei* mitteilst, dass Arnesson verschwunden ist? Schau

zu, dass du Arnesson bis zur morgigen Pressekonferenz auftreibst, tot oder lebendig. Falls nicht, sind wir gezwungen, sein Verschwinden bei der Pressekonferenz bekannt zu geben und den Russen die Schuld in die Schuhe zu schieben.«

»Davon würde ich dir kategorisch abraten«, sagte Anna-Maria Magnusson beherrscht. »Und ich werde dir diesbezüglich am Nachmittag ein Mail schreiben, in dem ich es dir schriftlich gebe.«

»Das wirst du verdammt bleiben lassen«, zischte Moberg und stürzte Hals über Kopf aus dem Raum.

Anna-Maria Magnusson schaute zu Vilgotsson, der am anderen Ende des Raumes an seinem Computer saß.

»Hast du das alles mitbekommen, Vilgotsson?«

»Jedes einzelne Wort, Chefin.«

»Super«, sagte Anna-Maria Magnusson.

Göteborg, 4. Januar

Am Morgen vor der Abfahrt nach Göteborg hatte er Sandra alles erzählt. Nicht die ganze Wahrheit, aber sehr wohl, dass seine Co-Autorin Kerstin nicht gerade erfreut darüber wäre, dass er eine Beziehung mit einer Person hatte, die eine Rolle bei der Entstehung des Buches spielte.

»Du weißt ja, journalistische Integrität und so weiter. Ethik und Moral. Andererseits jedoch, ich muss verdammt noch mal auch mein Leben leben können«, sagte David.

»Break it gently«, antwortete Sandra. »Du musst auch verstehen, dass sie sich Sorgen macht nach allem, was vorgefallen ist.

*

Kerstin hatte die Neuigkeit über die Geschichte mit Sandra einigermaßen gelassen aufgenommen. Sie hatte sich begnügt, ihn böse anzuschauen mit der Bemerkung, dass sie ihn aus den Ermittlungen ausschließen würde. Aber nicht vor der Reise nach Göteborg. »Jetzt gerade benötige ich deine Dienste. Aber sobald wir wieder zu Hause sind, bist du draußen. In jeder Hinsicht«, hatte Kerstin mit kühler Stimme gesagt. David fand, dass die Situation noch nicht aussichtslos war. Während der zwei Tage, die sie miteinander unterwegs sein würden, könnte er sie vielleicht wieder versöhnen. Er wollte während dieser Zeit hart arbeiten und all ihren Wünschen so weit wie möglich entsprechen. Das Mittagessen mit Rebecka Farnö würde er nützen, um ihr wichtige Informationen zu entlocken. Und das könnte dazu beitragen, dass Kerstin den Wert seiner Arbeit wieder schätzen würde. Vielleicht könnte er sogar Hilfe von Barbro bekommen, von der er wusste, dass sie ihn gut leiden konnte.

Sie saßen in Kerstins Zimmer im Hotel Aveny in Göteborg und besprachen die Vorgangsweise für den morgigen Tag. »Okay«, sagte Kerstin. »Wir wollen die Gefahren unseres Besuches in der Internatsschule Infantinnan in Äspered morgen nicht überbewerten. Aber da Tindra Svensson dem Vorstand angehört, gibt es Verbindungen, die wir nicht übersehen dürfen. Deswegen habe ich Anders Pierrot gebeten, dass er seine kostbare Freizeit opfert und uns begleitet, sich dabei allerdings im Hintergrund hält. Sollte etwas passieren, kann ein aktiver Polizist für uns eine gute Unterstützung sein«, meinte Kerstin. »Vor allem, weil es um unsere persönliche Sicherheit derzeit nicht zum Besten steht«, sagte sie mit einem Blick zu David.

»Streitet euch nicht, liebe Freunde«, sagte Barbro. »Laut dem Testament aus London, das auf eine Woche vor dem Ostseefestival datiert ist, sollen sämtliche Mittel, außer der

Notenbibliothek, dem Verwaltungsunternehmen Tempo Giusto AB zufallen.«

»Tempo giusto! Ein striktes Tempo, das nach einem Abschnitt freierer Bewegung dem Puls der Musik folgt. Sieh an, was für ein hübsches musikalisches Bild für unsere Bemühungen«, sagte David, um die Stimmung aufzuheitern. Allerdings vergeblich, weder Barbro noch Kerstin würdigten ihn eines Blickes.

»Die Vorstandsvorsitzende der Firma ist eine gewisse Ulrika Grundström, die interessanterweise auch die Hälfte der Aktien der Firma besitzt. Laut diesem Testament fallen ihr auch Antoine Malås Aktien zu, falls er sterben sollte.«

»Konntest du noch mehr über Ulrika Grundström in Erfahrung bringen?«, fragte David.

»Einiges. Sie ist fünfunddreißig Jahre alt. Alleinstehende Mutter eines Kindes von fast drei Jahren.«

»Glaubst du ...«, begann David, wurde aber von Barbro unterbrochen.

»Hier wird nichts geglaubt«, sagte sie mit scharfer Stimme. »Durch die Hilfe von Anders Pierrot, der leichter an bestimmte Auskünfte herankommt, haben wir erfahren, dass der Vater als unbekannt gilt, falls es das ist, was du sagen wolltest.«

»Aber der Vater kann nur Antoine sein«, rief David aus.

»Kann und kann«, sagte Kerstin. »Was wir wirklich wissen, ohne uns auf Überlegungen über außereheliche Verhältnisse einzulassen, ist, dass Ulrika Grundström eine beträchtliche Summe erbt, egal welches Testament das gültige ist. Wenn das Testament aus London gültig ist, ist der Betrag, den sie erbt, allerdings um einiges höher, das ist klar. Umgekehrt würde die Stiftung Infantinnan und die Äsperedschule möglicherweise einen riesigen Verlust erleiden.«

»Das heißt, die Hypothese lautet, dass es bei der Sache trotz allem um Geld geht«, sagte David.

»Nein. Jetzt ziehst du wieder voreilige Schlussfolgerungen«, sagte Barbro. »Wenn Infantinnan oder einer seiner Vertreter das letzte Testament gekannt hat, könnte das unter gewissen Voraussetzungen ein Motiv ergeben, das können wir festhalten.«

»Es ist doch nicht zu glauben, wie kompliziert das alles sein soll«, meinte David. »Unter welchen Voraussetzungen könnte es dann ein Motiv geben?«

»Eine solche Voraussetzung könnte sein, dass die Stiftung ernsthafte finanzielle Probleme hat«, erklärte Kerstin.

»Und hat sie die?«

»Schwer zu sagen. Dadurch, dass Infantinnan den Schulbetrieb mittels einer Gesellschaft organisiert, in der die Stiftung die Mehrheit hat, müssen wir eine Menge Dinge überprüfen. Da ist zum Beispiel die Gesellschaft, die das kommunale Schulgeld und die Semestergebühren für die Schüler der Äsperedschule kassiert. Aber die Stiftung sammelt das Geld, die Schenkungen und die Spenden ein und gibt das Geld in Form einer Erhöhung des Eigenkapitals an die Gesellschaft weiter.«

»Wir brauchen ganz einfach eine grundlegende Cashflow-Analyse, eine Auswertung von Einnahmen und Ausgaben, welche Investitionen gemacht wurden und so weiter, um eine aussagekräftige und detaillierte Beurteilung über die finanzielle Lage der Stiftung Infantinnan abgeben zu können.«

»Okay«, sagte David. »Aber angenommen, Antoine Malå wäre ein ständiger Beitragszahler der Äsperedschule gewesen und hätte sich, wie im Fall Schaljapin und dessen Bau einer Akademie, plötzlich entschlossen auszusteigen? Und sich außerdem dazu entschieden, die Stiftung und die Äsperedschule zu enterben?«

»Letzteres wissen wir bereits«, sagte Barbro. »Die Frage, in welcher Form Malå Beiträge an Infantinnan geleistet hat, konnten wir bis jetzt noch nicht klären. Wir schauen uns selbstverständlich bei einigen der anderen Gesellschaften um, an denen Malå beteiligt war, und kontrollieren, ob von dort Zahlungen getätigt wurden. Dann sind da noch die Barbeträge, die er sich monatlich während einiger Jahre ausbezahlen ließ. Ein steuerfreier Beitrag von ein paar Hunderttausend hätte die Stiftung selbstverständlich attraktiver erscheinen lassen, vorausgesetzt, der Vorstand hätte es mit den Gesetzen und Verordnungen nicht so genau genommen.«

»Ein gefährliches Pokerspiel«, meinte David.

»Wie meinst du das?«, fragte Kerstin.

»Ich meine nur, dass Tindra Svensson eine angesehene Landtagsabgeordnete ist. Sie will sicher nicht mit den Fingern in der Kassa erwischt werden.«

»Das ist wahr. Es wird auf jeden Fall interessant sein zu hören, was die Direktorin und Vorstandsvorsitzende des Betriebs uns darüber morgen zu erzählen hat«, sagte Kerstin.

»Nehmt jeder ein Satellitenbild von der Umgebung mit. Lest euch ein. Man kann nie wissen, welche Kenntnisse wir morgen benötigen.«

Davids Telefon piepste.

Er nahm es aus der Tasche und sah, dass er ein SMS von Sandra bekommen hatte.

Habe ich dir Schwierigkeiten
bereitet? Dann tut es mir leid.
Du fehlst mir … ein wenig. J / S

»Das kann doch nicht dein Ernst sein«, sagte Kerstin. »Hast du dein privates Mobiltelefon hierher mitgenommen?«

»Äh«, sagte David in jämmerlichem Ton. »Ich habe vergessen, mir ein neues im Hauptquartier zu nehmen, tut mir leid.«

»*Tut dir leid. Jaja.* Warum bin ich nicht einmal erstaunt«, sagte Kerstin müde. »Dieses Telefon lässt du morgen in der Hotelrezeption. Wir treffen uns um Punkt acht Uhr im Frühstücksraum. Und jetzt solltest du gehen, David.«

David schaute auf die Uhr. Es waren noch ein paar Stunden Zeit, bis er Rebecka Farnö treffen würde. Aber die Stimmung im Raum war so mies, dass er nicht protestierte. »Na ja, da magst du recht haben«, murmelte er, sammelte seine Unterlagen ein und verließ das Zimmer.

Barbro folgte ihm hinaus auf den Korridor des Hotels. Sie wandte sich erst an ihn, als die Tür zu Kerstins Zimmer ins Schloss gefallen war.

»Du hast dich wirklich sehr schlecht benommen, David«, sagte Barbro.

»Ich …?« David machte einen Versuch, sich zu verteidigen.

»Sei bloß still«, sagte Barbro in ihrem noch stärker singenden Dalarna-Dialekt als sonst. »Ich verstehe dich. Du hast noch nicht so lange mit Kerstin gearbeitet wie ich und kannst sie daher noch nicht so gut einschätzen. Du musst wissen, dass Kerstin fast immer recht hat. Und was die Sicherheit ihrer Gruppe – oder sagen wir ihrer Herde – anbelangt, da nimmt sie es sehr genau. Jetzt gerade ist sie besonders verärgert über dich, weil du so verdammt ungeschickt warst. Aber sie mag dich. Und vielleicht fühlt sie sich gerade deswegen verletzt. Ich weiß, dass die Kommunikation in der Gruppe in der letzten Zeit nicht die beste war. Und Kerstin und ich, wir mögen beide keine Spekulationen. Wir lieben Fakten. Auch ich, obwohl ich Psychologin bin. Aber ich erkenne die Zeichen bei Kerstin, wenn sie es ernst meint. Daher sei bitte vorsichtig mit dieser Sandra. Sie scheint unheimlich nett zu sein und es freut mich für dich, aber im Moment können wir niemandem trauen.«

Sie schaute David durchdringend an.

»Okay, Barbro«, sagte David. »Ich schäme mich wie ein Hund. Und ich verspreche, vorsichtig zu sein.«

»Das wollte ich dir nur sagen«, sagte Barbro und tätschelte leicht seine Wange. Dann ging sie wieder zu Kerstins Tür und klopfte an.

»Und übrigens, David.«

»Ja?«

»Diese Rebecka scheint auch kein Unschuldslamm zu sein. Halte dich von ihr fern«, sagte Barbro lächelnd. Die Tür wurde einen Spalt von einer augenfällig missgelaunten Kerstin geöffnet. Das war für David das Zeichen, sich schleunigst in Richtung Aufzüge zu verziehen.

*

Rebecka Farnö hatte Lai-Wa, ein chinesisches Restaurant in der Storgatan, nur ein paar Schritte von Davids Hotel entfernt, als Treffpunkt vorgeschlagen. Er war schon etwas früher gekommen und man hatte ihm einen Tisch am Fenster, das auf die Storgatan schaute, zugewiesen. Die Storgatan war eine wenig bevölkerte Straße, was gut zu den Klängen der pentatonischen Musik passte, die durch die Lautsprecher im Restaurant ertönte.

»Hej, David.« *Ein tiefer Alt, weicher Göteborger Dialekt,* dachte David, bevor er von seinem Mobiltelefon aufblickte.

»Hej, Rebecka! Setz dich.« David hatte natürlich schon früher ein Foto von Rebecka gesehen. Für eine Jazzsängerin hatte sie einen ungewöhnlich hohen Bekanntheitsgrad erreicht. Dass sie im Gegensatz zu anderen Jazzsängerinnen am schwedischen Musikmarkt nie nach Stockholm übersiedelt war, hatte verständlicherweise zur Mythenbildung beigetragen. Rebecka Farnö war Göteborg treu geblieben. All das war David bekannt. Aber er war nicht auf ihre Wirkung außerhalb der Bühne vorbereitet. Er dachte voll Dankbarkeit an Sandra. Vor einiger Zeit noch, unter anderen Umständen, wäre er vom ersten Augenblick an verloren gewesen, sobald Rebecka Farnö mit ihrem rabenschwarzen Pagenkopf, ihrem knallroten Mund und ihren dunklen Augenlidern den Raum betreten hatte.

»Die Musik nervt. Aber das Essen ist großartig«, sagte Rebecka und setzte sich ihm direkt gegenüber auf einen der samtbezogenen Stühle.

»Ich verlasse mich auf deine Ortskenntnis«, sagte David.

»Weißt du, David, ich bin froh, dass ich dich treffen durfte. Das war ein fürchterlicher Schock. Tony, Camilla, Georg, die alle keiner Fliege etwas zuleide tun konnten. Es ist abscheulich, was es für Menschen gibt.«

Rebecka befragte ihn über die letzten Treffen mit Georg Lemming und Camilla Jaern. Sie weinte ein wenig bei Davids Erzählung über Georgs Mazarin-Törtchen und Camillas schlagfertige Antworten.

Nach einer Weile bestellten sie das Essen, David entschied sich für Mineralwasser und Rebecka für Weißwein. Rebeckas Stimme war tief und angenehm. David dachte, dass sie eine Stimme habe, der viele Menschen instinktiv gerne zuhörten, so als berge schon allein ihr Klang eine spannende Erzählung.

»Nun, Rebecka«, sagte David, nachdem er die ersten Bissen seines Huhns à la Szechuan hinuntergeschluckt hatte. »Wie du sicher verstehen kannst, möchte ich ein so vielschichtiges Bild wie möglich von Antoine und seiner künstlerischen Entwicklung geben. Und ich habe den Eindruck, dass die Zeit, die ihr in Örebro verbracht habt, von größter Bedeutung für Antoine war. Wie würdest du diese Zeit beschreiben?«

»Vielschichtiges Bild? Da bist du an die richtige Person geraten«, sagte Rebecka lächelnd. »Also, David«, fuhr sie fort. »Das war die beste Zeit meines Lebens. Wir waren eine so verrückte, außergewöhnliche Gruppe, musst du verstehen. Wir hatten alle unsere Besonderheiten. Verschiedene Genres sozusagen. Ich liebte den Rhythmus und die Improvisation. Tony war unser musikalischer Einstein. Der Kontrolltyp, Georg, war unser Ordnungsmensch. Du kannst dir vorstellen, welche Energie durch den Raum wirbelte.«

»Und die anderen, Sandra und Tindra? Was spielten sie für eine Rolle?«

»Sandra und Anna heißen sie für mich«, sagte Rebecka mit gespieltem Ernst. »Sandra und Anna waren taff, würde ich behaupten. Wahnsinnig begabte Mädchen, alle beide. Ich finde, es ist schade, dass Anna nicht bei der Musik geblieben ist. Egal welches Instrument sie in die Hand nahm, sie konnte sofort darauf Musik machen.«

Obwohl David schon früher seine Meinung über Tindra Svensson hatte ändern müssen, konnte er sich die Kulturlandesrätin beim besten Willen nicht mit einem Instrument vorstellen, egal mit welchem.

»Man kann eigentlich nicht behaupten, dass ihre Rollen so klar definiert waren. Sie waren beide Expertinnen darin, sich dort, wo sie gebraucht wurden, einzufügen«, erklärte Rebecka. »Ach, jetzt klingt es so, als wären sie nicht so wichtig gewesen. Aber es war genau umgekehrt. Sie waren irgendwie der Kitt in unserer Musik.«

»Das klingt ja beinahe so, als wärt ihr eine Band gewesen«, sagte David und nahm einen Schluck vom Mineralwasser.

»Ich empfand es auch so, absolut«, sagte Rebecka. »Wir hatten einen fixen Tag in der Woche, an dem wir probten, aber manchmal arbeiteten wir auch etliche Tage hintereinander. Besonders an den Wochenenden.«

»Kannst du mir etwas über die *musische Sprache* erzählen?«

»Haha, das.« Rebecka ließ ihren Blick auf die Straße wandern, wo wieder Schneegestöber eingesetzt hatte.

»Es war vor allem Tony, der sich damit beschäftigte. Eine theoretische Konstruktion. Ich habe das Ganze nie richtig verstanden, muss ich zugeben. Ich bin dafür wahrscheinlich zu rastlos. Das ist so wie mit Handbüchern und solchem Zeug. Wenn ich mir irgendein technisches Gerät kaufe, weigere ich mich, die Beschreibung durchzulesen. Ich will alles allein erlernen. In fast der Hälfte aller Fälle funktioniert diese Strategie«, sagte Rebecka und lachte.

Je später der Abend wurde und Rebecka eine Geschichte nach der anderen über Antoine Malå zum Besten gab, desto faszinierter war David davon, wie lebhaft sie über diese Zeit und die damaligen Ereignisse erzählen konnte. Die Stimmen von Sandra, Tindra und Georg, wie David sie gehört hatte, konnte sie perfekt nachahmen.

»Gab es nicht auch einen Nils in der Gruppe, der gestorben ist?«

Rebeckas gute Laune verschwand sofort. Sie blickte David an, als hätte er ihr einen Schlag ins Gesicht verpasst. Tränen stiegen ihr in die Augen. Sie erhob sich von ihrem Stuhl.

»Ich muss gehen«, sagte sie schniefend.

Ich habe offenbar ein besonderes Talent, die Leute zu vertreiben, dachte David. Er war enttäuscht. Nicht nur weil Rebecka das Restaurant verlassen hatte, sondern weil er selbst nur ein äußerst mageres Ergebnis des Abends vorweisen konnte. Das Beste an seinem Bericht für Kerstin war, dass es ihm gelungen war, sich auf einer *oberflächlichen* Basis ein ganz gutes Bild von Rebecka Farnö zu machen, sowie die Tatsache, dass die Frage über Nils' Tod auch dreißig Jahre nach seinem angeblichen Selbstmord noch immer ein sehr heikles Thema war. Er bezahlte, begab sich in das schneidend windige Wetter von Göteborg hinaus und wanderte die Viktoriagatan entlang hinauf zur Vasagatan, wo in westlicher Richtung das Hotel Aveny lag.

Was zum Teufel kann ich tun, damit Kerstin mir verzeiht, dachte er und spürte, wie er immer verzweifelter wurde. Diese Ermittlungen, die Arbeit, Kerstin, Barbro, all das bedeutete für ihn den Weg zurück in ein besseres Leben, darüber gab es keinen Zweifel. Die Ermittlungen und Sandra. Er wollte um jeden Preis beide behalten. *Das werde ich verdammt noch mal auch schaffen*, dachte er. Das Telefon piepste. Er nahm es aus der Tasche und warf einen Blick darauf. In der Kälte verfluchte er die Reflexe, die er wie so viele andere durch die Abhängigkeit des Menschen vom Mobiltelefon entwickelt hatte.

Das Display zeigte eine Notiz aus dem *Aftonbladet*. David seufzte, wodurch in der Kälte eine Rauchwolke entstand, blieb dann jedoch regungslos stehen.

»Mord an Malå. Komponist spielt Detektiv.«

David fühlte den Boden unter sich schwanken. Er loggte sich schnell auf der Website von *Aftonbladet* ein und erblickte das Foto von einer gewissen Matilda Mannerstam. *Verdammt*, dachte David, *Matilda.*

Aftonbladet hatte mit Fotos nicht gespart. Er erkannte sein altes Sofa in Gamla Stan. Und das Hotelzimmer in Örebro. Aber er konnte sich beim besten Willen nicht daran erinnern, dass er so bereitwillig für die Fotos posiert hatte, die ihn in einem völlig betrunkenen Zustand zeigten. Obwohl es ihm widerstrebte, musste er doch weiterlesen.

David Westerdahl ist wahrscheinlich am besten bekannt als Komponist und Leiter unterschiedlicher Kulturinstitutionen. Aber er hat sich auch über längere Zeit im Dunstkreis der Macht bewegt. Aftonbladet hatte mehrmals Gelegenheit, ihn bei einer seiner alkoholgetränkten Tourneen zu treffen. Westerdahl befand sich im Anschluss an einen brutalen Doppelmord in Örebro an Ort und Stelle. Wie Aftonbladet erfuhr, stehen diese Morde wahrscheinlich im Zusammenhang mit dem Fall des ermordeten Antoine Malå.

– Es ist ja bekannt, dass ich immer gleichzeitig mit den Ermittlungen an meinen Kompositionen gearbeitet habe.

– Was seine Rolle als Privatdetektiv im Fall Malå anbelangt, sagt Westerdahl:

– Das ist eine große Sache. Es geht um die Sicherheit des Landes.

– Wer sind deine Auftraggeber?

– Das möchte ich nicht bekannt geben. Aber wir haben Unterstützung von den höchsten Instanzen, betont Westerdahl.

– Wer ist wir?

– Man kann sagen, dass wir ein kleines, fixes Team von Personen mit unterschiedlichem beruflichem Hintergrund sind, erwidert Westerdahl geheimnisvoll.

Polizeinahe Quellen geben an, dass möglicherweise die frühere Chefin der staatlichen Mordkommission, Kerstin Armfeldt, zu diesem Team gehören könnte. Aftonbladet hat vergeblich versucht, sie zu erreichen. Die Polizei bestreitet, je einen offiziellen Auftrag an Armfeldt oder Westerdahl erteilt zu haben. Als Aftonbladet mit Janna Sölvgård, der Staatssekretärin im Justizministerium, Kontakt aufnimmt, weist diese auf eine Pressekonferenz hin, die morgen (*Mittwoch*, Anmerkung der Redaktion) von Justizminister Arvid Moberg gehalten werden wird.

Wenn sich herausstellen sollte, dass Westerberg und Armfeldt parallele Ermittlungen im Auftrag der amtierenden Regierung durchführen, dann ist das unerhört und außerdem konstitutionswidrig, erklärt der Verwaltungsrechtsexperte Paul Werkström.

In Erwartung der morgigen Pressekonferenz lassen sich bisher nur Spekulationen anstellen, was dahintersteckt, dass sich Westerdahl und Armfeldt verpflichteten, in die Ermittlungen zu Malås Tod einzugreifen. Könnte es sich dabei wieder um eine private Fahndung in ähnlichen Dimensionen wie die sogenannte Ebbe-Carlsson-Affäre handeln, die im Nachklang des Mordfalles an Ministerpräsident Olof Palme wie eine Bombe losging?

Sicher ist jedenfalls, dass es gewisse Ähnlichkeiten gibt. Westerdahl, der bekannt dafür ist, freimütig seine Ansichten auf kulturellem

> Gebiet bekannt zu geben und laut Quellen aus der Branche als »der Inbegriff eines kulturellen Menschen« gilt, ist jederzeit für Überraschungen gut. Die mögliche Teilnahme von Kerstin Armfeldt an den Ermittlungen lässt einige Fragen entstehen.

David spürte, wie Übelkeit in ihm hochstieg. Er ging weiter auf der Vasagatan in Richtung Hotel. Er war unfähig, seine Gedanken zu sammeln und fühlte sich komplett ausgeliefert. Das alles bedeutete nicht nur das Ende der Zusammenarbeit mit Kerstin, sondern vermutlich das Ende seiner gesamten Karriere. Er überlegte, ob er sofort die Redaktion von *Aftonbladet* anrufen sollte, um die Möglichkeit einer Richtigstellung zu bekommen. Dann begriff er die Sinnlosigkeit seines Vorhabens. Mediale Bloßstellungen dieser Art folgten ihrer eigenen Dynamik und im Hinblick auf das Fotomaterial, über das *Aftonbladet* verfügte, würde er sich, wenn möglich, noch mehr blamieren, wenn er nicht mehr als einen gut formulierten *Protest* vorzubringen hatte.

Das Telefon läutete.

David ließ es läuten und stellte es dann auf lautlos.

Ihr macht mich fertig, dachte David.

Zwei Stunden später trank er sein siebentes Bier im Pub Stage Door aus. Dazu hatte er genauso viele Whiskys getrunken. Unzählige Male hatte er Mitteilungen an Sandras Mailbox verschickt und ebenso unzählige Male hatte er die Anrufe, die andauernd von Kerstin und Anna Flanke eintrudelten, nicht angenommen. Ganz zu schweigen von den Anrufen der Journalisten.

In einem Zustand zunehmender Betrunkenheit versuchte er eine Erklärung für sein Verhalten zu formulieren, die Kerstin und vor allem Sandra milder stimmen sollte, musste aber einsehen, dass es keinen Zweck hatte. Seit er Sandra das erste Mal getroffen hatte, hatte er ihr vorgemacht, dass er an einem Buch über Malå schrieb. Er hatte den einzigen Menschen, dem er vertraute, belogen. Er stellte sich die Frage, ob er verzeihen könnte, wenn er selbst so schamlos hintergangen worden wäre. Als er einsehen musste, dass seine Antwort höchstwahrscheinlich Nein wäre, winkte er der Kellnerin und bestellte noch eine Runde Bier und Whisky.

»Ich nehme das gleiche«, sagte eine wohlklingende Frauenstimme, die nur Rebecka Farnö gehören konnte. »Du kannst ein wenig Gesellschaft gebrauchen, David. Und ich genauso.«

5. Januar, Göteborg, Hotel Aveny, 08.30 Uhr

Kerstin und Barbro saßen schweigend beim Frühstück im Hotel Aveny. Kerstin trank schon ihre dritte Tasse grünen Tee. Barbro stocherte an einem Würstchen herum, das neben einer gehörigen Menge weißer Bohnen mit Tomatensauce auf dem Teller lag. Nach den Enthüllungen von *Aftonbladet* hatte Kerstin hartnäckig versucht, David zu erreichen, aber ohne Erfolg. Sie hatte das Personal an der Rezeption gebeten, sie zu welcher Zeit auch immer zu wecken, falls sie ihn zu Gesicht bekämen. Aber niemand hatte angerufen. David war verschwunden. Sie hatte jedoch eine ganze Weile mit Anna Flanke gesprochen. Sie war verständlicherweise wütend über Davids Schnitzer, der bei Weitem darüber hinausging, bei einer Amtshandlung eine Zeugin mitzunehmen.

Aber es gab eine Sache, die sie noch mehr beunruhigte. Wie der Artikel in *Aftonbladet* angedeutet hatte, würde Justizminister

Moberg nämlich eine Pressekonferenz einberufen. Anna Flanke hatte erzählt, dass sie ihren Chef verzweifelt gesucht hatte, aber noch immer keinen Kontakt mit ihm herstellen konnte und daher auch keine Auskunft erhalten hatte, worum es bei der Pressekonferenz gehen sollte. Das versprach nichts Gutes und beide, Kerstin und Anna, glaubten erraten zu können, was der Anlass für diese Veranstaltung war. Die Operation Berwald sollte bekannt gemacht werden. Die Frage war nur, auf welche Art.

Kerstin hatte Anna Flanke empfohlen, sich krank zu melden und die Pressekonferenz im Netz zu verfolgen.

»Wenn es so kommt, wie wir vermuten, wird dich die Presse hart in die Mangel nehmen. Da ist es besser, du bleibst zu Hause.«

Anna Flanke war skeptisch. »Ich werde mich nicht verstecken. Ich habe ja nur ausgeführt, was er mir aufgetragen hat. Außerdem möchte ich die Chance haben, Moberg damit zu konfrontieren.«

»Tue, was du nicht lassen kannst, Anna. Aber denk an meinen Rat. Glaube nicht, dass du so viel gewinnen kannst, wenn du ihn in dieser Lage konfrontierst. Außer mit den Fäusten«, hatte Kerstin erwidert. »Aber gut. Barbro und ich machen das, was wir uns vorgenommen haben. Deswegen sind wir ja nach Göteborg gekommen. Wenn wir sowieso vor einer Anklage stehen, können wir genauso gut noch unser Anliegen erledigen. Stimmen wir uns nach der Pressekonferenz ab. Ich versuche erst einmal, David zu finden, dann sehen wir weiter.«

Barbro schob den Teller von sich und blickte Kerstin niedergeschlagen an. An diesem Tag trug sie ein Kleid mit einem Muster, das Kerstins Meinung nach wie Pfauen mit Drogenproblemen aussah. »Kerstin, glaubst du wirklich, dass David an all dem schuld ist? Das entspricht doch nicht seiner Art.«

»Ich weiß, dass du ihn magst, Barbro. Aber es tut mir leid, dir sagen zu müssen, dass das sehr wohl seiner Art entspricht. Und ich bin mir nicht sicher, ob ich es aushalte, mir seine Ausreden anzuhören, wenn wir ihn endlich finden.«

»Wenn wir ihn überhaupt finden«, sagte Barbro bekümmert. »Vielleicht hat man ihn entführt. Hast du schon einmal daran gedacht?«

»Keinen Moment. Er hat einen Rückfall gehabt, das ist alles. Wahrscheinlich ist er bei irgendeiner Frau, die er aufgerissen hat, und versucht, seine Blamage so gut wie möglich zu verdauen.«

»Du urteilst sehr hart, Kerstin.«

Kerstin wollte gerade eine bösartige Antwort geben, nämlich wie stark sich ihr Dalarna-Dialekt bemerkbar machte, wenn sie etwas zu bekritteln hatte, als das Telefon läutete.

»Kerstin.«

»Servus, Anders hier. Was für ein Chaos.«

»Das ist eine Untertreibung«, meinte Kerstin und war erleichtert, die ruhige Stimme von Anders Pierrot zu hören. »Bist du am Weg hierher?«

»Ja, klar. Ich fahre, sobald mein Auto und mein Dienstplan es erlauben. Möglicherweise verspäte ich mich um eine halbe Stunde«, sagte Anders. »Ich habe nämlich das Ergebnis vom Nationalen Forensischen Zentrum heute Morgen erhalten.«

»Ach ja. Schieß los.«

»Immer mit der Ruhe. Zuerst schauen wir uns einen Film an, den ich von der Bewachungskamera der Berwaldhalle zusammengeschnitten habe. Ich maile ihn dir jetzt.«

Rosenbad, 09.45 Uhr

Anna Flanke hielt ihre Schlüsselkarte zum Kartenlesegerät beim Eingang zu Rosenbad in der Drottninggatan. Das Klicken der Tür blieb aus. Sie probierte es noch einmal. Wieder geschah nichts. Es war ihr schon früher passiert, dass sie ihren Passierschein vergessen hatte. Dann hatte sie die Wache angerufen und sich darauf verlassen, dass man sie kannte, oder wenn der Wachbeamte neu war, hatte sie gewartet, bis ein Kollege kam und für sie bürgte. Aber diesmal war es anders. Obwohl es verschiedene Gründe geben konnte, beispielsweise dass der Magnetstreifen der Karte defekt war oder dass jemand versehentlich die Liste der Berechtigten geändert hatte, sagte ihr ihr Bauchgefühl, dass es sich hierbei nicht um einen Zufall handelte. Dafür gab es zu viele Vorzeichen. Daher ging sie stattdessen um das Gebäude herum zu dem Eingang beim Rosenbadspark.

Beim Anblick der Journalisten, die Schlange standen, um in den Presseraum zu gelangen, blieb sie abrupt stehen. Um den dramatischen Effekt so spektakulär wie möglich zu machen, hatte Moberg die Sicherheitskontrollen offensichtlich erheblich verstärkt. Sie drehte sich um und ging die Drottninggatan wieder hinauf. Anna Flanke lenkte ihre Schritte in Richtung Sergels Torg, ihre Tasche mit dem Laptop hielt sie dabei fest umklammert. Dann betrat sie das erstbeste geöffnete Café. Sie bestellte einen Caffè Latte und verband den Laptop mit dem Internetzugang auf ihrem privaten Telefon. Die Pressekonferenz musste jeden Augenblick beginnen.

Hotel Aveny, Göteborg, 09.59 Uhr

»Das ist doch nicht zu fassen«, sagte Kerstin, nachdem sie Anders Pierrots Bericht gesichtet hatte, der nach einer Reihe ärgerlicher Probleme mit dem E-Mail-Account endlich in ihrem Posteingang gelandet war.

»Ja, wirklich, das ist unglaublich«, sagte Anders. »Okay, jetzt muss ich mich auf das Fahren konzentrieren. Wir sehen einander später. Hej.«

Kerstin drehte sich zu Barbro um. »Barbro, kannst du zur Rezeption gehen und fragen, ob sie uns einen Projektor leihen können? Falls sie dafür bezahlt werden wollen, ist das auch in Ordnung.«

»Na klar, aber die Pressekonferenz beginnt gerade«, sagte Barbro.

»Auf die scheißen wir. Wir haben Wichtigeres zu tun.«

Presseraum »Bella Venezia«, Rosenbad, 10.09 Uhr

Dem Durchschnittsbürger, der selten beim Presseraum von Rosenbad vorbeikommt, mag es vielleicht etwas eigenartig erscheinen, dass dieser Raum »*Bella Venezia*« heißt. Die Journalisten, die damit vertraut waren, wunderten sich kaum darüber. Normalerweise konzentrierte sich ihr Interesse auf andere Dinge als die bauhistorischen Aspekte, wenn der Ministerrat sie zu einer Pressekonferenz in diesen Raum einlud, der nach dem legendären und von Berühmtheiten frequentierten Café benannt war, das sich einst in diesen Gemäuern befunden hatte.

Zwei Mikrofone auf Stativen standen auf der Rednertribüne.

Der Presseraum war gesteckt voll, höchstwahrscheinlich infolge des Artikels in *Aftonbladet* vom Vortag.

Anna Flanke, die die Übertragung im Netz von ihrem Tisch im Café, das nur wenige hundert Meter von Rosenbad entfernt lag, mitverfolgte, konnte sehen, wie sich die Fotografen durch die Gänge quetschten, um einen besseren Blick zu erhaschen. *Es würde mich interessieren, ob Moberg den Artikel in Aftonbladet in Auftrag gegeben hat*, dachte Anna. *Bessere PR hätte er gar nicht bekommen können.*

Der Justizminister Arvid Moberg betrat eine Viertelstunde nach der festgesetzten Zeit gemeinsam mit der Staatssekretärin Janna Sölvgård den Presseraum. *Er will die Spannung im Raum erhöhen*, dachte Anna Flanke und trank die letzten Schlucke ihres Caffè Latte. Und tatsächlich entstand ein wahres Blitzlichtgewitter, als Moberg sich langsam und staatsmännisch dem Mikrofon näherte.

»Ich habe diese Pressekonferenz heute einberufen, da ich vor einigen Tagen außerordentlich alarmierende Nachrichten erhalten habe, die leider im Nachhinein von der Polizei und anderen betroffenen Behörden bestätigt wurden. Bevor ich meine Rede fortsetze, möchte ich Sie bitten, mit Ihren Fragen zu warten, bis ich fertig bin. Die Staatssekretärin Sölvgård hier wird die Fragestunde übernehmen, da ich zurück an die Arbeit muss, um die Gefahren für die Sicherheit des Landes zu begrenzen, die sich aufgrund dieser Angelegenheit ergeben haben.«

Janna, du falsche Schlange, dachte Anna Flanke.

»Gut. Das Justizministerium wurde über Folgendes unterrichtet: Einige Individuen haben auf eigene Faust Ermittlungen über den Mord an dem Dirigenten Antoine Malå angestellt, der im vorigen Herbst, während des Ostseefestival hier in

Stockholm, stattfand. Eine Tatsache, die grundsätzlich nicht strafbar ist, soweit sie die üblichen, *professionellen* Ermittlungen der Polizei nicht stört. Doch wurden Fakten aufgedeckt, die diese parallelen Ermittlungen besonders beklagenswert und sogar strafbar machen.« Ein Gemurmel entstand im Saal, Moberg hob beschwichtigend die Hand.

»Darf ich um Ruhe bitten, bis ich fertig bin«, sagte Moberg. »Danke. Glaubwürdige Quellen deuten an, dass die ›Privatdetektive‹ von einer ausländischen Macht finanziert wurden, mittels einer speziell für diesen Zweck gegründeten Gesellschaft mit Sitz in Schweden, die den Namen Nordic Security Holding AB trägt.«

Anna Flanke schlug die Hände vors Gesicht und stöhnte.

»Der Vorstand dieser Gesellschaft besteht, wie sich bei näherer Überprüfung ergab, vorwiegend aus Personen russischer Herkunft. Die Vorsitzende und die Vorstandsvorsitzenden sind jedoch beide Schweden. Die Vorsitzende heißt Anna Flanke und die Vorstandsvorsitzende ist Kerstin Armfeldt.« Das Gemurmel wurde wieder lauter und die Blitzlichter knatterten wie verrückt.

»Wie Sie wissen, ist Anna Flanke meine eigene politisch Sachverständige. Kerstin Armfeldt ist vielen als ehemalige Chefin der staatlichen Mordkommission bekannt. Dazu gehört auch David Westerdahl, der wie *Aftonbladet* gestern berichtete, ein Angestellter der Gesellschaft ist. Die Lage ist, wie Sie alle verstehen werden, ernst. Anna Flanke hat Dokumente gefälscht, die David Westerdahl den Zugriff auf private Dokumente von Antoine Malå ermöglichten.«

Anna Flanke erkannte sofort das Dokument auf dem Bild, das hinter Moberg an die Wand projiziert wurde. Darauf war das Emblem des Justizministeriums zu sehen mit dem obligatorischen Reichswappen. Ganz unten prangte ihre eigene Unterschrift.

»Aufgrund mitgeschnittener Gespräche haben wir schlagkräftige Beweise für die Teilnahme von Flanke, Armfeldt und Westerdahl an dieser wirren Geschichte. Das Hauptquartier ihrer Tätigkeit scheint ein stillgelegter kleiner Supermarkt in Bandhagen gewesen zu sein.« Moberg kicherte.

»Bitte das nächste Bild.«

Das Foto am Bildschirm zeigte Anna, David und Kerstin am Weg in den VIP-Raum in Arlanda.

»Es ist nicht auszuschließen, dass das eigenmächtige Handeln von Anna Flanke zum Tod zweier weiterer Personen geführt hat.«

Auf dem Bildschirm erschienen nun Fotos von den Tatorten in Örebro, unterbrochen durch Fotos von Camilla Jaern und Georg Lemming.

Erster Preis für subtile dramaturgische Arbeit, dachte Anna Flanke.

»Selbstverständlich ist noch keiner verurteilt, bevor eine Prüfung stattgefunden hat. Oberste Priorität für die Polizei wie auch für mein Ministerium hat nach wie vor die Suche nach Antoine Malås Mörder. Und Gott weiß, dass ich der Letzte bin, der jemanden verurteilt, bevor nicht eine gründliche Untersuchung stattgefunden hat. Deswegen ist es mir ein Anliegen zu betonen, dass Anna Flanke, wo sie sich auch befinden mag, in meinen Augen unschuldig ist, bis das Gegenteil bewiesen wurde. Das gilt auch für Kerstin Armfeldt, die ihr ganzes Berufsleben dem unerbittlichen Kampf um Transparenz und gegen Korruption gewidmet hat.« Moberg nahm einen Schluck aus dem Wasserglas, das seitlich auf dem Rednerpult stand. »Die Teilnahme des Komponisten David Westerdahl ist wahrscheinlich seinem bezeugten Wunsch nach medialer Aufmerksamkeit zuzuschreiben.«

Die Riege der versammelten Journalisten lachte aus vollem Hals.

»Seine Beteiligung wird selbstverständlich auch Gegenstand für die Untersuchung durch den Staatsanwalt, die Polizei und die Überlegungen des Verfassungsausschusses sein. Für mich ist es jedoch von großer Bedeutung zu erfahren, bei welchem der folgenden zwei Szenarien es sich um das richtige handelt. Möglichkeit Nummer eins: Meine *Vertraute* Anna Flanke hat aus eigenem Antrieb diese Sache in die Wege geleitet, um ihrem Ministerium mit dem Ostseevertrag zu helfen, und hat später die Kontrolle darüber verloren. Möglichkeit Nummer zwei: Anna Flanke war im Auftrag Russlands das Werkzeug, das eine Struktur aufgebaut hat, damit die Errichtung eines militärischen und allgemein politischen Vertrages, des Ostseevertrages, wie er genannt wird, verhindert wird.«

Moberg blickte mit zunehmendem Ernst über die versammelten Mitglieder der Presse.

»Leider kann ich auch ein drittes Szenario nicht ausschließen. Nämlich eine unheilige Allianz zwischen der *Opposition* und einer ausländischen Macht, bei der Anna Flanke eine entscheidende Rolle spielte.«

»Jetzt machen Sie einen Punkt, Moberg«, rief ein Vertreter einer der Abendzeitungen.

»Ich habe in einem langen Leben in der Politik gelernt, dem Zufall zu misstrauen«, fuhr Moberg trocken fort. »Wenn der Sicherheitsdienst uns wissen lässt, dass der Bundespolizeipräsident Arnesson, der heute eigentlich anwesend sein sollte, am selben Tag und mit demselben Flugzeug in Sankt Petersburg wie ein gewisser David Westerdahl ankommt, dann kommt mir das schon etwas verdächtig vor. Wenn sich zusätzlich herausstellt, dass der Bundespolizeipräsident nicht mehr gesehen wurde, seitdem er die russische Grenze überschritten hatte, werde ich wesentlich besorgter. Hoffen wir, dass Bundespolizeipräsident Arnesson am Leben ist. Wenn nicht, kann sich das zu einem ernsten Zwischenfall mit internationalen diplomatischen Folgen entwickeln. Der Bundespolizeipräsident ist also verschwunden«, sagte Moberg und zupfte sich die graublaue Krawatte zurecht, die er für den heutigen Auftritt gewählt hatte. »Abschließend will ich noch hinzufügen, dass selbstverständlich alle Fakten an den Staatsanwalt weitergeleitet wurden und ich erwarte, dass die Voruntersuchungen so schnell wie möglich eingeleitet werden. Vielen Dank. Ich übergebe nun an die Staatssekretärin Sölvgård«, sagte Moberg und ging mit raschen Schritten zum Ausgang hinter dem Podium. Ein Sturm von Fragen brach los, sobald Moberg verschwunden war.

*

Anna Flanke lief, so schnell sie konnte, gegen den Menschenstrom auf der Drottninggatan. Sie kam genau in dem Moment beim Rosenbadpark an, als Moberg aus dem Tor zur Kanzlei des Ministerpräsidenten trat. *Super*, dachte Anna und verlangsamte ihre Schritte. »Moberg«, rief sie, als sie nur mehr etwa zehn Meter von ihm entfernt war. Er drehte sich schnell um und erblickte sie. *Er hat nicht einmal den Anstand, geschockt auszusehen*, dachte Anna. »Anna, Anna«, sagte Moberg und schenkte ihr ein überfreundliches Lächeln. »Da bist du ja!« Er machte Anstalten, sie zu umarmen. Anna sprang zurück.

»Arvid, Arvid. Wie willst du das jetzt handhaben?«, fragte Anna in bestimmtem Ton.

Schön, verlier jetzt nicht die Contenance, dachte sie.

»Du musst noch eine Weile in der Kälte verharren, Schätzchen. Es war aus verschiedenen Gründen notwendig, dass du nichts erfahren hast. Aber ich hole dich wieder ins warme Nest, da kannst du dir sicher sein. Du musst nur ein wenig Geduld haben.« Moberg schaute zurück zum Eingang. »Hör zu, du solltest dich beeilen, dass du nicht auf einem Foto zu sehen bist«, sagte er und tätschelte leicht ihre Wange. »Auf bald, Schätzchen. Pass auf dich auf.« Er ging zum Wagen, der auf der anderen Seite der Fredsgatan auf ihn wartete.

»Arvid«, sagte Anna.

»Ja, Anna?« Er blieb stehen und drehte sich um.

Anna knallte ihre Faust auf gekonnte Weise mitten in Mobergs braun gebranntes Gesicht, dabei legte sie ihr ganzes Körpergewicht in diesen Schlag, ganz wie es Kerstins pädagogischen Anweisungen entsprochen hätte.

Auf dem Weg zwischen Göteborg und Borås, 10.50 Uhr

»Dieses verdammte Telefon«, fluchte Kerstin verbissen am Beifahrersitz des Mietwagens, während Barbro fuhr.

»Hast du ein Ladegerät dabei, Barbro?«

Barbro schüttelte den Kopf. »Nein, ich habe es mitsamt dem Mobiltelefon im Hotelzimmer gelassen.«

»Amateurin«, zischte Kerstin.

»Danke für das Kompliment«, erwiderte Barbro eingeschnappt.

»Das war an mich selbst gerichtet, liebe Kollegin.« Kerstin kramte in ihrem Fjällräven-Rucksack herum und fand schließlich das Gesuchte.

»Ich schalte mein privates Telefon ein. Ich muss Anna erreichen«, sagte sie. »Jetzt brauchen wir diese Heimlichtuerei nicht mehr.«

»Stimmt«, sagte Barbro mit grimmiger Miene. »Wir sind jetzt die am besten bekannten geheimen Ermittler in ganz Schweden.«

Als Kerstins Mobiltelefon betriebsbereit war, begann es sofort zu surren und zu piepsen.

»Hm. Mir scheint, ich bin zurzeit ausgesprochen beliebt«, sagte Kerstin. »Unmengen versäumte Anrufe von unbekannten Nummern. Es wundert mich, dass die Journalisten nicht begreifen wollen, dass die Leute skeptisch sind, wenn sie keine Nummer sehen. Sie verhalten sich wie Telefonverkäufer. Das erklärt vielleicht die Unmenge an alternativen Fakten, die im Umlauf sind. Die Einzigen, die antworten, sind Rechtsverdreher, die niemanden zum Reden haben.«

»Warum musst du dich darüber lustig machen? Man hat dich soeben in den Landesmedien als eine Art senile Amateurdetektivin hingestellt. Ich bin ausgesprochen froh, dass sie mich bisher noch nicht mit all dem in Zusammenhang gebracht haben«, sagte Barbro.

»Es wird nicht lange dauern, bis es so weit ist, sei unbesorgt«, antwortete Kerstin. »Hast du übrigens schon bemerkt, dass dein Dialekt deutlicher zutage tritt, wenn du erregt bist?«

Barbro schmunzelte hinter dem Steuer.

»Du hast es einige Male in all diesen Jahren erwähnt, Kerstin. Das passiert immer dann, wenn du besonders *unter Druck* stehst. Aber vielleicht liegt es auch am Alter und dein Gedächtnis ist nicht mehr das, was es einmal war?«

»Ach«, sagte Kerstin und drückte Anna Flankes Nummer auf dem Display.

Sie antwortete sofort.

»Kerstin«, sagte Anna.

»Hej, Anna«, sagte Kerstin. »Wie ist es gelaufen?«

»Ganz ausgezeichnet. Er ist plötzlich den Hügel hinuntergekullert. Danach bin ich wie eine von der Öffentlichkeit finanzierte Gazelle zur U-Bahn gelaufen.«

»Spitze. Ich werde deine Technik auswerten, sobald ich es in den Nachrichten zu sehen bekomme. Ich hoffe, dass die Journalisten es aufgenommen haben?«

»Oh ja. Die haben die ganze Szene mitbekommen«, sagte Anna Flanke. »Wahrscheinlich ein stilsicherer *Jodan Tsuki*. War das nicht der Name des Schlages?«

»Ganz genau. Aber du, wie geht es dir?«

»So weit okay. Abgesehen davon, dass ich von meinem Chef belogen und betrogen und von den Medien unmöglich gemacht wurde. *Dieses Gefühl*, das sie auf Facebook beschreiben. Und dann schmerzt das Handgelenk ein bisschen. Aber sonst ist alles prima.«

»Gut. Aber wenn dir das Handgelenk wehtut, ist das ein Zeichen, dass du die Technik nicht richtig beherrschst«, sagte Kerstin, die nicht in der Stimmung war, sich weiter in Anna Flankes Gefühlsleben zu vertiefen. »Ich möchte dich um einen Gefallen bitten«, sagte sie. »Das passt vielleicht sogar unter den gegebenen Umständen.«

»Heraus damit«, sagte Anna. »Etwas muss ich ja tun, bevor ich lebenslänglich eingesperrt werde.«

»Exakt. Ich möchte, dass du Ulrika Grundström, die geschäftsführende Direktorin einer Gesellschaft, die sich Tempo Giusto AB nennt, triffst.«

»Ach ja. Die Verwaltungsfirma von Malås Insel in den Schären. Ich erinnere mich, darüber in den Ermittlungsakten gelesen zu haben. Worum geht es?«

»Ruf sie an. Bitte sie, dich draußen auf der Insel zu treffen. Ich will nur, dass du der Frau ein bisschen auf den Zahn fühlst. Und vielleicht herausfindest, welcher Natur ihr Nahverhältnis zu Malå gewesen sein könnte. Oder besser gesagt, sei offen für alles, was sie dir ganz allgemein zu erzählen hat. Vielleicht ist sie im Besitz von einigen von Malås Besitztümern.«

»Okay«, sagte Anna. »Dann versuche ich, so schnell wie möglich dorthin zu kommen, wenn sie bereit ist, mich zu treffen.«

»Sehr gut. Ich rufe dich an, wenn wir hier in der Äsperedschule fertig sind. Hast du das Videomaterial, das ich dir geschickt habe, erhalten? Und die Ergebnisse des Nationalen Forensischen Zentrums?«

»Habe ich«, sagte Anna. »Ich habe nur noch keine Zeit gehabt, sie mir anzuschauen.«

»Verstehe ich. Aber schau sie dir an, sobald du dafür Zeit findest. Sie geben einen interessanten Hinweis darauf, was in der Berwaldhalle passiert sein könnte.«

»Klingt spannend. Du, Kerstin.«

»Ja.«

»Wie sollen wir das alles in den Griff bekommen?«

»Ich müsste lügen, wenn ich behauptete, dass es eine Kleinigkeit wird«, sagte Kerstin.

Tatsache war, dass Kerstin nicht die geringste Ahnung hatte, wie sie sich aus der politischen und rechtlichen Misere herauswinden könnten, in die sie Moberg gebracht hatte.

Aber das ist zum Teil meine eigene Schuld, dachte Kerstin. Hätte sie diesen Auftrag aus einer rein professionellen Sicht betrachtet, hätte sie ihn ablehnen müssen. Aber die Versuchung, gebraucht zu werden und wieder eine Aufgabe zu haben, war zu groß gewesen. *Ich bin ein solcher Dummkopf.* Das Telefon piepste. Eine ausländische Nummer. Sie öffnete die Mitteilung.

Ruf mich so schnell wie
möglich an.
Es ist sehr wichtig.
Mit freundlichem Gruß Ivan
Dscherschinski. Russische
Botschaft

Das ist nicht zu glauben, dachte Kerstin. Ausgerechnet *Ivan Michailowitsch Dscherschinski.* Sein Name war einige Male während der jährlichen gemeinsamen Sitzungen mit den Kollegen der Geheimpolizei aufgetaucht, wenn die generelle Situation der Staatssicherheit allen daran Beteiligten klargemacht werden sollte.

Bin gerade am Weg zu einer
Besprechung. Rufe zurück,
wenn sie vorbei ist. / Kerstin

Die Antwort kam umgehend.

Es ist extrem wichtig. Wir
müssen sofort miteinander
sprechen. / Ivan

Kerstin runzelte die Stirn.

Du musst warten. Du hörst
von mir später. K.

Wer zum Teufel glaubt er, dass er ist, dachte Kerstin und steckte das Telefon wieder in den Rucksack.

Äsperedschule, in der Gegend von Borås

Ein gelbes Schild mit der Aufschrift »Internatsschule 1 km« zeigte ihnen an, dass sie es nicht mehr weit hatten. Nachdem sie auf der E40 in Richtung Äsperedschule losgefahren waren, war der Wald immer dichter geworden. Sie waren durch den kleinen Ort gefahren, der der Stiftung Infantinnan Internatsschule den Namen gegeben hatte, ohne dass sie eine einzige Menschenseele zu Gesicht bekommen hatten. Die Schule lag am Ende einer Schotterstraße, umgeben von dichtem Nadelwald, mindestens zwanzig Kilometer von der Zivilisation und dem Ort Äspered entfernt.

Ein mannshohes Holztor versperrte die Einfahrt zum Schulgebäude, das, so weit Kerstin erkennen konnte, von einer Steinmauer eingezäunt war.

»Pittoresk«, meinte Barbro in dem fröhlich-neugierigen Ton einer Touristin.

»Blödsinn«, brummte Kerstin vor sich hin.

Zu beiden Seiten des Tores waren am oberen Ende der Mauer Kameras angebracht und beide waren auf die Straße vor dem Tor gerichtet. Barbro rollte langsam zu dem Tortelefon vor, das auf der linken Straßenseite stand, ließ die Fensterscheibe hinunter und druckte auf den Knopf. Nach kurzer Wartezeit hörte man ein Knistern im Lautsprecher.

»Äsperedschule. Wen suchen Sie?«, sagte eine raue Männerstimme.

Barbro lehnte sich schwerfällig zur Seite und streckte ihren Kopf aus dem Fenster.

»Barbro Larsson und Kerstin Armfeldt hier. Wir würden gern mit Ragna Fagerdal sprechen.«

»Okay«, knurrte die Stimme. »Wir öffnen.«

Das Tor glitt langsam auf und es zeigte sich, dass es in ungefähr zehn Meter Entfernung noch eine Kontrolle gab. Barbro fuhr langsam zu dem Schranken hin und blieb stehen. Aus einem gelb bemalten Wachhaus trat ein Mann in einer weiß-beige gesprenkelten Kapuzenjacke und Hosen in derselben Farbe. Ein Schäferhund trottete folgsam auf seinem kurzen Weg zu Barbros offenem Autofenster an der linken Seite des Mannes einher.

»Such«, sagte der Mann zum Hund, bevor er sich an Barbro wandte. Sie konnten hören, wie der Hund den Wagen überall beschnüffelte. »Darf ich bitte eure Ausweise sehen«, fragte der Mann, dessen rote Wangen und eisverkrusteten Augenbrauen verrieten, dass er schon längere Zeit in der Kälte gestanden war.

Nachdem sie eine Weile gesucht hatten, überreichte ihm Barbro ihre beiden Ausweise.

»Ein kalter Tag, um draußen zu stehen und zu arbeiten«, sagte Barbro zuvorkommend.

Der Wachmann antwortete nicht. Stattdessen warf er durch das Fenster einen Blick ins Auto und in Kerstins Gesicht und glich es mit dem Foto auf dem Ausweis ab. Dann ging er einige Meter zurück und griff zu seinem Mobiltelefon.

»Das stimmt«, sagte er. »Okay.« Er steckte das Telefon wieder ein und wandte sich an Barbro.

»Darf ich bitten, dass ihr auch den Kofferraum öffnet«, sagte er.

Barbro suchte nach dem Knopf, der den Kofferraum öffnet.

»Das ist in allen Autos anders«, beklagte sie sich. Kerstin beugte sich rasch über sie und drückte auf einen Knopf, der sich links neben dem Lenkrad befand.

Der Wachmann ging um das Auto herum und nahm es in Augenschein.

»Kannst du kurz aussteigen. Da ist eine Tasche, die ich mir näher anschauen möchte«, sagte er mit lauter Stimme.

»Das ist nur ein Laptop und ein Projektor«, erwiderte Barbro mit einem markanten Einschlag ihres Dalarna-Dialektes.

»Ich muss dich trotzdem bitten auszusteigen und die Tasche zu öffnen«, antwortete der Wachmann.

Kerstin verdrehte die Augen, während Barbro den Sicherheitsgurt löste und aus dem Auto stieg.

Letztendlich schien der Mann zufrieden zu sein und ließ sie auf der kurvenreichen Straße, die beidseitig von einer schwer mit Schnee beladenen Birkenallee eingefasst war, einen Hügel hinauf weiterfahren. Einige hundert Meter weiter, oben am Hügel, konnten sie den Schulkomplex sehen.

Kerstin nützte die Gelegenheit, um eine Mitteilung an Anders Pierrot zu schicken.

Privates Telefon in
Verwendung. Wir fahren
gerade hinein. Ich stelle das
Mobiltelefon auf lautlos.
Schicke ein SMS, wenn du
angekommen bist.

»Ob die wohl immer Wachen hier haben, auch in den Ferien«, sagte Barbro. Sie beugte sich über das Lenkrad und blinzelte im Gegenlicht.

»Sogar mit einem Hund. Und einer Waffe«, sagte Kerstin.

»Waffe? Was sagst du da?«, rief Barbro entsetzt aus.

»Ja. Hast du nicht die Ausbuchtung in der Jacke gesehen?«

»Nein, du lieber Himmel, wirklich nicht«, sagte Barbro. Kerstin sah, wie Barbros Knöchel weiß wurden, weil sie das Lenkrad so fest mit ihren Händen umklammerte.

Vor ihnen tauchten jetzt die Schulgebäude auf. Sie folgten

den Schildern zur Rezeption und fuhren an einigen kleineren Gebäuden vorbei, von denen Kerstin annahm, dass es sich um Schülerheime handelte, die alle in einer modernen Variante des alten nordischen Stils erbaut waren. Stabile Holzhäuser, alle schwarz bemalt mit grünen Kanten. Kerstin fand, dass die Gebäude neu und sauber aussahen.

Hier herrscht bestimmt kein Geldmangel, dachte sie.

Sie stellten das Auto auf dem Parkplatz unterhalb des Schulgebäudes ab. Vier Gebäude standen nebeneinander und überragten das gesamte Grundstück. Drei der Häuser waren u-förmig angeordnet mit einem Hauptgebäude, an das zwei lang gestreckte Flügel mit verglasten Gängen angebaut waren. Ein langer, verglaster Gang führte vom Hauptgebäude zum größten Bauwerk des Areals, das mit seiner lang gestreckten Form und seinem schrägen Ziegeldach an eine verwachsene und luxuriöse Scheune erinnerte. Die Scheune war wegen ihrer Größe und nicht zuletzt wegen der Giebelwand aus Glas ein Blickfang, der im winterlichen Licht erstrahlte und die weit entfernten Birken und den Schnee widerspiegelte.

Kerstin und Barbro waren aus dem Auto gestiegen und betrachteten das Orientierungsschild, das beim Parkplatz angebracht war.

»Das ist sicher ein Konzertsaal«, sagte Barbro.

»Es würde mich interessieren, wo die Gymnastikstunden stattfinden«, sagte Kerstin.

»Dort ist ein Turnsaal«, sagte Barbro und zeigte auf die Tafel. »Sonst dürften sie sich viel im Freien aufhalten. Es gibt jedenfalls Tennisplätze und Fußballplätze.«

Sie hörten ein Motorengeräusch, und als sie sich umwandten, sahen sie den Wachmann vom Eingang, wie er mit einem vierrädrigen Leichtfahrzeug an ihnen vorbei hinauf zu den

Schulgebäuden sauste, dass der Schnee von den Hinterrädern nur so wegspritzte.

Kerstin packte ihre Krücke mit einem festen Griff und ging zur Schule hinauf. »Nimmst du den Laptop und den Projektor, Barbro«, rief sie über die Schulter hinweg.

»Glaubst du wirklich, dass wir sie brauchen werden? Und bist du dir sicher, dass Tindra auftauchen wird?«

»Ja, da bin ich mir ganz sicher. Und genauso sicher bin ich mir, dass es nicht vorteilhaft ist, einen USB-Stick in dieser Situation an einen fremden Computer zu stecken. Deswegen können wir gleich unseren eigenen Projektor verwenden.«

»Du nervst, Kerstin«, sagte Barbro.

Als sie zur Rezeption kamen, die sich den Schildern nach in dem größeren mittleren Gebäude befand, entdeckten sie nicht nur ein, sondern zwei vierrädrige Leichtfahrzeuge, die nebeneinander auf dem Vorplatz geparkt standen. Der Wachmann, der sie beim Eingangstor in Empfang genommen hatte, sprach vor dem Schuleingang mit einem kleineren Mann, der die gleiche Kleidung wie er trug. Als sie die beiden Frauen auf sie zukommen sahen, verstummten sie.

*

Die Geschäftsführerin und Schuldirektorin Ragna Fagerdal empfing sie beim Eingang. Fagerdal, die nach Kerstins Meinung das Auftreten einer selbstsicheren Frau hatte, hatte dunkles, kurz geschnittenes Haar und einen festen Händedruck. Auf dem Kragenumschlag trug sie das Emblem der Schule, eine silberne Leier mit zwei überkreuzten Pfeilen.

Ich glaube, dieses warme Lächeln ist sogar echt, dachte Kerstin. *Aber vertraue niemals dem ersten Eindruck.*

»Willkommen in der Äsperedschule«, sagte Fagerdal und reichte ihnen die Hand. Barbro kämpfte mit ihren Taschen und hatte Schwierigkeiten, eine Hand freizubekommen.

»Hier ist die Ruhe vor dem Sturm, wie wir zu sagen pflegen. Obwohl es auch recht schön ist, wenn die Schüler nicht da sind – man hat Zeit, eine Menge Papierkram zu erledigen«, sagte Fagerdal, wieder mit einem glaubwürdigen warmen Lächeln. *Vertrauen einflößende* Führungsperson, dachte Kerstin.

»Ich bitte um Entschuldigung wegen der strikten Sicherheitsmaßnahmen, aber heutzutage ist das notwendig. Hier haben wir viele Schüler, deren Eltern, nennen wir es mal so, hohe Ansprüche stellen. Und wenn man die verschiedenen Vorfälle an Schulen auch in Schweden in Betracht zieht, ist es verständlich, dass der Vorstand entschieden hat, ein professionelles Überwachungssystem einzuführen. Während der Ferien fahren wir natürlich mit reduzierter Überwachung.«

»Ich nehme an, dass die Wachen von der Polizei ausgebildet wurden«, sagte Kerstin.

Ragna Fagerdahl zog erstaunt eine Augenbraue hoch.

»Richtig«, sagte sie. »Wie konntest du das wissen?« Darauf folgte ein Moment des Schweigens, bevor sich Ragna schließlich an die Stirn griff. »Aber natürlich, du warst ja früher Polizistin, wie unüberlegt von mir. Du hast recht, wir haben die Erlaubnis für bewaffnete Wachen und alle wurden von der Polizei ausgebildet. Zusätzlich wurden sie noch in Ethik und freundlichem Benehmen geschult«, sagte Fagerdal.

Jetzt war Kerstin an der Reihe, ihre Augenbraue erstaunt hochzuziehen. Der Wachmann, den sie getroffen hatten, war nicht gerade ein Ausbund an sozialer Kompetenz gewesen.

»Bevor ich mit euch einen Rundgang mache, muss ich ein paar Fragen stellen«, sagte Ragna Fagerdal. Sie betrachtete ihre Gäste plötzlich mit ernsthafter Miene. »Wir sind hier draußen ja nicht völlig von der Umwelt abgeschnitten, obwohl es den Anschein hat. Ich habe in den Nachrichten von der Pressekonferenz des Justizministers gehört. Dabei wurde dein Name genannt.«

»Ja, genau«, sagte Kerstin. »Ich habe es im Autoradio gehört und bekam fast den Kaffee aus der Thermosflasche in die falsche Röhre.« Zu Barbros Verwunderung versuchte Kerstin zu kichern. »Andererseits bin ich nicht sonderlich erstaunt über die Aussagen von Moberg. Er hat schon immer eine Neigung zu dramatischen Schachzügen gehabt, die sich hinterher als dummes Zeug erwiesen«, sagte Kerstin und setzte eine versöhnliche Miene auf. »Und wie du siehst, bin ich auf freiem, wenn auch hinkendem Fuß.«

Ragna Fagerdal nickte nachdenklich.

»Und dieser David Westerdahl – arbeitet er mit euch?«

»Nicht mehr«, sagte Kerstin. »Anfangs war es vorteilhaft, ihn dabeizuhaben, um gewisse musikalische und künstlerische Bereiche zu erschließen. Aber jetzt ist er nicht mehr in unserer Gruppe und ich habe nicht die geringste Ahnung, wo er sich herumtreibt«, sagte Kerstin und hielt sich dabei zumindest teilweise an die Wahrheit.

»Na ja, ihr versteht, dass ich diese Fragen stellen musste. Ich muss an den Ruf der Schule denken, und das Letzte, was wir brauchen können, ist, dass wir mit einer ungesetzlichen Ermittlung in Zusammenhang gebracht werden. Ich hätte euch nicht hereingelassen, wenn ich nicht selbst auch der Meinung wäre, dass dieser Moberg im Radio wie ein verdammter Scheißkerl geklungen hat. Und dich, Kerstin, habe ich viele Jahre über die Medien beobachtet und ich bin der Ansicht, dass du immer ein Vorbild für weibliche Führungspersonen gewesen bist«, sagte Fagerdal. Ich habe mich mit einem unserer Vorstandsmitglieder beraten, das gerade auf Besuch ist. Sie fand auch, dass wir in eurem Fall Gnade vor Recht walten lassen sollten. Außerdem will sie euch gerne treffen. Sie kommt auf einen Kaffee herauf.«

»Wie heißt dieses Vorstandsmitglied?«, fragte Kerstin.

»Tindra Svensson. Sie ist eine der Gründerinnen der Schule und hat sich stark dafür eingesetzt, dass die politischen Voraussetzungen für unseren Betrieb hier geschaffen wurden.«

»Wie nett«, sagte Kerstin mit einem vielsagenden Seitenblick zu Barbro. »Wir haben einige wertvolle Informationen über Malå von ihr erhalten. David Westerdahl hat sie in Stockholm getroffen.«

»Davon habe ich gehört«, sagte Fagerdal. »Gehen wir?«

Die Rezeption und ihre Umgebung waren überraschend weitläufig. Eine großzügige Bodenfläche aus edlem Holz stand in Kontrast zu dem rustikalen nordischen Design der Gebäudeaußenseite. An einem Ende des Raumes, dessen Höhe Kerstin auf rund acht bis zehn Meter schätzte, waren eine große Anzahl an Kaffeetischen mit Stühlen aufgestellt. Links davon, im Giebel des Hauses, stand eine Kaffeeanrichte mit verdeckten Türen. Die Längsseite der Wand war zum größten Teil von einem Panoramafenster durchbrochen, die die Aussicht auf ein schneebedecktes Feld freigaben, das an den dichten Nadelwald hinter der Steinmauer grenzte. Kerstin konnte sehen, wie einige Hasen über das Feld liefen.

Schwierig, hier einen Überraschungsbesuch zu machen, dachte sie. Ragna Fagerdal führte sie jedoch weg vom Panoramafenster auf die andere Seite des Hauses, von wo der verglaste Gang in den Konzertsaal führte. Im Korridor fiel Kerstins Blick auf ein Gemälde. Eine brennende Kerze inmitten eines Blumenarrangements stand auf einem kleinen runden Tisch unter dem Gemälde.

»Dieses Gemälde – stellt das Antoine Malå dar?«, fragte Kerstin.

»Ja«, antwortete Fagerdal. »Er hat so viel für die Schule bedeutet, von Anfang an. Das, was passiert ist, war für uns alle ein Schock.«

»Wie lange arbeitest du schon hier?«, fragte Barbro.

»Haha, schon seit der Steinzeit«, antwortete Fagerdal. »Spaß beiseite, ich war in der Projektgruppe, die für die Gründung der Schule verantwortlich ist. Das hat sich locker über zwanzig Jahre hingezogen. Erst in den vergangenen sechs oder sieben Jahren wurde die Schule zu dem, was sie heute ist. Aber es ist nicht so interessant, über mich zu sprechen. Ich wollte euch gerne den Konzertsaal zeigen. Ich habe einiges an Fotomaterial vorbereitet, das Antoine bei seinen Besuchen bei uns zeigt. Für unsere Schüler war das immer sehr inspirierend.«

»Ach so«, sagte Barbro außer Atem. »Hat er hier unterrichtet?«

»Nicht ständig. Aber wenn er hier war, unterrichtete er in der Regel Kammermusik. Ihr wisst sicher, dass wir uns hier in Äspered auf Musik spezialisiert haben.«

»Natürlich«, sagte Kerstin. »Wir haben darüber gelesen. Ich finde es spannend, mehr über Malås Unterricht zu hören, meinst du nicht auch, Barbro?«

Knapp eine Stunde später waren sie am Weg in den Vorraum des Konzertsaales, um eine Tasse Kaffee zu trinken. Während einer langen Fotoshow, bei der sich Ragna Fagerdal in liebevollen, beinahe leidenschaftlichen Worten über Malå geäußert hatte, hatte Kerstin langsam ihre Meinung über die geschäftsführende Direktorin der Schule geändert. Sätze wie »Alles, was er angriff, wurde zu göttlicher Musik« oder »Ihn spielen zu hören, war, wie Gottes Hand zu berühren« hatte Kerstins Verrücktometer in Schwung gebracht. Sie war daher dankbar für die schwedische Kaffeekultur, die kaum eine Stunde verstreichen lässt, bevor der nächste Kaffee serviert wird.

Vielleicht, dachte Kerstin, war dieses Phänomen das Resultat einer altertümlichen schwedischen Tradition, Konflikte zu vermeiden; eine Tradition, die man bis ins durch den Krieg zerstörte 17. Jahrhundert zurückverfolgen konnte, als der Reichskanzler Axel Oxenstierna das kluge System staatlicher Besprechungen erfand, bei dem alle zu dieser Zeit beteiligten Partner ihre Meinung äußern durften. Unabhängig davon, ob das einer Gruppe nicht passte, scheint dieses System Schweden vor einem Bürgerkrieg gerettet zu haben, wahrscheinlich deshalb, weil allein der Eindruck, ein Teil des Entscheidungsprozesses zu sein, die Menschen weniger streitlustig machte. *Verankerung* wird das immer noch genannt. Kerstin betrachtete auch die schwedische Tradition des Kaffeetrinkens als ein Beispiel dieses Verankerungsprozesses. Während ihrer Berufslaufbahn hatten sie diese Kaffeepausen oft gestört. Doch hatte sie nach und nach eingesehen, dass diese wie eine Art Sicherheitsventil für die Mitarbeiter funktionierten. Kerstin wollte nicht ausschließen, dass es gerade die Kaffeepausen waren, die Schweden in Gang hielten. Und jetzt, in diesem Augenblick, war sie dankbar, dass sie der Kaffee vor weiteren ellenlangen Lobreden auf den großen Malå rettete. Sie begaben sich alle drei schweigend ins Foyer, das zur Gänze mit Hängebirkenholz verkleidet war. Ein Speisewagen mit belegten Brötchen, Schokoladebällchen und natürlich eine Thermoskanne mit Kaffee war von einer jungen Frau hereingerollt worden. Jetzt stand sie mit erwartungsvoller Miene neben dem Wagen.

»Das ist Marie, sie ist das letzte Jahr bei uns«, sagte Ragna Fagerdal. Kerstin und Barbro begrüßten sie freundlich. »Sie ist so eine Schülerin, die einem wieder den Glauben an die

Menschheit schenkt. Hilft uns und bäckt sogar während der Weihnachtsferien. Außerdem ist sie eine brillante Geigenspielerin.« Ragna hielt inne und betrachtete Marie liebevoll. »Aber nur zu, bedient euch!«

Barbro ging schnell auf den Kaffeewagen zu, zur großen Zufriedenheit von Marie, wie es schien. Sie erzählte Barbro sofort Details über die Kuchen und Brötchen, die vor ihr lagen und wie sie sie zubereitet hatte.

Kerstins Knie hatte sich wieder bemerkbar gemacht, während sie im Sitzen Fagerdals langen Anekdoten zugehört hatte. Sie bewegte sich langsam, ohne sich auf die Krücke zu stützen, die sie im Konzertsaal gelassen hatte, auf den Kaffeewagen zu. Die Fotos, die Fagerdal ihnen gezeigt hatte, waren teilweise sehr interessant gewesen. Sämtliche Mitglieder des Freundeskreises von Örebro waren während der letzten zwanzig Jahre in irgendeiner Form am Unterricht der Schule beteiligt gewesen. Keiner von ihnen hatte jedoch sein oder ihr Engagement an der Äsperedschule erwähnt und auch nicht erzählt, dass sie dort die Möglichkeit gehabt hatten, ihre früheren Freunde zu treffen. Stattdessen hatten sie versucht, die Bedeutung ihrer gemeinsamen Zeit herunterzuspielen. Georg Lemming hatte sogar heftig verneint, dass sie einst einen Freundeskreis gebildet hätten. Aber auf einem der Fotos hatte man sie alle gemeinsam vor einer Versammlung bewundernder Jugendlicher spielen sehen. Kerstin war überrascht gewesen, wie konzentriert alle auf dem Foto aussahen. Die Jugendlichen, die im Kreis um die Musiker herumgesessen waren, hatten etwas Eigenartiges in ihrem Blick gehabt, fand Kerstin.

Erlöst, war das Wort, das ihr dazu einfiel.

Sie fragte sich auch, *warum* sie ausgerechnet diese Bilder zu sehen bekommen hatten.

Kerstin erwischte sich dabei, dass sie sich ein wenig Sorgen um David machte, obwohl sie die Gedanken an ihn zu verdrängen versucht hatte. Sie warf einen Blick auf ihr Telefon. Keine Mitteilung und auch kein verpasster Anruf von ihm. Dafür aber eine kurze Mitteilung von Anders Pierrot.

»Bin in einer halben Stunde dort. Anweisungen?«

Kerstin wollte gerade antworten, als sie von einer Stimme unterbrochen wurde, die eindeutig nach einem Menschen klang, der es gewohnt war, die Führung zu übernehmen.

»Kerstin und Barbro, vermute ich! Willkommen in der Äsperedschule!«

Tindra Svensson stand lächelnd vor ihnen. Ihr blondes Haar war in einem Knoten zusammengefasst. Kerstin erkannte ihr Gesicht mit dem wachen Blick sofort, war aber über ihre Kleidung überrascht, die in scharfem Kontrast zu den Fotos stand, die sie als Landtagspolitikerin zeigten. Tindra Svensson war barfuß und trug Jogginghosen und einen Kapuzenpullover. Beide Kleidungsstücke waren mit dem Emblem der Schule verziert.

»Ich schlage vor, wir gehen in unseren kleinen Kammermusiksaal«, sagte Tindra Svensson. »Den Kaffee könnt ihr selbstverständlich mitnehmen. Ragna, du brauchst nicht mitzukommen.«

Stockholmer Schären, Anna Flanke

»Du brauchst nur zu kommen. Ich hole dich mit dem Boot ab. Meinen Zweijährigen bringe ich mit. Oder eigentlich fast Dreijährigen. Still zu sitzen und den Erwachsenen zuhören ist nicht seine starke Seite«, hatte Ulrika Grundström gesagt und dabei gelacht.

Anna Flanke war positiv überrascht gewesen. Sie hatte sich eher erwartet, dass Ulrika Grundström kurz angebunden, rätselhaft und außerdem nicht eben begeistert über ihr Treffen sein würde. Stattdessen war sie gesprächig gewesen und hatte sie herzlich willkommen geheißen, insgesamt wirkte sie sehr integer. Anna hatte sofort gespürt, dass ihr Ulrika Grundström sympathisch war – sie ahnte, dass diese Frau eine große Portion Humor und auch ein beträchtliches Ausmaß an Intelligenz besaß.

Anna Flanke saß auf einer Lattenholzbank in der Fähre, die sie zu der größeren Insel bringen würde, die in der Nähe von Ulrika Grundströms Insel lag. Nach allem, was in der letzten Zeit und sogar in den letzten Stunden passiert war, war sie froh über den Auftrag, der sie auf andere Gedanken brachte. Obwohl nur wenige andere Gedanken als die an ihre Zukunft Platz in ihrem müden Kopf fanden. Sie stellte sich mehrere Szenarien vor, während sie auf die eisige Landschaft durch das frostbeschlagene Fenster blickte. Eines dieser Szenarien bestand darin, dass nach einer Voruntersuchung Anklage erhoben wurde. Vielleicht war dies das schlimmste. Sie wusste, dass sie einige formale Fehler begangen hatte und durch ihre Mitwirkung bei der Operation Berwald mitschuldig geworden war, egal ob Mobergs Beteiligung bewiesen werden konnte oder nicht. *Ich habe es vermasselt und muss dafür geradestehen*, dachte sie. Die Bootsreise fühlte sich wie eine billige Metapher ihres jetzigen Lebens an. Das mediale Kielholen hatte klarerweise schon begonnen. Flanke, die eine Unmenge an Nachrichtendienste abonniert hatte, hatte die Schlagzeilen auf ihrem Telefon gesehen. Die Berichterstattung entsprach der jeweiligen politischen Positionierung der Zeitung, was sich auch in den Schlagzeilen bemerkbar machte. »Die Verräterin Anna Flanke«

brachte eine der Abendzeitungen groß heraus, während sich eine andere mit »Die Spionin in Rosenbad« begnügte.

Anna Flanke verspürte keine Lust, alles zu lesen. Sie konnte sich nur zu gut ausmalen, wie die Sache dargestellt werden würde. Die Zeitungen würden im sogenannten *Allgemeininteresse* die Leser über das Leben von Anna, Kerstin und David informieren, wie es sich für die Journalisten darstellte, die ihre Informationen vorrangig mithilfe von Suchmaschinen oder durch ihre lebhafte Fantasie erhalten hatten. Die Fantasie war oft notwendig, um die Kluft zwischen verifizierbaren Fakten und dem Bedürfnis nach interessanter und verkaufsorientierter Berichterstattung zu überbrücken. Psychologisierende Analysen würden gebracht werden, die Anna Flankes Vergangenheit und Beweggründe beleuchteten. Vielleicht würde sich eine ihrer Mitarbeiterinnen bemüßigt fühlen, von ihrer Basilikumpflanze zu erzählen, der sie aus schleierhaften Gründen den Namen Göran gegeben hatte. Es würden Vermutungen über ihre geistige Gesundheit angestellt werden, ausgehend von der Basilikumpflanze und ihrem Leben als Single. Man würde Fotografen schicken, um Fotos von ihrem Wohnungsfenster in Aspudden zu schießen, Journalisten würden an die Türen der Nachbarschaft klopfen, um sie über ihre Gewohnheiten und ihre Schwächen zu befragen.

Ihre Mutter in Västerås und ihr Vater in Uppsala würden selbstverständlich Zielscheiben für die Journalisten abgeben. Oder die neue Frau ihres Vaters, sie würde sicherlich gerne für einige kaum verdeckte sarkastische Bemerkungen zu haben sein. Anna wollte sie anrufen, falls sie es schaffte. Jetzt, nur einige Stunden nach der Pressekonferenz in Rosenbad, war sie psychisch noch nicht ausreichend gewappnet, um den passivaggressiven Kommentaren ihrer Eltern Paroli bieten zu können.

Zu allem Übel hatte einer ihrer freundlichen Kollegen ihre Telefonnummer an die versammelten Journalisten weitergegeben. Darum hatte ihr Telefon andauernd geläutet, seit sie eilig zur U-Bahn gelaufen war, nachdem sie Moberg die Ohrfeige verpasst hatte. Sie hatte nur geantwortet, wenn sie Kerstins Nummer erkannt hatte. Und so wollte sie es weiterhin halten, bis sie wieder ihre innere Balance gefunden hatte. *Wenn ich überhaupt jemals eine innere Balance gehabt habe*, dachte sie. Sie schloss die Augen und versuchte sich auf die jetzige Aufgabe zu konzentrieren.

Im Bus auf dem Weg zur Fähre hatte sie schnell eine sorgfältige Überprüfung der Tempo-Giusto-Gesellschaft und ihrer geschäftsführenden Direktorin Ulrika Grundström durchgeführt. Die Gesellschaft zeigte nach einer kurzen Überprüfung eine Solidität von hundert Prozent. Das Eigenkapital belief sich auf rund hundertfünfzig Millionen Kronen – eine bemerkenswerte Summe, wenn man bedachte, dass die hauptsächliche Aufgabe der Gesellschaft und ihrer geschäftsführenden Direktorin in der Verwaltung einer kleinen Insel und des darauf gelegenen Grundstückes bestand, das ein Wohngebäude, einige kleine Hütten sowie ein paar größere Schuppen umfasste. Weder die Betriebskosten noch der Betrieb selbst schienen eine derart große Geldreserve zu rechtfertigen. Und die Einnahmequellen waren interessant. Die Tätigkeit der Gesellschaft, der sogenannte *Wirkungsbereich,* war auf Verwaltung und Vermietung des Grundstückes ausgelegt. Besonders viele Vermietungen dürfte die Gesellschaft jedoch nicht gehabt haben, mit Ausnahme der deutschen Familie, die laut polizeilichen Ermittlungen das Haus kurz vor oder nach Malås Tod gemietet hatte. Anna Flanke dachte, dass es sich dabei um ein Steuerkonstrukt handeln könnte, bei dem Malå als Mieter des Grundstückes, das im Eigentum seiner Gesellschaft war, fungierte. Ulrika Grundström, die seinen Aktien nach seinem Ableben übernommen hatte, hätte wirklich ein Motiv gehabt, ihn auszuschalten oder zu veranlassen, dass jemand das für sie erledigte. *Manch einer hat für weit weniger Geld gemordet*, dachte Anna Flanke.

Das Schärenboot legte gleich wieder ab, nachdem die Passagiere auf dem Steg an Land gegangen waren. Anna Flanke blickte auf das Gewimmel von Holzhäusern, die zum Hafen und zum Bootssteg ausgerichtet waren. Neben der Anlegestelle des Dampfbootes gab es einen kleineren Pier mit einem Geschäft, das bereits geschlossen war, wo die Freizeitboote während der Sommerzeit tanken und Bedarfsartikel kaufen konnten. Rund um den Pier lag dickes Eis. Die Schärengesellschaft betrachtete es nicht als ihre Aufgabe, das Eis zu brechen, es sei denn für ihren eigenen Verkehr. Anna ging in Richtung des kleinen Ortes und bog in eine Straße ein, die das Dorf in der Mitte teilte, und folgte dieser zur anderen Seite der Insel, wo Ulrika Grundström mit einem Boot, das in einer kleineren Fahrrinne lag, auf sie warten und sie zu ihrer Insel bringen würde. »Man kann natürlich auch zu Fuß gehen«, hatte Ulrika Grundström gesagt »aber das macht bei dieser Kälte nicht gerade Spaß.«

Anna Flanke sah bald ein, dass sie besser noch einmal nach Hause hätte fahren sollen, um die Kleidung zu wechseln, bevor sie sich dem winterlichen, eisigen Wind in den Schären aussetzte. Der dünne Mantel, der ihre Arbeitskleidung bedeckte, bot nicht viel Schutz vor der Kälte. Sie war froh, dass sie zumindest ein paar feste Schuhe ausgesucht hatte, als sie sich am Morgen für die Arbeit angekleidet hatte. Aber Rock, Bluse und eine dünne Weste waren für diesen Zweck nicht die geeignete Wahl gewesen. Sie hatte aber auch nicht voraussehen können, dass sie einer öffentlichen beruflichen Hinrichtung ausgesetzt sein würde, als sie ihr Outfit ausgesucht hatte. Sie zog die Mütze so weit wie möglich ins Gesicht und eilte zitternd vor Kälte zur anderen Seite der Insel.

Unten beim Bootssteg schaukelte ein weiß-blaues Boot mit laufendem Motor. Als Anna Flanke den Bootssteg betrat, sah sie ein Gesicht, das durch das Seitenfenster des Bootes blickte.

»Hej! Du musst Anna Flanke sein«, sagte Ulrika Grundström, deren Gesicht von einer pelzbesetzten Kapuze verhüllt war, die zu einer dicken Winterjacke gehörte. »Spring schnell ins Boot, damit keine Wärme ausströmt.«

Anna Flanke wand sich durch die schmale Bootstür hinein und setzte sich auf eine Holzpritsche. Neben Ulrika Grundström saß ein kleiner Junge in einem Winteroverall und einer gestrickten Spiderman-Mütze und betrachtete Anna Flanke mit großen, neugierigen Augen. Unter der Mütze schaute ein schwarzer Haarschopf heraus. *Dieses Gesicht habe ich schon einmal gesehen*, dachte Anna Flanke.

Karlavägen, Ivan Michailowitsch

Seine Gereiztheit breitete sich gleichmäßig auf alle Bereiche aus. *Gleichgewicht. Ein schwacher Trost*, dachte Ivan Michailowitsch. Der Schachzug des schwedischen Justizministers am Morgen hatte dem öffentlichen Teil des Schauspiels noch an Brisanz verliehen, so als hätte der Artikel über den Unglücksraben David Westerdahl am Abend davor nicht schon gereicht. Für Ivan gab es keinen Zweifel, dass sowohl die Pressekonferenz als auch der Bericht in *Aftonbladet* Teil einer *maskirovka* waren, die im Gange war. Aber eine ganz amateurhafte. Denn es gab kein klares Ende der Geschichte. Der Justizminister setzte damit *alles* aufs Spiel. Und Ivan Michailowitsch sagte berechtigterweise voraus, dass das Verschwinden des Bundespolizeipräsidenten Moberg noch weitere Probleme bescheren würde.

Ihm tat auch Anna Flanke leid, die für ein offensichtlich sinnloses Komplott hatte geradestehen müssen. Aber er ahnte, dass Anna noch nicht ganz ausgezählt war. Dem wohlgezielten Schlag zu schließen, den sie Moberg mitten ins Gesicht verpasst hatte, litt sie nicht an einem Mangel an Tatkraft. Das Bild war sowohl in der Presse als auch in den sozialen Medien aufgetaucht und hatte ihr eine große Anzahl von aufmunternden Likes in den Kommentarfeldern beschert.

Das Material, das er vor sich liegen hatte, war einerseits staunenerregend, andererseits aber auch beängstigend. Anders Pierrot war äußerst geschickt, das musste Ivan Michailowitsch zugeben. Die Firewall der Polizei hatte für seinen guten Freund kein Hindernis dargestellt. Aber Anders Pierrot hatte auf eigene Faust den Schutz seines Computers dermaßen verstärkt, dass sie für Ivans Experten schwer zu knacken gewesen waren.

»Die Schwierigkeit besteht nicht darin, hineinzukommen«, hatte sein Expertenfreund gesagt. »Die Schwierigkeit besteht darin, keine Spur zu hinterlassen.«

Die Fähigkeiten seines Freundes waren jedoch außergewöhnlich. Und als dieser mit seinem legendären Hintergrund als Mitglied in einem von vielen Gegenspionageteams des russischen Militärnachrichtendienstes schließlich den Computer von Pierrot geknackt hatte, musste Ivan Michailowitsch dem schwedischen Polizisten und seinem Sicherheitsbewusstsein trotzdem Respekt zollen, da er sich deutlich von den üblicherweise leicht zu manipulierenden Gewohnheiten seiner Behörde abhob.

Das Fotomaterial hatte Ivan Michailowitsch zu denken

gegeben. Die Testergebnisse des Nationalen Forensischen Zentrums waren aufsehenerregend gewesen, aber bei Weitem nicht so spektakulär wie der Videofilm, den Pierrot, ausgehend vom Inhalt der Festplatte in der Berwaldhalle, zusammengestellt hatte. In Ivan Michailowitschs Kopf spielte sich ein heftiger Widerstreit zwischen Intuition und Vernunft ab.

Er wusste, dass ihm viele entscheidende Fakten fehlten. Trotzdem hatte er das Gefühl, dass er *die Wesenheit* des Problems erfasst hatte. Und aus dieser Wesenheit ergab sich eine klare Bedrohung. Insbesondere wenn er einen Zusammenhang herstellte zwischen dem, was auf Pierrots Bildern zu sehen war, und den Gesprächen, die er mit Sergei Trifonowitsch in Sankt Petersburg geführt hatte. Wenn er dann noch die Zurechtweisungen seines eigenen Botschafters hinzufügte, die dazu geführt hatte, dass er selbst verstärkt bewacht wurde, dann gab es insgesamt zu viele Zeichen, um an einen *Zufall* zu glauben.

Die Situation war ohne Zweifel äußerst kritisch. Aber ihm fehlten die entscheidenden Eckdaten des Falles, weshalb er ein verzweifeltes Bedürfnis hatte, sich mit Kerstin auszutauschen.

Hoffentlich ruft sie bald an, dachte Ivan Michailowitsch.

Äsperedschule

Anders Pierrot bog einige Kilometer, bevor er die Äsperedschule erreichte, in einen Waldweg ein. Seine beruflich geschulten Warnglocken hatten zu läuten begonnen, als Kerstin nach einer halben Stunde sein SMS noch immer nicht beantwortet hatte. Fehlender Mobiltelefonempfang konnte seiner Meinung nach nicht der Grund für Kerstins Schweigen sein, da er, kurz nachdem er die Autobahn verlassen hatte, einen Mobilmast gesehen hatte. Er selbst hatte ausgezeichneten Empfang auf seinem Telefon, das denselben Mobilfunkanbieter wie Kerstins Mobiltelefon hatte. Außerdem hatten sie beide eine App installiert, die es ihnen ermöglichte, den jeweiligen Standort des anderen auf dem Display zu sehen. Daher wusste er, dass sich Kerstin in den letzten zwei Stunden in dem größten Gebäude des Geländes aufgehalten hatte. Er beschloss, sich in die Äsperedschule einzuschleichen.

Pierrot ging davon aus, dass er wahrscheinlich überreagierte. Er wusste aber aus Erfahrung, dass die Fähigkeit zur Überreaktion schon oft einmal Leben gerettet hatte. Daher öffnete er den Kofferraum und entnahm ihm einen Rucksack, der hoffentlich all das beinhaltete, was er brauchen würde. Er nahm die Sportunterwäsche und den leicht verschlissenen Militärskianzug heraus. Am Abend davor hatte Anders einige Satellitenbild des Schulterrains betrachtet und in seinem Gedächtnis abgespeichert. Da gab es zweifellos einige Herausforderungen. Über die Mauer zu klettern war nicht so schwierig. Doch hatte er vor, sich einen Platz auszusuchen, der so weit wie möglich von den Gebäuden entfernt lag, um das Risiko, entdeckt zu werden, so gering wie möglich zu halten. Mithilfe der Satellitenbilder hatte er ein kleines Gehölz ausgemacht, das auf einem Hügel am anderen Ende des Terrains lag und seine Anwesenheit vor wachsamen Augen am Gebäude verbergen sollte.

Er hatte natürlich keine Garantie, dass sich die Angestellten des Wach- und Sicherheitsunternehmens, die von der Schule angeheuert worden waren, nicht gerade dort auf Patrouille befanden, wo Anders über die Mauer klettern wollte. Wenn die Wachposten bewaffnet waren, würde der Abstand zu ihnen nur von marginaler Bedeutung sein. Sie benötigten nur einen treffsicheren Schützen mit einem Zielfernrohr. Anders Pierrot hatte selbst viele Wachmänner mit Waffenerlaubnis ausgebildet, daher wusste er nur zu gut, was er hinsichtlich ihrer Kompetenz und ihrer strategischen und operativen Fähigkeiten zu erwarten hatte. Er hoffte, dass er die Wachen überlisten könne, falls die Situation es erforderte.

Wahrscheinlich reagiere ich ganz einfach über, redete er sich ein. *Die werden doch nicht das Schulgeld und die Unterstützung ihrer noblen Spender aufs Spiel setzen, indem sie es zu einem Feuergefecht kommen lassen*, dachte Anders Pierrot und bewegte sich gleichzeitig zwischen den schneebedeckten Bäumen zu der Erhebung, die am weitesten vom Schulterrain entfernt lag.

*

»Hm«, sagte Tindra, nachdem sie Kerstins Präsentation gesehen hatte, die an die Wand des Kammermusiksaals projiziert worden war. »Das scheint tatsächlich brisant zu sein«, fuhr sie fort. »Andererseits muss ich sagen, dass der Film ziemlich verschwommen ist und wahrscheinlich auf tendenziöse Weise zusammengeschnitten wurde. Und was das sogenannte Testament betrifft, ist es fraglich, ob es einer rechtlichen Prüfung standhält.«

»Da sind wir wohl unterschiedlicher Meinung«, sagte Kerstin. »Aber lassen wir die Gerichte die Sache einfach prüfen.«

»Ja, von unserer Seite begrüßen wir natürlich eine Untersuchung durch kompetente Instanzen. Denn dabei werden mit Sicherheit unsere Schuldlosigkeit und die unsinnige Idee, unsere Tätigkeit in Misskredit zu bringen, ans Tageslicht kommen. Ich gehe davon aus, dass ihr das Material auf transparente und rechtmäßige Art erhalten habt. Es wäre ja höchst bedauerlich, wenn ihr das Material ohne die erforderliche Genehmigung besorgt hättet«, sagte Tindra Svensson und schaute die beiden Frauen herausfordernd an.

»Du hast aber doch selbst verneint, dass ihr mit den Mitgliedern eurer früheren Gruppe aus Örebro seit den Achtzigerjahren Kontakt gehabt habt«, sagte Barbro.

»Das habe ich bestimmt nicht gemacht. Als ich David Westerdahl traf, habe ich mit offenen Karten gespielt. Aber ehrlich gesagt schien er verkatert gewesen zu sein. Seine Auffassungsgabe war nicht gerade in Bestform, um es diplomatisch auszudrücken. Er muss hinterher alles verdreht haben. Alkoholiker haben doch ein Talent zum *Fabulieren*«, sagte sie mit einem nachsichtigen Lächeln auf den Lippen.

Kerstin unterdrückte den Impuls, ihr im Gegenzug zu antworten, dass Politiker mindestens genauso berüchtigt für ihre *Fabulierkunst* seien wie Alkoholiker, und dazu noch mit weitaus gewichtigeren Folgen für die Steuerzahler. *Warum will ich David plötzlich in Schutz nehmen*, fragte sich Kerstin.

»Na ja«, fuhr Tindra fort, »während des Prozesses wird sich alles herausstellen.« Sie ging zu einer Vertäfelung an der Wand neben der Filmleinwand, auf der noch immer die erste Seite des Testamentes zu sehen war. Dort drückte sie auf einen Knopf und wandte sich dann an Kerstin und Barbro.

»Wisst ihr was«, sagte Tindra, und ihre Stimme klang plötzlich ernst. »Wir wollen nicht auf diese Art auseinandergehen. Ich möchte unser Treffen lieber damit beenden, dass ich euch etwas vorspiele. Nichts kann Menschen so gut miteinander verbinden wie Musik, egal wie grundverschieden sie auch sein mögen. Seid ihr damit einverstanden?«

Kerstin und Barbro blickten einander verblüfft an. Keine von beiden bekam ein Wort heraus. Tindra fasste das mutmaßlich als ihr Einverständnis auf und öffnete ein Futteral, aus dem sie eine Geige und den dazugehörigen Bogen entnahm. Während sie die Geige stimmte, öffnete sich die Tür zum Saal und die beiden Wachmänner kamen herein.

»Hej«, sagte Tindra und nickte den beiden Männern zu, deren Pistolenhalfter nun, da sie ihre Winterjacken nicht mehr trugen, deutlich sichtbar war. Beide hatten Gehörschützer um den Hals hängen. »Ihr dürft selbstverständlich auch zuhören.« Tindra griff nach einem Stuhl und stellte ihn mitten auf die Bühne. Aus einem Schrank holte sie ein rotes Kissen, das sie auf die Sitzfläche legte.

»Da bleibt uns wohl nichts anderes übrig«, flüsterte Barbro. Kerstin antwortete nicht.

Ich frage mich, warum die Wachen Gehörschützer bei sich haben, dachte sie. *Spielt sie so verdammt schlecht?*

Und dann begann Tindra zu spielen.

Oder sang sie?

Egal, was es war, Kerstin genoss es. Es war wunderschön und gleichzeitig herzzerreißend. Sie hatte dasselbe Gefühl wie zu Schulabschluss in ihrer Kindheit, wenn Psalmen gesungen wurden. Voll herrlich weinerlicher und sehnsüchtiger Melancholie.

Wie entspannt sie aussieht, dachte Kerstin.

Ein Sonnenstrahl war über Tindra Svenssons Gesicht gefallen und ließ es in einer eigenartigen Mischung von absoluter Ruhe und Konzentration erstrahlen.

Es dauerte nicht lang und das Hörerlebnis erreichte eine Perfektion, wie Kerstin sie nie zuvor erlebt hatte. Sie wurde von einer Welle von Sinneseindrücken und Gefühlen überschwemmt, die sich ständig veränderten. Bald wollte sie aus abgrundtiefem Kummer und Schmerz weinen, bald darauf lauthals lachen, dann übermannte sie eine heftige Furcht. Nach und nach wurde sie von einem anhaltenden Schmerz erfasst, der alles, was rein und schön war, verdrängen und stattdessen durch Angst in ihrer reinsten Form ersetzen wollte.

Der Schmerz war so stark und wollte nicht aufhören.

Er war böse.

Er wollte sie töten.

*

Anders sprang von der Mauer hinunter und landete weich im verschneiten Kieferngestrüpp. Er hatte die Sonne im Rücken, was für ihn eindeutig ein Vorteil war, falls sich die Situation verschärfen würde.

Hör dir selbst zu, Anders. »Situation verschärfen«. Das alles dreht sich nur um eine tolle ältere Frau, die sich etwas verschwörerisch verhält, dachte er. Trotzdem entschied er sich dafür, die Sonne zu seinem Vorteil zu nützen, deren Schatten ihn eine längere Strecke entlang der Mauer schützen würde.

Keine Wachen in Sichtweite. Er lief gebückt am Rand der überschatteten Stelle und verfluchte sich selbst, dass er keinen Weichspüler benutzt hatte, als er den Skianzug vor Kurzem am Abend gewaschen hatte. Der Stoff knisterte beim Laufen auf bedenkliche Weise, wenn sich Oberschenkel an Oberschenkel rieb. Außerdem war der Rucksack nicht so fest gepackt, wie es sein sollte. Er hörte und spürte, wie sich Teile des Gepäcks hin- und herbewegten, wenn er lief. Für Anders Pierrot waren das alles bekannte Situationen. Obwohl er es in diesem Fall eher als Übung betrachtete, da die Bedrohung nicht eindeutig war, reagierte sein Körper aufgrund der vielen Trainingseinheiten, die sein Körper durchgemacht hatte, wie im Ernstfall. Mit einem ständigen Bewerten der eigenen Leistung im Hinblick auf Sicherheit und Überleben.

Ein hoher Puls. Aber nur so hoch, dass er mit gesteigerter Leistungsfähigkeit reagieren konnte. Die Sehstärke verschärfte sich, die Kontraste traten schärfer hervor. Mit dem Gehör war es genauso. Zu erwartende Geräusche wurden aussortiert und ungewöhnliche Geräusche ließen ihn innehalten. Doch war im Moment nichts zu hören, was ihn beunruhigt hätte. Als er an die Stelle gelangt war, wo es keinen Schatten mehr gab, sah er einige Hasen entlang der Mauer davonhoppeln. Tiere auf der Flucht. *Wie ich auch*, dachte Anders. Plötzlich überlief ihn ein eiskaltes Schauer. *Ich bin so verdammt blöde. Wie oft habe ich junge Leute darauf aufmerksam gemacht*, dachte er. Er griff nach seinem Telefon, nahm die SIM-Karte heraus und schlug sie fest gegen einen Stein, bis sie nicht mehr erkennbar war. Auch wenn er selbst nicht im Suchbereich des Gegners lag, reichte es aus, dass er und Kerstin durch eine Such-einen-Freund-App miteinander verbunden waren, und er könnte sofort mühelos geortet werden.

Zur Hölle, Kerstin, dachte Anders. *Du hast einen Fehler gemacht. Du hättest mich nicht von der Nationalen Operativen Abteilung abziehen dürfen. Ich bin nicht mehr in Form.*

Er setzte sich ein Weilchen hin, lehnte sich an die Mauer, um sich ein Bild der Lage zu verschaffen. Vor ihm lag ein offenes Feld, das bergauf zu den Schulgebäuden führte. Er erblickte den größten Gebäudekomplex, in dem sich Kerstin und Barbro höchstwahrscheinlich noch befanden.

Anders hielt sich noch einmal das Verrückte an der Situation vor Augen, wie er es in den vergangenen Wochen bereits mehrmals getan hatte. Er hätte vom Anfang an seinen Vorgesetzten über den Kontakt mit Kerstin benachrichtigen müssen. Anders wusste, dass er ein guter Polizist war. Aber in den vergangenen Wochen war ihm klar geworden, dass er eine Achillessehne hatte. Und das war Kerstin. Das Vertrauen und die Loyalität, die er ihr gegenüber empfand, schienen sein ganzes professionelles Verhaltensmuster auszuhebeln.

Er sah ein, dass es keine gute und sichere Alternative gab. Er konnte der Straße folgen, die einen Teil des Weges von einer einigermaßen schützenden Allee umgeben war. Aber dann wäre er gezwungen, den Rest des Hügels im Zickzack ganz ohne Schutz bis zur Schule hinaufzulaufen. Er zog den Feldstecher aus dem Rucksack und nahm das Schulterrain ins Visier. Alles schien ganz ruhig und leer zu sein. Auf dem Vorhof stand ein vierrädriges Leichtfahrzeug geparkt.

Das müssen die Wachen sein, dachte Anders.

*

Einige Minuten später schlich Anders entlang der hinteren Längsseite des Konzertsaals, die im Gegensatz zu dem Teil, der Richtung Tal ausgerichtet war, nicht ganz verglast war. Er war gezwungen gewesen, sich rund um den ganzen Schulkomplex zu bewegen, da die verglasten Korridore zwischen den Gebäuden ihm keinen Schutz gewährt hätten. Am Ende der Fassade sah er einige Fenster, die wahrscheinlich zum kleinen Saal des Gebäudes gehörten, ein Saal, der in den großen Konzertsaal integriert war. Von dort hatte er auch die letzten Signale von Kerstins Mobiltelefon empfangen. Anders kroch die letzten Meter vor zum Fenster. *Sie sitzen sicher hier und trinken in aller Ruhe Kaffee*, dachte er.

Als er beim Fenster war, zog er sich auf seine Knie und blickte durch den unteren Teil des Fensters.

Zuerst sah er eine Frau, die auf einer Bühne saß. Anders konnte sie kaum erkennen. Sie schien auf einer Geige zu spielen, aber auch ihr Mund bewegte sich. Sang sie gleichzeitig? Keine

Ahnung. *Die Schalldämmung muss beim Bau der Schule hohe Priorität gehabt haben,* dachte Anders. Er musste sich noch ein Stück vor bewegen, um den hinteren Teil des Raumes zu sehen.

Das Blut gefror ihm in den Adern. Kerstin und Barbro saßen beide auf einem Stuhl. Sie schienen in Todesangst zu schreien, aber Anders konnte da, wo er stand, keinen Ton hören. *Schalldämmung? Verflucht, was passiert denn da?*, dachte Anders. Beide Frauen wollten ihre Ohren mit den Händen bedecken, wurden aber von den Wachen, die beide einen Gehörschutz trugen, daran gehindert. Er sah, wie die Wachen ihnen den Mund zuklebten, die Hände auf den Armstützen ihrer Stühle festbanden. Anders machte sofort kehrt und lief zur Eingangstür.

Guldheden, Göteborg

David befand sich in einem geistigen Niemandsland. Er konnte sich nicht bewegen. Ein Teil von ihm stellte die bekannten Zeichen eines argen Katers fest. Mundtrockenheit. Schweiß. Es dröhnte in seinem Kopf. Aber all das spielte für den Teil von ihm keine Rolle, der seine Gesamtstimmung dominierte.

Er genoss es.

Jemand sang für ihn.

Ein Lied voller Hoffnung.

In seinem Inneren war die Musik von einer unendlichen Reihe wundervoller Bilder begleitet, die alle von Sinnlichkeit, Lebensfreude und Menschenliebe handelten. David fühlte sich sicher und wie in Wärme eingepackt. Es gab für ihn absolut keinen Grund, warum er wach sein sollte. David schwebte wie auf weichen warmen Daunen.

Das bin ich mir zum Teufel auch wert.

*

»Was hast du ihm gegeben, Ella?«

»Nichts. Das hat er selbst erledigt. Ich habe nur nachgeholfen, dass er schneller wieder aufwachen wird. Nur eine einfache kleine Sequenz. Ich schätze, es wird nicht mehr lange dauern, bis er wach ist. Angemessen frisch und eindeutig guter Laune.«

»Aha. Okay.«

»Hilde … Komm jetzt. Es ist alles in Ordnung.«

»Ja ja. Du musst dich beeilen. Du hättest ja schon gestern Abend fahren sollen. Vielleicht ist es schon zu spät.«

»Ich weiß. Aber das ist doch nicht mein Fehler, oder?«

»Geh jetzt.«

David erwachte durch die leisen Stimmen, konnte aber die Augen nicht öffnen.

Sandras Stimme. Sie war hier. *Eigenartig, aber schön*, dachte David. *Aber wer ist Hilde?*

Er glitt wieder in seinen tranceartigen Zustand zurück, fühlte sich sicher in dem Bewusstsein, dass ihm niemand etwas anhaben konnte. *Sandra beschützt mich.*

Äsperedschule

Während Anders so leise wie möglich und auf weichen Sohlen durch die Korridore der Äsperedschule lief, ärgerte er sich maßlos, dass er seine Dienstwaffe versperrt in einem Schrank in der Arbeit gelassen hatte. Am Abend davor hatte er sie noch in der Hand gehabt und überlegt, ob er sie mitnehmen sollte, hatte sich dann jedoch entschieden, die Regeln zu befolgen. Er hatte keinen offiziellen Auftrag und war auch nicht am Weg zu einem

Schießwettbewerb. Und noch weniger hatte er die Genehmigung eines Vorgesetzten. *Gegen eine einzige verdammte Bestimmung hätte ich wenigstens verstoßen können,* dachte Anders.

Er war jetzt nur mehr etwa zehn Meter von der Tür entfernt, die vermutlich zum Kammermusiksaal führte. Er hielt inne, nahm den Rucksack ab und holte rasch einen Kabelbinder und die Kampfhandschuhe heraus, die er aus Sicherheitsgründen eingepackt hatte. Die Handschuhe boten einen ausgezeichneten Schutz für die Hände, aber verursachten durch ihre verstärkten Teile einen größeren Schaden beim Gegner als ein Schlag ohne Handschuhe. Er zog sie sich über und schlich zum Saaleingang. Nicht einmal direkt vor der Tür konnte er etwas hören. Er überlegte, was es bedeuten konnte, dass die Wachen Gehörschützer trugen. Das Einzige, was ihm dazu einfiel, war, dass Kerstin und Barbro einer Form von starkem äußerem Geräusch ausgesetzt waren wie bei einer der vielen Foltermethoden, von denen Anders während seiner beruflichen Ausbildung gehört hatte.

Die Tür war verschlossen. Er leuchtete mit der Taschenlampe des Mobiltelefons und konnte den Verschlussriegel durch den schmalen Schlitz zwischen der Tür und dem Türrahmen sehen. Vermutlich war die Tür auf der anderen Seite mit einer Verstärkung und einer zusätzlichen Schallisolierung versehen. Ihm wurde klar, dass er keine andere Wahl hatte, als die Tür einzutreten. Aber wenn es sich da drinnen wirklich um eine auf Geräusche basierte Foltermethode handelte, musste er sich selbst davor schützen. Er wühlte wieder im Rucksack herum und erwischte die kabellosen Kopfhörer für das Telefon. Ungeduldig stellte er fest, wie langsam sich die Kopfhörer mit dem Telefon verbanden, nützte jedoch die Zeit, um seine nostalgische Liederliste herauszusuchen. Ebba Grön. Er stellte das Volumen auf maximale Lautstärke und spielte das Lied *800 Grad* ab. Dann stellte er sich in entsprechendem Abstand vor der Tür in Position, nahm sich Zeit, um das perfekte Gleichgewicht zu erlangen und atmete tief und fest ein. Danach landete er einen ungemein kräftigen *mae-geri* gegen die Tür. Der Tritt traf die Tür mit voller Kraft ein Stück oberhalb der Klinke und war so stark, dass er den Verschlussriegel gegen das Metall in der Türfüllung drückte, worauf dieser abknickte. Aber die Tür war viel zu schwer, als dass sie ganz aufgesprungen wäre.

Wir sind am Erfrieren, es ist so kalt
Arme Kinder
Aber bald wird es warm

Schnell jetzt, sie sind vorgewarnt, dachte Anders und gab der Tür einen weiteren kraftvollen Tritt, bevor er schnell zurückwich und sich im Korridor in gebückte Stellung begab. Er rief »Polizei«. Aber von drinnen hörte man keinen Laut. Von seinem Standort aus konnte er den Teil des Saales überblicken, der zur Bühne ausgerichtet war. Kerstin, Barbro und die Wachen befanden sich daher nicht in seinem Sichtfeld. Aber er sah die Frau, die vorhin mit einer Geige unter dem Kinn auf der Bühne gesessen war, wie festgefroren im Gang des Saales unweit der Tür stehen. Mit weit aufgerissenen Augen. *Sie sieht wie besessen aus*, dachte Anders. Sie hielt ein Messer in der Hand. Einen kurzen Augenblick streifte ihr Blick Anders, aber ohne ihn wirklich wahrzunehmen. Dann schrie sie auf und lief mit dem Messer im Anschlag an der geöffneten Tür vorbei. Anders reagierte instinktiv und warf sich ihr in geduckter Stellung entgegen. Er war nur ein paar Meter hinter ihr, aber bremste sich ein, indem er sich unterhalb der Stuhlkanten bewegte, damit ihn die Wachen nicht so leicht bemerkten. *Zur Hölle*, dachte er, bevor er all seine professionellen Instinkte über Bord warf und ihr nacheilte. Im nächsten Moment hatte er seine Arme um die Taille der Frau geschlungen. Die Geschwindigkeit und die Wucht, mit der er die Frau rammte, brachte sie zu Sturz und sie schlug mit dem Kopf voraus hart gegen den Boden.

Achthundert Grad
Du kannst mir vertrauen, du kannst mir vertrauen

Die Musik dröhnte in den Kopfhörern. Anders lag schwer über der Frau, die sich ächzend losmachen wollte. Er warf einen schnellen Blick nach oben und sah, wie einer der zwei Wachmänner gelaufen kam. *Der andere kann nicht weit entfernt sein*, konnte er noch denken, bevor er von der Frau wegrollte und gelenkig auf die Füße sprang, genau zur richtigen Zeit, um den Brustkorb des Wachmannes mit einem weiteren *mae-geri* zu treffen. Der Ansturm des Mannes war sofort beendet und er fiel stöhnend in einem Bogen nach hinten auf den Boden, die Hände gegen den Brustkorb gepresst. Anders spürte mehr, als dass er hörte, wie sich der andere Wachmann von hinten näherte.

Anders rief noch einmal »Polizei«, drehte sich gleichzeitig um und nahm eine gebückte Verteidigungsposition ein. Er sah die Augen des Mannes. Sein Blick war leer. Die Pupillen wie Stecknadeln. *Drogen? Egal*, dachte Anders Pierrot, streckte sich in voller Länge und wehrte den Faustschlag des Mannes ab. Als er die Hüfte vorschob, drehte er sein rechtes Bein hoch und ließ es wie ein gefährliches Projektil gegen das Knie des Mannes knallen. *Kansetsu geri.* Der zweite Wachmann starrte Anders ungläubig an, während er zusammensackte. Anders begab sich in eine gebückte Verteidigungshaltung *kokutsu dachi*, wobei er die Hand zur Deckung nach oben hielt.

Die beiden Wachen lagen unbeweglich einige Meter voneinander entfernt in der Nähe der eingetretenen Tür. Die Frau lag ein Stück weiter weg, das Messer hielt sie noch immer krampfhaft mit der rechten Hand fest. Anders schätzte die Lage als sicher genug ein, um einen Blick auf Kerstin und Barbro zu werfen, die er bisher nur undeutlich aus dem Augenwinkel wahrgenommen hatte. Beide saßen anscheinend leblos mit hängenden Köpfen auf ihrem Stuhl. Die Hände waren am Stuhlrücken festgeklebt. In Anders Ohren ertönte jetzt das Lied *Mama Papa Kind*. Er erhob sich aus seiner Verteidigungsposition, nahm das Telefon aus der Tasche am Oberschenkel des Skianzugs und stellte die Musik ab. Die Kopfhörer behielt er in den Ohren.

Als er sich auf Barbro und Kerstin zubewegte, hörte er ein Geräusch von der Frau. Er sah, dass sie wieder zu sich gekommen war. Anders ging schnell hin und setzte sich mit gespreizten Beinen auf ihren Brustkorb, umspannte mit der einen Hand ihr Handgelenk und entwand ihr das Messer mit der anderen Hand. Er schleuderte das Messer in einer kreiselnden, hastigen Bewegung zur Fensterwand und den Stühlen, auf denen Kerstin und Barbro gefesselt saßen. Plötzlich begann die Frau unter ihm zu zappeln, sie hatte jedoch keine Chance, sich aus seinem Griff zu befreien. Mit seinen Beinen hielt er ihre Füße und Beine fest. Die Hand, mit der sie das Messer gehalten hatte, hielt Anders noch immer in einem festen Griff. Mit ihrem freien Arm fuchtelte sie in der Luft herum in einem vergeblichen Versuch, auf ihren Gegner einzuschlagen. Anders ließ sie weiterfuchteln, während er einen Kabelbinder aus der Tasche zog und ihn zwischen die Zähne nahm. Mit Mühe hielt er die freie Hand der Frau in Zaum und drückte sie unter ihren Rücken. Auch den anderen Arm drückte er nach hinten, legte ihre Hände aufeinander, die klein genug waren, dass er sie mit seiner rechten Hand mit entsprechendem Druck festhalten konnte, während seine linke Hand den Kabelbinder befestigte und festzog.

Anders wusste nicht, was er erwartet hatte. Vielleicht, dass die Frau vor Schmerz aufstöhnte. Aber mit Sicherheit nicht das. Sie begann *zu singen*. Anders begriff sofort, welchen Qualen Kerstin und Barbro ausgesetzt gewesen waren. Die Ohren und das ganze Gehirn hallten von Tönen wider, die sich aggressiv und zielbewusst in den Kopf fraßen. Er spürte, wie ihn sein Bewusstsein langsam verlassen wollte. Anders suchte mit der einen Hand nach seinem Telefon. Mit der anderen versuchte er, der Frau den Mund zuzuhalten.

In den Stockholmer Schären

Als sie vom Bootssteg hinaufspaziert waren, hatte das Haus unerwartet bescheiden gewirkt. Ein altes Hauptgebäude mit einer Veranda. Ein Stück davon entfernt lag ein größerer Schuppen, der früher einmal vielleicht ein Kuhstall gewesen war.

Erst wenn man das Haus betreten hatte, konnte man sehen, dass die Fassade wirklich nur eine Fassade war. Statt der üblichen Eingangshalle befand sich der Besucher plötzlich auf einem Absatz, von dem eine breite Treppe in leichter Neigung hinunter in ein großes, helles Wohnzimmer führte, das von einem riesigen Panoramafenster mit Blick aufs Wasser begrenzt wurde. Die darunterliegende Felsplatte, aus der der Raum gesprengt worden war, war an verschiedenen Stellen unbearbeitet geblieben, quasi als Erinnerung an das Zusammenspiel von Natur und Architektur. Antoine Malå hatte den unteren Teil des alten Hauses zu einem bungalowähnlichen Komplex aus Glas und Beton umbauen lassen. Inmitten des großen Raumes thronte ein Flügel, hinter dem eine weitere Treppe in den ersten Stock führte. Ausgehend vom Flügel als Zentrum nahm die Küche eine wichtige Funktion in der Peripherie ein. Bei dieser offenen Planlösung hatten die Küche und der Essplatz die beste Aussicht bekommen.

Anna Flanke fand, dass die einzelnen Details von guter Qualität waren, ohne protzig zu wirken. Weiß, Holz und Beton vermittelten ihr das vage Gefühl, in die Mystik und weit zurückliegenden Sechzigerjahre versetzt worden zu sein.

Anna Flanke saß in dem ausladenden Sofa und trocknete sich eine Träne im Augenwinkel. Gerade als Ulrika Grundström einen wohlgefüllten Kuchenteller auf den Tisch gestellt hatte, hatte das Kind zu singen begonnen. Nicht auf diese selbstbewusste Weise, wie manche Kinder zu singen beginnen, wenn sie sich Vorteile durch die Wertschätzung der Erwachsenen erwarteten oder wenn sie einen Kuchen ergattern wollten. Der Junge war vor dem Kamin gesessen, mit dem Rücken zu den Erwachsenen. Anfangs hatte Anna gedacht, dass es klang, als spreche der Kleine mit sich selbst. Aber aus dem, was zuerst wie typisches Kleinkindgeplauder gewirkt hatte, entstanden plötzlich glasklare Laute. *Wie Lichtblitze*, dachte Anna.

Das, was danach folgte, übertraf alles, was Anna Flanke bisher an kindlicher Lieblichkeit erlebt hatte. Es ging weit darüber hinaus. Das Kind hatte, während es die ganze Zeit dabei still sitzen blieb, lange Melodien improvisiert, die Anna einerseits als ungewöhnlich und trotzdem schmerzhaft wohlbekannt empfunden hatte. Ihr war es so vorgekommen, als wäre alle Liebe und Freude, die sie jemals erlebt hatte, die Trauer über die eigene Kindheit und Jugend, ihre eigenen und der Eltern

Unzulänglichkeiten, der Zorn über Kränkungen durch die Musik, die der Junge zum Besten gab, freigesetzt worden. Sie hatte Instrumente gehört, die es mit Sicherheit nicht im Raum gab. Hatte der Junge sie imitiert? Seine Stimme wie eine Geige, eine Flöte, ein Cello klingen lassen? Es hatte den Anschein, als verfügte dieser kleine Junge über die Gabe, eine parallele Wirklichkeit entstehen zu lassen.

Als sich Ulrika Grundström dann neben Anna auf das Sofa setzte, hörte der Junge so schnell, wie er begonnen hatte, wieder zu singen auf. Anna Flanke fühlte sich, als wäre sie den Nachwirkungen eines Rauschzustandes ausgesetzt. So als könnte sie nicht mehr klar denken.

»Es ist wirklich sehr schön. Aber auch ein bisschen erschreckend«, sagte Ulrika Grundström mit einem liebevollen Blick auf ihren Sohn, der nun Papier und Stifte gefunden hatte und konzentriert auf den Fellen vor dem Kaminfeuer zeichnete. »Ich selbst werde immer ein wenig müde, wenn ich ihm zuhöre. Angenehm müde, aber dennoch. Das klingt irgendwie krank, oder? Eine Mutter, die müde wird, wenn sie ihrem eigenen Kind beim Singen zuhört.«

»Ich empfinde es genauso«, pflichtete ihr Anna Flanke aufrichtig bei. »Ich kenne mich allerdings mit Musik nicht besonders gut aus. Aber das war wirklich ganz unglaublich.« Anna war noch benommen von dem Erlebten, sodass sie Schwierigkeiten hatte, die Worte zu finden, obwohl sie sonst nicht auf den Mund gefallen war.

»Ja«, sagte Ulrika Grundström. Ihr Gesicht strahlte vor Stolz. »Er ist ein Segen. In jeder Hinsicht. Was glaubst du, welche Sorgen ich mir darüber mache, was passieren wird, wenn er einmal in die Schule kommt. Wenn er in das Gesellschaftssystem gepresst wird. Die Schule. Du lieber Himmel.«

Sie schüttelte den Kopf.

»Aber du wolltest eigentlich über Tony sprechen.«

Anna setzte sich aufrecht hin und versuchte sich zu sammeln. Aber es kostete sie einige Mühe, sich wieder auf ihren Auftrag zu besinnen. Im ersten Moment konnte sie sich nicht einmal mehr erinnern, warum sie eigentlich hier war.

»Ja, doch«, sagte sie.

»Tony«, unterbrach sie Ulrika Grundström, so als verstünde sie ihre momentane Lage. »Am Anfang war es entsetzlich. Das ist es auch jetzt noch. Aber es ist ein wenig leichter geworden. Vielleicht deswegen, weil ich nicht das Gefühl habe, er sei wirklich weg. Wahrscheinlich mache ich mir selbst etwas vor und meine Sinne spielen mir einen Streich.«

»Ist er dein und Antoines Kind?«, brachte Anna mit einer Handbewegung zum Jungen heraus.

»Das siehst du doch. Er sieht Tony total ähnlich.« Ulrika lächelte.

»Stimmt, aber ich bin eben neugierig«, sagte Anna. »Wenn ich richtig informiert bin, wurde Antoine nicht als Vater angegeben.«

»Das ist richtig«, sagte Ulrika.

»Heißt das, niemand sollte wissen, dass er der Vater ist? War das der Hintergedanke des Arrangements?«

»Hm. Das ist eine komplizierte Geschichte«, sagte Ulrika. »Sie hat, lange bevor Louis geboren wurde, begonnen. Und ich weiß, dass Tony verrückt würde, wenn er wüsste, dass ich sie erzähle.«

»Ich werde dich nicht dazu zwingen. Erzähle nur das, wozu du selbst bereit bist«, sagte Anna Flanke.

»Genau so hatte ich es vor«, stellte Ulrika trocken fest. »Als Tony und ich einander trafen – das war ja schon vor sieben, acht Jahren –, war er ganz in seine eigene Welt vertieft. Merkwürdig, hätte ich gesagt, wenn mich jemand gefragt hätte. Ich hätte ihn wahrscheinlich gar nicht beachtet, wenn nicht …«

»Wenn nicht«, führte Anna Flanke den Faden weiter.

»Wenn er sich nicht zusammengerissen hätte«, sagte Ulrika Grundström lächelnd.

»Wie habt ihr einander getroffen?«

»Haha, halte dich fest. Das klingt wie ein Märchen«, antwortete Ulrika. »Als ich in Uppsala Jura studierte, hatte ich einen Nebenjob in der Dokumentationsabteilung von Carolina Rediviva. Eines Tages tauchte dort dieser … *Kerl* auf. Tony meine ich.«

»Warte«, sagte Anna. »Du hast also in Uppsala Jura studiert. Wann war das?«

»Wir haben nicht gleichzeitig studiert«, sagte Ulrika. »Auch wenn ich auf einer Insel wohne, bedeutet das nicht, dass ich kein Google benutzen kann. Du bist fünf Jahre vor mir fertig geworden. Nicht so erstaunlich, wenn man bedenkt, dass ich nicht gleich nach dem Gymnasium zu studieren beginnen wollte.«

»Dann hast du bestimmt auch die Dinge, die mir heute passiert sind, über Google erfahren.«

»Oh ja. Du verfügst über eine schlagkräftige Rechte. Respekt!«

»Du fragst dich sicher, warum ich hier bin. Bei dieser ganzen Ohrfeigengeschichte geht es ja im Grunde darum, was mit dem Vater deines Kindes geschehen ist.«

»Natürlich habe ich darüber nachgedacht. Andererseits ist es auch ein bisschen langweilig hier auf der Insel. Du sitzt auch deshalb hier, weil ich es so wünschte. Weil ich neugierig war, warum eine so gut ausgebildete und offensichtlich intelligente

Frau wie du sich plötzlich in eine so verrückte Geschichte hineinziehen lässt. Was für ein verdammter Narr dieser Moberg ist.«

»Ehrlich gesagt, muss ich überlegen, bevor ich dir deine Frage beantworten kann. Denn heute fühle ich mich einfach wie ein Idiot. Kannst du nicht stattdessen noch mehr über dich und Tony erzählen?«

Ulrika Grundström sah Anna mit forschendem Blick an.

»Ja, natürlich«, antwortete sie zögernd. »Aber zuerst musst du mir erklären, warum du hierhergekommen bist. Den wirklichen Grund. Denn die Geschichte, dass du mit an einem Buch schreibst, halte ich für einen Vorwand. Nimm übrigens noch mehr vom Kaffee«, forderte sie Anna auf.

»Nein, danke. Ich werde völlig überdreht, wenn ich heute noch mehr Kaffee trinke«, sagte Anna. »Was deine Frage betrifft, habe ich keine einfache Antwort darauf«, fuhr sie fort. »Ich glaubte, einen Auftrag zu haben. Dabei ging es darum, eine parallele Ermittlung über den Mord an Antoine Malå in Gang zu setzen mit dem Ziel, den oder die Personen zu finden, die das Verbrechen begangen haben. Ich sollte selbst nicht an den Ermittlungen teilnehmen, sondern nur als Verbindung zwischen den Ermittlungen und dem Ministerium fungieren. Wie eine Art Zwischending als Projektleiterin und Beobachterin könnte man sagen.«

»Und jetzt stellt sich heraus, dass dich dein Auftraggeber hineingelegt hat?«

»Genau«, sagte Anna Flanke.

»Wie wollt ihr in dieser Situation weiter vorgehen, du und deine Ermittler?«

Anna Flanke seufzte.

»Einerseits sind wir unschlüssig, andererseits sind wir

entschiedener als zuvor. Wir haben den Eindruck, dass wir nahe an der Lösung des Falles sind.«

»Dann machen wir Folgendes«, meinte Ulrika Grundström. »Du beginnst mir zu erklären, wie weit ihr gekommen seid. Danach erzähle ich dir meine Geschichte. Ich glaube, dass ich mit dem einen oder anderen Puzzlestück zur Aufklärung beitragen kann.« Sie erhob sich und ging zu dem Jungen, der nach wie vor dasaß und beim Kaminfeuer zeichnete. »Louis, möchtest du dir einen Film in Papas Arbeitszimmer anschauen?« Der Kleine strahlte übers ganze Gesicht und legte die Stifte und das Papier ordentlich in eine Kommodenlade. Danach hüpfte er die Treppe in das Obergeschoß hinauf.

*

Als Anna Flanke zu Ende berichtet hatte, entstand ein langes Schweigen. Ulrika Grundströms Gesicht drückte Kummer und Zorn aus und sie trocknete die Tränen auf ihren Wangen.

»Welche Schlussfolgerungen habt ihr aus der Geschichte mit den Hautstücken gezogen?«, fragte Ulrika Grundström. »Das könnte darauf hindeuten, dass …« Sie schluchzte leise vor sich hin.

»Dass Antoine noch am Leben ist. Ja, das war unser erster Gedanke. Andererseits ist da so viel von seiner Haut, dass sein Zustand sehr ernst sein muss, selbst wenn er sich in professioneller Obhut befindet«, sagte Anna Flanke.

»Dann hat mich mein Gefühl nicht getäuscht. Es kommt mir vor, dass er uns noch nicht verlassen hat. Aber die Zeit drängt, nicht wahr?«

Anna Flanke war von der Selbstbeherrschung und Vernunft der Frau beeindruckt. Sie wusste nicht, wie sie selbst in einer ähnlichen Situation reagiert hätte, aber sie nahm an, dass sie bei Weitem nicht so gefasst gewesen wäre.

Wahrscheinlich«, sagte Anna. »Du musst dich auch darauf einstellen, dass es möglicherweise bereits zu spät ist. Das Schlimmste dabei ist, dass wir nicht sicher wissen, wer ihn entführt hat und wohin.«

»Aber ihr habt einige Verdächtige?«, fragte Ulrika. »Du hast berichtet, dass ihr eine Vermutung habt, wer auf dem Überwachungsvideo zu sehen ist?«

»Ja. Wir glauben zu wissen, um wen es sich bei ein paar Personen handelt. Kerstin ist gerade dabei, dieser Spur nachzugehen. Aber es gibt dabei einige störende Elemente. Einige davon können wir miteinander verbinden und in Zusammenhang mit Antoine bringen. Andererseits gibt es eine Person, die wir mit Antoine und den anderen nicht in Zusammenhang bringen können. Und es ist absolut noch nicht bewiesen, dass jene Personen, die man im Video sieht, etwas mit der Entführung zu tun haben. Es ist wahrscheinlich, aber nicht ganz sicher.«

»Okay«, sagte Ulrika. »Ich verstehe. Verdammt. Ich hoffe, ihr habt das Material der Polizei übergeben?«

»Das meiste. Manches auf etwas unorthodoxe Art. Wir haben auch einen *echten* Polizisten bei den Ermittlungen dabei. Nicht offiziell, eher inoffiziell. Unter anderem deswegen, um uns den Rücken bezüglich der rechtlichen Seite freizuhalten. Das heißt, damit es uns nicht unabsichtlich passiert, dass wir Beweise vorenthalten, die zur Ergreifung des Schuldigen oder eventuell sogar zur Rettung von Antoine Malå führen könnten.«

Aus dem Obergeschoß hörte man begeistertes Lachen gemeinsam mit den Klängen eines Zeichentrickfilms.

»Weißt du was, Anna. Ich glaube, ich lasse das Kennenlernen

von Tony und mir fürs Erste aus. Ich erzähle dir lieber auf die Schnelle vom letzten Jahr.«

»Okay.«

»Für Tony war es von Anfang an wichtig, dass wir unsere Beziehung nicht in der Öffentlichkeit bekanntgaben. Zuerst war ich darüber sauer. Ich dachte, es handele sich um einen männlichen Eitelkeitswahn. Dass er für die Öffentlichkeit frei und ungebunden wirken wollte wegen der vielen Frauen und Männer, die ihn ganz offensichtlich bewunderten. Es war für mich auch ein Schock, als ich begriff, wie bekannt er in der klassischen Musikwelt war. Später, als ich ihn besser kennengelernt hatte, verstand ich, dass es sich keineswegs um Eitelkeit handelte. Tatsache ist, dass ich keine Person getroffen habe, die weniger eitel war.«

Ulrika schaute mit einem nachdenklichen Blick zum Panoramafenster.

»In Wirklichkeit ging es darum, dass er mich schützen wollte und später dann auch Louis. Und klarerweise auch seine Privatsphäre. Er konnte nicht zulassen, dass jemand versuchen würde, mich oder Louis der Öffentlichkeit preiszugeben. Er wurde noch nervöser und skeptischer, als sich zeigte, dass Louis diese …« Ulrika unterbrach sich, »… diese Gabe hatte«, ergänzte sie dann.

»Die musikalische Begabung?«

»Ja, aber Tony nannte diese Begabung *die musische Sprache*«, sagte Ulrika. »Es gab also etwas, das in Tonys Augen größer als die Musik war. Ich glaube, er bezog sich auf die Musen aus der griechischen Mythologie. Die Musen, die die Künste repräsentierten und beschützten, aber den Künstlern auch Inspiration vermittelten. Er schien zu glauben, dass Louis irgendwie in direktem Kontakt mit den Musen stand. Für mich klang das eigenartig und irgendwie nach New-Age. Aber ich fühlte, dass ihm das sehr wichtig war, und stellte es daher nicht infrage. Daher führten wir diesbezüglich keine Gespräche mehr. Es war Tony unangenehm, darüber zu sprechen. Aber ich fand, dass er irgendwie beunruhigt wirkte. Ich glaube, es machte ihm Angst, diese Begabung bei Louis zu sehen.«

»Warum glaubst du, dass es ihm Angst machte?«

»Ehrlich gesagt, weiß ich es nicht. Doch das, was als allgemeine Angst und Sorge begann, wurde bald etwas konkreter«, sagte Ulrika.

»Inwiefern?«

»Vor etwas mehr als einem halben Jahr saßen wir hier im Wohnzimmer und hatten ausnahmsweise einen ruhigen Abend, weil er sich zur Abwechslung einmal nicht seinen Partiturstudien widmete. Er hatte das eine oder andere Glas Wein zu viel getrunken. Auch das war ungewöhnlich. Damals erzählte er mir, dass er den Entschluss gefasst hatte, mit der Musik aufzuhören. Oder genauer gesagt, die Musikbranche zu verlassen.«

»Wie hast du darauf reagiert?«

»Ich glaubte ihm zuerst nicht. Die Musik und sein Leben als Dirigent bedeuteten ihm alles. Wenn er nach seinen vielen Konzerten auf der ganzen Welt wieder zu Hause war, nahm er sich allerdings viel Zeit für Louis. Aber sobald Louis schlief, beschäftigte er sich mit seinen geliebten Partituren.«

»Entschuldige bitte diesen persönlichen Kommentar, aber für mich klingt das so, als ob ihr kein richtiges Zusammenleben hattet«, sagte Anna.

»Eigenartigerweise war ich schon der Ansicht, dass wir eines hatten. Tony hatte eine so ausgeprägte Präsenz, dass ich mich, obwohl wir uns rein physisch nicht so oft im selben Raum befanden, trotzdem völlig sicher und geborgen fühlte. Und als

Mensch wahrgenommen. Das ist eigentlich unerklärlich. Und auch jetzt, wo es ihn vielleicht gar nicht mehr gibt, empfinde ich genauso.«

»Wie hat er seinen Entschluss begründet?«

»Er nannte mehrere Gründe. Einer war, dass er das Musikmachen in den letzten Jahren als berechenbar empfunden hatte. Er wusste, wie jede Probe und jedes Konzert verlaufen würden. Und er meinte, das sei sein eigener Fehler. Er sagte, dass er manipulativ geworden sei. Dass er die Geisel seiner eigenen Begabung sei. Dass er ein pathologisches Bedürfnis habe, die Gefühle der anderen zu kontrollieren und sie durch das Spiel des Orchesters zu kanalisieren. Er hatte auch den Narzissmus und die Weltabgewandtheit der Branche satt, Sünden, die er sich seiner Meinung nach ebenfalls zuschulden hatte kommen lassen. Aber der Hauptgrund war für ihn Louis. Er wollte seine Zeit mit ihm verbringen. Erfassen, wie die musische Sprache in ihm wachsen würde. Er wollte ihn auf eine Welt vorbereiten, die Louis und seine Gabe ausnützen werden wolle.«

»Das klingt schön, aber auch unheimlich. Ein bisschen paranoid vielleicht«, sagte Anna.

»Ja, das dachte ich auch. Und ich wurde in diesen Gedanken dadurch bestärkt, dass er mich noch am selben Abend bat, es nach außen hin so aussehen zu lassen, dass unsere Gesellschaft dieses Haus an ein deutsches Paar vermietet hätte. Ich hatte verständlicherweise Einwände. Er aber meinte, es könne sich um Leben oder Tod handeln. Er machte keinen Spaß. Ich konnte seine Angst spüren. Die war echt«, sagte Ulrika.

»Hast du ihn gefragt, wer ihn und euch bedrohen könnte?«

»Na klar. Er antwortete ausweichend. Meinte, dass seine Freunde seine ärgsten Feinde seien. Dass man sich nicht ungestraft aus so einer Sache zurückziehen dürfe. Er wiederholte, dass es eine wirklich gefährliche Bedrohung gebe und dass er ein Testament aufgesetzt habe, aber dass es jetzt umgeschrieben werden müsse. Denn der Inhalt des Testamentes wie auch die Struktur unserer gemeinsamen Gesellschaft könnten auf mich verweisen. Aber er hatte nicht mehr die Zeit, es noch ein letztes Mal zu ändern.«

»Diesbezüglich hatte er recht. Dadurch ist es uns gelungen, dich aufzuspüren. Ist noch mehr passiert?«

»Er hatte geplant, seinen Entschluss nach dem Ostseefestival öffentlich bekanntzumachen. Er nahm sich daher viel Zeit, um herumzufahren und all jene darauf vorzubereiten, von denen er wusste, dass sie ihm seinen Rückzug übel nehmen würden. Kollegen. Freunde. Den einen oder anderen Konzerthauschef, den er aufrichtig schätzte. Aber bereits nach der ersten Probe beim Ostseefestival rief er an und war ganz außer sich vor Freude. Er meinte, dass es ihm gelungen sei, *uns gut zu beschützen.*«

»Wie das?«

»Das sagte er nicht. Stattdessen erwähnte er, dass er mir ein kleines Paket geschickt hatte. *Sieh zu, dass du es an einer sicheren Stelle verwahrst*, sagte er. *Der Inhalt kann sich als sehr wichtig erweisen.*«

»Was war in dem Paket?«

»Ein USB-Stick.«

»Hast du dir angesehen, was darauf abgespeichert ist?«

»Eigentlich nicht. Da ich der Meinung war, dass der Inhalt Tony nicht hatte schützen können, hatte er für mich keine tiefere Bedeutung. Besonders deswegen, weil er mir gesagt hatte, dass allein die Kenntnis dessen, was auf dem Stick gespeichert war, für denjenigen, der den Stick besaß, schon gefährlich sein konnte.«

»Trotzdem wollte er den USB-Stick hier verwahren? Das

lässt annehmen, dass er euch eher der Gefahr aussetzte, als dass er euch davor bewahren wollte«, sagte Anna.

»Das fragte ich ihn auch. Er meinte, dass diese Vorgangsweise so sicher wie möglich war und die beste von mehreren viel schlechteren Lösungen sei. Ich konnte an seiner Stimme erkennen, dass es sich dabei um eine Sache handelte, bei der seine Vernunft einem inneren Druck hatte weichen müssen. Einer Art inneren Anspannung. Einwände wären da sinnlos gewesen. Er wäre nur verstummt und hätte sich in sich selbst zurückgezogen«, sagte Ulrika.

»Okay«, sagte Anna. »Dürften wir vielleicht einen Blick auf den Inhalt des USB-Sticks werfen? Wenn wir Glück haben, finden wir Anhaltspunkte, wo sich Antoine befindet und ob er noch am Leben ist oder nicht.«

»Du lieber Himmel. Du hast recht«, sagte Ulrike und stand auf. »Nicht nur Tony hat Probleme, sich vernünftig zu verhalten.«

Sie ging zum Flügel, der mitten in dem geräumigen Wohnzimmer stand, und hob den Deckel einen Spaltbreit, sodass ihre Hand darin Platz hatte. Sie tastete entlang der Innenseite der Zarge und fand, was sie suchte.

»Hier ist er«, sagte Ulrika. »Hast du einen Laptop dabei? Ich möchte nicht hinaufgehen und Louis stören.«

Anna nickte und zog ihren Laptop aus dem Rucksack.

Sie klickten verschiedene Dateien an. Das meiste schienen Fotos von Antoine und Freunden zu sein, darunter auch Schaljapin. In einem Ordner mit Filmfiles fanden sie, was sie suchten. Eine amateurhafte Filmsequenz zeigte einen Fußboden und ein Paar mit Schuhen bekleidete Füße. Es hatte den Anschein, dass die Person, die filmte, ihrem Gesprächspartner verheimlichen wollte, dass sie das Gespräch aufnahm.

Zuerst sah man nur die Füße und man hörte aufgeregte

Stimmen im Hintergrund. Glas klirrte. Dann wurde die Kameralinse schräg nach oben gerichtet.

Es stand außer Zweifel, um wen es sich handelte.

Das Gesicht war berühmt auf der ganzen Welt.

Er saß hinter einem Schreibtisch, mit einem großen Whiskyglas in der Hand und einem Ausdruck im Gesicht, der an Wahnsinn grenzte.

Äsperedschule

Kerstin hatte keine Ahnung, wie lange sie weggetreten gewesen war. Sie sah das Messer kaum einen Meter von ihrem linken Fuß entfernt liegen. *Ich muss es erreichen*, dachte sie. Gleichzeitig hörte sie, wie Tindra sang. Jetzt war es aber eine völlig andere Art von Lied als zuvor. Es wandte sich an einen anderen Bewusstseinsstrang als das vorige Lied und drang langsamer ein. Vielleicht weil sie noch immer von dem vorigen leicht betäubt war, hatte sie jetzt den Eindruck, dass sie sich im Zeitlupentempo bewegte. Kerstin wurde klar, dass sie schnell handeln musste. Sie musste ihre Ohren sofort bedecken. Drüben bei der Tür sah sie ausgestreckte Beine liegen. Sie vermutete, dass es sich um einen der Wachmänner handelte. *Anders ist hier*, dachte sie. *Er ist in Gefahr.* Kerstin schloss die Augen und sammelte sich. Sie versuchte sich in den Zustand völliger Konzentration zu bringen, der für jede *kata* oder jeden perfekt durchgeführten Kampf Voraussetzung ist.

Yoi.

Sie stemmte sich mit voller innerer Kraft gegen die Schallwellen, die Tindra erzeugte. Sie spürte, wie sie deren Wirkung dadurch abschwächen konnte. Gleichzeitig zog sie sich den linken Schuh mithilfe des rechten Fußes aus. Als es ihr endlich gelungen war, rutschte sie so weit wie möglich am Stuhl vor und begann mit dem linken Fuß nach dem Messer zu tasten. Nach einigen misslungenen Versuchen gelang es ihr, das Messer mit dem Socken zu fixieren und die Schneide zwischen ihren Zehen festzuklemmen. Das operierte Knie hämmerte. Aber der Schmerz war aushaltbar. Es fühlte sich fast gesund an. *Das ist das Adrenalin*, dachte Kerstin.

Sie rutschte zurück in eine aufrechte Haltung und hob den Fuß, der das Messer hielt, hinauf zur rechten Hand. Kerstin erwischte den Schaft mit Daumen und Zeigefinger und versuchte nun angestrengt, die Schneide des Messers nach hinten unter das Klebeband zu schieben. Sie musste sich vorbeugen und mit dem Mund nachhelfen. Mit ein bisschen Glück gelang es ihr. Während sie mit den Zähnen den Schaft des Messers zu sich zog und die Schneide durch das silberne Klebeband zwang, hörte sie ein Stöhnen von der anderen Seite des Saales. »Erschieße ihn und binde mich los«, hörte sie Tindra rufen. *Anders*. Sie befreite schnell ihre rechte Hand, umfasste das Messer mit festem Griff und schnitt das Klebeband durch, mit dem die andere Hand noch gefesselt war. Sie warf einen kurzen Blick auf Barbro, die noch immer bewusstlos war. *Ich hole dich gleich*, dachte Kerstin und ließ sich überraschend geschmeidig hinunter auf alle vier Gliedmaßen, das Messer hielt sie zwischen den Zähnen. Sie war jetzt außer Sichtweite für jene, die sich auf der anderen Seite des Saales befanden. Sie zog den Fuß aus dem zweiten Schuh. Auf dem Boden, ein Stück hinter der letzten Stuhlreihe lag die Rolle mit dem silbernen Klebeband, mit dem sie und Barbro gefesselt worden waren. Sie robbte schnell vor und nahm es an sich.

»Steht auf, zum Teufel! Ihr müsst ihn töten!«, forderte Tindra die Wachmänner auf, die offenbar durch Anders einiges an Verletzungen abbekommen hatten, jedenfalls dem Stöhnen nach zu urteilen, das sie bei dem Versuch, Tindras Befehl zu gehorchen, von sich gaben. Überrascht stellte Kerstin fest, dass Tindra mit dem Gesang aufgehört hatte. Ihr Kopf wurde langsam wieder klarer. Kerstin beschloss, die Situation auszunützen, wenn auch ein Sieg ziemlich unrealistisch schien. Ihr Knie schmerzte stärker, als sie hinter der letzten Stuhlreihe zu Tindra und den Wachen robbte. »Gut«, hörte sie Tindra sagen. »Zieht eure Pistolen heraus. Tut, was ich euch sage.«

Plötzlich kam Tindras Rücken in Kerstins Gesichtsfeld. Tindras Hände lagen gekreuzt übereinander. Kerstin konnte die Kabelbinder sehen, mit denen die Hände gefesselt waren. Sie begab sich vorsichtig in eine hockende Stellung, wobei das Knie zum ersten Mal stark schmerzte. Aber es gab keine Zeit, sich dadurch abhalten zu lassen. Sie bewegte sich rasch auf Tindras Rücken zu, richtete sich im richtigen Augenblick auf, um einen hohen Tritt gegen Tindras Hinterkopf zu landen. Die Frau fiel gerade nach vorne. Ihr Kopf schlug hart gegen die Wand. Sie sah die erstaunten und leicht dämlichen Mienen der Wachmänner im Augenwinkel und stellte fest, dass es ihnen noch immer nicht gelungen war, ihre Waffen zu ziehen. Daher nützte sie die Gelegenheit und warf sich über Tindra, um ihr das Klebeband mehrmals rund um Mund und Nacken zu kleben.

Probiere jetzt zu singen, du verdammte Psychopathin.

Es schien, als wären die Wachen zu neuem Leben erwacht, als sie ihre Anführerin wie einen Sack fallen gesehen hatten, überwältigt von einer anscheinend harmlosen älteren Frau. Der Wachmann, der sie beim Eingang zur Äsperedschule kontrolliert hatte, war der schnellere. Er hatte seine rechte Hand bereits an der Pistole, die jedoch noch im Halfter feststeckte.

Kerstin nahm das Messer und schleuderte es mit voller Wucht auf den Mann, der sofort vor Schmerz laut aufschrie. Das Messer steckte mitten in seinem Handrücken. Kerstin, die sich durch den Adrenalinausstoß jetzt fast wie betrunken fühlte, gleichzeitig aber im Kopf völlig klar war, nützte den Augenblick. Sie raste auf ihn zu und wollte ihm einen Tritt in den Schritt verpassen. Als sie sah, dass seine andere freie Hand sich zur Abwehr nach unten bewegte, bremste sie den Tritt ab, bevor das Bein noch ganz gestreckt war, änderte blitzschnell die Richtung und traf stattdessen seinen Kopf. Der dumpfe Knall, der entstand, als ihr Fuß auf dem Kopf des Wachmannes landete, sagte ihr, dass der Mann außer Gefecht gesetzt war. Er taumelte mit einem ungläubigen Ausdruck im Gesicht zurück, direkt in die Arme seines kleineren und leichteren Kollegen.

Kerstin bewegte sich mit der gleichen Geschwindigkeit, in der die beiden Wachen fielen, weiter. Sie beugte sich vor und riss die Pistole aus dem Halfter des einen Wachmanns und zog das Messer aus der Hand des anderen Wachmannes. Der Wachmann, der zuunterst gelandet war, reagierte mit Panik. Er schob seinen Kollegen mit Gewalt von sich und rutschte nach hinten, während er gleichzeitig seine Pistole ergreifen wollte. In seinem Blick sah sie Angst und Grauen. »Ich rate dir, nichts Übereiltes zu unternehmen«, zischte Kerstin und richtete die Pistole auf ihn.

*

Als Anders aufwachte, fand er sich in einer ganz anderen Situation wieder als vor seinem Umkippen. Die Frau und die beiden Wachen saßen in Reih und Glied gegen die Wand des Saales gelehnt mit den Händen am Rücken. Kerstin saß direkt neben ihm mit einer Pistole in der Hand und bewachte ihre gefesselten Gefangenen. Anders sah Barbro im Saal hin und her wanken, die Hand vor dem Mund. Er wollte etwas sagen, brachte aber keinen Ton hervor.

In seinem Inneren hörte er noch immer den Nachhall der Musik, die ihn zur Kapitulation gezwungen hatte. Er erinnerte sich, dass er einfach aufgegeben hatte, ohne Widerstand zu leisten. Und jetzt, da er sich in einem Zustand zwischen Wachsein und Bewusstlosigkeit befand, war er sich nicht einmal sicher, ob er überhaupt in die Realität zurückwollte. Wenn er Kerstin betrachtete, empfand er ein warmes Gefühl. Kerstin, die ihn eingestellt hatte und mit der er so viele gefährliche Situationen gemeinsam erlebt hatte. Aber gleichzeitig mit dem warmen Gefühl kam ihm auch ein neuer, schrecklicher Gedanke. *Sie muss sterben*, dachte Anders gegen seinen Willen. »Anders ist wach«, hörte er Kerstin rufen.

Er beobachtete, wie sich ihr Gesicht dem seinen näherte. Sie sah bekümmert aus.

Hab keine Angst, wollte er sagen, aber es kam kein Laut über seine Lippen.

Kerstin blickte ihm tief in die Augen, schüttelte den Kopf und gab ihm dann eine ordentliche Tracht Prügel.

*

»Danke«, sagte Anders. »Das war notwendig. Ich weiß nicht, wie sie das angestellt hat, aber sie hat mich im wahrsten Sinne des Wortes in eine Ohnmacht gesungen. Ich fühlte mich zwischen Traum und Wirklichkeit gefangen. Wie man es von diesen LSD-Trips gehört hat.«

»Wir müssen uns bei dir bedanken. Du hast uns vermutlich das

Leben gerettet, indem du sie ordentlich eingebremst hast. Tindra Svensson hat uns komplett ausgeschaltet.« Kerstin deutete auf die gefesselte Frau. »Ich kann dir nur recht geben, was deinen Vergleich mit der Wirkung von LSD betrifft«, sagte Kerstin.

»Das ist wirklich interessant«, sagte Barbro mit Nachdruck in ihrem singenden Dalarna-Dialekt. »Das muss mit dem Phänomen zusammenhängen, von dem uns Camilla Jaern berichtet hat.«

Kerstin und Anders sahen einander fragend an.

»Könnt ihr euch denn nicht erinnern? Sie erzählte uns doch, wie manipuliert sie sich durch Tindra fühlte. Wie Tindra sie dazu brachte, ihre Meinung komplett zu ändern, sodass sie schließlich ihre Studienrektorin zu den Treffen mit ihr schickte?«

»Das stimmt«, sagte Kerstin. »Das scheint tatsächlich zusammenzuhängen. Dabei handelt es sich um eine fortgeschrittene Manipulationsform.«

»Sie scheint außerdem die Gabe zu haben, Gedanken in den Kopf anderer Leute zu pflanzen«, sagte Anders. Er schielte verlegen zu Kerstin. »Ich hatte beim Erwachen das Gefühl, dass ich dich töten müsste, Kerstin.«

»Nicht zu glauben«, sagte Kerstin mit einem schiefen Lächeln. »Ich hoffe, du hast deine Meinung geändert.«

»Sag niemals nie«, meinte Anders und kicherte leise. »Es kommt ganz darauf an, wie du dich in Zukunft benimmst.«

»Nun gut«, sagte Kerstin. »Die Frage, wie so eine Manipulation zustande kommt, müssen wir später klären. Jetzt müssen wir diese Bande so schnell wie möglich den Kollegen in Göteborg überlassen. Rufst du sie an, Anders?«

»Das ist schon erledigt«, sagte eine Stimme aus einer Öffnung in der Wand, wo vorher eine Tür gewesen war. Ragna Fagerdal blickte in den Saal und unterdrückte einen Schreckensschrei, als sie ihre Vorstandskollegin und Begründerin der Schule mit zugeklebtem Mund und gefesselten Händen dasitzen sah.

Sie erholte sich aber überraschend schnell und wandte sich an Kerstin. »Ich hörte Lärm und Schreie und wollte kein Risiko eingehen. Darf ich fragen, warum eine Handfessel notwendig ist?«

»Sicher darfst du fragen«, sagte Kerstin. »Aber im Augenblick haben wir keine Zeit für Erklärungen. Jetzt wollen wir diese Wohltäter an die frische Luft befördern und auf die Kollegen warten.« Sie nickte Anders zu, der sofort begriff, was von ihm erwartet wurde. Er half den Gefangenen auf die Füße. Beide Wachmänner jammerten. Der eine hatte zuerst Probleme beim Stehen, fand aber nach einer Weile sein Gleichgewicht. Auch Tindra Svensson musste sich erst hochkämpfen, obwohl Anders sie dabei unterstützte, wenn auch nicht gerade vorsichtig. Wenn sie auch körperlich nicht ganz fit war, ihre Psyche war es sehr wohl. Ihre Augen glühten vor Hass und Verachtung für ihre Bewacher.

»Sieh an«, sagte Kerstin. »Geht jetzt schön in Reih und Glied. Und seid euch bewusst, dass es keinen Sinn macht, fliehen zu wollen«, sagte sie und zeigte auf die Pistole.

Die drei Gefangenen hinkten gemeinsam mit Anders und Barbro im Schulkorridor voran, dicht gefolgt von der bewaffneten Kerstin, die ihre Krücke wieder zurückbekommen hatte. Ragna Fagerdal hatte sich im Saal hingesetzt und starrte vor sich hin. Weder Kerstin noch Anders sahen sich dazu veranlasst, sie aufzufordern, den Raum zu verlassen.

Das Knie begann sich wieder bemerkbar zu machen mit dem gleichen stechenden Schmerz, den sie gleich nach der Operation verspürt hatte. *Verdammt,* dachte Kerstin, *hoffentlich habe ich mir nichts im Knie aufgerissen.*

*

Es war Anders, der es als Erster bemerkte, obwohl er sich nachträglich darüber ärgerte, wie langsam er die Situation erfasst hatte. Der Wachmann, der voran auf den Schulhof ging, sackte plötzlich zusammen. Erst als der zweite Wachmann ebenfalls hinfiel, konnte Anders das ploppende Geräusch einer Waffe mit Schalldämpfer hören. Er schnappte Kerstin, riss sie zu Boden und warf sich auch selbst in liegende Position. »Runter, Barbro, runter«, rief Anders und sah zur selben Zeit, wie Tindras Kopf in einer Flut von Blut und Gehirnsubstanz explodierte und sich die Glasfenster der Eingangstür dunkelrot färbten.

*

Etwa eine Stunde später saßen Kerstin, Barbro und Anders an einem Kaffeetisch in der Nähe der Rezeption der Äsperedschule und warteten darauf, von den Polizeikollegen verhört zu werden. Nach den ersten Gesprächen unmittelbar nach der Ankunft der Polizei und nachdem sie die makabre Szenerie mit den drei erschossenen Personen im Schulhof gesehen hatten, hatte die Göteborger Polizei Helikopter angefordert, um das Gelände zu durchsuchen. Techniker waren bereits da und hatten das gesamte Gebiet rund um die Schule abgesperrt. Aufgrund des Schnees bestand die Möglichkeit, Fußspuren und anderes, was der Täter möglicherweise hinterlassen hatte, sichern zu können.

Kerstins Telefon piepste. Sie schaute auf das Display und antwortete.

»Das ist doch Ivan Michailowitsch«, sagte Kerstin mit einer Stimme, die, wie sie selbst feststellte, müde klang.

»Kerstin Armfeldt. Ich habe schon so viel Gutes über dich gehört«, sagte eine tiefe, angenehme Stimme.

»Und ich habe schon viel über dich gehört. Es tut mir leid, dass ich mich kurzfassen muss, Ivan. Wir sind hier in einer brenzligen Situation«, sagte Kerstin.

»Darf ich dich um etwas bitten?«

»Wenn es schnell geht«, sagte Kerstin.

»Hast du eine SIM-Karte mit einer anderen Nummer, die du austauschen kannst?«

»Ich bin nicht sicher. Warte einen Augenblick.« Kerstin öffnete ihren Fjällräven-Rucksack und kramte darin herum. Zu ihrer eigenen Überraschung fand sie tatsächlich eine neue, noch nicht verwendete SIM-Karte. Barbro sah begeistert aus.

»Das, was ich dir jetzt sagen werde, hat gut möglich damit zu tun, was du eine *brenzlige Situation* genannt hast. Ruf mich an, wenn du die SIM-Karte gewechselt hast«, sagte Ivan Michailowitsch.

Kurz danach rief Kerstin Ivan an, der sofort antwortete.

»Sehr gut. Jetzt sind wir einigermaßen sicher. Auf jeden Fall für eine Weile. Kannst du mir sagen, was da draußen in Äspered passiert ist?«

»Na ja, wenn ich noch im Dienst wäre, hätte ich kurzerhand mit Nein geantwortet. Aber da ich das nicht mehr bin und du außerdem sowieso morgen darüber in den Morgenzeitungen lesen wirst, sehe ich keinen Grund, der dagegenspricht. Wir haben hier drei Personen, die vor der Äsperedschule erschossen worden sind. Hingerichtet ist wohl der richtige Ausdruck. Eine der erschossenen Personen ist eine bekannte Landtagsabgeordnete aus der Provinz Stockholm, die beiden anderen sind ihre Sicherheitsmänner.«

»Handelt es sich um Tindra Svensson?«, fragte Ivan Michailowitsch.

»Entschuldige meine Ausdrucksweise, aber wie zum Teufel kannst du das wissen?«

»Das ist eine lange Geschichte«, sagte Ivan Michailowitsch. »Darf ich fragen, auf welche Weise sie erschossen wurden? Also mit welcher Art von Waffe?«

»Ich würde meinen mit einer Scharfschützenwaffe. Die drei wurden mit jeweils zwei Kugeln in schneller Folge erschossen. Vermutlich eine halb automatische Waffe mit Schalldämpfer.«

»Okay. Ich möchte dir einen Vorschlag machen. Erstens: Sieh zu, dass ihr David Westerdahl so schnell wie möglich findet. Er hatte gestern Abend noch sein privates Telefon in Betrieb, daher ist es eventuell möglich, seinen letzten Aufenthaltsort zu lokalisieren.«

»Aber wie …« Kerstin sprach nicht weiter. Sie atmete tief durch und fuhr dann fort. »Ich nehme an, dass er sich immer noch in Göteborg aufhält. Glaubst du, dass er in Gefahr ist?«

»Davon bin ich überzeugt. Mein zweiter Vorschlag ist, dass du mit Anna Flanke Kontakt aufnimmst. Aber ruf nicht an. Schicke ihr ein SMS, berichte, was geschehen ist, und bitte sie, größte Vorsicht walten zu lassen. Ich weiß, dass sie am Weg zur Schäreninsel von Antoine Malå ist. Frage mich nicht, warum ich das weiß. Aber diese Information ist mit Sicherheit bereits in den Händen jener Person, die Tindra Svensson erschossen hat, daher ist größte Eile angebracht. Ich würde dir empfehlen, dass du sicherheitshalber die Göteborger Polizei bittest, ein Team aus erfahrenen Kollegen mit Schutzausrüstung zusammenzustellen und schnell zuzuschlagen.«

»Sie brauchen auch Kopfhörer«, sagte Kerstin.

»Warum?«

Kerstin berichtete so knapp wie möglich, was im Kammermusiksaal der Äsperedschule vorgefallen war.

»Bemerkenswert«, sagte Ivan Michailowitsch. »Gut, ich fahre hinaus auf die Schäreninsel und sehe zu, dass Anna Flanke und Ulrika Grundström nichts passiert. Ich bin mir ziemlich sicher, dass das, was der Mörder sucht, dort im Haus zu finden ist. Es ist von größter Wichtigkeit, dass ich es bekomme.«

»Worum handelt es sich dabei?«

»Darüber sprechen wir später. Aber noch etwas, Kerstin. Ich habe einen weiteren Vorschlag. Und jetzt wird es ein wenig kompliziert. Es handelt sich nämlich um etwas, das wir in meinem Heimatland eine kleine *maskirovka* nennen, die du und ich uns vornehmen werden. Hast du noch ein bisschen Geduld?«

»Ich bin die Geduld in Person«, antwortete Kerstin. Diese Behauptung führte dazu, dass Barbro ihre Augenbrauen leicht hochzog.

*

Anders beobachtete Kerstin, wie sie mit einem sorgenvollen Gesichtsausdruck in der Rezeption auf und ab hinkte, das Telefon fest an ihr Ohr gedrückt. Zwanzig Minuten lang hatte sie vorwiegend zugehört und nur kurze Fragen oder zustimmende Laute von sich gegeben, als ihr Gesicht plötzlich vor Freude strahlte. Anders hörte sie klar und deutlich sagen: »Wir haben ein Abkommen«, bevor sie das Gespräch beendete. Sie ging mit energischen Schritten auf Anders und Barbro zu. Noch dazu ohne ihre Krücke, die sie gegen ihren Stuhl gelehnt hatte.

»Okay, jetzt haben wir es eilig. Die Kollegen in Göteborg werden ein anderes Mal von uns hören. Sie müssen uns zuerst mit einer anderen Sache helfen. Hat übrigens jemand das Mobiltelefon von Ragna mitgenommen?«, fragte Kerstin.

»Verflucht«, zischte Anders und lief zum Kammermusiksaal.

Guldheden, Göteborg

Sandra und David saßen in der Küche bei einer Tasse Tee. David befand sich noch immer in einem nebelhaften Zustand, den er sich nicht erklären konnte. Sie waren in einem Hochhaus und David versuchte, die herrliche Aussicht über Göteborg einzufangen, indem er den Blick von der Teetasse zum Fenster richtete. Aber es kam ihm vor, als müssten seine Augen gegen einen mächtigen Widerstand ankämpfen, wie er es noch nie erlebt hatte. Er konnte keine schnellen Augenbewegungen machen, da er dabei das Gefühl hatte, die ganze Wohnung würde in sich zusammenstürzen. Bis zu einem gewissen Grad hatte sein Zustand Ähnlichkeiten mit einem Kater.

Aber in Wirklichkeit handelte es sich um etwas anderes. In seinem Kopf erklangen Erinnerungen an merkwürdige Töne, die gleichzeitig eine beruhigende, aber auch beängstigende Wirkung auf seine Sinne ausübten.

»Es dauert eine Weile, bis es wieder aufhört«, meinte Sandra lächelnd, den Blick fest auf ihn gerichtet.

»Bevor was aufhört?« David hatte den Eindruck, dass seine Stimme aus einem anderen Raum kam.

»Kannst du dich erinnern, dass Rebecka für dich gesungen hat?«

»Nein. Doch. Vielleicht.«

»Du warst nervös. Und betrunken außerdem. Stockbesoffen ist der richtige Ausdruck«, sagte Sandra und versuchte streng auszusehen.

»Ich verstehe nicht, hat sie mir ein Wiegenlied gesungen?«

»So könnte man es vielleicht nennen. Sie sang dir eine Sequenz aus *der musischen Sprache* vor. Sie ist mit der Struktur eines Wiegenliedes verwandt, aber bedeutend wirkungsvoller.«

»Das verstehe ich nicht«, sagte David verwirrt. »Willst du damit sagen, dass es *die musische Sprache* tatsächlich gibt?«

Tief in seinem Inneren fühlte er, dass es so war. Er erinnerte sich, dass sich die Musik mit seinen Träumen vermischt und ihm eine innere Ruhe vermittelt hatte, die seine Träume verändert hatte. Sie hell und freundlich gemacht hatte.

»Ja, es gibt sie wirklich. Die Sequenz, die dir Rebecka vorgesungen hat, wirkt momentan sehr stark, ist aber ganz ungefährlich. Wenn man bedenkt, was du mitgemacht hast, Stress in Kombination mit Alkohol, da brauchtest du eine Art von Gegengift«, sagte Sandra und streichelte ihm über die Wange.

Mit einem Schlag erinnerte sich David an alles und es rann ihm kalt über den Rücken. Wie er von den Medien bloßgestellt worden war. *Matilda*. Und hier saß Sandra und war ruhig und liebevoll, als sei nichts geschehen.

Sie müsste verärgert sein, dachte David.

»Sandra, verzeih mir. Ich verstehe, dass es für dich schrecklich gewesen sein muss, all das über mich zu lesen.«

Sandra trank einen Schluck Tee und blinzelte ihn über den Rand der Teetasse an.

»Aber es ist wahr, oder? Dass ihr in Wirklichkeit eigene Ermittlungen anstellt und keineswegs an einem Buch arbeitet.«

»Ja«, sagte David und zwang sich, seinen Blick in die Teetasse zu richten. Es gab mittlerweile keinen Grund mehr, sie weiterhin anzulügen.

»Was ist das dann mit uns beiden? Ist es echt oder bin ich nur eine von mehreren Zeugen, die du ausgenützt hast?«

David fühlte sich mit einem Male hellwach.

»Nein, zum Teufel. Hör auf. Okay. Als wir uns im Bakficka trafen, wollte ich dich zuerst nur verhören. Aber es dauerte nicht länger als eine halbe Stunde, da hatte ich meine Absicht geändert. Ich wollte mit dir zusammen sein.«

»Und inwiefern unterscheidet sich dein Verhalten von dem des durchschnittlichen geilen Kerls, mit dem wir Frauen immer wieder zu tun haben?«

»Das weiß ich verdammt noch mal auch nicht«, sagte David verzweifelt. »Ich weiß nur, dass ich trotz des geringen Rests an Urteilsvermögen, über den ich verfügte, als ich dich traf, mich für dich entschieden habe.«

»Das ist banal, David. Einfach banal.«

David glaubte, ein gewisses Maß an Sarkasmus herausgehört zu haben, ohne jeglichen Unterton von mildernder Wärme. Er verlor den Mut.

»Aber gut«, fuhr Sandra fort. »Ich gebe dir noch eine Chance. Du bist ja nicht der Einzige, der ein wenig großzügig mit der Wahrheit umgegangen ist. Aber obwohl auch ich das getan habe, befinden wir uns in unterschiedlichen Situationen. Zurzeit ist es so, dass ganz Schweden der Ansicht ist, dass du eine Witzfigur bist. Außerdem wird deine Anna Flanke von der Polizei gesucht.«

»Verdammt, was sagst du da? Anna?«

»Ja, sicher. Du hast deinen Rausch ausgeschlafen, als Justizminister Moberg seine Pressekonferenz hielt. Man kann mit Fug und Recht behaupten, dass die Karriere von Anna Flanke den Bach hinunter ist.«

»Was ist passiert?«

»Sie wurde beschuldigt, mit einer fremden Macht eine Verschwörung angezettelt zu haben«, sagte Sandra. »Es wird ihr nicht erspart bleiben, dafür bestraft zu werden.«

»Aber … Wie um Gottes willen? Na gut. Was ist mit Kerstin und Barbro?«

»Sie werden wahrscheinlich auch von der Polizei gesucht. Ich würde an deiner Stelle keine Anstrengungen unternehmen, ihnen zu helfen«, meinte Sandra.

»Zum Teufel«, zischte David. »Das darf doch nicht wahr sein. Sie sind unschuldig. Es ist dieser verdammte Moberg, der sie in diese Lage gebracht hat!«

»Zweifellos. Moberg ist ein Schwein im wahrsten Sinne des Wortes. Aber jetzt ist es nun einmal so, David. Da kann man nichts machen.«

Sie sah ihm tief in die Augen und legte ihre Hand auf seine. Er empfand es, als legte sich eine Welle des Friedens über ihn. Ein plötzliches und unerwartetes Gefühl des Friedens, das er sich eigentlich gar nicht erwarten durfte. Nicht jetzt. *Wie macht sie das nur?*, dachte David. *Wie kann sie mich so leicht beruhigen?*

»David«, sagte Sandra und klang unversehens sehr ernst. »Wir haben nicht viel Zeit. Ich muss bald weg von hier. Ob ich mit dir zusammenbleibe oder nicht, ist ganz allein deine Entscheidung. Damit du eine Wahl treffen kannst, muss ich dir einige Dinge erzählen. Und dir wird vielleicht nicht alles gefallen, was ich dir zu sagen habe. Hörst du mir zu?«

»Selbstverständlich«, sagte David. »Und du brauchst dir keine Sorgen zu machen. Ich folge dir, Sandra. Jederzeit.«

»Warte erst einmal ab, was ich dir zu erzählen habe«, sagte Sandra.

Sandras Telefon surrte.

Sie nahm das Telefon und las die Nachricht. Tränen strömten aus ihren Augen.

»Was ist los, Sandra?«

Eine ganze Weile sagte sie nichts, dann platzierte sie seufzend die Handtasche auf ihren Knien.

»In Wirklichkeit ändert das hier gar nichts. Alles bekommt nur eine andere Geschwindigkeit. Und dazu noch einen neuen, unerwarteten Trauerrand.«

»Was meinst du?«

»Ich meine nur, dass wir noch weniger Zeit haben, als ich ursprünglich angenommen hatte. Aber für mich ist wichtig, dass du *verstehst.* Daher werde ich es dir trotzdem erzählen. Aber es gibt keine Zeit für Fragen. Wenn ich fertig bin, sagst du entweder ja oder nein. Und mach dir wegen dieser hier keine Sorgen.« Sandra zog eine Pistole aus der Handtasche und legte sie neben ihre Teetasse. »Sie wird uns verteidigen. Denn ab jetzt herrscht Krieg.«

Ihr Telefon surrte wieder. Diesmal bekamen Sandras Augen einen ganz anderen Ausdruck, den David noch nie an ihr gesehen hatte. Es war pure Panik.

In den Schären von Stockholm

Ivan Michailowitsch hatte nicht die Absicht, seine Ankunft durch einen lauten Bootsmotor zu verraten. Daher hatte er sich einen Skianzug und Langlaufschuhe angezogen und die Langlaufskier im Schärenboot mitgenommen. In den Rucksack hatte er ein Scharfschützengewehr, wie es vom schwedischen Militär verwendet wurde, eingepackt, ein Nachtzielfernrohr, eine Sig-Sauer-Pistole, die auf die schwedische Polizei registriert war, sowie einige Rauchgranaten und ein Silberklebeband, den gängigen Problemlöser. In den Seitentaschen hatte er ein Bündel Kabelbinder und eine

Thermoskanne mit Hagebuttensuppe, ein schwedisches Produkt, das er mit der Zeit zu schätzen gelernt hatte. Er hatte sich an Kerstins Worte am Telefon erinnert und deswegen auch Ohrstöpsel mitgenommen.

Er war nicht der Einzige gewesen, der auf dem Schärenboot Langlaufskier bei sich hatte. Eine Familie mit Kindern war anscheinend auf einem Skiausflug zwischen den Schäreninseln, angeführt von einem rotbackigen Familienvater, der lautstark über die Ausflüge in seiner Kindheit nach Norrbotten erzählte, sehr zum Leidwesen der restlichen Familie. Interessanter schien ihm eine Frau zu sein, die sich allein in das winterliche Dämmerlicht hinauswagte. Die Frau hatte die Kapuze ihrer Jacke während der ganzen Überfahrt über den Kopf gezogen gehabt, hatte sich nicht vom Fleck gerührt und dabei durch ein Fenster hinausgestarrt. Ivan Michailowitsch hatte sich genähert und versucht, wenigstens ihr Profil zu sehen, aber er konnte nur den langen Pony erkennen, der aus der Kapuze herauslugte und den größten Teil ihres Gesichts verdeckte.

Er wartete, bis die Frau fast aus seinem Blickfeld verschwunden war, bevor er sich in Richtung jenes Teils der Insel begab, der gegenüber von Ulrika Grundströms Insel lag.

Ivan Michailowitsch stellte fest, dass die Frau in dieselbe Richtung wie er unterwegs war.

Das kann spannend werden, dachte er. Die Dunkelheit nahm schnell zu, sie würde ihm dennoch nicht viel Schutz gewähren, wenn er sich aufs Eis begab, auch wenn er einen weißen Skianzug trug. Er bog von der Straße ab, die direkt auf die entgegengesetzte Seite der Insel führte, und wählte eine Seitenstraße, die laut Satellitenkarte einige hundert Meter von dem Punkt entfernt, auf den die Frau anscheinend zusteuerte, zum Wasser führte. Wenn sie auf dem Weg zu Ulrika Grundströms

Haus war, durfte er kein Risiko eingehen. Er konnte natürlich nicht ausschließen, dass sie eine Freundin von Ulrika Grundström war, die sich zu einem Überraschungsbesuch entschlossen hatte. Doch wie die Dinge in diesem Fall lagen, erschien es Ivan unwahrscheinlich, dass sie in guter Absicht kam. Indem er Abstand hielt, konnte er sich möglicherweise einen taktischen Überblick verschaffen.

Ivan Michailowitsch hatte nicht mit der Anwesenheit dieser Frau gerechnet. Er vermutete, dass sie eine der beiden überlebenden Frauen aus dem Freundeskreis von Örebro war. Sandra oder Rebecka. Und wenn er Kerstins Erzählungen bedachte, wozu sie fähig waren, könnte die Situation noch gefährlicher werden, als er ursprünglich angenommen hatte. Es war schon gefährlich genug mit dem russischen Elitesoldaten, den er mit Sicherheit auf der Insel antreffen würde. Ivan Michailowitsch grüßte höflich ein älteres Paar, das fest in Pelze eingepackt mit seinem schwarzen, zotteligen Hund an der Leine an ihm vorbeimarschierte.

»Aha, ein richtig hart gesottener Typ«, sagte der Mann launig.

»Na ja«, antwortete Ivan Michailowitsch in deutlichem, wenn auch etwas altmodischem Stockholmer Dialekt. »Man muss seinem Körper ja zeigen, wer das Sagen hat.«

Das Paar lachte und wünschte Ivan Michailowitsch viel Glück.

Das kann ich wirklich gebrauchen, dachte Ivan Michailowitsch. Die Straße bog bald nach rechts ab und führte über einen kleinen Abhang vorbei an einigen Häusern, die zur Meerenge zwischen den Inseln ausgerichtet lagen. Die Besiedelung auf dieser Seite der Insel war spärlich. Es war deutlich erkennbar, dass durch die Lage in der Nähe der Fähre und die günstige Abendsonne die Besiedelung sich auf der einen Seite dichter entwickelt hatte als auf der anderen. In der Nähe des Wassers lagen nur wenige lang gestreckte, steinige Grundstücke, die in der Regel durch einen Steg oder ein Bootshaus begrenzt waren. Die Häuser waren klein und meistens unbeleuchtet. *Wahrscheinlich schweineteuer*, dachte Ivan Michailowitsch. Er blieb stehen und nahm das Nachtzielfernrohr für das Gewehr aus dem Rucksack.

Im Schutz eines Bootshauses begab er sich in gebückter Haltung hinaus aufs Eis, um sich ein Bild zu machen. Die Meeresenge war sehr schmal. Die Insel auf der anderen Seite war von einem dichten Wald bedeckt, der bis zum Eis zu reichen schien. Hinter der Insel von Ulrika Grundström war der Mond zu sehen, dessen Schein einen langen Schatten über das Eis auf Ivan Michailowitschs linker Seite warf. *Was für ein Glück*, dachte Ivan Michailowitsch. Er nahm das Nachtzielfernrohr, um so gute Sicht wie möglich haben, und richtete es dorthin, wo er die Meeresenge mit den Langlaufskiern überqueren wollte. Zuerst sah er nur die Fahrrinne, die es Ulrika Grundström ermöglichte, sich mit ihrem Boot zwischen den Inseln zu bewegen. Dann erblickte er sie. Sie war bereits ein gutes Stück draußen im Sund, so weit, dass er sie bald mit seinem Nachtzielfernrohr nicht mehr sehen könnte. Doch Ivan behielt die Ruhe. Er suchte das Eis methodisch ab. Und tatsächlich. Nicht weit entfernt von dem Platz, an dem er sich befand, sah er Skispuren, die bis zu Ulrika Grundströms Insel führten. *Das hier ist ja der reinste Wasalauf*, dachte Ivan.

Ihm war bewusst, dass er Glück hatte. Obwohl er überzeugt war, dass ein zum Elitesoldaten ausgebildeter Landsmann mit Mordabsichten sich bereits auf der Insel befand, war er dennoch gezwungen, sich außerhalb der Sichtweite der Frau auf dem Eis zu halten. Auch wenn es einen Zeitverlust bedeutete, hielt er es für die klügste Vorgangsweise, dem Soldaten zuerst in den Rücken zu fallen. Er schnallte sich die Skier an und fuhr mit beidseitigem Stockeinsatz entlang des Ufers, bis er sich im Schatten des Mondes befand, der sich über den ganzen Sund erstreckte. Noch einmal nahm er das Nachtzielfernrohr und stellte fest, dass die Frau schon fast auf der anderen Seite angelangt war. Sicherheitshalber durchsuchte er noch einmal den Rest des dichten Waldesrands. Kein Mensch in Sichtweite.

Gewandt stieß er sich mit den Skistöcken ab und hatte bald ein schnelles Tempo erreicht. Ivan Michailowitsch bemerkte, dass er die Situation trotz allem genoss. Die Winterkälte, die Dunkelheit, das Eis und nicht zuletzt das Adrenalin und die Lebenslust, die er immer empfand, wenn er einen Auftrag ausführen konnte, all das war eine unschlagbare Kombination. Doch hatte er so viel Erfahrung, dass er sich nicht von seinem Ziel abbringen ließ. Er musste eine Aufgabe zu Ende bringen. Nichtsdestotrotz ließ sich ein Teil in ihm von der Schönheit der winterlichen Schärenlandschaft verführen. Er verfolgte die Spur der Person, die bereits vor ihm über die Meeresenge gefahren war. Der Schnee in der Spur war verhältnismäßig locker und wurde von einer scharfen Kante begrenzt, wo die Skier den Schnee durchschnitten hatten. Ivan Michailowitsch hielt die Augen offen und versuchte jeden Schritt so weit wie möglich auszufahren, um nicht Gefahr zu laufen, dass er gehört wurde, wenn er mit den Skistöcken Schwung nahm.

Die Gesteinsbrocken der Strandkante sahen aus wie verstreute Teile eines nicht beendeten Schneemannbaus. Ivan Michailowitsch zog eine Grimasse, als der Ski über einen Stein kratzte, den er nicht gesehen hatte. Er hatte sich durch die größeren Hindernisse, die hinter ihm lagen, verleiten lassen, unvorsichtig zu sein. *Verdammt*, dachte Ivan Michailowitsch, während er sachte und geschmeidig aus der Bindung glitt und hinter einem der großen Steine in Deckung ging.

Sein Puls beruhigte sich schnell nach der Anstrengung. Er lauschte gespannt auf Geräusche, die nicht zur Umgebung gehörten. Nichts. Die Windrichtung passte, er wehte über die Insel in seine Richtung. Das verringerte die Gefahr, dass jemand die Geräusche, die er nicht zur Gänze vermeiden konnte, hörte. Er rechnete sich aus, dass er einen guten Kilometer von seinem Ziel entfernt sein musste, dem Haus von Antoine Malå auf der anderen Seite der Insel. Den Satellitenbildern nach zu schließen, nahm er an, dass die Landschaft vor ihm aus einem Streifen von etwa hundert Metern dichten und steinigen Walds bestand. Dahinter offenes Gelände. Er wollte dem Waldesrand in östlicher Richtung folgen, um nicht im offenen Gelände sichtbar zu sein. So lange, bis ihm letztlich nichts anderes übrig bleiben würde, als das Terrain bis zum Haus zu überwinden. Er blickte hinter dem Stein hervor, um zu sehen, ob der Skifahrer vor ihm eine weitere Spur hinterlassen hatte. Aber die Spur endete ein paar Meter vor ihm.

Er griff wieder nach dem Nachtzielfernrohr und durchforstete die Böschung am Ufer. Nach einer Weile hatten sich seine Augen an die Dunkelheit gewöhnt, dann entdeckte er, was er vermutet hatte. Die leicht aufgeraute Oberfläche des Schnees bildete eine schmale, kaum sichtbare Spur hinauf zum Wald. Für Ivan Michailowitsch gab es nun keinen Zweifel mehr: Hier handelte es sich um ein professionelles Vorgehen. Die Frage war nur, *wie* professionell. Hatte diese Person nur ihre Spur verwischen wollen oder waren hinterhältige Minen unter dem Schnee deponiert worden?

Ivan Michailowitsch sah sich um und fand schnell, was er suchte. Einen passend schweren Stein, den er auf einem Ski mit dem Silberklebeband befestigte. Er zielte genau, bevor er den Ski vorsichtig langsam anschob. Er glitt geradewegs nach vorn, bis die Steigung seine Fahrt bremste und der Ski wieder zurück und aus der Spur glitt. Ivan begann sich nun in gebückter Stellung weiterzubewegen, wobei er einen Skistock wie eine Art Fühler in der schmalen Spur, in der der Ski vorhin geglitten war, vor sich herführte. Er fühlte sich wie ein krummer Seiltänzer, als er weiterbalancierte, wobei er den Blick ständig abwechselnd auf die Spur und den Waldesrand über ihm geheftet hatte. Als er am Fuß der steilen Böschung, die zum Wald hinaufführte, angekommen war, richtete er sich vorsichtig auf und spähte nach vorne und nach oben. Es sah aus, als hätte *der Soldat*, wie Ivan Michailowitsch seinen unbekannten, vermuteten Widersacher nun nannte, die Spur die Böschung hinauf genauso wie er vorhin verwischt. Wahrscheinlich hatte der Soldat die Skier am Rücken getragen, sonst wäre die unkenntlich gemachte und aufgeraute Spur im Schnee wesentlich breiter gewesen. Sofern der Soldat nicht mit den Skiern über den steilen Anstieg hinaufgestakt war, was er für ziemlich unwahrscheinlich hielt. Aber es war dunkel und der Schnee körnig, daher war die Spur schwer einzuschätzen.

Er ärgerte sich über sein Alter, das er für seine schlechte Sicht in der Dunkelheit verantwortlich machte, aber vergaß es schnell wieder. Er griff wieder nach dem Nachtzielfernrohr und richtete es auf die beinahe undurchdringliche Dunkelheit des Waldes. Er konnte jetzt die Bäume ziemlich deutlich erkennen. Von hier unten schien es nichts zu geben, das sich von einem normalen schwedischen Waldesrand unterschied, aber Ivan Michailowitsch war nicht so naiv zu glauben, dass deswegen die Gefahr schon gebannt war. Aber mit etwas Glück konnte es bedeuten, dass der Soldat nicht mit einem Verfolger rechnete und daher nur wenige Vorsichtsmaßnahmen ergriffen hatte. Vielleicht hatte es der Soldat auch eilig. Er nahm die Pistole aus dem Rucksack und kletterte vorsichtig die Böschung hinauf. Mit dem Skistock ertastete er den Weg, eine eigentlich wirkungslose Maßnahme. Ivan Michailowitsch wusste, dass er sich in große Gefahr begab. Er entschied jedoch, sich auf seine Intuition zu verlassen, die ihm sagte, dass sein Widersacher in größter Eile war.

Er erreichte die Kuppe unbeschadet. Jetzt konnte er mithilfe des Nachtzielfernrohrs alles überblicken, was ihm von unten nicht möglich gewesen war. Von hier aus war der Soldat zu Fuß gegangen und hatte sich um seine Spuren nicht mehr gekümmert. Seine weißen Skier waren ordentlich gegen einen knorrigen Schärenstall ein Stück weiter weg gelehnt. *Die Spiele können beginnen*, dachte Ivan Michailowitsch, und wieder hatte er keine Ahnung, woher das Zitat stammte.

Göteborg

Kerstin und Barbro saßen lange schweigend im Auto am Weg zurück nach Göteborg. Anders Pierrot war mit den Kollegen von der Göteborger Polizei zu dem Platz gefahren, wo das letzte Signal von Davids Mobiltelefon empfangen worden war. Kerstin überdachte noch einmal die Ereignisse der letzten Stunden. Die Reaktion Tindras, als sie ihr den Film der Überwachungskamera gezeigt hatten. Der Film war unscharf und verschwommen. Ein schwarz gekleideter Mann, der sich anscheinend behutsam ins Künstlerzimmer schlich. Etwa eine Stunde später schritten vier Personen, bekleidet mit einem Umhang, wie in einer Prozession durch den Korridor. Das einzige Gesicht, das eindeutig erkennbar war, war das von Georg Lemming.

Tindra hatte recht gehabt, dass mit diesem Film nur schwer bewiesen werden konnte, dass sie oder jemand anderer aus dem Freundeskreis anwesend gewesen sei. Trotzdem war sich Kerstin sicher, dass die anderen drei Personen im Film Tindra, Sandra und Rebecka hießen. Dadurch bekamen die Ermittlungen ein klares Ziel. Die Berichte von Ivan Michailowitsch erklärten zum Teil die Anwesenheit des schwarz gekleideten Mannes und beantworteten möglicherweise die Frage, wer Tindra und die beiden Wachmänner erschossen hatte. Aber obwohl es Indizien gab, die auf die möglichen Täter hinwiesen, gab es noch immer keine Antwort auf die Frage *warum*. Das war fürchterlich frustrierend. Und das Gefühl des Ausgeliefertseins im Kammermusiksaal der Äsperedschule war eines der angsterregendsten und eigenartigsten, die Kerstin jemals erlebt hatte. Es hatte sich angefühlt, als hätte Tindra mit ihrer Musik rein physisch einen eisernen Griff um ihr Inneres gelegt. Und jetzt war Tindra tot. *Wie zum Teufel hängt das alles zusammen?*, dachte Kerstin.

»Wir werden David in Göteborg nicht finden. Oder Sandra«, sagte Barbro plötzlich. Kerstin, deren Knie nun wieder stark zu schmerzen begonnen hatte, hatte das Schweigen als angenehm empfunden. Es gab ihr die Möglichkeit, den Schmerz wegzumeditieren. Sich auf etwas außerhalb von sich selbst und auf einen Ort und eine Zeit zu konzentrieren, wo es keinen Schmerz gab. Sprechen würde sie verständlicherweise ablenken können und so den Schmerz lindern, aber nicht in dem Ausmaß, wie es nötig war. Sie stöhnte. »Warum glaubst du das? Und du meinst sicher Rebecka«, sagte Kerstin angespannt.

»Nein. Denn ich bin überzeugt, dass Sandra die Anführerin ist. Du hast ja Ragnas Fotomontage gesehen. Sandra scheint in der Äsperedschule ein- und ausgegangen zu sein, obwohl sie behauptet hat, keinen Kontakt mehr mit der Gruppe zu haben.

Außerdem finde ich, dass Tindra Svensson als Anführerin viel zu neurotisch gewesen wäre. Sandra hingegen ist ganz anders. Camilla Jaern hat sie als ausgeglichene Person beschrieben, wenn ich mich recht entsinne. Jemand, auf den man sich verlassen kann. Und genau nach so einer Person suchen wir. Eine Person mit dem soziopathischen Talent einer Sektenanführerin, die Vertrauen aufbauen und ausnützen kann«, sagte Barbro mit Nachdruck.

»Jetzt übertreibst du aber, Barbro. Hör auf, wirres Zeug zu reden, und schau auf die Straße«, sagte Kerstin und verzerrte das Gesicht aufgrund des Schmerzes, der immer stärker wurde. Kerstin musste sich eingestehen, dass Barbro durchaus recht haben konnte. Alles, was sie von Ivan Michailowitsch zu hören bekommen hatte, bestätigte eher Barbros Theorie. Aber Kerstin konnte im Moment keine Spekulationen gebrauchen. Auch wenn es derzeit nichts anderes als Spekulationen gab, an die sie sich halten konnten.

»Sandra sitzt wahrscheinlich in irgendeiner Dorfkirche in Uppland und spielt Bach, während David und Rebecka einen ausgedehnten Morgen im Zeichen der freien Liebe genießen«, meinte Kerstin. Ihr Telefon läutete und sie lugte auf das Display.

»Hej, Anders«, sagte sie mit gespielter Heiterkeit.

»Hej.« Anders Stimme klang angespannt. Im Hintergrund hörte man Geräusche einer leisen Konversation zwischen den beiden Kollegen aus Göteborg, mit denen er mitgefahren war. »Wir konnten eine Übereinstimmung finden zwischen der Adresse von Rebecka Farnö in Göteborg und Davids Mobiltelefonanschluss. Genauer gesagt, von dort, wo wir zuletzt ein Signal empfangen haben, ungefähr um ein Uhr nachts.«

Kerstin machte ein grimmiges Gesicht. »Ach so. Dann hoffen wir, dass sie bekleidet sind, wenn ihr bei ihnen anklopft«, sagte sie und schaute zu Barbro, die das Lenkrad festhielt.

»Da ist noch etwas anderes«, sagte Anders. »Die Nummer, die Ragna Fagerdal mehrmals anzurufen versuchte, während wir beschossen wurden.«

»Die Geheimnummer?«

»Genau«, antwortete Anders. »Der Sicherheitsdienst war uns behilflich. Weder sie noch unsere liebe Göteborger Polizei scheinen die Beschuldigungen von Moberg sonderlich ernst zu nehmen, was dich vielleicht freuen wird.«

»Spitze, juhu«, sagte Kerstin ungeduldig. »Und die Nummer?«

»Gehört einer Sandra Helander«, sagte Anders.

»Nicht zu glauben.«

»Ich habe auch Ragnas Telefon so gut wie möglich durchsucht. Ragna hat mittels einer Messenger-App eine Nachricht an das Profil einer gewissen *Hildegard* geschickt. Ragna schrieb dieser Hildegard, dass sie sie anzurufen versucht hat und dass *Clara* erschossen wurde. Sie bittet Hildegard – oder *Hilde* –, vorsichtig zu sein. Oder wie sie schreibt: ›Hau so schnell wie möglich ab.‹ Nicht gerade die passende Ausdrucksweise für eine geschäftsführende Direktorin einer Schule, finde ich. Mit gewissen Vorbehalten kann man wohl davon ausgehen, dass *Hildegard* und Sandra ein und dieselbe Person sind, da Sandra die Einzige ist, die Ragna innerhalb der letzten Stunden versucht hat anzurufen.«

»Hast du probiert, Rebecka Farnös Telefon anzurufen?«

»Ja, mit dem gleichen Resultat wie mit Davids und Sandras Telefonen. Sie sind offenbar alle abgeschaltet.«

»Scheiße«, sagte Kerstin.

»Aber um dich etwas aufzumuntern, kann ich dir mitteilen, dass ich sowohl Sandras als auch Rebeckas letzten Standort herausgefunden habe.«

»Lass mich raten«, sagte Kerstin. »Das Signal von Sandras Telefon kam aus Göteborg.«

»Stimmt. Genauer gesagt aus einer Wohnung in Guldheden, wir sind jetzt am Weg dorthin.«

»Schick mir die Adresse, dann treffen wir uns dort«, sagte Kerstin.

»Noch eine letzte Sache«, sagte Anders.

»Beeile dich«, forderte ihn Kerstin auf.

»Von den Kollegen der Geheimpolizei habe ich erfahren, dass gestern ein Mann mit einem Hund in einer Schneewehe einen Mann gefunden hat, dem die Haut zur Hälfte abgezogen worden war, nur ein Stück entfernt von der Berwaldhalle. Es wurde die Stadtpolizei alarmiert, aber der Sicherheitsdienst war so klug, dass er den Zusammenhang sofort erkannt hat. Sie haben den Fall unverzüglich übernommen. Es handelt sich jedoch nicht um Antoine Malå. Hingegen ist nicht auszuschließen, dass es der Mann ist, dessen Hautstücke am Tatort gefunden wurden und die nicht Malå zuzuordnen waren. Die Frage ist, wo er in der Zeit zwischen dem Ostseefestival im September und jetzt versteckt worden war. Wenn man an die Zustände bei der Stockholmer Schneeräumung denkt, wäre es möglich, dass der Mann bereits im November dort abgelegt wurde, als das Schneechaos seinen Anfang nahm.«

»Mensch«, sagte Kerstin. »Menschen sind eigenartige Geschöpfe, Anders.«

In den Stockholmer Schären

Der Wind hatte zugenommen und das Schneegestöber und die innerhalb kurzer Zeit alles umschließende Dunkelheit erhöhten den Ernst der Lage, wie Anna Flanke und Ulrika Grundström soeben auf dem Bildschirm des Computers erkannt hatten. Ulrika hatte mehrere Filmsequenzen immer und immer wieder abgespielt, um sicherzugehen, dass sie beide, Ulrika und Anna, sich auch nicht täuschten. Dass das, was die Männer im Film von sich gaben, total verrückt war. Wobei einer von ihnen unvorstellbare Macht besaß.

Etliche Male während der Operation Berwald war Anna Flanke erschrocken und ernste Zweifel hatten sie beschlichen. Andererseits hatte sie der Herausforderung nicht widerstehen können, da sie zumindest anfangs eine Mischung aus Heimlichtuerei und ein Gefühl des Auserwähltseins empfunden hatte. Doch die Ereignisse der letzten Stunden hatten ihre Welt auf den Kopf gestellt. Moberg war dagegen nur ein kleiner Fisch. Jetzt empfand sie zum ersten Mal in ihrem Leben wirklich Todesangst.

Das, was sie zu Gesicht bekommen hatte, ließ wenig Raum für Zweifel. Das Material, das sie gemeinsam mit Ulrika Grundström ungläubig begutachtet hatte, würde Russlands Ansehen eindeutig großen Schaden zufügen und den Verdacht bestätigen, dass Russland oder russische Mächte etwas mit dem Verschwinden Antoine Malås zu tun hatten. Dieses Material würden Politiker von Putins Format nicht in den Händen ihrer Feinde sehen wollen. Da gab es zu viel, was für die psychologische Kriegsführung verwendet werden konnte, die zwischen Russland und den anderen Großmächten nach wie vor in Gange war.

Das Besondere an diesem Material und wodurch es sich von anderen kritischen Berichten über das Land unterschied, war, dass Vladimir Vladimirowitsch Putin hier höchstpersönlich breitspurig erklärte, wie man Schweden auf effektivste Weise Schaden zufügen konnte. Insbesondere die Einzelheiten, wie Putin den Ostseevertrag zu seinem Vorteil nützen wollte, zeigten ihn als einen machtbesessenen Despoten, der sich der Diplomatie bediente, um seine eigentlichen Absichten zu verschleiern.

Die Konsequenzen auf diplomatischer Ebene wären gewaltig, wenn das Video der Öffentlichkeit bekannt werden würde, dachte Anna. Putin würde auf der einen Seite sein Gesicht verlieren, während andere, nationalistische Gruppen ihn in den Himmel loben würden. Aber auch für Schweden würde es auf lange Sicht negative Folgen haben, wenn die Medien davon Wind bekämen. Alle politischen Entscheidungen, Zeit und Energie, die in den Ostseevertrag geflossen waren, nicht nur in Schweden, sondern auch im Baltikum, Polen und Finnland, wären nutzlos und vergeudet gewesen.

Anna Flanke überdachte die Angelegenheit rein theoretisch und kam zu dem Schluss, dass Putin einen derartigen medialen Rückschlag innenpolitisch vermutlich überleben würde. Am internationalen Parkett wäre der Schaden jedoch zu groß. Der Ostseevertrag wäre – sobald die Wahrheit ans Tageslicht käme – natürlich obsolet. Und es war nicht abzuschätzen, welche Konsequenzen das für Russland hätte, wenn sein Landesvater endgültig als der verschwörerische Tyrann entlarvt würde, als der er dem Rest der Welt bereits bekannt war.

»Ulrika«, sagte Anna leise. »Das hier ist eine internationale politische Bombe.«

»Ich weiß«, sagte Ulrika und starrte mit leerem Blick vor sich hin.

»Aber noch entscheidender ist, dass der, der im Besitz dieses Materials ist, sich in Lebensgefahr befindet«, sagte Anna.

»Daran habe ich auch schon gedacht«, sagte Ulrika. »Was sollen wir tun?« Ulrika warf einen Blick Richtung Obergeschoß, wo Luis sich in aller Ruhe einen Film ansah.

»Ich habe nicht die blasseste Ahnung«, sagte Anna. »Ich muss Kerstin anrufen.« Anna kramte in ihrer Handtasche.

»Armfeldt?«

»Ja, genau die«, sagte Anna, als sie das Telefon gefunden hatte. Sie erinnerte sich, dass sie es abgeschaltet hatte, als sie an Bord von Ulrikas Boot gegangen war. Sie schaltete es wieder ein und wartete, dass es wieder funktionierte. Kaum hatte sie den PIN-Code eingetippt, begann das Telefon bereits wie verrückt zu piepsen. Anna seufzte und blickte resigniert zu Ulrika. »Journalisten«, sagte sie und betrachtete das Display. Und tatsächlich gab es eine ganze Reihe Nachrichten und versäumte Gespräche. Aber auch eine Nachricht von Kerstin. Bereits vor ein paar Stunden geschickt – ungefähr zu der Zeit, als sie das Boot von Ulrika bestiegen hatte.

»Verflucht« rutschte er ihr heraus, nachdem sie die Nachricht gelesen hatte. »Hör zu«, meinte Anna und das Herz schlug ihr bis zum Hals hinauf. »Drei Personen wurden erschossen. Eine davon hatte eine enge Verbindung zu Antoine. Die beiden anderen waren Leibwächter. Kerstins Meinung nach waren es professionelle Schützen. Sie fordert uns auf, wachsam und äußerst vorsichtig zu sein, bis Hilfe eintrifft. Das ist jetzt die dritte Person aus Antoines Schulzeit, die getötet wurde.«

Ulrika sah besorgt aus. *Aber nicht ängstlich*, dachte Anna. *Verdammt, wie cool sie ist.*

»Okay«, sagte Ulrika zögerlich. »Was für eine Hilfe soll auf dem Weg hierher sein?«

»Keine Ahnung«, sagte Anna. »Aber ich kann dir versprechen, dass Kerstin keine Amateure schickt.«

Es klopfte an der Tür. Beide Frauen erschraken und wandten sich blitzschnell in Richtung des Geräuschs.

»Geh hinauf zu Louis«, sagte Anna. »Ich sehe nach, wer es ist.«

Anna bewegte sich wie in Trance auf die Tür zu. Am liebsten wäre sie weggelaufen und hätte sich versteckt. Aber etwas in ihr befahl ihr weiterzugehen. Die Tür hatte kein Guckloch. Anna erinnerte sich, dass sie in einem Krimi gelesen hatte, dass es unklug sei, durch den Spion zu schauen, wenn die Person auf der anderen Seite der Tür mit Mordabsichten gekommen und mit einer Waffe ausgerüstet war.

Es klopfte ein zweites Mal.

Anna atmete tief durch und öffnete.

»Hej«, sagte die Frau, die vor der Tür stand und vor Kälte leicht zitterte. Eine warme Altstimme.

»Rebecka. Rebecka Farnö. Eine alte Freundin von Tony. Darf ich reinkommen?«

Fernstraße 20

David wachte mit dröhnenden Kopfschmerzen auf. Vorsichtig öffnete er die Augen. Er saß am Beifahrersitz des Autos, das Sandra am Parkplatz vor dem Haus in Guldheden in Göteborg gestohlen hatte. Sie saß hinter dem Lenkrad. Mit einem entschlossenen Gesichtsausdruck. Vielleicht auch ein wenig bekümmert. *Aber so wunderschön.*

David war Sandra willig aus der Wohnung gefolgt, nachdem sie plötzlich darauf bestanden hatte, wegzumüssen. *Wie ein Hündchen*, dachte David. Die Erklärungen, die Sandra ihm versprochen hatte, waren aufgeschoben. Jetzt mussten sie fliehen. Erstaunt hatte er zugesehen, wie sie mit bemerkenswertem Geschick rasch die Tür des alten Volvos, den sie ausgewählt hatte, aufgebrochen und dessen Zündung sie danach kurzgeschlossen hatte. Sandra war mit dem Auto seelenruhig und gefasst aus der Stadt und auf die Autobahn nach Stockholm gefahren. Plötzlich war David klar geworden, dass etwas falsch lief. Er sollte nicht hier mit Sandra im Auto sitzen. Er sollte Kerstin und Barbro helfen. Da hatte er begonnen, Sandra Fragen zu stellen. Wer hinter ihnen her sei. Warum Sandra bewaffnet war. Warum sie sich nicht an die Polizei wenden konnten. Sandra hatte ihm signalisiert, dass er den Mund halten solle, und zu singen begonnen. Zuerst leise. Dann mit zunehmender Lautstärke und David war widerstandslos in einen Glückszustand gefallen. Alle seine Zweifel hatten sich aufgelöst und er war mit einem Lächeln auf den Lippen eingeschlafen.

Aber jetzt waren seine Sorgen wieder zurück. Daher gab er vor, weiterhin zu schlafen. Er brauchte Zeit zum Nachdenken und er musste die Kontrolle über sich selbst wiedererlangen. Er wusste, dass er sich verändert hatte, seit er Sandra getroffen hatte. Bis jetzt hatte er nur die positiven Veränderungen gesehen und sie als hoffnungsvolle Nebenwirkung seiner Liebe zu Sandra betrachtet. Die Leichtigkeit, mit der er mit seinen alten Gewohnheiten gebrochen hatte, hatte ihn zwar überrascht, aber er hatte sich eingeredet, dass er genau das gebraucht hatte: eine ausreichend starke Motivation, die aus einer *reifen* Beziehung erwachsen war. Er hatte sich ausgeglichen gefühlt. Wenn nicht sogar *frei*. Natürlich hatte er bemerkt, dass sein Gehirn *auf niedriger Flamme gearbeitet* hatte, ein Gefühl, das ihm den Eindruck verschafft hatte, dass er etwas bekloppt war. Vorbei war es mit seinem Normalzustand, bei dem die Assoziationen frei und ungehindert flossen. Aber er hatte das dem Umstand zugeschrieben, dass Körper und Gehirn auf die stark reduzierte Alkoholzufuhr reagieren mussten. Er erinnerte sich, dass er über Nikotinabhängige gelesen hatte, die sich ohne ihre Nikotinzufuhr ebenfalls weniger inspiriert fühlten. Aber jetzt stiegen Bedenken in ihm auf. Rebeckas nächtlicher Gesang hatte eine weiche Decke über sein Gehirn gelegt und die chaotischen

Prozesse, die durch die Veröffentlichungen in der Presse entstanden waren, beruhigt. Im Nachhinein kam es ihm vor, als sei er in eine Art geistiges Vakuum gefallen, aus dem er nur mit großer Anstrengung auf das, was um ihn passierte, reagieren konnte, geschweige denn dass er fähig gewesen wäre, selbst eine Initiative zu ergreifen. Das Gleiche war wieder passiert, als Sandra ihn im Auto in den Schlaf gesungen hatte. *So als würde man sich eine Droge intravenös spritzen*, dachte David.

Und jetzt am Morgen hatte er plötzlich eine neue Seite an Sandra entdeckt. Abgesehen von dem Sarkasmus, mit dem sie ihm begegnet war, hatte er auch einen vagen Verdacht bekommen, dass sie ihn eher als Werkzeug denn als Partner zu betrachten schien. Nicht dass sie das direkt ausgesprochen hätte. Aber er fühlte deutlich, dass nicht nur das, was sie sagte, sondern ihr ganzes Verhalten ihm gegenüber eine neue Klangfarbe und eine neue Dynamik bekommen hatte. Die Frage war nur, welche Art von Werkzeug er war, und wenn dies der Fall war, wozu dieses Werkzeug dienen sollte.

Er öffnete die Augen und warf einen Blick auf die Autobahn. Ein Schild, das anzeigte, dass sie einundzwanzig Kilometer von Örebro entfernt waren, kam ihnen entgegen und verschwand wieder.

»Kannst du mir sagen, was eigentlich los ist?«, fragte David.

»Oh. *The sleeping beauty* ist wach geworden. Was los ist? Abgesehen davon, dass du dich für alle Zeit unmöglich gemacht hast?« Sandra lachte kurz auf.

»Ja, abgesehen davon«, sagte David. »Sind wir auf dem Weg nach Örebro?« David strich vorsichtig mit der Hand über seinen Mantel. *Wo zum Teufel ist das Mobiltelefon?*

»Du lieber Himmel. Wirklich nicht. Mit dieser Stadt will ich nichts mehr zu tun haben«, sagte Sandra mit saurer Miene.

»Wo fahren wir dann hin?«

»Das wirst du schon sehen. Im Moment gibt es Wichtigeres«, sagte Sandra.

»Was ist so wichtig?«

David fühlte sich konfus. Nie zuvor in seinem Erwachsenenleben war er sich so hilflos vorgekommen. Er hatte ein ständiges Gefühl des Unbehagens und ahnte, dass es aus der Erkenntnis erwuchs, dass Sandra ein anderer Mensch war, als er geglaubt hatte. Und dass die Liebe und Nähe, die sie ihm gezeigt hatte, verschwunden war. Wenn es sie überhaupt jemals gegeben hatte. Trotz seines wirren Zustandes gingen ihm einige ähnlich vergleichbare Erinnerungen durch den Kopf. Hatte er sich selbst nicht unzählige Male genauso wie jetzt Sandra verhalten?

Obwohl vorläufig noch nichts entschieden war. Aber ihr Ton war distanziert und ganz anders als noch vor Kurzem. Zum ersten Mal in seinem Leben hatte David Angst, was aus ihm würde, wenn die Beziehung zu Ende ginge. Wie er sich fühlen würde. *Verlass mich nicht, Sandra.*

»Zum Beispiel wie es für uns nach all dem weitergehen könnte«, sagte Sandra, so als könne sie seine Gedanken lesen.

Ein Teil von ihm fühlte sich erleichtert. *Sie liebt mich ja doch*, dachte er. Ein anderer Teil versuchte das Feuerwerk an Warnlampen, die in den letzten Stunden angegangen waren, in den Griff zu bekommen. *Was zum Teufel ist los mit mir*? Sein Gehirn arbeitete unglaublich langsam. *Ich bin anscheinend total auf Drogen*, dachte David.

»Ich werde dir einiges erzählen, David«, sagte Sandra. »Dinge, die deine Meinung über mich wahrscheinlich völlig ändern werden. Vielleicht werden sie deine Liebe zu mir sogar auslöschen. Sei still.« Sie machte eine abwehrende Geste, als sie bemerkte, dass sich David am Beifahrersitz bewegte und sie glaubte, dass er ihr widersprechen wollte. In Wirklichkeit tastete David noch immer nach seinem Mobiltelefon.

»Aber ich hoffe, dass du dich in dieser Sache für mich entscheidest. Deine Empfindlichkeit und Empfänglichkeit für die musische Sprache sind so verdammt offensichtlich. Gemeinsam könnten wir große Dinge bewegen, David!«

Davids rechte Hand spürte nun doch die Konturen des Mobiltelefons weit unten im Mantel. Er erinnerte sich, dass das Futter in der rechten Innentasche zerrissen war. Er konnte sich dumpf daran erinnern, dass er das Telefon abgeschaltet hatte, als er das Stage Door in Göteborg betreten hatte. Das bedeutete, dass das Telefon kein Signal aussandte und er schwierig zu orten war. Doch er war sich nicht einmal sicher, ob er geortet werden wollte. Auf der anderen Seite wusste er mit Sicherheit, dass er *die Wahl* haben wollte, geortet zu werden oder nicht. Die Frage war nur, wie er das Mobiltelefon wieder einschalten konnte, ohne dass Sandra misstrauisch wurde.

Die Pistole, die zwischen Sandras Schenkeln auf dem Fahrersitz lag, war der Beweis, dass Sandra die Situation für äußerst gefährlich hielt. Auch er war sich einer Bedrohung bewusst, konnte jedoch nicht einschätzen, welcher Art diese Bedrohung war. War er selbst womöglich Teil dessen, was Sandra als Bedrohung empfand? Sicherlich erkannte David die Absurdität und das subjektiv Dramatische seiner persönlichen Katastrophe. Es würde Zeit brauchen, sich von den Enthüllungen und den Beschuldigungen der Presse zu erholen. Und es stand in den Sternen, ob sein Berufsleben jemals wieder in die Gänge kommen würde, vor allem deswegen, da es schon früher Skandale gegeben hatte und jetzt noch ein weiterer dazugekommen war. Aber dass Sandra die Pistole bereitgelegt hatte, das konnte doch nichts mit *ihm* zu tun haben. Es musste sich um etwas handeln, das mit Antoine Malå im Zusammenhang stand. Mit der oder den Personen, die Camilla Jaern und Georg Lemming ermordet hatten.

Er zwang sich dazu, vernünftig zu denken. Die Fakten durchzugehen. Die Äsperedschule hatte ein Interesse daran, dass das Testament von Malå nicht geändert wurde. Erst kürzlich hatte sich herausgestellt, dass Tindra Svensson bei der Geschichte eine gewichtige Rolle spielte. Er war stutzig geworden, als er von Barbro erfahren hatte, dass Ulrika Grundström ein Kind hatte. Ein Kind, dessen Vater möglicherweise Malå war.

Halte dich an die Fakten, dachte er. *Das weißt du ja nicht.*

»Hallo«, sagte Sandra. »Wo bist du? Kannst du mir vielleicht eine Antwort geben?«

»Entschuldige. Ich bin noch immer etwas weggetreten«, sagte David.

»Das verstehe ich«, sagte Sandra und streichelte ihm wieder über die Wange. »Trotzdem ist es von größter Bedeutung, dass du dich zusammenreißt. Ich brauche deine Hilfe.«

»Okay«, sagte David. »Dann habe ich eine Frage.«

»Raus damit«, sagte Sandra.

»Schon heute Morgen hast du mir versprochen, dass du mir etwas Wichtiges erzählen wirst. Dann hast du mich mit deinem Gesang betäubt. Wie zum Teufel hast du das angestellt?« David wartete die Antwort nicht ab. »Als ich dann aufgewacht bin und dich gefragt habe, was passiert sei, hast du mir sarkastische Antworten gegeben. Und jetzt beginnst du wieder mit Andeutungen über diese wichtigen Dinge und setzt dem allen noch die Krone auf, indem du dich beklagst, dass ich nicht voll anwesend bin. Das kommt mir alles merkwürdig vor. Kannst du mir nicht ganz einfach sagen, was zum Teufel hier abläuft?«

Sandra lachte.

»Du hast jedenfalls deinen Humor nicht verloren, David. Das finde ich gut«, sagte sie. »Wie gesagt, du bist nicht der Einzige, der einiges verschwiegen hat.«

»Gelogen hat, meinst du wohl«, sagte David.

»Gelogen, wenn dir das lieber ist. Wenn ich es recht bedenke, haben wir beide aus dem gleichen Grund gelogen. Ich habe gelogen, um dich zu schützen. Du hast gelogen, um *dich selbst* zu schützen«, sagte Sandra mit einem angedeuteten Lächeln. »Bis zu einem bestimmten Zeitpunkt war es wichtig, dass du so wenig wie möglich wusstest. Dieser Zeitpunkt ist jetzt vorbei. Du hast jetzt circa …«, Sandra blickte auf die Uhr am Armaturenbrett, »… zwei Stunden, um zuzuhören und zu verstehen. Und um zu entscheiden, wie du mit der Information umzugehen gedenkst.«

»Die aber nie zu kommen scheint«, brummte David vor sich hin.

»Haha, merkst du, dass langsam wieder der alte David zum Vorschein kommt? Dass sich deine scharfen Krallen wieder zeigen?« Sandra klopfte ihm leicht auf den Schenkel. »Das liegt daran, dass ich dich bei vollem Bewusstsein in diese Geschichte einführen möchte«, sagte sie. »Den David, der du zuletzt gewesen bist, kann ich nicht gebrauchen.«

»Mir ist nicht klar, was du damit sagen möchtest.«

»Okay, die Sache ist die: Seit wir uns getroffen haben, habe ich dich kleinen Dosen von Sequenzen aus der *musischen Sprache* ausgesetzt. Erinnerst du dich, dass ich darüber schon in London Andeutungen gemacht habe?«

David nickte schweigend.

»Und du erinnerst dich sicher an Schaljapins Erzählung. Wie er gesehen hat, dass Tony ein ganzes Symphonieorchester durch seine bloße Anwesenheit beeinflusste.«

David nickte wieder.

»Na ja«, fuhr Sandra fort. »Zwischen meinen geringen Künsten, die dazu geführt haben, aus dir einen abstinenten und ehrlich gesagt ein bisschen langweiligen Typen zu machen, und dem, was Tony bewirken konnte, liegt eine ganze Welt an Möglichkeiten, was man mit der *musischen Sprache* erreichen kann. Nicht nur manipulieren. Gutes tun. Oder auch wirklich Böses.«

»Sandra, das …«, begann David.

»Sei still und hör zu«, unterbrach ihn Sandra in befehlendem Ton.

»Also. Alles, was die Änderung deiner Persönlichkeit betrifft und vielleicht auch die Distanz, die du zu deinem früheren Leben aufgebaut hast, das geht auf mein Konto, das habe ich bewirkt.«

»Aber wie?«

»Wie ich das geschafft habe?« Die *musische Sprache* ist komplex und schwer erlernbar. Aber eine grundlegende Voraussetzung für den, der jemand anderen beeinflussen möchte, ist, diese Person in ihrer Gesamtheit zu erkennen. Und das richtig gut zu machen. Sonst funktioniert es nicht oder geht daneben. Ich wusste vom ersten Augenblick an, als wir uns im Bakfickan getroffen haben, dass du mich anlügst. Dass du keineswegs an einem Buch arbeitest. Aber ich bemerkte noch etwas anderes. Du hattest die Gabe, unbewusst kleine Hindernisse zu errichten, sodass ich mental nicht in dich eindringen konnte. Nicht unüberwindbar, aber dennoch. Das überzeugte mich, dass auch du die musische Gabe hast. Sie ist nur noch nicht entwickelt.«

Sandra drehte sich zu David und lächelte ihn an.

Sie ist verrückt, dachte David. Einerseits wehrte er sich gegen ihre Behauptungen. Auf der anderen Seite stellte sie eine glaubwürdige Erklärung dar für die Metamorphose, die er durchgemacht hatte.

»Aber ich war es doch, der dich gefunden hat«, protestierte David. »Du hast unser Treffen sicher nicht geplant.«

»Nein«, sagte Sandra. »Das war ein glücklicher Zufall. Aber nachdem wir einander getroffen hatten, verstand ich sofort, dass ich dir und deiner Arbeit folgen musste.«

»Aber warum?«

»Als Selbstverteidigung könnte man sagen. Um rechtzeitig zu wissen, welche Art von Information an die Öffentlichkeit dringen könnte«, erwiderte Sandra.

»Du meinst über die *musische Sprache*?«

»Ja, unter anderem.« Sandra hielt den Blick fest auf die Straße gerichtet.

»Aber dir ist schon bewusst, dass das alles völlig verrückt klingt«, sagte David. »Und was bedeutet das alles eigentlich? Dass du Antoine Malå ermordet hast?«

»Mach dich nicht lächerlich«, zischte Sandra.

»Okay«, sagte David. »Dann erzähl mir wenigstens, warum du das getan hast. Das alles erscheint ja völlig sinnlos, wenn es keinen Zusammenhang mit dem Fall gibt. Du musst doch ein Motiv haben.«

»Ich habe dir schon gesagt, warum«, sagte Sandra. »Zum Schutz der *musischen Sprache*. Die Menschen sind noch nicht bereit für dieses Wissen.«

»Okay. Gehen wir davon aus, dass ich dir das abnehme. Das erklärt trotzdem nicht alles. Das Fluchtauto. Die Waffe. Das Gefühl der plötzlichen Bedrohung. Erklär mir das, Sandra.« David griff hinüber, um ihre Wange zu streicheln, sie wandte aber schnell ihr Gesicht ab.

»Du musst mir ganz einfach vertrauen. Ich kann dir nur sagen, dass es Menschen gibt, die mir und dir etwas antun möchten. Sie wollen …«, Sandra zögerte plötzlich, »… sie wollen sich dieses Wissens bemächtigen. Es für ihre eigenen Zwecke nutzen.«

Beide saßen lange ruhig da und starrten vor sich hin auf die Straße. Dann unterbrach David die Stille. »Sandra. Wenn diese *musische Sprache* wirklich existiert, warum hat man sie nicht schon früher entdeckt? Sie könnte, wenn ich es richtig verstanden habe, als unerhört effektive politische Waffe eingesetzt werden, zum Beispiel.«

»Wenn du nachdenkst, David, dann kannst du die Spuren erkennen. Die *musische Sprache* wird täglich angewendet. Von Musikern. Komponisten. Sogar von ganz gewöhnlichen Menschen. Das, was wir gemacht haben, ist, die Sprache zu veredeln. Wir haben sie weiterentwickelt. Oder besser gesagt rekonstruiert. Denn die *musische Sprache* ist in ihrer reinsten Form sehr alt und stammt aus einer Zeit, bevor es die Sprache gab. Seit die gesprochene Sprache ins Bild gekommen ist, wurde die *musische Sprache* durch die Menschheit verwässert. Harmlos gemacht. Ihre Wirkung auf kleine Reaktionen reduziert, wie plötzliches Weinen, wenn eine schöne Melodie erklingt. Oder das Gefühl der Leichtigkeit, wenn Musik mit der passenden Energie gespielt wird.«

»Aber«, sagte David zögernd, »ich habe es schon vorher erwähnt: Wenn es sich wirklich um eine uralte Sprache handelt mit so vielen wunderbaren Vorteilen, wäre es doch von der evolutionären Perspektive aus gesehen idiotisch, sie aufzugeben.«

Sandra setzte ein nachsichtiges Lächeln auf.

»Immer dieser analytische David. Aber du hast recht. Meine Theorie lautet, dass die *musische Sprache* missbraucht wurde. Und dass man sich deswegen entschied, ihr Zügel anzulegen.«

»Und wann wäre das geschehen, deiner Meinung nach?«

»Ach, vor unglaublich langer Zeit. Aber wenn man sucht, findet man noch die Spuren. Die Ideen zur Musik von Platon und Aristoteles weisen eindeutig auf sie hin. Die angstbehafteten Moralvorstellungen der Kirche im Mittelalter bezüglich der Musik sind wie ein Nachbeben zu verstehen. Man wollte die Musik unter Kontrolle haben.«

»Verzeih mir, wenn ich skeptisch klinge«, sagte David. »Kannst du beschreiben, wie das funktioniert? Wie du mich beispielsweise manipuliert hast?«

»Und das ist wieder *typisch* für *David.* Aber einverstanden. Das ist nicht einfach zu beschreiben. Und ich verstehe dich sehr gut, wenn du über das, was ich dir jetzt sagen werde, noch skeptischer wirst. Trotzdem werde ich einen Versuch machen. Es handelt sich um eine Art empathische Wellenbewegung. Ich höre mich auf deine Frequenzen ein und arbeite damit. Wie bei einem Raum, verstehst du.«

»Nein. Und ich warne dich. Das klingt alles verdammt ausgeflippt«, sagte David und setzte eine gespielt skeptische Miene auf. Inzwischen befand sich David wieder in ihrer alten gemeinsamen Liebesblase. Er war ganz besessen von Sandras überzeugter Stimme und ihrem Blick.

»Das weiß ich«, sagte Sandra. »Aber habe Geduld. Wie du weißt, hat jeder Raum einen Resonanzton. Eine spezielle Frequenz, in der der Raum quasi mitsingt und den Ton noch verstärkt.«

»Ja«, sagte David. »Das habe ich schon erlebt.«

»Gut«, sagte Sandra. »Genau so verhält es sich mit Menschen, wenn ich es vereinfacht ausdrücke. Man könnte sagen, dass das Gehirn ebenfalls seine eigenen spezifischen Resonanztöne hat. Wenn die *musische Sprache* richtig angewendet wird, ausgehend von den Resonanztönen des einzelnen Individuums, dann antwortet das Gehirn, indem es die Signale verstärkt.«

Gegen seinen Willen war nun Davids Interesse erwacht. Er

hatte das Gefühl, dass darin etwas Wahres liegen konnte. Außerdem hatte er es ja selbst erlebt.

»Und du meinst, dass ich das auch lernen könnte? Natürlich erst dann, wenn ich darüber hinweg bin, dass du mich zum Narren gehalten und nur so getan hast, als würdest du mich lieben.«

Sandra lachte erleichtert auf. »Ja, David. Du würdest das in null Komma nichts beherrschen. Und du …«

»Ja?«

»Ich habe nicht nur so getan, als ob. Nicht in dieser Hinsicht. Das musst du doch gespürt haben.«

»Ich kann nur schwer unterscheiden, wann ich manipuliert war und wann nicht. Ich bin mir nicht einmal sicher, ob du mich nicht gerade eben wieder manipulierst. Das wirst du doch verstehen, oder«, sagte David und drückte vorsichtig einen Finger durch das Futter der Außentasche seines Mantels. Er konnte das Mobiltelefon fühlen. Er tastete mit dem Finger und stellte sicher, dass das Telefon auf lautlos eingestellt war, bevor er es einschaltete.

»Das verstehe ich«, sagte Sandra. »Aber ich schwöre dir, dass ich im Augenblick keine Tricks mit dir spiele. Wie gesagt, ist es mir sehr wichtig, dass du das, was passiert, so klar wie möglich mitbekommst. Mit allen Sinnen. Ich brauche dich bei dem, was wir jetzt und danach tun müssen.«

»Aber was müssen wir denn tun? Wohin fahren wir?«

»Was wir vorhaben, wirst du noch früh genug erfahren. Wir wollen nichts übereilen. Du musst dein analytisches Ich im Zaum halten«, sagte Sandra.

David spürte, wie das Mobiltelefon unten im Mantelfutter vibrierte und hoffte, dass Sandra es nicht bemerkte.

»Aber ich kann dir verraten, wo wir hinfahren«, sagte Sandra.

»Endlich«, antwortete David.

»Wir werden Tony besuchen«, erklärte sie leichthin.

Der Maestro

Ludwigs Vertrauen in Hildegard wuchs. Und wuchs. Sie war der perfekte Coach für seine Arbeit bei der Entwicklung der musischen Sprache. Hildegard wusste immer die richtigen Fragen zu stellen. Kritisierte ihn auf eine Art, die ihn beflügelte und seine Fähigkeit, sich ganz in seine Arbeit zu vertiefen, bestärkte.

Lange Zeit war er auf der Stelle getreten. Zumindest hatte er es so empfunden. Aber auch da war hatte sie im geholfen. Sie hatte ihm erklärt, dass er sich nur in einer Phase befinde, in der sich seine Kenntnisse festigten und veredelten. Als sie ihm das sagte, hatte er gespürt, dass sie recht hatte. Mit der Zeit war sie für ihn unentbehrlich geworden, sie half ihm, sich selbst zu erkennen. Es gab Perioden, in denen er Panikzuständen und Erschöpfung nahe war. Sie hatten so viele Wege des menschlichen Bewusstseins entdeckt, dass es unmöglich schien, alle unter Kontrolle zu halten. Aber Hildegard wusste, wie sie Ludwig beeinflussen konnte. Durch ihre Stimme konnte sie seine methodischen Fähigkeiten steigern. Und eines Tages hatte er den Durchbruch geschafft. Mit der Hilfe von Hildegard. Ludwig hatte letztlich gelernt, die Flut der Gefühle und Gedanken, die ihm von einem Symphonieorchester entgegenströmten, zu sammeln und sie alle gleichzeitig zu bearbeiten.

Jetzt konnte er die Orchester auf ein Niveau bringen, wie sie es nie zuvor erlebt hatten. Das Publikum raste vor Begeisterung. Ludwig war euphorisch und jubelte. Er wollte sein Können mit der ganzen Welt teilen. Und hoffte, dass andere ebenfalls lernen könnten, auf die gleiche Art und Weise wie er selbst alles in sich aufnehmen zu können. Allen Musikern, nein, allen Menschen dasselbe Gefühl von Wärme und Anteilnahme zu geben, einen sicheren Raum, in dem sie ungehindert ihr ganzes Repertoire durchspielen konnten, sei es das beherrschte Edle oder das ungezügelte Wilde.

Aber Hildegard wollte das nicht. Sie hielt ihn zurück. Die Zeit sei nicht reif, hatte sie gemeint. Seine Aufgabe bestand wieder im Veredeln und im Festigen. Hildegards Ansicht nach war das die beste Methode. Auf beinahe wissenschaftliche Art ihre Entdeckungen an Musikern und dem Publikum zu erproben. Genaue Aufzeichnungen zu machen. Außerdem hatte sie verlangt, dass er sich mit einigen Effekten und Phänomenen auseinandersetzte, die Ludwig als Nebenwirkungen betrachtete. Manche Sequenzen trieben die Leute in den Wahnsinn. Oder ließen sie in tranceartige Zustände fallen. Es waren Sequenzen, die die Persönlichkeit veränderten. Und was man tun könnte, damit sie einen anhaltenden Effekt hatten. Zuerst war Ludwig erstaunt gewesen, dann erschüttert. Zuletzt traurig und besorgt.

Ludwig hatte nie verraten, dass er einen Weg gefunden hatte, wie er Hildegard davon abhalten konnte, in sein Bewusstsein einzudringen. Wie er begriffen hatte, dass sie versuchte, die geheimsten Ecken seiner Seele zu ergründen.

Er hatte gelernt, ihre unvollendete Technik gegen sie selbst einzusetzen, sodass sie zufrieden war mit dem Fortschritt, den sie erzielte. Im Schutz dieser spitzfindigen Technik hatte er in aller Heimlichkeit ein anderes Leben aufbauen können, das ihm völlig neue, großartige Einsichten eröffnete. Die Jahre waren vergangen. Doch gleichzeitig mit all dem Fantastischen, das er entdeckt und vor Hildegard geheim gehalten hatte, fühlte er sich ausgelaugt. Er eignete sich nicht für ein Leben mit einer Lüge.

Eines Abends in Brüssel war ihm alles zu viel geworden. Er hatte mehr getrunken, als er vertragen konnte. Er traf Hildegard in einem Restaurant in der Nähe des Grand-Place, um ihr den verhassten monatlichen Bericht zu übermitteln. An diesem Tag konnte er ihre bloße Gegenwart nicht mehr ertragen. Sie stellte die üblichen Fragen. Wie es lief. Ob er alles ordnungsgemäß aufzeichnete. Ob er der Lösung nähergekommen war, wie man die Wirkung der manipulativen Sequenzen verlängern könne. Mitten in ihren Fragen hatte er es getan. Er hatte sie zum Schweigen gebracht. Sie war nicht in der Lage, auch nur einen Laut von sich zu geben, solange er das nicht wollte. Aber das war ein Fehler gewesen. Ihr zu zeigen, was für eine Macht er jetzt besaß, war dumm gewesen. Und was danach folgte, war noch dümmer. In einem Anfall von berauschtem Übermut hatte er ihr zugeflüstert, dass er die Quelle entdeckt hatte. Nein, die Quelle erschaffen. Aus der die musische Sprache wild und ungezähmt hervorsprudelte. Völlig außer Kontrolle. Hildegard hatte ihn nur angestarrt.

In den Stockholmer Schären

»Anna«, stellte Anna Flanke sich vor und gab ihr die Hand. »Du brauchst nicht draußen stehen und frieren. Komm doch herein, um Gottes willen.« Anna hatte sofort die Sängerin erkannt, die ihr zu Hause in ihrer Wohnung in Aspudden so oft eine Quelle des Trostes und der Energie gewesen war.

»Danke«, sagte Rebecka Farnö. »Ich kann mir vorstellen, dass ihr überrascht seid. Ich meine, dass ich hier so einfach auftauche.« Der weiche Göteborger Dialekt vermittelte Anna ein Gefühl der Gemütlichkeit und erinnerte sie an alte schwedische Fernsehserien aus der Zeit, als ihre Eltern sich noch vertragen hatten.

»Keineswegs! Oder, na ja, ein bisschen«, sagte Anna.

Das ist eine richtige Frau, dachte sie. »Möchtest du vielleicht einen Kaffee?«, fragte Anna und bemerkte, dass die Kleider des Gastes zur Gänze von Schnee bedeckt waren. »Wie bist du hierhergekommen?«

Rebecka hatte ein unglaublich herzliches und warmes Lächeln, das Anna bereits aus Fernsehinterviews mit der berühmten Sängerin kannte. »Du«, sagte sie in vertraulichem Ton, »du würdest es nicht glauben. Es ist verrückt. Aber einen Kaffee könnte ich mehr als gebrauchen.«

»Leg ab«, sagte Anna, »dann können wir am Sofa ein wenig plaudern. Ulrika kommt gleich wieder runter. Ich nehme an, dass Kerstin dich geschickt hat.«

»Erraten«, sagte Rebecka und setzte wieder dieses herrliche Lächeln auf, das in Anna Flanke Bilder von sonnenüberfluteten Felsplatten in Bohuslän hervorrief.

*

Ivan Michailowitsch folgte den Spuren langsam und mit so leichten Schritten wie möglich entlang des Waldrandes. Die Spuren führten aus dem Wald hinaus und über ein kleines Feld, von dem Ivan Michailowitsch wusste, dass es zum Hof des Hauses von Antoine Malå hinunterführte. Er schaute hinauf zum Mond. Wenn er selbst einen Schusswinkel wählen müsste, würde er zusehen, dass er den Mond hinter sich hätte, um das geringste Risiko und die beste Sicht zu haben. Aber es gab natürlich eine Menge anderer Faktoren. Die Platzierung des Hauses und der Fenster. Und Ivan Michailowitsch wusste aus Erfahrung, dass es nur selten Gelegenheit gab, sich den besten Platz aussuchen zu können. Er ging noch etliche Meter in gebückter Stellung. Als er den Hof in Sichtweite hatte, legte er sich hin und nahm das Nachtzielfernrohr heraus. Seine Berechnungen stimmten mit den Spuren überein. Der Soldat hatte sich offensichtlich schräg über das Feld bewegt und hinein in ein weiteres Waldstück, dessen unterer Teil zur

Längsseite des Hauptgebäudes blickte. Dort hätte der Soldat den Mond im Rücken.

Plötzlich war ein gellender Laut zu vernehmen. Ivan Michailowitsch konnte nicht genau feststellen, woher er stammte, aber er nahm an, dass er von ziemlich weit entfernt kam. *Das muss ein Tier gewesen sein. Vielleicht ein Fuchs*, dachte er. Nachdem er eine Weile überlegt hatte, beschloss er, den Soldaten zu umkreisen, um ihm mit ein wenig Glück vielleicht in den Rücken fallen zu können.

*

Der Schnee war hier tiefer. Daher wurde es schwieriger, sich leise fortzubewegen, da der Schnee Unebenheiten und darunterliegende Zweige bedeckte, die unerwünschte Geräusche verursachen konnten. Während eines der vielen Stopps, die er einlegen musste, um das Terrain einzuschätzen, entdeckte er plötzlich Fußspuren. Aber nicht von dem Soldaten. Sie waren kleiner und kamen aus einer anderen Richtung. *Zur Hölle*, dachte Ivan Michailowitsch. Er folgte den Spuren, die ihre Richtung wechselten und zum Hof führten.

*

Aus Ohren und Nase des bewusstlosen Soldaten rann Blut. Seine Hände und Füße waren mit Silberklebeband gefesselt und er lag auf einer Matte, die auf dem Schnee ausgerollt worden war. Einige Meter entfernt davon lag die Waffe des Soldaten, ordentlich auf einem Stativ befestigt. Der Rucksack des Soldaten stand daneben. *So eine Scheiße*, dachte Ivan Michailowitsch. Dass der Soldat überwältigt worden war, wahrscheinlich von der Frau, die er auf der Fähre gesehen hatte, überzeugte ihn von ihrer Geschicklichkeit und ihrer Nahkampfkompetenz. Sie hatte einen Profi unschädlich gemacht. *Aber wie?*

Ivan Michailowitsch begriff, dass er sich beeilen musste. Er kontrollierte noch, ob die Luftwege des Soldaten frei waren, und veränderte dessen Lage. Soweit er sehen konnte, gab es keine Schussverletzungen. Danach untersuchte er den Soldaten. Wie erwartet fand er nichts, wodurch er ihn identifizieren hätte können. Ivan Michailowitsch überdachte die Lage. Von seinem Standort aus konnte er sogar ohne Nachtzielfernrohr durch die Fenster des Hauses blicken, im Moment waren aber keine Menschen sichtbar und er konnte auch keine Details erkennen. Der Mond und die Bäume hinter ihm warfen einen Schatten, der fast den ganzen Abstand zwischen ihm und dem Haus überdeckte. Ihm wurde klar, dass er keine Wahl hatte. In gebückter Haltung lief er mit gezogener Waffe auf den nahe gelegenen Schuppen zu.

*

»Erzähl, Rebecka. Das ist ja schrecklich, was in der Äsperedschule passiert ist«, sagte Anna Flanke. Sie hatten auf der Sitzgruppe Platz genommen. Da Ulrika noch nicht zurückgekommen war, hatte Anna die Rolle der Gastgeberin übernommen, Kaffee serviert und in der Küche nach mehr Kuchen gesucht. »Du warst ja auch ein Teil des früheren Freundeskreises in Örebro, hat mir Kerstin erzählt. Das muss schrecklich für dich sein. Drei Tote.«

Rebecka warf einen Blick durch das Fenster zum Meer. *Sie sieht traurig aus*, dachte Anna.

»Ja, fürchterlich. Dieses Gefühl kann man gar nicht beschreiben«, antwortete Rebecka. Wieder war Anna von Rebeckas warmer Stimme fasziniert, eigentlich wollte sie sich am liebsten hinlegen und ihr nur *zuhören*. In ihrer Stimme baden. Anna musste sich zusammennehmen. Sie schüttelte den Kopf und änderte ihre Sitzhaltung.

»Wie ist die Lage jetzt?«, frage Anna. »Sind wir auch in Gefahr?«

»Ja, weißt du, ich wollte euch beiden die Situation erklären, euch beiden gemeinsam. Kommt Ulrika bald, oder wie?« Dieses *oder wie*, welches sonst eher etwas angriffslustig und unhöflich klang, war in der Variante des Göteborg-Dialektes und in Annas Ohren einfach nur Ausdruck ihres Interesses.

»Ja, doch«, hörte man von der Treppe. »Ulrika kommt schon.« Ulrika stieg die Stufen herab, mit Louis am Arm. Anna fand, dass Louis bekümmert aussah. Als Ulrika beim Sofa angekommen war, sah sie, dass sie sich nicht getäuscht hatte. Louis riss sich los und lief zum Flügel, wo er sich vor Rebeckas neugierigen Blicken verstecken wollte.

»Ja, was ist denn das für ein niedliches Kerlchen«, sagte Rebecka.

Es entstand ein kurzes Schweigen, weil Ulrika Louis die Möglichkeit bieten wollte, selbst zu antworten. Doch der Kleine zeigte nicht das geringste Interesse. Stattdessen entfernte er sich noch weiter aus ihrem Blickfeld. Nur seine Beine waren noch unter dem Flügel zu sehen.

»Es tut mir leid«, sagte Ulrika. »Gib ihm zwanzig Minuten und er ist dein bester Freund.«

Rebecka lachte, den Blick fest auf Louis geheftet, der unter dem Flügel hervorlugte und einen, wie Anna es deutete, feindlichen Gesichtsausdruck aufgesetzt hatte. »Keine Sorge«, sagte Rebecka. »Ich habe Neffen und Nichten in dem Alter. Aber ehrlich gesagt sind sie bei Weitem nicht so süß wie dein Junge. Wie heißt er denn?«

»Louis«, sagte Ulrika.

Rebecka lachte wieder. »Louis, wie witzig. Das ist ja die französische Variante von Ludwig.«

»Ja«, sagte Ulrika. »Was ist daran so witzig?«

»Ach, ich bin nur albern«, sagte Rebecka. »Meine Assoziationsbahnen sind sehr sprunghaft, und manches, was ich witzig finde, finden andere nur blöd. Singt er gerne?«

»Er liebt es zu singen. Er singt eigentlich fast ständig!«

Warum starrt sie Louis andauernd an?, dachte Anna.

»Willst du mit mir singen, Louis?«, fragte Rebecka. Der Junge schüttelte energisch den Kopf.

»Ach nein? Und wenn ich beginne? Dann kannst du, wenn du willst, mitsingen.« Rebecka lächelte, wenn überhaupt möglich, noch wärmer als vorhin, doch Louis schüttelte nach wie vor eigensinnig den Kopf.

»Aber lieber Louis«, sagte Ulrika. »Rebecka ist eine berühmte Sängerin. Stell dir vor, wie schön es wäre, mit ihr zu singen. Entschuldige«, sagte sie mit einem Blick zu Rebecka. »Er ist eben noch klein.«

Louis blickte seine Mutter von seinem Platz beim Flügel zornig an.

»Ja, sing uns etwas vor«, hörte sich Anna selbst sagen.

»Du bist wirklich deinem Papa sehr ähnlich, Louis«, sagte Rebecka vorwurfsvoll.

Sie nahm einen Schluck aus ihrem Wasserglas, stellte es auf den Tisch und begann zu singen.

Anna Flanke war begeistert. Das war Musik auf höchstem Niveau. Obwohl es keine Begleitung gab, hatte Rebeckas Gesang einen Schwung, wie sie es nicht von vielen Bands kannte. Anna fühlte sich, als würde sie weggetragen. Es war, als würde ihr ganzer Tag, ja, die ganze letzte Zeit, sie einholen. Moberg.

Die Operation Berwald. Das Gefühl, betrogen worden zu sein. Die Flucht von Rosenbad. Die Ohrfeige. Die Angst, erschossen zu werden wie Tindra in der Äsperedschule. Oder geköpft wie Camilla Jaern.

Anna wollte nur schlafen und die Musik half ihr dabei. Sie versank in einem watteweichen Abgrund, völlig frei von Angst. Aber sie zwang sich, wieder an die Oberfläche zu kommen, wieder den Wachzustand zu erreichen. In den letzten Jahren hatte sie sich eine Technik angeeignet, die sie in der Gesellschaft von männlichen Juristen und Politikern zur Perfektion gebracht hatte und die es ihr ermöglichte, trotz überwältigender Müdigkeit wieder wach zu werden. Interessiert und teilnehmend zu wirken. Doch dieses Mal war es schwieriger als sonst. Es war wie in einer dicken Grütze gegen den Strom zu schwimmen. Letztlich gelang es ihr. Sie sah Rebecka, die noch immer sang, wunderschön, jetzt aber mit einem anderen Klang.

Die Musik war noch immer sehr schön, rhythmisch, aber auf einmal auch *gefährlich*. Sie versuchte den Kopf zu wenden, doch ihr Körper gehorchte ihr nicht. Nur ihre Augen konnte sie noch unter Kontrolle halten. Ihr erster Gedanke war, dass sie eine Art von Anfall hatte. Vielleicht ein Schlaganfall. Aber diese Erklärung verwunderte sie nicht einmal. Es war, als hätte Anna die Fähigkeit verloren, geschockt zu sein.

Stattdessen zwang sie sich, den Blick auf das andere Ende des Sofas zu richten, wo Ulrika saß. Aber Ulrika sah aus, als wäre alles Leben aus ihr gewichen. Anna versuchte den Kopf zu drehen, aber vergeblich. Sie war wie erstarrt. Im Augenwinkel glaubte sie zu sehen, dass Ulrika nicht nur leblos dasaß. Es rann auch Blut aus ihren Augen.

Anna fühlte, wie etwas Warmes und Feuchtes ihren Hals entlanglief. Sie überlegte apathisch, ob sie tasten sollte, ob es sich ebenfalls um Blut handelte. Sie musste beinahe lachen, als ihr klar wurde, dass sie sich nicht bewegen konnte. Die Musik wollte sie wieder in den Schlaf hinunterziehen. Und wieder zwang Anna sich an die Oberfläche. Diesmal blickte sie Rebecka an. Als sie die Augen fokussierte, die sich gegen jeden Versuch von Wachheit zur Wehr setzten, sah sie den Jungen. Und plötzlich hörte sie beide. Louis und Rebecka in einer Art Duett, das in Annas Ohren eher wie ein Duell klang. Anna versuchte zu schreien, das nahm ihr den letzten Rest ihrer Kraft. Alles verschwand.

*

»Kerstin.« Ihr Gesicht tauchte in der FaceTime-App auf.

»Ja, siehst du, wer es ist«, sagte Ivan Michailowitsch leise.

»Ivan. Hej. Status?«

»Schau mal«, sagte Ivan und hielt das Telefon zum Panoramafenster.

»Was siehst du?«

»Äh, verflucht. Ich sehe einen Jungen, der auf einem Flügel steht. Ihm gegenüber steht eine Frau, die Ähnlichkeit mit Rebecka Farnö hat. Am Sofa liegen zwei andere Frauen, regungslos. Anna! Verflucht! Anna Flanke. Die andere muss Ulrika Grundström sein. Du musst hinein. Sofort.«

»Warte«, sagte Ivan Michailowitsch. »Ich will, dass wir dasselbe Bild haben. Was glaubst du, dass der Junge und Rebecka Farnö machen?« Kerstin seufzte ungeduldig am anderen Ende der Leitung.

»Nach dem zu urteilen, was ich sehe, und dem Wenigen, was ich hören kann, stehen sie da und singen gegeneinander«, sagte Kerstin.

»Gegeneinander?«

»Ja.«

»Wie das?«

»Es klingt weder so, noch sieht es so aus, als würden sie einen alten Alice-Tegnér-Song miteinander singen, wenn ich mich vorsichtig ausdrücke. Die Frau sieht sehr zornig aus. Und ängstlich.«

»Und der Junge?«

»Ich sehe ihn nur von hinten. Aber seine Haltung drückt *Trotz* aus. Er steht leicht vorgebeugt da, so als würde jemand gerade einen Karatekampf austragen. Was immer sie tun, es ist dabei, zu eskalieren.«

»Gut«, sagte Ivan Michailowitsch. »Dann gehe ich davon aus, dass du mit mir einer Meinung bist, wenn ich hineingehe und die Frau unschädlich mache.«

»Verflucht, worauf wartest du noch? Und vergiss um Himmels willen nicht die Ohrstöpsel«, sagte Kerstin mit Nachdruck.

»Ich rufe an, wenn ich fertig bin«, sagte Ivan Michailowitsch und entsicherte seine Pistole.

Göteborg

»Von Davids Mobiltelefon kommt ein Signal«, sagte Anders plötzlich und unterbrach dadurch ein langes, immer ungeduldiger werdendes Schweigen, das sich nach dem Gespräch von Ivan Michailowitsch mit Kerstin ausgebreitet hatte. Sie hatten ein provisorisches Hauptquartier bei Eva's Paley eingerichtet. Es war Barbros Vorschlag gewesen, sich in dem Café niederzulassen, das sie vor einigen Jahren im Zuge einer Kriminologie-Konferenz besucht hatte.

Der Schnee wirbelte noch immer über die Straßen und die winterliche Dunkelheit wurde durch die noch nicht abmontierte Weihnachtsbeleuchtung und den verlockenden Schein der Cafés und Restaurants erhellt.

»Okay, Anders. Bring uns auf den neuesten Stand«, sagte Kerstin.

»Er befindet sich im Sickla Köpkvarter«, sagte Anders. »Du weißt, das alte Industriegebiet von Atlas Copco in Nacka. Aber warte. Zum Teufel. Das Signal wird immer schwächer.« Anders arbeitete mit Hochdruck auf seinem Computer. »Verflucht. Jetzt ist er ganz weg«, sagte Anders.

»Wir müssen es als gutes Zeichen auffassen«, sagte Kerstin. Sie sah die erstaunten Blicke ihrer Kollegen. »Doch. Er hatte das Mobiltelefon ausgeschaltet, war sich aber im Klaren, dass wir und andere sein Signal orten können. Dass er es dann auf dem Weg zwischen Göteborg und Stockholm einschaltet, deutet das nicht darauf hin, dass er gefunden werden will?«

»Im Grunde genommen ja. Wenn er nicht noch immer betrunken ist«, sagte Anders in scharfem Ton.

»Hoffentlich nicht«, meinte Kerstin. »Aber ich habe da so ein vages Gefühl, dass sie nicht nach Sickla gefahren sind, um einzukaufen. Es muss dort etwas geben, das Sandra haben möchte. Mir schwant da etwas, aber es ist besser, in dieser Situation keine Spekulationen anzustellen. Seid ihr auch der Meinung, dass Sandra David an einen speziellen Ort in Sickla bringen möchte?« Sowohl Anders als auch Barbro nickten hinter ihren eingeschalteten Computern.

Barbro schrie auf. »Ach, du liebe Zeit. Die haben ja eine Testanlage unter dem gesamten Einkaufsgelände.«

»Wer?«, frage Kerstin.

»Atlas Copco. Ja, das kannst du googeln. Eine in zwanzig

Meter Tiefe und eine in vierzig Meter Tiefe. Drei Kilometer Tunnel!«

»Oh, Scheiße«, sagte Anders. »Dort gibt es keinen besonders guten Empfang, nehme ich an. Aber ehrlich gesagt glaube ich eher, dass sich Davids Telefon auf dem Weg von Göteborg entladen hat.«

»Ja, du hast wahrscheinlich recht«, sagte Barbro enttäuscht. »Es ist eher unwahrscheinlich, dass sie so einen ungewöhnlichen Ort ausgesucht haben, was immer sie auch vorhaben mögen. Sollen wir die Lokale der Umgebung nach auffälligen Gästen durchsuchen?«, fragte Barbro mit neuer Frische.

Anders schmunzelte. Beide begannen wieder simultan auf die Tastaturen ihrer Computer einzuhämmern.

»Okay«, sagte Barbro nach einer Weile, in der sich Kerstin den größten Teil einer Budapester Mehlspeise einverleibt hatte. »Ich glaube, ich habe einen Treffer.« Barbro blickte triumphierend über den Tisch. »Tajga AB. Ein Unternehmen, das sich laut Eigenbeschreibung mit *geistigem und natürlichem Schmuckdesign mit nordischem Touch* beschäftigt. Das klingt ja eigentlich sympathisch«, sagte Barbro und bekam umgehend einen genervten Blick von Kerstin zugeworfen. »Keine registrierten Geschäftslokale. Weder in Sickla noch anderswo. Andererseits mieten sie ein Lokal in Sickla.«

»Ein Lager?«, fragte Kerstin.

»Das ist nicht sicher«, antwortete Barbro. »Es ist unklar, ob sie überhaupt etwas zu lagern haben. Wie ich sehe, haben sie nicht einmal einen Webshop. Es handelt sich wahrscheinlich nur um eine Scheinfirma. Oder um ein bisher nicht aktives Unternehmen.«

»Kannst du sehen, wer im Vorstand sitzt?«, fragte Kerstin.

»Warte«, sagte Barbro. »Aha. Lauter Russen. Ein gewisser

Viktor Andrejewitsch Netrebko ist der Vorsitzende. Ekaterina Petrowna Netrebko, wahrscheinlich die Ehefrau, ist geschäftsführende Direktorin.«

»Netrebko? Warte mal. Sei so nett und google den Namen«, sagte Kerstin.

»Sieh an«, sagte Anders kurz danach. »Der russische Botschafter persönlich.«

»Amateure«, murmelte Kerstin. Da läutete ihr Mobiltelefon.

Sie hörte sich Ivan Michailowitschs Bericht schweigend an, unterbrach ihn nur mit kurzen Fragen oder erstaunten oder beipflichtenden Lauten. Barbro und Anders konnten auch hören, wie sie flüsternd ihre Entdeckung über die Verbindungen des Botschafters zu Tajga AB in Sickla erwähnte.

»Okay, Ivan, dann weiß ich, was ich zu tun habe«, sagte Kerstin am Ende des Gesprächs. »Pass auf dich auf. Schick mir ein SMS, wenn Anna wieder wach ist. Ich rufe die Chefin des Sicherheitsdienstes an«, sagte Kerstin.

Die Generaldirektorin des Sicherheitsdienstes, Anna-Maria Magnusson, freute sich, als sie Kerstins Stimme hörte. Kerstin gab ihr eine kurze Zusammenfassung der Ereignisse des Tages und der Arbeit der Gruppe.

Nach einem Räuspern und einem kurzen Schweigen ergriff Anna-Maria Magnusson das Wort.

»Kerstin. Wir kennen einander ja nicht. Und trotzdem habe ich zu dir vollstes Vertrauen. Du bist immer für deine Sache geradegestanden, auch wenn man dich mit vernunftwidrigen Vorwürfen überhäuft hat. Bravo. Und jetzt diese Geschichte mit der Äsperedschule. Ich habe bereits Berichte von allen möglichen Seiten bekommen. Du kannst stolz sein auf deine Leistung!«

»Okay«, sagte Kerstin, die mit Komplimenten nie hatte umgehen können.

»Normalerweise würde ich niemals auf diese Information reagieren«, sagte Anna-Maria. »Du weißt schon. Ich würde dich an die öffentliche Polizei verweisen, von wegen Rechtssicherheit und Paragrafen und blabla. Und du bist ja nicht mehr angestellt und so weiter. Aber in diesem Fall sagt mir mein Bauchgefühl, dass es triftige Gründe gibt. Einige davon habe ich selbst aufgenommen«, Anna-Maria Magnusson unterbrach sich und kicherte vor sich hin. »Und noch mehr davon habe ich soeben von einem unbekannten Zeugen über digitale verschlüsselte Postfächer zugeschickt bekommen. Insgesamt sieht es nicht so gut aus für den Minister Moberg und den Bundespolizeipräsidenten Arnesson. Also, was brauchst du?«

»In erster Linie einen Rettungshubschrauber, der sofort fünf Personen von den Schären abholen muss«, sagte Kerstin. »Wenn du dann mich und meine eingeschworene Bande unverzüglich von Göteborg nach Stockholm fliegen lassen könntest, wäre das spitze.«

»Gib mir die Adresse, dann erledige ich das«, sagte Anna-Maria Magnusson.

»Danach«, fügte Kerstin hinzu, »habe ich noch eine heikle und kostspielige kleine Einkaufsliste.«

Industriegebiet Sickla

Der Einkaufstag im Sickla-Einkaufszentrum war noch voll im Gange. Sandra parkte das Auto ein Stück entfernt von der Ansammlung an Geschäftslokalen, aber näher an dem Teil des Areals, das zu einer Art Kulturzentrum mit einer Bibliothek, einem Kino und einem Fitnesscenter umfunktioniert worden war. Diese waren alle in den alten roten Ziegelgebäuden untergebracht, die einst die Dieselmotorenwerkstätten von Atlas Copco gewesen waren.

Schweigend nahm Sandra einen schwarzen Metallzylinder aus ihrer Handtasche, den sie auf die Pistole aufschraubte.

»Ist das ein Schalldämpfer?«, fragte David. »Was zum Henker soll das?«

»Warte ab, David«, sagte Sandra. »Wenn die Leute, die wir jetzt treffen werden, zu einer Zusammenarbeit bereit sind, wird sich alles in Ruhe abspielen. Aber es ist besser, du nimmst diese hier«, sagte Sandra und fischte ein Paar riesige Gehörschützer aus der Handtasche. »Wenn wir näherkommen, setz sie dir auf und nimm sie nicht ab, bevor ich dir ein Zeichen gebe.« Ihr Tonfall ließ keinen Raum für Protest oder Fragen zu. Sandra steckte die Pistole vorsichtig unter die Jacke und blickte David mit einem aufmunternden Lächeln an. »Dann kann es ja losgehen«, sagte sie und öffnete die Autotür.

Sie gingen entlang der Außenseite des Kulturzentrums zur Roslagsbanan. Nach einigen Minuten leitete Sandra sie in eine Gasse mit zwei parallelen Ziegelhausreihen, die durch eine Straße geteilt wurden, die ausreichend breit für zwei Lastwägen war. Die Reihen wurden durch Laderampen begrenzt, die nun großteils eine neue Verwendung gefunden hatten. Auf einem Teil der einen Reihe sah man mit Schnee bedeckte Gartenmöbel und Tische, die darauf schließen ließen, dass es sich zumindest im Sommer um ein Café mit Terrasse handelte. Dieser Abschnitt des alten Industriegebietes schien sich zu einer kleineren Ansammlung von Geschäften und Werkstätten entwickelt zu haben, die entweder Kunsthandwerk oder alternativen Lebensstil als Geschäftsidee hatten. *Das passt ja ausgezeichnet*, dachte David aufgebracht.

Offensichtlich hatte sich Sandra zumindest in einer Sache

an die Wahrheit gehalten. Sie schien keinen ihrer »Tricks« anzuwenden. Wenn es diese überhaupt gab. Jetzt fühlte er sich durch ihre Anwesenheit kaum mehr eingeschränkt. Je näher sie Stockholm gekommen waren, desto mehr hatte er gespürt, wie sein altes Ich wiedererwacht war. Wie stark er tatsächlich durch Sandras Gegenwart und die Sequenzen beeinflusst gewesen war, konnte er nicht einschätzen. Die Sequenzen, von deren Existenz er keineswegs überzeugt war. Im Moment neigte er eher dazu, dass alles, was er erlebt hatte, seinem Bedürfnis nach Bestätigung und seiner ureigenen Begabung, Informationen so zu deuten, dass sie ihm spannender vorkamen, als sie möglicherweise in Wirklichkeit waren, entsprungen war. *Er hatte ganz einfach eine lebhafte Fantasie.*

Während des letzten Teils der Reise, als konzentriertes Schweigen im Auto geherrscht hatte, hatte er über seine Gefühle für Sandra nachgedacht. Die Überzeugung, dass er wieder er selbst war, hatte ihm ein Gefühl der Stärke vermittelt. Er war wieder *David Westerdahl.* Der Mann, den man nicht so einfach täuschen und manipulieren konnte. Dennoch konnte er, so gern er es auch gewollt hätte, das nagende Gefühl nicht loswerden, dass Sandra der Mensch war, mit dem er sein Leben verbringen wollte. *Sein Lebensmensch. Aber sie ist bewaffnet und vermutlich verrückt,* dachte er. Und jetzt waren sie auf dem Weg, um Maestro Antoine Malå zu treffen. David hoffte, dass es sich um einen Scherz handelte. Oder um ein sonderbares oder womöglich charmantes Fantasiegebilde, das Sandras kreativem Gehirn entsprungen war.

Die Straße, die die beiden Hausreihen teilte, war verlassen wie auch die kleinen Geschäfte und Werkstätten. Obwohl keine Menschenseele zu sehen war, lag eine Aura menschlicher Wärme und eine pittoreske Atmosphäre über dem Areal.

Sandra sprang behände auf die Laderampe und gab ihm ein Zeichen, es ihr gleich zu tun. David nahm lieber die Betontreppe, die ein Stück weiter vorne auf die Laderampe führte.

Sandra stellte sich neben eine Tür ohne Namensschild oder besonderes Kennzeichen. Sie sah wie eine feuersichere Tür oder eine Tür zu einem alten Müllraum aus. Sie signalisierte David, dass er sich hinter sie stellen solle. Sandra zog die Pistole aus der Jacke und drehte sich zu David um. »Setz dir den Gehörschutz auf. Jetzt kommt der schwierige Teil. Jetzt kann es spannend werden«, sagte sie mit dem Ansatz eines Lächelns, bevor sie kräftig an die Stahltür klopfte. David setzte sich die Gehörschützer auf, die ihm zu eng waren. Er hatte jedoch kaum Zeit für Selbstmitleid, als die Tür schon aufging.

Der Mann, der die Tür geöffnet hatte, war mit einer Automatikwaffe ausgerüstet, die er nun auf sie richtete. Auch ohne die Waffe wäre der Mann David lebensgefährlich erschienen. Rasierter Kopf, Augen, die einen kräftigen Adrenalinausstoß anzeigten, ein Trainingsanzug, unter dem sich ein gut trainierter Körper befand. Der Mann brauchte nicht lange, bis er begriffen hatte, wen er vor sich hatte. David sah, wie es in seinen Augen aufblitzte. Entsetzen? Es war jedenfalls blankes Entsetzen, das David erfasste, als er sah, dass der Mann im Begriff war zu schießen. Instinktiv warf sich David auf die Seite, während gleichzeitig ein lautes, rauschendes Geräusch durch seine Gehörschützer drang. Der Mann fiel hin, sein Körper lag zur Hälfte auf der Laderampe. Sandra blickte sich um und gab dann David ein Zeichen, ihr beim Hineinziehen des Mannes behilflich zu sein. Sandra und David zogen den gewichtigen Körper des Mannes jeweils an einem Bein hinein.

David bemerkte, dass Blut aus den Nasenlöchern und den Ohren des Mannes floss. Als sie ein Stück weiter in eine Art

Halle gekommen waren, ließ Sandra schnell das Bein des Mannes los, ging zur Tür und schloss sie. Bevor David reagieren konnte, zog Sandra die Pistole, richtete sie auf den Kopf des Mannes und drückte zweimal in schneller Folge ab. Danach riss sie die Passierkarte ab, die der Mann an der Hüfte hängen hatte.

David war wie versteinert. Er versuchte, mit seinen Händen das Mobiltelefon zu erreichen. Oder sollte er vorlaufen und Sandra niederschlagen? Oder den Wachdienst rufen? Was auch immer. Aber er war wie gelähmt, ohne Kontrolle über seine Glieder. Als Sandra ihm zu verstehen gab, den Gehörschutz abzunehmen, war er zu keiner Reaktion fähig. Sie ging auf ihn zu und riss ihm den Gehörschutz herunter.

»Ich verstehe, dass du Angst bekommen hast, David. Das ist ganz normal, wenn man noch nie in einer dermaßen gefährlichen Situation war«, sagte Sandra und streichelte mitfühlend seine Wange. Er konnte ihr keine Antwort geben.

»Du erlebst gerade einen Schock, der sich in einigen Minuten wieder auflösen wird, wenn dein Gehirn erfasst hat, dass keine akute Gefahr mehr für dein Leben besteht. Bleib hier stehen und atme tief durch, dann öffne ich die nächste Tür. Zu deiner Beruhigung – sie haben hier normalerweise nur einen Wachmann. Es ist eher unwahrscheinlich, dass ich das Manöver wiederholen muss«, sagte Sandra und begab sich zu einer weiteren Stahltür, die mit einem Kartenleser und einer Tastatur ausgestattet war. Über der Tür hing deutlich sichtbar eine Kamera. Sandra deutete darauf und grinste. »Die hat uns natürlich gefilmt. Aber bis jemand reagieren kann, werden wir längst weg sein.« Sie hielt die Karte des Wachmannes zum Kartenleser. Eine Diode an der Tastatur blinkte und Sandra tippte, ohne zu zögern, eine Zahlenkombination ein.

Wie zum Teufel kann sie den Code wissen?, dachte David. *Und wie um Himmels willen kann sie so cool sein?*

Die Tür klickte und Sandra öffnete sie. Aus dem Raum nebenan sah man ein schwaches, bläuliches Licht. »Kannst du dich bewegen?«

David nickte. »Gut. Dann komm herein und begrüße Tony.«

Mit zitternden Knien folgte David Sandra in den Raum. Am anderen Ende des Raumes stand eine Lichtquelle. Ein Kasten mit einer Menge von Messgeräten und Kontrollpaneelen, die blinkten und ein bläuliches Licht von sich gaben. Von einem der Geräte kam ein regelmäßiger Piepton. Ein anderer Apparat gab einen zischenden Laut von sich, allerdings in einem langsameren Tempo als der andere. Aus dem Kasten lief eine Menge von Kabeln und Schläuchen zu einem Glassarg, der wie ein Brutkasten aussah. Dort lag das, was von Antoine Malå übrig war, teilweise in eine Art von zäher Flüssigkeit getaucht. Die weltberühmte Haarmähne war verschwunden, stattdessen sah man eine wunde Oberfläche, wo die weiße Schädeldecke zwischen den entzündeten und blutigen Hautresten hervorschimmerte. Das Gesicht war unkenntlich und teilweise von einer Sauerstoffmaske bedeckt, die über Mund und Nase befestigt war. Der sichtbare Teil von Antoines Gesicht und Körper sah wie eine einzige geschwollene, blutige Flickendecke aus, die man offenbar mit einem dünnen Nylonfaden mit groben Stichen zusammengenäht hatte. Wenn sich der Brustkorb hob, sprangen die Nähte zwischen den Hautstücken auf und entblößten eitrige Wunden. David verlor das Bewusstsein.

Ivan Michailowitsch, Gjörwellsgatan

Die Frau des Botschafters hatte ihn im Morgenmantel in der großen Eingangshalle in der Gjörwellsgatan mit dem Pudel am Arm empfangen.

»Aber was haben Sie da an?«, fragte Ekaterina Petrowna entsetzt, als sie die Erscheinung, die vor ihr stand, musterte. Ivan Michailowitsch trug noch immer seinen Skianzug, der außerdem mit etwas bespritzt war, das wie Blut aussah.

»Liebe Ekaterina Petrowna, ich bitte um Entschuldigung für meinen nächtlichen Überfall. Aber wie Sie verstehen werden, geht es um Fragen, die die Sicherheit der Nation betreffen. Ist der Botschafter wach?«

»Ja doch, Ivan Michailowitsch«, gähnte Ekaterina Petrowna. »Er sitzt drinnen im Salon. Aber ich muss Sie warnen, er ist wirklich nicht bei guter Laune. Ich hoffe, Ihre Neuigkeiten sind dazu angetan, seine Stimmung zu verbessern. Wir sind ja gerade bei der Planung unseres großen Festes für alle Botschaftskollegen, und ich habe wirklich keine Lust, seine schlechte Laune ertragen zu müssen. Wollen Sie sich nicht umziehen? Wir haben sicher einiges an Kleidern, die dem Botschafter nicht mehr passen.« Ekaterina Petrowna kicherte und klopfte Ivan Michailowitsch auf die Schulter. Der Pudel knurrte.

»Nein, danke. Ich habe es eilig. Und ich werde mein Bestes geben, um den Botschafter aufzumuntern«, sagte Ivan Michailowitsch.

»Ich weiß, dass ich mich auf Sie verlassen kann, mein lieber Ivan«, sagte Ekaterina Petrowna mit einem freundlichen Lächeln und begab sich in ihre Räumlichkeiten.

Viktor Andrejewitsch Netrebko, der außerordentliche und bevollmächtigte Botschafter im Königreich Schweden, war ebenfalls mit einem Morgenmantel bekleidet. Im Unterschied zu jenem seiner Frau war seiner mit dem staatlichen Emblem versehen, das den doppelköpfigen kaiserlichen Adler darstellt. Netrebko musterte Ivan Michailowitsch von oben bis unten. Der Botschafter sah nicht nur aus, als hätte er schlechte Laune. Er machte auch den Eindruck, dass die letzten Wochen ihn ziemlich ausgezehrt hatten. Das Gesicht war rot und verschwollen. Neben ihm auf dem Tischchen stand eine Glaskaraffe mit Wodka neben zwei halb ausgetrunkenen Trinkgläsern.

»Ivan Michailowitsch. Ich hoffe, du hast eine vernünftige Erklärung für deinen Aufzug und den unpassenden Zeitpunkt deines Besuches«, sagte Netrebko und reichte ihm ein Wodkaglas. »Außerdem hoffe ich, dass du verstehst, dass es deiner Sache nicht eben dienlich ist, wenn du in einem Fahrzeug ankommst, das dem schwedischen Sicherheitsdienst gehört. Ich muss dich daran erinnern, dass du bereits unter Beobachtung stehst, Ivan Michailowitsch«, sagte Netrebko.

Ivan hatte im Auto des Sicherheitsdienstes auf dem Weg von den Schären hinein nach Stockholm Zeit zum Überlegen gehabt, wie er das Gespräch mit dem Botschafter anlegen wollte. Wie er es auch gedreht und gewendet hatte, fand er, dass er Grund zur Härte und einer Prise Sarkasmus hatte.

»Lieber Botschafter. Als wir uns das letzte Mal trafen, sprachen wir über Ihr Bestreben nach Klarheit in unseren Gesprächen. Deswegen erfüllt es mich mit gewisser Sorge, feststellen zu müssen, dass alle Informationen darauf hinweisen, dass Sie mich hinters Licht geführt haben. Nicht nur mich, sondern auch unseren Präsidenten, ja, sogar unser ganzes Mütterchen Russland.« Ivan Michailowitsch kostete ein wenig vom Wodka, um den dramatischen Effekt zu erhöhen.

»Was fällt Ihnen ein, Ivan Michailowitsch. Ich nehme an, Sie erlauben sich einen billigen Scherz?« Auch der Botschafter griff nach seinem Wodkaglas. Doch im Unterschied zu Ivan Michailowitsch wirkten seine Bewegungen nervös und ruckartig. Anscheinend benötigte der Botschafter es zu seiner Beruhigung, das ganze Glas auf einen Zug zu leeren.

»Leider, Viktor Andrejewitsch, haben wir im Moment keine Zeit für diese Art von Humor«, sagte Ivan Michailowitsch. »In Kürze wird nämlich der schwedische Sicherheitsdienst in einem Lokal in Sickla zuschlagen. Wir haben den begründeten Verdacht, dass sie dort den verschwundenen Antoine Malå vorfinden werden. In welchem Zustand, das ist noch unklar.«

Netrebko streckte sich instinktiv nach der Kristallkaraffe und füllte sein Glas auf.

»Unsere Ermittlungen haben ergeben, dass dieses Lokal von einem Unternehmen gemietet wird, als dessen Aufsichtsrat Sie fungieren und Ihre bezaubernde Ehefrau Ekaterina Petrowna als geschäftsführende Direktorin. Können Sie das bestätigen?«

»Das ist eine Lüge«, zischte Viktor Andrejewitsch Netrebko hinter seinem vollgefüllten Glas, das er nun sicherheitshalber mit beiden Händen festhielt.

»Ach so«, sagte Ivan Michailowitsch. »Nichtsdestotrotz werde ich jetzt einige Behauptungen aufstellen. Danach können Sie mit diesen Informationen tun, was Sie wollen.«

Viktor Andrejewitsch antwortete mit einem Grunzen.

»Als Erstes möchte ich erwähnen, dass ich verstehe, was Sie angetrieben hat. Sie wollten hilfreich sein. Unser Präsident hatte etwas verloren und Sie wollten ihm helfen, es wieder zu finden. Das Problem bestand aber – wie so oft bei freundschaftlichen Einsätzen – in den erfindungsreichen Elementen Ihrer Hilfeleistung.«

»Ich habe nicht die geringste Ahnung, wovon Sie sprechen«, brummte Viktor Andrejewitsch.

»Außerdem«, fuhr Ivan Michailowitsch fort, ohne den Einwand des Botschafters zu beachten. »Außerdem glaube ich, dass Sie sich hinreißen ließen, unseren Präsidenten mit Ihrer Entschlusskraft beeindrucken zu wollen. Antoine Malå sollte Ihnen die Informationen liefern, die Sie brauchten. Aber das Ganze lief aus dem Ruder, wahrscheinlich wegen der Amateure, die Sie zu diesem Zweck angeheuert hatten. Ich bin mir ziemlich sicher, dass der Neffe von Ekaterina Petrowna, Semion, für einen Teil der Aufgaben in dieser Angelegenheit zuständig war. Na gut. Alles dauerte seine Zeit und kostete unsere Botschaft eine Stange Geld, wie ich gesehen habe. Trotzdem fanden Sie nicht das, was Sie haben wollten. Wirklich bedauerlich«, fügte Ivan Michailowitsch hinzu.

»Das ist verrückt«, sagte Viktor Andrejewitsch. »Völliger Unsinn. Du hast nicht den geringsten Beweis.«

»Interessant, dass Sie das Wort Beweis nennen. Ich vergaß nämlich zu erwähnen, dass alles, was ich Ihnen vorgeworfen habe, bewiesen werden kann. Das Material, das Sie so gerne gehabt hätten, das unter anderem enthüllendes Filmmaterial von unserem großen Führer in einem offenherzigen Gespräch mit dem Maestro Valerij Schaljapin beinhaltet, ist jetzt in meinem Besitz. Ich habe gewisses Verständnis dafür, warum Sie die Grenze überschritten haben, um an dieses Material zu gelangen. Unglücklicherweise begannen Sie so etwas wie einen Wettlauf mit einigen anderen Interessenten. Malås früheren Freunden.«

»Du Teufel«, zischte Viktor Andrejewitsch.

Ivan Michailowitsch ignorierte die Reaktion des Botschafters.

»Dann kann man ja immer spekulieren.« Ivan Michailowitsch drehte das Glas lässig in seiner Hand.

»Zum Beispiel, inwieweit Ihr Mitwirken wirklich so selbstlos und nur zum Schutz von Mütterchen Russland gewesen sein soll. Oder ob es stattdessen darum ging, sich Druckmittel gegenüber unserem Führer vor der bevorstehenden Wahl anzueignen. Ganz einfach eine kleine Verschwörung, um eine bereits im Sinken befindliche Karriere ein wenig aufzupeppen. Russland ist ja nicht mehr das, was es einmal war, Gott bewahre. Man muss auf allen Linien arbeiten, um Vorteile herauszuschlagen.«

»Du sprichst anscheinend von dir selbst«, platzte Viktor Andrejewitsch heraus, wobei seine Stimme verriet, dass er nahe an einem Zusammenbruch war.

»Ich werde kurz skizzieren, was passieren wird. Ich habe meinen alten Freunden beim Militärnachrichtendienst und beim Inlandsgeheimdienst die Beweise und einen Lagebericht geschickt, dazu einen Plan, wie das Ansehen Russlands gerettet werden kann, wenn die Medien im Westen das alles erfahren. Ich behalte das explosive Material über unseren Präsidenten als Pfand, bis mein Plan genehmigt wurde.«

Der Botschafter seufzte.

»So, lieber Botschafter«, fuhr Ivan Michailowitsch unerbittlich fort. »Während wir uns hier miteinander unterhalten, ist der schwedische Sicherheitsdienst am Weg in das Lokal in Sickla. Wir haben leider Hinweise, dass eine frühere Freundin von Malå noch vor uns dort angekommen ist und David Westerdahl bei sich hat. Gibt es etwas, das wir wissen sollten? Die Anzahl der Wachen. Verminungen? Ich verspreche, dass ich an höhere Instanzen berichten werde, wenn Sie uns die erforderlichen Informationen geben. Das könnte Ihre Gefängnisstrafe positiv beeinflussen.«

»Nur Semion ist derzeit dort«, sagte der Botschafter, der sich schnell eines Besseren besonnen hatte. Seine Brummigkeit war verschwunden. Seine Stimme beinahe weich und untertänig.

»Na so was«, meinte Ivan Michailowitsch. »Dann bete ich für seine unsterbliche Seele. Aber gehen wir vorher noch die Details durch, lieber Botschafter.«

Industriegebiet Sickla

»Bist du wach, David? Wir haben nicht mehr viel Zeit. Setz dich vorsichtig auf.«

David schlug die Augen auf und stellte fest, dass er am Betonboden lag, die Beine auf einem Stuhl. Sandra stand neben Malås Brutkasten und betrachtete den bis zur Unkenntlichkeit zerfleischten alten Freund mit einem bedauernden Ausdruck im Gesicht. David folgte ihrem Befehl und setzte sich behutsam auf.«

»Warum sind wir hier, Sandra?«

»Warum?«, fragte Sandra mit einem trockenen Lachen. »Wir sind hier, um Tonys Leiden zu verkürzen. Dass er überhaupt so lange überlebt hat, ist schon ein Wunder«, ergänzte sie.

»Was um Himmels willen sagst du da? Willst du ihn umbringen?«

»Beruhige dich, David«, sagte Sandra und warf einen Blick auf die Uhr. »Wir haben sie mitten in der Folterung überrascht«, erklärte Sandra. »Dort in der Berwaldhalle.«

»Wen meinst du? Die Russen?«

»Ja, die Russen. Zwei von ihnen waren im Künstlerzimmer. Die anderen wollten, dass wir Tony nur retten und dann abhauen sollten. Aber ich habe mir gedacht, dass sie uns helfen könnten. Sie wollten etwas und wir wollten etwas. Das schien ein einfaches Spiel zu sein. Aber auch unpraktisch. Und doch durchführbar«, sagte Sandra.

»Aber was zur Hölle hattet ihr dort zu tun? Ich nehme an, du meinst die alten Freunde aus Örebro.«

»Ja. Wir waren alle dort. Und wir hatten beschlossen, Tony zu überreden, dass er sich uns wieder anschließen sollte. Er wollte alles niederlegen, woran wir seit Jahrzehnten gearbeitet hatten. Einfach so. Unsere große, wichtige Arbeit.« David sah, wie eine Träne über Sandras Wange rollte. Sie blickte noch einmal auf die Uhr. »Aber wo, verflucht, bleibt sie denn. Sie sollte schon längst hier sein.«

»Von wem sprichst du?«

»Rebecka. Sie sollte hier sein. Mit dem Sohn von Tony, Louis.«

»Habt ihr Malås Sohn gekidnappt?«

»Er gehört zu uns, David. Darüber gibt es keinen Zweifel. Die Umstände haben sich nur anders entwickelt, als wir das von Anfang an geplant hatten. Wir werden fürs Erste einmal untertauchen, David. Darauf kannst du dich schon einstellen.«

»Aber du hast doch gesagt, dass die anderen Tony nur retten und dann abhauen wollten?«

»Ja, zuerst hatten wir das so geplant. Aber wir haben dann noch einmal darüber gesprochen, nachdem wir die Russen zum … Schlafen gebracht hatten. Wir erkannten, dass wir Hilfe benötigten, um an *die Quelle* zu kommen. Das war ein *demokratischer* Beschluss. Vielleicht würde Tony zu Vernunft kommen. Vielleicht auch nicht.«

»Die Quelle?«

»Ja. Erst später, nicht zuletzt durch deine Hilfe, habe ich begriffen, dass es Tonys Sohn sein musste. *Die Quelle*. Die reine, unverfälschte Quelle, aus der die *musische Sprache* ungehindert hervorsprudelt.«

»Das klingt ja völlig verrückt. Habt ihr wirklich geglaubt, dass Antoine euch das in seinem Zustand verraten hätte? Er muss ja die ganze Zeit im Koma gelegen haben«, sagte David.

»Wir haben die Russen überredet, dass es sinnvoll ist, ihn am Leben zu erhalten. Sie teilten unsere Meinung. Hauptsächlich, weil sie kein Risiko eingehen wollten. Sie benötigten etwas für sie Wichtiges, wie wir auch. Tindra war uns zum größten Teil mit den praktischen Dingen behilflich. Es ist ihr zu verdanken, dass er so lange überlebt hat.«

»Aber zu welchem Zweck?« David bemerkte, dass seine Hände zitterten.

»Denk doch mal nach. Wenn man Tonys Körper schon im September gefunden hätte, wäre ja alles umsonst gewesen. Ihr hättet niemals euren Auftrag bekommen. Und wir hätten niemals Tonys Sohn gefunden. Dass wir dann die Kontrolle über die Russen verloren haben, war Pech. Wir haben noch nicht gelernt, wie man die Sequenzen einsetzt, sodass sie über einen langen Zeitraum wirksam sind. Aber das kommt noch«, sagte Sandra.

»Aber ihr konntet doch nichts davon wissen«, sagte David verzweifelt.

»Du hörst nicht richtig zu. Wir waren gezwungen, ein Risiko einzugehen. Wir brauchten Bedenkzeit. Und bekamen sie auch. Louis gehört jetzt uns, aufgrund einer Reihe unwahrscheinlicher Zufälle und durch Glück. Und du, ich und Rebecka werden die Arbeit mit der *musischen Sprache* gemeinsam mit Louis zu Ende bringen.«

Das Ausströmen der Luft durch das Beatmungsgerät war bisher wie ein gleichbleibendes rhythmisches Hintergrundgeräusch hörbar gewesen. David fand, dass es sich verändert hatte. Als sei ein zusätzlicher zischender Laut dazugekommen.

»Aber wie zum Teufel soll das vor sich gehen?«

»Rebecka kommt gleich und holt uns. Dann nehmen wir gemeinsam Abschied von Tony. Danach werden wir weitersehen. Aber ich muss wissen, ob ich mich auf dich verlassen kann, David. Sonst befürchte ich, wirst du gemeinsam mit Tony hierbleiben müssen.«

Aus dem Brutkasten von Antoine Malå kam ein dumpf singender Ton, der langsam lauter wurde. Er schien weder von den vielen Apparaturen noch von einem Menschen zu stammen. David fühlte, wie er von einer fürchterlichen Übelkeit übermannt wurde und erbrach sich auf den Fußboden. Woher Sandra die Geistesgegenwart nahm, um die Gehörschützer, die am Boden lagen, zu nehmen und ihm zuzuwerfen, würde er nie erfahren.

*

David wusste weder, wie viel Zeit vergangen war, noch wie er mit den Ohrschützern am Kopf zusammengekrümmt in der Ecke des Raumes gelandet war. Durch die Gehörschützer hörte er Fragmente von chaotischen, manchmal unbegreiflich schneidend schönen Tönen und Klängen, die sein Gehirn als bedrohlich einstufte. Lebensgefährlich. Sein Herz schlug beunruhigend schnell. Er presste die Hände gegen die Gehörschützer, um diese lebensbedrohenden Klänge fernzuhalten, sie daran zu hindern, in ihn einzudringen. Gleichzeitig konnte er seine Augen nicht von dem Schauspiel abwenden, das sich vor ihm abspielte.

*

Sandra kniet vor dem Brutkasten. Blut rinnt aus ihren Augen, der Nase, dem Mund und den Ohren. Ihr Mund ist offen und noch in der Lage, Laute von sich zu geben. David kann nicht unterscheiden, wer von ihnen diese aggressiven Töne produziert, die trotz der Gehörschützer zu ihm durchdringen. Aber es ist nicht zu überhören, dass es sich dabei um einen Kampf auf Leben oder Tod handelt. Und er begreift, dass der Gegner das anscheinend leblose Bündel, von Wunden übersäte Stück Fleisch ist, das im Brutkasten liegt. Maestro Antoine Malå. Sandra ist dabei, den Kampf zu verlieren, begreift David plötzlich. *Sie wird vor meinen Augen sterben*, denkt er.

Sandra zieht sich auf die Knie hoch zu den lebenserhaltenden Apparaturen und reißt mit zittrigen Händen die Kabel heraus. Einen kurzen Moment glaubt David, dass Sandra ihn anschaut. Ein Blick voller Schreck und Resignation. Aber vielleicht ist es eher Einsamkeit, die er in ihrem Blick zu sehen vermeint. In diesem Augenblick spürt David, dass er sie nur festhalten möchte. Seine Sandra. Seinen zerbrechlichen, blutenden und zitternden Lebensmenschen. Dann ist der Augenblick vorbei. Sandra richtet sich unter offensichtlich starken Schmerzen auf, steht auf den Beinen und beugt sich über den Brutkasten. Sie ergreift mit voller Kraft die Außenwände des Brutkastens und nimmt ihre letzten Reserven zusammen, um einen letzten Angriff auf ihren alten Freund zu starten. David fühlt in den Füßen, wie eine Schallwelle vibriert, bevor sie sich gezielt und mit Wucht ausbreitet. David wird davon gegen die Wand geschleudert. Er sieht noch, wie Sandras Kopf nach hinten gerissen und ihr Nacken gebrochen wird.

Sankt Petersburg

Sergej Trifonowitsch stand da und betrachtete die Fähre, wie sie langsam aus dem Sankt Petersburger Hafen auslief. Er fragte sich, wie oft er schon hier am Auslauf des Flusses Newa gestanden war und die Aussicht genossen hatte. Er liebte sein Sankt Petersburg ganz einfach. Und an diesem Tag war seine Liebe zu seiner Heimatstadt besonders groß, da er nach ein paar Wochen endlich seinen Gast losgeworden war. Den schwedischen Polizeichef Arnesson, der mit einem intravenösen Tropf in seiner kleinen Wohnung gelegen war. Am Ende war dann doch ein Zeichen von dem teuren Ivan Michailowitsch gekommen, und Sergej Trifonowitsch hatte mithilfe guter Freunde den Schweden auf die Fähre schmuggeln können. Er hatte den verabredeten Betrag auf das Bankkonto der teuren Galinas überwiesen. Einen ziemlich hohen Betrag. Aber wenn man bedachte, dass sie dafür sorgen würde, dass Arnesson beim Einlaufen in Stockholm ein gebührender Empfang bereitet würde, war das schon in Ordnung. Arnesson sollte nackt und mit Armen und Füßen an den Bettenden gefesselt in der noblen Kapitänssuite aufwachen. Nadia würde leblos und ebenfalls nackt mit blauen Flecken am ganzen Körper neben ihm liegen. Jetzt hoffte Sergej Trifonowitsch nur, dass die Fotografen rechtzeitig an Bord auftauchen würden. *Es wird schon klappen*, dachte Sergej Trifonowitsch. Er bewunderte Ivan Michailowitschs Erfindungsreichtum und seine Voraussicht. *Wenn man eine professionelle maskirovka haben will, braucht man nur den alten Ivan Michailowitsch anrufen. Natürlich nur unter der Voraussetzung, dass das Telefon nicht abgehört wird.*

In den Stockholmer Schären, 12. Januar

Sie waren alle dem Wunsch von Ulrika nachgekommen, bereits einen Tag vor der Gedenkfeier auf die Insel zu kommen. Auf diese Art hätten sie alle die Möglichkeit, gemeinsam zu verarbeiten, was sie in der letzten Zeit erlebt hatten. Ulrika hatte zwar Einsicht in den geheimen Bericht bekommen, in dem David die letzten Minuten von Antoine Malås Leben aufgezeichnet hatte, aber wie sie in der Einladung geschrieben hatte: »Ich glaube, Tony hätte es geschätzt, dass wir uns alle in einem Raum treffen, um das, was wir erlebt haben, zu teilen. Schweigend oder auch im Gespräch. Und ich bin furchtbar neugierig auf euch alle.«

Die näheren Umstände über den Tod von Malå waren als geheim klassifiziert worden. Der schwedische Sicherheitsdienst hatte in einer Aussendung zuerst verlautbaren lassen, dass man die Leiche eines Mannes gefunden hatte, die der verschwundene Antoine Malå sein könnte. Einige Tage später hatte man seine Identität bestätigt, hatte aber die Todesursache verschwiegen. Putin selbst hatte die Begebenheit mit überraschend milden Worten kommentiert. In einer öffentlichen Pressekonferenz hatte er betont, dass Schweden ein *befreundetes Land* sei und die Schweden ein Brudervolk, das die große Liebe der Russen für die Kunst teilte. Durch die intensive Arbeit und Zusammenarbeit des schwedischen Sicherheitsdienstes mit den russischen Kollegen hatte der Mord an Malå zum Teil gelöst werden können.

»Gemeinsam werden wir zusehen, dass die Schuldigen bestraft werden, aber unsere Gedanken sind jetzt bei den Angehörigen von Malå und allen Musikliebhabern auf der ganzen Welt, nicht zuletzt in Russland«, mit diesen Worten hatte

Vladimir Vladimirowitsch die Pressekonferenz beendet. Das schwedische Fernsehen hatte ein Konzert mit Antoine Malå gebracht, nach einem eine Stunde dauernden Interview mit Valerij Schaljapin, der weinend die ungeheure Begabung seines lieben Freundes gelobt hatte.

Bereits zwei Tage nach der Bekanntmachung des schwedischen Sicherheitsdienstes hatte die Königliche Musikakademie eine Gedenkandacht in der Oscars-Kirche in Stockholm veranstaltet. Und dies, nachdem der Vorsitzende der Akademie den schwedischen Sicherheitsdienst erfüllt von Neugier mit der Frage gequält hatte, wo die sterblichen Überreste zur Ruhe gebettet werden könnten. Die Andacht wurde ein voller Erfolg. Eine große Anzahl schwedischer und ausländischer Musiker und Solisten war gekommen, um dem Maestro in der voll besetzten Kirche die letzte Ehre zu erweisen. Der Minister Moberg hatte sich ungewöhnlich ruhig verhalten, und das Justizministerium hatte in einer eigenen Aussendung bezüglich der Auffindung der sterblichen Überreste von Malå nur den schwedischen Sicherheitsdienst zitiert und keinen eigenen Kommentar dazu abgegeben. Das hatte bei der Presse zu Spekulationen geführt, doch bislang hatte sich der Justizminister dazu in Schweigen gehüllt.

*

David stand bereits beim Bootssteg, als Anna Flanke auftauchte. *Er sieht müde aus*, dachte Anna. »Hej, David! Bist du nicht mit derselben Fähre wie ich gekommen?«

David blickte auf, nahm einen letzten Zug von der Zigarette, bevor er den Stummel in den Schnee warf.

»Hej, Anna. Nein, ich bin schon seit ein paar Stunden hier.

Ich habe einen Rundgang gemacht und mich ein bisschen umgesehen. Hast du gewusst, dass es im Hafen ein Café mit einem einigermaßen passablen Espresso gibt?«

»Nein, davon hatte ich keine Ahnung. Aber ich hatte auch keine Zeit mich umzusehen, als ich das letzte Mal hier war«, sagte Anna.

»Du, Anna, wir haben ja noch nicht … Während der gesamten Zeit der Ermittlungen haben wir nie …«

»Das ist in Ordnung, David. Das ist Wasser unter den Brücken, wie die Engländer sagen, oder Schnee von gestern, wie wir es ausdrücken.«

»Ja, natürlich. So kann man das auch sehen. Aber ich will mich trotzdem bei dir bedanken. Dass ich die Möglichkeit bekam, dabei zu sein.«

»Aber David, nicht ich war es, die das bestimmt hat. Ich dachte ja, dass das Kulturministerium angeordnet hatte, dass du dabei bist, das heißt, bevor ich begriffen hatte, dass es Moberg war, der das alles ausgeheckt hatte.«

»Das weiß ich«, sagte David. »Aber im Hinblick darauf, was du alles über mich wusstest, hättest du gut und gern in das #metoo-Horn blasen können. Und das garantiert mit Erfolg. Dann hätte Moberg seine kleine Ermittlungsgruppe umgestalten müssen. Und dann hätte ich keine Gelegenheit gehabt, all das zu erleben …« David konnte den Satz nicht beenden. Er kramte in seiner Manteltasche und zog eine Zigarettenpackung heraus.

Anna musterte ihn. Er sah wirklich sehr mitgenommen aus. Aber da war noch mehr. Man hatte den Eindruck, dass ein Teil seiner Persönlichkeit nicht mehr vorhanden war. Keine Spur mehr von der überbordenden Energie und der Ausstrahlung, die oft irritierte und viele Menschen verunsicherte.

»Weißt du, David … Egal, was zwischen uns passiert ist, egal, für wie obszön ich dich damals hielt, habe ich doch verstanden, dass es Dinge gibt, die du wirklich beherrschst. Daher war es für mich klar, dass ich dich nicht anschwärzen wollte, als dein Name genannt wurde. In meiner Erinnerung war unsere Beziehung nur eine … *Fehlbesetzung*.«

David musste herzlich lachen. »Das gefällt mir an dir, Anna. Aber ich finde nach wie vor, dass du mich unverdient ungeschoren hast davonkommen lassen. Dort kommt übrigens Ulrika.«

*

Barbro hatte eine Djembe-Trommel als Geschenk für den kleinen Louis mitgebracht, der jetzt am Boden saß und das Instrument mit einer für einen Dreijährigen ungewöhnlichen Behutsamkeit methodisch untersuchte. Als er David sah, unterbrach er seine Beschäftigung mit der Trommel, lief zu ihm, nahm ihn an der Hand und signalisierte ihm, dass er neben ihm und Barbro am Boden Platz nehmen solle.

Anna Flanke und Ulrika waren in der Küche mit den Essensvorbereitungen beschäftigt, wobei sie sich leise über die Ereignisse des Tages unterhielten. Wie Louis mit der Gefahr umgegangen war und seine ganze Kraft gegen Rebecka Farnö eingesetzt hatte. Wie Ivan vergeblich versucht hatte, Rebeckas Leben zu retten.

*

Ivan Michailowitsch und Kerstin saßen am Sofa und beobachteten schweigend die Aktivitäten um sie herum. »Er hat sich verändert«, sagte Ivan Michailowitsch leise.

»Ja. Er vermisst Sandra. Ist ja klar.«

»Verständlich. Aber es ist nicht nur das. Er muss dort in Sickla irgendwie Schaden genommen haben.«

»Ich schätze, du hast recht«, sagte Kerstin. »Es wird sich erst mit der Zeit zeigen, ob er wieder der Alte wird.«

»Hast du die Seiten gelesen, die ich dir geschickt habe? Mein Verhör des Spetnaz-Soldaten, den Rebecka beinahe umgebracht hat?«

»Nein, ich hatte bislang keine Zeit dafür.«

»Verstehe. Kurz zusammengefasst meint er, dass es Sandra war, die die Folterung von Antoine Malå angeregt hat. Dass es danach ausgeartet ist und ihre Freunde sie zurückhalten mussten, nachdem sie den zweiten Soldaten im Raum getötet hatte. Der dann seine Haut lassen musste, um eine falsche Spur zu legen.«

»Ja, zum Teufel«, sagte Kerstin. »Es ist schwer zu verstehen, was da eigentlich passiert ist. Aber irgendwie muss alles völlig aus dem Ruder gelaufen sein, das ist klar. Was sagt er über die anderen Geschehnisse? Die Morde an Jaern und Lemming?«

»Er sagt, dass alle in die Sache verwickelten Personen von russischer Seite, insgesamt drei Soldaten und eine fragwürdige Aufsichtsperson namens Semion, unter der Kontrolle von Sandra und Tindra standen. Und dass sie erst bei der Schießerei bei der Äsperedschule den Bann brechen konnten. Es sieht so aus, als wären meine Landsmänner von Sandra als ein praktischer Schutzschild verwendet worden. Und was Lemming und Jaern betrifft, ist er überzeugt, dass Sandra sie ermordet hat. *Schlachtmaschine* war das Wort, mit dem er sie bezeichnete.«

Kerstin blickte zu David hinüber. Er sah jetzt etwas fröhlicher aus. Es hatte den Anschein, dass der kleine Louis spürte, dass David traurig war und er daher kleine, zwitschernde

Melodien sang, lachte und David ermunterte, auf der Djembe-Trommel zu spielen.

»Ich glaube, lieber Ivan Michailowitsch, dass insbesondere diese Zeugenaussage David Westerdahl erspart bleiben sollte.«

»Das hätte ich selbst nicht besser ausdrücken können, Kerstin.«

Sie sahen, wie sich Barbro vom Boden aufrappelte und mit lauter Stimme bekannt gab: »Kommt, jetzt singen wir alle miteinander ein Lied. Louis darf uns auf der Trommel begleiten! Was für ein kleines Genie er doch ist!«

*

Ulrika stand allein in der Küche. Sie wollte schon einen Teil des Abwaschs erledigen, während die Gäste sich noch miteinander unterhielten. Tatsächlich genoss sie es, ein wenig abseits zu sein und den verschiedenen Stimmen zuzuhören, wie das Gespräch hin und her ging und zwischendurch durch Gelächter und plötzliche Ausrufe unterbrochen wurde. *Tony hatte recht*, dachte sie. *Es gibt in der Tat in allem Musik*. Durch Zufall war ihre eigenartige kleine Gruppe entstanden. Sie würden für immer eine ganz besondere Beziehung zueinander haben. Trotz all der widrigen Umstände, die zu ihrem Zusammentreffen geführt hatten, ertappte Ulrika sich dabei, dass sie mit der Spülbürste dastand und vor sich hin schmunzelte. Sie hörte, wie Ivan Michailowitsch plötzlich ein russisches Lied anstimmte und mit überraschend wohlklingender Stimme sang.

»Ulrika.«

Sie drehte sich um und sah David mit einer dicken Aktentasche in der Küchentür stehen.

»Danke für das wunderbare Essen. Kannst du meine Hilfe gebrauchen?«

»Ich danke dir, David. Aber eigentlich nicht. Ich genieße es einfach. Aber du darfst mir gerne Gesellschaft leisten. Nimm dir ein Glas Wein und setz dich ans Fenster.«

»Eigentlich wollte ich nur ein Geschenk überreichen«, sagte David. »Von Antoine.«

David gab ihr die Aktentasche. Ulrika trocknete sich die Hände und nahm das Geschenk mit fragendem Gesichtsausdruck entgegen.

»Was ist das?«

»Das sind Antoines Studien der *musischen Sprache*. Über die Entstehung der Sequenzen und wie sie verstanden und verwendet werden sollen. Sandra und ich sind zufällig darauf gestoßen, als wir in London waren. Ich dachte, dass du sie vielleicht … oder Louis, wenn er älter ist …«

»Vielen Dank«, sagte Ulrika. »Weißt du was«, fuhr sie fort, denn es war ihr plötzlich etwas eingefallen. »Könntest du nicht der Lehrer von Louis werden? Oder hast du derzeit viel anderes zu tun?«

»Ich fürchte, dass ich Louis nicht viel beibringen könnte. So leid es mir tut, dein Angebot ausschlagen zu müssen, aber ich kann es nicht annehmen.«

»Ach, komm schon. Louis mag dich. Und wenn seine Begabung auch außergewöhnlich ist, kann er sie sprachlich noch nicht ausdrücken. Aber ich habe das Gefühl, dass er sich in deiner Obhut gut entwickeln würde.«

David musste lachen. »Das ist wohl das erste Mal, dass jemand so etwas über mich gesagt hat. Okay. Wir können es ja einige Male ausprobieren, dann werden wir weitersehen«, sagte David, der über den Vorschlag gerührt war.

*

Sie standen in einem Halbkreis in der klaren, kalten Januarluft, alle fest eingepackt, mit dem Gesicht zum Meer gewandt. Ulrika und Louis hatten die Asche gemeinsam in den Wind gestreut. Nach einer Weile des gemeinsamen Schweigens wandte sich Ulrika an die kleine Gruppe von Menschen, die nun ihre neuen Freunde waren. »Ich danke euch, dass ihr gekommen seid und diesen Moment mit mir und Louis geteilt habt. Jetzt warten drinnen Kaffee und Torte auf euch.«

»Nein«, sagte Louis plötzlich und stellte sich beherzt in die Mitte des Halbkreises. »Papa bekommt noch ein Lied«, sagte er ernst. »Papa war traurig, aber jetzt ist er froh. Deswegen bekommt er ein fröhliches Lied.«

Und dann begann Louis zu singen. Er sang mit Freude und von ganzem Herzen, doch konnte man auch die Trauer mitschwingen hören. Tränen strömten über Davids Wangen. Er wusste, dass es sich auch für alle anderen so anfühlte. Die Trauer, ihre eigene individuelle Trauer erfasste sie und breitete sich aus. Aber langsam, ganz langsam nahm sie das Lied von Louis wieder mit ans Licht.

Der Presseraum »Bella Venezia« in Rosenbad, 15. Januar

»Dann gebe ich das Wort weiter an den Ministerpräsidenten«, sagte der Pressesekretär.

Die Kameras und Blitzlichter ratterten und prasselten, als der Ministerpräsident hinter das Rednerpult im Presseraum von Rosenbad trat. »Ich habe die Ehre, die versammelten Mitglieder der Presse begrüßen zu dürfen. Und ich heiße auch unsere internationalen Gäste der Presse ganz besonders willkommen«, sagte der Ministerpräsident in seinem unverkennbar schleppenden Västerbotten-Dialekt. »Heute ist ein besonderer Tag, und das aus verschiedenen Gründen. Ich habe viele gute Nachrichten zu übermitteln. Doch möchte ich mit einigen weniger erfreulichen Bekanntgaben beginnen. Der Chef des Justizministeriums, der Minister Arvid Moberg, die Staatssekretärin des Justizministeriums Janna Sölvgård sowie der Bundespolizeipräsident Bertil Arnesson sind mit sofortiger Wirkung aus ihren Ämtern enthoben.« Ein Raunen ging durch den Presseraum.

»Die Gründe dafür sind teilweise geheim. Doch kann ich trotzdem in groben Zügen ausführen, was unsere Ermittlungen ergeben haben. Diese drei Personen haben nämlich ihre Amtsbefugnisse mit Absicht grob missbraucht, um die laufenden Verhandlungen mit einer ausländischen Macht zu manipulieren. Das konnten wir aufdecken und eindeutig beweisen.«

»Welche Art von Beweisen?«, rief ein Journalist im Saal.

»Welche ausländische Macht?«, rief ein anderer.

»Ich werde alle Fragen gesammelt später beantworten. Einige davon werden sicher während der Pressekonferenz geklärt werden«, sagte der Ministerpräsident in jovialem Ton. »Ja, und dass es uns gelungen ist, diesen Wirrwarr aufzudecken und eine internationale Krise abzuwenden, haben wir der geschickten und professionellen Hilfe eines Teams bestehend aus vier Personen zu verdanken, die man im weitesten Sinne als *Freiberufler* bezeichnen könnte.« Der Ministerpräsident schmunzelte.

»Einige Mitglieder dieses Teams sind in einer früheren Phase der Ermittlungen selbst unter Verdacht gestanden. Ich meine damit die frühere Chefin der staatlichen Mordkommission

Kerstin Armfeldt und die frühere politisch Sachverständige des Justizministeriums, Anna Flanke. Es hat sich herausgestellt, dass beide frei von jeder Schuld sind. Das Gleiche gilt auch für zwei weitere Personen, die bei den Ermittlungen mitgewirkt haben, die dazu führten, dass der Körper des Dirigenten Antoine Malås gefunden wurde. Es handelt sich dabei um den Komponisten David Westerdahl und die pensionierte Kriminalpsychologin Barbro Larsson.« Wieder erhob sich ein Gemurmel im Saal. Der Ministerpräsident hob die Hand und mahnte zur Ruhe. »Was die Personen anbelangt, die nun ihre Ämter zurücklegen, darf ich betonen, dass sie den gesetzlichen Bestimmungen unterliegen. Der Staatsanwalt hat eine Voruntersuchung angeordnet. Alle Beteiligten wurden dem Verfassungsausschuss gemeldet. Was Bertil Arnesson betrifft, kann es einige Wochen dauern, bis er verhört werden kann, da er gerade erst von einer etwas mysteriösen Kreuzfahrt zurückgekehrt ist.« Im Presseraum erschallte ein Lachen, da allen die spektakuläre Rückkehr des Bundespolizeipräsidenten nach Schweden bekannt war.

»Ja. Und jetzt zu erfreulicheren Nachrichten. Ein Nebeneffekt der glücklichen Lösung des Falles Malå, die nicht zuletzt – so wird es kolportiert – durch die *flexible* Zusammenarbeit mit Teilen des russischen Geheimdienstes zustande kam, besteht darin, dass wir kurz vor dem Durchbruch bezüglich des Ostseevertrages stehen. Wir stehen kurz vor der Unterzeichnung. Und ich kann von schwedischer Seite nur betonen, welch wichtige Rolle Anna Flanke in dieser Angelegenheit zukommt. Daher habe ich Anna Flanke in den vergangenen Tagen zur stellvertretenden Staatssekretärin im Justizministerium ernannt, mit besonderer Verantwortung für die Koordination des Ostseevertrages, der höchstwahrscheinlich Ende nächster

Woche unterzeichnet werden wird. Und jetzt erteile ich dem gestern neu ernannten russischen Botschafter in Stockholm – er möge bitte meine Aussprache entschuldigen – Alexander Sachalinov das Wort. Willkommen am Podium!«

Postludium

Kerstin stand auf dem Parkplatz vor dem *Dojo* in Tumba und spähte nervös zur Station des Pendelzuges. Er war natürlich verspätet. Sie hoffte, dass Sensei Micke mit ihrem Spezialschüler Nachsicht walten ließ, der immer wieder Probleme mit Autoritäten zu haben schien. Das große Trainingslager im Juni war anspruchsvoll und von den Teilnehmern wurde sowohl Respekt als auch der Wille zu Selbstdisziplin erwartet. Allerdings hatte sich David verändert. Er war ernsthafter geworden.

Seit der Pressekonferenz des Ministerpräsidenten im Januar hatte das Leben aller aus der Gruppe eine neue Richtung bekommen. Kerstin und Barbro hatten den Mietvertrag für den früheren Servus-Supermarkt übernommen und dort ein *Beraterbüro für besondere Ermittlungen* eröffnet. Oder »Detektivfirma«, wie Barbro es zu Kerstins Verdruss ausdrückte. Aufträge waren massenweise eingelangt.

Im Mai hatte Kerstin die Krücke endgültig weglegen können und behutsam wieder mit dem Training in Tumba begonnen. David war weiterhin in ihr privates kleines *Dojo* gekommen und hatte große Fortschritte gemacht. Auch er war mit Jobangeboten überhäuft worden, man hatte ihm mehrere Stellenangebote als Führungskraft in der Musikbranche angeboten. Er hatte jedoch mit der Begründung abgelehnt, dass er mittlerweile keine Ambitionen mehr in diese Richtung habe. Ganz im Gegenteil, er wollte sich so weit wie möglich von der klassischen Musikbranche fernhalten. Kerstin hatte er erzählt, dass er sogar das Komponieren aufgegeben hatte.

»Diese Seite in mir ist versiegt, Kerstin. Es gibt keine Musik mehr in mir.«

»Und was ist mit den Stunden, die du Louis geben wolltest«, hatte Kerstin gefragt.

»Das ist etwas anderes. Dabei handelt es sich um Leben. Und ich bin derjenige, der von ihm lernt.«

Mehr wollte David über seine regelmäßigen Besuche bei Ulrika und Louis draußen auf der Insel nicht verraten. Und Kerstin gab sich damit zufrieden. Sie war froh, dass er noch immer mit ihr trainierte. Und sich hin und wieder bereit erklärte, ihr und Barbro bei einer ihrer Ermittlungen behilflich zu sein.

»Junges Fräulein«, hörte sie eine Stimme hinter sich sagen.

»David, du, verflucht.« Sie drehte sich um und sah David in seinem Karateanzug mit dem weißen Gürtel dastehen. Proviant und Wechselkleider in einer Plastiktüte.

»Dämpfe die Zigarette aus, dann gehen wir hinein und sehen zu, dass dein Gürtel eine andere Farbe bekommt«, sagte Kerstin.

»Uss«, sagte David voll Überzeugung.

Geschätzte Leserinnen und Leser,

als ich diesen Roman 2018 schrieb, hatte ich kurz davor einige Erfahrungen mit dem Musikleben in Russland gesammelt und dabei bestimmte Verbindungen zur Politik beobachtet – speziell die zwischen einem bestimmten Maestro und dem Präsidenten der Russischen Föderation, Vladimir Putin. In diesem Roman steht Vladimir Putin kurz davor, Gräueltaten in den baltischen Ländern und Schweden zu begehen. All das nur deshalb, weil er aufgrund seiner gestörten Persönlichkeit der Meinung ist, dass ihm und Russland von der schwedischen Justiz Unrecht angetan wird. Zum damaligen Zeitpunkt ging ich davon aus, dass der Plot und die Entwicklungen im Roman in der Realität unwahrscheinlich seien. Trotz der im Hintergrund lauernden Bedrohung konnte ich nicht ahnen, was auf die Ukraine zukommen sollte und welche Gründe dafür herhalten sollten.

In meinem Roman gibt es eine Vielzahl von Hinweisen darauf, dass die klassische Musikwelt, und insbesondere die russische, von hierarchischen Machtstrukturen geprägt, wenn nicht gar bedroht wird. Tatsächlich ist der ganze Roman in verschiedenen Aspekten von Macht, dem Machtverlust und dem Streben nach Macht getränkt. In diesem kleinen, selbst geschaffenen Universum sind die Menschen weder durchgehend gut oder böse. Sie sind jedoch alle unbeständig. Manche von ihnen haben die Kraft, sich an moralische Grundsätze zu halten, die bei den meisten von uns Zustimmung erfahren würden. Manchen fehlt diese Kraft.

Ich bin den Menschen, die mich mit Fakten und Erfahrungen bei den Themen, die ich im Roman anschneide, unterstützt haben, zutiefst dankbar. Ewig dankbar bin ich Sensei Micke Lundström des Botkyrka Shukokai Karate Klubs für die Beratung bei Kampfsportthemen. Als ehemaliger Schüler seines *Dojos* kann ich die Echtheit jedes einzelnen, im Kampf erlittenen schmerzenden Blutergusses bestätigen, die der arme David Westerdahl in diesem Roman verspürt.

»Jalle« existiert wirklich, allerdings in weit nüchternerer menschlicher Form. »Jalle«, der in einem der brillanten schwedischen Orchester Flöte spielt, war mir ein anregender Diskussionspartner, speziell in den Momenten, in denen es um die Erfahrungen von Orchestermusikern ging.

Was mich allerdings dazu trieb, *Maestro* zu schreiben, war die Tatsache, dass ich daran glaube, dass es Aspekte der Musik und des Menschseins gibt, die noch der Entdeckung harren. Kommunikative Aspekte, die die Kraft besitzen, unser Leben zu verändern, nicht nur als vage erfahrene Empfindungen von Freude oder Melancholie. Und so ergriff ich beim Schreiben von *Maestro* die Chance, meine eigenen Erfahrungen zu analysieren und sie zu einer Geschichte zu formen.

Fredrik Österling

Natasha Korsakova

Di Bernardo

Ein brutaler Mord im römischen Stadtteil San Giovanni. Ein bekannter Musiker und Umweltaktivist ist erstochen worden, die Künstlerbranche ist in Schockstarre. Commissario Dionisio Di Bernardo führt die Ermittlungen. Die kostbaren Hölzer für Musikinstrumente sind bedroht durch Raubbau, illegalen Handel und den Klimawandel. Eine Gruppe von Musikern kämpft für den Erhalt gesamter Ökosysteme, während die Instrumentenbauer sich in ihrer Existenz bedroht sehen. Doch wie weit kann man für die eigenen Ziele gehen? Die Spuren, die Di Bernardo verfolgt, führen ihn über die Grenze Italiens bis nach Wien.

Erscheint im Frühjahr 2023
Auch als E-Book erhältlich

Arve Moen

Der Tod ist eine Liebkosung

Aus dem Norwegischen von Bernhard Strobel

Der Tod ist eine Liebkosung, erstmals erschienen 1948, wurde ein literarischer Volltreffer – ein sogenanntes One-Hit-Wonder. Der Autor Arve Moen war unter anderem als Journalist und Jurist bekannt. Noch im Erscheinungsjahr wurde der Roman von Edith Carlmar unter demselben Titel verfilmt. Der Film gilt als einer der ersten norwegischen Vertreter des Noir-Genres. Das Buch war zu seiner Zeit ein Erfolg und wurde 2009 von der Zeitung *Dagbladet* zu einem der besten norwegischen Kriminalromane aller Zeiten gekürt.

Erscheint im Frühjahr 2023
Auch als E-Book erhältlich

Emily Maguire

Ein Einzelfall

Aus dem Englischen von Roland Freisitzer

Nachdem ein grausamer Frauenmord die Kleinstadt Strathdee erschüttert, muss Chris, die Schwester der getöteten Bella, nicht nur mit dem Verlust zurechtkommen, sondern auch mit aufdringlichen Medien und misogynen Ermittlern. Gleichzeitig macht sich die Reporterin May auf den Weg nach Strathdee, um über den Fall zu berichten.

Aus diesem Spannungsfeld entwickelt Emily Maguire ein tiefgehendes Psychogramm einer Kleinstadt im Schockzustand. Der Roman der australischen Schriftstellerin ist mehr als eine Mordermittlung, er beschäftigt sich mit den Menschen, die in Krimis normalerweise auf der Strecke bleiben – den Hinterbliebenen.

Erscheint im Herbst 2023
Auch als E-Book erhältlich

Pascal Garnier

Der Beifahrer

Aus dem Französischen von Felix Mayer

Obwohl Fabien und Sylvie längst wissen, dass ihre Ehe nicht mehr funktioniert, ist Fabien mitgenommen, als Sylvie bei einem Autounfall tödlich verunglückt. Schockiert ist er allerdings erst, als er herausfindet, dass am Beifahrersitz ihr Liebhaber starb. Gedanken an Rache machen sich in ihm breit, als er im Leichenschauhaus Martine, die attraktive Witwe des Liebhabers seiner Frau, sieht. Er beginnt sie zu stalken und findet heraus, wo sie wohnt, dringt in ihre Wohnung ein und stellt Möbel um, breitet sich unbemerkt in ihrem Leben aus. Dabei wird sein Wunsch, Martine zu besitzen, immer größer.

Erscheint im Herbst 2023
Auch als E-Book erhältlich

Rodrigo Rey Rosa
Die Gehörlosen

Aus dem Spanischen von Anna Genz

In den Bergen Guatemalas verschwindet ein gehörloser Maya-Junge und in Guatemala-Stadt verschwindet zur selben Zeit Clara, die Tochter eines reichen Bankers, einen Tag nachdem sie eine Benefizparty gegeben hat. Alle Bemühungen, Clara zu finden, laufen ins Leere. Stattdessen erhält die Familie seltsame Anrufe der Verschwundenen und Wochen später sogar eine Lösegeldforderung. Cayetano, Claras junger, naiver Leibwächter vom Lande, der dank seiner Chefin das Leben in der Großstadt kennengelernt und sich offensichtlich in die schöne Frau verliebt hat, gibt den Plan, seine Chefin ausfindig zu machen, nicht auf. Er ist davon überzeugt, dass Javier, Claras Liebhaber, ihr Entführer ist.

Gebunden mit Schutzumschlag und Lesebändchen
288 Seiten, ISBN: 978-3-902711-50-2
Auch als E-Book erhältlich

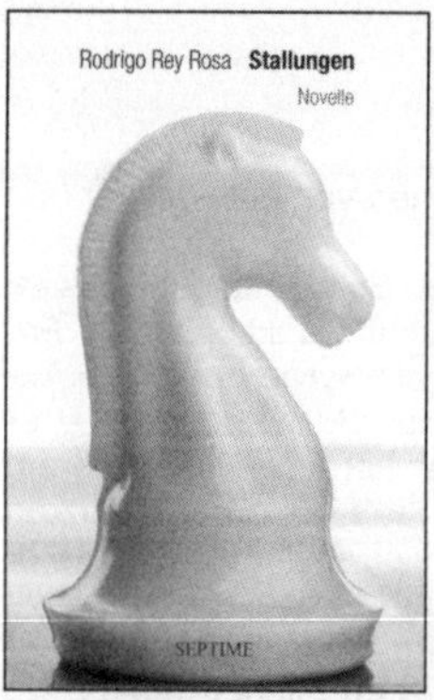

Rodrigo Rey Rosa
Stallungen

Aus dem Spanischen von E. Lopez-Semeleder

Zu Ehren des Großgrundbesitzers und Pferdezüchters Don Guido Carrión wird ein Geburtstagsfest mit einer Vorführung der prachtvollsten andalusischen Vollblutpferde seines Gestüts gefeiert. Mehr als dreihundert geladene Gäste, die wichtigsten Leute Guatemalas, finden sich auf der Finca Palo Verde des Gastgebers ein. Das Fest wird plötzlich durch einen Brand unterbrochen. Unter den Überresten der abgebrannten Stallungen wird der verkohlte Körper von Duro II, einem Zuchthengst im Wert von hunderttausend Dollar und eines der Lieblingstiere von Don Guido, aufgefunden.

Gebunden mit Schutzumschlag und Lesebändchen
120 Seiten, ISBN: 978-3-902711-30-4
Auch als E-Book erhältlich

Markus Bundi

Alte Bande

Am Stauwehr wird eine Wasserleiche gefunden. Der Fall entpuppt sich aber für Hauptkommissar Walle Troller schnell als unliebsam, er erkennt, dass sein langjähriger Kollege von der Sitte, Markowitsch, den Mord von langer Hand geplant hat. Alles ist so arrangiert, dass einzig Walles Zwillingsbruder als Täter infrage kommt, und er muss mitansehen, wie dieser zu Unrecht zu einer Gefängnisstrafe verurteilt wird. Der Hauptkommissar wird beurlaubt und fragt sich, ob er mit gut fünfzig und frisch geschieden bereits endgültig überholt worden ist. Während sich die Mordfälle häufen und die junge Kollegin Jette Hagen seine Stelle übernimmt, versucht sich Walle Troller allmählich selbst aus dem Sumpf zu ziehen, getreu dem Motto: Erst denken, dann schießen.

Gebunden mit Schutzumschlag und Lesebändchen
480 Seiten, ISBN: 978-3-902711-82-3
Auch als E-Book erhältlich

Clint Hutzulak

Ein wunderschön tödliches Ende

Aus dem Englischen von Elvira Bittner

Stace ist der geborene Verlierer. Einst spurlos aus seiner Heimatstadt verschwunden, kehrt er zurück, um sich mit seiner Ex auszusprechen. Doch es kommt ganz anders: Gleich am ersten Abend landet er mit ihrer besten FreundIn Tanya in einem schäbigen Motel. Nach einer irren Nacht voll Sex und Drogen findet sie ihn am Morgen tot im Badezimmer auf. Für Tanya ist klar: Sie muss die Leiche so schnell wie möglich loswerden. Doch ihr Plan, den Toten in einem Stausee zu versenken, scheitert und plötzlich wimmelt es überall von Polizisten. Während Tanya panisch nach einem neuen Weg sucht, seine Leiche zu beseitigen, hat Stace ganz andere Sorgen: Sein hellwacher Geist kommt in einem leblosen Körper zu sich.

Gebunden mit Schutzumschlag und Lesebändchen
224 Seiten, 978-3-902711-31-1
Auch als E-Book erhältlich

Ryū Murakami
Coin Locker Babys

Aus dem Japanischen von Ursula Gräfe

Hashi und Kiku wurden nach ihrer Geburt in Münzschließfächern zurückgelassen. Die beiden Jungs verbringen ihre Jugend zunächst im Waisenhaus und später bei Pflegeeltern auf einer verlassenen Insel, bevor sie schließlich in die Stadt ziehen, um die Frauen, die sie weggegeben hatten, zu finden und zu vernichten. Gemeinsam oder getrennt ist ihre Reise vom Münzschließfach zu einem atemberaubenden, wilden Höhepunkt eine Achterbahnfahrt durch die unheimliche Landschaft eines Japan im späten zwanzigsten Jahrhundert.

Gebunden mit Schutzumschlag und Lesebändchen
600 Seiten, ISBN: 978-3-902711-35-9
Auch als E-Book erhältlich

Ryū Murakami
Das Casting

Aus dem Japanischen von L. Federmair / M. Yajin

Romanvorlage zum Film *Audition*

Seit dem Tod seiner Frau vor sieben Jahren hatte Dokumentarfilmer Aoyama keine einzige Verabredung. Nachdem sogar sein fünfzehnjähriger Sohn Shige zu einer neuen Heirat drängt, beschließt Aoyama, genau das zu tun. Um in möglichst kurzer Zeit die Richtige zu finden, kommt für den erfolgreichen Geschäftsmann nur eine systematische Suche in Frage. Sein bester Freund Yoshikawa entwickelt den perfekten Plan: Unter dem Deckmantel eines Film-Castings soll Aoyama seine zukünftige Braut finden. Was als zarte Liebesgeschichte beginnt, mündet aber bald in einen beklemmenden Albtraum.

Klappenbroschur
192 Seiten, ISBN: 978-3-902711-75-5
Auch als E-Book erhältlich

Ryū Murakami

In Liebe, Dein Vaterland I

Aus dem Japanischen von Ursula Gräfe

Japan befindet sich in einer dystopischen Gegenwart. Amerika lässt seinen einstigen Verbündeten im Stich und Hunderttausende von Obdachlosen ziehen durch das von einer gigantischen Wirtschaftskrise gebeutelte Land. Nordkorea, das seine Beziehungen zu den USA inzwischen verbessert hat, beschließt, die Schwäche des verhassten Nachbarn auszunutzen, und plant eine heimtückische Invasion. Getarnt als aus Nordkorea geflüchtete Dissidenten besetzt eine Einheit aus neun Elite-Soldaten das Baseball-Stadion der japanischen Hafenstadt Fukuoka und nimmt die 30.000 Zuschauer als Geiseln. Während die ohnmächtige japanische Regierung hysterisch sinnlose Maßnahmen ergreift, nimmt in Fukuoka ein absurder Albtraum seinen Lauf. Im Zuge der Geheimoperation »In Liebe, Dein Vaterland« sollen weitere 120.000 Soldaten folgen und den Süden Japans in eine Provinz Nordkoreas verwandeln.

Gebunden mit Schutzumschlag und Lesebändchen
456 Seiten, ISBN: 978-3-902711-76-2
Auch als E-Book erhältlich

Ryū Murakami

In Liebe, Dein Vaterland II

Aus dem Japanischen von Ursula Gräfe

Murakami zeichnet in seiner zweiteiligen Dystopie über einen möglichen Einmarsch nordkoreanischer Truppen im friedliebenden Japan eine böse Satire über eine Nation, in der die Schere zwischen Arm und Reich zwar immer größer zu werden scheint, aber Tradition vor Effizienz gestellt wird; und über die nordkoreanische Diktatur, die Jahrzehnte hinter der westlichen Welt zurückliegt.

Gebunden mit Schutzumschlag und Lesebändchen
504 Seiten, ISBN: 978-3-902711-80-9
Auch als E-Book erhältlich

SEPTIME
suspense